二月河

薛家柱 ◎ 著

全新修订珍藏版
长篇历史小说经典书系

胡雪岩

长江文艺出版社

图书在版编目（ＣＩＰ）数据

胡雪岩 / 二月河，薛家柱著. -- 武汉：长江文艺出版社，2016.3
（长篇历史小说经典书系）
ISBN 978-7-5354-8407-9

Ⅰ. ①胡… Ⅱ. ①二… ②薛… Ⅲ. ①长篇历史小说－中国－当代 Ⅳ. ①I247.5

中国版本图书馆CIP数据核字(2015)第 223253 号

出 品 人：刘学明	
责任编辑：田敦国	责任校对：陈 琪
封面设计：天行云翼	责任印制：左 怡　邱 莉

出版：长江出版传媒　长江文艺出版社
地址：武汉市雄楚大街268号　　邮编：430070
发行：长江文艺出版社
电话：027—87679360
http://www.cjlap.com
印刷：武汉市首壹印务有限公司

开本：730毫米×1060毫米　　1/16　　印张：28.625　　插页：1 页
版次：2016 年 3 月第 1 版　　2016 年 3 月第 1 次印刷
字数：477 千字

定价：45.00 元

版权所有，盗版必究（举报电话：027—87679308　87679310）
（图书出现印装问题，本社负责调换）

长篇历史小说经典书系

目 录

楔　　　子	…………………………………………………001
第 一 回	逢讨债怒气难平伸援手　救落水芳心不死弄轻舟…………004
第 二 回	火驱寒有龄陋室说捐纳　人勤暖雪岩纸篓拣账单…………011
第 三 回	死有梦火葬亡父西溪地　心皆迷瞎指职官城隍山…………019
第 四 回	用心机送猫但求捐纳费　明大义赠佩为凑厚黑钱…………029
第 五 回	寻嫁女月夜怆呼运河岸　违行规清早被逐开泰行…………039
第 六 回	瞒开缺胡母挥鞭责浪子　谋实任大使让座遇故交…………047
第 七 回	送密札盐大使改授粮台　看红灯扛包人竟成饿鬼…………057
第 八 回	妓女院小杂役愧见坐办　天音房风流官喜逢侍人…………065
第 九 回	办漕粮易地徒手借银票　救弱女扬帆怒目结亲情…………077
第 十 回	闯公所解困游说尤掌舵　探秀园将错拜谒佘太君…………088
第十一回	筠秀溪义理征服闹事者　床上镜春情惹恼多情人…………099
第十二回	情与义两番缄劝王坐办　战还乱一船堵阻大运河…………109
第十三回	谒钦差异水悲音行酒令　求靓女移花接木换男人…………116
第十四回	得漕银借鸡生蛋让肥水　比算盘堆花剪彩兴钱庄…………126
第十五回	乱纷纷借银存银讲诚信　甜蜜蜜亲妹嫁妹斗机心…………137
第十六回	刹贪心略施小惠收开泰　重信誉大展宏图益阜康…………148

第 十 七 回	净月庵兄弟俩喜还夙愿	湖州城花魁女早结珠胎……157
第 十 八 回	悼亡堂贤婿初会怪二叔	益庆楼国人共指洋流氓……167
第 十 九 回	购军火要挟汉斯得遂愿	问生丝访谈蚕农颇称心……176
第 二 十 回	散定金麻子凶戾闹丝栈	梦雕舫二叔神奇疗烧伤……186
第二十一回	借快枪船舱偷情假小妹	图联手赌场暗阴庞二爷……195
第二十二回	庞家院安排高管问总管	上海滩聚合丝商斗洋商……206
第二十三回	苏绣行名花飞针绣极品	英租界领事低调谋生丝……215
第二十四回	探船班消息砥定生丝战	品螺蛳风味引出风流觔……225
第二十五回	松江畔有情人终成眷属	杭州城大贪官竟作流囚……234
第二十六回	上家法登徒子忍痛挨鞭	抗天灾胡雪岩临危受命……243
第二十七回	小包厢假话难为月下老	大围城重兵不禁俏娇娘……251
第二十八回	破杭州王有龄守城殒命	病留下胡雪岩痛友伤心……260
第二十九回	明诋毁忠义士当堂申辩	辨是非恪靖侯祭旗出征……268
第 三 十 回	理善后药店择建大井巷	结同心小妹婚配上海滩……279
第三十一回	"八岁红"偷欢戏迷辱大佬	"元昌盛"恭服对手归阜康……290
第三十二回	当坐办巨商二度镇上海	任总督老帅全策复新疆……301
第三十三回	金銮殿起争执保海保塞	上海滩做手脚为钱为枪……310
第三十四回	做笼子洋无赖捏造奥尔	讨凭证皇近亲打点衙门……318
第三十五回	度假村洋经理近色丧胆	土城子左湘侯闻炮惊心……328
第三十六回	锦绣园三姨太花容失色	北京城众公卿冷面含威……338
第三十七回	连环套胡相公频施巧计	单打一宝二爷大逞威风……349
第三十八回	游杭州宝二爷春心漾漾	定北漠梁书办气息奄奄……358
第三十九回	辩朝堂雪岩走马紫禁城	憎机括芙蓉锁困红芸院……366
第 四 十 回	游豪宅美人棋学士惊艳	吃年饭时尚装娘姨不屑……375
第四十一回	除夕夜小欢哥淫乱暴死	薄暮中大老板走私阴藏……385
第四十二回	抱着愧原状安抚秦少卿	生隔阂温言气坏尤小妹……394
第四十三回	办交涉官府讨了洋鬼子	压丝价内外夹击杭铁头……403
第四十四回	赶寿诞马蹄踏碎全福梦	陪总督机器留难离散心……413
第四十五回	郭皇亲推心置腹弹火气	左湘侯殚精竭虑小危机……424
第四十六回	招招狠毒阜康爆发挤兑	句句谎骗美女开展进攻……433
第四十七回	说公卿赶尽杀绝分巨富	奉圣旨追魂夺命役孤盆……441

楔子

月黑风高,彤云密布,寥廓霜天显得分外孤寂、冷清。昏暗的夜幕似无边无际的穹庐,使这城阙参差的大清皇城更显得地阔、天低,殿宇巍峨、气氛肃穆。

紫禁城正阳门前,是一马平川的御道广场,空荡荡不见一个人影。白日这里清风雅静,夜晚则禁卫森严,偌大的广场上杳无人影,如远古的旷野一般寂静。但听得两旁钟楼的更鼓在声声回荡,在广场上发出久久沉重的回响……

一匹高头大马,正沿着御道急促地朝正阳门狂奔而来,错乱的马蹄声在岑寂的静夜里显得分外刺耳。骑在马上的人显然已酩酊大醉,对狂野的马完全失去了驾驭能力,只能听任它恣意奔跑……

只见他的身影东倒西歪,只是本能地紧紧抓住马缰,不让自己摔下马背。他身上的一袭绛红的披风被凛冽的北风吹扬开来,猎猎飘舞,犹如一道火焰划过暗黑的夜空。

后边,几名听差模样的青年在气喘吁吁地追赶,边赶边上气不接下气地唤着:"老爷……老爷……"

夜幕下的皇城,凤阁龙阙投射出幢幢阴影,高高的宫楼,近处依稀,远处则与暗云苍冥融为了一体。宫楼下,手持刀戟、盾牌的御林军,在暗沉沉的宫门前一字排开,如铜铸铁浇一般。

马蹄嘚嘚,黄骠马由远而近,那人马颠摇欹晃的暗影蓦地放大了!御林军头目高举起手,大声吆喝道:"站住!来者何人?快下马!"

"停！快停下！"其他御林军也一齐齐呼。银亮的刀戟齐刷刷地举了起来，在虚空中抖索着一片寒光。

来人毫不理睬，仍信马由缰，疯狂奔驰而来。

"老爷……停，停住！快勒住马缰……"后面的听差挥手喊叫道。但黄骠马仍然发疯般地奔到了正阳门前。

"乒乒乓乓……"刀戟交错高举，挡在门前，发出刺耳的撞击声……御林军头目冲上前去，伸出粗壮有力的手一把勒住了马缰。

黄骠马昂首长嘶，喷吐的鼻息化作团团白雾，与身上的汗味一阵阵扑人颜面。

"你是谁？敢在紫禁城撒野？好大的胆子！"御林军头目高声喝道。

马上的人蓄孔明须，东倒西歪，一副昏昏欲睡的老态，醉眼惺忪地不予回答。

御林军头目"咣啷"一声拔出佩刀，又喝问道："你是何方神圣？快说！"

对方此刻才似乎意识到这拦阻喝问与自己有关，但他舌头已大，说话含混："说……你说，还是我说？呃……"随后，他又打了个响亮的酒嗝。

御林军头目立即横眉立眼道："当然是你说，是我在问你哪！老东西！"

"你……你竟然问我是谁？好，好小子！你有种……去，去问慈禧去！"

闻言，御林军头目一声霹雳道："什么？你好大胆！竟敢亵渎老佛爷的圣名。来人呀！快将他拿下！"

"喳……"御林军一齐上来，团团将黄骠马围住。那马又一次扬起前蹄长嘶，仿佛不服拦管。

"大人！请勿动手……"听差们一边急急奔跑过来，一边扬手呼喊。

一名管家模样的小伙子抢先跑到御林军头目面前，连连打躬作揖，口称死罪："大人息怒！我家老爷喝醉了酒，请大人多多包涵、多多包涵。"

"你家老爷是何等样人？竟敢到紫禁城来放肆？也忒胆大包天了。"御林军头目伸手戟指，毫不容情。

管家赔着笑脸道："我家老爷……嗨嗨，大人！我家老爷嘛……"

"那你看看，我是何等样人？"骑在马上的老爷大约清醒了一点，手臂一挥，那件绛红色披风飘然落地……

马上的人头戴正二品大红顶戴，身穿宝莲官袍，袍上正蟒、行蟒叠献，外罩黄马褂，只是他神情依旧混沌。

御林军一个个瞪大眼睛，不胜惊讶，那头目也不禁惊呼道："啊……老佛爷赐的大红顶戴，还有特赐的黄马褂……"

"还有呢！你给我睁大眼睛瞅着。"马上的人费了老大的劲，从腰间解下一块金灿灿的腰牌,"啪"的一声掷到地上,居高临下睥睨着小头目。

御林军头目上前捡起一看,脸上马上变色:"啊?!……"

"瞧清楚了么,我能不能在紫禁城骑马?"醉鬼溜出杭州腔,他抬起手臂朝宫楼城阙一划拉,威风凛凛地傲视着偌大的紫禁城,挺直胸脯道,"哼!自三皇五帝到如今,可在紫禁城跑马的能有几人?你等也该打听打听……"

"小的该死!这是老佛爷亲赐的金牌,大人能骑马进出皇城。小的有眼不识泰山,请大人恕罪……"御林军头目扑地跪倒,磕头如捣蒜。士兵们也识趣地悄悄退开,惹不起那就躲吧。

年轻管家上前,对御林军头目压低声音道:"我家老爷,就是大名鼎鼎的胡雪岩……"

"啊……胡光墉,胡雪岩大人……不就是富可敌国的杭州财神爷吗?听说连我们大清国的国库,还靠您的一半银钱呢!小的真是瞎了眼,瞎了眼!"御林军头目大惊失色,说着频频后退,怕惹麻烦。

胡雪岩见状大笑道:"哈哈哈,你这小子,还要不要将我抓起来?"

"不,不!请大人饶小的一条小命!小的多有冒犯,请大人宽谅小的无知。"御林军头目且说且退远了,一直退到看不见的暗影里,把骄横换成全身心的敬畏和尊崇。

见对方怯阵了,胡雪岩仰头大笑道:"你们这些坏蛋,还有紫禁城里这些坏蛋,其实我比你们更坏——触犯天条,背叛祖宗成法,效法西洋,无穷无尽追逐利润。我是个怪物,是个爱打拼的怪物!是个由小跑街打拼成'红顶商人'的大清国最大的怪物!怪物,你们知道吗?哈哈哈……"他似乎还浸淫在醉乡中没有醒。

"啪"的猛抽一鞭,一骑绝尘而去,紫禁城回荡着胡雪岩搏击云天的笑声……

第一回

逢讨债怒气难平伸援手
救落水芳心不死弄轻舟

隆冬,正是年关"大比"之期。

朔风怒号,大雪弥漫。街上人们行色匆匆,肩挑手提的都是年货。巷陌纵横的杭州清河坊,商气人气把飞雪作践得一塌糊涂。长长的青石板街面只有黑湿通连,绵延迤逶。密密匝匝的屋宇,在迷蒙混沌之中独持一份本原,独存一种灵秀,以其厚实、平明、普通,向不可一世的飞雪挑战。

"砰!……嘭!……"爆竹冲天而起,孩子们仰头拍手,雀跃欢呼。

井边,主妇们喜气洋洋洗刷着锅盆碗盘、鸡鸭鱼肉,一个个谈笑风生,俚语唰哝。炒货店门口,大炒锅在"沙啦啦"地翻炒着花生、瓜子、山核桃一类干果,叫卖声在鼎沸的人声中显得特别悦耳,充满独特的杭州韵味:"快来呃……炒花生、瓜子、山核桃哟……"

"火热滚烫的粽子!乾隆万岁爷下江南尝过的甜粽、肉粽、红枣粽……"

"馄饨哟,燕皮馄饨能看见啥馅的哟……"

人丛中,穿行着一位英俊青年,长方脸,眉清目朗,白净面皮被朔风吹得红润。他腋下夹着一个账本,双手笼在棉衣袖子里,脚下生风地踮着碎步。即使行人拥塞,在等空子钻过去时,他也这么倒换两脚,作碎步状踮着。

"砰!"又是一声爆竹,他不由得抬起头驻足观望,露出几分孩子气。

"胡相公!"街边粽子摊老板叫住他,"这般急匆匆,讨账哪?"

"是哟,年关大比,抓紧跑街。"说完,他瞅个人缝欲走。

"吃个热粽子暖和暖和?"老板不放过任何一笔可能的生意。

"多谢了!我不饿……"他嘴里说着,已利索地跑开了。

青年名叫胡雪岩。几天前,一个有学问的老先生给他取了个大号——光墉。他是杭州城有名的"开泰钱庄"的跑街。跑街不坐店,不管兑银放款一类具体业务,但身份高于一般店员。他每天的活计就是跑市面,打探消息,发现、招揽客户,弄清储户详细情况,催讨欠债,登门送礼,应对客户各类的不时之需等,是个八面玲珑的角色。所谓"大比",就是年关还债的比期临近,这个时段他的业务重在讨债。现在,他正赶往赖举人家中去催讨一笔旧账。

长街最冷清处,坐落着一幢老屋。这里人户渐稀,有街无市。当然,街也不过是当中嵌有一溜石板的土街,路面坑凹毁损,不利通行。老屋背后是一个抵近荒隈的臭水塘,一度茂盛的野苇、构树掩映着一街住户排进塘中的生活污水,发散着臭气。

老屋内四壁萧条,别无长物。纷纷扬扬的雪花,由寒风裹挟,从破窗子飘进。

门板床上铺着稻草,一具僵尸般瘦弱的身躯在抖颤个不停。脏污的枕头上,是一张形容枯槁、胡子拉碴的脸。深陷的眼窝里,一双昏花的老眼半开半闭。

床边,站着几个如狼似虎的讨债人,为首的正气势汹汹地逼问床上的老者:"人呢?你儿子王有龄在哪儿?"

老人用瘦骨嶙峋的手指着门外,无力说话,也说不清楚。

为首的气得喘了一口粗气,拉开的架势不由得垮塌下来:"肯定躲债去了!难怪老子来了好几趟了,都没人……"他正说着,从屋外传来响动。一个同伴拉了拉他的手肘,示意屋外有动静。讨债人立刻隐退,悄无声息。风雪肆虐,把讨债人奈何不得的老人逼出一阵紧似一阵的咳喘,转不过气来。

后院围墙外,王有龄果真在听动静。这是位书生模样的青年年二十五六,生得剑眉星眼,儒雅中藏着英武之气。虽穷愁潦倒,不修边幅,却不显猥琐、卑微。他正看着已残破不堪、爬满藤蔓的围墙,墙外有一棵褪光叶片的大构树,枝柯张举,如同一把用秃了的扫把。

听得屋内没了响动,王有龄沿着构树爬上墙头。他提心吊胆地张望了一

会,才轻轻跳下,蹑手蹑脚走到后窗朝里面望了一下,但见冷灶湫烟,黑魆魆了无生气。他担心父亲,于是便绕过墙角,放胆走进门来叫了声"爹——"

床上老人一见,着急地朝他摆手,声音嘶哑地说道:"出去……"

王有龄不解,反而冲到床边问道:"爹,您怎么啦?"这时,从两边的门后突然闪出了讨债人,气势汹汹地把他围住。

"啊?!……"

还没等王有龄反应过来,两个壮汉一人抓住了他的一条手臂,为首的一把揪住他的衣襟叫道:"好啊!王有龄,这下总算被我们逮到了!你躲得过十五,躲不过三十吧?"

双方目光一阵对峙,王有龄终于败下阵来:"好吧,你们想怎么样?"

"我看你是不见棺材不掉泪,非给你一点厉害看看不可!走,跟我们走!"为首的满嘴喷着唾沫星子。

"上哪儿?"王有龄一声惊问,杭州有人找黑道讨债,有把人弄残的。

"衙门!"

"走,快走!"其他讨债人也跟着起哄。

王有龄一甩手道:"我没犯罪,干吗上衙门?"

为首的嘿嘿一声怪笑:"你住我家老爷的房子,三年没付房租,就这么挺着白住吗?你借了高利贷,年年利滚利,可你分文未还。今儿个你再不给银子,只好请你上衙门去见官。"

"等我补了盐大使的缺,所有的欠债一并归还。可眼下实在没办法,我拿什么还?你们瞧,家当全在这儿,你看什么能抵债?"王有龄自知理亏。

"补缺?说梦话还要挑个好时辰呢!看你这熊样,天上能掉下金元宝给你?王有龄,你准备破罐子破摔是吧?那好!我们先收回房子,你和你老不死的爹走人!来!快动手——把他们轰出去!"为首的一看屋内,顺手抓过桌上一个茶壶甩出门外。其他人也把屋内旧桌椅烂板凳统统摔出门去。

胡雪岩走大街,过小巷,一溜小跑,本打算抄近路去赖举人家。在路过这家门口时,一口小铁锅蓦地从屋内飞了出来,差点砸到他身上。他听到屋内一片打砸吵嚷之声,好奇地走了进去。

王有龄正拉住为首的手求情:"大哥,好了吧,好了吧……你们是来讨债,又不是抄家……"

"我们就是要砸!砸一个稀巴烂!你才知道我们的厉害。"为首的却不依不饶,他狠狠地将王有龄推倒在地,"哼!不折你一条手臂、断你一条腿,就算是对你客气了!"

"大哥,有话好好说,别伤了和气。"胡雪岩见状,连忙上前挺身拦住了为首的。

"滚开！要你管什么闲事？"为首的张牙舞爪欲再次扑向王有龄，见冒出个挡道的，原本就没好气，便顺手一巴掌将胡雪岩打倒在地。他下手忒重，胡雪岩嘴角被打出了血。

就在这时，门口又冲进一位少女，她手持一把木桨，叫了一声"雪岩哥"，便几步冲到胡雪岩身边，把他扶了起来，随后扭身冲那群讨债者的道："你们好狠心哟！干吗下手这样重？"

"不狠，能赶走这些穷叫花子吗？"为首的恶狠狠地说道。

"谁是穷叫花子？我，我是……"王有龄气得语无伦次。

为首的仿佛下决心要把他们赶走，对王有龄又打又踢，嘴里还道："你就是穷叫花子！你们就是穷叫花子……"

王有龄忍无可忍，与他对打起来。胡雪岩恼恨此人心狠，前去帮忙，塞了他几记夹拳，打得为首的直叫"哎哟"。其他几位讨债人忙来助阵，少女抡起木桨，一阵横扫，招招着肉，呼呼生风。那些人吃不住劲，频频躲闪。

"反了，你们简直是反了！"为首的顿足喊叫。

一个讨债鬼被少女追赶，竟跳过去抓起床上的老人做抵挡。王有龄见状怒不可遏，大叫一声冲进厨房，操起一把菜刀又旋风般冲回来，一刀砍在为首的手臂上，顿时血流如注。

为首的哇哇大叫道："哎哟！你倒抢先动刀动枪，对我们斩手断臂了。"

"啊！要杀人了，快抓他上衙门去……"其他逼债人一边喊叫，一边围了上来。

王有龄举着刀，一时竟不知如何是好，只是傻站着。少女在一旁提醒道："快！还不快跑！"

王有龄这才猛醒，"咣啷"一声丢下刀，箭一般冲出门去。讨债人一齐追喊着跑了出去："抓住他！快抓住他……"

王有龄跑得跌跌撞撞、上气不接下气。逼债人在后面紧追不舍，嚣乱的叫喊声在暮霭中滚动："抓住他！别让他跑掉……"出于关心，胡雪岩和少女也追了上来，跑前的夹着账本，赶后的扛着木桨。

前面是一座高高的大石桥，如大地的胸乳挺拔孤出。跑近了一看，不过是一道石砌的陡坡，像隆腹般坦陈展开，两侧有石砌雕花栏杆，像产妇无力张举的两条小臂——这就是著名的新宫桥。

王有龄跑到这儿已是精疲力竭，他呆呆地站在桥头，一边干呕着，一边想着主意。他望着桥下，幽深流淌的河水不息地流过，他的脑海里一片空白，脸上却挂着泪痕："新宫桥下东流水，中间多少行人泪？难道这世界再没有我王

有龄的容身之地了吗?……"他的身体摇晃着,心把持不住,身体也把持不住。

见状,胡雪岩疯狂地朝这儿挥手,远远地便喊道:"别跳河!别寻短见……"

"别跳,千万别跳河……"少女也跟着喊叫。

可王有龄已从桥头纵身跳了下去,激起一片亮亮的浪花,发出哗啦的响声。

"救人啊……有人跳河了!"有人冲上新宫桥高喊。

路人顿时大乱,一齐朝桥头拥来。杂沓的脚步,踩得积雪的路面飞溅起雪泥。桥上、河边已围着不少人,大家望着河中间,指手画脚。

黑黝黝的河水以它惯有的沉稳和力量激起一个个漩涡。水面上,一顶书生戴的瓜皮帽,在胡乱地划动、挣扎。

"不好了!要沉下去了。"

尽管桥上又跑来不少人,可大多数只是观望,很少有人行动。

河心,王有龄的头已看不见了。很快,露出水面的一只手也渐渐下沉。胡雪岩一身泥水赶到,二话没说就"扑通"一声跳了下去。

胡雪岩奋力向王有龄游去,但从游姿来看,他的水性并不佳。湍急的河水在他的挥打下发出喧嚣,望空跃起一片,又哗然落下。稍远,水流在刺骨的寒风中闪着幽幽冷光。向前直泻的水纹像道道流矢,嗖然不见;又像黑色巨蟒脊背上的黑鳞,倏然一闪即逝。冬天的大运河变得险象环生了,待胡雪岩游到出事地点,已不见王有龄的踪影。

胡雪岩大口喘息着,抹了一把脸上的水珠,睁大眼睛寻找。突然,他看见漩涡中露出一条发辫,便迅疾伸出手去一把抓住。一阵搏击,水花翻涌,就靠那条辫子,他把王有龄的半个身体带出了水面。王有龄已半昏迷,只是本能地乱划、乱抓。

他一定是太难受了!胡雪岩模模糊糊地想,他凑拢去想拉他一把,谁知王有龄出于求生本能,一把将他抱住,抱得紧紧的。

"哎哟!别抱我,我水性不好……"胡雪岩惊叫道。

但王有龄听觉视觉全失,只有生的意念主宰了他,使他搂抱得更紧了。拼命挣扎的胡雪岩已呛了好几口水,很快便失去游动的能力,被落水的王有龄拖向河底。

在桥上、岸上的人鼓涌、骚动、惊乍、痛惜的时候,一条小船溯着水流,从暮霭中闪了出来。

少女飞快地划动双桨,目光沉稳地扫着水面。她坐在船尾,微微伛着上身,双脚蹬在一道隔舱板上,纹丝不乱,那种沉着与她的年龄有着巨大的反差。波动的水流中,现出时沉时浮的两个人,仍在不住地挣扎,少女急忙将小船向他们划去。胡雪岩见小船驶近,奋力将王有龄推向小船。少女一边叫着"雪岩哥,快上船",一边伸过手来,将奄奄一息的王有龄拖上了船。

胡雪岩没了王有龄的搂抱就解脱了,他扳住船舷道:"我,我自己来……"话音未落,他纵身跃上船舷,但用力过猛,小船侧向一边。

"哎!当心!雪岩哥……"少女边喊边闪到另一边想稳住船,但已经晚了。船严重倾斜,把人全部倒进了河水中。白浪、黑泡、漩涡,泛着幽光的水波顷刻将落水者吞噬。围观的人又一次发出惊叫,紧张地凝视着河中。

暮霭渐浓,朔风更紧,飞雪稍停,夜寒陡起,围观者中有人打起了寒颤,有的早就在跺脚搓手取暖了。远远望去,那水性娴熟的少女最先冒出水面,她很快从水中捞起一个,挟着他的腰,划着水游向小船,一看她那个姿势,就知道她水性极佳。

"好!好啊……"岸上的人一齐鼓掌。

"你们知道她是谁?她就是草桥门外大名鼎鼎的螺蛳姑娘。"有人说。

"啊,她就是螺蛳姑娘呀?!"

河面上,螺蛳姑娘已把王有龄、胡雪岩先后推上了船,自己在船尾轻轻上船,操起了双桨。在人们的啧啧赞叹声中,小船消失在夜幕里。

小船傍靠哪儿,胡雪岩和螺蛳姑娘起了争执。螺蛳要在就近的中河边停靠,那里有个破庙,可以暂栖。可胡雪岩还在犹豫:"我家在元宝街,离这儿不远,还是你用船……送到我家中去吧。"

螺蛳姑娘一听就来气:"去你家?你那婆娘不把我生吞活剥才怪呢!"

胡雪岩歉疚地说:"螺蛳姑娘,是我对不起你,我违背了我们的誓约……可我也是没法子哟,我娘硬要把她塞进我的房里,这父母之命……"

螺蛳姑娘打断他的话:"别分辩了!我知道,你娘是嫌我穷,嫌我是个摸螺蛳的……少啰唆!就停在这儿,你快扶他上岸。"

胡雪岩去扶已失去知觉的王有龄,可他哪里扶得起,只得在螺蛳的帮助下把他背了起来,离船登岸。螺蛳姑娘从船舱拿出很大一个衣包,跟在后边。

河水把王有龄的肚子灌得胀鼓鼓的,他的脑袋无力地耷拉在胡雪岩胸前,积液不时从他的嘴角溢了出来,在胡雪岩胸前流淌。胡雪岩深一脚浅一脚,好不容易把个王有龄驮进了破庙。他一弓身,王有龄便出溜在地。胡雪岩一屁股坐了下去,身子往后一倒,四仰八叉睡在地上。只听螺蛳叫道:"你作死啊!这种时候你能睡吗?动着,你跟我不停动着,听见没有?"

破庙早已香火沉寂,凋敝破败,门扉倒地,墙角透风,是流浪人的栖宿之地。但佛龛前偶有香火,今晚就有几支红烛在寒风中抖抖索索,毕竟要过年

了嘛。

"兄弟,醒醒,快醒醒……"胡雪岩把王有龄摆放在地,揉他、叫他老半天,他抬头对螺蛳说,"这可怎么办,是不是没救了?"

"没救了,你也跟我不停地动着,否则,不消一袋烟功夫,你身上就结冰了,你也就没救了。"螺蛳说罢,到雪地弄来一些枯枝,一棵死树,用叫花子铺床的稻草引火,就把一堆篝火烧了起来。

寒夜里,一个绝望的落水者最需要的是温暖,王有龄的脸色渐渐松弛,唇角也开始微微抽动。胡雪岩连忙将他身体侧转,拍打着他的背部,让他吐出积水。

螺蛳姑娘打开那个衣包,从里面取出两件女式大袍说道:"你们先把湿衣服换下,用这袍子将就一下,在火堆边烤烤身子,要不然会冻坏的。"

第二回

火驱寒有龄陋室说捐纳
人勤暖雪岩纸篓拣账单

火堆熊熊燃烧,金黄色的火光摇动着,使破庙里温暖了许多,就连那些阴郁的佛像,神情也显得开朗些了。胡雪岩和王有龄披着女式大袍,裸露着胸脯。王有龄已完全苏醒,只是无力地倚在庙墙上,眼睛微闭。

螺蛳姑娘到佛龛后面换上一套干衣服,她拿着湿衣出来,走到火堆边添柴拨火。

胡雪岩道:"你该早点换上干衣服。"

"那多不好,我一个人穿干衣服,你们俩却……"螺蛳说着,看了王有龄一眼。这位落水者已倚着墙根睡着了,摇曳的火光在他们脸上、身上投下一片不确定的暗红、绯红。

胡雪岩感激地说:"螺蛳姑娘,要不是你下河相救,我也差点同这位兄长一起喂了鱼。"

螺蛳姑娘仍生着气:"本来这辈子我再也不想见到你了!实在是看到你危险才……"

闻言,胡雪岩嬉皮笑脸地凑拢过来压低声音道:"其实你只是嘴上说不想见,可身影老粘着我。每次我收账经过中河边,总是看到你一边捞河蚌、摸螺蛳,一边用眼睛朝我甩吊钩。"说着,便轻轻捉住她一只手。

"呸!谁像你……山盟海誓说了千万遍,一夜之间说变就变!"螺蛳姑娘把他的手甩开。

"你,你可千万别怪我……我娘逼着,素娟又挺主动,我和她只有过一次,她就怀孕了。我没法子,只好匆匆忙忙同她成亲。可我心里一直想着的是你……"胡雪岩苦着脸,又把手探了过来。

"你不用再花言巧语了,我已伤透了心……"螺蛳姑娘又把他的手打开。胡雪岩猴过去,张开手臂想把她拥进怀里,螺蛳用力一把推开他。胡雪岩身子晃了晃,把王有龄惊醒了。他睁开双眼,凝视着他们俩,轻咳了几声。

螺蛳姑娘有点不好意思:"你……醒了?吐出脏水,舒服多了吧?"

"唔……其实你们不用救我……就让我随波而去,了此残生……"王有龄无力地点了点头。

胡雪岩把身子坐正了,肃然道:"兄长怎么说这种话?看你年纪轻轻,仪表不俗,肯定是个读书人,怎么会动起寻死的念头呢?"

王有龄挣扎着把身子坐正了:"唉,不是我想寻死……是死来寻我……我们家的情况,你们不都看到了?"

胡雪岩大约因干跑街阅人众多,天生就有看人识人的本领:"唔,看是看到了一点……你不是杭州人,也不是一般人家,过去肯定是书香门第、官宦人家。"

王有龄不想多谈他的家世,有意转移话题道:"唉!别提了……看你们这样亲亲热热,活着才叫有滋有味……你俩是青梅竹马吧?"

"青梅竹马?还龙梅天马呢,我们命中注定是生死冤家。他已经娶了老婆,马上就要当爹了……呸!快回你的家去吧,否则你老婆又要打着铜锣满街找老公了……"螺蛳姑娘满肚子懊恼,说着便风风火火地撤柴,踩火,逼他俩赶快把烘干的衣服换回去。王有龄这才发现,这位有些野气的少女有着惊人的美丽,不仅能干、聪慧,而且敢作敢为。

王有龄本待回家去,却禁不住胡雪岩的再三邀请,便随他来到元宝街,他拜见了胡母,迭口称谢。胡雪岩向娘禀报了事情经过。胡母青春丧偶,含辛茹苦把儿子拉扯大,虽多年的媳妇熬成了婆,却是个虔诚的佛教徒。她当下找衣服让两个晚辈换了,随后就忙着要去给菩萨上香。

胡宅是幢老屋,并不宽敞,是前堂后厅、一正三厢格局。地板望楼,槅扇雕窗,当年的匠作还算讲究。现在槛窗上流云百幅、彩蝶戏衣的凸雕尚历历可数。只是岁月弥久,板壁房柱俱已发黑,凡有漆作的地方,不是漆光无存,就是被烟蔽尘封,早就失了昔日的精致光彩。客厅内摆着盆熊熊炭火,只是地板有了裂隙,寸来宽黑森森一段朽析,早有鼠辈走那里出入了。堂屋正中摆着高几香案,檀香木雕神龛里,供奉着一尊小型的观音大士瓷像。

胡母跪于蒲团上,向观音大士焚香祝祷:"多谢大慈大悲、救苦救难观世音菩萨,救我儿等平安出水……将来我儿有发迹的一天,一定重塑金身……"

但就是这么一幅老母礼佛的平常图景,也让王有龄感动得清泪涟涟:"雪岩兄弟,令堂真是一位善良慈祥的老太太。我自小丧母,与父亲相依为命,贤弟,你这真叫人羡慕呀……"

"是啊,我也从小死了父亲,是娘一手将我拉扯大的。"

胡母走了过来劝慰道:"不知这位书生郎为何要投水自尽?有道是'船到桥头自会直,车到山前必有路',不要一时一事想不通就……"

王有龄愧恧地笑了一笑:"伯母教诲,在下一定谨记。不瞒伯母说,在下王有龄,福建人氏。父亲曾在云南曲靖任五品知府,后被当地豪绅诬陷,摘了顶子无颜回老家,才流落浙江。他用生平积蓄为我捐了个'盐大使'的虚衔,可我一直无钱补缺。近来更是断了生计,谋职无着。以致穷愁潦倒,方落到今天这样山穷水尽的地步……"

"啊……想不到兄长还是一位官老爷!小弟有眼不识泰山,失敬!失敬!"胡雪岩不禁肃然起敬,站起来欲行礼。

王有龄一把拉住他道:"不要这样!我们还是以兄弟相称为好。要不是你,别人面前我绝不提说家世,以免惹人耻笑。其实,这种徒有其名的虚衔有什么用?还不如一件旧衣衫,换不回一文钱。"

胡雪岩偏要刨根问底,因为欠钱庄大宗银两的也有这等虚衔官老爷,架子还撑得老大呢,遂问道:"既然你是盐大使,浙江沿海有那么多盐场,为什么不给你补一个实缺呢?"

"兄弟你只知其一不知其二,补缺还得花一大笔钱哪!"王有龄苦笑着摇头,遂将这个称为"捐纳"的制度,给胡雪岩说了一个详细。

捐纳就是拿钱买官,历代皆有,只不过大清朝更盛行罢了。道光以来,跟英国接连两场战争,均以割地赔款告终。大清财政拮据,在"救穷"的各种办法中,捐纳成了首选。朝廷规定,捐纳大致可分捐实官、捐虚衔、捐封典、捐出身、捐加级记录、捐分发、捐复等数种。要价最高为捐实官。京官自五品郎中、员外郎以下至未入流的兵马吏目,外官自四品的道员、知府到未入流的县仓大吏,数百种实职官缺按级标价,均可一手交钱一手交货。捐虚衔则按捐实官价格减半或六成。

本来,通过科举进入仕途的人数已经足够吏治所需。但因国库空虚,军费浩繁,赔款甚巨,为筹措资金,朝廷便大肆卖官,致使社会上官多如鲫,并形成了庞大的候补官员队伍。捐官者十几年得不到一次差委,几十年不能署一缺的极多,王有龄便属这种情形。若想及早补到实缺怎么办?可以加捐分发,只要又一次出到足够多的钱,就可以立即分发,从拥堵的仕途冲开一条血路!

听完,胡雪岩讪笑道:"吓,没想到捐官还这么难!"

胡母知道捐官不是一件容易的事,便宽解道:"王老爷,人穷,志不可短,这是做人的道理,我也从小这样教导雪岩。他爹死得早,我们母子俩相依为命,不得不把他早早送进'开泰'钱庄当学徒,只指望他能学好,才有出头之日。先生,你说是不是?"

王有龄点头道:"伯母说得极是!雪岩兄弟有您这样的慈母关爱和教诲,何愁没有锦绣前程。我王有龄今天得以重生,真不知道怎样报答你们才好。"

"区区小事老挂在嘴上念叨就不好了,雪岩不也是着螺蛳姑娘救过命么?"那母子俩皆抢着道。

正说着,客厅门口出现了胡妻素娟,她用托盘端来两碗酒氽蛋汤,正袅袅冒着热气。见有生人,她不敢冒失,立在门首道:"娘,点心做好了。"

胡母上前接过托盘,把两碗点心放在他俩面前道:"来,快把这老酒、姜汤、糖氽蛋趁热吃掉,驱驱寒气。"

"有龄兄,这就是贱内。"胡雪岩指了指素娟。

王有龄忙起身施礼:"哦,有龄拜见夫人……"

素娟虽然相貌平平,却生得富泰丰腴,面皮白净,只是举止有些拘谨,显然没见过什么世面。她蹲身给王有龄回礼,道了个万福。胡母倒是有些大家风范,让王有龄不必如此多礼,以后就把这儿当作他自己的家。说着,她再次把一碗蛋酒递到他手上。有道是渴时一滴如甘露,一碗蛋酒不值什么,却让身心都极狼狈的王有龄感动。临行,胡雪岩往他手中塞了几枚铜钿说:"给老伯买份宵夜。"

天开亮口,胡雪岩已收拾齐整。走出家门,他一溜小跑出了元宝街那条深巷。天寒地冻,牛筋底布鞋避开那些结了薄冰的地方,步步踩着街石上那些粗糙拙劣的图案,或是铁钻凿出的石槽印儿上。他稳笃、疾迅地跑过巷口,跑过石桥,跑过一家又一家插门闭户的店铺、房宅。

店门还未开启,"开泰钱庄"几个镏金大字尚在熹微的晨光中若隐若现,胡雪岩就已经提着杭城那种最常见的小套篮,走供钱庄员工出入的一道便门进了院子。

此时，钱庄账房的大伙计、胖子章水祥打床上坐起，正伸着懒腰。胡雪岩会在这时一手端着脸盆，一手提着小套篮进来问："章大伙！您起来了？洗脸水已经备好，早点也给您买来了。"他放好脸盆、小套篮，跑到床边，拿起衣裤，服侍章水祥穿戴。

章水祥不过是个伙计头，虽心里舒服着，却真有些不好意思："雪岩，你真勤快！一年三百六十天，你总是天蒙蒙亮就赶到店里，还这样周到侍候我，嗨，不说了不说了……"待章水祥落地，胡雪岩已拿起扫把扫起地来。

章水祥下床便拐到屋角，拿起鳖形陶质夜壶，一边撒尿一边犯荤："雪岩，生平刚触到女人，晚上不胶在她身上？大清早怎么能起得来？嘿嘿！"

之后，章水祥开始洗脸，胡雪岩习惯地去拎尿壶："唷！这么满呀，你昨夜又喝了不少酒吧……"

章水祥便回答哪个普通客户请他了；哪个老板轧头寸，请钱庄何掌柜附带叫上他了；何掌柜宴请哪位吏目、哪位师父让他陪酒了，然后铺派他当天的活计。

"尿壶你放着，等会儿让打杂的阿四去倒。你帮我把抽屉里的账簿拿出来，算一算，看看那个到底没补上上饶知府的老赖，一共欠我们多少钱。"

胡雪岩应了一声，重复了一遍，这是钱庄的规矩，也是胡雪岩当学徒时养成的习惯。章水祥则坐到账台上，悠闲地喝着豆浆、吃着包子，早点可是一天一变的。

胡雪岩则坐到一张小桌边，翻着账本，打着算盘：一笔好账，一手好字，一副好体魄。三年学徒，钱庄就整这三样，徒儿就操这三桩。胡雪岩手指在算盘上快速如飞，敲得算盘嘀嘀嗒嗒响成一片。

"三年多下来，那个老赖一共欠咱们三百五十四两银子。"胡雪岩算完后道。

"就那么一点，不会算错吧？"

胡雪岩这点自信还没有？毫不含糊道："不会。"

"这个老赖，一直没补上饶知府的空缺，欠我们的账三年多了，我都让他弄糊涂了。按理说，客户都是我们的衣食父母，但这些候补老爷最难伺候，软的不行，硬的也不行。一旦他补上了官，我们还得求他们。唉！"章水祥一脸不高兴，放了呆账、死账，重则挨罚，轻则也要看老板的脸色，说你把他的银子盘没了！

这又是一个等着当官补缺的！胡雪岩心内想这，嘴上却应和道："是啊，我们是钱庄不是放高利贷的，不能乱来一通，什么手段都用上。"想起昨天那一幕，不由得自言自语道，"昨天那个王有龄，也真可怜……"

章水祥放下碗:"雪岩,今天你随我上门讨账去!临近年关,不能再让这个老赖赖过了年。今年再讨不回,我们只好自认晦气,吃倒账了。"

闻言,胡雪岩惊得声音都变了:"吃倒账?我们亏不是吃得太大了吗?"

"那有什么法子?只能自认晦气。"

胡雪岩跟着章水祥,挟着算盘、账簿,上门讨账。由于没走昨天那条路,胡雪岩暗自有些庆幸,心想:不知有龄兄家里怎么样了?今天又有讨债的上门吗?不看见好,看见了帮不上忙,让人心里难受。到了赖宅,自然是门庭冷落车马稀,几家近邻出来看热闹,议论纷纷:

"'开泰'的章胖子上门逼债了,赖家又该倒霉了。"

"过年、过年,年关最难过。唉!这年头……"

青瓦上覆着积雪,粉垣上石灰剥落,黑底金字"赖府"宅牌,对开大门紧闭。胡雪岩前去敲门,敲了几下无人回应。

"再使劲敲!这老赖无钱去外地,只好成天躲在家里。"章水祥向胡雪岩挥手吆喝,他只得继续把两扇门拍得山响。少顷,门内有了响动:"谁呀,敲门什么事?"

章水祥正欲回答,胡雪岩朝他使个眼色,遂把嘴贴在门上,拿腔作态道:"我找赖老爷,江西上饶府送年货来了。"

半响,门"咿呀"开启了一条缝,一双眼睛朝外打量着。胡雪岩一挤便推开了门:"是赖老爷吧?把门再开大些,年货在后头呢……"

门大开,露出一位猥琐潦倒的官老爷。年约四旬,面白无须,头戴一顶有了窟窿的青缎瓜皮帽,身穿一袭缀着补丁的富贵团花宁绸棉袍,脚着一双开花高拱棉鞋。他左右瞧瞧,一眼看到后边的章水祥,连忙要把门重新掩上。

胡雪岩用手把门抓住道:"且慢!赖老爷。"

"不!我不姓赖,你找错门了,我不认识你。"赖老爷连忙说着,就想关门,但门被胡雪岩抓牢了。

章水祥大步上前笑道:"没错!你不认识他,总认识我吧?"

不由分说,章水祥强行把门推开,对方只得无奈地松了手,低头耷脑将二人让进了客厅。

两人面对相坐,桌上一杯白开水。但见四壁萧条,别无长物。章水祥递过去债条问道:"赖老爷,你瞧瞧!这是不是你亲笔写的?"

"没错,是我写的。"赖老爷接过匆匆扫了一眼。

章水祥疾言厉色道:"三年前,你借我们钱庄这笔钱,言明一年内归还三百两银子和利息。现在三年过去了,你一文未还,我们每年来讨账,你总是东躲西藏、左推右赖,耍尽鬼把戏……"

赖老爷挺直身躯，有些强项模样："这字据是我写的，这钱也是我借的，我堂堂正正一介候补知府，怎么会做出欠账不还的无赖勾当呢？章胖子，你也太小看人了。"

"那好，你既然认账，那就把这三百两银子全部还来！"章水祥拍了拍借条。

"这账……我满心想还，等补上了'实缺'就把这宗欠债一笔了结。没想到这'补缺'的事儿一拖再拖，藩台衙门的上谕就是一直没有下来……"赖老爷口气稍软。

"借钱最讲究信用。赖老爷，你这笔欠账已整整三年了！如果每一个客户都像你，我们钱庄早就关门大吉了。你总得为我们想想办法吧。"章水祥说罢，把账簿往桌上一扣，掇过一张条凳，拦在客厅门口，表示自己打算"坐索"！

赖老爷一脸的懊丧："我实在是无法可想……我是读书人，身份名节是最要紧的！"

章水祥是老钱庄了，深谙欠债人那套把戏，冷然道："赖老爷，你这一套孔孟之道我耳朵都听得起茧了。可我们是开钱庄的，只认银子，不认空话，你只要把欠账还清，我们立马走人。否则，我们只好坐等了！再不行，让伙计把铺盖也搬来，在你家吃年夜饭。怎么样？"他双手往二郎腿上一搁，大有不给钱不走人之意。

一只瘦歪歪的灰猫，饿得"瞄瞄"直叫，绕着主人裤腿转个不停。赖老爷气得一脚将它踢开，胡雪岩有些不忍，抱起瘦猫放缓语气道："赖老爷，我们章大伙也是没法子啊！眼看年关临近，老板催逼得紧，他才亲自带着小的登门相扰，还求赖老爷成全。"

"你是……"赖老爷这才注意到了这个小伙子。

"小的胡雪岩，跟随章大伙跑街。"胡雪岩总是那么和婉。

赖老爷提过一只瓷茶壶，想往茶杯斟水，可壶是空的，他只得放下。他觉得这位小伙子说话还中听一点，但自己实在是没钱，便犯起横来了："不管是你章大伙，还是小跑街，反正我已把话说尽，要钱没有，要命一条！你们就看着办吧。"

不管二人重说轻说，做张做智，赖老爷只把双手笼在袖管里，死死咬住两个字：没钱！

回到开泰，章水祥气得把账本重重摔在桌上："呸！从来没见过这么死皮赖脸的人！三年上门讨账，居然一毛不拔，真是世上少有、人间绝无。"

胡雪岩也叹息了一声："大伙计，看来他真是穷得叮当响。"

"你怎么知道？"章水祥怒气冲冲，照规矩，三年追讨不回的账就要被挂名

"死账"了。

"你们争吵时,我就里里外外、角角落落仔细看了一下,他家中确是一贫如洗,那么冷的天,床上只有一条破棉絮……"

"这也算是个候补知府!看来再讨再逼也是白花力气。唉,只能把这笔钱作为'倒账'一笔勾销了……"章水祥像个泄了气的皮球,说罢,他就去见了何掌柜。

好在三年前这笔借款,正是何掌柜亲自关照要借给赖老爷的,掌柜的只能自认倒霉。章大伙回到账房,坐下来翻开账本,用毛笔蘸墨,在姓赖的名字上打了个大黑勾,然后,无可奈何地把借条揉皱成一个纸团,丢进了挂在壁上的大纸篓里。

胡雪岩昨日已得了些捐纳的道道,便规劝道:"章大伙,目前官场黑暗,时局纷乱,像赖老爷这样的人不少。我倒觉得在这种乱世,正是我们钱庄发财的好机会。只要这些老爷补上官,一定会提供钱庄一些业务,您说是不是?我们不该泄气,反而要有心去开辟这一笔笔财源。"

可章水祥对此事情绪不高,随便应付道:"好吧,我今天还有个应酬,你将这账房里外打扫一番,今天是腊月掸尘的日子。"

"您去吧,这儿有我呢。"

章水祥走了,胡雪岩拿过屋角长长的鸡毛掸帚,借了一张凳子搭脚,从屋梁一直掸到墙壁。掸到壁上那个菱形的大纸篓,上有"敬惜字纸"的字样。

胡雪岩若有所思,他将纸篓摘下,倒出所有的字纸,一张张查看。最后,他把赖老爷那张被揉成一团的借据在桌子上抹平,默默地塞进了衣袋。

第三回

死有梦火葬亡父西溪地
心皆迷瞎指职官城隍山

转眼已是清明。西湖碧波连天,轻舟画舫相续。三潭印月的倒影映在水中,被兰桡桡桨划成碎片。湖面生皱,碧水花心,晴波荡漾,难聚难分。六桥烟柳,风光旖旎。仕女弦歌,在堤上柳下尽皆把春怀敞了。

螺蛳荡着双桨,载着二人在西湖上漫游。王有龄立在船头,信口吟了一首《西湖诗》——

锦账开桃岸,兰桡系柳津。
鸟鸣为劝酒,花笑欲留人。

胡雪岩虽不精于此道,可到底身在景中,觉得这短短二十个字,把西湖风光、游人如狂的景色皆写到了。这位仁兄,也称得上是位才俊了。可惜命运对他不公,一身敝旧的青布长衫,下摆上还留着些污渍,真令斯文扫地,旁观者心寒!

移时,螺蛳姑娘把小船停泊在苏堤桥洞下的湖边,她在船尾架起小炭炉,

开始烹炒螺蛳。胡雪岩展开那一张揉皱的借据说道:"嗨!薄薄一纸借据,难倒一条英雄汉。你看……"

王有龄一看,感触良多:"是啊,人有时就差一口气。我就是无钱到京城去补'实缺',才落得上不着天、下不着地的境地,穷得连年都不知怎么过了!"

"你好比虎落平阳,英雄末路,我一定要想法拉你一把心里才好受。你定有出头之日。"胡雪岩认真地说。

"谢谢你的吉言,雪岩兄弟!"王有龄笑得有些凄凉。英雄末路,自己还说不上,但自己也是一个有胆有识、讲良心重操守的读书人。如今蹉跎杭州,塞奄难进,能有他这样的知心朋友,不断为自己打气,摩拳擦掌地要帮自己一把,这不仅让王有龄感动,也给他干涸的心田注入了一股清泉,增添了他对未来的信心。这不,他俩又生着法儿拉自己来领略西湖春光,让莆风春水荡涤心中的渣滓,他觉得心里亮堂多了。

螺蛳姑娘端着一大盆炒好的螺蛳来到船头,招呼他俩道:"来来来,吃酱爆螺蛳!我刚从河里捞起,魂灵儿都还没有散呢!再有钱的人家也吃不到我这样的美味!"

"好!有龄兄,我们一起来吃。"胡雪岩撮起一颗,用嘴"嗞"的一吸,便丢下螺壳,晃着脑袋吧嗒着说道,"啧啧,真是鲜美无比!"

王有龄也拿起一颗,学他样子塞到嘴里,但"嗞嗞"连吸几下,就是吸不出来,他瞧了半天后道:"这就像我那盐大使的虚衔,再求不得,也绝不轻言放弃!"说罢,他将螺蛳整个丢进嘴里,咯啦、咯啦几下咬碎,再把碎壳吐出来摊在手心里嘟哝道,"诚难!然终入吾彀矣!"

见状,螺蛳姑娘笑道:"看我的!"她耍魔术一般,一手丢进一颗,"嗞"的一声,随即吐出空壳;另一手又丢进一颗,"嗞"的一声又吐出空壳。

"你这……哪是吃螺蛳,简直在耍把戏。"王有龄看得呆了。

"还有呢!……"螺蛳姑娘得意地说着,她又变戏法一般从船舱中取出一小坛酒,上面还蒙着红布。

"酒!哪儿来的?"胡雪岩问道。

"偷的。"

"偷来的我们不喝。"

"不是偷别人的,是偷我老爹的。他成天喝酒,把家都喝空了。喝醉了就骂人,还打我和弟弟……"

螺蛳的娘在生弟弟时患产后风死去,螺蛳姑娘很早就在为家计操劳了,又摊上这么个嗜酒如命的爹,那个家真没什么值得留恋的。但今天是邀有龄兄来西湖散散心,便不想提那些扫兴的事。胡雪岩赶紧把她的话头子截住,打开坛盖咂嘴道:"哟,还是一坛'女儿红'呢!螺蛳姑娘,这是为你出嫁准备的吧?"

越俗女儿降世,必请人用糯米煮酒,拿大缸小坛严封,视家境而定。再将缸坛深埋地下或藏于窖内,待女儿长大出嫁,将酒取出,连同嫁妆一同抬往男家。此酒色泽暗红,清冽甘醇,芬芳无比,故称作"女儿红"。

哪知这句话又触动螺蛳姑娘的心事:"出嫁?谁会要我这个漂泊江湖、四海为家的小螺蛳?最多嘬一口,就把壳往河里一丢……"话没说完,她就用怨恨的眼神望着胡雪岩,那怨恨中又隐含着凄凉、无奈。

胡雪岩的心似被剜了一刀。一个正当豆蔻年华、又美丽动人的少女,注定了不能和自己心爱的人在一起,那是多么的痛苦和绝望!胡雪岩的心因她的痛苦绝望在滴血,这个被剜的伤口是永难愈合的啊!更何况是自己辜负了姑娘,把本当比翼双飞的天空变成了绝域。他几乎毫无防范就跌入了一个温柔的陷阱,接受了替他安排的这场婚姻。他有何面目享受少女的这番殷勤?他怎能没事人一般去喝她降临人世时的封缸酒?亵渎她象征幸福的"女儿红"?胡雪岩的脸刹那间没了血色,他把"女儿红"的坛盖无声地复原,低头审视坛盖是否严丝合缝,拿手按住,将酒坛置于自己的保护之下,用充满歉疚的眼神望着她。

"你怎么啦?倒酒啊……"螺蛳姑娘大声道。

"是我……对不起你……"胡雪岩的嗓音喑哑,眼睛泛潮。

"对得起对不起又怎的,你扯这些干什么?快倒酒……"螺蛳姑娘瞪了他一眼,"叭叭叭"在舱板上摆了三只广口粗瓷的小碗。

胡雪岩用一种乞怜的眼神看着她,嘴里迟疑道:"这酒还是……"

一语未了,螺蛳姑娘劈手把他按住酒坛的手拽开,一把抱过酒坛,语声、眼神都带着凌厉道:"你装什么多情的种子啊?这酒是特为王大哥从地下取出来的。王大哥流落杭州多年,只怕还从未品尝过这里的'女儿红'……"

她满斟三碗酒,先自掇了一碗,冲王有龄道:"王大哥,我敬你……"说着,她仰头一饮而尽。见此情景,胡雪岩和王有龄都惊奇地看着她!

螺蛳姑娘放下碗道:"你们看什么啊?快喝呀!"

王有龄大呼道:"好酒量!你还是个酒中豪杰呢,螺蛳姑娘!"

"啧啧,想不到你这么能喝酒?"胡雪岩也咋舌道。

螺蛳姑娘又恢复了她的野性、爽利:"是呀,我也不知道自己酒量究竟有多大,反正从来没醉过。我在娘胎里就是酒鬼的种,生下没断奶,老爸就喂我酒……城隍山的范瞎子给我算过命,说我这辈子当与酒结下了不解之缘。"

王有龄受到感染,像上了战场一般道:"听君一席话,比酒更能消愁,多谢

螺蛳姑娘,喝酒喝酒!"他一仰头把酒喝下,然后抹了抹嘴道,"我们三个人今日能一起在西湖相聚,也是前世修来的缘分。"

只有胡雪岩望着酒碗怔怔发呆,细细品味着"缘分"一词,心内道:"我跟螺蛳今世还能有'缘分'么……"

接连几日暴雨,王有龄家的破屋无法栖身。这天下晚,他从茶馆收工回家,见院子里的枯枝、败叶、草皮飘浮在去无定向的积水里,慢悠悠打着旋,便急急推开破门,嘴里叫着爹。

见没有回应,他连忙冲到床边去探望父亲,同时点燃了小桌上那半截蜡烛。烛火摇曳,幽暗的光线照着一块铺着稻草的门板,上面是一床破棉絮。棉絮已经湿透,一条凌乱花白的细辫耷拉在床边。

"爹,您怎么啦?"王有龄发现父亲有些异常。

王父瘦骨嶙峋的手指向屋顶,嘴里哼着。原来,从屋瓦的缝隙中,滴滴答答的漏着雨水。

"爹,您为什么不找个东西来接漏呢?"

"屋里……已没有东西了……"王父声音喑哑。

王有龄仓皇四顾,确实没有盆罐什么的,东西都被那帮讨债的人给砸光了。只有屋角一把赭黄大油布伞,那帮人大约没有发现,王有龄就要去取。王父急了:"不,不要用这个……"

王有龄大不以为然:"现在是什么时候了,您还要宝贝般护着这把破伞!"

"不要用这伞来挡雨接漏……"王父挣扎着要坐起来,他伸出瘦骨嶙峋的手作拦阻状。

王有龄不管,他径自打开了伞——桐油涂的伞面上写满密密麻麻的人名。这是王父在曲靖任上为百姓办成了几件事,当地百姓送给他的"万民伞"。这是他为官一任留下的仅有的纪念,也因此开罪了当地一些富户豪绅。

"人都快要冻死、饿死了,这万民伞还能当饭吃、当被子盖?爹,你快醒来吧!那么多大小官吏,那般刻薄地对待你、欺压你,你还留恋官场什么哟?"王有龄有些悲愤。

"负我的都是些贪官污吏、土豪劣绅。老百姓可没有负我,这、这万民伞上可见民心。"王父依然固守着人生信条。他又喘了起来,这是宦海生涯中,唯一让他感动的东西了。

"民心,民心又有什么用?掌大权的还是皇亲国戚、达官贵人。要不,我这'盐大使'空缺早就补上了。"王有龄愤懑地说。

"是啊!为父最大的憾事,是生前未见你功成名就、创家立业。但愿老天长眼,将来总有时来运转的一天……刚才、刚才我……梦见一位神仙,指点你去北方,北方才会有贵人相助……"

王有龄捉住父亲抖颤的手,把他捺到破絮下面。京师在北方,皇上在北方,当然贵人在北方,这样的事还要神仙指点?王有龄知道父亲出奇的固执,像哄小孩似的说道:"爹,您为儿子的前程操心,做梦都在给儿子找出路,但这只是个梦,千万别当真。"

"不,这梦肯定能成真……你要千方百计去北方,到京城去,补上个实缺,做个为百姓的好官……"王父喘息着抖抖索索从枕头下抽出一部手稿,无力地递给王有龄。

王有龄接过,封面上是隶书写的《宦海政要》。他许久都没有看到父亲堪称大家的隶书了!翻开这书,里面是一行行工整的小楷。王有龄动情地说:"父亲,您对孩儿的期望,孩儿会永记在心。要么不当官,要当官就一定做父亲那样的人……"

王父欣慰地点了点头,随着一阵剧咳,他已经上气不接下气了,只得闭上双眼。

王有龄急忙去倒水,可桌上水罐里却没有水。再到小炭炉上去拿药罐,药罐里也倒不出药汁。

王父又一次睁开眼睛:"别忙了……为父马上……要去九泉之下见你娘了……孩儿,有朝一日,你可要把我的遗骨运回福建……与你娘合葬在一起……"

也许他想象到了那个辉煌的有朝一日,他焦黄的脸上漾起了笑纹,枯槁的眼瞳也有了一丝欣慰。他就保留着这笑、这欣慰,黯然告别了人世,无力的手猛地向下垂落。王有龄悲怆地叫了一声"父亲……"双膝跪了下去。

屋外的积水不知何时已越过了门槛,在霉潮发黑的泥地上逶迤,漶漫开去。在这幢就要倾颓的老屋里,所有的洁净之处都被这横流的脏水浸渍污染,也有些轻薄浮浪之物,随着这汤汤浊污流活跃起来,以为找到归宿了……

没有挽幛,没有花圈,蹚进污水中的只有王有龄新结识的这两位朋友。螺蛳姑娘驾着小船,把王父送到杭州郊外的西溪湿地,在一个港汊交错的地方找到一片荒洲。这里野花杂驳,荒草萋萋,鸥鹭流连,狐鼬时窥。他们砍了很多小树,火化王父的尸体。王有龄披麻戴孝跪在火堆前,放声号啕:"爹!孩儿不孝,竟没有棺木将您老人家盛殓,运回家乡……"

螺蛳姑娘见王有龄这般伤心,不忍再看,转身跑到一棵大树下默默流泪。王有龄看到撑开在阳光下的万民伞,疯狂地冲过去,拿起来要投进火舌卷舒的大火中。胡雪岩见状连忙过来拦阻:"这'万民伞'不能烧掉,有龄兄!"

"人都死了,这伞留着何用?父亲既然那么珍爱它,就让它伴着父亲一路同往黄泉吧……"王有龄嘶叫着推开胡雪岩,将大伞扔入火堆……

火舌跃动,很快吞噬了伞面……胡雪岩又一次伏地而拜:"也好,那就把它当作纸钱,烧给一位好官吧!"

"苍天哪……你为什么要让一位好官的结局如此凄凉呀……"王有龄悲愤地跪倒在地,仰天长啸。可回答他的,只有湿烟、乱鸦、白水、黑沼。化作黑蝶的纸灰,在迷离的荒草上空飞舞,迸碎,飘散无踪……

穿过复杂的港汊溪河,小船矣乃,送他们回家。王有龄坐在船头,双手抱着盛有遗骨的陶瓮,神情肃穆。胡雪岩想安慰朋友,可又无法开言,只得默默地往河上撒着大把、大把纸钱,边撒边祈祷着:"王老伯,一路走好,一路走好……"

小船驶出野河,就要拐进运河。螺蛳问道:"准备在哪儿靠岸?"

胡雪岩给王有龄拿主意:"有龄兄,现在只好把令尊的骨灰放到铁佛寺暂厝,等我们有了钱,一定把令尊的骨灰运回你福建老家,入土厚葬。"

"有钱,可我们到什么时候才能有钱?"王有龄不信地摇了摇头。

"总有那么一天的。那时,我不光要办钱庄、当铺、药店,还要开办义庄,免费施舍棺材和坟地,让那些死了的穷苦人全都入土为安。"胡雪岩第一次吐露了他的心声。

"贤弟,你好大的口气!足月只能拿到一吊多钱的小跑街,穷得连买顿烧饼油条都要掂量掂量呢,还想办什么大事业!"王有龄的语气终是免不了凄凉。

"会有那么一天的!有龄兄,有句话我早想问你了,可一直没说出口,不知该不该问?"胡雪岩十分自信。

王有龄神情悒郁地望着他道:"我们如亲兄弟一般,有什么不能问的?问吧!"

胡雪岩一本正经道:"我看你不是个没本领的人,你比我前程远大,将来肯定会做大官,何必一天到晚在茶馆里打发日子?"

王有龄摇了摇头,一脸的茫然。

"哎!你大白天说梦话吧?雪岩哥,安慰朋友也不要说这种九天大话。"螺蛳姑娘在后边取笑。

胡雪岩执拗地说:"不,我有一本《麻衣神相》的书,对照着给有龄兄反反复复看过相。"

"那你为什么不给自己看看相呢,你能否大富大贵?"螺蛳姑娘一脸坏笑地说。

"眼睛长在额角上,只能给别人看,不能给自己看……"胡雪岩做出江湖术士的样子,忽然转过头凝视着螺蛳姑娘说,"螺蛳,我看你将来准能当个阔太太、贵夫人!"

"什么?我一个摸螺蛳的……能当阔太太、贵夫人?螺蛳壳里做道场,只怕贵不起来吧……"此时,小船已经靠岸,螺蛳一边拾掇,一边道,"如果你们真想算命,明天我陪你们上城隍山,去找那个十有九灵的范瞎子……"

城隍山又名吴山,是杭州一著名去处。山上道观、寺庙林立,巫师、相士漫山都是。数不清的掌故和传说,簇拥着古甍飞檐,环绕着那些浓荫匝地的古树,借助怪石岩的精魂代代传承,吸引着无数香客、游人,以及虔诚的朝觐者。他们在无意间充当了相士、瞽盲的衣食父母,使这些民间祸福的预言家、天命人命的信使者蝇营狗苟,将现实和未来那些无尽的失望与希望连接起来。

这日得闲,螺蛳姑娘领着胡雪岩、王有龄走大井巷来到城隍山。他们一行穿过赶庙会的人群,走过"十二生肖石",朝城隍庙走去。

一家又一家看相、测字摊,向他们一行吆喝,邀他们算命、看相。螺蛳姑娘轻声提醒:"别理睬他们,这些都是江湖骗子,说得天花乱坠,全是骗钱混饭吃的家伙。"

胡雪岩忽然觉得有些滑稽,还真算命来了?便问螺蛳道:"你就那么相信范瞎子,他真有那么准?"

"这瞎子阴阳无差、祸福有准,号称'范半仙'!他又不知道我爹是酒鬼,却说我这前半辈子当与酒结下不解之缘,你说神不神?"螺蛳认真道。

胡雪岩趁机拉住她的手,关切地问道:"那么后半辈子呢?"

"后半辈子……他没有说。"

莫不是这个螺蛳姑娘故弄玄虚?王有龄心里虽这样想,嘴上却道:"真有这么神?那他肯轻易给我们算命吗?"

"别人不成,我行!他天天吃我送的螺蛳。"螺蛳姑娘不无得意。

三人来到城隍庙门口范瞎子的摊子前,只见一张油泥尘垢潴结的小方桌背后竖着一个油腻招幡,当中那个似八卦不是八卦的圆圈中,写着"算命"二字。范瞎子此时正伏案睡觉,肩膀抽动,似有鼾声。

"算命测字啦,道长。"胡雪岩生怕吓着他似的,但摊主毫无反应,仍埋头大睡。

螺蛳姑娘猛拍桌子大叫一声:"范瞎子!"

对方一惊,抬起头来,不住揉着眼睛:"喊什么哟,扰我清梦……"

"找你当然是算命、测字啦……你就别装睡了。"螺蛳姑娘咋唬着,也不知她是怎么看出来的。

范瞎子瞪着空洞洞的两只眼睛,像两扒粘稠的糖麻鸡屎糊住眼眶,正然道:"螺蛳丫头,你可别损人。我专门在这里恭候你们三位呢!"

"咦,你怎么知道有三位?范瞎子,你难道看见我们了?"螺蛳顿时便显惊讶。

范瞎子点头得意道:"不光看见,而且昨晚就梦见今天你们三个人要上山来。"

"嘿,你梦里眼睛就不瞎了?稀奇!"螺蛳姑娘笑了起来。

胡雪岩也着实感到惊奇,便道:"哦?那你就给我们算个命吧,我把生辰八字告诉你。"

范瞎子一摆手道:"不,不用了,我把你们的命全算好了。"

"哦,我的命怎么样?请你快说。"胡雪岩有些急切。

范瞎子摆了摆手:"你稍等,官大、命大的先来。"

嘿,这是什么规矩?胡雪岩一句嘟哝还没出口,范瞎子突然用手指着王有龄道:"是这位!"

"我?!……我官大、命大?你弄错了吧?"王有龄惊得连连后退。

"来!跟我进城隍庙去。"范瞎子向前一指,然后站起身来,摸到他的探路竿,领头朝庙里走去。

"干什么呀?"螺蛳不满地嘟哝。但范瞎子熟门熟路,已经进了大殿。

大殿难称崇峨耸峙,却也高大空阔,楹柱森然。殿内香烛氤氲,帷帐飘飘,善男信女们依序向城隍爷焚香祷告。胡雪岩一行来到高大的佛龛面前,仰望帷帐后的城隍爷,倒也庄严慈和,一副冲挹中平之相。

范瞎子向城隍爷一指道:"上!那是你的位置,你可以去坐这个宝座。"

三个人面面相觑,不解何意,怎的能去坐城隍爷的宝座?范瞎子竟然催促道:"去!你快去呀!"

王有龄连连惊退:"不,不,你可别吓我……"

"你今天不坐,可迟早要坐。"范瞎子有些不屑。

王有龄望着城隍爷,竟然神木楞吞,有如这泥胎木偶了。螺蛳姑娘拉了拉范瞎子的衣服问道:"那我呢?"

"我不是早给你算过啦!丫头。"

螺蛳姑娘娇嗔道:"算是算过好几次,但没有一次作准。上个月,你说我一辈子只能河沟里混,这个还算不算数?"

"算数!你生就是螺蛳命!'螺蛳壳里做道场,呼风唤雨做娘娘'。"范瞎子十分肯定。

螺蛳啐了一口道:"呸!娘娘?我才不信你瞎说呢……范瞎子,你昨天那样说,今天又这样说,是不是信口开河?"

"你要相信人的命是会变的,随时而变,随人而变。"范瞎子为自己狡辩。

"那你就算算我会怎么变?什么时候?什么人?"

"天机不可泄漏……"范瞎子竖起手指了指天,翻白着空洞眼说着,哼起"杭州道情",准备扬长而去。

胡雪岩尚在怔怔望着城隍爷,这庙里供奉的神灵原有些掌故传说,因不甚留心,一时竟想不起。忽见范瞎子要离开,连忙将他喊住:"哎,哎!还有我,还有我呢!"

螺蛳姑娘也忙叫道:"范瞎子……"

哪知范瞎子理也不理,只顾自己走下山去。螺蛳姑娘快步追上去,一把抓住他道:"范瞎子!这位胡相公的命呢?怎么样?"

"他……"范瞎子支吾其词。

"对!还有我呢!请范半仙为我大开金口。"胡雪岩也赶了上来。

范瞎子一阵嗫嚅,摆了摆手道:"你的命……我不敢算。"

胡雪岩更加莫名其妙:"不敢算……为什么不敢?"

"你的命太大,我吃不消算,引人求吉不求凶,但记心头益不穷。"范瞎子说罢,回头就走。

"你,你这是什么意思?"胡雪岩更觉无趣。

螺蛳姑娘又追上去把他拉住道:"别走!范瞎子,是好是坏,你总得有句话。"

范瞎子挣不脱,走不掉,便无可奈何地说道:"一定要我讲,我不是金口,是臭嘴!先把丑话说在头里,胡相公可别生气。"

胡雪岩见他说得玄乎,表面坦然,心里还是有几分紧张:"再差的命也是命,我无所谓,说吧。"

"那我说了……"范瞎子摸了摸髭须。

气氛一下子变得有些紧张,三个人俱一言不发。

"这个命……怪得出奇,人间少有……前半生,龙蟠虎斗,难以看清……后半生嘛,只看到一个结局……"范瞎子慢条斯理说到这儿,又住嘴不说了。

见此情景,胡雪岩忍不住问道:"什么结局?"

"直说吗?"范瞎子又卖关子。

"直说!"胡雪岩和螺蛳异口同声道。

"妻离子散,不得好死。"范瞎子清清楚楚吐出这八个字。

闻言,王有龄大惑不解:"啊……这是什么意思?"

螺蛳姑娘则冲上前质问:"你,你这不是在咒人吗?范瞎子!"

"姑妄言之,姑妄听之嘛……"范瞎子缩着脖子,有些葸畏的样子。说完,他青竿乱点,掉头而去,山风吹得衣袂飘飞,那敝旧的老蓝布长衫,背上是一片白渍渍的盐花。

嘿嘿,妻离子散……胡雪岩本待来点儿自我调侃,忽然他瞅到一个熟悉的人影,虽然换了装,可还是一眼就把他认出来了。那有些藏藏匿匿的举止,立刻引起了他的注意。他让王有龄和螺蛳姑娘先回,说自己还有点事,随后便悄悄跟住了那个人。

那人绕过城隍庙,从庙右的火德祠去往后山。后山多生杂树,也有几株老枫柏及长松,皆有百年的历史,远望去森然一片。后山腰有一处圮毁的云居庵,曾经香火鼎盛,因此树林中多有路径通往山腰,那人走着偏南小径往云居庵方向去了。

胡雪岩闪身走了另一条小路,那一路绿荫掩映,林木幽深。他远远看见云居庵坍塌的断墙下立着一个妇人,穿一件水红缎掐腰窄袖衫,袖口、下襕皆镶着白亮亮的闪光缎净面花边,半寸来宽,甚是耀眼韵致。她腰间系一条髋线分明古铜色大翻波浪掩脚的绉纱裙,正翘首而望,脸上映着自林梢投下的天光,倒有几分妖娆动人。

少顷,小径上走来渔郎打扮的赖老爷,那女子叫了一声"表哥"便扑了上去,投进赖老爷怀里。这女子好生面熟!哦,想起来了,她是浙江藩司贵福老爷在外头包养的一个女子,名叫美姬便是。想不到穷得叮当响的赖老爷还有这等雅兴,欠一屁股债还有心情跑到吴山的密林中来会相好。胡雪岩心想:下次遇上他,一定要好好敲打敲打他……

第四回

用心机送猫但求捐纳费
明大义赠佩为凑厚黑钱

王有龄请胡雪岩喝茶,以表谢意。

杭城喝茶赶早,街上尚自晨雾迷蒙,茶馆里就已热气腾腾。茶友一边喝茶品茗,一边聊天,或是谈着生意。提着大茶壶的茶博士在茶桌之间来回穿梭,不住殷勤地给茶客们冲茶续水,每有走动,便大声吆喝。胡雪岩和王有龄坐在角落的一张茶桌上,一开话匣子,居然都是昨日范瞎子的算命之事。

"有龄兄,昨天听了范瞎子的话,我一夜没睡好觉。"

"你……信吗?"王有龄望着他。

胡雪岩沉吟道:"怎么说呢……半信半疑。"

"是吗?你信在哪里?疑在何处?"

胡雪岩指天画地,一下子就激动起来:"譬如我的命,他纯属一派胡言。说什么我前半生龙蟠虎斗,又说什么结局不得好死……我才不信呢!死也不相信。我偏要争这口气,一定要混出人样儿来,光宗耀祖,让他范瞎子看看!"

王有龄抬手止住了他,沉吟道:"雪岩,你别说……我倒觉得范瞎子的话

虽属荒诞,但似乎暗藏玄机……"

"哦,你这样认为?"胡雪岩有些惊讶,随即安静下来,伸长脖子听他说话。

王有龄却不紧不慢,一板一眼道:"是哟……他叫我去坐城隍爷的交椅,这是什么意思?我苦思冥想了一夜,总也猜不透。"

"我想……大概说你将来可当城隍老爷吧。"胡雪岩嘴快,忍不住。

王有龄边想边道:"杭州的城隍老爷可是一位古人哪,他是明代的杭州知府周新。周新永乐初官拜监察御史,弹劾敢言,善断疑狱。后由云南按察使改任浙江按察使,外号'冷面寒铁'。因得罪了锦衣卫,锦衣卫诬奏周新,成祖大怒,下令处死。他临刑大呼:'生作直臣,死作直鬼!'事后成祖发现有冤情,遂封周新为浙江都城隍,立庙吴山。城隍庙的碑文里,详细载有此事。你说这玄不玄?更玄的是周新是由云南按察使调到杭州来当浙江按察使,我……不也是从云南来到杭州的吗?"

胡雪岩也击桌道:"嗨!巧,真是意外的巧合。有龄兄,不管算命的是真是假,你得赶紧上京城去补缺!这倒是正经事儿。"

"唉!我何尝不这样想,雪岩兄弟。长此下去,确实不是个办法。要是能去北京走走门路,让朝廷给个一官半职,那境况就会大不一样了。"王有龄一听此话便长叹。

"你去京城,能补个多大的官呢?"

"这自然是看捐银的多少了。实缺中三百多个职位,采用哪种捐法,全都明码实价,一清二楚。捐纳收入是朝廷一大财源,年入库二百余万两。近年朝廷因度用日绌,更是大肆卖官,价码一降再降,以吸引更多有钱人。一个道员衔实缺,康熙时需一万八千两,现在降到万两左右,虚衔六千两就拿得下来。"王有龄对买卖顶子小有研究,"捐官也讲个运气,如果运气好,花点钱能够'改捐',做个知县、知府问题不大。盐大使正八品,知县正七品,改捐花不了多少钱,可出路就大不一样了。"

"哦?那你赶紧上京城呀!"胡雪岩有点兴奋。

"难哪……要补缺,腰里没钱不成。做生意要有本钱,做官也要有本钱,没本钱谈何容易?现在,我连去京城的盘缠都没有,更甭说其他开销。唉!想想自己都气短,还是算了吧。"王有龄一仰头,喝下了杯中剩茶。

胡雪岩沉吟道:"嗯,看来这官场……也和商场一样,要投大把大把的钱进去,才能赚上一票!还要敢冒风险!"

"对!甚至比商场更诡谲复杂、更风云变幻。"

胡雪岩沉默了,放下茶杯,开始嗑起小盆中的瓜子,许久之后他方问道:"你去京城,要多少本钱才够呢?"

"嗯……五百两左右吧。"王有龄犹豫了一下。

五百两?! 这可是个天文数字啊! 又是长时间的沉默,胡雪岩突然一拍桌子道:"我来帮你想办法!"

"什么?……你,你有什么办法?"王有龄大为惊讶。

这一拍惊动了四周,茶博士走了过来问道:"两位,要换一壶新茶吗?"

王有龄急忙摆手:"不用,不用! 这茶还可以喝。"

茶博士姓秦,年纪略长于王有龄,阅人无数,当下揶揄道:"'盐大使',你这官名很咸,可是说话太淡。这茶淡如白开水,还怎么能喝?我知道你经常泡茶馆,非泡到打烊才肯走,可茶钱只付一次。"

胡雪岩听他话语刻薄,立刻为王有龄打抱不平:"你不要这么势利看人,王大哥现在落魄,才到你这茶馆解闷消愁。有一天他飞黄腾达了,你想巴结还巴结不上呢!"

茶博士赶紧赔笑脸:"说句笑话,说句笑话,二位别介意。这样吧,我再给你们泡一壶新茶,算我请客! 赔个礼。"

"这还差不多,将来我胡雪岩有了钱,就让你当老板。"胡雪岩这才回嗔作喜。

茶博士呵呵大笑:"胡相公,那我就指望你了。"

"一言为定……"胡雪岩伸出小指头。

茶博士戏谑地用小指与他拉钩,朗声道:"这大家伙可是都看见了。"

胡雪岩把为王有龄"想办法"的话跟螺蛳一说,螺蛳大表赞同,还与他一起商量了许多弄钱攒银的办法。可是他回到家里跟妻子素娟一说,妻子便嗔他做梦。其时他们已有了一个女儿,眉眼神情都像胡雪岩,红通通的身子正渐渐变白,十分精灵可爱。谈不通,胡雪岩便待妻子夜间熟睡,起来翻箱倒柜,却搜罗了不过一吊多钱。

素娟从梦中惊醒,拿眼瞪着他道:"没见过你这么疯邪的! 你也太仗义过头了。"

"你不是不知道,我爱交朋友。人生在世,没有几个知己,这辈子就算白过了。对朋友,你真心付出了,也一定会有回报。"胡雪岩还想说服妻子。

素娟一肚子苦水,靠胡雪岩那点薪酬,怎么养得活四张嘴?她跟婆婆每天替人缝补浆洗,又做些绣品去卖,才能弥补家用,可这日子还过得不舒坦! 于是她极力反对:"回报?做生意,将本图利;赌博,押下赌注就想赢一票。可你借他五百两银子,能够偿还吗?万一补不上官,这么一大笔钱,不就打了水漂?"

胡雪岩耐着性子道:"不! 这其实和做生意、赌博同一个道理,我是想在这

件事上冒一次险。我们家八辈子没有一个做官的亲友。我从小读书太少,要想考个功名简直是白日做梦,现在,摆在眼前有王有龄这么一个朋友,离当官仅有一步之遥,要是真能帮他当上知县、知府,那我这辈子就有靠山了。"

"可你这赌注下得也太大了!"素娟叫了起来。

胡雪岩一副认真神情:"不大,不大!五百两银子能换来一生的锦绣前程,值!我准备搏一次!"

"那你自己找本钱去赌、去搏吧!我拿不出钱。"素娟跳下床,把柜门关拢,加上长锁,然后把钥匙藏进自己的胸衣里,然后转身又躺回到床上。

胡雪岩欲待发作,忽听"哇……"的一声,床上的女儿不知因何惊醒,哭叫起来。素娟抱起她伸出一只脚,把床前的木盆刨了刨,抄了女儿一泡尿,又从胸衣下扯出肥白的奶头用力一挤,乳汁一喷好远。她把乳路弄顺了,才把乳头塞进女儿的嘴里。

过日子不容易……胡雪岩想着想着,披了件衣服出了卧房,上了元宝街,返身带上门。小巷深幽,空寂无人,黑灯瞎火,屋影幢幢。

忽然传来几声猫叫,一只小白猫从黑暗中窜了出来,亲热地绕着他的双脚"喵喵"地求助。胡雪岩情绪沮丧,一脚将它踢开。小白猫可怜地叫着,站在不远处,扭头用粲黄的眼睛瞧着他。胡雪岩立住,打量着这野猫,突然有了主意。

南阳巷口,一座幽静的小别墅掩映在大片迎春花中。金灿灿的迎春花经过剪枝修整,如同一方方绿拖呢上撒了好多金钱橘。一早,浙江藩台贵福照例上衙门公干。他是个业已发福的满人贵胄,卧蚕眉,猪肚脸,官服一穿,身架子便立时抖了起来。他包养的情妇美姬,风情万种地把他送出大门,伫立门首,手摇垒白丝绢与他作别。贵福坐上官轿,一路吆喝着出了巷子。

美姬目送官轿走远,立刻叫来婢女金子吩咐道:"你去池塘巷看看赖老爷,问问上饶那边的事儿有没有进展?如果他今天有空,就叫他过来喝茶。"

金子答应着一道烟地去了,美姬喜滋滋回身,她跨过门槛,发现门墙后忽地钻出一位青年,一张脸蛋漂亮的,一双眸子闪闪的,怀里抱着一只纯白小猫。一看这张漂亮脸蛋,美姬就知道是一个乖巧机灵、讨人喜欢的相公,便问道:"你是谁?"

"我是谁并不重要。有人让我给太太送只好猫来,以打发时光,让你多给赏钱。"胡雪岩抓了只野猫把它染白,送上门来。

"谁呀,没头没脑的……"美姬嘟哝着,把手伸进钱袋,拿眼盯着胡雪岩道,"这猫不值几个钱吧?"

"你给二十两吧。"胡雪岩张口要了个天价。

"二十两？连你这个人一起卖也不值二十两！"美姬惊得叫了起来。

胡雪岩抹了一把脸做了个怪相，嘻嘻笑道："我就这么差吗？论年纪，我只有赖老爷一半，论长相，我更不会比赖老爷差，好歹我还有一个混饭吃的差使。我这般优秀，还给您贵太太送只猫来，连二十两都值不起，您是想让我去找贵福大人要啊？"

"看在你这张讨人喜欢的脸蛋上，我就给你二十两银子。"美姬是何等伶俐的女人，当下毫不犹豫，纤纤玉手一挥，进屋取了两个十两的小银锞子拍到他手上。

胡雪岩大喜过望，深深一揖："谢谢贵太太，我以后不会再来打搅你了！"

随后，他就想把这个好消息告诉螺蛳，与她一起分享。螺蛳约他在中河边果埠码头见面，她也要为王有龄尽一份绵薄之力。

河风习习，杨柳依依。胡雪岩和螺蛳坐在埠边的石条上，他详细地跟螺蛳谈着如何发现美姬和赖老爷有染，如何定计，如何上门送猫要钱，引得螺蛳发出阵阵恣肆的笑声，如银铃播脆、玉珰弄音。他还迫不及待地亮出那两个小银锞子说："这是我给王大哥筹到的第一笔钱……"

说来正巧，素娟抱了一大堆衣物打附近一座小石桥匆匆走过。听到桥下熟悉的声音，立刻驻足止步，朝着声音方向望去，不禁骇然瞪大了双眼。桥下石条边，丈夫正接过螺蛳姑娘递过来的一个手巾包。

胡雪岩打开手巾包，里头是一些碎银，在夕阳的映照下闪着光芒。他好生惊诧，问道："螺蛳姑娘，你哪儿来这么些银子？"

"这是我的私房钱。每天捞河蚌、摸螺蛳，到市集卖了钱，多数交给我爹，少数留在自己身边。与其把这些钱全让我爹泡到酒里，倒不如现在用它来帮帮王大哥，成全好事。"

胡雪岩沉吟道："这些钱我劝你还是拿回去！螺蛳姑娘，这全是你的血汗哪！风里来，雨里去，好不容易积攒下一点私房钱，将来你还办大事呢！"

"大事？……不知道这要到何年何月呢。我命中注定的人在哪里？谁会看得起我这颗又穷、又苦的小螺蛳呢……"螺蛳神色黯然。

"螺蛳，我求求你，过去的事求你别再提了。说一千、道一万，全是我不好。你这样聪明能干、心肠又好的姑娘，人见人爱，怎么会没人要呢？我、我……"胡雪岩一听她说这话就心痛、发急，差不多要流泪了。他不再说话，只深情地凝望着她，脸上是难以言说的痛苦，心中是不可名状的悲哀。

唉，我总是管不住自己的嘴。看到胡雪岩痛苦的神情，螺蛳又感到后悔了，她有意转移话题道："你一定是在看这块玉吧？"她从脖子上取下一块玉

佩,"这是我不久前从河里摸螺蛳摸到的,不知值不值钱?"

胡雪岩接过玉佩仔细打量起来,这是一块质地很纯的翠玉,绿得发蓝,蓝中见青。造型也很古朴,一头大一些,一头小一些,小的一头钻有一个圆孔。表面刻有相连的钩带花纹。懂玉的人都知道,越是年代久远的玉饰件,越是造型简单,纹饰简朴。

"有道是黄金有价玉无价,这块玉没准能卖个大价钱……"胡雪岩半瓢水,指指点点给螺蛳解说,两个脑袋凑在一起,笑语喧哗。

后来,螺蛳亲手将玉佩给胡雪岩戴上,胡雪岩紧紧握住她的双手,不住摇动。

桥上的素娟再也看不下去了,她转过脸来,撩起腋下的手绢擦泪,差点哭出声来。远远地,王有龄沿着土路走来,素娟一见,急急抓起衣包,捂着脸朝桥下走去,很快没了身影。

胡雪岩回到家中,已是酉正时分,他洗漱后来到卧房,见素娟坐在床沿上不住拭泪,早已哭得皮泡眼肿。

"出了什么事?"胡雪岩哪知道斜阳、古桥上发生的事。

素娟不语,反而哭得更凶,胡雪岩有点慌神了:"你轻点声好不好,别惊动娘。有什么,当面锣对面鼓,不要变成一只闷葫芦,让人过元宵节(猜灯谜)!"

素娟顿时发作了,猛抬头问道:"谁是闷葫芦?你快老实说清楚!自己在外面做了亏心事,还要回到家来欺侮人。"

"我做什么亏心事啦?我又没有在外头烧杀抢掠、偷鸡摸狗。"胡雪岩有些莫名其妙。

素娟一把抓住他脖子上那根布带道:"你把藏在里面的东西拿出来。"

"拿出来就拿出来。"他伸手从领口里掏出玉佩,"不就是一块玉嘛。"

素娟的声音尖利、震响,如同一根雷公竹在火中传出爆响:"这不是普通的玉佩,是你们的定情之物!"

胡雪岩把一张脸拧得像麻花,干笑几声道:"定情?我和谁去定情?这辈子我只同你定过情。"

"你……和那个摸螺蛳的小丫头……"素娟脱口而出。

胡雪岩夸张地摊开双手道:"天哪!这真是天大的冤枉。这玉佩是螺蛳姑娘帮助王有龄进京的,她叫我到当铺去当一笔钱。这怎么是定情之物呢?要说定情,也是王有龄与螺蛳姑娘定情,你不能将红萝卜算到蜡烛的账上。"

"反正你们俩从小在河边,不清不白的日子已经很久了。娶了我,你们还藕断丝连,这种见不得人的事,别以为我不知道!连元宝街的人都知道……"

正吵嚷间,卧房门砰砰响了两声,传来胡母的声音:"你们怎么又吵上了呢？"

胡雪岩忙去开了卧房门，胡母没有进来，立在门首狠狠瞪了二人一眼："家门和顺，虽饔飧不继，亦有余欢。似你们二人，遇事不通商量，有了过节，又不能互相宽宥忍让，定要针尖对麦芒地较量一番，便只落得个吵嚷，哪里和顺得起来？"

胡雪岩忙道："娘，我们省得了。"

素娟也只身来到卧房门口，做出一副低眉顺眼的样子："是我的不是，是我误会雪岩了。娘你回房歇息吧。"说罢，裣衽福了一福。

胡母一时也难断是非，不再多说什么，缓缓回房去了。这一夜，素娟便只扔给他一个脊背。胡雪岩轻悄悄抚着胸前那块玉，半睡半醒着，便觉得这夜很深长。

第二日，胡雪岩携玉去了"仁济"当铺。

高高的柜台后面，坐着一个精明强干的瘦老头，正在咕嘟咕嘟抽水烟。

"当！"一只手伸进柜台小窗口。

瘦老头停止抽烟："当什么？"

"一块玉佩。"胡雪岩把那块晶莹古朴的玉佩放到了柜台上。

瘦老头接过一看，顿时双眼一亮，爱不释手地把玩这块玉佩，却又要职业性地掩饰住内心的喜悦。

"能当多少银子？"胡雪岩两眼晶光灼灼地盯着瘦老头。

"多少银子……你说这小小一块玉，能值多少银子。"瘦老头装出十分不屑。

"当个几十两不成问题吧？"胡雪岩不太懂行情。

"你倒想得好！几十两？给你一两、二两银子已经算开价很高的了。"瘦老头居高临下，眼睛根本不看人，只盯着那块玉。九行十八作的伙计，最把自己看作牛的就算当铺了。

胡雪岩大失所望："什么？一、二两银子……这又不是一块石头，是一块古玉！我请人鉴定过了，年代起码在秦、汉，甚至可能是商……"

瘦老头不轻不重不急不缓："倒是块古玉，年代嘛，说不准……可就是成色、品相不怎么好，还有一些瑕疵。你看，这里一个斑点，这里还有一个小缺口。"

"好吧，不用吹毛求疵了，当个五十两怎么样？"

"五十两？你好大的口气！小小一块玉佩，你想换回五十两银子？真是异想天开！"瘦老头故意张大嘴巴。

"黄金有价玉无价，你又不是不知道，小小一块玉，价值连城的也不少见，

我要当五十两,绝对不过分。"胡雪岩仍然坚持。

瘦老头面无表情:"那就给你五两银子。"

"五两?你把玉佩还我!我拿到别的当铺去!"胡雪岩把手伸进柜台。

"干什么?"瘦老头当然紧抓不放,到手的财宝还能让它跑掉?瘦老头展开如簧之舌,大吹"仁济"价格如何公道,典当如何关照客户,押当、赎当如何灵活、便利。看看胡雪岩开始动心,他又加了价码:"好吧,看你急需用钱,就当个十两!不能再高了……"

倘不是为了王有龄,胡雪岩是不会把玉佩送来当铺的。即使素娟吃醋,在他的内心深处,他也把玉佩当作了二人的定情之物,他们相好一场的一个凭证,他脑海里一个五彩斑斓的梦——但为了王有龄的前程,也为自己的承诺,胡雪岩只得忍痛将玉佩当了十两银子。苍天保佑,但愿自己能及时赎当!黄金有价玉无价,螺蛳姑娘待他的那种情分,她帮助王有龄的那种情怀,是无法用银钱衡量的。

能想的办法都想尽了,日子像贼似的溜得飞快,并没有凑足多少银子,又一个捐纳之期看看就要临近了。胡雪岩又来到螺蛳送佩的河埠头,望着河水发呆。

关于银子,他是再也拿不出主意了。糟就糟在点起了王有龄进京的那把火,可自己却失信于人,别说五百两,现在连五十两都没有凑足。如果大地有缝,他一定走那地缝钻进去!

夕阳在河面投下一抹血红,开始带着凉意的秋风送来了螺蛳姑娘的小船,停在胡雪岩近边。螺蛳轻轻跳上埠头,立在他的身后。见他情绪低落,于是"嗨"了一声问道:"干什么呢,又在这儿发愣?"

"是你哟,吓了我一跳。"胡雪岩吃了一惊。

"看你这心事重重的样子,肯定在为王大哥的钱发愁是不是?愁,能愁出钱来吗?还是得让我来帮你。"

胡雪岩精神萎靡,如霜打了一般:"你来帮我?"

螺蛳姑娘颔首:"是。"

胡雪岩望着她道:"你,你不是已经把积蓄的私房钱全拿出来了吗,还外加一块玉佩,我上当铺只当了十两银子。"

"我知道,离五百两银子还差得远,现在,我给你再加上一些。"说着,她递过来一张银票,胡雪岩接过一看,顿时傻了眼。他转着圈把银票反反复复看清楚了,"一百两!你,你从哪儿弄来这么多钱?"惊讶、疑惧,使他的声音都变了。

螺蛳姑娘如没事人一般,却也不似平常那么热闹、喧闹:"这你就别问了,为了王大哥,为了你这片诚意,我也想多尽点力……反正一不是偷的,二不是抢的,也没拿住人家的什么把柄去讹人家。"

胡雪岩一把拉住她的手问道:"那这钱究竟怎样来的?你多多少少总得给我透个底,否则,我也无法向王大哥交代。"

螺蛳的神情突然变得悒郁,低下头,仿佛在沉思默想,许久,她轻声道:"别问了,再追根究底我也不会告诉你……"

"那……"

"没什么不可告人的,过几天你就知道了。好了,我要走了,省得再给你家那个看见……"螺蛳很匆忙很坚决地打断了他的盘问,没等他做出反应,她就匆忙跳上小船,解了缆绳,一边忙乱着一边道,"她想再说闲话,也是不可能的了……"

胡雪岩没听清楚她解缆时说的这句话,抑或听见了他也没有细想。人生就是这样,越是紧要处,语言越是简要、模糊、短少,以致当时难以捉摸,事后无可回忆。想来该是多么辉煌、震撼的一刻,却像秋风中的一片落叶,轻悠无痕就从你眼前飘过去了。

胡雪岩送她至临水那一级石阶,朝她胡乱地挥了挥手:"那好,我就把这一百两银子转交给王大哥。什么时候,我陪他到草桥门外你的家来谢你。"

"不,不要,你们别上我家来!"螺蛳姑娘显得有些慌乱,"千万别来,听见了吗?"

"这为什么?借你的钱,道声谢、送个收条总应该吧?"胡雪岩不无错愕。

螺蛳姑娘执拗地说道:"不,你们无论如何不要来……即使来,也见不着我……"

胡雪岩一怔,螺蛳肯定听到什么闲言碎语了!女儿家,她不回避点怎么可以?胡雪岩把她这句话作了别样的理解,他灵机一动,从手腕上取下一个藤手镯递了出去:"你这一百两银子,算是我向你借的,但不知道何年何月才能还你。不过我一定要还!螺蛳姑娘,这个不值钱的藤手镯,不能算作押头,就作个凭据吧,好吗?这是我娘小时候就戴在我手上的,我把它看得很重、很重。"

此时,小船已切入水流,离开河岸了。螺蛳伸手接过藤镯道:"好吧,我就收下,就作为我们从小到大的一场纪念吧。"她把藤镯戴到手上,似乎要亮给他看,朝他挥手道,"雪岩哥,再见了……"

"再见……螺蛳姑娘,你今天怎么啦,怎么说话我总觉得有点怪怪的?"胡雪岩也挥了挥手,但螺蛳已经操起双桨,将小船驶远了。

夕阳已经沉坠,黄昏薄暮中的河面宛如琉璃,小舟轻快地在上面滑动。风姿绰约的螺蛳姑娘荡起双桨,就像一只张开翅膀的大鸟,正要击水而去。他一边欣赏螺蛳迷人的身影,一边将手中的银票小心地放进衣袋。他无意中触到

那张章胖子揉皱丢掉的借据,他掏出来久久地凝视着,动着心思:"我再去向那个姓赖的催讨三百两银子的欠账,如果苍天有眼,姓赖的有钱还债,加上螺蛳姑娘今天的这一百两,说不定王大哥还真的能去北京了!"

想到这,他精神抖擞地跑上河埠的一级级台阶,大声唱将起来要送一送螺蛳姑娘——

  我与你月月红,寻欢作乐。
  我与你夜夜合,休负良宵。
  我与你老少年,休使他人含笑。
  休为十姐妹,使我美人焦。
  便做你使尽金钱也,情愿与你唱杨花同到老。

第五回

寻嫁女月夜怆呼运河岸
违行规清早被逐开泰行

真是吉人天相,那位赖老爷竟然补了上饶知府的实缺。一连数日,赖府贺客盈门,池塘巷里,车马喧阗。胡雪岩没有冒失登门,等了三天,终于让他逮着了一个机会!

这日午后,赖老爷和美姬在三潭印月的一处暖阁幽会,留下婢女金子在楼下望风。这座西湖中的绿岛,风光妖娆,绿意际天。林中鸟雀喧腾,水上鸳鸯浮游,岛上曲桥回廊,野径倒影翩翩。胡雪岩的出现,让金子吓了一大跳:"你、你想干什么?"

"今天与你家的二太太无关,我是来向赖知府讨一笔陈年老账的。"说着,胡雪岩就要往暖阁里闯。

金子伸手把他拦住:"嗳,嗳,你不能进去,不能上楼。"

"你是怕我撞破他们的好事?绝无此意,加个小插曲而已。"说着,胡雪岩执意要向里闯。

金子再一次阻拦:"不行,你一定要找太尊老爷,等一会儿再说好吗?不要

为难我。"

"我已经没有时间再等了,请你也体谅我好不好……"胡雪岩说罢,分开她的手大步朝里走去。金子怔了一怔,急急跟了上来。

暖阁楼上,彩绘辉煌,槛窗收湖光山色,帘栊集秋水长天。这里可以凭栏眺远,围桌品茗,也可暖榻小睡,轻雷骤雨。此时,正当清风徐来动帷帘,赖老爷和美姬正相搂相抱在卧榻上,叠股而坐,说着绵绵情话。

美姬撒娇道:"嗯,真想死你了……"

"我也一样,日思夜想,只恨自己时运不济。"赖老爷满面春风,贪婪地嗅着女人的芳泽。

美姬幸福地望着他道:"现在,你可是时来运转了……快把我带走吧,我实在讨厌那个北方侉子,一闻他那股子味儿就恶心……"

"好,好,我到上饶府安顿下来后,就来接你……"赖知府虚应道。

"真的?你不要甜言蜜语骗我呵……"美姬明眸一亮。

"一定,一定!我绝对不会……"赖知府信誓旦旦的话没说完,忽听得一阵楼梯响,两人急忙分开,赖老爷押着绸衫,美姬理着鬓发,只见胡雪岩和金子一前一后进了暖阁。

没等主人责怪,金子便急扯白脸地解释道:"太太,是他……硬要闯上来。"

美姬一看又是胡雪岩,立刻沉下脸来,打鼻孔里喷出一股冷气:"你又想干什么?"

胡雪岩弓了弓身子道:"谢谢美姬太太成全!今天求您再帮我一次,让这位太尊大人痛痛快快还钱,把欠我们'开泰'的旧债一笔了清。"

说到钱,这位即将履新的知府也认真起来了:"你?……哦,我记起来了,那笔陈年老账,不是听说已经一笔勾销了吗?"

"谁说的?"胡雪岩故作惊诧模样,把借据掏了出来,"看,账单还在我手上哪!"他把借据往他面前一扬,又拿眼哨了哨实际上很留心此事的美姬。男人在这种情况下,总要显得慷慨洒脱一些。

赖知府果然表态:"好,好……这笔钱,我绝不赖账,一定还!不过现在还没去上任,手头空空,等我到了上饶府以后,再派人专程送过来,这样总可以吧?"

胡雪岩嬉笑道:"太尊大人,别再打太极拳了,今非昔比,您现在已经鸟枪换炮了。摸摸胸口的一只只红包,还我这点小钱,绰绰有余了。"

赖知府见状,不得已把手伸进衣袋,挑了两张总额为三百五十两银子的银票给他,一脸嫌恶地挥手把他赶下楼……

胡雪岩赶往旧水塘老屋的时候,王有龄正木然地坐在小方桌前,双手托腮,目光定定地望着某一处。一灯如豆,王父归天的那架板床上方,古壁上用红纸写了一个神主牌位。一张条凳依墙竖立,端头搁一块木板,板上搁一只土陶碗,就是他祭奠亡父早晚烧香的地方。

胡雪岩进屋立在阴影里,还真有点上气不接下气:"有龄兄,对不起,我来晚了!让你等了这么久。"

"说什么话,来就是好的,不管筹没筹到……"王有龄连忙起身,他从胡雪岩的眼神中看到了让人振奋的色彩,话也说不下去了。

"啪!"一只布包放在桌上,打开一看全是银子和银票。最催人泪下的是螺蛳多年攒积的那些散碎银子,在昏黄的灯光下,像一颗颗难以遏止的清泪。还有不多几个银锞子、小银元宝,亮铮铮、沉甸甸的。

泪水夺眶而出,在王有龄清瘦的面颊上涌流。他在亡父的灵位前扑通跪了下去,伏地磕了三个头。胡雪岩把那一包银两、银票兜到王父的灵位前,神情肃穆道:"王伯父,您老人家的遗愿就要实现了!雪岩无德无能,只能做这点事,帮您儿子去买官,帮杭州百姓买一个好官。倘若您老人家九天有灵,就在冥冥之中保佑有龄兄如愿吧……"

王有龄听了他这番话,更是感佩不已,他站起身来,呜咽着什么也说不上来,只是伸出双手,不住在胡雪岩肩头拍打着,百感交集。许久,他才拭去眼泪,突然问道:"螺蛳姑娘呢,怎么不见她来?"

"我也有好几天没见到她了。"这一语提醒了胡雪岩。

王有龄神情恺切:"走,我们去找她——她那一百两,肯定来历非凡,无论如何,我得当面谢她一声。"说罢,熄了油灯,两人相跟着出了老屋。

一轮明月升挂树梢,暗蓝的夜空,没有一丝云翳,反显出澄月流金,乾坤清朗。二人沿着运河堤,到草船门附近去打听。原来,胡雪岩也没去过螺蛳家,只是坐在岸上船上,听她指划过。

此时天已黑尽,他俩只能依着大致方向,沿路打听而来。但见茅檐棚户,星罗棋布,颓墙篷窗,怪影参差,路如盘陀,果然急切难寻。最后两人终于问明了,便朝一家破烂不堪的门户走去。路上恰遇一个小男孩,年纪不过十岁,腰系一个小鱼篓,正要出门。胡雪岩忙问道:"小兄弟,我向你打听一个人?"

"叫什么名字哟?你只要能报出名,草桥门外这一带的人,我小螺蛳没有一个不认识。"

胡雪岩一下子愣住了,摸了摸额头道:"名字,名字……倒一下子叫不出,只知道一个绰号。"

"没有名字怎么打听,狗也有个阿龙、阿虎的名字呢……她有什么绰号?"

小男孩俨然大人口气。

"人家都叫她螺蛳姑娘……"胡雪岩脱口而出。

小男孩拍手道:"哈哈!远在天边,近在眼前,你问的就是我姐姐。"

"你姐姐?"胡雪岩见屋里黑灯瞎火,根本没人,有些不相信。

"我是她弟弟,所以我叫小螺蛳,你怎么会猜不出来?真笨!"

"对,我笨,真是笨!"胡雪岩拍着脑袋,恍然大悟。

"你姐在哪里,快带我们去见她。"王有龄十分高兴,忙插话问道。

小螺蛳愣了愣,很认真地打量了他们几眼,有些沮丧地说道:"我姐姐……她走了。"

"去哪儿了?什么时候回来?"胡雪岩一听,便急急地问道。

小螺蛳咬了咬嘴唇道:"不回来了,再也不回来了。"

"不回来了?干吗不回来了?"胡雪岩如闻霹雳,声音大了许多。

王有龄也道:"出门总要回家的,哪怕走上十天、半月……"

"我姐姐真的不回来了,她已卖给人家了。"

"什么?!"王有龄大吃一惊。

"啊——卖了?什么时候?……"胡雪岩更是如遭雷亟。

"有几天了吧,今天才走的。"小螺蛳有些语气幽幽的。

两人顿时慌了神,王有龄扎撒着两手,急问道:"这是怎么回事?小兄弟,你快说个明白!"

"我姐姐……叫我不要告诉人家。"可小螺蛳偏偏支吾起来。

"那你爹呢?总该在家吧?我们问他!"王有龄有些发急。

小螺蛳苦着脸道:"也不在,他拿了姐姐的卖身钱,去喝酒了。"

两个人面面相觑,这去又不知道去向,问又问不出个名堂,这可如何是好?胡雪岩情急之下,陡地一把抓住小螺蛳,声音一下子拔高了许多:"你姐姐到底卖给谁了?"

看到他这个样子,小螺蛳有些惊慌,脱口道:"卖给一个苏北的船老大,给他当老婆……"

胡雪岩喝问道:"什么时候走的?现在人在哪里,你知道吗?"

"是中午时候被带走的,带到卖鱼桥的漕船上去了……"小螺蛳为胡雪岩的陡变胆怯了,说话结巴起来。

"快!我们去卖鱼桥。"胡雪岩一拉王有龄就奔了出去。

夜幕下,大运河静静流淌,月光在河面撒下万点银鳞。卖鱼桥码头,是杭州一个重要去处。河上,桅樯林立,舻舳相连,最多是漕船。有的已装好漕粮,准备沿运河北上,有的还在连夜装船,人影摇摇。岸上商肆林立,货场毗连,酒楼旅栈,门首的红灯与水边红船上的灯火辉映,吃喝玩乐之徒,此时尽皆入港,正在兴头上。

"螺蛳姑娘……螺蛳姑娘……"胡雪岩和王有龄绕着黑魆魆的船阵叫喊着。长长的运河堤上,只有他们两人孤单凄清的身影。

此时,待发的漕船大多在用晚餐。甲板上、船舱里摆开饭桌,漕工们喝酒吃饭、划拳行令,享受一天难得的时光,谁会关心河堤上两个不相干者的喊叫?那艘苏北漕船离岸较远,喜气把夜色、月光、怆呼、红灯都阻隔在船舱之外。

一切都照船上的规矩。螺蛳被送进漕船上特设的舱房,由船老大请来的专人替她更衣,还绞去了脸上的汗毛,换上了大红吉服。等时辰一到,新郎把她牵上甲板,行过礼,她就是别人的婆娘了。

她并没有听到岸上的呼喊,就算听见又能怎么样呢?一百一十两银子,这是她自己标的身价,也是这个年近四旬的苏北船老大所能接受的价格。不仅仅是因为王大哥急需银两,自卖是她唯一能打的主意,更是因为她的伤心绝望!既然注定不能和相爱的人终生厮守,她何不爽兴把自己的青春、美貌、贞操交给一个不相干的男人,换它一大宗银两,并从此离开这个令她伤心欲绝的地方。在船工的哄闹声中,她被扭到船老大身边。螺蛳姑娘毫不忸怩,在桌上并排摆下三只空碗,起身拿手一指道:"来吧,给我斟酒,先干三大碗!"

螺蛳姑娘把每个细节都想到了:清醒着让人把自己最宝贵的东西破坏、毁损,会很难受。要想无有痛苦,只有彻底沉醉!她当真把自己灌醉了,醉得如一摊烂泥。新郎抱起她,歪歪倒倒朝艄楼里走去……

月亮爬上了中天。精疲力竭的两个男人,望着昏昏沉沉的茫茫夜色,滔滔流淌的运河水,明灭的船灯渔火,沉寂的樯桅舫艄,不胜惆怅。胡雪岩咬着嘴唇强忍着泪水道:"走了……就这么走了……"

"是啊,我连对她说一声谢谢的机会都没有,她就随大运河而去了。雪岩兄弟,我王有龄如果有出头之日,一定要报答你和螺蛳姑娘的深情厚谊。"

"有龄兄,你这样说就见外了,我们早就情同兄弟、义如手足。如不嫌弃,今晚我们就在运河边正式结拜吧。"胡雪岩从堤坡上站起身来道。

王有龄朗声道:"早有此意啊!我今晚要见螺蛳姑娘是想我们三个人一起……不管怎么着,我们都要对这个小妹妹尽一点兄长之意啊!"

"这是命中注定的,依我看,不必焚香点烛,我们就对着苍天、明月发誓吧。"

两人并排跪倒在运河长堤上。碧天,明月如盘。月下,大河奔流。江天寂寂,

玉露清清。两人对天盟誓："苍天在上,运河作证,王有龄和胡雪岩相知相交、义结金兰、患难与共、生死同心,情义与天齐老,与日月共长……"

王有龄昨晚走了,他是以伙计的身份搭乘京杭运河上一艘便船前往京城的。一早,胡雪岩伺候了大伙章水祥倒掉夜壶,便拿起大扫把打扫庭院,却见架着双拐的武举人,一橐一囊进了院子。武举人是胡雪岩招揽的新客户,原在湖南任官,在与天地会作战时双腿受伤。胡雪岩多次登门,殷勤服侍,他才把朝廷定期发放的一份养廉银转移至"开泰",成为钱庄的固定客户。胡雪岩见状赶紧上前搀扶,一叠串问候将他送到了柜台前。回到院里,账房里走出章水祥,说何掌柜让他马上去见。章大伙的声音有些生涩,目光也有些闪避,胡雪岩有些疑惑地问道:"哦,大清早掌柜找我有什么事?"

"你去了就知道了。"章大伙表情复杂,显然不愿多解释。

胡雪岩似乎预感到了什么,默默向里厢房走去。

何掌柜中等身材,精明干练,一脸凝重地看着这个小伙子进了掌柜房。房间本来不大,又搁了大八仙、太师椅。靠墙还摆了几把乌暗的沉楠雕花椅,此时显得甚是拥挤、沉郁。没有任何寒暄,也没有任何过渡,胡雪岩一进屋,何掌柜便指着桌子上的那张债据问道:"这三百多两银子,是不是你讨回来的?"

胡雪岩一看就明白了,坦然道:"是!老板。"

"讨回的钱,有没有入账?"何掌柜的目光,比他瓜皮帽上的琥珀帽正还要明亮。

"没有。"

"为什么不入账?"何掌柜陡地提高了声音,瞪大眼睛问道。

"老板,这笔款子店里早已把它打入'死帐',从账本上一笔勾销了。但我想如果能起死回生,把它讨回来,对店里也是一笔额外收入。"胡雪岩还想为自己做些辩解。

何掌柜揶揄道:"这么说,你是一心为钱庄?"

"是啊,我确实想着店里。否则何必为这一笔勾销的死账,一而再、再而三地上门去催讨呢?"胡雪岩还抱着侥幸。

何掌柜点着脑袋,语含讥讽:"听说你为了这笔钱,动足了脑筋、使出了浑身解数是吧?"

"是的,不瞒您说,我是耍了一点小聪明。"

"你这小聪明不会是对我耍的吧?这笔意外之财也不会落入了你的腰包吧?"何掌柜站起身来质问道。

"怎么会呢!老板,我胡雪岩哪敢?我把钱追讨回来,理应归还店里。只是我把这笔钱暂时借给了朋友，将来由我负责归还。这些，我都跟章大伙说得一清二楚，并无一点含糊。"

何掌柜拉长着脸，目光凌厉："话说得不错，银子由你归还，可我问你，这张债据你是从哪儿搞到手的？"

胡雪岩自知理屈，不由自主地耷拉下脑袋。

"你要说老实话！"

胡雪岩无法，只得毫无隐瞒地说了事情的经过。

这小子为了朋友，还真仗义！只是银两已着其朋友带走，三百两不是一个小数目，他一个小跑街拿什么还？想到这里，何掌柜敲击着桌子，声色俱厉道："你违反店规，藏偷借据，诈讨赖大人，坏我声誉！尤其是你既将银两讨回，那就成了钱庄公款，你竟不经过我和章大伙的许可，自做主张，借给他人。这国有国法，店有店规，如果店里的人都像这样擅自做主，那钱庄还能办下去吗？"

胡雪岩目光黯然地承认："老板，我错了。"

"雪岩，令堂托人把你送到我这儿来当学徒。几年来，你跑街讨账，勤勉努力，我很喜爱你，曾想提拔你作为我的助手。可惜，这次你捅出了这么大的纰漏，我是爱莫能助啊，只好请你另行高就！店里再不能留你了……"何掌柜做出这个决定，内心也有几分难受，更有些惋惜——像他这么聪明、敬业、勤快的伙计不多啊！

胡雪岩抬起头，怔怔地望着老板，还欲辩上几句，看到何掌柜踱着方步进了金库，知道这事已无法挽回，便不再说什么，垂首沮丧地离开。

这里的每张桌椅都是他细心擦拭过的，通往掌柜房的这条幽暗甬道，两边的墙顶，都让他拿竹竿绑上高粱帚，一帚一帚扫得纤尘不染。至于这个不规则的青砖墁地的院子，前排整个铺面，洒扫擦抹、清理摆设，对他来说，简直就是隔天的事。他以加倍的勤勉，表示对这份差使的珍惜。猛可里，差使丢了，饭碗砸了，他一手滴溜溜飞快的算盘功夫，他长于识人、琢磨人心思的本领，以及对客户的那种体贴、用心，现在全都失去了用武之地。

经过"账房间"，章水祥正在里面拨拉着算盘珠子，见了他便叫道："雪岩，你进来一下。"

胡雪岩似乎没听见，头也不回地依旧向前走去。

章水祥赶紧追了上来，一把抓住了他，脸上充满了歉意："雪岩，你在生我的气吧？小老弟，我也是没有法子哟。这件事，如果你不让我知道，早就作为历年追不回的'倒账'一笔勾销了。可是你既然告诉了我，我就不能对老板隐瞒不报，这是钱庄的规矩啊……"

胡雪岩什么也说不上来，他已被这个突然变故弄得晕头转向。章水祥还想宽慰他一番："钱字金旁两个戈，为了这个金，就得动刀兵就得有个杀伐决断。钱庄毕竟不是我们开的，由不得性子来。我们都是吃老板的饭、拿他的钱……钱庄自有钱庄的规矩，何掌柜也是为了严明店规，'挥泪斩马谡'……"

"我懂。"胡雪岩点了点头。

章水祥把一锭银子和一张银票交给他道："老板嘱咐我把你的工钱和历年的红利全部结算清爽，还额外赏你一笔奖酬，奖励你这几年忠心耿耿为'开泰'鞍前马后的操劳。拿着吧！离开'开泰'，你还可以到别的钱庄去试试。"

"去其他钱庄？人家会要我吗？"胡雪岩依然呆呆地。

"你年纪轻轻，理财是一把好手。杭州很多钱庄都知道你。"章水祥又递给他一沓信封，"我为你准备了几封举荐信，你可以按信封上的名号去试试。"

见此，胡雪岩泪水涩涩朝章水祥鞠了一躬道："章大伙，谢谢你！我永远不会忘记在'开泰'的这段日子，你带着我跑街，教我算账，处处对我教导和指点，我这辈子会受用不浅……"

第六回

瞒开缺胡母挥鞭责浪子
谋实任大使让座遇故交

胡雪岩坚信这里不留人,自有留人处。跑街嘛,跟别的钱庄打交道的机会也很多,他还认识几个老板,谋碗饭吃应该问题不大。回到家,胡雪岩见妻子正在堂屋门口的绣花架上一针一线地绣牡丹,他立在旁边看了一阵,默默把手中这一笔钱交给了妻子。

素娟一看,惊异地望着丈夫。跑街一年的薪酬是八两银子,再加上洗理费其他加薪,一个月也不过一吊多钱,今日仅这个带霜的小银锭就是五两纹银啊!胡雪岩不想自己被开缺的事让家人知道,故作轻松地解释道:"历年的红利加奖酬。"

素娟闻言,喜不自胜:"啊——这么多?!"

胡雪岩带点揶揄道:"多,不好吗?每次你只会嫌少,不嫌多。"

素娟自觉有些尴尬,解释道:"哪里哟,我还不是为了这个家!就担心你偷偷摸摸把家里的钱……"

"现在你还有什么担心的?王有龄去了北方,螺蛳姑娘也嫁给了苏北船老

大,我还能把家里的钱拿去帮谁……娘呢?"胡雪岩不悦地打断了她的话。

"新近从湖南回来的武老爷想要一些寿品为他爹祝寿,娘送些花样去给武老爷挑选。武老爷的腿瘸了,是在战场上受的伤,听说广西那边正打仗呢!"素娟回应道。

胡雪岩连忙出门,果然在元宝街上接到母亲。进了家门,胡雪岩把母亲扶到木靠椅上坐下,替她揉肩捶背,带着愧意道:"只怪孩儿无能,让娘这么大年纪还要操劳、奔波。将来我事业有成,一定要让娘颐养天年,好好享几天福。"

胡母听得眉眼含笑:"你有这个心就好。娘并不希望你家财万贯,把娘供养起来。只要你能学好,有孝心,好生待老婆、孩子,娘这一辈子也就心满意足了。"

素娟见丈夫又拿回银子又揣回银票,自是欢喜不迭,乘机讨好道:"娘,雪岩今天拿回家里一大笔钱呢。"

"哦,那就去买点肉、买点鱼,全家好好团聚一下。"胡母也很高兴。

素娟连忙摘下壁上菜篮,答应着乐颠颠地去了。胡雪岩见状哭笑不得,感到实在是有苦无法诉说。他忽然想起螺蛳,如果她在,似今日这等苦一定会原原本本向她倾诉……

一连数日,胡雪岩跑了"金康"钱庄,掌柜的说:"恕本庄庙小,容不下你这尊菩萨!"接着,他又跑了"大利"、"富润"、"茂鑫",全都没有结果。钱庄规矩甚严,一个在钱上犯了规矩的小伙计,是没有哪个钱庄愿用的。没奈何,胡雪岩只得改谋别业,米店、油坊、庄布、南广杂货,还有跑邮、缫丝、茶博士、各类作坊……可在杭州城里,早就觅饭碗难于登天了!

又见朔风、白雪、黑泥、银浆。长长的青石板街黑湿黑湿,瑷𫘜的铅云,惊慌飞过鸣噪的小燕雀,犹如一片射天射云的黑色弹丸。

胡雪岩神情沮丧,脚步蹒跚地经过元宝街、清河坊、新宫桥……居然站到王有龄曾经站过的位置,伫立桥头,目光散乱地望着水雾蒙蒙的中河。他觉得很累很累,那疲极中弥漫着无尽的悲哀和淡漠,缓缓地,一只无形的手,往他脸上轻轻覆盖了一层殓布,双眼无力地闭拢……

"咸豆儿——糖粥!"一声典型的杭州小贩吆喝,惊醒了胡雪岩的幻觉。他那双脚在桥栏边晃动了一下,差点滑入清波粼粼的中河!河中是一条破船在随波摇晃,船上并没有螺蛳姑娘。

我这是怎么啦?想就此了断吗?了断自己很容易啊,可你值吗?你年纪轻轻,一事无成,遭遇这么点挫折就心灰意冷,岂不是白打这世间走了一遭?

回到家中,胡雪岩疲惫得双脚拖不动,神木楞吞坐到椅子上,一句话也不想说。

素娟只道他"跑街"辛苦，放下手中的绣花绷道："在外跑了一整天，肚子饿了吧？要不要盛一碗红枣糯米粥给你吃？"

"我不饿……哦，我在外头已经吃过了。"胡雪岩摇了摇头。

素娟讨了个没趣，拿起自己的绣样给胡雪岩看："雪岩，你看我这几朵牡丹绣得好看吗？"

今天应该是钱庄发薪酬的日子啊！胡雪岩眼皮都没抬一下，只顾低头想自己的心思。素娟固执地将绣品探到他面前道："你看看嘛，这是我为那位瘸腿的武举人绣的……"

胡雪岩厌烦地把她一推道："你怎么这么烦哪！"

素娟被推得跟跄后退，差点跌倒，绣件也落到了地上，顿时发作起来："你现在嫌我烦了？可我当初也是你们胡家三姑六婆、花花轿子抬进门来的，金家还有一份并不差的陪嫁，那时候你怎么就一点不烦？早知道你有那遂心遂愿不心烦的人，我就不往元宝街这个方向来……"

听了这话，一股无名火直拱他的脑门子，胡雪岩抓起桌上的茶杯，狠狠摔在地上，厉声喝道："你给我住嘴——"

床上的孩子受到惊吓，哇哇地哭叫起来，素娟连忙到床边去拍哄孩子，眼泪便不自禁地流了出来。

胡母闻声推门进来："怎么啦，素娟？"

"娘，没什么，是我不小心碰翻了茶杯。"胡雪岩赶紧掩饰，随即弯腰去拾地上的瓷杯碎片。

茶汤、茶叶溅到绣花绷上，胡母拾起绣花绷，撩起腋下的绢子擦着，缓缓道："雪岩，心里有什么不痛快，不要拿素娟出气，跟娘说好吗？"

"这几天他也不知中了什么邪，一回家就铁青着脸，动不动就火冒三丈。我和娘这样白天黑夜绣花缝衣，连让他看一眼都不高兴。"素娟乘机发作。

"雪岩，素娟嫁到我们家，也实在是难为她。有她这双巧手，现在我们一家四口，日子才勉强过得下去……唉，对了！你这个月的饷银发了吗？怎么没交给娘？"胡母数落儿子，拿眼睃着他。

素娟一肚子委屈，立刻把这个要紧事提了出来："昨天我还问过他呢，招来他一阵无名火。"其实不怪素娟着急，实在是家里快要揭不开锅了。

这真是哪壶不开偏提哪壶！胡雪岩支吾其词："最近钱庄银根紧，这个月饷银要拖欠些日子，可能要拖到下个月一并发。"他把目光转向妻子，那眼神背后隐含着责备与种种复杂，"我不是和你打过招呼了吗？"

素娟神情讷讷着说不出话来，胡母却顿时生出怀疑，她打量着儿子道："钱庄怎么会发不出饷银呢？雪岩，你不会有其他事吧？"

"娘,我能有什么事。"胡雪岩发出几声干涩的笑声,随后转身去拿扫帚、找撮箕,扫去那些碎瓷片,把一件恼心事暂时支吾过去。

第二天,胡母让素娟放一放手中的活计,去钱庄打探饷银的事。胡雪岩成亲的时候,那个章大伙带着两个伙计来喝过喜酒闹过洞房。

素娟去没有找到她熟识的胖子章水祥,便找一个伙计打听。那伙计口无遮拦,告诉她胡雪岩被"开泰"开缺好几个月了。还告诉了他被开缺的原因!犹如晴天霹雳,素娟努力把持住自己,才没被这个炸雷击倒。她哆嗦着嘴唇问:"三百多两银子,是我们当牛做马一辈子都还不清的一个大数目,他拿这个钱干什么了?"伙计说连你们家人都不清楚,我们外人哪得知道。素娟被这个打击弄得头脑昏昏,双腿沉得拖不动,在钱庄门口站了老半天,才弄清楚回家的路……

有道是祸不单行。素娟这里唬得走不动路,元宝街胡宅门口,一双又脏又瘦的手使劲地拍打门扉。虚掩的门开了,胡母走了出来,肩上还搭着一绺一绺的五彩丝线。只见门外站着一个衣衫褴褛的中年男人,头发蓬乱,醉眼蒙眬地问道:"这、这位大姐,找、找你打听个人。"几位街邻闲汉见状走了过来,觉得有趣。

"你说是什么人?"胡母甚是和婉。

"这,我可说不清楚……呃,只知道他,姓胡……家住元宝街……在什么钱庄里,当跑街……"

这分明就是找雪岩的嘛!胡母于是问道:"你找他有什么事吗?"

那人瞪大眼睛,伸出一只手道:"要钱哪!他,他骗走了我一百两银子。"

胡母只当他说酒话,点首表示她听懂了。一位邻居笑着问:"你这样子,会有一百两银子被他骗走?"

"谁说没有?"醉鬼这下的反应倒快,接着又挥了挥手,一脸不屑的样子,"哦不,不是我,是我……女儿的银子被他骗走了。人家都叫她螺蛳姑娘你不知道?"

听到这名字,胡母有些警觉,放缓语气道:"你女儿的银子,怎么会被他骗走呢?"

"我女儿……是这个姓胡的相好,两人常常鬼混在一起……呃,结果把她出嫁的一百两卖身钱,全,全给了这个姓胡的浪荡子……你说混蛋不混蛋?呃!"

胡母只得告知家里没别人,等儿子回来,她一定问问清楚。哪知醉鬼一屁股坐到她脚下,说他要像钱庄那样"坐索",今晚他就不回去了。未几,醉鬼又在门首嘤嘤地哭,说女儿一走就没了音讯,也不知是死是活。弄得胡母好生懊恼,搭理不是,不搭理不是,关门不是,不关门也不是,几个街坊好说歹说,连拉带拽,才好不容易把他请走。等素娟回来把去钱庄的情形一说,胡母不由得大怒,立刻在胡父的遗像前敬香,要动家法!

胡雪岩依照往常钱庄打烊时候回家。胡母便问:"你这是打哪儿回?"

胡雪岩不知底里,回答了一声"钱庄呀!"

一听这话,胡母便一声怒吼:"逆子,快去你爹面前跪下!"

"娘,你听我解释……"胡雪岩还想辩解。

"我不想听,快去给我跪下!你跪不跪?"

客厅墙上,挂着胡父的遗像。画像下,烛火熠熠,香烟袅袅。旁边,摆祭着一柄粗藤绕成如意结的藤鞭,漆成朱红。那胡雪岩走过去尚不及跪下,胡母拿过鞭子,劈头就是一下。胡雪岩怆然叫了一声"娘——"扑通跪倒在地。

胡母怒不可遏地说道:"你父亲在上面望着你,你媳妇在旁边看着你。今夜,为娘不得不动用家法,狠狠教训一下这个逆子!"

胡雪岩有口难辩,抬头望着鞭子,泪如雨下。

"你五岁死了父亲,我们孤儿寡母,相依为命,只希望你能有出头之日,重新光耀门庭……我好不容易将你抚养成人,又为你娶上一房媳妇,你却不思进取,在外边花天酒地、胡作非为……还瞒着家里。"

胡雪岩伏地一拜,赶紧声辩:"娘,儿从小没忘记家训,忘记爹娘教诲!儿并不是有意要瞒家里……"

胡母厉声打断他的话:"你不守规矩被钱庄开缺了,还要瞒住不说,欺骗我们……"猛地又是一鞭。

疼啊!胡雪岩被这一鞭抽得差点跳起来,抖颤着身子大叫道:"娘,情形不全是这样……"

"你还敢狡辩!娘再问你,如今你已经成家,孩子也有了,你是不是还常跟那什么螺蛳姑娘在一起?"

胡雪岩一听,不由得神色大变,今天他就在大运河上找漕船,逐个打听螺蛳的下落。难道娘有耳报神?素娟怨恨地瞪着他附和道:"说哟!快告诉娘,你不是很会说的么?"

胡雪岩忍住痛道:"前一阵子我是和螺蛳姑娘有过来往,但不是你们想的那回事。"

"不是那样,是怎么样?"胡母追问。

"难道我亲眼目睹还能有错?"素娟气呼呼地把她看到的两人在埠头耳鬓厮磨、亲亲热热、赠戴玉佩的情形说了出来。

胡母闻听,更是怒火万丈,紧攥鞭子道:"我还问你,你是不是拿了螺蛳姑

娘一百两银子？"

胡雪岩迟疑地承认道："拿了……但也不是我拿，是她一定要送……"

"这可是人家的卖身钱哪！她爹都上门来讨债了……雪岩，你怎么能糊涂到这等地步？"胡母痛心疾首，越说越气，频频挥动鞭子，一鞭一鞭落到胡雪岩头上，他再不避让，含着泪水，忍痛让母亲打个痛快。

"六岁时，我动用过'家法'，你哭着说再不淘气……打这以后，你成了懂事的孩子……没想到十多年后，我又要动用你爹留下的'传家宝'，再一次教训你这个不孝之子……他爹，我对不起你啊……"胡母把脸转向胡父的画像，大声怆呼。突然，她挥打的鞭子停在了空中，那在黑暗中呼啸的鞭梢，像一条怪异的蜈蚣耷拉下来。胡母摇摇晃晃，素娟赶紧上前扶住道："娘，你怎么了？怎么了……"

藤鞭掉落在地上，胡母老泪纵横："问他，银子都用到哪儿去了？"

胡雪岩也抱住母亲的腿，涕泪横流："娘，为了帮助王有龄进京补官，我挪用钱庄勾销了的欠款，也收下了螺蛳姑娘的一百两银子。我走的是一招险棋，赌的这一把也不知会不会有什么结果！儿子行事忒胆大了些，让母亲担心，害娘和素娟受累，儿子心里十分不安。但儿子并不为这个举动后悔……咎由自取，延祸家人，儿子该打！娘，你再打吧……"

王有龄乘船北上，途中遇运河淤塞，只得舍舟登岸，改乘马车，辗转两个来月抵达天津。天津，在北京东南二百四十里。地当九河津要，路通各省舟车。南来数百万之漕，悉道经于此；舟楫之所式临，商贾之所萃集，五方人民之所杂处，皇华使者之所衔命以出，贤士大夫之所报命而还者，亦必由于是，实水陆之通衢，为畿辅之门户也。

经内行指点，王有龄先打听消息。吏部今年掌管捐纳的是哪位章京？秉性如何？各省有多少个需补的实缺？实缺中，又有肥瘠之分。肥的让你盆满钵满，好处占全。瘠的也分个档次，譬如王有龄捐的这个盐大使，倘真的把你分发到舟山群岛海边上的盐场里去看盐库，除了喝海风，你还能有什么好处？

打听这类消息有固定去处，譬如鼓楼附近的"喜雨来"茶楼。"喜雨来"茶楼临街，市声喧闹。王有龄挑了靠窗的一张茶桌坐下，一边慢慢品茗，一边眺望楼窗外面的津门风光。

进入视野的是距茶楼不远的鼓楼，楼居津城中央，高三层，四面穿心，通四大街。这个四向皆通的穴道系用青砖砌成，据说是天津设卫时的建筑，始于明代，故斯楼又称古楼。砖穴上面悬挂大钟，晨昏各撞一百八杵，城门早晚启闭，以钟鸣为准。钟声洪亮，声闻十余里，钟楼东面额题"声闻于天"，倒也确切。北面有联——

> 高敞快登临,看七十二沽往来帆影
> 繁华谁唤醒,听一百八杵早晚钟声

王有龄颇欣赏这副对联的平中见奇,正赏玩之间,旁边一张茶桌的争吵,引起了他的注意。

原因是先到那个茶客坐的桌子,原是当地一位阔少爷长年包用的。现在,他带着一伙朋友来喝茶,上了楼,发现座位已被人占了,就怒气冲天地兴师问罪起来。

茶客听他出言不逊,便反唇相讥道:"这儿并不是你的豪门府第!茶楼的位子人人可坐。谁早来,就归谁坐。"

是啊,茶寮酒肆,乃公众休闲聚晤之所,讲的就是个先来后到,岂有强霸专座之理?王有龄不禁颔首。哪知那阔少爷一声怪啸,把他宫缎夹袍的下摆一提,身子晃几晃,腆着胸脯道:"我这位子就不准别人坐,你给老子滚开!"

"天底下哪有这样不讲理的人,还有没有王法?"茶客问道,端坐不动。

"你去天津卫问问,老子就是这儿的理、这儿的法!你滚不滚开?"阔少爷说着,伸手就是一拳。哪知那茶客非等闲人物,一把截住他的拳头轻轻一推,阔少爷不提防,跟跄后退了好几步。

"好小子!本少爷得好好教训你,你才会知道咱天津卫的规矩。"阔少爷恼羞成怒,猛一挥手,"上!"四位同伙如狼似虎围住对方,伸拳捋臂准备动手。

茶客冷笑一声道:"反了!皇城边上,居然有你们这等恶少,你也不打听打听,我是做什么的!"

王有龄对这位茶客的凛然甚是敬佩,不由得多看了他几眼:此人年纪和自己相仿,穿一袭月竹布长衫,天青洋布裤子,足蹬青缎暗花半腰靴。那靴底的样式引发了王有龄的兴趣,那靴底颇厚,但靴尖是一道上挑的弧线,使鞋略像秦淮河的画舫,实际上是加强了靴的厚度。这是云南一带的样式,再加上他的身量和南方口音,此人莫不是南方客?

双方正对峙着,茶博士赶了过来打躬作揖,劝双方休要伤了和气,然后对那位茶客道:"这位爷,请您多包涵,我另外再给爷安排一个雅座好不好?"说着,就把他往当中一张空桌上引。

那茶客道:"不靠窗咱不要,看不到天津卫的鼓楼。"

眼见三方都不得色,王有龄起身离座,上前冲茶客一揖,邀请道:"这位先生,我这里正好靠窗,何况饮茶以客少为贵,众则喧,喧则雅趣乏矣。独啜曰

幽,二客曰胜,三四曰趣,五六曰泛……我不求幽,你我求个胜妙如何?"

那茶客闻言大喜,立即起身:"聆教,聆教!先生请!"

二人坐下,互道名姓。茶客姓傅名晶,果然来自彩云之南。两人用云南话对了几句,不禁哈哈大笑。王有龄随即让茶博士换掉旧茶,用他从杭州带来的龙井茶,给傅晶重新沏上一杯。茶香人亲,二人越谈越投机,原来傅晶竟是一位京官的管家,因京官最近放了外任,他是随主人一道往南边去的。王有龄心中一动,问道:"不知你家老爷尊姓大名,官拜何职?"

"我家老爷姓何,少年读书时就绝顶聪明,后来科举屡屡中榜,由秀才、举人,一直考中进士!入仕后更是青云直上,由翰林院编修直至户部侍郎。这次,朝廷外放他任江苏学政,顺道查办浙江一桩案子。"

王有龄的心不禁扑扑直跳,急切地问道:"你家老爷姓何?是不是云南曲靖人?"

傅晶沉吟道:"好像是的,我是老爷赴翰林院编修任,到昆明后才做了他的长随。不管怎么样,既是云南大同乡,你又来自浙江,回去我一定向老爷禀报,看看他能否同你见上一面。"

王有龄拱手致谢:"那就全仗您了。傅管家,请一定告诉你家老爷,先父曾在曲靖当过知府,我也在曲靖长大。"

当晚在小客栈里,王有龄哪里睡得着?一时想起少年读书时的情形,一时又想起父亲亡故,竟然只能在野地里焚化,不禁悲从中来。他翻来覆去,暗中一次次祷告,希望这位学政大人,就是少年时一起读书的何桂清!

真是苍天有眼!次日一大早,傅晶竟来小客栈等他。王有龄梳洗已毕,马车将他们载至一座花木扶疏的四合院。院内高墙、松柏、假山、鱼池,也不能一一细说。傅晶领着王有龄走仪门进院,沿着曲径走向主人下榻的馆舍,一路喋喋哓哓,为此番巧遇喜不自胜!

"这正是王大人说的,人生全靠一个'缘'字!你和我家老爷真是'有缘千里重相会'啊。老爷一听王大人的名字,连连说这是故人,故人啊!高兴得一夜都没睡好觉,一早就在等你了。"

"是啊,是啊!我同你家老爷是总角之交,关系非同一般。小时候同在一个塾馆发蒙,每天早晚同去同回,情同兄弟……昨天我只怕姓同人不同,心想哪有那么巧的事?所以一时不敢跟你说破。"王有龄也没想到真有这么巧。

"怪不得!怪不得!"傅晶点首连连。

来到后院一家门首,傅晶哗哗甩甩马蹄袖,肃立门边,提高嗓门唱报:"杭州候补盐大使王有龄老爷到!"

门帘一挑,何桂清从书房迎了出来。他微有发福,身穿白竹布对襟褂,大红撒管裤,履着朝靴,戴着便帽。他双手抓住王有龄双手,二人久久对望,彼此露出惊喜神色。王有龄想起他侍郎身份,退后一步:"卑职王有龄,拜见何侍郎大人。"

正欲按规矩拜下去,何桂清急忙趋步上前把他架住道:"有龄兄,千万别这样!相别十几年,天各一方,断了音讯,没想到咱们竟然在天津卫重逢了……来,坐,快坐!"

两人就座。傅晶端上茶水、瓜果,然后躬身退出。

何桂清兴奋地说道:"昨晚傅晶告诉了我,我竟不相信这会是真的!整整一夜,始终以为自己是在梦中……"

王有龄也按捺不住道:"是啊,我也没想到好梦会成真。虽然相隔十几年,可往事历历在目!桂清兄,我和你一起在曲靖度过的日子,现在回想起来还如同昨天一般。"

原来,何桂清是知府衙门门役的儿子,自小就与大他三岁的王有龄一起玩耍、嬉闹。后来王有龄进了塾馆,何桂清因家贫不能入塾,便在家中哭闹不休。王父听说后,资助他家银两,亲自送他到名儒蔡先生开办的塾馆读书,同王有龄一道出入。何桂清从小就聪颖过人,读书又用功,王父常在王有龄面前夸赞他:"桂清这孩子天分极高,将来必定是国家栋梁之材……"

何桂清赶紧道:"哎哟,我们光顾着叙旧,还未问尊大人福体是否康泰?"

听闻此言,王有龄一下子噎住了,一句话也说不出来,眼泪顿时夺眶而出。

见状,何桂清大惊道:"难道……他老人家……"

"已经归天了……"王有龄说到父亲遭人诬陷,从此厄运连年,父子俩在杭州贫穷潦倒,自己生不能赡养父母,死不能为父营葬,不禁大放悲声。

何桂清也止不住落泪:"不要太过悲伤了,有龄兄。令尊大人对我恩重如山,我竟连个知恩图报的机会都没有,这次去杭州,一定要到他老人家灵前去祭奠一番……"

中午用膳,王有龄说起此番来京的目的,何桂清道:"五百两银子够做什么,官场你又不是不知道,就算吏部有人开恩,随便派你一个苦差滥事——派你到粤匪为害的冲难县去干个'红巾'(板炭)大使,到时你不去也得去,岂不是自蹈死地?"

"那……那我可怎么办?"

"我昨夜替你想过了,现在正好有一个千载难逢的机会,是早也不行,迟也不行,真是巧得很。这次,我奉朝廷之命南巡,就是去调查浙江巡抚的案子。你先回去,带一封我给黄巡抚的密函,当面交给他。他定会给你安排一个官

职,这不比花银子到北京走门路更好吗?"何桂清一副胸有成竹的样子。

王有龄大喜过望道:"好!这当然好!……只是,我听说这位巡抚大人是个贪财刻毒、翻脸不认人的人,他会买你的面子吗?"

何桂清笑道:"这黄巡抚和我是同年进士,交情不算差。这次,他肯定已经得到风声,我要去调查他侵吞朝廷漕粮、逼死前任藩司的案子。我只需在信中稍作暗示,让他对你关照一二,一定会说什么就是什么。"

王有龄以手加额道:"桂清兄,这下真应验了先父临死前的那个梦——只要我去北方,会有贵人相助。这贵人就是你哟!先父九泉之下若是有灵,也会感谢你的!"

"哪里哪里,比起令尊大人对我的大恩大德,这不过是小事一桩,没有令尊大人的资助、提携,我何桂清哪会有今天……来!干杯!"

第七回

送密札盐大使改授粮台
看红灯扛包人竟成饿鬼

杭州,梅花碑巡抚衙门,王有龄只在父亲替他捐纳"盐大使"虚衔时来过一次。这次造访,他到底增加了些底气。哪知他正要进那道土沉坎高的森严大门时,一个衙役喝住了他,问他怎么不长眼睛,直朝衙门里闯。

王有龄忙道:"我要见黄中丞。"

"抚台大人是那么好见的吗?他请你了?"衙役拿眼上下打量着他。

"请倒没请。"

衙役冷笑道:"没请?那到大人请你时再来。滚开!"

王有龄现在不想随便就使散碎银子打点这些差狗子,遂凛然道:"我虽不请自来,可我给他送来京城最重要的信函和消息。"

"送信?那也要先通过管事房的高师爷。"衙役把胸脯一挺。

王有龄四顾道:"那高师爷在哪儿?"

"唔!在那儿。"衙役往门边的偏屋一指。

高师爷早就在窗里打量着此人。王有龄虽看不清高师爷长什么样,却上

上下下、头头脸脸让他先端详个了够,他照例打点了一番,高师爷方问道:"你有何事?"

"烦请您通报中丞大人,就说在下带来京城何侍郎的一封密札,需面呈黄大人。"王有龄不卑不亢道。

"请随我进去禀报。"

走出管事房,王有龄才看清高师爷同自己年纪差不多,身材精瘦干巴,那张脸如同一穗风干的老玉米。高师爷沿着一条能走车轿的青砖道来到府院的后花园。流水一酽,点缀着石桥亭阁;奇花异木,掩映着鱼池假山。苏浙园林精巧,官廨可见一斑!

黄巡抚养得臃肿不堪,从正面看像个葫芦,从侧面看像只放大的蟋蟀。浑如太极一张肥白脸,两撇吊梢眉,几茎细黄须,他正在用花剪摆弄莳花、盆景。

高师爷缓缓说道:"禀报大人,有人求见。"

黄巡抚一脸不悦道:"我不是早已同你说过,我最近身体不适,不理公事……"

高师爷赶紧道:"此人刚从京师来,带来何桂清何侍郎的一封密札。"

"什么?何桂清……"黄巡抚的眼睛顿时睁圆了。

"是。大人。"

黄巡抚连忙丢下花剪,叫高师爷把信拿过来,得知高师爷让来人在门口立等,黄巡抚顿时鼻子不是鼻子眼不是眼:"混蛋!你知道何侍郎是谁吗?他就是朝廷派来密查浙江漕粮问题的!他送来密札……你这笨蛋!怎么可让何大人的信使在门外等呢?快,快请他进来……"

官至巡抚,京城里自然有些与他通消息的人,否则他怎么知道何侍郎此行的使命?少顷,高师爷领进王有龄。黄巡抚见他仪表不俗,神清气朗,忙把他迎进书斋,一番客套寒暄,他当即开了密札,眼睛一扫,便有些心惊冒汗。他干的那些事自己还能不知道?浙省密告他的信件,在京师部院里已经积得不少了!眼前此人不可慢待,虽说是个八品虚衔,但他朝廷有人,是个可以通天的角色。吏部用这些闲职暗中调查他,没有不查个底翻天的?想到这里,黄巡抚心中有些慌乱,额上不禁渗出了一层细汗。他拿眼角觑着王有龄道:"杭州真是藏龙卧虎之地,我竟然不知何大人的挚友近在咫尺,真是有眼不识泰山,失敬失敬!这么些年,老兄怎么不到我这儿走动走动呢?"

"中丞大人是一省的父母官,公务繁忙,小人怎敢轻易相扰?"王有龄起身抱拳拱了一拱,显得甚是诚恳的样子。

黄巡抚伸出双手把他按坐在学士椅上,显出十分真诚的样子:"哎,这你就见外了。既然你跟桂清兄如此亲近,那我们就是一家人,我理当青眼相待。

有什么事你尽管直说！桂清兄与我同年,且关系非比一般,你托他办的事,就由我代劳好了。"说罢,他目光直呆呆地看着王有龄,脸上堆着虚浮的笑——倘若这位盐大使无事相托,那他八成是领了明察暗访的使命了！

王有龄告知他捐盐大使虚衔八年了,尚未补得实缺。听了这话,黄巡抚不禁暗暗松了一口气道:"这有何难？何大人盛赞你'胸有韬略,才堪大用',为何不早来找我？要不然,早就办得妥妥帖帖的了。"

王有龄嘴上虽道"承蒙美意",心里却想早来见你？你不叫手下将我乱棍打出就算客气了。

黄巡抚在书房踱了几个来回,打定主意要给王有龄一个粮台坐办的肥缺！一则自己的纰漏出在漕银上,将浙江粮台坐办的职务委给何侍郎推荐的人,正好显示自己的坦荡无私,令诬言自消。二则可以笼络王有龄,将来如果有机会,他们还可以联手做些事情"共谋其利"。于是,他遂做出一副推心置腹的样子道:"这样吧,浙省盐场虽多,可真要当个盐大使,却是个苦差事。不如安排你在巡抚衙门当一名粮台坐办,虽不是正官,却已补了实缺。以后如果还有更好的机会,我再给你留意。"

大功告成,王有龄高兴得一揖到底:"谢中丞大人栽培。"

黄巡抚自然要有一番欲盖弥彰的表白:"由你来负责全省的漕粮、漕运,我就放心了。浙江是保障京师的漕运大省,在别人眼里,这中间肯定能捞到不少油水。有人甚至无中生有,攻讦我在其中做手脚……嘿嘿,希望桂清兄不要听信这些传闻才好。"

王有龄肃然道:"清者自清,廉者自廉！何大人奉旨访查,自然不会听信那些传闻,黄大人也不必介怀那些飞短流长。下官既蒙大人垂青,委以粮台之职,定当勤勉励厉,恪尽职守,把浙省漕运办好。"

黄巡抚即命文案办理印绶、官服事宜,一面咨文呈报吏部备案。他把一只胖胖带涡儿的手搭在王有龄肩上,面露忧戚道:"浙江漕粮,原先都由京杭运河解运北京,故称漕运。可是京杭州运河历经数百年沧桑,久未疏浚,有几段严重淤阻,河道不通。现奉上谕改漕运为海运。江浙漕粮改由上海出口,用海船运至天津再转运北京。可洪杨之乱越闹越凶,湖南湖北等漕运大省再无漕粮发运,浙江漕运今后的担子重啊……"

原来,洪秀全、杨秀清去年在广西金田发动起义,建号太平天国,起初并未引起朝廷重视。及至太平军杀出广西,纵横湖南境内,朝廷方调大兵围剿。谁知清军中称为悍将的那些人都不是太平军的对手,不消数月,太平军就占领了武昌。之后水陆并进,浩浩荡荡,蔽江东下,于今年春上在南京建都。接着又主动出击,分兵北伐和西征……

乱世为官,而且是举足轻重的粮台官,久有大志的王有龄想来是有些作为吧。他在九如巷胡乱租了间房,买了几样旧家具,也算有了个家。厅堂正中,挂上父亲当年身穿官服的画像。画像之下,供着写有父亲名讳、官职的神主牌。虽然简慢了一点,但与父亲病死的那幢破屋相比,完全是两个天地。王有龄点上三炷高香,跪拜如仪:"父亲,有您老人家的指点护佑,孩儿这次北上,终于见到,久别的何桂清,补了实缺,但这仅仅是第一步,孩儿一定不忘您老人家的教诲,做一个好官。自今日起,我要重新奋发,干出一番事业。早日将您的遗骨运回家乡,入土为安。"他把藏香插进香炉里后,吩咐轿丁送他去元宝街。

官轿进了元宝街,登时引起轰动。一群孩子好奇地跟在轿子两边,竞逐竞走要看个究竟。轿丁不得不大声吆喝:"让开!快让开!"

轿子停在冷清破败的胡家门前,轿丁打起轿帘,王有龄头戴瓦楞帽,身空石青片金云缎官袍,缀着鹭鸶补服,下轿便直趋门首。屋内光线阴暗,空无一人。王有龄径直走了进去,四面环顾,感慨万千。

"家中有人吗?"王有龄大声道。

"谁呀?"厨房里,炊烟迷漫,烟囱久未清理,大概被什么杂物堵了,有些倒烟。胡母被呛得大声吭吭着,听到堂屋中似有响动,咳嗽着走了出来,头发上还沾着柴灰。

王有龄叫了声伯母,纳头便拜。

"你……是谁哟?"胡母吃了一惊。

王有龄抬头仰望着这位持家甚严的母亲道:"胡伯母,你忘啦,我是王有龄。那次我不幸落水,是雪岩兄弟把我救到府上。伯母您为我生火驱寒,给了我人世间最大的温暖,此情此景,有龄终生难忘……"

"啊?是王相公啊!你穿了这身官服,我都不敢认了。快起来,起来!请坐!"胡母连忙拉过椅子,掸去椅上灰尘。

"胡伯母,没有雪岩兄弟的相救和你们一家的关爱,没有雪岩兄弟为我筹集进京的川资,我怎能补上实缺。现在,抚台大人让我担任浙省粮台坐办一职,有龄特来向雪岩兄弟和伯母谢恩!"王有龄感慨不已。

"王老爷,您总算有了这一天,老身真为你高兴!可雪岩他……"胡母悲喜交集,遂将雪岩坏了规矩、被"开泰"钱庄开缺、无有生计的情形说了一遍。胡母鞭笞教训后的第三天,胡雪岩就失了踪影,如今竟是死活不知了。

胡雪岩怎么会死呢?他一定还活着!一个对生活充满希望的人,一个那么乐观、坚毅的人,一个为朋友那般舍得奉献的人,是不会轻易放弃追求的。胡雪岩和螺蛳姑娘就像运河上的风,鼓起了他王有龄生命的风帆。王有龄给了胡母一封银子,让她先把家里的日子改善改善,他一定设法找回胡雪岩!王有龄心里明镜似的,这位兄弟一定是沿着运河往北去了……

凌空的木跳板越来越模糊,那黑湿,那遭到磨损的木纹,那踩踏其上的脚步,那欹晃、蹒跚的身影,都渐渐与黢黑的湖水交融,快要融作一处。跳板简直吃不住劲了,抖颤着,不时吻舔水面,作无言呐喊状。无情的湖水把跳板的弹力朝上反推,使每一双踩踏跳板的脚发飘。原本沉重不堪的双脚又不能不挪不动,于是,那一双双寒凉不均的脚便在虚飘中挪动着,一步步朝漕船走去。但那里并非彼岸,而是鬼门关!

尽管这只是胡雪岩刹那间的感觉,却分外强烈。百十斤重稻谷包压在他的脊背上,他喘息如牛,蠕动如蜗。

夜幕从长空中垂挂下来,带着雨意和太湖的水腥,如一张巨网。他就像一条卡在网眼里的鱼,在黑暗中乍腮抖尾地挣扎。蓦地,身后响起同行不甚耐烦的催促,明眼人从他的身姿和步态上一眼就瞧出他不是脚班出身。胡雪岩咬咬牙,下意识快挪了脚步。淋漓的汗水从鬓头额角渗出,顷刻满脸都汪着汗珠。最后一点热力从体内逸出,他终于走完了跳板,踏上了平实稳安的船头甲板。当他把麻袋卸到粮垛上,顺势拉长身板,透出那口余气的时候,他似乎听到了体内嘎崩了一下,那早已脱节的骨头架子瘫了下来。

"拿去。"一个工头模样的壮汉往他手心里拍了几枚铜板,这是他今天扛活的工钱。他一手攥着那几个大子,一手把作为搭捎用过的罩褂抻了抻,弄得熨帖,这才把缀满补丁的外衣穿上,下了漕船,朝着湖州城走去。

坏了规矩,遭了开缺,他在杭州已没法立足,只得沿着大运河,逢船打探,逢扉扣问,希图找个稳定的事干干。然而,时世艰难,百业不振,民生凋敝,人地生疏,哪会有人会看中他的活络伶俐,用得上他那一手嘀溜溜转的算盘?他只能以寻短工度日,靠做苦力活命。离杭州越来越远,不过,他到底没走出浙江地面,而是来到湖州——浙北这个富庶冲要之地。

湖州地处千顷太湖之南,是浙、苏、申、皖四地交通枢纽,浙江的门户,滨湖富贵温柔乡。东西苕溪由游蛇而变走蟒,在跃入太湖的最后一刻拥吻了湖州。受它优渥款待,双溪壮大了腰身,漶漫了湖岸,它腾挪翻滚的身躯把沃野黑土碾碎,在湖畔点缀着一个一个村落、荒隈。通往码头是一条官道,约莫走了半个时辰,不知过了多少村多少店,便进了湖州城。

万家灯火。一座座曲桥把城街分成一段一段,一段桥街一种风情,每段桥街又襟带着无数条小巷。那巷道有深有浅,有宽有窄,高墙粉垣、华屋店铺簇拥着一条条青石板道。阑珊的灯火,高挑的标着某某字号的大红灯笼,装点着街巷的夜空。青石板道上一片光怪陆离,它们就像深埋地下又遭到剥蚀的竹筒,忠实地记录着一段段喧嚣的历史,却又什么也没有留下。胡雪岩避开高堂华屋、鳞次栉比的店铺,专走那些冷清的背街陋巷。他没钱住店。今天水米未沾,有好几次敲着竹筒、沿街叫卖"湖州肉粽"、"千张包子"的小贩打他身边路过,他把手伸进衣袋,摸到那几个铜钿,打算买点吃的,哪怕是一个粽子打打饥荒。有一次,那老道的小贩甚至歇下了担子,拿起瓷碗、掏勺,准备伸向热腾腾的铜锅,只等胡雪岩把手从衣袋里拽出来。然而,胡雪岩把那几个铜板攥出了水,喉咙里咕咕吞咽了几声,最终还是把铜钱放回了口袋,打消了那个念头。

天空飘起了小雨,他又转悠到了一条陋巷。巷道深幽、清冷。石灰剥落的高墙伸向远方,越来越稀疏的灯火把他掷入无边的黑暗中。夜幕深沉,没有路人复杂的目光,疲惫已极的胡雪岩开始懈怠下来。他背靠高墙,仰起脸,目光迷茫地探向夜空,并微微张开嘴,让疏落的雨点滴进嘴里。那凉意渐渐浸入脑海,聚集成为一团晕晕乎乎的睡意。不知打哪儿传来渺茫的苏州评弹声,一个女人用吴侬软语不甚分明地唱着:

素馨棚下梳横髻,只为贪花不上头。
十月大禾未入米,问娘花浪几时收。

胡雪岩离开高墙,开始深一脚浅一脚地朝前走去。他要走出深巷,再去寻找今夜的归宿。远远地,巷口灯火通明。青石板黑湿的幽光,小水洼里的渍雨,投射出大红灯笼的绚丽。那是投向苍冥的一派祥光,那是撒向积雨云的通天串珠。待走出深巷,他才发现这是一家妓院,院门上挂着"夜夜春"的牌匾。院门口,街面上,几个打扮得花枝招展的妓女,叫嚷着招徕客人。

夜已深沉,这条通衢大街上,却依然灯火辉煌。行人如织,不仅店铺没有关张,看这情形,起码还有一两个时辰的闹腾。原来湖州竟是个城开不夜的销金窟,不幸的、难堪的也就他这个流落异乡的胡雪岩!

胡雪岩在街心站住,两眼直瞪瞪地盯着妓院门,出气有些喘,脚下有些飘,身上有些冷,眼睛湿湿的分明有些雾。他忽然想起螺蛳姑娘,一百两银子把自己卖了!倘若她把自己卖在这种地方,岂不就是他的罪过?他看着眼前的牌匾和串珠灯笼开始晃动,路人和摇首弄姿的妓女摇晃起来,灯火楼台与夜空错位,他终于屋倾墙倒,一阵天旋地转,听见自己带着重重的响声栽倒在地上……

一乘专用彩轿出了深巷。轿首挑着一盏仿制的曲柄宫灯,灯罩上写着"芙蓉"的芳名。轿沿垂着流苏,轿杆上缠着醒目的红丝带。明眼人一看便知,这是官府征花围酒,上门伺候过官人的妓女回"夜夜春"了。轿旁走着一个小姑娘,约莫十三四岁,穿着墨绿色的彩春裤,银蓝碎紫花夹衣外面,套着一件明丽合身的琵琶襟小紧身。轿夫是沾光被赏了花酒喝的,那脚步走得格外轻快。不提防小姑娘叫了一声,轿子便在街心戛然停住。芙蓉在轿里问道:"怎么啦,芍药?"

"路上倒着一个人。"芍药拿手一指。

"啊,是……死人吗?"芙蓉立即吩咐落轿,掀开轿帘走了出来。

果然是湖州名花,真真面若芙蓉,眉如翠羽,顾盼生辉的一对含情目,一钩一吊竟能摄人魂魄。她上穿宽大的九菇旋布包纽深色大褂,袖口上镶着洁白的长毛兔护手。最是大褂那个顿领,能像花托一样支起来,把她那还带着酒晕的粉脸像花苞一般半包裹起来。下面是一条藕合色曳地长裙,履着过山棱软面红油鹿皮小靴。

艳行的禁忌颇多,倘若路遇无名倒头尸掉头不顾,是很快要遭报应的。当下芙蓉忙趋身向前,想要看个明白。芍药把手探到胡雪岩的鼻孔下说道:"还有气呢,芙蓉姐。"

"嗯,是还活着,那快把他扶回去吧。"芙蓉也弯腰俯身探看。

芙蓉本是湖州花魁,又是"夜夜春"的摇钱树,自然该有一个像模像样的住处。这是用槅扇隔开的一个套间,里间是典型的碧纱橱模样。雕花龙凤大床,锦茵伴暖;镂空青铜兽炉,瑞脑飘香。其他罗帷绣褥,玉挂鸳枕,也不能一一细说。外间敞些、乱些,兼作会客之用,凡家用之物,承欢之设,一应俱全。就连麻将、骰子、挑逗男人的春药、避孕熬药用的小炉、铜铛、瓦罐、纱滤也都不缺,摆放在该当的地方。

墙角一张刚刚收拾出来的暖榻上,躺着疲惫不堪的胡雪岩。芍药用汤匙给他喂莲子羹,胡雪岩贪婪地吞食着,双眼开始不住眨动,终于慢慢地睁了开来,眼角显然汪着湿光。

"芙蓉姐,他醒过来了。"芍药透着疲惫的声音惊喜道。

正在梳妆台前卸妆的芙蓉闻声款款走了过来,目光在他脸上、身上逡巡着,目光落到了胡雪岩那双手指修长、肌理细腻的手上:"哦,看来他是又累又饿,才昏倒在路上。罪过啊!饿成这个样儿……"胡雪岩迎着她探究的、复杂的眼神,无力地闭上了眼睛。

芍药又给他喂了几块细巧点心。胡雪岩精神恢复得很快:"多谢了,小姐……"他挣扎着欲坐起,"让我自个儿来吧,怎么能劳你们……"

芙蓉摆了摆手道:"躺着,元气还没恢复呢,急什么?"

这时,门外响起了敲门声:"芙蓉!芙蓉……"

芍药连忙放下碗,前去开门,胡雪岩赶紧坐起身来。门开了,"夜夜春"的老鸨走了进来,冲芙蓉道:"罗老爷请你去他家赴堂会。"

"又要出台?"芙蓉顿时有些慵懒。

鸨母的目光在胡雪岩身上一扫道:"对!罗老爷家马上派轿子来。"

芙蓉翘起兰花指,把椅子上的椅袱伸手抻了抻,缓缓落座在逍遥椅上道:"我刚从刘千总家陪花酒回来,头晕乎乎没有一点力气。妈妈,你还是让别的姐妹去吧……"

"可罗老爷指名要的,是你这个花魁啊……"鸨母稍稍提高了声音,可话在中途却顿住了,她知道这位花魁的脾气,勉强不得,便又道,"那好吧,你不肯去,那我就让秋菊去。"

"那真求之不得了,谢谢妈妈!"芙蓉乜眼一笑。

鸨母临出门,目光又在胡雪岩身上一扫,故作亲切地问道:"咦,他是谁哟?"

芙蓉带着点夸张地说道:"他呀——倒在巷口的一个……落难公子。"

落难公子谈不上,但肯定不是个干体力活的粗人。芍药忙给鸨母解释:"小姐见他可怜,才把他救到房内,费了好半天才苏醒过来。"

"既然进来了,有了好转就赶紧走人。这年头,要救要帮的人实在太多了,好人难做呵!芙蓉,我这可不是慈善院……"鸨母沉下脸来。

芙蓉变得正经起来:"你放心吧!妈妈,我心中有数。"鸨母这才转身离去。当她再看胡雪岩时,他已再次仰倒在暖榻上,两手舒泰地搁在小腹上,双眼微阖道:"谢谢小姐好心收留……"话没说完,便沉沉进入了梦乡。

芙蓉叹了口气,吩咐芍药一番,在他对面坐了下来,饶有兴致地打量着这个倒卧街头的"无名尸":气度模样都不差!当真是个落难公子?真有戏文里唱的那等事么?

此时,夜已深沉。小巷深处,更鼓声声,更夫还在履行职责,可路上已行人稀少。灯火渐暗,行人绝迹,终于等到鸨母出现:"姑娘们,夜深了,再不会有客人了,快进来吧。"姑娘们欢呼着一拥而进,两扇大门缓缓虚掩上,醒目的红灯依然在漆黑的夜空抖索着。"夜夜春"的串珠灯笼是湖州城的标志,夜来是不熄的。

第八回

妓女院小杂役愧见坐办
天音房风流官喜逢侍人

清晨,报晓的公鸡在湖州城上空啼出一片袅袅湿烟。水天苍茫处的大片朝霞落入湖中,一时像个际天匝地的大花篮,堆花簇锦,溢彩流光;一时又像个大染坊遭遇火劫,烧得青红紫绿,洇得一塌糊涂。

经不住芙蓉求情,又拿出五两银子请当街"地保"出面担保胡雪岩不是那等作奸犯科、逃匿流窜的坏种歹徒,鸨母才同意暂留胡雪岩在"夜夜春"干小杂役,先试试看,干不了就叫他走人!

胡雪岩起了个大早。当楼上楼下、天井里、走廊上到处摇动着梳洗打扮的妓女时,他已把天井里那个大石缸的水挑满。水取自苕溪,不算远,可那个大石缸要装二十多担水,就算两脚如飞,去去来来也得一个多时辰。当他把水注满,收拾起水桶扁担,急匆匆要离开院子时,陡地响起众妓女的鼓掌声、叫好声。

众妓女是有心替芙蓉捧场的,胡雪岩却没料到掌声是冲他而来。他低眉耷眼,继续走他的路。为何?原来大清早的,这些刚刚起床梳妆的妓女,不讲

究。有披头散发敞胸露乳的,有披着中衣胡乱在腰间抹了条丝带的,有歪系着采春裤耷着抹胸的,还有边打呵欠边拾掇身上的,真是春光无限。胡雪岩生平头一遭进妓院,就轧到了这等群芳竞艳的场面,哪里还敢迟滞多看?随着掌声,半老徐娘的鸨母从楼下大厅姗然而出,眉眼含笑道:"吓!没想到你公子哥儿模样,做事却如此勤快利索。"

胡雪岩抹了抹额上的汗水,站定了说道:"不瞒妈妈说,我十二岁就到钱庄当小学徒,大清早扫地、挑水、倒夜壶是家常便饭。"

一个妓女凑过来取笑道:"那你也把我的尿壶倒掉吧,嘻嘻……"

另一个妓女接道:"他只会倒芙蓉姐的尿壶,怎么会倒你的呢?你没这种好福气。"

众妓女哄笑不已,有意向芙蓉取闹。芙蓉也毫不在乎,袅袅婷婷过来,继续向鸨母推介胡雪岩:"妈妈,胡相公还会算账,打得一手好算盘呢!"

"哦,那我倒要看看……"鸨母感到意外,当即吩咐小丫头从大厅里拿来一个账簿和一把大算盘,叫一个正在院子里梳妆的妓女让出石桌石凳,指点道,"胡相公,你将我这些客户欠下的风流债算一算,总共欠我们多少?你坐下算。从古至今,没有站着打算盘的。"

胡雪岩又恢复到原先神态,自信地往椅子上一坐,抓过了大算盘,噼里啪啦飞快算了起来。众妓女一齐围过来观看,称赞不已。

"啊,只见算盘不见手指,简直像风扫落叶……"

"真是神算子!啧啧……"

芙蓉则眉飞色舞道:"妈妈,我没有说错吧?"

果然有些本事,看来这芙蓉还是有些眼力的。可惜是个倒霉背运,要芙蓉出面求情在这妓院里给他找桩活干。也罢,他要真是个有钱公子,把芙蓉梳拢了,一时我再上哪儿去找芙蓉这样有才有貌的摇钱树去?鸨母看了她一眼,心中暗自欢喜。

胡雪岩很快将一本帐册算完,指着大算盘说:"一共欠……三千三百六十两银子。"

"啊?欠债这么多啊!这些臭男人,往姑娘身上爬,一个比一个猴急;可从品袋里掏钱,一个比一个抠门,也真是……"鸨母张大嘴巴骂道。

"讨债交给我吧!我原先在杭州钱庄里干的行当就是跑街,专门去催账讨债。"胡雪岩主动请战。

芙蓉趁热打铁道:"妈妈,他一个人可顶好几个人呢。你就留下他吧。留在这儿,总比让他到漕船上去干苦力好得多……"

众妓女也帮着劝说:"留下他吧!妈妈,留下他……"

这年头，一个龟奴的活也有人抢啊！鸨母看了看胡雪岩，再看了看芙蓉，她轻咳一声，脸上似笑非笑道："你，心疼他了？……但是，我可把丑话说在头里！我可以留下他，但你是我们'夜夜春'的摇钱树，你得照样给我坐台、出台、接客、陪宴……要不然，我就立即将他扫地出门……"

众妓女见鸨母应允，朝芙蓉挤眉弄眼，表示祝贺。芙蓉却不客气地说："妈妈，你何必把话说得那么绝？他留下来，同我一样会给你挣钱的……"

胡雪岩就这样留在了"夜夜春"。清晨挑水，白日烧水供应各房各楼层。傍晚掌灯以后，遇有品茶、听评弹一类摆阔的嫖客，还要负责给客人上茶，表演"掺汤"的技艺。有时，深夜还会被鸨母叫去"复流水（账）"，算月账。得空还要给妓女们跑腿，干些上不了台面的事。比如哪位妓女的生意有些冷清了，去给她的老相好送个信，让他来妓院邀一场"演出"绷一下面子。也有嫖客送了金银珠宝等首饰，妓女带疑，让胡雪岩把首饰拿到银楼、金号悄悄验证真伪。也有妓女迷信，托他在寺庙、道观偷寄个名、还个"养生"愿什么的，不一而足。

弹指过了数月，这日夜深，灯笼小轿晃颤着把芙蓉送回灯火阑珊的大院。胡雪岩从鸨母那儿算罢工月账下楼，芙蓉招手把他叫住，低声道："今日背晦，去伺候湖州城中一个大户，那半殃老头正在我身上起腻，忽然就剧烈咳喘起来，大汗淋漓不止，从我身上滚将下去。我只得大声叫喊，家人把他抬走。他的几房妻妾骂骂咧咧，说什么'婊子进房，家破人亡'……许多难听的话。你速去替我打听一下，倘那富户死了，少不得要去奠亡跪灵，替他守孝一阵……"

下面的话没有说出来，胡雪岩知道一个正当红的花魁娘子，倘遇嫖客在寻欢作乐时暴毙，此女会被视作"大不祥"，传开是要影响生意的。遂详细问明地址，两脚如飞而去。

天亮前，胡雪岩赶回"夜夜春"。芙蓉房里，锦茵伴暖，红烛高烧——遇有不顺，于正子时在房内燃一对大红喜烛冲喜。她梳洗了，用颤丝网子把长发别成个偏分胖头，身上胡乱披了件阔大的白绉绸宽松衫，歪在床上等消息。

"没事，那半殃老头很快就缓过来了。"

"真的吗？"芙蓉高兴地跳下床，吩咐芍药赶早去弄些酒菜来，她要慰劳慰劳胡雪岩。不一会，一壶闻名遐迩的乌程酒，几样精致小菜送到房中，有酱汁羊肉，荷包鱼肚，千张芹丝，长头鱼脍，真是色香味俱全。

芙蓉给两人斟上酒，问道："你是怎么打探的？我进出都坐轿，只觉得是个深宅大院，称得上门禁森严呢！"

胡雪岩顿了顿，觉得没必要隐瞒，便说自己是钱庄跑街出身，识门径、观

兴旺原属本行。他按照芙蓉提供的地址,找到那家宅邸,不用打听,深更半夜,也没法找人打听。只绕着那个深宅大院转了一圈,主人显见得是个做大生意的。又听院内并无议论、哭声传出,料想无事,便绕到前门,把叫板叩响。值夜的门子打开窗洞,问他有什么事。胡雪岩说:"夜夜春"芙蓉姑娘问老爷的情况怎样了?门子只能说大概没什么事。他一个看门的,哪能清楚里头发生的事情?胡雪岩就说:老爷是做大生意的,芙蓉姑娘是做别样生意的,她希望老爷丁点事没有,以免引起外界猜测,市面恐慌,招来对手的算计。芙蓉姑娘艳帜初张,需要一个好名声,更需要老爷这样的人多捧场。他让门子一定把话带到,就打回转了。

芙蓉脆笑道:"你真是善解人意,而且很会办事,平素一定大得家中那位的欢心……"二人一边饮酒,一边谈心。芙蓉说她的祖籍也是杭州,只是她从未见过西湖。她爷爷做药材生意来到湖州,打理出很大一家药店交父亲掌管。后来父亲死了,赌博成性的叔叔将她卖到这家妓院,她就再也不能自由地走出这道喧红绕翠的大门。她连饮两杯,又给自己斟满了。胡雪岩不由得发出感慨:"这真应了那两句唐诗:'同是天涯沦落人,相逢未必曾相识'……那晚,若不是姑娘仗义相救,我肯定就倒毙在这个巷口了。"

"这就叫缘分!伺候那些有钱人,我常常有意把自己灌得烂醉,离开时,不是迷神不醒,就是歪在轿子里打盹,偏那晚我很清醒,心里老觉得会有什么事发生,因此芍药一叫,我一个激灵就让'住轿'了。换在以往,我是梦也幽幽、早就轿也悠悠一晃就过去了,哪管什么死人活人。"

"是啊!"胡雪岩把由衷感激的目光,投向这位忽然觉得特别亲近的女子。什么叫缘分?缘分就是越走越近,就是某种感觉甚或奇怪的一闪念,推动两个并不相干的人邂逅相知。能为芙蓉姑娘做点儿什么,是他栖身"夜夜春"最大的心愿,这些表面风光的烟花女子,实际上是挺可怜的啊。但在以前,他把妓院看作是最肮脏最下作的地方,就在那个饿卧街头的夜晚,依稀记得自己最担心的,就是自卖的螺蛳姑娘被人转卖到这等地方,心中一急一痛,黑白无常的鬼手,就把他的灵魂钩拿出魂框子了。他给芙蓉斟个门杯,双手奉给她道:"领受了姑娘的慈悲菩萨心肠,见识了姑娘惜老怜贫、常常济困扶危的这颗心,雪岩不光铭感不尽,也有些自愧弗如。姑娘真是秀外慧中、集外美内美于一身,我们这些须眉浊物男人,在姑娘面前,哪能藏掖得那等尹和小来。今日借花献佛,我敬姑娘一杯!"

芙蓉并不推辞,一仰脖把酒喝干,拿眼斜着胡雪岩道:"看你生得白净斯文,一副读书人模样,咋生了张婊子嘴,学我那些姐妹们尽说些好听的?你这是近墨者黑吧?"

"岂敢岂敢？全系由衷之言,在女人面前,雪岩从不撒谎!"酒意上来了,胡雪岩两颊绯闻红,一双火辣辣的眼睛,如同掠鸟的翅膀,不断在芙蓉身上扑扇着。

芙蓉袅着腰肢走到他面前,伸出一个指头在他脑袋上一点:"以你这眼光……你倒说说看,我比你家中那位怎样？"

胡雪岩电灼般赶紧收回目光,神情也从阑珊的酒意里扑腾出来,垂下了脑袋。嗨,怪不得有人说酒是色媒人啰。

"说呀,你不是说你从不撒谎的么？"

胡雪岩惶乱地看她一眼,又把目光避开了,低声但很清晰地说:"不可同日而语。怎奈家母之命难违。我本来有个青梅竹马的意中人,你知道我有个意中人……"他欲言又止,不禁泫然。

芙蓉醉眼惺忪,带着几分挑逗道:"我比你那意中人又如何？"

胡雪岩赶紧道:"燕瘦环肥,各尽其美,你和她各有千秋,各有千秋。"

芙蓉将杯中酒一饮而尽,把酒杯一扔,一屁股坐到他腿上:"不管你怎样想……反正我喜欢上你……来吧!"她原本就是个敢作敢为的女子,何况堕入青楼,当上花魁,便更加率性而为。

胡雪岩眼中身上都燃烧着欲火,身体却和灵魂作着推挡、搏击:"别、请别这样!我们还是坐下喝酒,喝酒。"

芙蓉大笑,浸涌着霞晕的脸几乎抵着了他的额角:"人家想请我这个花魁,都要花大价钱。今夜我有心与你共度,你怎么却变得像童男一般……呸!你们男人哟,全都假正经!"

胡雪岩哪里还能自持,赶紧道:"小姐,不是我假装正经,实在是……生怕对不起你对我的一片真心……"

芙蓉握住他脑后那条大辫子,用力往上提溜着。胡雪岩跟着她的手势,缓缓直起身来,双手紧紧抱住芙蓉柔软的腰肢,将她抱离了地面。芙蓉发出一串脆笑:"既是真心对真心,那就了却这段情……"

二人在龙凤大床上,一阵春点桃花、风欺杨柳,翻腰濡搅,极尽欢娱。却听鸨母在走廊上道:"今晚湖州知府在我们这里举行宴会,宴请杭州来的一位贵客,姑娘们需早早做些准备。"接着,便铺排调度,哪几个姑娘上演节目,哪几位花魁主陪,哪几个房里的丫头协助龟奴马仔布置会场、安备茶点果蔬。并下令今晚各房姑娘一律不接外客!

"夜夜春"一楼大厅里,呈品字型摆着三桌丰盛的酒席。大厅当空燃庭燎,酒席两侧摆着高有七层的烛山。烛山的最底层,绕着金花铜柱探出二十一个螭兽,每个螭兽的吻突和脊尾上,各燃着一根四分银烛,照耀得如同白昼。

湖州知府宴请浙省粮台坐办王有龄,邀湖州与漕粮有关的一班公干作陪。王有龄多少有些拘谨,簇新一身官服,领边袖口的石青妆锻,闪闪发光,自己都觉得有些耀眼。制帽朝带加身,又据了主座的位置,想不正襟危坐都不行。何况身边挨着名唤芙蓉的湖州名妓,正当妙龄,香气袭人,脸儿有说不尽的温柔,身段有千般的风流,对于尚无家室的王有龄来说,这是个无法抵挡的诱惑!对面,一张高方桌搭着浓艳的及地绣帷,知府招来的几位评弹艺人,正抱着琵琶三弦,咿咿呀呀地唱着。

诸般花絮演罢,湖州知府举杯站起来道:"今晚,我们有幸在这里宴请省粮台王有龄大人。王大人是黄中丞的红人,负有督查朝廷漕粮的重任。这次前来湖州,是黄大人对我们湖州的看重。现在,我代表湖州欢迎王大人的到来。来,我先敬王大人一杯!干!"

"我们敬王大人一杯!敬王大人!"众官员纷纷站起,举起酒杯附和。但见杯觥交错,但闻叮当之声。

芙蓉及时给王有龄空了的杯子里斟满酒。王有龄举杯,欲站立起来讲话,湖州知府和芙蓉一左一右拉他坐下:"坐!王大人,坐着说。"知府敲了敲桌子,朝喧哗的手下示意。芙蓉则娇媚地说:"随便一点嘛,王大人!"

王有龄的腿着芙蓉用手按住,只好坐而论道:"这次,我奉中丞大人之命来湖州催办漕粮。湖州乃'鱼米之乡','苏湖熟,天下足',湖州的漕粮对朝廷有着举足轻重的意义。所幸湖州府对此一贯重视,漕粮、漕运均已准备停当,大小事体堪称周密细致。在此,下官代表中丞大人,向湖州府谨表谢意。这杯酒,我敬大家!干!"

"谢谢王大人!"众人纷纷起立,一同干杯。

"王大人过奖,过奖!"有王有龄这句话,湖州知府心中一块悬着的石头落地了。他用目光向芙蓉示意,要她再往王有龄杯中斟酒。粮台坐办是个肥缺,但王有龄是个新官,此行清廉自守,不事张扬,但对他殷勤客气一点总不会错。

芙蓉会意,立刻拿起酒壶,春风满面,声如娇莺似的说道:"王大人,湖州这酒可有些来历。早在秦始皇时候,湖州乌程酒就已闻名天下,吕不韦做生意那会儿,就拿这酒献给赵姬。到了唐明皇时期,湖州箬下春被列为全国五大名酒之一。箬下春就是乌程酒,乌程让下江人一念就成了'乌整',胡捣乱来,乱摘弹琴,改成箬下春就有诗意了,这才像个好酒的名字呢。"

"唔,这典故倒是听说过,记得李白、白乐天还有苏轼,都有过这箬下春酒的题咏。"王有龄似乎来了兴致。

"可不是吗?来来来,再品尝一下,看是不是像这些大文人所说的那样香醇有滋味。"芙蓉扔一串艳笑,给王有龄斟个满杯,让他一饮而尽,又自家跟他碰了一杯,轻轻摇着酒壶道,"喝了这箬下春,李白更舍不得放杯子了,写诗说:'五花马,千金裘,呼儿将来换美酒,与尔同销万古愁。'杜甫老先生比他斯文些,说:'数茎白发哪抛得?百罚深杯亦不辞!此身饮罢无归处,独立苍茫自咏诗。'酒助诗兴,王大人,你可不能停杯,有道是人好水也甜,湖州水好酒更甜,你说是不是?"

王有龄已有了酒意,喜形于色地望着芙蓉说:"不光酒甜,湖州姑娘的嘴也甜。"

"说得好!王大人说得好!"众人起哄拍手。

"王大人!芙蓉小姐可是我们湖州百里挑一的花魁哟,有'红芙蓉'的美称。您可要好好陪她喝几杯,不要让她失望啊!"湖州知府说话也开始浪声浪气。

王有龄已是酒酣耳热:"好,好!可惜下官酒量有限,一连几杯下去,差不多已经醉了。"

"王大人是酒不醉人人自醉吧?哈哈……我看你与芙蓉小姐干脆来个交杯酒!怎么样?"湖州知府笑得有些得意忘形,频频朝大家使眼色。

王有龄尚有些书生气,连忙推托道:"不,不,哪能这样……"

在湖州知府的示意下,芙蓉斟了两杯酒。一杯放到王有龄手中,自己这杯则高擎在手,套过王有龄的臂弯,将酒杯凑近红唇。众官员不住击桌起哄、叫喊不停:"喝,快喝!喝下交杯酒,感情才永久……"

芙蓉无所谓,仰头一口将酒喝下,王有龄则是跛姑娘穿裙子——扭了半天,终于在众人挟持下喝了这杯酒……众官员更加拍桌打凳、狂呼乱叫。王有龄喝急了点,呛得一阵大咳。芙蓉忙给他捶背,管事的大叫:"快上茶、快上茶。"胡雪岩进来斟茶,一眼看见芙蓉跟那官员亲昵模样,不觉低下了头。芙蓉也看到了胡雪岩,到底显得有些不好意思。

胡雪岩用长嘴大茶壶表演斟茶绝技,距离每个客人背后三尺之遥将茶汤注入茶碗而滴水不溢——他主动向鸨母请战,并当场演示,博了个满堂彩。

可不知为什么,斟到王有龄的茶杯时,不知是有意还是无意,他的手战栗地一抖,茶水注出杯外,溅到了王有龄的衣袖上。

王有龄突然遭烫,连连抖动衣袖,湖州知府也手忙脚乱不知所措。幸亏芙蓉机灵地掏出手帕为王有龄揩擦,嘴中还问道:"烫着了么?不碍事吧?"

"小人该死!该死!"胡雪岩连忙道歉。

湖州知府恼怒地叫嚷起来:"你怎么这么不小心……"

倒是被烫的王有龄事宁人,摆手道:"只溅到一点点,不碍事。"

胡雪岩吓得鞠躬连连:"小人,对不住大人……"

王有龄听这声音熟悉,一望胡雪岩,顿时呆住了。

"啊?!……"胡雪岩这才认出眼前这位戴顶子的官员就是王有龄,"是你……"

四目相对,悲喜交集,长长的壶嘴无力地垂下,说不出是清是浊的茶水流到了地上。胡雪岩突然收起茶壶,返身朝门外冲去。王有龄激动万分地叫了声"雪岩——"撒腿追了出去。众人面面相觑,芙蓉也深感诧异——难道他们认识?!

泪水模糊了双眼,那辛酸和屈辱,不,还有比这更为复杂、深刻的东西让他酸楚! 穿过正厅的回廊,穿过狭窄的弄堂——这是在妓院务工的龟奴、马仔规定走的路。身后,王有龄的叫喊声声传来。

此时,整幢走马楼里乱成一团,知府责命手下镇静,鸨母则领着众妓女在回廊、走道里边跑边询问打探发生了什么事? 有好事者散布消息说"夜夜春"收留的一个小杂役,恋上湖州名妓"红芙蓉",今晚掀翻酸江醋海,竟拿滚烫的茶水,烫伤知府从杭州请来的贵宾……

胡雪岩逃回后院,冲进茶水间。锅灶上,煮沸的开水正喷吐着热气,灶台上方氤氲着轻悠的水雾。"咣当",他把大茶壶扔在灶台上,闪身冲到了灶台后面。望着熊熊的炉火,他的泪水涌了出来。老天! 没想到在这样的地方和他重逢! 这么说,我们的目的达到了,有龄兄已经跻身官场了!

"雪岩……"王有龄寻踪追来,边寻边喊。他冲进灶间,一眼看见灶上的大茶壶,立即转到了灶后大喊,"雪岩,这一下我终于找到你啦……你还不认我吗?"

胡雪岩从灶后的凳子上慢慢站了起来,抬起了头,怔怔地打量着王有龄,终于狂喊着朝王有龄扑了过去:"有龄兄……"两人紧紧拥在一起,抱头痛哭。

茶水房门口,挤满循踪而来的官员、妓女。望着眼前这一幕,他们进也不得,退也不是,只是面面相觑地悄声议论着,不知这究竟是怎么一回事。

夜色清明,三星高照。"夜夜春"的后院里,王有龄和胡雪岩边走边谈。

王有龄感慨良多:"雪岩老弟,我知道这一切全是因为我! 为了济助我这五百两银子,你不惜担负起私挪钱庄借款的罪名,也蒙受家人的天大误解,以为你和螺蛳姑娘有什么不可告人的勾当……在杭州,茶博士他们全告诉我了,其中的缘由只有我最知内情啊! 雪岩,我不光要把那五百两银子连本带息全还给你,还要领你到'开泰'钱庄去销账,洗刷你不清不白的恶名。"

"万万不可! 有龄兄,你应该很清楚,这五百两不全是我的钱,内中还有螺蛳姑娘卖掉自己的一百两。我离开杭州,多少也有想打听到她踪迹的意思。再说,'开泰'将我开缺并没有错。我是故意,'开泰'照章办事,依的是钱庄的规矩。是我坏了'开泰'的规矩,去找它洗刷我的恶名并无道理,也不符合我的初衷。"胡雪岩很坚决地摇了摇头。

"螺蛳姑娘那份情,我是拿多少银子也赎不回了。不知她现在何方何地,不知她知不知道有两个哥哥正在念叨她。"

王有龄眼睛发潮正说着,芙蓉寻了来,说在她的房里准备了夜宵:"寒气下来了,有什么话,可以上我屋里去谈。难道你们要说的全都得避开我?"

王有龄道:"哪里哪里,就凭姑娘收留雪岩之举,就十分难得,'凭将眉语通心语,好把歌场换酒场',我礼当去拜访这个留香窟。"

三个人回到芙蓉卧房,那里早已准备好一桌酒菜。芙蓉斟酒,王有龄连敬胡雪岩三杯。席间,王有龄又讲了胡雪岩与螺蛳姑娘倾力帮他及胡雪岩流落湖州的故事,听得芙蓉惊叹连连:"天下竟有这样的朋友!雪岩确是江湖义侠,这样为朋友两肋插刀,不顾自身受天大冤屈。这说明,那天晚上我收留他没有错,绝对没错!……"

"哈哈哈,你的眼光也不亚于我啊……"王有龄仰身大笑。

"夜夜春"的大门口,虽然时交初鼓,仍是大红灯笼高高挂,聚集着不少搔首弄姿的妓女:"客官,老爷,快进来玩玩吧!请哟……"

远远走来了一个背行囊的中年南方客,一双鹰眼十分警觉。他身后不远跟着一位低眉垂首的女孩子,包着色彩鲜艳的头帕,吊着直径足有三寸的银质大耳圈。灰地直条纹手织布罩裤,袖口是真丝刺绣连理攀枝花,外罩破背齐腰女式马甲。下面是一条蜡染褶裙,藏青色底子,点缀着几朵细碎的小红花。穿着一双结了白绒灯花的麻鞋,风尘仆仆。

一位妓女上前拦客道:"大哥,进去玩一玩吧?"

"玩,怎么个玩法?"中年客商故意问。

"怎么玩都可以哟,随便你,嘻嘻……"那妓女浪笑着。

"嘿,你们这种玩法我才不稀罕呢。要说女人,我身边就有一个。去,把你们老板叫来。"中年客商有些不屑。

正巧鸨母出来吩咐关门,一眼就看出那人是个人贩子,便抬了抬手道:"后面请。"鸨母把两人领进她的套房,掩嘴打了个呵欠,吩咐上茶。趁那姑娘接茶盅的当儿,迅速看了她一眼,然后便跟人贩子侃起了价格。

人贩子讨好地说:"妈妈,你开个价吧!嘻嘻,你是这方面的老行家。"

鸨母伸出了一个手指。

"一……一千两银子?"人贩子捉摸不透。

鸨母大喊道:"你想钱想疯了还是怎的?一千两?……哼!一百两,给你的已经最高的价,不能再多了。"

人贩子叫喊起来:"你这是在买瘟猪肉啊?妈妈,……你看看,这是多好的绝色女子哇,还是官宦人家的千金小姐呢……"

鸨母嘲讽道:"你不会说她是皇家的格格。"

人贩子走了过去,扳起那南方装束的少女的粉颊:"你瞧瞧!多苗条的身材,多细腻粉嫩的脸,多红的唇、多白的牙齿……还是个清水货呢!"

"清水货、浑水货,谁知道?说不定你是从哪个寨子里抢来或从路边捡来的……"鸨母似乎并不在意。

"天理良心!我的本钱都不止这个数呢。还千里迢迢从云南专门送到你这儿。妈妈,你就再加一些吧。至少再加一百。"人贩子叫屈。

"好啦,好啦!别再啰唆。我再加五十两!你愿意,把人留下。不行,马上带走。老娘没精力同你讨价还价。"鸨母厌烦地说着,又张嘴打了个呵欠。

人贩子有些泄气:"你也真是……太煞手了!好吧、好吧,算我晦气,跑了这一趟赔本买卖……"

鸨母不屑地哼了一声,用艳行的生意经堵住了他的嘴:"你是不会赔的。这女子都二十出头了,出自蛮野之地,吹拉弹唱琴棋书画,一时间哪能调教出来?肉身有价艺无价,会冷会傲还要会嗲,只怕赔钱的是我呢。"说着,她吩咐丫头去叫胡相公胡雪岩。

原来,鸨母看中了胡雪岩和王大人的关系,有心巴结,强留他在"夜夜春"当家理财,账房的事就交给他了。少顷,胡雪岩进来,看那女子一眼,顿觉眼前一亮,没有多说,领人贩子到账房去取银子。

这里,鸨母才开始例行的"验货",对女子盘问一番——

"你真是云南人?"

"是。"

"你不用害怕,照实说。叫什么名字?"

"梁冰玉?"

"凉——冰凉玉?"

"不,是梁—冰—玉!"

鸨母指着桌上的文房四宝:"写给我瞧瞧。"

梁冰玉走至桌前,提起笔,随手写下梁冰玉三个字。行书,功力深厚,兼有柳公权的风骨。

鸨母赞道:"哟呵!不错,写得一手好字……你真是官宦人官的千金小姐?

会弹琴唱歌吗?"

梁冰玉平静地回答道:"不瞒妈妈说,小女子幼承家学渊源,琴棋书画无所不通。"

"真的?那就弹一曲给我听听。"鸨母大喜,指指墙角那张古筝,一歪身子斜靠在卧榻上,摆出一副审考官的架势。

梁冰玉坐到琴桌的后边,先用纤纤玉手勾拨了几下琴弦,旋了旋音柱,把音调准,"叮咚,叮咚"试了试音后,便熟练地弹了起来。是古曲《凤求凰》,琴声如行云流水,天籁和声,把司马相如琴挑文君、隔墙问花花不语的深情、郁闷与急切,全都从指下流泻出来,化作东西苕溪,润沃了整个湖州。

鸨母喜不自禁,笑逐颜开道:"好,好,你能唱吗?唱——唱几句听听。"
《凤求凰》绕梁,变了调,琴声带着幽怨、悲凉,如诉如叹。但听梁冰玉唱道:

> 离别时,落红满地。到而今,北雁南飞,央宾鸿,有封书信烦你寄。他住在白云深山红树里,流水小桥望,向西,一派杨柳堤。紫竹苍松,斜对柴扉,那就是薄倖人的书斋内,那就是薄倖人的书斋内——

听到歌声、琴声,姐妹们闻声而来,挤在门中聆听,低声议论称赞。胡雪岩听得呆了,悄悄踅进门。见到桌上梁冰玉三个字,更加吃惊,他一把抓过那张纸,不动声色藏进口袋,立在暗影里,偷偷打量这位南地装束的女子,竟是这般美丽,这般清纯,简直玉洁冰清,不啻天人!

一曲唱罢,众姐妹热烈地鼓掌,把个陶醉其中的鸨母惊得从卧榻上跳了起来,没好气地挥赶道:"都挤在这儿干什么,做你们的生意去!"

众女无奈,只得散去。胡雪岩见缝插针,深情望着梁冰玉道:"唔,一看就知道小姐出身不俗,恐非普通人家。"

鸨母如获至宝,高兴道:"将来又是'夜夜春'一棵摇钱树!绝不亚于芙蓉……"

"且慢——"胡雪岩连忙制止。

鸨母一看胡雪岩对梁冰玉的那种特异目光,顿时满脸堆笑道:"胡相公,你是不是对她有兴趣?"

胡雪岩坦率道:"秀色可餐!这样的女子……哪个男人能不动心?"

"好!我成全你,今晚就让你梳拢,享受初夜的艳福……"鸨母发出一串艳笑。

胡雪岩不动声色地问道:"那条件呢?"

鸨母老于世故地说道:"说什么条件哟!你已不是昨日的胡雪岩,有王大

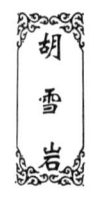

人这样的靠山,你何愁不时来运转,钱财官运滚滚来呢?……到那时,妈妈想巴结,恐怕还巴结不上呢!今夜,我有心讨好相公,难道你对这颗滚到嘴边的红果子不想先尝一口吗?"

"谢谢妈妈成全。"胡雪岩深沉地一笑。

第九回

办漕粮易地徒手借银票
救弱女扬帆怒目结亲情

"夜夜春"设有专供客人"开苞"的新房,这类房间通常选在此较幽僻、深邃的地方。这是因为被"开苞"的女子,有的事前寻死觅活、哭闹不休。也有的在行房时,嫖客不加体恤,被折腾得受不了甚至疼痛难忍,深夜起来要逃要跳窗户的。鸨母派马仔把梁冰玉送进开苞房,那里红烛高烧,锦被绣褥。胡雪岩随后跟了进来,梁冰玉本能地从床沿跳起,一下子不知如何是好,只是怯生生地后退,如同一只无助的羔羊,用惊恐的眼睛盯着他。

胡雪岩见状诚恳地说道:"冰玉姑娘不必惊慌,我也是个光明磊落的男人,绝不会非礼胡来,看姑娘绝非寻常人家出身,雪岩今夜有幸结识佳人。"

梁冰玉见胡雪岩风度翩翩,神情缓和了一些,但仍双手抱拳前,随时做防护准备。

"姑娘请用茶。"胡雪岩从白瓷陶壶里倒了一杯茶水,放到八仙桌上,退得远远地。

梁冰玉缓缓趋近桌前,掇起茶杯,突然放声呜咽起来,最后竟伏在桌上,

泣不成声。胡雪岩有些手忙脚乱，但仍伫立在远处问："冰玉姑娘心中定有许多伤心之事，如果相信我的话，不妨说与我听听，若有能效力之处，雪岩定当鼎力相助。"

冰玉这才抬起头来，娇喘微微，泪眼婆娑地看着他。良久，才向这个陌生男人说出自己的家世。

梁冰玉本是云南大理白族人，出生在曲靖。父亲官至滇南藩台，膝下仅此一女，对她爱若掌上明珠。冰玉自幼无忧无虑，每日只知读书识字，学做女红，十多岁就已熟读四书五经，亲友都称她为"女才子"。没想到，天有不测风云，几年前，云南白族、回民起义，父亲生性耿介，得罪同僚，被人诬为勾结叛民，阴谋反抗朝廷。朝廷派御史赴滇南查了近一年，究竟查无实据，只得以"失察"、"纵容"的罪名查抄梁家，梁父被发配到新疆伊犁，梁家所有女眷被卖到官家为奴。去年，梁冰玉又被那户人家卖给人贩子。女人在云南卖不出价，人贩子便把她带到了江南富庶之地湖州。

胡雪岩敬慕地说道："冰玉小姐，我第一眼看见你便觉得气度不凡，仪态万千，你又如此精通琴棋书画，就知道准是大家闺秀！所以虽有爱怜之心，而绝不敢有冒犯之意。只是这'夜夜春'蜂乱蝶狂，乃藏污纳垢之地，怎能容得下小姐清白之身呢？唉！……

"现在我已流落风尘，再讲这些妇道贞节又有什么用？反正谁都可以欺侮我这个弱女子。"梁冰玉也动了真情。

"冰玉小姐，不瞒你说，我也曾有过与你相似的落难经历。但比起你来，我的遭遇就算不了什么，所以对你更加充满敬慕了。"

梁冰玉"扑通"一声跪到了地上："胡少爷！你真是个大好人。"

"起来！起来，冰玉小姐，不必如此！"胡雪岩急忙上前相扶。

梁冰玉望着他说："既然我与胡少爷有缘，那你今夜就救我出火坑。"

"今夜就救？如何救你？"

梁冰玉看看帘幕低垂的"新房"，毫无忸怩地说道："……如果不嫌弃罪民弱女，今夜我愿以身相托……"

胡雪岩喟叹一声道："小姐，你误会我了！你是个身份高贵的人……"

梁冰玉的语气冷得像冰道："被卖几次，到了这种地方还谈什么高贵、卑贱？不是今天，就是明天，我迟早要失身，与其被人强暴，不如主动献给胡少爷……"

胡雪岩频频点头称是，那认真的神情让梁冰玉大惑不解。他压低声音问道："我想失礼地问小姐一句，小姐真是处子之身？"

梁冰玉含羞地点头："小女子不敢说谎……那个人贩子只想卖个好价钱，

一路对我不敢轻易相犯,所以一个指头都没有碰我。"

"我有心要做个月老红娘,成就一桩迟到的婚姻!请冰玉小姐稍等,我去去就来。"胡雪岩叫了一声好便离开了"开苞"房,轻轻将房门反锁。梁冰玉不知底里,踱到梳妆台前,梳理了一下发辫,整理了一下服饰,心想一切听天由命吧!

不一会儿,胡雪岩领着王有龄进来,向冰玉介绍道:"这位是我的好朋友王有龄大哥,现居浙江省粮台坐办之职。因家遭变故,数年蹉跎,故而延误了婚姻……"

梁冰玉也直瞪瞪地看着王有龄,嘴唇不住抖动着,泪水潸潸而下。王有龄已认出眼前人是谁,他真是百感交集,两腮禁不住抽搐了几下,他努力克制自己问道:"你……不就是梁藩台的爱女冰玉小姐吗?"

"你是……王知府的公子……有龄……"梁冰玉也不敢肯定。

王有龄一听这声音便高喊道:"冰玉!"

"有龄……"梁冰玉也真情迸发,两双手紧紧相执在一起。

胡雪岩转着圈儿打量着他们,激动得语无伦次,从他嘴里一会儿蹦出"奇遇",一会儿蹦出"缘分",一会儿又蹦出"善哉善哉,阿弥陀佛!"

一艘官船悠闲地在太湖水面上荡漾。烟水苍茫,碧波粼粼,清风徐来,湖面似有万幅湖绉绸在轻轻抖动。湖岸水畔,苍翠的芦苇随风起伏。青山如黛,远远近近,浓淡层叠。几只白鹭飞掠水面,渐渐消失在天际。

官船上,坐着王有龄和梁冰玉、胡雪岩和芙蓉。

梁冰玉心旷神怡地抚弄古琴,弹奏的仍是《凤求凰》。王有龄聆听着,似乎陶醉其中,又似乎陷入深深的回忆之中:"啊!真是如同在梦中一样……当年在云南曲靖,父辈是同僚好友,我和冰玉两家又紧紧相邻,仅是一墙之隔。每逢月夜,一听到冰玉弹奏《凤求凰》,真的想像《西厢记》里的张生那般跳墙过去,去同莺莺幽会。可就是没有机会当面表白,只能偷偷地在心中暗恋。"

"你真傻!我一个女儿家,夜夜弹奏《凤求凰》,一切不都在乐曲声中吗?"梁冰玉略带腼腆地一笑。

王有龄感叹道:"唉!真没想到命运之舟,把我们载到太湖畔来相会。"

"这是月下老人事先安排好的!不早不迟,一定要到今天的太湖边,才让你们花好月圆。"胡雪岩也是一阵大笑。

"冰玉昨夜能遇到胡少爷也算是三生有幸,昨夜若不是……"梁冰玉连连向胡雪岩行礼。

芙蓉插话道:"是啊,如若昨夜遇上一名蛮横的男子,那后果就不堪设想

了……"

王有龄不禁大加赞叹："雪岩兄弟乃英雄本色，一副侠义心肠，佩服！佩服！你是我和冰玉的再生恩人。没有你，哪有现在的我们！就不知你怎么会灵机一动，想到成全我俩这段姻缘？"

胡雪岩得意地说道："这大约就是诗人所说的'心有灵犀一点通'吧。我一听冰玉小姐口音与你相似，长相和气质又宛若同一个人，所以才灵光一闪……"

芙蓉剜了他一眼，笑谑道："瞧瞧，这有多危险！羊羔已落入了虎口，居然活生生地吐了出来，未伤一根毫毛……"

王有龄拍了拍胡雪岩肩膀道："这叫鲁男子坐怀不乱，真乃当代柳下惠也！难得！"

欢声笑语，伴着清越悠扬的琴声，在太湖上空回荡，映着水波涟涟。

用过午膳，王有龄与胡雪岩商议起漕粮大事。粮运涉及地方官的官声乃至升迁，所以黄中丞催逼得很紧！前一年还为此逼死了藩司。王有龄此行，就是要尽快把浙江漕粮火速运往北京。

民以食为天，官以粮为要！漕粮乃是国家命脉，全国各地都设有粮台、仓廒、漕运船队，浙江是漕粮大省，仓储、漕运原本不难。问题是当前太平军控制了长江中下游。原由大运河运往北京的漕粮被拦腰截断，所以朝廷颁旨将河运改为海运。江浙漕粮，改由上海港启运，沿海北上，进渤海湾到天津卫，然后解送北京。

说得容易！从隋炀帝时起就时兴的漕运要改为海运，谈何容易？胡雪岩遂应王有龄之请，决定来粮台做个帮手，但他要先回一趟杭州，一为安顿家里，二为打探漕运情形。王有龄燕尔新婚，十分仓促，觉得很对不起冰玉，也急于要在杭州觅屋居住，与意中人共筑爱巢，便差手下心腹二人，先往杭州办理租房诸事。数日后，三人别过芙蓉，同赴杭州。

一到家中，胡雪岩便"扑通"一声跪倒在母亲面前，一声声叫着："娘，浪子归家，不孝儿回来了。"壁角，垂挂着那根象征"家法"的红色如意结藤鞭。

胡母望着膝下的儿子，悲喜交集，感慨万千，骂也不是，打也不是。老人伸手把儿子拽了起来说道："起来吧！回来就好，过去的事还提它干什么？"她伤心地转过脸去，暗暗抹眼泪，忙到供奉的观音大士的像前，点起红烛，焚香还愿，口中念念有词。在一旁默默垂泪的素娟，也过来帮忙燃香点烛，跟在胡母的身后伏地跪拜。

胡雪岩打开行囊，将一大包银子、银票放在母亲和妻子面前。胡母被白晃晃的银子刺得睁不开眼睛，不禁心生疑惑，问道："啊，这么多银子！……哪儿来的？你在外面这么些日子,不要干了见不得人的营生……"

"娘,您放心吧！儿既没有打家劫舍,也没有偷盗拐骗,这些钱都是孩儿在这条运河上流血流汗赚来的。中间的五百两银票,是王有龄兄长还给我的借款。"胡雪岩正然作色。他把这些银钱的用度作了安排,三百两交还给"开泰",还有一百多两将来要还给螺蛳姑娘。

正说着,门口蹭过来一个两岁多的小女孩,用陌生而惊恐的大眼睛乌溜溜望着胡雪岩,小手含在嘴里。素娟招手道:"荷花,快过来叫爹爹。"孩子听了,害怕地一下子扑进素娟的怀里。

"这是我的女儿？一眨眼能走路了？"胡雪岩高兴地一把抱过女儿,在小脸蛋上亲吻了一下,将她高高举过头顶。小女儿"哇"的大哭起来,摇晃着小脚,胡雪岩和妻子相视大笑。他似乎突然想起什么,拿手按了按硬硬的衣袋,出了家门,穿过街巷,大步流星进了那个熟悉的石库门。

当铺高高的柜台上,坐着那个精瘦的老头。胡雪岩递上当票说道:"赎玉佩。"什么也比不上它重要,这是螺蛳姑娘留给他的惟一纪念了！

"什么玉佩？"那精瘦的老头装聋作哑,他接过当票,戴上老花铜镜仔细瞧着,瞧了老半天,才不紧不慢地问,"你真的要取走？"

胡雪岩不悦地说道:"那当然。'有当有取,解人急需',这是自古开当铺的规矩……"

老伙计只得把柜子的抽屉装模作样拉了一通,找出了那块玉佩,交还给胡雪岩,嘴里咕哝道:"这么一块破玉,当了十两银子,你捡大便宜喽。"

胡雪岩一听,火不打一处来:"你去骗三岁小孩吧。这古玉价值连城,情义千金,全杭州城拿钱也买不到的独一份！"说着,他无限爱怜地把玉珮挂到腰间,"我胡雪岩如果有发迹的一天,一定要把当铺开遍杭城内外、大江南北,真正'有当有取,解人急需',而不像你们乘人之危,赚取黑心钱。哼！"他一甩手,转身走出了当铺,往王有龄的新居而来。

王有龄的新居,自有手下预为挑选、装潢,果然有模有样。书房里,窗明几净,陈设雅致。出书房门数步,是一个凉阁,凉阁无门,三面立着高大的落地槛窗,阁内摆着一架实木硬榻,是夏秋午憩用的。距凉阁不远,辟有琴房。

胡雪岩要去"开泰"归还那三百两银子,王有龄坚持同往,并要穿上官服,摆一路官威,由他这个五品官去证明清白！胡雪岩摆手道:"清白个甚？我这儿自信是清白的。我过去光明磊落,现在同样冠冕堂皇。我去还钱,足以证明借钱救济朋友是真的,这不就洗清了我的冤屈？而且我还有一个新的打算,我们的漕粮海运,还要同他们合作呢。"

王有龄大为惊讶道:"什么？漕粮海运,去同'开泰'钱庄合作？"

胡雪岩在桌上摆弄起杯盘、文房四宝来解释他的方案："对！为这漕粮海运，我考虑了几天几夜。要把几十万漕粮从浙江运到上海。的确要兴师动众！要调集大批粮食、船只、漕工，要耗费掉不少人力、财力。有龄兄，我们能不能变个法子，不带一粒稻米去上海，照样能将浙江漕粮运往京城呢？"

"你这演的什么'空城计'？不带一谷一米去，到上海如何变得出几十万斤粮食？我们又不会玩撒豆成兵的妖法。"王有龄闻言傻眼了。

"没有妖法，却有神符！"胡雪岩胸有成竹。

"神符？在哪里？"王有龄不解。

胡雪岩从怀里掏出一张钱票道："钱庄的银票，这就是变化无穷的神符。"

"这……怎么变？"

以王有龄的阅历，确实是不懂这经营和金融中的奥妙，胡雪岩于是解释道："我把过去的办法改换了一下，采取'民折官办'：带钱直接到上海买米交差。反正米总是米，上头催的是粮食，到哪里都是一个样儿。缺多少稻米，就地补充多少，只要目的达到，这不就行了吗？"

"对！对！有道理！你能不能再说得具体一些。"王有龄闻言如梦方醒。

胡雪岩摊开一张带来的《两江图舆》，放在桌上指点道："我们只要带上足够的银票，一路乘船到嘉兴、嘉善、松江、上海。只要在装船之前买足了稻米，交兑足够粮款，不就没事了吗？"

"这么多粮款银票从哪儿来？浙江藩司储备的只有漕粮，没有现金和银票。"王有龄又犯了疑惑。

"所以我们要和'开泰'合作，利用他们的庄票到上海去兑现。"胡雪岩又一次亮了亮手中的银票。

王有龄沉吟地以手指叩桌道："不过……从杭州不带一粒米稻去上海，实在是太冒险了！万一在上海买不到米，那岂不是猴子望月，急得双脚跳也没用。"

"这件事你别担心，我已反复打听过了，上海的漕粮集中在松江，最近还积压着不少。只要能在松江购买得到粮食，就能顺利装船'海运'去北京。这样既安全，还能从两地的差价中……赚钱。"胡雪岩似乎胜算在握。

"雪岩兄弟，你这想法真是胆大包天哪……但此事万万不能走漏风声，否则是欺君之罪！"王有龄大为惊骇。

"对！不光有这一层，还有商业机密。运河经营漕粮的不在少数，风声一旦传出去，米商会立刻提价。差额太大，事情就难办了。"胡雪岩也十分慎重。

王有龄撒着双手问道："难，难，头绪太多，环节太多，一个环节稍有闪失，就会前功尽弃！雪岩，你这套办法怎么样啊？"

"老兄！只要把漕粮运到北京,解除朝廷燃眉之急,皇上就高兴！还管你用的是什么方法。"胡雪岩为他打气。

"此事我当禀告中丞大人……就是这一笔巨额粮款,藩司不知能否出得起？"王有龄仍然顾虑重重。

胡雪岩伸手在这位官兄的肩头按了按道:"别担心！即便藩台无法筹措这笔巨款,我也自有办法。"说罢,他小心地收起了《两江图舆》。

"你有办法？什么办法？"

"船到桥头自然直,到时你自然会知道。"胡雪岩故作神秘。

为免节外生枝,胡雪岩坚持一个人去"开泰"赔礼还债。坏了钱庄的规矩,自责自罪的话说过了,胡雪岩又依伙计之礼送给何掌柜一个红绫包着的银质寿桃,因为后天就是他的生日。这件小事,令何掌柜泪眼涩涩,好不感动。他把那张债据还给了胡雪岩,由衷地说道:"雪岩,这笔陈年老账,由于赖知府的拖'赖',也由于我的糊涂,把你也牵连了进去。现在真相大白,银钱两讫,这件事就此了结。这张单据就由你保管吧。"

胡雪岩一笑,拿过何掌柜点旱烟的打火石,把债据用火烧掉后才说明来意:"我已在浙江粮台王大人手下当差。最近,我们受抚台大人之命,将要到上海、松江一带去采购一批漕粮,通过'海运'运往北京。由于路上不安全,我们不想带现金,想带钱庄的银票去上海。这笔业务,我想介绍给'开泰',不知掌柜的有没有兴趣？"

钱庄的要务是拥有足够的本金。而吸纳官银、沾上官府和国库的专用款项,是最有效的"融通"手段。一般钱庄哪儿去找这样的靠山？哪儿去寻这等盘活资金的"活水"？胡雪岩给"开泰"注入浙江漕银这样一股"活水",何掌柜自然是大喜拍案:"太好了！这可是一笔大业务。胡老弟,你究竟没有忘记老东家呀！这样吧,你们所需的购粮款,我们'开泰'可预先借贷,带上足够的银票,到上海'大三元'钱庄去兑付。上海'大三元'和我们'开泰'有不少业务往来。你们粮台不必事先筹措资金,一切到事后结算,你看怎么样？"

这正是胡雪岩要达到的目的！也是他向王有龄所谓的"自有办法"。他笑嘻嘻地点着头道:"这当然好,可我们没有任何商家担保,就凭王大人省粮台坐办的官职和我的信誉,不知何掌柜放心否？"

何掌柜正思量对胡雪岩作些弥补,在开缺这件事上,自己确实做得过了点儿！于是他由衷地说道:"雪岩,你的人格就是担保！这件事就足以证明你的为人。换了另一个人,这样可以扬眉吐气的机会岂肯轻易放过？而你居然愿意委屈自己,足见你居心仁厚,心胸豁达。我佩服你！"

　　章胖子与何掌柜交换了眼神，拍着胸脯道："胡老弟，我可以陪你们去上海。需要什么我可一路代你们设法办成。沿途钱庄有不少我的朋友，业务上都有往来。上海'大三元'的大伙，更是我宁波一起学生意的同门师弟。"

　　"好！此事就这样一言为定。"胡雪岩高兴地举起双手，与二人击掌。

　　临离开杭州前，胡雪岩又去了草桥门外螺蛳姑娘家，意外地撞上了螺蛳姑娘的弟弟小螺蛳，他衣不蔽体，又脏又臭。一年多不见，他依然精瘦干巴。据小螺蛳说，他爹日夜酒瓶不离手，大约在姐姐离家两个多月后，醉酒掉在运河里淹死了，几天以后，尸首才被人发现。他更没法在家里待下去，想沿着运河去找姐姐，又不知她去了哪里，只得靠捡破烂、在河边捞虾摸螺蛳度日，后来竟沦为"五义帮"，专偷货船上的各种货物，他都有一个多月没进这个家门了。

　　思来想去，胡雪岩决定把小螺蛳带在身边。螺蛳姑娘是妻子素娟心目中的死敌，把死敌的兄弟留在家里，还要送他上学、学手艺，恐素娟不能见容！他给小螺蛳里里外外、上上下下打理了一番，又给他取了个大号叫罗家骥，将他带上了船。嘿，马靠雕鞍，人靠衣装，小螺蛳经过收拾，顿时就变成了一个活蹦乱跳的小马驹子！

　　傍晚，垂挂着"浙江粮台"旗纛的官船停泊在运河上的一个小镇上。船工拉下风帆，有几个船工已经收拾齐整，准备上岸去风流快活。船老板来到船头甲板，正欲开口，王有龄问道："请问老板，像今日这样顺风顺水，几天可到上海？"

　　船主久经风浪，说最少也得十天。像今日这样，大后天可到嘉兴，再有七八天，就可以抵达松江，那离上海就不远了。

　　"坐船，人是舒服，就是太慢！待在船上太单调乏味。"王有龄心中有事。

　　船主便嘻嘻地笑道："晚上船靠码头，王大人可以上岸喝花酒，寻花问柳，也可以把姑娘叫到船上来。嘻嘻……"

　　"这小镇的姑娘都是大嫂大妈，残花败柳，有什么玩头？只会倒胃口。"章胖子老马识途。众人放肆地浪笑起来，王有龄故作正经，咳嗽了几声。

　　"那就打麻将，这是船上最好的消遣。"船主赶紧转舵，说着吩咐船工将一张红漆方桌摆上船头，取来麻将牌。

　　"我不会，我得去督促罗家骥习字练算盘。"胡雪岩说罢后去了后舷。

　　船主也不勉强，冲章胖子一笑道："你们先洗牌，我去叫掌舵的船老大来凑个数。"不一会，船头就响起哗啦哗啦的麻将声。

　　船尾，桅杆上垂下一盏马灯。罗家骥趴在一张小机凳上，挺认真地复习胡雪岩今天教他的西湖诗，口中还念念有词：

水光潋滟晴方好，
山色空蒙雨亦奇。
……

胡雪岩有点百无聊赖，目光散漫地望着岸上。

小镇的水陆码头，夜来分外热闹。光影耀耀，人影摇摇，叫卖声、邀客声、戏曲声，声声盈耳。一个衣衫褴褛的年轻姑娘在运河岸边踯躅。胡雪岩的目光不由得落到她的身上。夜幕渐沉，在灯火摇曳的背景下，姑娘的身影一会儿清晰，一会儿模糊。胡雪岩看着看着，不禁失声叫道："螺蛳……快！小螺蛳，看那边岸上，是不是你姐姐？"

"哪里？哪里？"小螺蛳东张西望。

胡雪岩用手一指道："在码头上踱来走去的那个……"

"不是。我姐姐个子要比她高。"小螺蛳只看了一眼，胡雪岩脸上露出无限失望的神情。

罗家骧复习完了，一首诗会背也写完了，看看夜色已深，胡雪岩便和他回舱中歇息。黎明时分，官船启动，胡雪岩被船工的吆喊声惊醒，忙披衣起来。船头上的方城之战依然高潮迭起，王有龄赢了一把又一把，不知道是船老板在有意"放肥"，还误以为是自己手气好，一入粮台，何事不顺何日不旺？这时，两个船工押着一个披头散发的姑娘来到船头报告，说有个河南逃荒女子躲到船上来了，她躲进了货舱，想白乘船去松江。

船主呵欠连天，有点懒心无肠道："哦，那就按船家规矩，来个'吊白鹅'吧……"

"好喽！"船工高兴地押着逃荒女向后舷走去。

来到船尾，两人将一根后桅杆斜向水面，桅杆上垂下一条水淋淋的缆绳。船工把逃荒女的双腿用缆绳捆住，身体倒垂。逃荒女舞动着两手不住挣扎："放开俺！放开俺！你们不能这样对待俺，俺又没有犯罪……"

年龄大点的船工笑道："谁叫你白乘船？白乘船就要当一回大白鹅。"

"大白鹅就是把衣服剥光，全身露白……"年龄小点的船工发出一声浪笑，说着就动手去剥她的衣服，"大家快来看喽，吊大白鹅啰……"

"不！俺不要！"逃荒女死命挣扎，紧紧护住自己衣服不放。

年龄大点的船工说："算了！放她一马，就这样吊起放入水中吧。"他拉动了缆绳，逃荒女身子倒吊着被缓缓升到半空。

她不住挣扎着喊道："救命啊！救命……"

此时,桅杆又转动了一个方向,把她朝河水中垂放下去。倒吊着的逃荒女头发垂下,顷刻贴近水面。船尾喧腾的白浪,在水面拖带出一条又长又宽的白练,白晃晃眩人眼。那些摇橹撑篙的船右佬大约司空见惯,看着姑娘的长发在雪浪中飘指,听着她惊骇尖利的叫声,有的无动于衷,有的竟一脸笑意,心安理得地欣赏着这一幕!

"住手!快住手……"胡雪岩一声断喝,大步从船头赶了过来。

两个船工一怔,缆绳在手中停住。

"太残忍了,快放下!"

船工神情讪讪地将逃荒女拉了上来,放到后舷甲板上。罗家骥闻讯赶来,连忙上前为逃荒女解开缆索,扶她坐了下来。逃荒女的长发搭拉在甲板上,淌着水。她把披在脸上的长发撩开,一边绞着发丝上的水,一边用眼神寻找救了她的人。罗家骥替她抻着衫子,抚弄着她臂上的勒痕,冲胡雪岩道:"胡大哥,她就是你昨晚说很像我姐的那个人。"

胡雪岩打量着她,她一副长脸,闪闪发光一双丹凤眼,长长斜入鬓角的吊梢眉。稍稍安定下来,透红的脸上便浸出桃晕。不光身量,那模样神情,果然像螺蛳姑娘!他心中一阵莫名惊喜,脱口道:"着实像你姐姐……"见姑娘狼狈的样子,胡雪岩又道:"这里不方便,也碍人家的事,我们找个地方说话。"

因船上货物堆挤。王有龄到职后又是首次外出公干,带了不少沿途打点的礼物,多系浙地土产、特产。两人只得把逃荒女带到底舱,找了个堆放杂物的地方,安顿她在那儿休息。船上是腥膻的纯阳世界,一个女孩儿家在货船上的确很不方便。地方狭窄,胡雪岩挤不进去,只得倚在船舱的门口。

"这位大哥,小女子俺不知咋样感谢你才好。"逃荒女一下子跪倒在地,不住地向胡雪岩磕头。

胡雪岩感叹道:"唉!别谢了,天下苦命人太多,理应互相帮忙……你小小年纪,怎么会从河南流落到浙江来?"

"甭提了,大哥!五年前黄河发大水,将俺村庄全冲掉了,俺爷、俺娘全死在洪水中……俺活不下去,跟着乡亲讨饭到江南,全是躲在船上一路逃过来……到了松江,被一位有钱的老太太收留。老太太腿脚不利索,俺就成了她的丫头。"逃荒女眼里含泪。

这姑娘的嘴挺能说,人也机灵,胡雪岩暗暗点头:"哦,给有钱的富太太当丫头不是很好吗?怎么又离开呢?"

"前些日子,俺上街替老太太买瓜果,被码头上一个船霸头抢走。这家伙一路想糟蹋俺,俺就踢、就咬、就逃!昨夜终于让俺逃出他的船……俺想搭船回松江,再去找那个好心的老太太,没料到被刚才那两船工发现了……幸亏大哥危难中相救……"逃荒女比划着,歪头打量着胡雪岩,那感激的微笑中透着率真和大胆。

胡雪岩同情地说道:"哦,原来是这样……刚好我们的船要路过松江,就搭我们的船走吧!再也不会有人欺侮你了,到了松江,我们帮你找那个富太太,好吗?"

逃荒女满脸泪水地说道:"中!大哥,俺谢你了。"

她又要跪下去,胡雪岩把她拉住道:"你就和罗家骥一样,叫我胡大哥好了。你有名字吗?"

"有,俺叫巧珠。胡大哥,在船上俺可以帮助你们做事,洗衣、洗菜、烧饭、打杂,俺样样都会来。"

"那好。白天帮船上干活,晚上就跟罗家骥睡,你们可以结为姐弟。你长得还真像他的亲姐姐!"胡雪岩一听就高兴了,谁不喜欢能干勤快的女孩子?

"中!中……"巧珠连连点头,一把抱住罗家骥叫道,"俺的好弟弟!"

罗家骥也赶紧抱住她道:"巧珠姐姐……"

第十回

阎公所解困游说尤掌舵
探秀园将错拜谒佘太君

单调寂寞的官船上从此有了生气,添了笑声。早晨,迎着晨光,罗家骥在船头练武踢打。旁边放着大盆衣服,巧珠用吊桶从河中打水,轻捷利索地为大家洗衣。那俏丽轻盈,那利落中偶尔伴生的草率,都会让胡雪岩情不自禁地想起螺蛳姑娘。

偶尔,他会静静立在艄楼里,隔窗悄悄打量巧珠,聊解那种思念螺蛳的惆怅。更多的时候,他会教那凑在一起的姐弟俩读书写字。他用手指蘸着清水,在甲板上教她写自己的名字。

"这就是我吗?"巧珠打量着甲板上属于自己的那两个字,兴奋地叫喊着。

胡雪岩敲了她一下笑道:"这不是你,这是你的名字。"

巧珠很快学会了这两个字,于是满船写满了巧珠。接着,又满船写满胡雪岩。学写这三个字的时候巧珠问道:"以后我要是想你了,就写这三个字,你能感觉到吗?"

胡雪岩一笑,有些凄凉地说:"名字又不是灵符,世界上也没有这种你一念叨对方就能感应的灵符！"

"我说有就有！"巧珠蛮横不讲理，继续满船写着胡雪岩，嘴有念念有词。

"雪岩老弟，这一趟你斩获不小啊，收下一个小师弟，又凭空掉下一个小妹妹……回到杭州，大嫂的醋罐子不打翻才怪呢。"最熟悉胡雪岩的章胖子老爱拿这事打趣。

"有什么可吃醋的？巧珠这样像螺蛳姑娘，看着她就会想起青梅竹马的意中人，可以让雪岩望梅止渴。章胖子，我看你哟，不是对巧珠也情不自禁吗？一双贼眼老在她身上溜来溜去。"王有龄到底有些书生气。

章胖子赶紧辩解道："我敢吗？巧珠的眼中只有胡哥哥，哪有胖哥哥，是吧，巧珠？"

巧珠装作没有听见，低着头不加回答，嘴角却漾出微笑。

船主也已走出底舱，说话打探道："巧珠真是个勤快的姑娘，从早到晚，洗衣、烧饭，忙个不停。王大人，你们到了上海，如果不把巧珠带走，就把她留在我船上吧。"

胡雪岩闻言嘲讽道："留在船上，你们再将她吊白鹅吗？"

船主忙摇手道："此一时彼一时，巧珠现在是何等样人，谁还敢招惹她！"

这时，晒衣服的巧珠叫喊起来："看！松江快到了……看那边，那就是松江的宝塔，我认得！"

松江乃苏南门户，水陆冲要之地。自上海开埠后，成了冒险家的乐园，松江这个古老的商埠更加繁华了。大凡洋货转运，无不走松江转埠，而洋商需要的土产国货，大者如棉、油、茶、丝，小者如生漆、药材、猪鬃、皮张，更微如川东桐油、商洛白蜡、雪峰锑钨、竟陵花伞，无不把松江作为一个大堆栈、大库房。因此，只要是国货，只要是生意，别的地方没有的，松江这个地方通通有！

上了码头，走在街上，但见两旁店铺招牌林立，行人熙熙攘攘。更有商人、贾客、推贩、捐夫，沿街叫嚷，门首招摇，仿佛这里的人，存心不让你听清楚一句话，认清楚一张面孔！受上海洋商影响，这里更有一桩怪，各类店铺极其注重招牌，也就是广告宣传。店家总是想方设法让店名和自家经营的商品醒目招摇，街面上到处立着旗幡，仿佛陈兵列阵一般。

王有龄换了便装，随同胡雪岩、章胖子，由巧珠姑娘领着，穿街走巷，浏览市容。他们来到一个三岔路口，街上的行人忽然分开，纷纷避到街道两侧的店铺檐下。前方一股人流，潮水般朝着路口涌来。这里是米市，空气中流走着稻米的味道，他们被人流裹挟到了一家米店门口。

一大群漕工！胡雪岩有过同他们打交道的经历。其中以中老年居多，手持扁担、扛棒，气势汹汹追赶着一个管事模样的人。

管事模样的人一边逃、一边叫喊道："你们找我有啥用？再追再闹，也白花力气。"

"不找你找谁？工是你派的，钱是你发的。"众漕工七嘴八舌。扁担、杠棒随着漕工的手臂齐举，一起一落。有的漕工拉住管事的衣服，有的怒目叉腰，将他团团围住，"快派我们活！给我们钱！……"

一中年漕工说："潘爷，你就可怜可怜我们这些苦力吧。已经三个月没发一分工钱了，老婆孩子饿得哇哇哭叫……"

管事的人没好气，满嘴喷着唾沫星子："又不是我潘某坑害你们，成千上万漕粮堆在松江的仓廒里运不出去。你们没活干，漕运司也发不出饷，叫我小小的管事有什么办法？"

一青年漕工说："潘爷，咱们有话在先，官逼民反，假如把小的们逼急了，只有砸门破仓，抢漕粮去换钱。"

"对！活不下去，只有抢，抢！走走走……"众漕工呼应着。

管事还有些胆量，往高处一站，训起话来："你们有胆，就去砸去抢！没有王法了？漕粮是皇粮，触犯大清王法，你们都得一个个砍头！"正说着，一队绿营兵从附近路过，一个个手按腰刀，眼睛瞄着这帮漕工。呼喊喧闹之声顿时停息，扁担、杠棒等慢慢放了下去。毕竟杠棒扁担敌不过刀枪，做工的容易被当兵的震慑住！

见此情形，谁还有心事逛街景。王有龄和胡雪岩站在米店门口的石阶上，便和米店老板交谈起来。王有龄问道："松江怎么有这么多的漕工？"

老板解释说："松江地处江浙两省交界，是运河、长江双料水陆码头。松江漕帮，也是最大的漕帮。因为长江三角洲所产粮食，大部分在松江集中，然后从大运河运走。"

"这我们知道。可最近不是听说朝廷要将河运改为海运吗？"胡雪岩有些疑惑。

"对！现在太平军把南京、镇江的口子卡住，河运只好彻底改为海运了。其实，在这之前，因大运河苏北、淮南段逐渐淤塞，松江的漕粮慢慢已运不出去了。只是外头不清楚这个情况，粮食还往松江运。漕帮呢，管粮食卸船，管粮食进仓，可做了工却拿不到钱，怎么能不闹事呢？"

闻言，胡雪岩眼前立刻一亮，问道："老板，松江的漕粮存了不少吧？"

老板叹息道："这，我也说不清楚。反正一座座仓廒里的白米堆积如山，都快要发霉腐烂了。真可惜啊！"

"那粮价不就便宜了吗？"胡雪岩又问道。

听了这话，老板满腹牢骚："那当然，粮价一个劲往下跌。你看，我店里这样上好的白米只卖过去的一半价钱,还没人要。唉!这年头,生意真没法儿做了。"

王有龄也听出了点苗头,顺口问道:"老板,恕我无礼动问一下,你们松江的米店、粮栈,都和漕帮有关吧?"

老板颔首道:"这还用问吗?米店、粮栈不是松江漕帮开设,就是同漕帮有关。否则还能在松江站住脚吗?"

胡雪岩压低声音道:"老板,向您请教一下:我们如要做大宗粮食买卖,是去找松江府粮台,还是找漕帮?"

"你只要找到一个人,一切都全在他身上。"老板竖起一个指头。

"谁?"

"尤珏,人称他尤老五。他是松江漕帮的首领,名震江湖!在松江、在上海,甚至千里运河上,只要一提松江漕帮,没有人不知道尤老五。"

"多谢老板指教,多谢了。"此时,两人才发现他们这一行人已经走散了。罗家骥肯定是陪巧珠去寻主人家了。章胖子呢,没准已在花街柳巷入港了。两人打听到漕帮会馆的所在,就立即回船准备。

稍懂点江湖"海底"的人都知道,漕帮会馆实际上是青帮设在码头上的一个公开机构。青帮是个组织十分严密的秘密团体,而漕运则是它衍生的载体和渊薮。

原来,元、明、清三代奠都北京,每年都要通过运河,从江南和豫、鲁等地运送大批稻粮进京,供应京师需要。因路途遥远,交通不便,输运极其艰巨。沿途贪污、盗窃、鼠耗、匪劫愈演愈烈,往往要耗费十倍以上的粮食才能运一石粮食到京。康熙年间,清廷在苏皖两省交界的清江浦成立了漕运总管,将运河划分为一百二十八段半。各段有各段的名称,每段设码头官一人,官级由六品千总、五品守备到四品都司不等,世代相袭。时间一长,吃着皇粮、又不能互相统摄的码头官形同虚设,民间专司漕运的粮船却形成了船帮,势力强大。雍正初年,清廷改委翁雍、钱坚、潘清三大船帮帮头承办漕运。三人于雍正四年成立了"安清帮",吸收了大量的船户、船工、纤夫及在码头上负责装卸的脚班参加,建立了严密的组织系统,订立了严格的帮规,实行一套颇为特殊的入帮仪式,以这等组织形式护卫粮船的航运。分段制改为分帮制,各段码头官只管输运不管粮食,而各帮主可以既管输运又管粮食的采购。因此,有些漕帮帮主,既是跟官府有着特殊关系的江湖人物,又是当地粮食业巨商。据米店老板说来,这尤老五恐怕就是这样一位角色!

两人准备了礼品、拜帖,王有龄袍带加身,正好章胖子探花回船,一行人迤逦往漕帮会馆而来。

屋宇轩昂的漕帮会馆，既像衙门，又像庙宇，气象森严。门前雄踞一对石狮，洞开的乌漆板门两侧，立着四个彪形大汉，头缠青布包帕，足有三寸宽的黑色松紧布腰带，在身体一侧的胯下垂出尺许，一律短打装束，叉腿抱臂，铜浇铁铸一般。

王有龄等来到门首，早有报事的出门来收了拜帖入内通报。不一会，报事的出门恭请："尤舵主请各位大厅见礼。"

进门是个海坝，青砖墁地。中间一路，用雨花石、瓷珠等嵌着一帆风顺、步步登云等吉祥图案。院子里花木扶疏，花廊、甬道穿行其间，显其幽深。会馆大厅仿衙门制式，门前有几级台阶。进门轩敞，是聚会、议事时下人跪拜、站立的地方。

尤老五得到通报，早已在台阶上等候。他的身材高大，乍一看还真有几分赳赳武夫的味道，但细瞧就不是了。他不仅精明，而且冷静，又有些儒雅的仁者之风。尤老五把大家领进大厅，照江湖上的规矩，这里兼作香堂。正中挂着刘、关、张三人画像。画像下是一个垂着大红黼黻的香案，案上红烛高烧，香烟缭绕。香案两旁，陈列着大刀、长矛诸般兵器，算得上是掌门人一副不出公所的卤簿仪仗。

由王有龄领着，三人给先烈义祖上了香，分宾主坐下，王有龄这才开口道："这次，浙江抚台特意委派下官前来松江谒见尤舵主，顺便捎来一些浙江土产，不成敬意。望尤五爷笑纳。"

不过是些绍兴酒、碛石灯、辑里云丝被、湖州鱼鲊之类。尤五让管事的收了，拱手称谢道："谢谢王大人盛意！浙江乃鱼米之乡，杭州更是人间天堂。我们松江漕帮，仰仗浙江粮台之处甚多。王大人今日光临鄙处，不知有何见教？"

王有龄拱手道："俗话说'无事不登三宝殿'，天下漕帮是一家，我也就不说两家话。只因浙江粮台的官船停靠松江，见码头上情形极度混乱，泊靠甚难。上得岸来，又遇漕工聚众闹事，其势汹汹，绿营出动，形势有些不堪，故此有些担心。"

"王大人所见不差。不瞒大人说，这几个月来，太平军卡住南京、镇江，运河漕运中断，松江的漕粮无法转运出去，大量囤积此地，造成大批漕工停业。再加上工头从中克扣工饷，打骂漕工，从而激起漕工义愤，风潮不断……我们已几次受到松江知府衙门的申饬了。"尤五毫不掩饰。

"尤舵主！有没有比较妥善的方法来解决此事？如有可能，我们愿为舵主分忧。"王有龄表现出异常关切的样子。

"哦，能有什么良策帮助我们解决当前的危机！请王大人不吝赐教。"

"赐教不敢，只不过有些想法，以见教于尤舵主。"王有龄客套着，随后他朝胡雪岩使了个眼色,示意由他来说。

胡雪岩会意,站起来侃侃而谈:"尤舵主,在下胡雪岩,原在杭州钱庄当过跑街,跑的就是各家商号,如何流通、如何交换、如何把生意做活,让死钱变出更多的活钱。依我之见,松江把这么多漕粮积压在仓廪,则成了死水一潭,腐烂、发臭……能不能采取变通办法,把这些囤积的漕粮,变成源源活水、哗哗银子……"

"怎么一个变通法,胡相公能否明说?"尤五有些疑惑。

"王大人这次率我们去上海,就是要购买十万斤粮食,完成朝廷下达的浙江漕粮的海运任务。很巧,我们路过松江,看见你们这儿漕粮积压如山。这不是天赐良机吗?王大人有心想在松江就地采购。这样,既可立即从上海运走,又可解决你们漕帮一时的困难,岂不两全其美?"

"这当然好!我甚至可以以优惠价格卖给你们。不过……"

"尤舵主有何疑虑?不妨直说。"王有龄善于察言观色。

尤五毫无掩饰道:"我之所以急于将囤积的漕粮出手,就是要换取现银发给漕帮兄弟救燃眉之急,不知你们……"

"我知道尤五爷的担心,无须过虑。"胡雪岩嘻嘻一笑,指着在一旁端坐的章胖子道,"这位是杭州'开泰'钱庄的大伙计章水祥。王大人这次特地带他同行,就是为了随时随地结清粮款。"

"江浙两省都有我们'开泰'的客户和业务关系。上海'大三元'钱庄更与我们有大宗交易,双方银票可以互通互兑。所以我们即使身边不带一分现金,同样可在上海提取到成千上万两银子。"章胖子顺水推舟,借此炫耀。

"哦,真能这样吗?"尤五闻言有些兴奋。

王有龄拱手道:"尤舵主,下官以浙江粮台的信誉担保,只要你将松江的漕粮运到上海,我们立即将所有粮款付清,绝无拖宕迟延!"

"王大人,多谢你们关心,想方设法帮助我渡过难关,在下感激不尽!但你们也知道,国以粮为本,漕粮事关重大,你们属于浙江,我们属于江苏,万一朝廷要松江急送皇粮,我无法如数交解,那就是天大的死罪!甚至落个满门抄斩,尤某如何担当得起啊?"尤五的几句话就像淤塞了的运河,大厅内的气氛一下显得凝重起来。这是一座山,就看越不越得过去!

王有龄神色庄重,是提醒也是叮嘱道:"此事最多只有我们四个人知道。我们暂时借调你们的漕粮,也仅是权宜之计,以后会悉数归还,绝不会影响你们上缴朝廷的漕粮。"

胡雪岩到底更熟悉商场,微笑道:"我们路过松江,见这里漕粮积压严重,有心替尤掌舵分忧,毕竟漕运要仰仗漕帮的地方很多。再说,江苏大部沦陷,

连省城南京都落入太平军之手,朝廷怎会向偏安一隅的小小松江征调漕粮呢?请尤掌舵三思。"

"事关重大,容在下细细斟酌。实在对不起!"说着,尤五端起了茶盅,表示送客。

"那我们先告辞了。"王有龄知趣地站起身。

门外的喽啰高喊:"送客——"

巧珠和家骥去了这许久,难道没找到那个富贵人家?大家正有些着急,却见家骥一跳一跳朝官船奔来——怎么就他一个,巧珠难道就这么不辞而别了?章胖子有些幸灾乐祸,心想煮熟的鸭子又飞了!家骥回船,既不搭理大家,也顾不上吃饭,就把胡雪岩拉到一边,说巧珠姐姐有话,让他只对胡大哥一个人说。

原来,两人在松江城里苦寻大半天,都没能找到那老太太家。这是因为巧珠成天在老太太家干活,平时极少出门,那天走便门出园,出来就遭了拐骗,就更加不知道东南西北了。家骥提议既然是松江一个富贵人家,那就找上了点年纪的人打听,告知他们老太太的特征,老太太家里的特征。诸如老太太的腿脚不灵便,行走十分困难;她有个儿子是个大块头,好像是什么地方的管事,对老人十分孝顺,老太太家中的池塘很大,有一座月亮桥;站在院子里,可以望得见松江岸边那座塔。还有,大院便门外的那条路甚是偏僻,路那边有池塘有稻田还有桑林。

巧珠这么一说,立刻就有一位白髯飘飘的老者给他们引路,一路上如数家珍,讲了老太太好些典故。说他们要找的府第准是筠秀园,松江第一豪宅,里头住的是有着"江南佘太君"之称的尤老太太。松江漕帮,当年就是尤老太和她夫君创建的。后来,夫妻俩又修建了这座名重江南的筠秀园。晚年,她的丈夫叫仇家害死,她身藏利刃,瘸着一条腿找上仇家的门,见面就是一刀,然后到衙门自首投案。从此,"江南佘太君"名重江湖,提起她的名字,帮内帮外都要礼让三分。

巧珠抚掌道:"是咧是咧,外面那些大男人进了园,只要瞅到老太太,都要趴下给她磕头。"

老人说:"尤老太早不管事了,因为当年在帮会门派的械斗中折了一条腿,行动不便,早早便在这筠秀园内养老纳福。现在接她班的掌门人,是她的第五个儿子尤珏,外号尤老五。"

胡雪岩大喜过望,拿手拍着家骥的脑勺,频频道:"天意!这是天意!这尤老太太,倒是必须去见的一个人物……"说罢,他又想起巧珠,压低了声音问:

"巧珠就这么回了'筠秀园',连个招呼都不打?"

家骥发急道:"才没有呢,她在筠秀园外等我们。她让我给你传话,就给你一个人传话——你得带上礼物去求老太太,按照松江地方的规矩,起码两匹绸缎、一坛子'女儿红'是少不了的。虽说老太太不在乎这点东西,可她也是老太太最小的干女儿,不能不讲礼数……"

"这种事还用得着她来教?就这么个话还要单独跟我传……"胡雪岩不以为然地打断了家骥的话,忽然,他打了个激灵——巧珠所说的礼数,显然指的别一层意思。这女子不错,尤其模样秉性,很像音容渺茫的螺蛳姑娘。只是自己已有家室,现在刚跟公事生意沾上点边,哪有余裕余力?就算要纳她为妾,也是以后的事。只是拜谒这位尤老太太,不仅必要,而且机不可失,刻不容缓!那就先这么着——按巧珠姑娘"钦点"的礼品准备吧!

两匹上好的杭州绸缎,一坛绍兴"女儿红",十样细巧浙江糕点,用讲究的苏州礼盒着人抬着,红艳艳炫人眼目。守门人见了巧珠,并不多问,也不入内通报,听其自便。原来巧珠入园数年,原本乖巧伶俐,又经尤老太太调教,认作干女儿,身份非一般婢女可比。进得园来,果然如仙境一般,假山、池塘、花木、盆景、亭台。水榭、暖阁、花厅,搭配精巧,浑然天成,巧夺天工。尤其园内一脉清流,如飘带如绿琉璃,曲折撩人。清流上或用拱桥、台榭,两岸用水车、船坞、石径、轿厅等各样建筑,有作隔断、有作点缀,景物有藏有露,绿水有泻有滩。碧泓两边,广种翠竹,修条碧叶,风影皆清,果然不愧为筠秀园!胡雪岩置身竹下溪边,恍如梦中。有首小诗,不记得是何人所作,此刻偏想了起来:重门寂寂锁春风,携手前游似梦中;恰是粉墙低处见,鸭桃竹黑试花红。穿过一带花树掩映的曲廊。

巧珠指点道:"往这边走。"

"后花厅不是在北边吗?"胡雪岩指着前方有些遗憾。

巧珠解释说:"老太太念佛,一般日子都在佛堂度过,甚至见客都就便在佛堂旁的'舍身寮'里。你记着啊,见了老太太我怎么拜你就怎么拜。"叮嘱罢,她便前去通报。

尤老太果真在"舍身寮"里接待他们。

所谓"舍身寮",其实就是老太太一处打坐起卧、吃斋念佛的地方。本色槅扇,把绳床、瓦灶、拂尘、念珠隔在里间,外间布置成客厅模样。只不过把绣帷换成了经幡,兽炉变成了香鼎,贝叶用吴钩替代,瑞脑化为檀香。太师椅上,坐着一身素色的尤老太太,精神矍铄,目光锐利,椅边靠着一柄错金龙头铁如意黑色拐杖,据说这是她的防身武器。一见巧珠,老太太本能地想站起来:"巧珠,真的是你吗?"

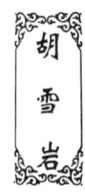

巧珠一迭声叫着"老太太",从门外扑了进去,跪倒在尤老太太面前,失声痛哭起来。尤老太太用颤巍巍的手,抚摸着巧珠乌云般的秀发,捧起她的脸打量着:"我的儿,我以为再也见不到你了……"

"我日里夜里都想念着老太太。没见过漕帮还有那样的船古佬,想女人都想疯了。"巧珠哭着诉说了被骗经过。

"世风日下,这些年漕工中有些人越来越不像话。我叫老五查出那个船古佬,让你好好收拾收拾他。"尤老太太拉长了脸。

巧珠指着身后道:"幸亏遇上这位杭州的胡大哥,在运河上救下了我,我才能有机会回到松江,重新见到老祖宗。"

尤老太太这才把目光投向进来的胡雪岩和罗家骥。

"晚生胡雪岩,给老前辈请安!"胡雪岩话未毕,巧珠过来一把将他按倒在蒲团上,自己也掇过一个蒲团和他并排跪下,也不知道按的何方规矩,给尤老太太来了一个三跪六叩的大礼。

家骥让船工送上礼品,尤老太太一看,不禁笑逐颜开,朗声道:"快扶他们起来,扶他们起来!"

她叫丫鬟收下礼品,打量了胡雪岩一番,见他白净斯文,举止百伶百俐,招手叫过巧珠,十分难舍的样子:"女大不中留。你全心全意照料我,误了婚事,此番遭骗,坏事变成好事,我这心里总算落靠了。"说着,又把目光投向胡雪岩,称赞道,"好一个青年才俊!胡相公,你在危难中救下了巧珠,大有江湖侠义之风!将来巧珠跟着你,肯定有好日子过。"

胡雪岩知道对方误会了,但也只好将错就错了:"今后还得倚仗老前辈多多提携指点。"

像尤老太太这样深居简出的人,来客话多,也喜欢回忆旧事:"杭州是个好地方哪!我到过的次数都记不清了……你们的拱宸桥,跟我们漕帮有特殊渊源。'青帮'的翁、钱、潘三位祖师爷,都是在拱宸桥发家的,所以你也是从'祖师爷'那里来的人是吧?"

"是、是!我这次带巧珠来见老前辈,也是想与松江漕帮兄弟再续新缘。"胡雪岩赶紧点头。

尤老太太并不糊涂,拿眼瞅着他道:"你们今天远道而来,不知有何见教?天下漕帮是一家,咱们漕帮兄弟最讲义气,有什么事,你尽管对老身直说。"

胡雪岩毫不遮掩,将浙江粮台想找松江漕帮购粮,以及去漕帮会馆见尤老五之事说了个详细。老太太听着听着,竟然闭上了眼睛,屋子里的气氛变得凝重起来。胡雪岩不知自己哪儿说溜了嘴,拿眼去看巧珠,巧珠早就站到了老太太身后替她轻轻捶背,按摩穴位。良久,老太太才抬了抬手对丫鬟们道:"你们都下去吧。在后花厅安排个房间,要全套新,安顿巧珠和新姑爷。"

胡雪岩也示意家骥退下,垂首在老太太面前侍立着。老半天,尤老太太才睁开眼睛,声音缓而低沉:"尤五这样做,自有他的苦衷。"

据称,松江漕帮会馆,的确掌控着松江的粮食业。但漕帮购买粮食的本金,例由入会的会员共筹分摊,只不过尤家出的本金多一点,因此,有关粮食买卖,无论多寡,他都要找帮中的"会董",俗称"三老四少"商量。但问题不在这儿,因运河淤塞,漕工失业、半失业者众多,人心浮动。偏偏占据金陵的太平军派人来找漕帮联络,让漕帮在松江起事,响应太平军。并派"间作"多人,在漕工中活动。而各国列强为保其在华利益,保护上海租界的安全,要求把松江、青浦一线划为中立区,让清政府和太平军都做出承诺,不在中立区交战,不把战火引向上海。上海租界,已派华商来漕帮会馆游说,力争松江划为中立区。而松江府却莫名其妙,一会儿说中立不中立,在粤匪长毛而不在于大清,一会儿又说中立与否,由圣意朝命传檄而定,松江岂可自专?此情之下,漕帮会馆行事能不多加小心,慎之又慎?

胡雪岩再三称谢,感谢尤老太太没把他当外人,换他处于尤五这种境况,一样难于抉择。官府的剑、太平军的刀、洋人的炸弹,都悬在头上的啊!

"不过,倘为松江地方着想,我们应该借助洋人这个意图,力争松江成为交战双方的中立区,以免生灵涂炭,百姓遭殃。如今朝廷腐败,以致漕工失业,断了生计,如果他们揭竿起义,响应金陵,也不失为一项生计。但失业漕工之生计,并非松江百姓之生计;只要漕工肇乱,松江中立便势不可能。太平军兵指松江,战事难免。举事漕工或可分享战争的成果,可像巧珠这种松江百姓,像我这类过路商旅,未必就有好果子吃……"胡雪岩正说着,尤五匆匆来到"舍身寮",乍见他不由得愣了一下。

尤老太太显然已打定主意,便问道:"胡相公不是外人,他是巧珠女婿,人家代浙江方面来买米,你因何不卖?"

尤五苦着脸道:"娘,孩儿有难言的苦衷。"

"你的苦衷娘知道。但做生意归做生意,他买你卖,各谋其利。现在人家拿钱买米,你扣住不卖,这道理满天下都讲不过去!"胡雪岩见尤老太太语气严厉,想替尤五打几句圆场,但尤老太太不听,自顾自说下去,"你是江湖中人,他是生意中人,遇事先要看照江湖的规矩、照生意场中规矩。今日是胡相公找你说粮食生意,看来是你说不过去。至于形势、至于大局,不是不看,把位置摆到正了,松江中立不中立这个心,你们操不了!"

"娘,我得到密报,有一伙漕工准备后天举事,松江的大局,眼见得没法收拾!"尤老五终于发急了。

尤老太太拿过龙头拐杖，巧珠搀她一把，稳稳地立了起来，她把拐杖一顿，目光如电道："既如此，我倒要看看，你们如何处置这桩粮食买卖！"

尤五嗫嚅着，还在犹豫。胡雪岩嘴快，便插言道："将浙江粮台所需十万石粮食连夜调运出仓，连夜装船，明日一早，扬帆启碇！抽准备起事漕工之一半或三停参加漕运，削其力，挫其锐，不足人手以普通漕工补充。告诉大家，漕粮到沪，落地转为海运，即兑现全部漕银。不知尤掌舵意下如何？"

"京师急需，连夜装船启运，漕粮到沪又有现银可兑，如此行事倒也不算是借口。"尤五用征询的眼神看着母亲。

胡雪岩、巧珠脸上，俱现出惊喜之色。尤老太太轻轻唶叹了一声道："浙江、江苏是紧邻，松江与杭州休戚相关。五儿，胡相公虽是道外之人，却侠义心肠，懂得变通，这个朋友你一定要交！今后，你们就以兄弟相称吧……"

"对，对！老祖宗的主意太好了。"巧珠禁不住拍手。

胡雪岩见机便跪倒在尤老太太的膝前道："那我就拜老前辈为干娘，同尤五哥结为兄弟！患难与共，生死同心！"

"好！我在娘面前发誓，我与雪岩兄弟义结金兰，情同手足，永不分离。"尤五也只得跪倒在地。

两人站起，用青帮的礼节互相行礼。青帮有个规矩，兴混不兴赖。有此一拜，以后到各码头，胡雪岩可以堂而皇之打青帮旗号，并自称是尤五爷的结拜弟兄，但不能对做过的事不承认，耍赖皮，必须好汉做事好汉当。

尤五办事精细，以京师急需粮食为由，下令着漕帮连夜装船。又叫来管家，吩咐派哪些粮船、派哪几个帮口的漕工赴沪，一一安排妥当。

第十一回

筠秀溪义理征服闹事者
床上镜春情惹恼多情人

晚饭后，尤五要去船码头亲自督促装船，胡雪岩本欲同往，怎奈尤老太太强留。尤五也十分热情："你们怎么可以走呢！我们已结为兄弟，刚才如同一家人在一起用餐，老母亲是何等高兴！她老人家还分外喜欢巧珠，特地关照要你们在客房歇息。今后来松江，这儿就是你们的家。"

"一见面我就看出老太太是位明理之人。现在，她老人家还管漕帮的事吗？"胡雪岩眼中闪现着钦佩。

尤五感慨道："早先她老人家不但管松江漕帮的事，还管江湖上的事。这几年老了，不太管了。但她老人家威严还在，谁都得服她！"

胡雪岩由衷地笑道："'佘太君'嘛，谁能不服？哈哈……"

这时，巧珠回来了，说老太太已回房歇息了。胡雪岩告知尤五，说松江知府今晚在"聚江珍"酒楼宴请王大人，已派家骥将漕帮会馆的安排去通传，还让尤五留意漕粮装运之事。尤五称谢，匆匆而去。

丫鬟把二人送进客房，顺手带上门。

这哪里是客房，分明是洞房。房内挂着花开富贵四盏仿琉璃宫灯，灯面是一色的西洋花卉，有红玫瑰、紫罗兰、金蔷薇、康乃馨。造型精巧，彩绘绝伦。其他红烛、绣被、鸳枕、瑞香、龙凤大床、流苏彩帐，无不具备。

"这是松江灯坊专门孝敬老太太的新花样宫灯，花色上仿照西洋，样式还是朱洪武时期金陵流行的南宫盏。只因近些年来，洋人在各通商口岸的租界里带进来不少洋玩艺，国人趋之若鹜。民间作坊有仿制的，也有在传统工艺中夹进一些西洋的东西加以改造的，买的人还不少呢。"巧珠说着，她熄掉宫灯，只留一对镏金囍盏上的大红花烛。

收拾好床铺，巧珠从壶里斟了一杯茶，双手奉给胡雪岩，低声道："喝杯茶，醒醒酒。"胡雪岩心内忖道：她倒是借老太太的口，把自己的心事敞明了。我为了这宗粮食生意，也顺水推了舟，只是我不能辜负了她！他嬉笑了一下，瞅着神态娇羞的巧珠道："在老太太眼里，我们早已是夫妻了是不是？"

巧珠轻轻应了一个"是"，把头埋得更低了："晚饭时，老太太又特意问我喜欢不喜欢你。"

"你怎么说？"

巧珠故作不悦地飞了他一眼道："你应该知道我会怎么回答。"

胡雪岩站起身，离她稍稍远了一点，声音中透着冷意："难道你没想过，这只是你的一厢情愿？"

巧珠吃了一惊，用失望的眼神瞅着胡雪岩道："难道你……你不喜欢我？"

胡雪岩挥了挥手，在这刹那间他不知说什么好，可他天生又是个爱讲真话的人，想了想觉得不能不实话实说："男人天生好色，就连孔老夫子也说'吾未见好德如好色者也'。你又年轻又漂亮，在船上烧的那手菜，吃得让人舍不得放碗，我凭什么不喜欢你？我又没毛病！"

这是巧珠希望听到的表白，不过有些粗浅直白罢了："那你为什么……"

"我已有妻室家小！还有个青梅竹马、刻骨铭心的意中人！"

听了这话，巧珠倒显得比较冷静，道："我知道，小家骥把这些都告诉我了。"

胡雪岩"嚯"了一声道："那你跟了我，就只能做妾，做小……不是说我胡某人不该娶小，我也是大清的男人。大清的男人可以有三妻四妾，皇上甚至有三宫六院七十二妃。做小我就不能只顾你一个，而且你还要听大太太的，委屈你了。"

"我本是个出身寒微的小女子，能跟你这种见义勇为、关心他人的男子，就已经知足了，还计较什么名分呢？"看来巧珠把一切都掂量过了。

"你早有这句话就好了……"胡雪岩笑了一声,便扑上去把她拦腰抱了起来,把嘴印到她的红唇上。

"蜡烛、蜡烛……"巧珠挣扎着低声道。

胡雪岩抱着她吹熄了蜡烛,二人在龙凤大床上滚作一团。正要宽衣解带,忽听房门重重响了一下,只听尤老太太问道:"睡了么?"

巧珠惊了一声,立刻跳下床给她开了门,搀她进屋。尤老太太拄着龙头拐杖,立在黑暗中,语气平缓却透着焦急:"我越想越睡不着。尤五为人忠厚,没有防范之心。漕帮连夜装船,把准备起事那帮漕工的计划打乱。万一他们狗急跳墙,避开松江码头来找老身的麻烦,有我在他们手中,尤五肯定服服帖帖,到那时不仅坏你们浙江粮台的事,更要坏我漕帮的大事啊!"

"那怎么办?"巧珠焦急地问道。

"你速去松江码头,叫尤五立刻派五百人前来把守筠秀园,防止有人劫持老身。"

闻言,巧珠正要动身,却被胡雪岩叫住了:"干娘,叫漕工不如请官兵,我去一趟松江府,叫他们派绿营兵出动,保准比漕工行动利落……"

"万万不可!"尤老太太的声音陡地变得尖锐,"漕工中有人来筠秀园闹事,派漕工来解围,终究是漕帮中事。去请官兵来解围,那就是我们解开衣怀给人看,自己出卖帮中兄弟,这种下作主意断不可为!"

巧珠答应着要走,又被尤老太太一把抓住,她指了指东侧便门,示意她从这里出园。巧珠好不敏捷,应了一声,快速地离去。

等巧珠走后,尤老太太又对胡雪岩道:"我们去找条船,夜游筠秀园,看老身料事如何?"

胡雪岩扶着老人出了后花厅,绕过一段带栏杆坐凳的曲廊来到溪边。流水淙淙,如琴声清韵。夜风吹过,竹海起伏,但听萧萧飒飒之声,如万马千军,在夜间衔枚疾走。他们上了一叶小船,待老太太扶杖坐定,胡雪岩才操起桡片,划开水面,黑暗中也不辨东西,只把眼睛盯住前方水域,划一程算一程。

兰舟在水上悠游不过一袋烟工夫,园内忽然传来喧闹声,几路火把循着园内大路小径,向后园驰去。大概在后花厅、佛堂、舍身寮都没有找到老太太,那些人开始四下乱窜,嘴里叫嚷着,像没头苍蝇一般。

尤老太太果然料事如神!而她遇事又这么从容镇定,非常人可比,看来是经磨历劫之人!胡雪岩在心中叹服。尤老太太似乎也不忍心他们久寻不着,便朗声道:"我在溪流上,你们是在寻老身么?"

灯笼、火把、羊角灯,又颠又跳一窝蜂朝着溪边拥来,把筠秀园内这段景致照耀得如同白昼。清流中闪烁着团团火光,像巨烛流火,像一条腾挪的火

龙,又像一片蔓延开去的火烧云。竹筠茅舍、小亭、石桥,更如仙山琼阁,叠映重合,有的影影绰绰,有的变异怪诞。水里岸上,颇像一副六道轮回的往生图,看得胡雪岩心里发紧。

"我知道你们想做什么,也料到你们会铤而走险,自然作了防范。但我不怪你们!"胡雪岩赶紧把船稳住,听尤老太太如何说服这帮徒子徒孙,"有人想在松江举事,响应太平军,这样做或许能闯出一条生路。但你们想过没有,自金陵沦陷,朝廷派来的兵,江苏本省的绿营,全都在太湖、金陵之间,就算你们能冲出松江,也冲不出官兵的重围,这是自蹈死地。因此,我儿尤五不赞成你们贸然行事,置漕帮和你们家人的安危于不顾。而距松江不过百里之遥的上海,早已是洋人的天下。现在洋人提出要把松江、青浦一线划为中立区,这是好事还是坏事,请大家听听这位来松江办理漕粮的胡相公高见……"

只要鼓捣漕粮,仰仗漕工的时候就多了!胡雪岩巴不得有个在众漕工面前露脸的机会,他清了清嗓子道:"松江如果成为朝廷和太平军交战的中立区,肯定是件大好事。松江中立,就成了上海的屏障,上海的繁荣,或多或少能带动松江的繁荣。中立了,松江地方得以安宁,商旅保持繁盛,百姓安居乐业,有何不好?谁要是不顾后果,一意孤行,把战火引到了松江,谁就是漕帮的公敌,松江的罪人!"

"洋人想把松江划为中立区,松江就能成为中立区?"有漕工问道。

"这件事恐怕谁也不敢打包票。不过,朝廷早已沦为洋人的朝廷,洋人这个要求对朝廷也非什么坏事,它干吗不给洋大人这个面子?至于太平军方面,恐怕一时也鞭长莫及。他们那个拜上帝会,拜的就是西方的菩萨,不到万不得已,恐怕也不会跟洋人撕破脸。松江中立的事,看来是蛮有希望的。"胡雪岩道。

其他如浙江粮台拉扯了松江的漕粮、运送漕粮到沪何时可以拿到银两之类,胡雪岩均不厌其烦,一一作答。尤老太太见气氛缓和,便邀大家一同赏游筠秀园。一场风波,遂告平息。

尤五率千余人包围了自己的家,见园内无事,于天亮前悄悄撤围。胡雪岩和巧珠同他一道登上官船。混乱不堪的松江码头一夜之间模样大变,那些横七竖八、乱泊乱靠的船只全不见了踪影,只剩下浙江粮台一艘官船雄踞码头,十分醒目。

尤五扬手朝前方一指道:"王大人,你们要的十万斤漕粮,已全部装船停当。只等你一声令下就可扬帆起航,直奔上海!"

晨雾澹淡,朝阳铺出一条金灿灿的水道。前方,十几艘大漕船首尾相接,连成一条长龙。船上长号吹响,岸上大鼓擂动,无数白帆齐刷刷升起,如一道际天大幕,投射出一艘艘乘风破浪、驰向东方的舳舻的剪影。忽然,巧珠悄悄一拉胡雪岩的衣角,低声道:"王大人的颈脖上都留着胭脂、红唇印儿,快去叫他洗洗吧。"

钱塘县令袁翔甫寓居上海数年,作望江南词三十首,读来如向十里洋场采风问俗。其中两首,王有龄早已烂熟于心:

> 申江好,胜境说吴淞,晓日暮霞光灿灿,朝潮夕汐势汹汹,过客愿留踪。
> 申江好,小县作名邦,买卖生涯推第一,风流泽薮叹无双,豪杰望风降。

但人家说好说歹,怎及自己耳闻目见?

这日,粮船到港,尤五领着王有龄一行,走黄浦江方向进入南市区。街道上,各色人等,熙来攘往,华洋杂陈,服饰缤纷。他们迎面碰到不少洋人,有的西装革履,趾高气扬,有的放浪形骸,自在随便。也有的举止粗俗,形容猥琐。乍入洋场,众人的眼睛都不够用了!

一对醉眼惺忪的洋人男女,互相搂抱着经过他们的身边。女的袒胸露背,穿得薄如蝉翼,曲线毕露,丰满的乳峰在夕照中耀人眼目。巧珠想看不敢看,心想女人能把就衣裳穿成这个模样,把自己的美尽显出来,也不枉在人世白走一遭了!

章水祥眼里放出钩来,笑道:"这洋妞,到底有没有穿衣服哟?"

"那你上前去摸一摸就知道了。"胡雪岩打趣道。

王有龄提醒道:"小心!我们初次到大上海,不懂洋人规矩,被他们的……什么巡捕抓了去,那可犯不着。"

尤五知道初到上海的人都如此,看西洋景嘛,就是稀奇不已的意思,遂笑道:"洋人除了黄头发、绿眼珠、说洋话、吃西餐,其他全和中国人差不多。也想发财、赚钱、享乐……洋妞也卖身,卖起来比中国女子还胆大放肆。你看!你看!"

刚好,那对西洋男女在告别,两人抱紧了,互相吻个不停。章水祥惊奇地张大嘴巴叫道:"啊!光天化日之下,竟敢如此放肆!"

"这是洋人的礼节。如果洋妞与你见面或分别,你照样也可以得到她的香吻。"尤五笑了笑。

众皆啧啧称奇,议论个不停。几个人中,王有龄多沉默,胡雪岩好打听,章水祥喜欢一惊一乍。

"那也可以请洋妞喝花酒?"

尤五前导,且走且介绍道:"可以啊!只要出钱,喝洋妞花酒、睡洋妞,没有办不到的。如今这上海,就是个只讲金钱的花花世界。"

他们下榻在四明旅社。一幢高大的西洋建筑,房间里摆着沙发等西式家具,落地窗,圆顶帐。侍应生随叫随到,一色的瓜皮帽,玄青洋绉纱衫子处面,套着士林布对襟折袖大褂,眼睛一眨,就知道你想啥,那股伶俐巴结劲儿,非内地客栈那些店小二可比。

这里是闹市的中心,著名的"大三元"钱庄就在近旁,离码头也不远,吃饭坐车都很方便。大家感叹了一回,这才分头行事。

尤五与胡雪岩去拜访沙船帮。过去,漕粮由漕帮运送,运河是漕帮的天下,从事海运的沙船帮很少染指。现在,漕粮要从海上运走,就非得去求助沙船帮不可。

本来,漕帮走河道,沙船帮走海道,两个帮曾井水不犯河水,尤五在江湖上煊赫的名气,也非沙船帮老大顾某可比,他何必要跌这个面子去拜沙船帮这道门槛?经胡雪岩提醒点拨,大谈生意经和粮食的"门槛"经,尤五这才觉得自己不光要跌这个面子,而且必须结交沙船帮!

漕帮大势已去,分崩离析已无法避免,唯独松江漕帮还有较大的生存空间。为什么?因为京师仍然需要粮食。如果松江、青浦能够成为交战双方的中立区,那么松江就成了漕粮海运的必经通道,而且是惟一的通道,松江漕帮不把沙船帮笼络周正岂不是犯傻?浙江是目前仍有漕运京师任务的省份,浙江粮台,势必成为松江粮业的大主顾。浙省这十万斤粮食要急运京师,为此,他也不得不去拜访沙船帮!倘以私情论,巧珠是老太太的干女儿,尤其胡雪岩曾陪伴老太太度过那个危险之夜,对于大孝子尤五来说,这可是一笔人情债!那点危险对江湖中人自然算不上什么,可雪岩老弟是商人,是吃公事饭的官差,是当天才抵松江的一位过路客,临危能陪老太太一起面对群顽,并晓以大义,毫不畏惧,算起来也是一条好汉。因此,无论于公于私,此行势在必然。

王有龄自然关注漕粮海运之事,但照官场上的规矩,他得马上去拜访上海道,办理免征(粮食)落地捐、粮食报关等手续。他忽然想起一件事,忙拉过二人,低声道:"临离开杭州前,我去见过中丞大人,在黄大人那儿读到一份朝廷邸报。朝廷与英法等列强签订的《天津条约》,同意外国商船可在长江各口岸往来,美国旗昌轮船公司早已捷足先登。几年前西国苏伊士运河正式通航,使中英之间的航程比原来缩短了好些,英国太古、怡和两家轮船公司,近来已在我国运营,不光经营内河航运,还想包揽沿海航运。度这情形,沙船帮也兴头不了几天了,漕帮的今天,就是沙船帮的明日啊。"

"这个消息太重要了,恐怕用不了多久,浙江漕粮再投上海,海运天津就要找什么'太古'、'怡和'的洋船来运了。沙船帮是上海的'坐地猫',不可能一点感觉都没有,尤兄,此行我们没什么可担忧的了。"胡雪岩不禁有些释然。

王有龄毕竟是负全责的人,神色不再那么严峻了,点头道:"没有就好,没有就好。"

章水祥要去"大三元"钱庄交涉。三路人马各备礼物,王有龄租了辆马车,另两路则叫漕工挑着礼品,多少有些张扬之意,分道而去。

旅馆里就剩下巧珠和少不更事的罗家骥。家骥哪耐得住寂寞,提议去逛商场。街上的商店那么多,商品五花八门,橱窗花花满眼,一定有看头。哪知巧珠神情淡淡地说道:"有什么看头,正经西洋东西,你看也看不出个名堂,其他的,还不都是中国人鼓捣出来的,有什么稀奇?"

"那我们去黄浦江边看大洋船吧,有几层楼房那么高呢。巧珠姐,洋人可真厉害!大洋船用铁做的偏不沉,还能漂洋过河,装起货来就像一座座小山,我就是想不明白,铁沾了水怎么就不沉呢?"家骥又提议。

"再好也白搭,再好也是人家的东西。想不明白你还想它干什么!"巧珠的情绪明显有些腻歪。

罗家骥发现了巧珠的不自在,用一种夸张的神情睒着她道:"你今天怎么了?怎么把我那醉鬼老爹的话都搬出来了?"

巧珠不禁吃了一惊,她知道家骥的爹是醉后失足落水淹死的,一个年轻女子,忽然说出一个老死者一样的话来,多少有些禁忌。便不悦地翻了他一眼道:"你别瞎说!"

"三年前的清明,姐姐在船上看到胡大哥一家去郊外扫墓,杭州那地方的风气跟别处不一样,扫墓和踏青游玩是合在一起的。姐姐回到家,边做饭边流泪,把眼睛都哭肿了。爹就拿醉眼瞪着她,说好端端的哭啥呢?姐姐抹眼泪,说我就是想不明白。爹就说了你刚才说的那个话——看着再好也白搭。再好也是人家的!想不明白你还想它干什么!"家骥解释道。

"我跟你爹不是一个意思!"巧珠没好气地说。

"我知道,你跟我姐也不一样啊,我姐看见胡大哥跟别人成了两口子;你却天天跟胡大哥一起,一看就像两口子。人家两口子去游西湖,我姐看到心里难受;你跟胡大哥从松江逛到上海了,吃的是一锅饭,坐的是一条船。我姐哭也没用想也白搭;你不用哭不用想,好日子就像苏州评弹一样……"家骥有点自作聪明。

"你作死啊!口无遮拦胡说些什么?"巧珠忽然厉声打断了他的话,惊得家骥一个愣怔,用困惑的眼神看着她,心里寻思我说错什么了?

巧珠陡地意识到自己有些失态,又朝他摆了摆手:"我想歇息了,你回房

去吧。你一个人别乱跑,听见了吗。"她和衣朝床里躺着,听着家骥带上了门,听着他的脚步消失,忽然就有眼泪流了出来。

　　为什么流泪?那原因是模糊的,那理由是脆弱的。处于妙龄时期的女子,有时候就是爱流泪。说不清楚缘故,也没什么诱因。这要是让胡大哥、王大人他们看见,会很惊讶会很气恼的吧?巧珠用手背去擦眼泪,突然看见了自己,原来床里嵌着一面不亮但影像特别清晰的玻璃镜。镜里横陈着的女子身体有起有伏,她的青春和韵致简直无可挑剔。当她摆出各种姿势,在镜子里突出身体的某个部位的时候,譬如脖子、胸脯、臀部和两条修长的腿时,它们无一不是特征分明,风韵十足的。

　　就是这种即兴的,偶然的自我欣赏,也足以让巧珠兴奋起来,甚至有些陶醉。她又一次仰面朝天,尽量摆平身体屏住呼吸,再一次看镜子里自己浑圆的乳峰,那流畅、完美的曲线。时间稍长,面对那两座一动不动的处女峰,她的心跳竟莫名其妙地加快了。突然,她的眼睛发潮,又一次开始湿润,眼泪没来由地流了出来。她觉得自己遭到冷落,在潜意识里,这种冷落和遗忘,从离开松江、第二次登上官船就开始了。最让她失落的是胡雪岩,筠秀园客房里的冲动,恍如电光石火,瞬间消失。上船以后,他和王大人的全部注意力似乎都放在尤五哥身上。胡雪岩始终未走近过她,即使有很好的机会——夜间就寝;即使她非常主动,胡雪岩都显得那么平静而有分寸,仿佛他俩根本就没有那层关系。就连尤五哥也对她冷淡了,不再经常"小妹"、"小妹"地唤她;他在船上换下的衣服,有时也交给了船工而没有都交给她⋯⋯

　　她渴望成为妇人的骚动没有得到及时的呼应和满足,这使她讨厌上海。是上海的女人特别是上海滩的洋女人吸引了男人的目光,使他们感到刺激和新奇。她的光彩、她的魅力,一踏上上海滩就无形地减了几分⋯⋯

　　用租界里流行的计时方法——两礼拜后,漕粮走上海启运。一切顺利,大家欢天喜地。王有龄首战告捷,一定要在上海宴请大家一次,以慰劳绩:"大清八大菜系,以南甜北咸,东辣西酸为基调。大家想吃京津菜,就上庆兴;苏菜自然是聚丰园,复兴园来自白下,正宗上海菜则以泰和为佳;兼有南北大味是鸿运、益庆二楼;想尝洋味,吃英法大菜就多了,什么杏花楼、同香楼、一品香、一家春、申园等等。想上哪儿,大家说。"

　　来上海后,王有龄请罢上海道,再请同知府,两个礼拜下来,把上海最知名的菜馆吃了个遍。大家争论半天,还是尤五一锤定音:"这些菜馆名声大,价格也吓人,不如找家好点的海鲜馆,吃红烧鱼翅海参去,既饱口腹,也不那么过于破费。"于是大家去沪淞天吃海鲜。

　　王有龄轮番给大家敬酒,到尤五头上,尤五又一次从贴身衣袋里取出那张银票，发自内心地说了好些感激的话："十万斤粮食，就换成这么薄薄的一张，方便、稳当，让人开眼界。如果松江漕帮不散摊子，以后你们尽管来找，我一定把它调派得像你们浙江粮台一样。"说罢，他一口喝干杯中酒，拱手跟大家作别，"漕帮有很多兄弟就指望这笔漕银，好多人家里都揭不开锅了。海鲜再鲜再美，我尤五都难以下咽，就此跟大家告辞，我得先回松江去了。"王有龄、胡雪岩一直把他送出沪淞天酒楼，甚是难舍难分。

次日下午，"大三元"钱庄一位襄理，专程来请胡雪岩去钱庄用茶，聊表谢忱。

"大三元"系一幢中西合璧建筑，门口设着又宽又大的水门汀台阶。一左一右立着两个穿制服的侍应生。里面的设置乃至营业分类，都不同于杭州那些老式钱庄，而接近于新式外国银行。

襄理把他引进大户休息室，不光端茶照料的有专人，他的目光一扫，立刻就有人来领他去卫生间方便。胡雪岩内心暗暗感慨，将来自己若办钱庄，就要用"大三元"的章法，像"大三元"这样用人。

接下来与襄理闲聊，胡雪岩便格外用心。在钱业赫赫有名的"大三元"，为什么对他这个外省来的无名小卒这么客气？因为他代表浙江粮台，他是个地地道道的官商。官商就不是那些小额客户可比了，他们存几个小钱，得几点微利；想多贷几两银子，钱庄对他们还不放心。官商经手的往往是大宗业务，而且用行话说属于"长线"，比如漕粮，怎么可能就这一回这一桩生意？

"浙省这批漕粮，出面的虽是'开泰'，但'大三元'应该很轻松地捞了一票。漕运改海运，浙江漕粮，以后落上海的时候可就多喽！"胡雪岩笑嘻嘻地说道，那容貌如同一束鲜花在人面前晃颤。

襄理早把胡雪岩的情况摸得一清二楚，笑意写在脸上，金丝眼镜后面的眼神如波光闪烁："漕运大省，在新老八大行中，粮食始终摆在首位。又是公事……何况胡先生本来就是'开泰'钱庄的人嘛，我们钱业的门道还能瞒得过你？这是胡先生对'大三元'生意上的照顾，我们不会忘记你。"说着，他从衣袋里取出一张存折，一点不加掩饰地搁在他的面前，"这是'大三元'专为胡先生开的户头，里面已有一定底金。胡先生到各地'大三元'分号都可以取款、存钱。"

胡雪岩打开存折看了看，知道数不在少，客气道："你们'大三元'太客气了！不敢当，不敢当！"

"一点小意思，无非交个朋友，在沪杭之间架设一条长线嘛，嘿嘿……"

胡雪岩也耸身大笑道："放长线钓大鱼！哈哈，你们'大三元'这一手真高明。"

襄理半顶真半开玩笑地说:"将来……大鱼不要连钩子都咬断啊,哈哈哈!"

胡雪岩心里盘算了一下,十万漕粮的官价银,浙江藩司肯定还没有拨到"大三元",但除了付给尤五的漕粮漕运银,他还有一笔重要开支要"大三元"预付,于是正色道:"我可不是开玩笑呵。李襄理,我想请你以'浙江粮台'的名义,划两万两银子到福州去!算是这次漕粮交易中的一项开支。不知可不可以?"

"可以!汇给福州的什么人?"李襄理答得倒很干脆。

胡雪岩从衣袋里取出一张纸条,让他按照纸条上的地址汇出银两。当然,或许连王有龄都不曾料到这是浙江巡抚黄大人福建老家的详址,收银人是黄中丞的老父亲。长线,这才是最有效的长线投资呢!

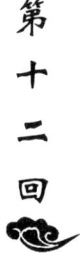

第十二回

情与义两番织功王坐办
战还乱一船堵阻大运河

王有龄依然沉浸在温柔乡中。

昨夜,海关请了科举出身的旅沪官员六七人齐集媚香楼,说是上海有名的妓女,其芳名多有人作了嵌名联,但仍有小宝、宝云等六七名花尚无正谱。所以特地把他们这些官场才俊请来,喜欢哪个芳名雅号,就撰一副嵌名联。联成才准与佳人见面,共度良宵。王有龄以第二的佳绩,夺得月香小姐,他写给月香的嵌名联是:眉月双钩描月妹,心香一瓣拜香君。这种玩法,新奇有趣,他忍不住要把这件雅事记载下来,遂挥笔写道:

上海冶游子弟,喜以楹帖赠校书,绿字蚕眠,戏集荃金之句缁毫麝溢,偶填苕玉之名,莺啼燕语之乡,清词织锦,灯红酒绿之会,绮思掳琼,是亦花园之雅情,欢场之韵事也。如赠才宝云:才子文章花吐艳,宝儿情性玉同温;小宝云:小园花暖春骑蝶,宝镜菱青晓画蛾;玉琴云:玉珮兽从湘水解,琴樽

109

还向海天留。凤云云：桐凤绿幺花十八，梨出红亚月初云；云福云：一朵彩云文杏护，三生浓福海棠消。诸联尽皆心斗角、清俊绝伦，虽寻遍香国中，亦味易数观也。

胡雪岩进来瞧见，带着揶揄道："有龄兄，你是不是有点乐不思蜀，把冰玉都抛到一边了？"

"嘿嘿，我哪像你哟，每夜有巧珠陪伴。出门在外，长夜寂寞，我也不过是被章胖子等人拖出去，逢场作戏而已。"王有龄多少有些不好意思。

胡雪岩本不想就巧珠的事多说，但巧珠似不领情，神情悒闷，就连王有龄好像也不能理解他这番苦心，只得解释道："以我目前的条件，还不够格娶姨太太，至少住处就是一个问题，岂不委屈了人家巧珠姑娘？再说，不经老母同意，不说服家中那个妒妇，不光会闹个天翻地覆，巧珠进门能有好果子吃？所以，我始终没有沾巧珠的身，留人家一个清白，到时候就还有转圜的余地。她一个女孩儿家，想不到这一层，我是过来人，不能图一时快活。"

王有龄有些理解了，点头道："怪不得巧珠姑娘情绪低落，原来你没有沾她的身，给她一个定心丸吃。如今年月，像你这么好心的男人倒真不多了。"

"有龄兄，公事已尽职，私事也尽兴，现在我们该打道回府，去向中丞大人交差了。"胡雪岩嘴上这样说心里却想，再待下去，你王有龄怕难以收拾了。

"对，对！这次回到杭州，我当向中丞大人禀报，一定竭力推荐你。"王有龄还是清醒的。

胡雪岩抽出"大三元"那张汇单的存根，递给王有龄道："你去见中丞大人时，顺便把这张单据交给他，请他查实一下。"

王有龄接过一看，吓了一跳！从"夜夜春"赎出冰玉，花了不过一百五十两。至于黄中丞的老家，老实说他并没有记住，便用困惑的眼神看定了胡雪岩。看来，这个初入官场的人，还没能把握官场，胡雪岩见此，便以实相告道："是以你的名义汇给中丞大人的老父亲的。"

"两万两银子？这……我可没有叫你办理此事哟。"王有龄有些愕然。

胡雪岩用手指堵嘴道："嘘——小点声，别让章胖子听见。这钱你是没吩咐过我，但中丞大人给了你'粮台坐办'的肥缺，你能不报答？"

"报答，当然要报答！但做得如此明显，是否会惹恼中丞大人？"王有龄还是有些担心。

"别担心！虽然我从没见过中丞大人，但听过对他的评价，也摸透了当官的性格。我完全可以断定，收到这张银票他不仅不会生气，还会夸奖你办事得力，处事有方。"胡雪岩用一种坚定的语气为王有龄打气。

"哦？你这么有把握？"

"百分之百！既然朝廷可以买官鬻爵,黄大人就是浙江的朝廷,上行下效而已。"胡雪岩的语气更加坚定。

王有龄有点醍醐灌顶的样子,轻轻拍着自己的脑袋道:"该死,该死！这个我怎么一点也没想到……雪岩,你倒是天生一个当官的脑子。今后在官场方面,我还得多多向你请教呢。"

胡雪岩似笑非笑道:"你不是想不到,而是满脑子被十里洋场的香水熏晕了。好,今晚你早点睡吧,我回房去了。"

王有龄唤住他道:"你再等一下,我还有事要找你商量呢。"

"还有什么事？"

"雪岩,过去我从不接触漕粮,不知内中底细。这次跑了一趟,发觉松江、上海的粮价比浙江便宜多了。"他把浙江各地的粮价报了一遍,拿此次的行情一对照,差价就出来了。

胡雪岩具体经办,行情了解得更透:"是啊,不是一般便宜,而是大大便宜。再加上这一次尤五哥为了平息漕工闹事,看在我们江湖义气这个份上,又忍痛以低价出售,这就更比往常便宜了二成到三成,所以我们大赚了一票！"

王有龄压低声音问道:"雪岩,我问你,这一进一出,我们可赚多少银子？"

胡雪岩也给他透底道:"这些,全在章大伙的账上。中丞大人是按照杭州的粮价核准这笔购粮款项。可我们付给松江漕帮的,是按尤五哥定的价。这一进一出,我估计,一趟能赚到三四万两银子。"

王有龄的惊喜是不言而喻的。怪不得谁都说粮台坐办是个肥缺,自古以来,兵马未动,粮草先行。值此多事之秋,战乱不断,且有旷日持久之势,粮价肯定上涨。谁做粮食生意,尤其是公事生意,肯定发财无疑！他不禁感叹道:"为王前驱,君子于役。看来只要肯经营,就能一夜暴富。"

"对！所以漕运改海运是难事,但并非坏事。同样,困难中也伏着商机。所以出发前,我在杭州就作过盘算,通过钱庄到上海松江购粮,不光可向朝廷交差,还可以从中得利。这句话我不是随便说的。"胡雪岩也附和着。

王有龄异常高兴地拍了拍他的肩膀道:"高！你真有先见之明啊！雪岩,我佩服你料事如神、又佩服你甘冒风险。不过……章胖子不会从中假手吧？"

"不会。场面上,章大伙要上交'开泰'应得的利润,其他全由我们三人平分,章大伙实际上获利最丰。再说,我跟章大伙这么多年,了解他的为人。别看他吃喝嫖赌、寻花问柳,什么毛病都有一点,但在金钱问题上,绝对遵守钱业规矩,绝不胡来。否则,在我假手呆账那件事上,他完全没有必要向何掌柜禀报,不说也绝对没有过错,可他还是对掌柜去说了。这就充分说明他的人品性

格。"

闻言,王有龄抖了抖衣袖道:"外账平了,内账清了,是该打道回府了。"

船过松江,一行人受到尤五的盛情款待。从"大三元"拿到漕粮款,补发了拖欠的工饷,稳住了漕帮,也避免了内部的一次分裂。如今,太平军虽已攻占镇江、扬州。但清军江南、江北两座大营的拦阻,松江暂时无事。出松江地界就难保了,太平军已派兵东征,听说太湖周围已有成群结队的难民出现,浙江的安宁也被打破了。

出于礼节,胡雪岩与巧珠专程去筠秀园拜望了老太太。

"哎哟,去了一趟上海,巧珠,你真像是换了一个人。皮色更粉嫩了,衣衫更鲜艳时新了……年轻是个宝,仍需雨露浇啊!"尤老太太精神矍铄,见到他俩,掩饰不住的欢喜。

巧珠只能顺着竿爬——胡雪岩跟她明说了没有走近她的本意,人家一门心思是为她好,怕她受委屈,她还有什么说的?仍像以前那样道:"哪里哟干娘,这全是雪岩要我像上海洋婆子那样打扮,弄得我妖形怪状……"

"哪里,我看着怪好,怪赏心悦目的。"说着,尤老太太朝她招手,胡雪岩乘机从怀里掏出一只精致的首饰匣,悄悄递到巧珠手上,捅捅她的腰,指了指尤老太太。巧珠会意,打开首饰匣,一颗灿灿的宝石钻戒出现在大家面前,看那图案花纹,绝非国货。

"干娘,这是雪岩在上海特地为您买的印度红宝石钻戒。让我给您老人家戴上,试试合不合适。"说着,巧珠将红宝石钻戒戴到了尤老太太的手指上,"不知您老人家喜不喜欢?"

尤老太太伸着手指左看右看,笑道:"喜欢,喜欢!这么贵重的洋首饰戴到手上,我老婆子真是不敢当!雪岩,你把我也要打扮成洋婆子啦,哈哈……"欣赏一回,赞叹一回,又说雪岩这个干女婿胜过她那些儿女,儿女们谁想过送她一件洋玩艺来?抱怨过了,尤老太吩咐丫鬟去拿一对筠秀园绣花枕套来送给了巧珠。

丫鬟去了好半天,双手托着一个锦袱包裹交给老太太。尤老太太满面堆笑道:"如今这筠秀园里,我寻思就只这个还能拿得出手。"

巧珠打开锦袱一看,顿时两眼放光,不由得惊叫起来:"真漂亮呀!"

这是苏绣中的极品,名为满地绣,即枕套上的每一个地方,都是精心刺绣出来的。

"这样巧夺天工的绣品,如今已难得一见,一定是出自仙人的巧手。"胡雪岩发出由衷的赞叹。

尤老太太不无骄傲地打量着绣品道:"它不是出自仙家,是我小女儿尤琳出嫁前的精心之作。琳琳现在上海开着一爿绣品行,专做皇家和海外贡品生意。"

"哦,我们不知道干娘还有这么一个小女儿,否则,这次在上海就该去见见她。"胡雪岩颇有些惊讶。

尤老太太兀自一叹道:"她不愿见人,出嫁后就再没回过家门,连我都不想看见。"

临离开松江,尤五来船上送行。说过一路顺风之类的话,便拱手道:"局势变化太快,江苏战事一吃紧,松江的粮食肯定也紧俏。这几日,米价一个劲儿飙升,一天一个价,不少米店已经抢购一空,有行无市了。"

"这种情形,不会持续多久吧?"王有龄担心自己看走了眼。

"谁知道呢,王大人,你们回到杭州请赶紧把十万漕粮运来松江,填补我的空缺。否则,万一朝廷急着向松江催要漕粮,我拿不出,岂不是罪责难逃?"

"好,我回到杭州,一定抓紧办理!"王有龄频频点头。

尤五连连称道:"好!好!王大人真有君子之风,一诺千金!"

王有龄到底给自己安了退路:"不过,当今这战云密布,社会动荡,漕粮能否早日运到松江,下官不敢担保。"

尤五大度地挥了挥手:"这倒不怕,王大人如果担心人手不足,或者路上不安全,我可以派松江漕帮前来杭州协助……"

王有龄摆了摆手:"这倒没有必要。反正下官尽力,尽力。"

果然世事难料,官船刚刚走出松江地界,一个叫风口的地方发生沉船事故,堵塞河道,过不去了。船主急忙派人前去打听,约一个时辰后,打听情况的人回来报告,说沉没的是一艘很排场很气派的官船,说是当地的天地会或太平军派出的间作干的。他们专门袭击官船,捉拿为首,掳掠贵重物资及武器,把粮油、煤炭、布匹、棉花等分给路人及当地百姓,然后把船凿沉,阻碍交通。

船主道:"我们是掉头改道,走别的水路,还是就地傍靠?等着前面的水道疏通,待后面的船只排泊多了,想走也走不了了。"

王有龄下令改道,走运河支流。

途中,眼见得逃难的多了起来。有整个村庄男女老幼一起外逃的,也有一家一户举家迁移的。经打听,说是太平军占领了城池。可这也倒也没什么,太平军不掳不抢,借了东西还给你。商铺、肉案乃至钱庄,照常营你的业做你的事。最惨的是遭遇打仗,现在交手大刀、长矛反倒用得少了,开花炮"轰"的一声,木屋土楼就被揭了盖;还有后膛枪,子弹像飞蝗,坐在家里的人死了还不

知是怎么死的。等到双方直接交手厮杀起来,整个村庄连带田土就完了。不用说庄稼,还有口干净水喝就阿弥陀佛了。现在,各地的官兵都往江苏靠拢,说是要把太平军占据的镇江、扬州围起来,老百姓不逃往哪儿躲?

"这样下去,万一太平军向无锡、苏州乃至松江逼近,大兵压境,再加人心一乱,浙江这鱼米之乡顷刻就会土崩瓦解。"胡雪岩听了这些后忧心忡忡。

王有龄眉头打结,叹了口气道:"是啊,杭州离南京并不远,太平军已向浙江逼近,中丞大人恐怕控制不住全省的局面。"

"我最担心的倒不是浙江的政局,而是另外一件事!"胡雪岩愁肠九结,不住地踱来踱去。

"什么事?"

"粮食啊!"胡雪岩提高了声调,他长时间眺望着河上、河下,"百姓流离,田地抛荒,粮食无收,由于战事影响,粮价肯定暴涨。'民以食为天',没有饭吃,人心势必大乱,到那时恐怕谁也控制不了浙江的局面。"

王有龄也意识到事态的严重,他这个浙江粮台刚坐稳,就要掀椅子啦?

"雪岩,我倒想起一件事。"

"什么事?"

"雪岩,这次……我们可是帮了松江漕帮一个大忙,他们真该感谢我们。回到浙江,我们能不能不还松江漕帮的粮食?而还给他们钱……"王有龄的表情有些复杂。

"什么?不还粮食?"闻言,胡雪岩一怔,用严厉的眼神打量着这位好友。

王有龄点头道:"对!粮食留着,我们自己来做生意。你看行不行?"

"这怎么可以呢!"胡雪岩毫不犹豫地否定。

王有龄早已有了自己的想法,遂道:"你刚才不是预测粮价会暴涨吗?既然漕粮有钱可赚,与其叫别人赚,不如我们自己赚!你给尤五打个招呼,到时就不还他粮食了,大不了再多补他们一些钱。浙江库存的那批漕米,我们囤着,到时卖个大价钱。"

"那不行!"胡雪岩断然反对。

"为什么?"王有龄声音透着不悦。

"做官你不用心机不行!欺上瞒下,阿谀奉承,行贿受贿,乃至贪赃枉法,失格变节,只要能保住官位、有望升迁,你怎么做都不为过。"

王有龄听着这话大不入耳,嘬着牙花子道:"这我倒要领教了!"

胡雪岩瞅瞅有点不得色的王有龄,嬉笑道:"这话不用关起门来说——官场就这个现状。你自己就是花钱买的官,正经科考上了没用,这第一步就是走的邪路,你还能怎么正?你想正,你上头的官就会晾着你,你周围的官就会防着你。如果你觉得这粮台坐办的官做到顶了,不想再升迁了,你就先跟兄弟我打个招呼,我再设法去找第二个王有龄。"

话虽难听,却是实情。王有龄不吭声了。

看来得对这位儒生做些最基本的商场规则教育了,胡雪岩稍稍放缓了语气:"经商,面对各色人等;商场,直接跟平民百姓打交道,你得遵循商场上那些最正当也是最有效的法则!比如双方有利的法则;童叟无欺法则;诚信法则;以有通无法则等。经商,要有个好品格,做大商人大买卖,更要高品格。松江这十万斤漕粮,像你这么处置,绝不是江湖上的人所为。答应了松江漕帮的事,绝不能反悔,否则坏了江湖的规矩。常在江湖上走,讲的就是一个义气!言必有信,一诺千金,把友情看得很重,绝不干损害朋友的勾当。王兄,见利忘义,这种事我们可万万做不得哟!"

"哦……"王有龄沉吟着。

"虽说漕运渐衰,漕帮势力大不如从前;但地方运输、安全等方面,还非得漕帮帮忙不可。就说运河上沉掉的那艘船,漕帮不出面,谁去疏通它?同所有的人搞好关系,做生意就顺利;朋友少,路难行,朋友无,路不通!"胡雪岩又谈到生意场上的一个潜规则。

"官场经,商场经,看来各是一本经。为兄领教了!"王有龄若有所悟。

此时,船到一个名叫湖荡的小镇,因航道狭窄,船只众多,又一次发生堵船。船主挠头,撑船混饭吃的人最怕的就是封港堵船,但又无可奈何,便派几名船工上岸,购些新鲜蔬菜、时令水果,再添置些大米,以备不时之需。

购物的船工回船,无意中谈到一条消息,前番沉没的那艘官船上,有一位朝廷派下来的钦差,是微服私访调查浙江漕粮的,幸亏他没穿官服,没用仪仗,一口咬定自己是个行商。否则,袭击官船的人就逮到了一条大鱼。钦差大人吃了这番惊吓,当即在湖荡另雇一艘船,连夜赶回苏州去了。王有龄一听,忙问道:"听没听说这位钦差大人姓什么?"

船工只听说钦差姓何,其他都不知道。王有龄便决然道:"船老板!那我们也去苏州。"

"去苏州?王大人,去苏州方向不对哟。"船主有些疑惑。

"王兄,我们去苏州干什么?"胡雪岩也感到意外。

"雪岩,与其在这运河上绕,还不如去苏州会一会何大人……"王有龄自有他的想法。

随后,除章水祥上岸,找便船回杭州复命外,其余的人都随往苏州。

第十三回

谒钦差异水悲音行酒令
求靓女移花接木换男人

在松江附近遇险的果然是何桂清。

本来,奉谕到地方调查专案的京官必须轻车简从,不事张扬。但此时的官场什么消息不走漏?地方什么花样玩不出来?

微服私访的何桂清,在苏州竟有专用的钦差行辕。园子不大,是典型的苏州园林。青砖墙连着一道不显眼的院门,门首是一条官道,进院门是个轿厅,能容纳三五十名轿夫坐谈闲扯。轿厅两端高树掩映,树下点缀着危石曲径。入园之路,曲径逶迤,鲜花惹眼,藤草趣杂,意绪盎然。主人会客、宴集的雅萃楼,便在这一园景致的拥簇之下,集赏景、娱情、吟咏、浅酌诸般风雅于一身。

小溪一路浅吟低唱,或清流白石之上,或小溅飞花叠泉,或龙脊小桥横跨,或盆、石、花、翠斜屹,装点细浪轻波,潺潺流入石洞。碧波聚水为潭,临雅萃楼一方为直岸,余系曲滨。高大的船厅,经修竹、碧纱、青藤、花树装点,与飞凤亭构成临水游廊。人行廊间,如入花中、画中、水中、云中。

雅萃楼是风致园的主要建筑,又是风竹园东端的隔断,它与错落有致、别开生面的水石洞浑然一体。风竹园以竹为主,两端是行辕斋舍,青瓦粉墙,掩映在高高低低、重重簇簇的翠竹之中,几条幽深小巷,隐伏于防而不断、辟有灯窗的粉墙之下。其清雅古约,望之无不令人肃然。两端之间,有亭台、花坞、小桥流水。岸然危峙一尊晒经石,及香径露井,共同环护着幽中取幽的书斋。书斋一列,衔着抱厦。用精致的雕花槛窗,把一列分为数间,外面用抄手游廊联结。廊外翠竹依依,风送花香,一年四季,游廊皆呈绿色。抱厦三面稍开阔,依地建成花厅,四周长窗透空,最宜坐赏园内景致。

王有龄偕家骥一行四人,由傅晶领着,游赏至天黑掌灯时分,前面便传话过来,何大人在雅萃楼设宴为各位洗尘。因有女眷巧珠,侍卫、长随等一帮军牢快手尽皆回避,酒菜上齐,只留傅晶在旁斟酒伺候。何桂清布衣便帽,白袜云靴,首先举杯道:"有龄兄,天津一见,想不到我们又在苏州重逢了。"

"二位的缘分,真是深如河海。"傅晶忍不住在旁插言。

"桂公,幸亏上次在天津见到你,我才有今天。您真是让我两世为人的大恩人哪。"王有龄由衷地说着,感激地瞥了一眼傅晶。傅晶有些惶恐地笑一笑,冲他点了点头。

何桂清多少有些矜持地说:"哎,怎么能这样说呢,令尊才是我的大恩公!没有他,我这个云南小子怎会成为户部侍郎,常沐天恩?大概这就叫做生生相报,恩缘永续吧。"说着,他干了一杯。

王有龄陪了一杯,指着胡雪岩道:"桂公,这位就是胡雪岩!为了筹齐我进京的五百两银子,他是绞尽脑汁、多方假手,称得上是为朋友赴汤蹈火的高士了!"

"哦,我早已从有龄兄的口中听说了,今天才有缘见面,我当敬你一杯!你与有龄素昧平生,却做出了侠肝义胆的壮举,令人钦敬!"何桂清这下才细细打量起胡雪岩。

胡雪岩赶紧道:"惭愧!惭愧!没有何大人和有龄兄,同样也没有今天的我。何大人,我敬你一杯!"

胡雪岩与何桂清干罢,彼此举杯把杯底照了照,又叨请了傅晶一杯——倘无傅管家从中周旋,有龄与何大人岂不失之交臂?一圈下来,胡雪岩回头对巧珠道:"你也来敬敬何大人!"

巧珠是见过阵仗的,举杯对何桂清道:"民女巧珠敬何大人一杯!"

巧珠那穿着打扮,已令何桂清有些惊异。更见她面如芙蓉,唇若点丹,眉画远山,睛光流盼,不由得凝神多看了她几眼,询问道:"这么说,这位该是同样有侠义心肠的螺蛳姑娘了?"

"不,我不是……"巧珠一下子变得异常尴尬。真是贵人多忘事,巧珠刚才明明已自报了家门!

为了不影响气氛,胡雪岩赶紧道:"巧珠,还不快给何大人行礼。"

巧珠站起来欠了欠身道:"何大人万福!"

"这不是螺蛳姑娘。真正的螺蛳姑娘不知去向何方了,我们一直未能找到她。"王有龄在一旁介绍,又指着罗家骥道,"这位倒是螺蛳姑娘的弟弟,现在跟我们在一起……"

何桂清"嗯嗯"地应着,明显心不在焉,他的目光不时瞟向巧珠,有些情不自禁。

桌上的人都注意到何桂清的反常,傅晶看在眼里,起身道:"今日没有外人,难得何大人这么有兴致,大家不必拘谨,理当放开酒量,一醉方休。"

闻言,何桂清似乎更来劲了,举起酒杯道:"傅管家起个酒令,把大家的酒兴撩起来!"

何桂清毕竟是翰林出身,就是闹酒也挑了个文绉绉的样式。傅晶心内叫苦,似巧珠这等刚被"纳吉"的女子所见世面不多,就算懂酒令怕也不大上得了台面。只是何大人既已发话,还是行个令助助酒兴吧,遂道:"正规行酒令,怕有的会有的不会,这样吧,把六样寻常物品的名字写进纸团,每人一样。击鼓传花,花在谁手上,谁就拈一个纸团,不管拈到什么,先且唱支曲儿。不拘唱什么,拣你最拿手的唱。再打开纸团,看纸团上是什么物事,就说两句跟此物有关的话,状物性也行,说用途也行,诗词歌赋也行,俗词俚语也行。这样,既不呆板,又还新奇有趣,可好?"

"六样物事一定要寻常常见的,要是一味撇古,或是专拣皇宫里头那些金贵稀罕的东西说,谁接得上来?"显然,巧珠是见过行酒令这种形式的。

傅晶见巧珠并不外道,自然高兴,道:"就你来说六样,我来做纸团。"说着,他就近找来了纸笔。

巧珠上下左右溜溜,凝神想了想,一口气说了六样东西:玉珮、丝绦、镜子、短笛、鼻烟壶、鬃刷,还真是最平常普通的物事。傅晶做好纸团,叫来一个马弁,打楼下掐了一枝艳红的夹竹桃,又让他把厅角那只梆子鼓搬到外面走廊上,听他的口令把鼓急急风敲起来。

头一个没能把花传出去的居然是王有龄,他打茶盘里拈了个纸团,起身唱道——

  金风吹得梧桐落,对景伤情,怨奴的命儿薄。想当初惜玉怜香,与你同欢乐,到如今暖被生寒,奴独自过,我想痴了心又待如何?自从你闪下了我,教奴度日如年实难过,止不住伤心泪儿暗暗落。

打开纸团一看,上写"玉珮"二字,王有龄信口念了两句诗——

裙下佩瑶环,满头间珠翠。

傅晶暗忖:此物倒也与他般配,就是这支《寄生草》忒不是景儿。

二次鼓声骤停,花在巧珠手上。喝了酒,那明艳脸庞更加艳若桃花,刚要开口唱,傅晶道:"先拈纸团,就当占个物相。"

巧珠一双眼睛睛光灿灿地在茶盘里逡巡了几个来回,犹犹豫豫拈了一个在手,又飞了对座的胡雪岩一眼,唱道——

牡丹花儿春富贵,麝兰香在绣帏。酒仙花吃得那醺醺醉,玉美人独自一个双垂泪。叫声海棠共腊梅,又不贪花,花郎多咱成双对?又不知多咱与他成双对?

内中除胡雪岩外,只有王有龄听出这曲中隐含的意味来,微笑着看了胡雪岩一眼,叫巧珠打开纸团看看。巧珠打开看时,上面写着"镜子",众皆哄然称妙,几件物事,只有镜子是女人常用之物。巧珠稍作思考,念道——

南面而立,北面而朝,像忧亦忧,像喜亦喜。

接下来是胡雪岩,张口便唱了一支《山坡羊》——

鹏博九万,腰缠十万,扬州鹤背骑来惯,事间关,景阁珊,黄金不富英雄汉。一片世情天地间,白,也是眼,青,也是眼。

打开纸团看时,上写着"鼻烟壶"。座间只有何桂清携有此物,江南佳和之地,倒少这东西。胡雪岩偏知道的多,不假思索:作嚏惊天非常物,于细微处见功夫。

如此这般,最后一个是何桂清,一脸酡颜,连脖子都着了些熟透的龙虾色,眼见得有了六七成的酒意。唱一支《蟾宫曲》,摇头晃脑,乜斜着眉眼直对着巧珠——

寄襄王雁字安排,山岫无心,蔽月多才。目极潇湘,家迷秦岭,梦到天台。浮碧汉、阴晴体态,逐西风,遣散情怀。卷又还开,去又还来,雨罢巫山,飞下阳台。

唱罢,他抖抖衣袖,拈起那个纸团,眯缝着眼睛去看那两个字,巧珠自然记得,说是"丝绦"。何桂清也称得上是满腹文章了,张口便来——

鹅黄骊白错悬兮,逸飞以护尚方。

他又摆了摆手,意犹未尽,红眼睛冲席上的人一扫道:"我还有一首'席上偶得·集玉溪生句',你们都把耳朵堵上,这是专给巧珠姑娘的:流莺舞蝶两相欺,不尽龙鸾誓死期。肠断吴王宫外水,莫愁还是有愁时。哈哈哈……巧珠姑娘,听懂了吗……"

傅晶见他醉了,拿起酒壶装作斟酒,附在何桂清耳边道:"大人喝高了——"

哪知何桂清还在兴头上,大声嚷着"满上满上"!傅晶只得把大家的酒杯都斟满,给众人使眼色。大家七嘴八舌,说实在不能够再喝了。何桂清虽然意犹未尽,也只得作罢。傅晶送他回房休息,这里自有其他军弁收拾,安排他们在行辕内歇息不提。

夜深了,王有龄在斋舍的客房内读着凡行辕内能够搜寻到的朝廷邸报,有近期的,也有几年前的。边读边琢磨分析眼下的局势——朝廷发兵围攻镇江、扬州,太平军守得住么?倘守不住,它会分兵来经营浙江么?

正自徘徊,忽然响起轻轻地叩门声,王有龄问道:"谁呀?请进!"

推门进来的,竟是何桂清的管家傅晶,他笑道:"嗨嗨!王大人,你还没睡吧?恕小人前来打扰。"

王有龄热情地招呼道:"怎么能这样说呢?我还正想找你呢。你来得正好,坐,坐!"

"谢王大人,您坐!"说着,傅晶殷勤地为王有龄挪动学士椅,掇过茶盅自己并未落座。

王有龄倒有些不好意思,说道:"傅管家,你干吗一下子这样儿?我和你又不是主仆,我们是朋友嘛——"

"是,是!"傅晶点了点头。

王有龄只得起身拉他坐下,嘴里咕哝着一些旧事,随后将早已准备好的一张百两银票递给傅晶道:"一点心意,以表谢忱。"

傅晶跳起身来道:"不,王大人,我今晚来找您,可不是来讨赏银。"

"这我知道。这是我早就想给你的,你拿去置几亩地,或安个家,不能老是这么孤单一人。"王有龄按他坐下。

傅晶又跳起身来:"王大人,这我更不能拿。拿了,等于您在骂我!"

王有龄又按他坐下道:"这话怎么说?知恩图报,人之常情,这无非表示我王某的一点心意而已。"

"王大人,如果您真要表示意思,帮我办好今晚这件事,那就是对我的最大犒赏。"傅晶说着,站起身来,垂手在王有龄面前侍立着。

"说吧,什么事这样重大?"王有龄也不再客套拉扯。

傅晶不再彷徨了,从怀里掏出一张薛涛笺,双手递给王有龄,目光不再犹疑躲闪,而是满怀希冀地看定王有龄,仿佛他脸上有一艘满载的船,正待启碇扬帆,或是悠悠然正入港。

王有龄看那纸笺,是一首无题诗,诗前有一行未写完的字,可视为小跋:

宴罢思丽人倩影笑靥
无端余绪一丝丝,怅触停吟罢读时。
倩女孽缘偏遇妒,书生幻想易成痴。
泪多恐惹啼鹃笑,事隐难教飞蝶知。
偏欲忘卿忘不得,当窗红豆又相思。

王有龄读罢,不由得眉头打结,神色严峻,在客房里踱了起来。傅晶不安地搓着双手,跟在他身后道:"我在老爷身边伺候快十年了,各种女子见过很多,可从未见老爷对谁动过心。今晚,可能他多喝了一点酒,也可能真是对巧珠姑娘动了心,就一下子真情毕露了⋯⋯"

"这么说,桂公对巧珠真是情有独钟?"王有龄内心十分复杂,随口问了一句。

话已经挑开了,傅晶也没什么忌讳了,遂说了何桂清的一些隐情。原来,他考中了进士后,京城的一个高官把嫁不出去的女儿硬塞给了他。这个北方女子不光人高马大,容貌丑陋,而且性格出奇凶悍,同这位彬彬儒雅的饱学之士格格不入。因此何桂清常常出京公干,也是为了躲避夫人的凶悍霸气。但他长年孤身一人,既没有温柔女子的体贴,也没有子女的天伦之乐,是人生一大憾事⋯⋯"

"我明白!⋯⋯今晚你来,是桂公的意思?"王有龄点了点头。

傅晶慌忙道:"不,不,这是小人自作主张,你千万别同老爷去说。"

"既然何大人对巧珠有意思,我王某定当尽力促成。"王有龄思考再三,下定决心。他让傅晶暂回斋舍,他得去找胡雪岩商议。

星月暗淡。夜鸟啾啾,草虫唧唧。

王有龄和胡雪岩沿着花间小径,竟夜长谈。

王有龄的意思很清楚,他也知道胡雪岩看重巧珠。但是,要干一番大事业,就不能老是沉醉在温柔乡里,遂道:"要想做官,朝廷中不能没有靠山。何桂清可说是我们最大的靠山!我跟他还是总角之交,情义不同一般。这次,他又担任钦差大臣秘密到浙江查访,黄中丞见他也要矮上三分。今后,无论我们无论是做官或经商,不就是他一句话吗?如果他有一天能当上两江总督,有巧珠在他的枕边吹吹风,那我们还愁在浙江没有好日子过吗?雪岩,你就忍痛割爱吧……"

"我似乎有一种预感,打一开始就觉得巧珠不属于我。她太像螺蛳姑娘,我不能亵渎她,不能玷污她的玉洁冰清……可是,她跟随我到上海、到苏州,难道就为了今天?她会怎么想?我们能不能考虑一下她的感受?"胡雪岩沉默了许久,声音高了起来,分明有些激愤。

"巧珠姑娘甘愿做你的姨太太,可见她爱你之深。你呢,薄命怜卿甘做妾,伤心恨我未成名——胡某人要是腰缠万贯、紫绂加身头戴珊瑚顶子,弄个三妻四妾五房八房有何不可?又何来亵渎、委屈于人?自古就没听说过被皇帝睡了的女人会觉得委屈觉得自己下贱。你出身寒门,非贵胄血统;初涉商界,无名望无地位获利不丰;加上读书不多,跻身仕途官场无望;这才觉得同一个丫鬟出身的女子匹配会唐突、糟蹋了她。你已经非常替她考虑了,像你这样的男子,在烟柳繁华的南方已经很少见了。"王有龄的声音,在黑暗中听去显得平静甚至有些冷漠。

"你没明白我的意思,巧珠对我一往情深,如果她不愿委身何大人怎么办?"胡雪岩沮丧得只差要坠泪了。

"这就看你如何去说服巧珠了。你是早有盘算要将巧珠作为一件奇货可居、价值无比的礼物送给何大人或是浙江巡抚黄大人。否则,男人谁不像偷嘴猫似的?就说我王有龄,梁冰玉也算是气质如兰、千娇百媚,可我一到上海,就受不了花花世界的诱惑,拜倒在那些名妓、洋妞的石榴裙下。你胡雪岩就因为早有用心,所以才保留了巧珠一个处子之身。只有这样,你奉献给大人的,才有可能是珍品,大人们得到的,才是洁净无瑕的尤物、仙姝。雪岩,这是老天赐给我们的一个极好的机会,换了在杭州为官多年的黄巡抚,就不一定对巧珠姑娘着迷。黄巡抚为人不像何大人一样有品位,也不像何大人一样懂得知恩图报……"王有龄语调沉缓。

"别说了……"胡雪岩甩手打断了他的话,便陷入沉默。从理智方面说,他承认王有龄讲得有道理。但看到巧珠就使他想起音容渺茫的螺蛳姑娘!把年少貌美的巧珠送到一个她不爱的男人面前,就算她勉强答应,他也觉得自己像个拐卖妇女的人贩子。他在婚姻上的妥协,导致了螺蛳姑娘自毁式的"自卖",那是他脊柱五至七节上长的一个痛疽,隐隐作痛却又无法医治!

王有龄又说了些什么,胡雪岩一句也没听进去。原来他们于无意中已来到巧珠下榻的房前,但见晓月照栊,花影缭乱,一排精致的雕花槛窗,掩着寂寂一道绿没门,王有龄轻轻抚着他的肩头,沉沉道:"你不是情种,大丈夫要懂得舍弃!"又陪着他站了一会,方悄然而去。胡雪岩几番欲举手敲门,又把手放下了。巧珠应该不会像螺蛳姑娘那样吧?何桂清是何等人品?如此行事,会不会成为他心中又一个隐痛?倘把巧珠带回元宝街,素娟会有些什么举动……

天亮时分,巧珠开门出来,竟一脚踩到了坐在台阶上的一个人,差点跌倒,不由得发出一声惊叫:"哎哟!"

胡雪岩站起来,急忙扶住她。

"是你哟?怎么坐在台阶上?"

"我们进屋去,我有重要事情要跟你说。"

重把银釭剔亮,巧珠穿戴齐整,胡雪岩怔怔地望着她,一言不发。

"有什么重要事,你快说啊!"

胡雪岩咬了咬嘴唇,尽量让自己的声音显得平静:"有人看中你了,要留你在苏州,我们就此分手吧。"

"分什么手,我是你的人,你的姨太太!"巧珠叫了起来,她的声音尖利,带着愤怒。

"巧珠,我们两人从相识到相爱,或许一开始就注定只有分离的结局……"胡雪岩呆呆地说道。

"分离?为什么要分离?我不要分离……"

"何大人一见面就看中了你,要留你在身边。"

"那你不会回绝吗?"

胡雪岩咬紧嘴唇缓缓道:"这是无法回绝的。何大人是王有龄的大恩人,也关系到我的前程。他风流倜傥,年轻有为,官场前途无量。他有意将你金屋藏娇,你从此一步登天,跟着他可以穿金戴银,享尽荣华富贵!早晚间将你扶了正,你便是诰命二品夫人,这是天大的好事啊……"

巧珠一看胡雪岩的决绝神态,不禁感到深深的绝望:"这么说,我和你就算走到头了?"

胡雪岩点了点头："巧珠，希望你能明白我的苦衷……只希望你将来在何大人的面前，能多为我说好话，就不负我们这段有缘无分的姻缘了……"

"要把我送给达官贵人，你早就存着这样的心思？"巧珠目光凌厉地睃着他，语气不再那么尖利恶泼了。绝望常常会让人冷静，恢复正常的思考和判断。

"差不多。"胡雪岩又点了点头。

"打从官船上救下我，你就一直没有喜欢过我？"巧珠的声音益发平静。

"也差不多，你只是长得很像我一位青梅竹马的意中人……"

巧珠突然扑上去，"啪啪"给了他两耳光，再双手揪捽着他，又踢又撞，嘴里发出疯狂地骂詈声："你在干娘面前装得那么像，你把我带离松江，带到上海……你太有心计了！可我是个大活人，不是一件什么物品……你们男人都不是什么好东西，呜……"她忽然放声大哭起来，捂着脸，扑倒在那架描金髹漆罩式大床上，身子剧烈起伏着，涕泪横流。

胡雪岩没有久留，站了一会，目光从她充满诱惑的颈窝和脊背匆匆滑过，转身离去。只在走出房门的刹那间，他抬起一只手，悄悄拭去了溢出眼角的泪水。

回到杭州的第一件事，就是将府库存粮十万斤拨付给松江，连夜装船启运。王有龄修书一封，对尤五再三表示感谢。因浙江未直接受战事影响，此时粮价较一夕三惊的松江、青浦要便宜得多。胡雪岩探得明白，立即组织购进，并请尤五的漕帮专运，减少包雇船队、转埠运输、中途受阻等诸多麻烦。

这日，王有龄来巡抚衙门探问漕银之事。黄巡抚把他延入后堂，拿户部的部文给他看。说值此战事纷纭之际，浙江粮台频有漕粮入京，解决了京师的粮荒。皇上已颁旨下来，嘉奖浙江的"救急"之举。

王有龄赶紧声称道："这一是中丞大人主政有方，倘不是大人提携，属下何来这等一展身手的机会？二是僚属胡雪岩等堪称'能吏'，多谋善断，在湘、鄂、赣、皖、苏几断漕运的情况下，打通关节连番将大批粮食海运京师。"他着力将胡雪岩、尤五等推介了一番，并不贪功，这正是他做人的长处。

黄巡抚满面笑纹舒展，一只手久久抚着王有龄尚未厚腴起来的肩膀，着实夸奖了几句，正色道："这份诏令，也替黄某挽回了名誉，那些散布黄某在漕粮上'贪污'、'中饱'的谣言，也就不攻自破了。有龄贤弟，你不光是帮了我，简直是救了我啊！"

王有龄拱手连连道："哪里哪里，大人自清，岂有龄之可救！芳规芳躅，皆善行之可嘉，是中丞大人惕励自警，何侍郎具实禀告，这才黄河澄清，真相大白。"

"我与何大人毕竟是同年的进士,在官场上本应互相提携、互相照应,否则孤掌难鸣啊。听说他在来浙江途中受阻,暂时羁留苏州,你们这次没去看看他?"黄巡抚发出一阵大笑。

"去了,河道受阻,途经苏州,当然要去拜见何大人。大恩必报,人之常情。何大人说因粤匪之乱,他奉上谕,暂时不来浙江察访了。"王有龄倒是坦然。

"近日已有邸报下来,何侍郎实授江苏学政。这就好了,杭州、苏州近在咫尺,黄某随时可向何学使移樽请教。"黄巡抚诡秘一笑。

"是哟!我也在何大人面前禀明中丞大人的雅量。何大人要我回到杭州向您面谢,对他的嘱托如此放在心上。"王有龄得体地奉承道。

黄巡抚把脸绷紧了,回复到往日惯常模样:"王大人办事得力,救急有功,户部这次拨付浙江的七十万两漕银就不入藩司了,悉数交浙江粮台专用。"

"谢谢大人!"王有龄高兴得只差要跳起来,他手中有这么大一笔资金可以调度,什么事不可办,什么生意不可做啊!

见黄巡抚已经把茶盅捧到手中,王有龄赶紧告退。黄巡抚一直把他送到门口,压低声音道:"贤弟汇到福州的两万两银票,家父已经收到,多谢王老弟代愚兄尽孝。"

王有龄也压低声音:"不瞒中丞大人,提醒我的却是另外一个人。"

"又是你那位结拜弟兄胡雪岩?此人经商理财,倒也称得上是一位行家里手,为官为宦,更是一位怪才……"黄巡抚面露得意之色。

王有龄连连称是,他得赶紧把好消息告诉胡雪岩。

得漕银借鸡生蛋让肥水
比算盘堆花剪彩兴钱庄

回到家,胡雪岩把一大堆从上海买回来的洋玩艺儿交给妻子。

小女儿捧着面包,吃得满嘴都是奶油,这也罢了。可那些"妖形怪状"的玻璃首饰,蕾丝胸罩,素娟怎能接受?就算有这种心思,在婆婆面前,她也不敢把它们穿戴起来呀。

"妈要是知道你花这么多的钱买这么些不着调的洋玩艺儿,不动你的鞭子才怪。"素娟真是又好气又好笑。

幸亏婆婆上余杭他姨家去了,否则,看见这么个给拉磨的牛呀驴呀戴的"眼罩子",却要把它勒在胸脯上,老人家肯定拿剪子把它给绞了。

胡雪岩不以为然地晃动着二郎腿笑道:"见多了就不以为怪了,我在松江……噢,认的那个干娘尤老太太,她就待见这些花板眼洋玩艺儿。"

正说着,王有龄派人来请他在茶馆相见,说有事商量。

素娟伺候他换了身湖绉绸裤褂,青缎小帽,上面缀了颗琥珀帽正。远远地,见到王有龄长衫便履,已占据靠窗的雅座,茶博士正殷勤伺候着。

见了面,两人也不寒暄,王有龄通报了户部七十万两漕银直拨浙江粮台的消息,喜形于色道:"你不是早就想办一家钱庄吗?这七十万两就可作为你独自创办一家钱庄的本金。我早已说过,与其让别人赚钱,不如我们自己赚!有道是肥水莫流外人田,一旦有了我们自己的钱庄,这一次次购粮的款项,就完全可由我们自己来掌控、周转,其中的好处就不必让'开泰'、'大三元'去得了,你说对不对?"

"当然,虽然目前因为打仗的关系,银价常常有涨有落。但只要眼光看准,兑进兑出,就两面好赚,办个钱庄还真是个好机会!"胡雪岩胸有成竹,两眼放光,跃跃欲试地搓着双手。

"那就这么定了!"王有龄高兴地站起身,习惯地要与胡雪岩击掌为定。

胡雪岩举起来的巴掌又收了回去,王有龄一只手拍不响。他看见胡雪岩的脑袋晃了几晃,便帽的顶结像一条大鱼的圆口喋喋水面,有顷,胡雪岩仰起脸道:"七十万作本金办家钱庄,光放贷、汇兑、银价涨落,就有大利可图。何况这是稳赚不赔的生意,对我来说是好上加好。可对你有龄兄来说,风险、玄机可就大了……"

"只要你雪岩老弟能赚,我这一头你可不必考虑!别忘了,我在江苏、浙江都有靠山。"王胡龄打断他的话说。

胡雪岩举手在虚空中按了按道:"此事,容我盘算盘算再作道理。"

哪知他回到家中屁股尚没有坐热,"开泰"何掌柜便下大红帖子邀他明日游西湖,说有要事相告。胡雪岩心内有些诧异:开泰几次谢他,都没有这般张扬,此番明说有"要事相告",莫非为这大宗漕银之事?消息为何传得这么快?何掌柜又是从哪里得到的消息?难道"开泰"在巡抚衙门也安了眼线?有关银钱的消息,果真像古人说的"青蚨"一样,是生着翅膀到处飞的?若真如此,世间什么消息都是瞒不住的了!

傍晚时分,母亲从余杭姨家归来,身后跟着一个十六七岁的乡下姑娘,一只手臂上挽着一个包袱,一只手提着一口藤皮方箱。那一头乌云似的秀发两半分开,一左一右,垂髫尺许。她脸蛋红扑扑的,眼睛亮闪闪的,嘴唇红嫣嫣的。尤其衣衫下那一对乳房,如同藏伏着一对大白兔不甚安分,鼓鼓颤颤就似要破衫而出,把胡雪岩心内的邪火一下子就煽起来了——素娟也有过十六七岁吧,怎么就没人家这副馋涎死人的样子?母亲的声音在他邪火忽悠的天灵盖上敲了一记:"这是你姨表妹山菊,来,快见过你表哥、表嫂。"

山菊怯怯地走上前来,羞羞答答地唤了声"表哥表嫂",又把头低下了。

"你姨想让山菊就留在我身边,将来在杭州给她找一户好人家,你们当表

哥表嫂的,要多留点心。"

"有人下大红帖子请我,表妹明天跟我游西湖去……"胡雪岩嘻嘻一笑,见妻子素娟又把脸拉下了,又干笑两声,"几年前,螺蛳姑娘驾小船载着我跟有龄兄游西湖,在孤山脚下,有龄兄说孤山处士,妻梅子鹤,是世间第一种便宜人,我辈只为有了妻子,便惹许多闲事,撇之不得,傍之可厌,如衣败絮行荆棘中,步步牵挂。我说你在笑话我?有龄说,这话可不是他说的,是明代大文人袁中郎说的。你瞧!见了好地方、好景致、好姑娘,就连古人也嫌家庭拖累。亏他写了出来,我就是有此心,也没这个胆,有这个胆……"

胡母"咄"的一声打断了他的宏论:"什么文人的混账话你也拿来学舌?才将赚了几两银子你就口无遮拦起来!我们是规矩人家,不作兴混账文人、混账古人那一套。"

胡雪岩收敛起笑容,恭肃立定,连连称是:"孩儿就是担心被人请上雕舴画舫,歌舞一兴,那些妖妖调调的妓女往腿上一坐,孩儿把持不住,所以才拉了表妹跟我作保镖,以示漂亮女人,胡某见得多了。"

次日一早,何掌柜租了一辆马车,将他们表兄妹送到西湖边上。因游湖人多,只得与另外几位赏游者合租了一艘雕舫。早有一个抱着琵琶、拨着三弦的歌吹班子在甲板上演奏起来,山菊眼迷那吹拉弹唱,看得如醉如痴。何掌柜挑了个凭窗的座位,未开口,先递上了一张银票:"雪岩,这次到上海海运漕粮,你照顾我们'开泰'大大赚了一票,这点小意思,务请笑纳。"

胡雪岩把银票推了回去:"已经谢领了,何掌柜可不能把我当外人噢。"

何掌柜由衷地说:"话不能这么说,虽然你现在已不再是'开泰'的伙计,今后'开泰'还要多多仰仗你呢。"

胡雪岩连连点头道:"仰仗谈不上,何掌柜有什么事,尽管吩咐。"

"雪岩,你现在出息了,已攀上王大人这株高枝。听说,王大人主办的粮台有近百万的漕粮银可以动用。闲搁着多可惜哟,何不存到我们'开泰'钱庄来呢?我可以给你三分利的高息。"何掌柜这才切入正题。

"何掌柜的消息真灵通!真不愧是名不虚传的'铁算盘',脑筋动到漕粮银款上头来了。我告诉你吧,月息高低倒无所谓,但这笔钱是官银,随时要动用它来购买漕粮。倘随便挪作他用,或是误了京师漕粮大事,或是钱庄管理调度失灵,都是要吃官司的哟!"

何掌柜把银票一拍道:"这你可以放心!你们什么时候要用钱,就随时来提款,要提取多少就多少。反正'开泰'的底子你都知道。"

胡雪岩微笑着摇了摇头:"储户随到随时提取银子,这是钱庄的本分。浙江粮台这么大一笔漕银存放哪家钱庄并不是最重要的,我马上就能开办一家钱庄把业务做开。我最担心的,洪杨之乱已有数年,声势越来越大,这场战事对江浙的粮食市场到底会产生多大影响?还有,何掌柜从何得到朝廷有大宗漕银拨付的消息?"

何掌柜压低声音道:"茶博士秦少卿,他曾是宁波钱业的一把好手。"

胡雪岩"哦"了一声道:"有关漕银的事,待我回去和王大人商量商量,再作计议。"

"那就拜托了!拜托了!"

何掌柜有些忐忑地回到钱庄,和章大伙密议如何抓住胡雪岩、王有龄这两条大鱼。嗨,这胡雪岩乘画舫游西湖还把个年轻漂亮的表妹带去,原先准备的用美色拉拢的招用不上了。别看胡雪岩年纪不大,其心深不可测,胃口也不小。

"王大人不会轻易把七十万漕银放给我们'开泰',胡雪岩更是精通此道,他会同意把这笔巨款放给我们?"章水祥说罢,连连摇头。

何掌柜反诘道:"可上次去上海购粮,他不是把这笔业务介绍给了我们?这说明他人虽离开,情义还在。"

"掌柜,这个你就不懂了。上次是公务急,胡雪岩和王有龄刚接手粮台,手头的漕银不多,就利用我们的老关系。这样一转手,就让他们自己也发了一笔财。现在胡雪岩有一定家底了,自己也在做粮食生意,能把这么一大笔漕银转移到我们'开泰'钱庄来?我太了解他这个人了。"还是章水祥老于世故。

"难道一点办法都没有?"何掌柜百无聊赖地拨拉着算盘珠子。

章水祥摇了摇头:"除非老天开眼。"

老天没有开眼,胡雪岩却是睁着一只眼在睡觉!

王有龄初涉官场,立足未稳,把这么大一笔官银放在结拜兄弟的钱庄里会引人注目,没事也会生事。在浙省其他同僚眼中,王有龄是黄中丞的心腹,偏这位黄大人贪婪成性,官声不佳,王有龄要获得一个清廉公正的好形象,行事便不能不谨慎,尤其在银钱上头,还是远离些为好!而官兵同"粤匪"的这场战事,使长江中游数省漕运艰难,独浙江偏安一隅,水网密布,粮食生意及漕运定有着巨大空间。同时,又因百姓流离、人心惶乱,就银钱来说恐怕是存少提多。花在路上、花在吃用上、花在逃命上,总比存在钱庄里肥那些大佬要强。因此,胡雪岩决定,推迟建立自己的钱庄,一心一意做粮食生意。他对王有龄道:"我们可以名正言顺地向浙省藩司申报,把朝廷拨下的七十万漕银提取出来存在'开泰'钱庄。单独开户,另立账册,这样我们就独立了,也自由了。别忘了,还有三分的月息呢,这可不是小数目啊,嘿嘿……"

"以钱生钱,到时再建立自己的钱庄。"王有龄心领神会。

胡雪岩诡秘一笑道："我反复考虑过了。靠目前手中这点钱,本钱太少。直接动用漕银,目标又太大,会给你带来数不尽的麻烦。现在机会来了!放到'开泰'去,就是'借鸡生蛋'!朝廷的钱一分不少,个人又有好处。我要到各处去做粮食生意,也不必随身带着重重的官银,只要带一本薄薄的'开泰'银票,反正到各地的'开泰'分号都可支取。这不是一举数得吗?你呢,就稳稳做你的官吧……"

王有龄知道,胡雪岩把什么都设想到了,就连他的进身之阶,也给一级级一层层地大体设计好了。人的一生,能拥有这样一位朋友,是莫大的福分,可谓三生有幸啊!

接下来的几年,局势果然如胡雪岩所料想的那样,除了小刀会起义,在上海县、青浦一带闹腾了一年多,从杭州到松江、上海基本上是平静的。漕运通畅,粮食生意当属暴利,不数年间,胡雪岩就拥有了一个雄厚的家底!

大白天,茶馆生意清淡,桌椅相吊,空无一人。

茶博士坐在柜台边上,无聊地拨弄算盘,拨得一片山响。胡雪岩就在这一片清脆的算盘声中走进店来,惊喜地鉴赏着茶博士的手艺,如听仙乐:"嗬!茶博士,想不到你还有这么一手绝活。想当年,我胡雪岩在杭州钱业界也打得一手好算盘,同行送给了我一个'神算子'的雅号。茶博士,我和你来比试一下,怎么样?"

"比就比吧!反正玩玩。"茶博士显得无所谓,他把手中的算盘推给了胡雪岩,自己心闲气定地在一旁坐下,跷起二郎腿。

"你没有算盘,怎么同我比?"胡雪岩更加惊奇。

茶博士自负地说:"你用算盘,我心算。"

"什么,心算?"胡雪岩抬起头,用惊异的目光看定他。

茶博士眨了眨眼道:"对!我心算比打算盘还快。"

"啊?你还有这么个本领?好,来吧。"胡雪岩微笑着说,从带来的布包里取出一本账册翻开,"这是我最近去浙南做粮食买卖的明细账。从这页开始,我们一起算,看看一共赚进了多少银子。"说完,他便坐到桌边,拉过算盘,准备开始算账。

茶博士站到胡雪岩身旁,双眼直盯着账册,双手抱胸,一副志在必得的神情。

胡雪岩指下的算盘珠子如旋风般滚动,那声音让人想起金戈铁马、飒飒秋风,想起运粮漕船顶着疾雨劲风艰难行进。

茶博士的眼睛也在账目上不住扫描,目光如炬……

账册一页一页翻了过去,翻到最后一页,茶博士已离开桌边,转身去喝水了。

胡雪岩显然落后了,他把最后几笔账算完,仰身靠在椅子上问道:"好了! 你怎么样?"

"我早算完了。"茶博士没有转身。

"哦,一共多少?"胡雪岩有些惊讶。

"四万八千五百二十三两银子。"

胡雪岩看了看算盘道:"啊! 果然是四万八千五百二十三两……绝了! 真是绝了! 我这个杭城的'神算子'居然败在你这个'心算王'的手下。茶博士,你真是奇才啊!"

茶博士伤感地说道:"奇才、高手又有什么用? 落得今天给人泡泡茶、扫扫地,成了一个茶博士。"

"我能问你一个问题吗? 几年前——距我第一次上海之行没多久,你从哪儿得知朝廷已将七十万两漕银拨付浙江,并把这个消息通报给'开泰'何掌柜的?"

"我是从王大人的神情、只言片语中悟出来的,我是钱业出身,对这类消息特别敏感,王大人则是初入官场,不是那等喜怒不形于色的老官僚的做派。至于通报何掌柜,是受了'开泰'的委托,茶馆,是个消息来源最多最杂的地方……"茶博士并不隐讳。

胡雪岩一把抓住他的手道:"少卿兄! 你出头之日到了……"

"出头之日?"茶博士有点愣怔。

正在这时,王有龄走进茶馆,见状取笑道:"嘀! 你们在玩掰手腕游戏啊?"

"王大人来了,我给您泡茶。"茶博士连忙甩开手去取茶具,准备滚水。

王有龄问道:"雪岩,今天你约我来,是不是谈钱庄的事?"

"是。"胡雪岩呷了口茶。

"资金筹集得怎么样了?"

"差不多了。这次,我又到温州去做了一趟大米生意,赚了一笔钱。这样,钱庄开张的十万两银子的底金已经凑齐了。目前的当务之急,是要物色一个既要精通钱庄业务的理财高手、又要人品可靠的大伙计帮我打理钱庄的账目。这样,我才可以放心地把店里的业务交给他。这个人……"

"你是不是在动章胖子的脑筋?"王有龄急切地打断了他的话。

"不,章胖子当然是一把好手,可我们钱业有一个规矩:不能挖别人墙脚。挖走了人,等于挖走业务、挖走钱! 会为同行所不齿,我可不能干这种缺德的事。再说,'开泰'何掌柜也绝不肯放走章胖子。"

"那你……既要找理财高手,又不能在同行里挖,这样的大伙计,杭城到哪儿去找?"王有龄做为难状。

"也真是应了那句古话,'踏破铁鞋无觅处,得来全不费功夫',现成的恰巧有一个。"胡雪岩一拍桌子,伸手向前一指,茶博士正拿着大茶壶向他们走来。

王有龄大感不解道:"你是说……茶博士?"

"正是他!我留心他已经很久了,有道是'人不可貌相,海水不能斗量',别看茶博士现在窝窝囊囊,成天泡茶、扫地,当年可是宁波钱庄的一把好手啊!他也像我帮人做了一桩好事,坏了钱业规矩,遭到老板开缺。后来,连老婆也遭人勾走。"胡雪岩不再打机锋,在这个晴空朗朗的日子,他约王有龄来茶馆的意图已经很明显了。

"哦,原来茶博士还有这样的来历?他这个人很和气、善良,没有势利眼,在我落难时对我很是同情、照顾。"王有龄不禁感慨。

"二位还要点什么?"茶博士已来到他们桌前。

"要人。"胡雪岩一笑。

茶博士不解道:"人?……什么人?"

胡雪岩拿手一指道:"要你!要宁波'天字第一号'的理财高手,来帮我掌管钱庄!"

茶博士倒显得有些平静,缓缓替王有龄沏上茶,又给胡雪岩盅中续了一点水,习惯地拿布巾拭了拭桌子道:"胡相公,你在说梦话吧?开钱庄需要本钱,莫非你走了黑道发了横财不成?"

胡雪岩笑道:"不是发了横财,是贵人相助!"他与王有龄交换一下眼色。

王有龄道:"真的!雪岩要自己开钱庄了,正缺一把好手,请你去担任大伙!少卿兄,怎么样啊?"

秦少卿也是翻过跟斗的人,王、胡二位的发迹他是瞧在眼里,羡在心头。今日唐三藏过路,要将他从五行山下解救出来,心中如何不喜?遂正经看着两人道:"天上掉下这样一桩美差,我当然求之不得,怎么会不肯呢?"

"那就这么定了!从今以后,我们就拴在一起,同舟共济。"

两双手紧紧相握在一起,王有龄把一只手压在上面,看看二人道:"浙江漕粮,又获部文嘉奖了。"

一连几天,胡雪岩都在秦少卿的陪同下,在杭州城里转悠,欲选择一个合适的地址开办钱庄。

按照胡雪岩的想法,钱庄的店面一定要讲究。店面就是人的脸面,佛要金装,人要衣装,所谓天大的面子,地大的本钱,门面不壮不华,怎能吸引储户?

即使银库里剩银无几,店面也要显出内有雄兵百万的样子!

这天下午,他们终于选定一家转让的书画铺。地处一条古老大街的东段,不但门面轩敞,而且进深数丈,有扩充的余地。

钱庄的名字是王有龄取的,选"物阜民康"中的"阜康"二字。并由王有龄出面,请黄中丞题写"阜康钱庄"四个大字。黄是进士出身,他的字是拿得出手的。胡雪岩分派秦少卿和家骥往各处分送喜帖,一定要让钱庄开张的"堆花剪彩"办得隆重、气派,有看头!他自己则亲领一帮匠作师傅修房子、饰店面、封银库、种花草,以及购置用具、招收学徒,忙得不亦乐乎。

这天,秦少卿兴冲冲进来向胡雪岩禀报道:"胡相公,我已到城隍山上,找那个瞎子'范铁嘴'卜过卦,定在中秋节前一天开张,你说好不好?"

"范瞎子信口开河,不一定准。"胡雪岩还记着以前范瞎子那些不着调的胡话。

秦少卿不知这个典故,还是坚持道:"不管准不准,反正借中秋佳节的光,沾一点瑞气。"

此时,送喜帖的罗家骥回来禀报:各处送花篮、贺仪都已通知到了,就是去藩司费了些周折。胡雪岩一听,脸色陡变道:"藩司怎么了?是不是藩台贵福老爷不肯送?"

"不是!是贵福老爷家中出了点事,她那个姨太太上吊自杀了。"

胡雪岩对这位贵福老爷的态度是非常敏感的,因为他与黄中丞的矛盾很深。而这位满人权贵对"阜康"开张作何姿态,对浙省官场颇有影响。据家骥打听到的消息,说贵福老爷外出公干,人家送了他一只缅甸玉镯。回来被大太太看到,先下手为强拿走了。没想到让姨太太知道了,吵死吵活地向他要。大太太不给,姨太太一气便上吊自杀,幸亏发现及时,藩台老爷只好另给她一笔钱,让她消气。

听了这些,胡雪岩发着感慨道:"嘿!这类官眷的是是非非,多如牛毛,数不胜数。从抚台到知县,谁家眷属不争风吃醋?有几家太太不偷鸡摸狗?清官难断家务事……"突然,他惊喜地一拍大腿,"有了!我有了一个绝妙主意……"

"什么好主意?"秦少卿、罗家骥均围了过来。

"你们把抚台、藩台、道台、总兵、参将……凡是浙省官员,他们的太太、姨太太都调查清爽,开列一个名单。"

"干什么哟,胡大哥?"罗家骥十分不解。

胡雪岩得意地挤了挤眼道:"搞清楚以后,秦少卿,你给这些太太、姨太太每人发一本存折,给她们每人先存上二十两银子,就算我们钱庄白送。"

"什么?我们钱庄尚未开张,一个存户没有,钱也分文未进,你却要先白白

送出去几百两银子？"秦少卿有点傻眼了。

"对！你就照我说的办！"

秦少卿咕哝道："东家，你也太大方了！为了筹备钱庄，你费了九牛二虎之力才凑了十万两银子的本钱。这点底金在杭城只属中下水平，别人根本不买你的账。你还要这么慷慨，是不是……"

胡雪岩正色道："正因为我不甘心做钱业的小老板，才要把场面做大！省里这些大官倘若能为我所用，可借风驶帆，壮大钱庄势力，谁还认为我'阜康'钱庄本小利薄，不能做大生意呢？而钱庄先有了这批达官贵人作存户，面子足、台子大，一传二传开来，谁还怀疑我们'阜康'钱庄的信誉呢？"

秦少卿毕竟是个灵变之人，马上应道："那我马上去写空白存折。"

"还有，开张那天要把面子做足，场面撑大，让杭州人看看我胡雪岩的场面和派头。有面子才有银钱！人家看你银钱越多，就对你越信任。"胡雪岩又叫过罗家骥，低声叮嘱一番。

咸丰八年中秋前夕，胡雪岩的"阜康"钱庄在杭州珠宝巷开张。墙上的喜幛，门前的花篮，姹紫嫣红，流光溢彩，上上下下把个金字牌匾围在核心。"阜康钱庄"四个镏金大字，气势雄浑地俯瞰着珠宝巷攒动的人头，像越人崇拜而又喜欢瞻仰的傩面，总是在喜庆或者凶丧的集会中出现，让人心灵震撼。更兼爆竹阵阵，鼓乐齐鸣。在氤氲的烟气中，在飘飞的乐声中，浙江巡抚黄宗汉、浙江藩司贵福、浙江粮台王有龄、杭州总兵匡布等的贺仪、喜幛分外醒目，惹得围观的士民百姓把脖子都拉长了，把眼睛都瞪圆了，把嘴唇都撮僵了。

钱庄门前，高车驷马，冠盖如云。一顶顶红、绿拖呢轿子来到门前……吹打声中，接待人员不住通报来客的姓名、职务：

"粮台坐办王有龄王大人到——"

"官钱局总办鲁丛勘鲁大人到——"

"'开泰'钱庄章水祥章大伙到——"

胡雪岩迎进迎出，一边跑一边作揖："章大伙光临，有失远迎，不好意思。"

章胖子拱手连连："恭喜！恭喜！"

"欢迎！章大伙。"秦少卿立即迎了上来。

章胖子大大咧咧道："胡老板，像我章胖子这样现成的老黄牛你不要，却用了一匹秘而不宣的大'黑马'，把我们何掌柜都弄到云里雾里啦！"

"我们小庙能请得动你这尊大菩萨？更何况何老板也绝对不肯放你离开'开泰'哟。"胡雪岩打着哈哈。

章胖子一笑道："毕竟你是'开泰'的人，所以何掌柜今天特地派我送来'堆花'，给你们托托底。"

笑声中,章胖子挥了挥手,四喜丸子似的团脸和富贵绸马褂上的团花相互辉映。他身后几个挑着礼匣的脚夫忙将礼匣打开,一个白银大元宝出现在众人面前,耀得人睁不开眼睛。

秦少卿连忙递上毛笔,让章胖子在来宾簿签上:"'开泰'一万两。"

待章胖子念罢,秦少卿拖长声音吆喝:"'开泰'——一万两!"

罗家骥应和:"'开泰'——一万两……"

围观者不禁纷纷议论:"啊——一万两!光是'开泰'就一万两……"

"你看!白花花的银子,已堆得像座小山了。"

其实,各钱庄这类"堆花"就是为了撑门面,诱惑市民。待开张典礼结束,钱庄送的贺仪都得退回去。所谓经营钱庄的十六字诀:揽存放款,外通内空;信实通商,一诺千金。"开泰"此举,就是十六字诀中的"外通"二字。今日,"阜康"钱庄的柜台上,堆满官制银锭,白花花耀眼,诚所谓"银龙玉山辉望眼,无人不道看花回"!观者议论:"打我从娘胎生下来,一辈子没见过这么多银子。"

"嗨!金山银海,抵不上今天'阜康'的柜台!"

几乎谁都没有想到,瘸腿的武举人也乘轿来到"阜康",胡雪岩连忙上前搀扶,口称道:"武大人大驾光临,愧不敢当。"

武举人满脸堆笑道:"小胡,哦,不,不……现在该叫你胡老板了。以后,你不能再像在'开泰'那样,对我扶进扶出了。"

"不!恰巧相反。不管是'开泰',还是'阜康',只要我胡雪岩在店里,一定一如既往来照顾您老人家。"胡雪岩指着罗家骥道,"万一我不在,就由这个小兄弟来照顾您。家骥,快来见过武大人。"

罗家骥闻声,连忙过来搀扶,打千问安:"今后,小的一定会像老板那样照顾好武大人。"

瘸举人大受感动,连声道好:"胡老板,今天是你'阜康'钱庄的开张大吉!老夫一是来贺喜,二是把朝廷发放的养廉银全部改存在你的钱庄。我最相信你的为人,也信得过你开的钱庄。"说着,他从内袋取出数张别家钱庄的银票,"我存五万两!"

罗家骥高声吆喝:"武大人银票五万两……"

秦少卿重复一遍:"武大人银票五万两。"唱完,连忙入柜台,取一空白存折写下"五万两",再盖上印章。

胡雪岩当真有些感动:"武大人,谢谢您的支持!这是今天最好的一笔贺礼啊。"

观者不禁感慨,也暗叹这"阜康"的实力是何等了得!

二十多个存折,每个底金二十两银子,除了杭州总兵的家眷不在身边,存

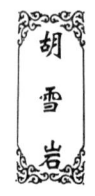

折送给了师爷,其余的都送给了那些官贵的太太、姨太太。仅这笔巨大的开销,就使钱庄开张的首日出现亏损。秦少卿皱着眉头,对于胡雪岩"小姐、太太的私房钱"理论,他是不以为然的。

不料钱庄开办的第二天,浙江藩司就送来一纸户部公文,称朝廷饷银吃紧,新近发行了一种官票,要各地钱庄派销银两,以保官票能够上市流通。

秦少卿认为"阜康"钱庄刚开张,生意还没好好做,哪儿有钱?所以未予理睬。可胡雪岩让他按部文的要求办,该认购多少就认购多少,否则人家会以为"阜康"一开张就显得实力不足。更重要的是,朝廷的事他们都得踊跃,亏本的事也得干!这是经商之道。

秦少卿辩白道:"东家,我担心这种官票太多,现银不足,咱们钱庄不是要蒙受损失吗?这种乱世,朝廷已经在乱来了,对下面巧取豪夺。钱庄这是打落牙齿和血吞哪……"

"朝廷的事,你不愿意也没有办法,以乱对乱,才能乱世出英雄!越是乱,就越有发财机会,今天亏损,明天或许就能赢利,这边月亮落下去,那边的太阳升起来,这是规律。"胡雪岩却很坚定。

第十五回

乱纷纷借银存银讲诚信
甜蜜蜜亲妹嫁妹斗机心

这天下午,秦少卿正低着头在柜台里算账,门外走进了花枝招展的、藩台贵福的姨太太美姬,后面跟着侍婢金子。

美姬打量着店面,声音极低极细:"这儿是新开张的'阜康'钱庄吧?"

秦少卿是从她嘴唇的翕动判断出她的问话的。再看她挽个螺黛高耸的如意髻,错金盘锦的花边栏杆,把件宁绸大裪镶裹得紧紧地。下面是一条十三丝罗曳地裙,弓鞋款款,描眉打唇甚是得体。他连忙上去殷勤招呼:"是这里。太太,请坐——"随后便朝里面喊道,"家骥,备茶!"

"来了——"罗家骥很快从里边端出一盅盖碗茶,一看是美姬,忙躬身行礼,"太太,请用茶。"

美姬见茶具、茶盘簇新锃亮,店面伙计装簇一新,这才翘起兰花指,先揭起盅盖看了看,轻轻慢慢掠去浮沫,撮起嘴唇抿了一口,算是湿了唇边,认可了这茶叶茶汤,方从手中富贵牡丹缠枝花满地绣小锦袋里掏出一个存折问

道:"这个……是你们钱庄的吧?"

秦少卿连连点头:"对对!不知太太是哪一位大人的宝眷?"

"藩司贵大人家。"金子这才自报家门。

秦少卿连忙点头哈腰道:"哦,原来是贵大人的太太,小的有眼不识泰山,万望多多包涵。"

美姬剜了他一眼道:"我们家从没在'阜康'钱庄存过什么钱,别是弄错了吧?"

秦少卿赶紧道:"没错!这原是我家胡老板的一点心意,二十两银子是送给夫人的一点见面礼,请勿见笑。"

闻言,美姬高兴起来,问道:"哦?那我想问一下,这存折中的钱能不能提取?"

"当然能取,立马能取。如果存着,利息照算,等于太太又立了一个户头,太太如若看得起我们钱庄,有不急用的钱,尽管来存,利息优厚,取用方便。"秦少卿立马巧舌如簧。

美姬释然,笑着说:"你们老板真是机灵!生意做到我们闺房里来了,真可怜他一片苦心。我这里正好有一笔钱不急着用,索性存到你们钱庄吧。"说着,她从锦包里掂出一张五百两银票,交给秦少卿。

"好!太太,存取自由,多少毋论,随到随办。"秦少卿高兴地说着,准备给她办理存钱的手续。

美姬又压低声音问道:"除了钱……金银珠宝、首饰古玩,能否存入?"

"我们可以代为办理。"秦少卿立即大包大揽。

美姬从金子手中拿过一个布袋,从布袋里取出一个小包,打开来一看,全是金银珠宝、值钱的首饰。秦少卿见状,立即轻车熟路地说道:"如果太太信任我们,鄙庄可派专人代你到这条珠宝街任何一家珠宝行去估价,折为银两。然后存入我们钱庄,你随时可以取用。"

"那就拜托你了,过几天我再来。"美姬高兴地朝在场的人扬扬手,带着婢女正准备出门。又一位太太也走进了"阜康",与美姬打着招呼:"啊,是美姬太太哟,怎么有空上这儿?"

美姬指着店面道:"这家钱庄刚开张,对我们内眷很客气!我来存点闲钱和首饰,表示回谢。"

来者是杭州知府的大太太,无论是男人的职位还是她正妻的身份,都不能输给这个为妾的小贱人是不是?于是,她有意提高声音道:"我也是啊!首饰这里也可以存的么?"

秦少卿没想到,钱庄开张不过一旬,官家女眷来存私房钱的人有这么多、数目这么大！少则几百两，多则成千上万两。而且一传十、十传百，那些没拿到存折的官太太，也来新开户头，并且各显神通，互相竞比，比谁富、看谁阔！

江东本富庶之地，殷实人家多，商户遍地。官眷这种暗地显富比阔，日子稍长又演变到商眷圈子里，她们也纷纷把贴己钱、私房钱、箱底钱存到了"阜康"。有道是"男人买箱子，女人管钥匙"，女眷多是当家理财的行家里手！在她们那里，钱庄经营的天地可大呢！

伙计帮那些太太们到珠宝铺估价折卖首饰，又引发了胡雪岩的当铺梦！这当铺与钱庄相关联，能把"死钱"变成活钱。现在天下大乱，人心惶惶，杭州、苏州一带的人纷纷逃往上海的租界。不少有钱人家带不走的古董、细软，都纷纷拿到当铺来低价典当，有的过期都不来赎取。当铺在这乱世，能发大财啊！不过，这只是他暗地里的盘算，暂时还没有把它付诸实施。

片片飘飞的落叶，仿佛归飞的乌鸦没能衔住的秋色，乱飞着让其滑落。夕阳的光芒，无力地拥着小山上那棵古树，渐渐也从那变得浓重静默的树冠上抽身，终于和开始萧疏的老树一起跌入杭城的夜色里。

藩台贵福满身疲惫、一脸懊丧地回到别馆，婢女金子赶紧端进了洗脸水，美姬为他宽衣解带、洗脸擦汗。见他神色有异，美姬问道："老爷，今天又受了什么冤气？看你一脸懊丧的样子。"时运不济，官场争斗，贵福自有他们的难受处。禁不住美姬的软语温存，贵福才咬牙切齿地咒骂了一通黄宗汉，说出原委。

几年前，太平军占领南京，黄宗汉有个心腹临阵脱逃丢了官职，便冒险做起了粮食生意，大赚了一把。受黄中丞指使，贵福挪用藩司库银三万两，交给黄那位心腹做粮食生意，说好了赚的钱黄和他平分。谁知事与愿违，太平军北伐西征失利，回师经营赣、皖，长江漕运受阻。黄那位心腹不光大宗粮食被太平军扣留，他的身份也着人家查明，要砍他的头。心腹双膝一软，就投降了太平军，还是替人干军需、军械的事，据说闹得很欢势，发大财了。但那笔三万两银子的亏折，还挂在贵福的账上。最近，朝廷新委的钦差大臣已抵达前线，一面督师，一面派人着手整顿吏治，查处趁战乱为非作歹的满汉官员，部文中特别提到"无能"与"腐败"的满员，要迅速"究办"。

"钦差来了怕什么，他黄宗汉也难逃干系！"美姬受贵福宠信，因此很多大事也能插言，帮他拿拿主意。

贵福软耷耷仰在椅子上，鼻孔里直出粗气，说姓黄的倒也不敢把他怎么样，因为他手里捏着黄的把柄，足可以把黄某置于死地，但他俩算得上是一损俱损。眼下他就遇到一道难关，他吃不准该怎么做？如何越过这道难关？

"不会是让你上前线督师吧？"

贵福神色黯淡，拿眼瞥瞥美姬，又伸出一只手，按住金子富有弹性的丰臀，叹一口气道："暂时还没到要我去送死这一步，但也只差一口气了。"他示意两个女人替他宽衣，"朝廷下旨，一切服从军事。我已被调往太湖前线，没准又是黄中丞在暗中捣鬼，表面上是保荐我去无锡的两江督军府担任藩司，其实是借刀杀人，将我推上太湖前线……前任藩司椿寿，就是因为没有理会他黄某人四万两银子的勒索，被他在糟粮解运的事件上狠狠整了一把，以致生路全失，自杀身亡。他虽说是抚台大人，其实是个一心搜刮银子而不体恤下情的小人啊。"

美姬担心地问道："那你有什么把柄被他捏在手中吗？"

"其他倒没什么……就是那笔做粮食生意的银两，我未能及时归还藩库。"

"那你想法赶紧补上哟。"美姬也有些急了。

贵福焦头烂额地摊了摊手道："我一时上哪儿去筹这笔钱哪？唉！千里做官只为钱！交接时，这三万两银子的亏空如不设法补上，后患无穷，只怕我也要重蹈前任藩台椿寿的那条道……"

"补上，你就会没事吗？"美姬一边宽衣一边思考着对策。

贵福把金子揽进怀里道："那当然。大凡升迁交接，前任亏空公款司空见惯。只要弥补及时，神不知鬼不觉，就会安然无恙，仍可落个'廉洁清正'的好评。"

"那你快想法花钱消灾呀！"美姬叫道。

贵福看了她一眼，试探地问道："你有这么多私房钱吗？就算借我。到了江苏以后，我一定设法还给你。"

"我哪有那么多钱呀，不过……我可以帮你想个办法。"美姬分明有些犹疑地说道。

"什么办法？快说出来听听。"贵福闻言有些高兴。

"到'阜康'钱庄，找胡老板借。"

贵福初始还高兴了一下，接着便把头摇得像拨浪鼓一般："三万两不是个小数目，有道是'平素无来往，新春少拜年'，我跟姓胡的缺少交情，急难时候，他不会理我。"

"试试看吧！依我看，这种时候，只有他这样的人才有可能给你救急。你的那些狐群狗党，只会一哄而散，逃得远远的。"

"嗨，人倒霉，喝凉水塞牙，放屁砸伤脚后跟……"贵福像个泄了气的皮球。

"'阜康'是我们惟一的希望,明天我陪你去找胡老板。"美姬倒是不失信心。

次日,贵福和美姬乘坐马车来到"阜康"钱庄。美姬说明来意,贵福并不管忌讳不忌讳,也不顾场合,又把黄宗汉骂了一通。胡雪岩也不着边际地劝慰了一番:"藩台大人荣升两江督军署要职,实为大喜事,今日贵人临贱地,小号不胜荣幸之至。"

他让那夫妻俩小坐稍等,自己与秦少卿入密室商量。秦少卿为难地拨拉着算盘珠子:"东家,这种借贷用意不言自明。不早不迟,偏偏在钱庄开张不久的节骨眼上。再说,弥补官老爷亏空的银两,好比填无底洞,前任账册一清,后任完全可以不认账,到那时可就苦了我们钱庄。"

胡雪岩思忖着问道:"你担心贵福一走了之,不还这笔债?"

"东家,你我都是吃钱庄饭多年的人,这种例子还见得少吗?不少资金、实力有限的钱庄,在威逼之下替官老爷去填补亏空,结果落得个关门大吉。教训太多了!你借钱给这个离任藩台,人家远走高飞,你鞭长莫及,岂不是拿钱往水里打水漂?"

"你说的不无道理,但我听说贵福不是一个欠债不还、耍赖皮的人,他是个耿直的北方硬汉,只不过有些粗横。现在他要调任,不想将自己的把柄留在黄中丞手里,才来求我们救急。所以我决定冒一次险,再烧一回冷灶!"胡雪岩已有应允之意。

秦少卿却是苦口婆心地劝道:"东家,他人都要走了,你完全可以用本号'创业未久,根基太薄'几句话应付过去。何况"阜康"现在账面上的头寸也不过四万两银子,如果给他三万两,那就所剩无几了。唉!你何必为这样一位凉茶主苦心调度呢?"

胡雪岩力图要说服这位门槛精。贵福其人在浙省官场上是个虎死不倒威的重要角色,能量、影响都很大。但这官场上的明争暗斗、尔虞我诈,又不能跟秦少卿明说,不管怎么着,他得保王有龄这杆旗啊!那就就生意说生意吧:"调度、调度,做生意讲究的就是调度。所谓'调',就是调得动;所谓'度',就是有预算。生意要做得活络,就是能巧妙地将银子调来调去。少卿,你就想法子调动一下头寸吧。"

"这样调度……别的钱庄可是从来不干的啊。"

"人家不干,我们干!这些日子'阜康'不就这样干起来了吗?不光干人家所不愿干,甚至还要'倒行逆施'、'离经叛道',钱庄的生意才能做得活、做得好,'阜康'才能闯出大名气。秦大伙,就闯上一回吧!"胡雪岩态度坚决。

秦少卿勉强同意,突着嘴脸开出一张三万两的银票。

那贵福已如热锅上的蚂蚁,在客厅中不安地走来走去。他硕壮浑圆的身躯似突然萎缩,平常挺直的腰板,今日变得佝偻,有些酸软乏力,甚至还有些隐隐约约的刺痛。他粗重的眉毛跳了跳,目光有些凶狠地落到了美姬身上道:"我跟姓胡的皮不沾胯,这种时候他躲还来不及呢,咱走吧!"

他俩刚要挪脚,胡雪岩大步流星进了客厅,将银票奉给他。贵福简直不敢相信自己的眼睛,他看了看银票,又看了看胡雪岩带着微笑的脸问道:"你不怕我老贵跑回科尔沁去流哈喇子?"

"神仙也有作难的时候。"胡雪岩笑得静静的。

"好,胡老板,这下我才真正认识了你。"

"我听到传闻,黄宗汉题写'阜康钱庄'的店名,你送给他四千两银子的润笔费,我说你拍马屁拍得挺高明啊,能拍出'一字千金'的掌故来……"闻言,美姬发出"格格"的一串艳笑。

贵福的身板又挺直了,精气神又恢复了原状:"说这些陈芝麻烂谷子的事干啥,咱不耽搁胡老板了,走吧!"

胡雪岩把他们送上大街,贵福驻足看了看,忽然有些伤感道:"我一直在杭州为官,今日个就要离开杭城了,还真有些舍不得。胡相公,荒费你几个时辰,你陪我老贵逛逛!这些老街老巷,多少年来都叫仪仗官威一路吆喝着没进我这眼眶子……"

胡雪岩赶紧道:"愿意奉陪,愿意奉陪。"

钱庄里,秦少卿又处理了几桩零星业务,正两眼望天、眉头打皱,思谋着再从哪儿拉些头寸进来。忽见罗家骥一脸惊慌、两脚如飞进了店面,几步蹿到秦少卿身边道:"秦大伙,那个'太上老'又出现了。"

秦少卿离开柜台,立在槅扇影里朝对面打望。对面有条小巷,一个绿营小官佐在巷口来回踱着,身穿托肩云褂,手按绿裤腰刀,足登软底战云靴,头戴瓦楞红缨帽。他来回走动,不时投给钱庄一瞥,那目光阴沉沉的,分明不怀好意。

秦少卿禁不住心内抖了一下。近半年太平军有一支人马杀入浙江,清兵四下里围追堵截,屡吃败仗。败兵劫掠商铺,奸淫掳杀到处发生,而大小钱庄则是他们劫掠的首选。

家骥说他还看见巷子里藏着几个军不军民不民的人,脚下好像还有些箱箱笼笼的,实在有些奇怪。

"情况不妙!家骥,快!快做好准备……"秦少卿脸上出现惊惶的神色,他急忙回到柜台,拉开抽屉,收拾银两、钱票、账簿,同时派人立即去找胡雪岩。

家骥刚出门就退了回来,急道:"不好!他朝我们店里走来了……"

小官佐已穿过街道,大步朝这边走来。秦少卿顿时脊背发寒,大颗冷汗顷刻从两鬓、前额滚落,瘦削的两颊阵阵抽动,更加手忙脚乱起来。

小官佐已出现在门口。抽屉"嘭"地关拢,长锁锁上,秦少卿脸色苍白,呆滞地望着清兵。

"谁是老板?"小官佐开口问道。

秦少卿急忙回道:"老,老板不在……有事请你明天来。"

"胡说!我明明看见他一早就进了店。"小官佐大喝一声,说着大步就要往里走。

罗家骥伸手阻拦,被他一把推开。秦少卿哆嗦着嘴唇,颤着两腿从柜台里边走出来,努力提高声音道:"大人!我是'阜康'的大伙,掌管全店,有什么事可找我。"

小官佐执拗地说:"不!我就是要找你们老板!当面和他说。"腰间,那把战刀在威风凛凛地不住摇晃。

"那——我派人去找……"

秦少卿正说着,胡雪岩一步跨进店来,目光一扫,抱拳一拱道:"哎呀,大爷光临小店,有失远迎,抱歉!抱歉!"

小官佐闻言,脸色稍缓,说道:"你就是大名鼎鼎的胡老板吧?我留意你已经好些天了。"

胡雪岩脸上掠过一阵惊惶,但还是克制住自己,笑脸相对道:"大人有何见教,请说。"

"能不能找个僻静地方?"小官佐拿眼四下一扫,稍稍放低了声音。

胡雪岩心上打鼓,两腿发软,心想难道乱兵"请财神"的灾难真落到自己头上了?他暗叹一声道:"小号刚刚开张……我和大爷后堂去谈,怎么样?"说着,就陪小官佐向后堂走去。

秦少卿紧张地对罗家骥咬耳朵:"这几天,杭州的清兵都要上前线,军心大乱……说不定,这个家伙要打东家的主意。你快去盯着点,千万别离开东家身边。"罗家骥点头,急忙跟了进去。

后堂虽不轩敞,尚属清静雅致。墙上挂着几幅字画,其中有一幅王有龄的《西泠烟雨》,颇为醒目。尤其是画上梁冰玉的《西湖诗》云:平湖初涨绿如天,荒草无情不记年。犹有当时歌舞地,西泠烟雨丽人船。诗具韵味,字极工整秀丽,别有一番绮奇嫩柔之风。

也许是这诗情画意、清静雅致感染了小官佐,一进后堂,他便叫胡雪岩不必紧张,自报家门道:"我叫罗尚德,是绿营三营管带的副前锋。早就听说胡老板仗义救助王有龄大人的故事,只是无缘相识。现在,你们钱庄开张,我冒昧

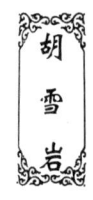

来访,有一事相求……"他正要说下去,见罗家骥端茶进来,连忙煞住,脸色又恢复到原先模样。

胡雪岩对罗家骥道:"茶放下,你先出去,把门带上。我和罗大人有要事相商。"

罗家骥放下茶盅,很不放心地打量了罗尚德一番,这才退出去,拉上了门。

"罗大人,现在你说吧。我手下的人都很可靠,你尽管放心。"

罗尚德定了定神道:"好……胡老板,今晚我就要离开杭州上前线了,临行前有一事相托。"

胡雪岩不动声色地问道:"前线?能告诉我大概在什么地方么?"

罗尚德顾不上什么机密了,遂道:"太湖方向,上司命令我们要把太平军阻击在太湖之北。实际上,太湖之南的湖州城,太平军都进出好几遭了。现在谣诼纷传,人心惶惶,但无论如何,总是凶多吉少。"

胡雪岩劝慰道:"罗大人不要这样悲观,说不定吉人天相,老天会保佑你,平平安安活着回来。"

"恐怕难逃这一劫……"罗尚德摇了摇头。

胡雪岩料想他是要上前线的人,多半是钱财之类相托,摊上这么个外忧内患、动乱不已的时月,这些当兵的也不容易,遂道:"罗大人有什么事,尽管吩咐。"

罗尚德这才交了底,他们一个乡出来当兵吃粮的四个人,数年中已结成生死弟兄。自他提拔当了这个小官以后,他们瞒着上司,把积攒下来的兵饷凑在一起做生意,总共赚了上万两银子,此外,还有弟兄们的几口箱子,里头装着衣物、大烟膏、辨别不清的古玩玉器。现在要上前线了,营里的管带让大家把手中的钱、财、物都交给他的小舅子保管,他们怎会上这种当?

闻言,胡雪岩大为惊喜道:"你是想把这些银两、衣箱存在我这里,是不是?"

"正是!"罗尚德点头,然后犹豫了一下问道,"胡老板,但我有一个请求,不知能不能办到?"

胡雪岩拱手道:"请说。"

"如果我们能活着回来,钱物会自己来取,利息一分钱不要。但如果战死,这一万两银子能否请你们钱庄帮我汇到家乡,转给我老母,再由我家中分发到四位弟兄家中?"

胡雪岩大喜过望道:"就这么一件小事?我们完全可以办到!包括那些衣箱,请罗大人放心!钱庄就是要保障每一个储户的钱财安全可靠、万无一失。"

"真能这样,那就太谢谢胡老板了。"罗尚德一揖到底,然后拉开门去叫巷子里那几个弟兄,正贴门偷听的罗家骥不防有这一招,一跤跌了进来,惹得伙计们一阵大笑。

不一会,几个兵士将几口木箱抬了进来,其中两口装着银两。除了少数成色十足的官锭,大多数是杭锭、杂银,甚至还有川银和五两一锭的汉钞。罗尚德抱歉地说道:"成色太杂了,还请见谅。"

胡雪岩大度地挥了挥道手:"按十足纯银计算,一万两凑个圆满!"然后给那两口装衣物的箱子加封上锡。

"胡老板,一切拜托了!末将就此告辞。"说罢,罗尚德转身欲走。

秦少卿大喊道:"等一等,我给你一个存单。"

罗尚德挥了挥手:"不必了。"

"那我给你写个凭证。"

"更不用了。胡老板,我是相信你的为人才把这些东西存入你的钱庄。万一我战死在沙场,存单、凭证又有何用?我又不会再来提取。别人来冒领,我想你们也不会给他是吧?"

胡雪岩神色庄重地说道:"是。但你总得告诉你府上地址,以便我们转送给您老母亲啊。"

"我倒忘了,那箱盖里面留有地址:金华府……东阳县,后山村……罗葛氏……"罗尚德苦笑了一下,已哽噎着说不下去。说完,他猛抬头,抱拳作别,大步而去。

罗尚德敢吃螃蟹,军中有不少人仿效,不顾长官的呵斥白眼,纷纷将手中的银两、贵重物品存进钱庄。秦少卿忙得脚不沾地,一一给这些上前线的士兵料理善后。

这天下晚,胡雪岩陪秦少卿喝了几盅黄酒,回到家中,天已黑定。酒后身子发躁,他搬了张竹躺椅到后院,伸开疲乏的四肢,舒坦地躺到那一团凉意上面,他一边摇着芭蕉扇,一边打量正在奔跑嬉戏的女儿荷花。

"荷花!到爹爹这儿来——荷花……"胡雪岩连唤几声,女儿不理不睬,只顾独自玩耍。

正往地上洒水的素娟看到这一幕,说道:"谁叫你长年在外!每天回到家,女儿早就睡熟。成天不见你的踪影,女儿当然不认识你了,还能同你亲热吗?"

"前些日子钱庄开张,我忙得不可开交,哪里还能顾得上这个家哟。今天跟少卿商议妥了,以后钱庄的值夜,就由他来监管。他也没个家,在外也是租房一个人住。"

素娟揶揄地笑道:"谢谢胡大老板开恩,赏给我们一个晚上。荷花,到你爹

身边去亲热地叫上一声,亲他一下。"

荷花很不情愿地走了过来,轻轻地叫了声爹。

胡雪岩很高声地应了一声,一把将她搂住,吻了她一下:"我的乖女儿!"

"口水!喷得我满脸口水……"荷花不住用手背指擦,咕哝道,"难闻死了。"随后跑出了后院。

素娟预想着夫妻间的这个夜晚,温情地看了丈夫一眼道:"我去给你准备洗澡水。"

夜凉如水。银蓝色的夜空,不再像刚黑定时那般幽渺,它正悄无声息地向大地俯靠,离人们愈来愈近,也逐渐变得明亮起来。那种透明和澄净是秋天特有的,尚没有露脸的月光先声夺人,连飘浮的云翳也被它吸摄了,羽化了。大地由混沌变得模糊,由模糊变得清晰。院子里的井台、太湖石、墙边几丛美人蕉,一片荒芜的兰草,西北角上那棵硕果累累的皂荚树,全都开始显现,有棱凸有皱褶,终于立体地进入人的眼帘了。

山菊从后院的小耳房里出来,一只手拎着一只大脚盆,另一侧的腋下挟着一只圆篾篮,里面塞满衣物,来到井台。她刚刚浴罢,秀发如瀑,胡乱地披覆身后。月白布无领窄袖衫,过膝雪萝花撒管睡裤,跋着杭城女子夏季特有的棋楸底便鞋,望去十分清新可人。

"表哥回来了?"这话既是招呼,也是问候,充满惊喜,满含欣悦。她放下脚盆,挑选着篾篮里的衣服扔进盆里,是仔细又讲究的分类洗涤。

"你们还有换下来的衣服吗,交给我吧?"山菊又问道。

"你先洗着,我还想歇歇。"胡雪岩坐正身子,饶有兴致地打量着丰满的表妹,发现她成熟了,甚至有些熟透了的感觉。当她弯腰从井中汲水的时候,两座迸挺的乳峰紧紧挟着褐色的乳凹,从月白衫里凸现出大半,像两座银光闪烁的雪峰。她丰腴的脖子,像舍利塔顶上的装饰净瓶,在幽暗中和那对迸挺的乳峰发出一片炫目的光辉,诱引着胡雪岩走上井台。

"我来帮你打水——"怜香惜玉?见色起心?好色不淫?爱美之心?那身体和她摩擦碰撞,哪怕是极轻微短暂的,都令他的心一阵战栗。他突然抓住表妹的一只手,轻轻唤了一声"山菊"。山菊顿时像一只温驯的小绵羊贴紧着表哥,任他爱抚,任这个男人去感受一个成熟女子的韵致与活力。

从耳房里,但也许就在后院忽然传来一声咳嗽,当他们惊恐回望的时候,素娟就立在檐下的暗影里,声音分明已经有些凛冽了:"你们干什么呢?洗澡水都凉了!"女人的防范是严密的,但处理这件事无疑又是很聪明的,看见了却装作没看见。

"表哥——帮我打水呢。"

胡雪岩没料到山菊的反应比他还快,心里暗暗快活着,胆粗气豪高声道:"我正要撮合表妹一桩婚事呢,说出来你也帮忙参考参考?"

"山菊花骨朵似的嫩得出水,你舍得呀?"素娟的声音含着讥讽,从声音就能推断出她的神情乃至内心。

"迟早她得嫁出去,了却娘一桩心事,也省得你不放心。"胡雪岩半真半假,巧妙地予以回击。

素娟醋得心绞痛,但对方转舵改了弦,她也不便纠缠,顺着他的口风道:"那你说说是哪户人家?小夫婿是谁?"

"就是账房先生秦大伙秦少卿。"胡雪岩放缓语气,看来他是早有盘算,绝非心血来潮。

素娟多少吃了一惊,问道:"他?……你说那个茶博士?"

"他现在可不是茶博士,而是"阜康"钱庄的大管家。如果再让他娶了山菊,我们就成了亲戚,那他就会更加死心塌地地为我做事。这样,我就可以把整个钱庄放心地交给他。这岂不是两全其美?"

山菊到底有些害羞,再说什么茶博士饭博士,她哪儿知道!她提起圆篮离开后院,又慢慢踅回小耳房,支棱起耳朵偷偷听表哥表嫂议论。

素娟倒是挺实诚,至少,她对茶博士的能耐还不十分了解,便有些疑惑道:"这个姓秦的表面看去倒还老实。就是年纪……怕要大山菊十来岁,听说还有过老婆……这样,山菊是不是太吃亏了?"

胡雪岩挥了挥手道:"我得去打理别的生意,钱庄一定要交与一个可靠之人。少卿在经营钱庄上是一把好手,为人就算有些毛病,山菊肯定能挟管住他。别老想着老牛吃嫩草爽口,自古老夫少妻,那老丈夫少有不患'妻管严'的。再说,山菊嫁给一个'天字第一号'的账房先生,也委屈不到哪里去。"

"谁能盘算过你?这事,你赶紧同娘去说吧。"素娟也由衷地松了一口气,在这个越来越兴旺、越来越富有生气的院子里,她又去掉了一个看得见的隐患。

第十六回

剁贪心略施小会收开泰
重信誉大展宏图益阜康

淫雨霏霏。

却在细雨秋风中传来好消息,一是浙江粮台又获户部嘉奖,二是王有龄荣升湖州知府。

消息来得突然,想想看,王有龄由候补"盐大使"到从六品粮台坐办的实缺,不过三四年光景,就擢升为湖州地方官,不光王有龄感到突然,就连在暗中使劲的胡雪岩也觉得快了点。

浙江粮台坐办的职务由谁接替?这是一个陡然面临的难题。这是个肥缺,暗中打点、跑官、上下奔走行贿的大有人在。最终花落谁家?这场粮台之争内中谁是关键人物?现在还不知道。

天空亮了,阴云薄了,有一片云絮垂拂的蓝天,煞是精神地从云层中挣了出来,投给杭州城一片云开日出的秋光。因天边暧䴢的黑云映照,这晴光甚是耀眼,就连多日阴湿的街面,也能感受到秋阳的眷顾,当阳的地方,竟一点一点地开始泛白了。

胡雪岩腋下挟一把伞,月竹布衫上尚染着雨痕,一个人踽踽独行。他沉思的目光越过车水马龙的街道,穿过叠椽架屋的各类建筑,投向远方,投向王有龄即将掌控的湖州!

"雪岩老弟……"章胖子突然横在他面前,一只手举着伞,腋下还夹着厚厚的账簿,"我叫了你好几声,你那耳朵打蚊子去了?"

憔悴!胡雪岩定住神,不知为什么,笑容可掬、高大白胖的章水祥给他的第一眼感觉竟是这样的莫名其妙。是不是出什么事了?

附近有家茶馆,章胖子邀他进去坐坐:"你好像心事重重的,还在为昨天的事不高兴?"章胖子开门见山,显见得是真诚相待。

胡雪岩当然为昨天的事气恼。原来,昨天是杭州钱业公会一年一度的年会,"阜康"首次受邀参加。不料去得会馆,平素一律长袍马褂的大小钱庄老板竟一个个头戴顶子,身穿花花绿绿的官服,足登皂底朝靴。嘿,都拿银子捐了官了!更可气的是年会有官职的才准坐,没官职的只能站,连他这个杭州城最有实力的钱庄老板也只有站着,看着官们"看座"干瞪眼。

"你咋不捐个顶子戴戴?你又不是出不起银子!"

"先前我还有些犹豫,我做生意,就是物生利、钱生钱,经过昨天这档事,'阜康'要在各地建立分号,我没个虚衔就没有面子,连昨天这样的小台面都上不了。那就买他一个,也弄个候补虚衔干干。"

两人一边说话,茶博士送上茶来。章胖子显然无意于茶,压低声音问道:"王大人新任湖州,按惯例,他得与接任粮台办理交接,结清所有往来账目。倘新粮台问起存在'开泰'的七十万两漕银,当如何应对?"

胡雪岩不假思索道:"朝廷下拨的漕银存入钱庄包括'开泰'无懈可击。按惯例,其中三十万两可长期入存,粮台不可能全部支取。其余四十万两则是随时提取,万不可挪作他用。这不是事先都说得清清楚楚、写进了契约的么?"

章水祥哎哎连声:"知道!知道有这惯例。可时局不稳,太平军李秀成部在浙江游走不定,闹得人心惶惶。时局不稳,逃难的人多,准备外逃的人也多,来钱庄借钱的人真是如过江之鲫,何掌柜放了不少高利贷,这王大人又不知何日成行?"

"早着呢,粮台坐办不到位,双方不能办理交接……"胡雪岩挥了挥手,突然有些警觉,问道,"'开泰'日常存留的银两是多少?"

"这……都由何掌柜亲自调度,我也不十分清楚。哎唷!我肚子疼,要出恭!真不好意思。"章水祥说着,竟拿眼去看胡雪岩,仿佛要待他批准。

"那就快去吧。"胡雪岩似有所悟。

　　章水祥放下账簿，匆匆离去，胡雪岩的目光立刻落到这个账簿上：天津蓝布封皮，白霜霜薛涛纸，这是"开泰"的总账哪！胡雪岩犹豫了一下，速捷地打开账册，一页页飞快地浏览着——这可是钱庄的最高机密！天哪！"开泰"的底金已不足十万，不足十万哪！

　　听到响动，胡雪岩赶紧将账册放回原处，仰脸作沉思状。

　　章水祥回来，一边系着裤子，一边还在道歉。

　　胡雪岩故意咳嗽一声："章大伙，你肚子不舒服，我也正好钱庄还有点事。我们改日再聚吧。"

　　胡雪岩两脚如飞赶到省粮台向王有龄禀报："有龄兄，何掌柜滥放高利贷，'开泰'的底银已不足十万，这是十分危险的事。"

　　"雪岩，将七十万两漕银放在'开泰'，是你很高明的一着棋，既便于你动用，又可拿高利息，我们也不必担什么干系。现在何掌柜违约乱行，那要赶紧提取出来哟。"王有龄也感到事态严重。

　　"是啊！倘有大户来'开泰'提取现金，一下便暴露了马脚！风声一旦传出，大家来挤兑提取银子，钱庄非倒闭不可。"

　　"那怎么办？这是漕银公款，如果出了问题，我罪责难逃！你也要受到牵连。雪岩，你快想想办法。"

　　胡雪岩咬咬牙道："何掌柜自蹈死地，但却给我们一个极好的机会！'无毒不丈夫'，我们只有狠下杀手了！与其让别人去挤垮'开泰'，不如我们自己来！这样，即使'开泰'破产，它的债务、财务还是落在我们手中。我们要想办法让'开泰'变成'阜康'属下的一个钱庄。"

　　当天下午，两名公差模样的人手拿条札来到"开泰"钱庄，大声吆喝道："掌柜呢？快找你们的掌柜！"

　　章水祥迎上来道："有什么事，同我说吧。"

　　公差把手中的条札一扬道："不行！你没看见王大人的条扎吗？请你们掌柜的出来说话。"

　　章水祥知道胡雪岩开始采取行动了！他匆匆进到里屋，找来了何掌柜。何掌柜意识到大事不好，抖抖索索地跑出来，一看公差递上来的条扎，顿时如五雷轰顶，当下身子就软了："提取现银三十万两？！……"

　　"什么？三十万两？"章水祥也凑了上来。

　　何掌柜赶紧把哭脸当作笑脸道："好！请二位先回，我们一定想法尽快将这笔现银解送到粮台。"

　　"要快！千万不能耽误公务。"

　　"不会！绝不会。"何掌柜连连点头。

公差刚走,他就一屁股跌坐在椅子里,两眼发直,呆呆望着屋顶上的卷棚。直到又有客户来要求借贷,他才如梦方醒,跳起身,恨恨地挖了那人一眼,道声"不放(贷)",拔脚便出了钱庄,心急火燎地进了"阜康"。

"何大掌柜来了!什么风把你这尊菩萨吹进我们这个小庙来了。"秦少卿便迎了上来。

"我,我找你们的老板。"何掌柜急不择言。

"哎哟!何大掌柜平时不来,今天却来得很不凑巧,我们东家到余杭塘栖收账去了。"秦少卿故作姿态。其实,胡雪岩正在楼上观望,他能准确地知道何掌柜下步会做什么。

何掌柜有些失望地问道:"哦……不知你们'阜康'能不能调一些'头寸'给我们?"

"钱的事全由东家定夺,我不敢擅自做主,非常对不起!"秦少卿一推六二五。

闻言,何掌柜又马不停蹄、先后跑了"义公""镒丰""同利"共大小十余家钱庄,又特地拜访了钱业公会的会首,他要的不是一个小数目,哪家钱庄能周济得过来呢?没奈何,何掌柜只有硬着头皮来求见王有龄。

王有龄的算盘珠子多是由胡雪岩来拨动的,何况他对这位姓何的素无好感,因此打起了官腔:"何掌柜!这三十万两银子是用来购粮运往江北大营的。近来,朝廷与太平军战事激烈,苏浙两省,四处烽烟,耽误了军用,上司怪罪下来,是要掉脑袋的!你懂吗?"

"小人懂!小人懂!"何掌柜连连作揖。

王有龄又慢条斯理地说道:"既然懂,就赶紧将三十万两银子送来粮台!还磨蹭什么?"

"王大人!能否通融一下,推迟半个月……"何掌柜的额头已冒出冷汗。

王有龄厉声打断了他的话道:"当初有言在先,粮台所存漕银随时要派用场,随时要来提取,现在你们拿不出来,这不分明是在挪用公款、投机牟利么?"

何掌柜战战兢兢,哪里还敢吱声。王有龄不紧不慢,语调平和,再给"开泰"下了一道死令:"余下四十万两漕银,十天后也要取出,作为饷银解送到曾大帅的江南大营。到时若有半点延误,本官就将你解送到曾大帅那儿,由他处置!"

曾大帅外号"曾剃头",他率湘军攻入太平军盘踞的江西时,杀人盈野,尸积如山。河上被浮尸塞满了,他的座船需兵勇把浮尸挑开才能缓缓移动。浙人唬孩子,就说"曾剃头带着湘骡子来了"。

何掌柜一听,不禁双腿发软,跪倒在地求道:"王大人,请宽容小人几日,王大人……"

但王有龄已站起身来,掇起茶盅,叫了一声"送客——"

"开泰"底金严重不足、濒临倒闭的消息仿佛长了翅膀,飞遍杭州城乡,引起储户的恐慌。不少储户拿着存单向"开泰"钱庄跑来,要求提取存银。一家钱庄如果出现"挤提",那就标示着它已面临倒闭!知道点内情的小额储户的议论,更加速了它的崩溃。

"听说'开泰'把底金全挪去放高利贷了,钱庄底子全空了。"

"是哟!听说亏空严重,面临倒闭。"

"快!快去把存银提出来,万一大户来提取现银,钱庄一关门,那我们的银子就全都泡汤了……"

"开泰"门前人头攒动,吆喝声、叫骂声、拍门打墙的声音直冲云霄。

巷子里,打探、挤提的人越来越多。钱庄的柜台前,聚集着开泰的店员,紧紧围绕着何掌柜。内中夹杂着一些小股东,是防止他逃跑或是仍然抱有一线希望的。何掌柜双手抱头伏在地上,泪如雨下。大门被"砰砰"地猛敲,两扇厚重的板门在剧烈摇晃。

章水祥用巧妙的方式给胡雪岩透了消息,早就预料会有这么一天。他冷冷瞅着何掌柜,冷着脸道:"开店的时辰早过了,掌柜,还是把大门打开吧。"

何掌柜魂精已失,神经质地一挥手道:"不能开!不能开!一开门,客户都来挤兑,那这两扇门还能关得上吗?我何某人还有活路吗?"

"掌柜,不开门也不是办法,您快去走走别的路子吧!"跑街小六子也是个机灵角色。

何掌柜捶胸顿足道:"能想的办法都想过了,能走的路子也都走过了。现在剩下的只有一条路,让我命归黄泉,一了百了!"

"掌柜,你可别这样想!"

"千万别这样!"

众人七嘴八舌。

"掌柜,你自寻短见!那店怎么办?我们这些伙计怎么办?"章水祥心里是有道底线的,众人跟着附和!

也就在这时候,胡雪岩走"开泰"的那道便门进了钱庄,冲何掌柜道:"有什么事想不开的,看看我能不能帮上忙?"

何掌柜一下跪倒在地,又一次涕泪横流:"雪岩老弟!你终于来啦,你一定要救救我呀……"

"这是怎么回事?怎么一下子落到这种地步……我去了塘栖几天,一回来听少卿说何掌柜来过了,就赶紧来了。"胡雪岩装出一副痛心疾首的样子。

"雪岩,你来得真及时!再迟一步,'开泰'就要关门大吉了。"章水祥已知道了结局。此时,大门被摇打得更厉害了,储户叫骂的声浪把柜台前的交谈都淹没了。

胡雪岩稳操胜算,代何掌柜发令道:"快开门吧!不开门,人家还真以为我们倒闭了。小六子,快去开。"小六子向大门走去,何掌柜用死鱼般的眼神看了他一眼,垂下了脑袋。

大门敞开,储户们纷纷涌进了钱庄。胡雪岩不慌不忙地迎上前去问道:"你们这是干什么?'开泰'是老招牌,信用从来不差!我胡雪岩就是从'开泰'出来的,你们难道也不信吗?"

一客户问道:"听说省粮台要提走全部存银,'开泰'无法兑现,快要倒闭了。"

"对,对!钱庄要倒闭了,就瞒着我们这些小额户呢。"众客户一迭声附和道。

胡雪岩神态肃然道:"这是什么话?你们也知道,本人与省粮台的王大人是莫逆之交,帮他掌管漕粮海运事务。我怎么没听说过粮台要提漕银的事?"

众客户闻言面面相觑,气焰顿减。

"诸位!请勿听信谣言,扰乱人心。这可是要吃官司的呀!"

众人都不吭声了,了解胡雪岩为人的已开始散去。

胡雪岩装出一副轻松模样道:"你们别担心,还怕赖了你们的银子不成?即使'开泰'暂时有困难,还有我胡雪岩的'阜康'呢!'阜康'总不会三天两天就倒闭吧?哈哈……"

门口、院子里的人总算安静下来,但还有一些人不肯散去,他们在观望等待,心想总是无风不起浪嘛!

这是胡雪岩的筹码!他与何掌柜进了"开泰"的后堂,留下章胖子在店面招呼。

何掌柜眼中露出希望的光,带着试探问道:"雪岩老弟,你能去说动王大人改变主意吗?"

"凭我们患难之交,我去说恐怕问题不大。不过……"胡雪岩自信道。

"不过什么?"何掌柜的声音不由自主地抖了一下。

"俗话说:'千里做官只为钱',你也知道王大人手头并不宽裕。掌柜若是愿意,不如趁机把'开泰'的股份奉送一些给王大人。这样,王大人作为股东,'开泰'也就成了他的钱庄,还能不大力通融吗?"

何掌柜肉疼地说道:"为免'开泰'倒闭,此法确实高明!就不知送多少才

合适?"

胡雪岩笑了笑,伸出了一个巴掌。

何掌柜失声道:"五十股?五万两银子?……那要占去我一半的本钱!我这个老板不就成了一名伙计了吗?"

胡雪岩倏地变了脸色,道:"何掌柜,你若是不愿意也不要紧。但得罪了王大人,万一他发起狠来,要提走全部存银,你能如数归还吗?七十万两银子,又不是说来就来的。再说,你与日本商人合伙订购一批洋油,船在南洋触礁沉没,血本无归,你着急了,大肆放贷攫取高额利息以弥补亏空。你挪用官银、违约经营已不可收拾,是做个体面的伙计,依然吃碗钱庄饭好呢,还是递交给'曾剃头'去处置好?你自己心里掂量一下。要不,让章大伙向大家宣布'开泰'倒闭,领教领教那些中小储户怎么收拾你……"

何掌柜面如死灰,双唇哆嗦着道:"我,愿意,奉送一半股份。"

"好汉不吃眼前亏,将来'开泰'的生意做大了,你分得的红利或许不会比现在少。死罪难饶,活路难求哟!"胡雪岩展开了笑脸。

在交给王有龄纹银六千两,捐了一个候补道员虚衔的同时,胡雪岩又给黄中丞的老爹汇去两万两。果然火到猪头烂,他那个从六品候补道员顶戴、补服下发的同时,任命他为浙省粮台坐办的诏令也紧跟着到了。

只是在交接粮台公务的时候,王有龄指着贡院附近的几座仓廪说:"按惯例,这几个仓里的储粮由中丞大人指派专人管理,以备急用。我任粮台数年,一次没去查验过。"

胡雪岩嘿然一笑,指着王有龄补服上的白鹇道:"你在前面飞,我跟着你飞。若论官场,你跟黄中丞、何大人都是我的靠山。我一向认为,一个人以钱赚钱,还算不了本事,以人赚钱,才是真功夫!"说着,他将贵福写给他的一份函札交王有龄展看。

原来,贵福因祸得福!因两江总督曾国藩在平定江西以后,并未按朝廷的意思整理江浙,而把作战的重点仍然放在安徽,尤其是安庆曾国藩志在必得,安庆一破,南京就危急了。贵福作为藩台,并未和两江督署行辕一道在硝烟战火满地的赣皖大地上颠沛流离,他被曾大人安排坐镇苏州,保障供给。

太平天国并不像传言中所说的只知"打仗杀人",而是颇为注重商业贸易,鼓励正当生意。特别是出口贸易,如丝、茶两宗,太平天国占据南京五六年间,出口数均翻了一番。近年苏浙虽饱受战乱之苦,但丝、茶出口仍呈大幅上升趋势。打长江上去往上海的商船,除了粮食武器,守卡的太平军一律放行。

为感谢胡雪岩帮他渡过难关,贵福决定要找个名目请户部明令褒奖"阜康",将来户部和浙江之间的官银往来委托"阜康"办理汇兑。浙江的额外"增收",即支援皖、苏剿勘太平军的"协饷"(税),也委托"阜康"办理。江苏省和浙江省的官银往来,也一概由"阜康"经手。

有这"三件礼物"(贵福函札中语),胡雪岩做什么生意还愁本钱?王有龄高兴地在他肩头一拍道:"你是官场、商场的行情都吃得准,下注必中,称得上是吴越第一赌徒。"

"当官非我所愿,我也不是什么赌徒,我要做个'商圣'。中国自古有孔圣、关圣,还有什么诗圣、茶圣,可经商不入流,我就做这个不入流的行当里的圣贤!"话虽非信誓旦旦,但他是认真的。

两人正说着,家骥打附近下船,忙跑过来行礼。王有龄见他头戴毡帽,肩挎蓝布包袱,一副风尘仆仆的样子,便问道:"咋这个样子?胡大哥派你什么差使了?"

原来,这是家骥化装成难民,上太湖前线了解舆情、商情和战况、转输等情形之后返回了。尤其是王有龄即将履职的湖州,他在湖州乡下住了近半个月,把那儿的情形都摸透了。走一吃二看三,莫道君行早,更有早行人啊!胡雪岩已经在酝酿太湖边上有什么大生意可做了!王有龄只有佩服的份儿。

谈到战事,太湖以北尤其激烈。杭州清兵左营被安排驻守无锡附近的要塞锡山,没几下就被太平军给夺走了。清军组织反扑,但太平军凭借洋枪洋炮,将手持腰刀长矛的绿营兵杀了个片甲不留,左营几乎全军覆没。

"有没有听说一个叫罗尚德的人?"胡雪岩不禁脱口而出问道。

"罗尚德?……有啊!他冲得最前,死得也最壮烈,连肚肠都被炸得流了出来……"家骥不假思索回道。

"啊?!……"胡雪岩惊呆了,他的眼眶湿了,打心里佩服那个外表有些粗、但实则精细的小官佐!

见状,王有龄感到有些奇怪,问道:"他和你有什么关系吗,雪岩?"

"什么关系也没有,他仅仅是我们阜康的一个客户……"胡雪岩有些失落。

回到钱庄,胡雪岩盼咐秦少卿马上提出一万两银子,派专人送到金华罗尚德家中。

秦少卿为难地说:"东家,不久前为藩台大人筹齐了三万两银子,这几天,又陆陆续续调给'开泰'五万多两,新开张的当铺又要本钱……东家,你一下子把摊子铺得那么大,处处都要银子托底,我们的银根也有些紧了。现在再要提出一万两,八个坛子七个盖,怎么盖得过来哟?"

"八个坛子七个盖,盖来盖去不穿帮,这才算会做生意。"

"钱庄开张不过小半年,坛子不多,盖也不多,很容易穿帮。东家,罗尚德那笔款子能不能再缓些日子?反正这个人也刚刚死在战场……"秦少卿依然有些犹犹豫豫。

"不行!千方百计,你也要想办法,这一万两是他罗尚德的玩命钱,也是他家里的救命钱哪!"胡雪岩顿了顿,冲着家骥等在场的伙计训诫道,"罗尚德阵亡了,他没有取存单,别人也不一定知道这一万两存银的事,死无对证,这笔钱等于白送给我们。可我们不能干这种昧良心的事!何况他在家乡有亲属,还有老母,他们得靠这笔用性命换来的钱活下去。我们要立即替他把银两提出来,加上利息,专程送去,这样才对得起良心!"

"东家,你说得对!我真是有点钱迷心窍了……我给东家看看最近的账本。"

秦少卿连忙拿过厚厚的大账本,胡雪岩神色严峻地说道:"不,我不要看!即使是找别家钱庄挪借,你也要按时把这一万两银子送出去!"

看来,这位表妹夫还有些见外,在大事上有时还会犯糊涂。他这一离杭,钱庄真还缺个拿主见的人。唉!

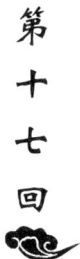

第十七回

净月庵兄弟俩喜还凤愿
湖州城花魁女早结珠胎

胡雪岩与王有龄同船抵达湖州的当晚,当地士绅在"西洞庭"酒楼举办盛大的欢迎酒宴。来的都是名商巨贾,一方人望。他们一个个伸长着脖子,做出一副恭谦模样,其实内心都急切想弄清这王知府到底是个何等样人?

王有龄端坐正中,春风满面。他身着天青云缎官袍,片金镶边;前后方襕上绣有行蟒各一。那披肩领和窄袖俱用天青妆缎制成,虽然这是最低档的蟒袍,但还是添人精神。众人一齐鼓掌,听他的"就职演说"。

"下官受朝廷委派,到湖州履新,承蒙各位举行如此盛大的欢迎酒会,下官不胜荣幸!借花献佛,用这杯酒向大家表示由衷的谢意。"王有龄先来了一番客套。

众人纷纷举杯,碰杯之声响成一片。

王有龄放下酒杯,朝大家扫了一眼后道:"湖州自春申君筑下菰城,迄今两千余年。唐代,湖北竟陵的陆羽高蹈下菰,撰写出《茶经》一书,被称为茶圣。

唐中和年间,更有天竺高僧,赠我佛如来舍利子七颗,印度阿育王镀金铜虎面像一尊,在湖州筑舍利塔以藏之。因此,'历史悠久,人杰地灵'这八个字,湖州当之无愧!湖州是山水清运、景色秀美之城,回望太湖烟波浩渺,西倚天目竹海苍山,有道是'苍山北峙,群山西迤,双溪夹流,泓亭皎彻,山水映发,冲和修集',别说下官牧守湖州,就是湖州一普通居民,也当人尽之责,身尽之力,共同卫护建设湖州!"

这一番话引来暴风雨般的掌声和啧啧赞叹。王有龄出身书香世家,身边更有个书袋子梁冰玉,还能不清楚湖州这点历史掌故?接下来,王有龄宣布了他的施政纲领,要言为"澄清吏治,恢复农桑,发展商旅"。特别是发展商旅,它能让一个地方尽快地富庶繁荣起来。目今虽是多事之秋,湖州又靠近主战场,但太平天国不禁商旅,不截商船,不勒掯商人。而曾大人创湘军建江南大营,李大人创淮军建江北大营,全都指望发展商旅、增加流通以多征厘金捐税,解决"糈饷"问题。湖州一定要利用这个有利时机,中兴商业!他记起首次来湖州购粮,轻轻松松就赚了大把银子,便道:"湖州自古就是鱼米之乡,是我大清漕粮的主要集散之地,下官上次以粮台坐办身份来湖州,感觉湖州简直就是一只取之不竭的大米箩,不,一座大粮仓……"

一名蓄着山羊胡子的官员忍不住插嘴道:"知府大人,湖州不光是'鱼米之乡',更是'丝绸之府'呢!"

王有龄颔首称赞道:"对!'丝绸之府'下官也早有所闻,只是此前仅为漕粮而来,对湖州的丝绸少有接触。今后还得仰仗各位,多多指点。"

"山羊胡子"有些得意忘形道:"中国生丝的主要产地就是湖州,所以叫'湖丝'。特别湖州辑里产的'辑里丝'更是驰名中外。现在,洋商来华采购的都是湖州的白厂丝,上海那些专做蚕丝生意的洋人,三天两头就往湖州跑……"

"哦?!来得这么勤?"王有龄问道。坐在一旁胡雪岩也稍稍吃了一惊,竖起耳朵听这位有些饶舌的"山羊胡子"介绍。

"他们带着通事,直接到乡下到农户家中,一手交钱一手交货……噢,这位是我们湖州的'丝业大王'庞二爷,在上海生丝界一言九鼎,洋商对他也分外器重。丝业的事情,他全都知根知底。"

王有龄转向庞二爷,这是位年约六旬的胖子,吊梢眉,招风耳,两嘴角仿佛老是在使劲往上提,这使他原本方正的下巴显得僵硬、外凸。配上一双炯炯有神的眼睛——此人颇有些霸气!王有龄客套道:"哦?这位就是庞二爷?下官久闻大名,如雷贯耳,失敬,失敬!"

"山羊胡子"又道:"庞二爷可是我们湖州'四象'之首啊。"

"何谓'四象'?"王有龄有些不解。

"家产在五百万银子以上,称之为大象。湖州有四个大象,庞二爷则是大象中的大象!""山羊胡子"说罢,还用手比划大象大的样子。

庞二爷骄矜地朝大家摆了摆手,几乎没理会王有龄:"谬传,谬传!其实不是那么一回事。近两年湖州丝业很不景气,洋商们联合起来对付我们,甚至雇请华人当买办、庄首,跑到乡下设庄收购蚕丝。而我们又不团结,商户竞相压价,甚至暗地里与洋商勾结。蚕农则不问华洋内外,谁给钱就把蚕丝卖给谁。蚕丝生意,华商这半壁河山都快保不住了。"

"地方官府,对此持何态度?"胡雪岩忍不住问道。

"官府敢对洋大人怎么样,连朝廷都不敢得罪洋人。"庞二爷冷笑一声。

"山头胡子"捻须喟叹道:"门户大开,这鬼子进门了就不那么好招呼喽!"

王有龄频频点头,作为官府有责任维护华商的利益,当即表态道:"好。待下官安顿下来,先配合粮台胡大人,将头一批前线急需的军粮运往镇江、扬州等地,再来拜会庞二爷。"

"对!我和知府大人一定到庞二爷的府上造访。"胡雪岩附和道。

庞二爷礼貌地拱了拱手:"庞某恭候知府大人和胡大人……"

吴越之地风气奢靡,酒宴之后,二位"新官"照例被送至"夜夜春"。

胡雪岩和王有龄故地重游,鸨母和其他妓女热情相陪,唯独不见芙蓉。那鸨母忙得屁颠屁颠,搽得猩红的嘴唇仿佛猴子屁股:"嗨!真是贵人运好!几年前,王老爷还只是个粮台坐办,现在一下子变为湖州知府,是我们的父母官了。胡老爷呢,上次还落难在我们小店,现在已经接替王大人的官位了。嗨!真是福星高照,财运亨通啰!"

胡雪岩多少带点调侃道:"妈妈,这大约就是戏文里唱的'落难公子中状元,私订终身后花园'吧,我这个落难小子倒是真有了一官半职,但与我一度相好的芙蓉却不在这儿了。"

"是呀,芙蓉小姐到哪儿去了?"王有龄打探道。倘不是为陪伴胡雪岩来会芙蓉,他是不会来这个地方的。梁冰玉随他来了湖州,这里也是她的伤心之地。

鸨母叹息道:"唉!命苦啊……这也不能全怪芙蓉,只能怪她那个从不学好的纨绔叔叔,成天赌钱,不务正业,自己把偌大一份家产挥霍光了,还想在侄女儿身上打主意。他把芙蓉送到我这儿,提出要三万两银子作为卖身钱。这我怎么能出得起?出不起,那好,这不要脸的叔叔居然三天两日上门来讨,骂街要账……你说,这样的日子芙蓉还能过得下去吗?她一气之下就入了空门。"

"什么？"胡雪岩大吃一惊。

鸨母打着喷嚏，说芙蓉去了银杏坞的"净月庵"，有不少浪荡公子追随而去，"夜夜春"的生意也冷清了好些，可惜了这位花魁。

王有龄也感慨道："真是红颜命薄……芙蓉大概也是有感于世态炎凉、人情冷暖，才动了出家的念头。唉！一朵鲜花尚未枯萎，竟要在青灯古佛前消磨掉了，真是可惜哟！"

鸨母错会了他的意思，立刻如数家珍道："哎哟王大人、胡大人，虽然少了芙蓉，我们还有更年轻貌美的牡丹、美菱，她们一样可以陪你们喝酒，伺候好两位大人……"说完，她打了个手势，两个新近夺魁的年轻妓女娉娉婷婷走了进来，给二人行礼纳福。

胡雪岩连眼皮都没抬一下就道："我乏了，就此告辞。"

王有龄也抖了抖衣袖起身，笑吟吟道："桃花不比杭州女，洗却胭脂不耐看。芙蓉都遁入空门了，吾辈岂可流连于兹哉！"

净月庵例行的早课。

一尊观音大士弹指播撒净瓶水的圣像前，藏香袅袅，烛影嫋嫋。呢喃的诵经声，伴和着清脆的木鱼声，在堂中缭绕。堂顶没有望板遮挡，瓦风无影无形，把虚空中氤氲的烟气吸拔，溢出瓦缝，随山风飘走。尽管如此，檀香木雕观音，烛照不到的堂顶，简陋的几案香桌，两幅经幢，全都黑黢黢的，且全都无精打采，缺乏生气。

一位老尼领着一群小尼打坐蒲团之上，老尼一手敲着木鱼，一手捻着大佛珠。众小尼依序跌坐，闭目凝神，嘴中念念有词，手捋着佛珠，一粒又一粒。小尼面前，摆着早课必须修念的经文，旁边摆着专用的经篮。经文系小尼一字字手抄，边抄边记。早课念经，每念完一页，就将手抄的该页纸经揭起放入经篮中。经文念毕，纸经揭完。不识字的，就以同等数量的锡箔纸替代，所念经文，则只能师姐师太口传了。老尼督课，大抵就这些内容。

"又有人分心走神了！"老尼听出有一双手已停止捋动佛珠。她睁眼看去，又是那个新入庵的小尼，俗名刘秀云的。她坐在靠近堂门的地方，尚没有剃度，因此没穿僧衣，没戴毗卢帽，只是着了一袭青袍，僧不僧俗不俗，神情呆滞，一脸尘俗之相。

老尼微闭的双眼大睁，目光投向发呆的芙蓉，脸色愠怒。

"笃！笃！"她重重地敲了几下木鱼，提高了声音："天罗神，地罗神，人离难也难离身……"

芙蓉一愣，立即回过神来，偷窥了老尼一眼，赶紧低下头去，嘴里念念有词,手中的佛珠也开始数动……但过了不一会,她又走神了。心灵一阵悸动,似乎有所预感,使她忐忑不安,如坐针毡,思绪也如那飘忽不定的香烟,不知有几缕在佛堂,有几缕走瓦缝飘向绿水青山。

"笃!"但听棒槌在木鱼上很响地敲了一下,掷于供桌之上,一抬头,见老尼恶狠狠地瞪了她一眼,拂袖而去。

芙蓉知道是自己惹恼了老尼,急忙起身追出佛堂,在通往禅房的甬道里拦住了老尼,扑通跪了下去道:"师父在上,弟子刘秀云饱受人世磨难,看破红尘,已经大彻大悟,愿剃发修行,做个佛门弟子,请师父垂允。"

老尼回转头,双目紧闭,许久才长长吐出一口气道:"阿弥陀佛!善哉善哉!你尘缘未了,凡心太重。佛门不收未受八戒之人。你还是回去多烧香火、广结善缘,重修来世吧!"

芙蓉急了,不住地叩头:"师父!求求你大慈大悲、救苦救难,引渡弟子早日跳出苦海吧!弟子虽未受八戒,今日就愿削发为尼,剪断红尘俗念。"

老尼摇头道:"落了发,那就是皈依佛门,还俗无望了。"

"弟子已经了断凤缘凡心,潜心向佛,万望师父成全……"芙蓉说着,伏地不起。

众小尼一起拥进了甬道,纷纷替她求情:"师父,刘秀云一心出家,您就发发慈悲,为她剃度吧。"

老尼姑不语,许久才长出一口气,无奈地说:"好吧,金刀准备。"她一路叹息着回到佛堂,又看了芙蓉几眼。

两个小尼姑连忙净手,不一会就捧来一个铜盘,上面放着一把剃刀,另一个铜盘上,是净手的瓷钵和一条毛巾。

众小尼一起撞钟击鼓,敲响木鱼、铜磬,合掌诵佛:揭蒂揭蒂,婆罗揭蒂,婆罗萨揭蒂,菩提萨埵诃……

芙蓉解开云髻,长发垂腰,端庄地跪在圣相面前的蒲团上,一小尼替她围上蓝布。高烧的红烛发出哔哔剥剥的响声,淌着天生的浊泪,仿佛菩萨在努力打量她那脸上所显现出来的圣洁和虔诚。老尼手持银刀,从额头剃了过去,细软的美发纷纷飘落下来,落到蓝布上。众小尼高声齐唱:"天罗神,地罗神,人离难也难离身……"

正在这时,一个小尼从外面匆忙跑了进来,嘴贴着老尼耳朵,轻声说着什么,老尼停住剃刀。诵经声变成杂乱的呢喃,众小尼把目光投向老尼,不知道又发生了什么事情。

芙蓉惊讶地抬起了头,睁开眼睛诧异地望着师父。老尼把手中的剃刀放回铜盘,道声"继续念经",拔脚便出了佛堂。

山门外,尼庵前的空地上停放着两顶官轿。

胡雪岩、王有龄已经下轿,正在眺望山野风光。

青山翠坞,茂林修竹,空谷幽幽,溪水淙淙。随从向王有龄报告道:"知府大人,'净月庵'的当家法师来了。"

老尼来到山门外,胡雪岩、王有龄连忙迎了上去。

老尼彬彬有礼,双手合十道:"阿弥陀佛!不知知府大人光临小庵,贫尼有失远迎,万望恕罪。"

胡雪岩迫不及待地说明来意,老尼听罢,脸上毫无表情道:"本庵确有一个名唤芙蓉的烟花女子,但她已看破红尘,自愿皈依佛门,一心向佛了。"

"敢请师太向芙蓉姑娘通报一声,就说杭州胡雪岩——噢,我现在是浙省粮台坐办,前来接她出庵,请她重返尘世,一起居家过日子。"胡雪岩急了。

老尼躬身,双手合十举过头顶道:"善哉善哉,这些话,此前已有好些俗家子弟前来说过,甚至捶打山门,跪地求情,对天盟誓也有过,怎奈芙蓉姑娘已把这些风尘撇过,旧情俗念全抛,只恐兰心似铁,无法动摇了。"

胡雪岩急得抓耳挠腮,他最担心的就是芙蓉看破红尘,一心一意做尼姑!自己皆因几年中抢抓粮食生意,奠定资本基础,加上老母规范,妻子素娟的醋悍劲,又没把生意做到湖州来,故此冷落了芙蓉姑娘,但他还是不死心:"相烦师太去跟芙蓉姑娘说,我胡雪岩不是那等只图一夜快活的花心男子。何况我与她的感情不同一般,我落了难,穷愁潦倒昏死在大街上,她打那儿过路,救了我又看中了我才委身于我。师太您也是过来人,一个如花似玉的年轻女人……"

老尼没料到他会说出这种话来,把脸埋在胸前,双手合十长揖:"罪过罪过……"便低声喃喃地念起经来。

老弟情切,竟然胡言乱语起来!王有龄见势不妙,急中生智,冲老尼躬身施礼,朗声道:"胡大人太重旧情,词不达意,有污清听,请师太鉴谅。只是下官初到湖州,履职未久,闻听'净月庵'栖隐深山,修身谨严,布化信众,广结善缘,声名远播,故此特来礼谒师太道孚,聆听道义。我与胡大人虽非佛门弟子,但也想来积些功德,作些布施,膜拜观音,为家人内子祈福,请师太垂允。"说罢,他给胡雪岩递了个眼色,不待老尼反应过来,便昂然而入。胡雪岩也抖了抖衣袖,扎撒着两手,紧跟着进了"净月庵"。

师太一眨眼,两位官爷已排闼而入。众小尼回避不及,赶紧各自打坐,有的背朝圣相,有的侧对山门,有的假装入了定,有的闭目塞听,矢志不见。芙蓉猛见胡雪岩官衣袍带,疑心自己看花了眼,再定睛细看,不是冤家是谁?正不知如何是好,众小尼的诵经声高了起来。老尼一阵风进了佛堂,她尖锐的叫喊声压住了众小尼的诵经声:"两位大人要写功德了,快快笔墨伺候!"

众小尼立刻把桌子抬了过来,把笔墨端了过来。老尼捧出功德簿翻开,看定王有龄。胡雪岩这才醒悟过来,原来芙蓉还没有剃度。王有龄提起笔写道:署湖州知府王有龄捐银五十两。打从建庵,何曾见过这么慷慨的布施?老尼清癯的脸上,浮出两抹笑意:"知府大人如此慷慨,请大人题咏,随便题咏几句。"

王有龄略一思忖,题道——

黄金大地破悭贪,
聚米成丘粟若山。
万人团族如蜂蚁,
老尼功德自可量。

轮到胡雪岩时,他不假思索,提笔写了"信士胡雪岩捐银一百两",老尼要他题咏,见到芙蓉,他哪有心思搦管吟诗?但众小尼面前,不能不应个景,便胡乱写了两句——惭愧情人远相访,此身虽异性长存。放下笔,他径直来到芙蓉面前,说了声我们走吧。

哪知芙蓉别过脸去,忽发恨声道:"我不走,我凭什么要跟你走?我是遁入空门的人,见识够了你们这帮男人。男人没几个好东西,要你的时候,亲你爱你'心肝'、'宝贝'地哄着你,玩够了,转过身就认不得你……"

"芙蓉,我不是那样的人,走,回家去我跟你解释。"说着,他伸手去拉她。

芙蓉恨恨地把他的手甩开道:"我没有家,我也不要家。我的家就在这儿,就是这个深山中的'净月庵'……"

"善哉善哉,出家人不打诳语,你虽在庵中礼了几天佛,诵了几天经,但你未受本师剃度,也未取得法号,你还不是山门中人,不能久住'净月庵'。"老尼此刻不得不改变身份了。

王有龄也笑着相劝道:"你本是个俗家弟子,尘缘未了,雪岩又对你一往情深,倘你要以'净月庵'为家,不光辜负青春,也辜负了一段好姻缘,师太岂能留你!"

见此情形,老尼的底气更足了,她双手合十冲芙蓉道:"怪只怪你芙蓉姑娘在湖州名气太大,来了我们'净月庵',还有不少浪荡公子追踪而来,惊扰佛门清净之地。倘你继续留在庵里,难免招蜂引蝶,拨草寻香,败坏佛门清誉。佛祖以慈悲为怀,今日既有人来接你还俗,就此别过了罢。"说着,她深深一揖。

"你我罪孽深重,是三生石上旧姻缘,这做尼姑的事是勉强得的么?"胡雪岩一拉芙蓉,她就势扎在胡雪岩怀里呜咽起来。

众小尼一见,赶紧垂下眼皮,双手合十,跟随师父,大声念起了"南无阿弥陀佛"。

这一夜,在四壁萧条的陋屋里,胡雪岩与芙蓉鸳梦重温,颠鸾倒凤。几番云雨,把两人都累得骨软筋酥,瘫作一处。

刚恢复点气力,芙蓉便用拳头擂着胡雪岩赤裸的胸脯道:"你这个死鬼!正当我看破红尘、准备剃发为尼的一刹那,你又怎么突然冒了出来,惊扰我这颗将死的心?"

胡雪岩痛惜地捧住她的脸颊,抚摸她额角上所剩不多的刘海:"这一头青丝剃去多可惜!你这样一个花容月貌的妙龄女子,遁入空门去当尼姑,简直是老天的罪过……"

"你一去三年没个音讯,还敢说是老天的罪过?"

胡雪岩不得不又发一遍誓,又作一次解释:"真的!芙蓉,我怎么能忘得掉你呢?只是回去之后,碍于难向母亲和妻子启口,直到今天我还没找到一个两全其美的办法。我打算在湖州购置一所别馆,你就在这边居住,这样可好?"

芙蓉把光滑的胴体伏到他身上,心神俱妙,嘴里道:"不好……又能怎样。不管怎么说,你得先跟我叔叔谈一谈,征得他的同意。"

"好多次听你提到这位叔叔,你同这位叔叔到底是怎么样一种关系?"胡雪岩温情地抚摸着她道。

"怎么说呢,对这位叔叔,我是既爱又恨,既非父亲,又胜过父亲。"芙蓉声音也是幽幽地。

原来,刘家祖上开着一家"敬德堂"药店,在太湖一带很有名气,方圆几百里之内的人家,大多到"敬德堂"来求医问药。到了她父亲这一辈,仍继承祖传衣钵,凡采购药材都要亲自出马,到产地去精挑细拣,购买货真价实的药材。不幸的是,刘父去四川买药途中,在长江溺水身亡。她母亲听到消息也伤心过度,一命呜呼。从此家道中落,那时秀云才四岁,是叔叔把她抚养成人。

"原来你是在叔叔家长大的,难怪你对叔叔感情非同一般。"

"我这个叔叔叫刘不才。他自己也承认自己太不成才,是败家子。他从小以世家子弟自居,琴棋书画、花鸟鱼虫,样样会玩,件件精通,是湖州远近驰名的浪荡公子。而且生性好赌,一局输赢往往成千上万,几年下来,他就把家产全败光了。为了抵债,他将我送进妓院。我这个叔叔虽然穷得叮当响,可心气很高,脾气也怪,就是不哭穷!一个月前,我的婶娘病死,他却一反常态,跑到'夜夜春'开口要三万两银子,说我们刘家的女子,就是当婊子也是名妓。我来'净月庵'后,他就把自己关在家里,谁也不见,就连邻居送去的柴米油盐,也一概不收……"

胡雪岩一听,一骨碌坐起身来道:"不好!你叔叔逼你出家,觉得再无牵挂,他这是准备死了,恨到极限,想自己了断自己!"

"那,那怎么办?"

胡雪岩把芙蓉捺进被子里,温存地抱紧她道:"你别着急,我将设法尽快见到他。"

正说着,外面响起了敲门声。胡雪岩本能地从床上坐起来问道:"谁哟?这么一大早就来吵扰人!"

敲门仍在继续,芙蓉只得披上衣服,很不情愿地前去开门。门一开,她脸上立即现出惊惶的神色:"平婶,发生了什么事?"

一阵呼啸的冷风送进一位中年妇女,她怀里抱着一个裹得严严实实的小男孩,脸烧得通红。平婶略有些尴尬道:"对不起!我不知家中有客人……实在是孩子病得太厉害,他都烧了两天了。"

芙蓉慌慌张张从一个破柜子里拿出一个葫芦药瓶交给中年妇女道:"这是祖传的退烧秘丹,一吃下就会热退病除。平婶,你快带孩子走吧!"

"哎,我就走。"

胡雪岩撩起一件衣服穿上,坐起身来问道:"这是谁的孩子?让我看看。"

"别看了,赶紧让孩子回家吃药吧。"芙蓉急忙阻拦,欲把平婶和孩子推出门。

胡雪岩跳下床,拦住平婶,细细打量着尚在昏睡中的孩子。小男孩虽在发烧,满脸通红,神情倦怠,双眼紧闭,但天庭宽阔,面容端庄,显得非常可爱。

"有多大了?"

"两岁零两个月。"平婶答道,还偷偷看了芙蓉一眼。

芙蓉转身坐到床上,低头嘤嘤哭了起来。平婶赶紧抱着孩子离去,拉上了门。

胡雪岩来到芙蓉身边,抱肩抚慰道:"你怎么啦?芙蓉,这是谁的孩子?"

"我,我以后再告诉你,好吗?"

胡雪岩更紧地抱住她道:"不,我现在就想知道,这究竟是谁的孩子?哪怕是你和别人怀上的……"

"还能是谁的?当初,我是真心喜欢上了你,想跟你一起过上平常日子,就没喝妈妈每天逼我们喝的避孕药,你刚走,我就发现自己怀上了……"芙蓉哽噎着道。

"这,这么说……我们有儿子了?!……"胡雪岩惊呆了。

"怎么,你不相信?"

"相信,相信!我胡雪岩总算有儿子了……有儿子了!"胡雪岩大喜过望,站起来振臂欢呼,他又抱起芙蓉,又摇又晃。

芙蓉被他晃昏了头,气也消了,嘴里仍吐着怨艾:"怀了孩子,不能接客。妈妈舍不得放走我这棵摇钱树,就把我房里所有值钱的东西都搜走了。孩子出世后,为了养活他,我只好又在'夜夜春'……"

胡雪岩打断了他的话道:"好了,从今以后你就是我胡雪岩的人,是儿子的母亲……芙蓉,这两年苦了你和儿子,这一切现在全由我来补偿!明天就去找一所像模像样的房子,先把你和儿子安顿在湖州。然后再去找你二叔,将你明媒正娶迎进门,我们正正经经过日子。"

第十八回

悼亡堂贤婿初会怪二叔
益庆楼国人共指洋流氓

两天以后,胡雪岩袍褂补服,头戴水晶顶瓦楞帽,坐着轿子,带着随从,径直前往刘不才家拜访。

轿子停在一座破旧的平房门口,胡雪岩下轿,左邻右舍好奇地打量这位来访的官员。

胡雪岩礼貌地向一位老人打探道:"请问老爹,刘不才先生是住这儿吧?"

"是这儿!住在里面第二进房子。"老人指着大门里边,顿了顿,他又好心地劝阻道,"这位老爷就别去碰钉子了,这刘二叔虽然穷得叮当响,可从不轻易求人,更不愿攀附官府,还喜欢骂人!很多来看望他的人,都被他骂了回去!"

胡雪岩道谢,转身对侍从说:"你先去通报一下,说胡雪岩专程拜访。"

"老爷,这姓刘的说不敢当,与老爷素昧平生,不敢请见。"侍从很快便从里面出来了。

"不要紧！我来吊唁他的亡妻,他总不能不见吧？"胡雪岩似乎早有预料,说着便吩咐随从抬着香烛纸马,举着祭品挽幛,执晚辈之礼,三步一叩,朝着这虽然破旧,但格局很大的院落深处走去。

空荡荡的大厅陈设着简单的灵位,破旧的供桌上,冷火湫烟。棺材旁边居然没有一个守灵的人,仅有的一盏长明灯也已油干。连"七七"都没到呐,就冷落至此？但侍从还是拉长调子高喊了一声:"浙江粮台胡雪岩大人前来吊唁——"喊罢,他上前摆上祭品,点起了一对白烛插到烛台上。还将一幅中间有"奠"字的很大蓝缎被面挂到墙壁上,落款是:堂侄婿胡雪岩泣奠亡婶。

胡雪岩走到灵位前,从侍从手里接过点燃的线香,伏地三拜之后,垂首肃立,然后往上一举,将线香插在香炉内。

此时,从麻布帘子后面走出一个中等身量、不修边幅的中年男子,问道:"你是谁？我不认识你,你怎么可以随便前来吊孝,且自称侄婿？"

"在下胡雪岩,是芙蓉的新官人,今日前来吊唁堂婶,难道不应该？"细看这位不才叔五官分明,目光深邃,面白无髭,只不过落魄潦倒,早早便现出衰老来。

"芙蓉还在净月庵里,什么时候冒出你这么一个野汉子？"

胡雪岩躬身施礼道:"二叔,我和芙蓉三年前定情,昨夜我已把她从净月庵接出来完婚。明媒正娶,有湖州知府王有龄大人证婚。二叔,今后我就是你的堂侄女婿了。"

"荒唐！此事连我这个把她养育成人的二叔都不知道,你们怎可私自成亲？"

"二叔,不管你同意还是不同意,反正我已是芙蓉的夫君！这是见面礼,略表晚辈的一点心意。"胡雪岩不慌不忙从衣袋掏出一只信封,双手奉给刘不才。

刘不才一挥手道:"拿走！我从不无缘无故收受人家钱物。"

"不是钱财,也不是银票,是物归原主！请二叔笑纳！"说着,胡雪岩自己把信封打开,抽出信囊子给刘不才看。

"啊?!……"刘不才顿现一脸惊愕。原来里面是一沓"借据"、"当票"……上面已盖着"注销"、"作废"的印戳。

胡雪岩真诚地望着这位长辈道:"二叔,我已把您在当铺里的'传家宝'赎回来了,除付清本息,又另外在'阜康'湖州分号给您存了一千两银子,需要时可随便支取。"侍从这时也机灵地打开礼盒,从中取出一只布包,小心地放在桌子上。胡雪岩将布包打开,里面是一叠锦匣包装的古籍线装书。

"这,这怎么好意思？"刘不才这才真正地惊呆了。

"这是小辈的见面礼,二叔千万不必介怀。"

"我怎能不介怀呢?……这是先祖传下来的十大本医药全书《金匮要览》,俱是明代的宫廷秘方,治病救人颇有神效!世世代代全靠它兴家发迹,是我一时情急,急欲翻本,以两万两银子典给当铺……我把秀云推进火坑、卖给妓院,都凑不出这么一笔巨资来赎回刘氏的传家宝啊!胡公子,你、你受我一拜吧,呜呜……"刘不才放声大哭,抖抖索索就要跪拜下去。

胡雪岩赶紧将他扶住道:"皇天不负苦心人,今后二叔一定能用它来济世救人,立无量功德。"

刘不才羞愧得无地自容,将锦匣紧紧抱在怀里道:"刘家不幸,出了我这个不孝之子,不但不能振兴家业,反而败了这个家,真是愧对列祖列宗啊!"

"浪子回头金不换,二叔若从此戒赌,刘家何愁振兴无望?将来小婿愿出一笔钱,让二叔开一家大药店,配制秘方神药、灵剂仙丹,重振刘家威风。"

刘不才将信将疑地望着胡雪岩,不知说什么好,只有不住地点头。为赎回传家宝,他不惜将唯一的侄女卖到妓院,并坚信她会成为湖州名妓,从公子哥儿、达官贵人手上大把捞回赎当的巨资。但他内心又十分痛苦、矛盾,这才有种种怪行发生。不知这位贤侄婿看出来了没有?总之,他没有说破。

王有龄履新湖州,胡雪岩紧跟着创设了"阜康"湖州分号。

虽系新开张的钱庄,但因开办时有藩司六十万两银子铺底,贵福派来的贺客以两江督署的名义送了彩幛,还有发往松江、上海的漕粮,发往镇江、扬州等处军粮等十万两以上的大生意,一下子就把"阜康"湖州分号的架子撑起来了。加上湖州地方殷富,商户摊贩众多,故这钱庄的柜台前经常顾客如云,喧哗不绝,生意十分兴隆。

分号由罗家骥担任大伙,管领着十来位伙计开展业务,胡雪岩亲自坐镇。

冬阳澹淡,白晃晃耀眼却无甚威力。胡雪岩踌躇满志地坐在客堂的太师椅上,漫不经意地翻阅着账册。年关逼近,大宗生意少有,但小额存储还是很兴旺的,仅实现往罗尚德家送银子的承诺,就引来不少官兵存银子……

一位风尘仆仆的顾客来到柜台前,四下里观望透了,才从贴衣内袋里抽出一张银票递给伙计道:"请将这些银票全部兑成现银。"

伙计接过银票一看,顿时一愣,忙将它交给罗家骥。

罗家骥一看,也一脸惊愕,但马上满脸堆笑道:"请您稍等,小店需去银库提取。"

罗家骥将银票拿到客堂交给胡雪岩一看,六万两现银,这可不是小数目,遂问道:"他一下要提取这多的白银,不知要做何用?"

罗家骧揣测道:"看他行色匆匆、满脸风尘,再听他口音也与本地不同,提取这样大的数目,一定有大用场。"

胡雪岩略一思忖道:"请他到客堂来,要热情接待。"

罗家骧出去不一会,就领着那位客人进了客堂。胡雪岩一声请,那人便坦然落座。罗家骧送来上等的碧螺春香茶,胡雪岩起身接了,按照江湖上见面"左三右四"的规矩:右手端起茶碗,四指并拢;左手三个指头按在茶杯盖子上。

对方见状,脸上一震,也同样做出"左三右四"的讯号。

胡雪岩将手中茶杯放到茶几上,行了个拱手礼道:"请问这位兄弟如何称呼?"

那人不敢马虎,也连忙拱手回礼:"在下姓姚,弟兄称我为姚老三。"

来头不小!照帮会规矩,排行老三专管银钱财务。胡雪岩心内大惊,便依照帮会的套路又问道:"老大在哪一条河,撑的哪一艘船?"

姚老三知道遇上自家人了,一点也不遮掩道:"在下是无锡'喜福会'大管家,掌管帮中钱财往来。这次专程来贵方宝地,乃是为了一桩急事。"

又借用了"混"这一招,胡雪岩抖着架子道:"有什么要胡某效劳的,请讲!"

"在下之所以到湖州胡老板的'阜康'来兑现银两,一来是因为'阜康'在江浙一带信誉卓然,有口皆碑,值得信赖;二来,对胡老板的为人,江湖兄弟们也十分钦佩!"姚老三显然不是客套,他说这番话是由衷的。见胡雪岩老成持重的样子,他伸手在胡雪岩肩头按了按,又压低声音道,"兄弟在筠秀园临危不惧,只身卫护尤老夫人,就凭一张嘴压下了漕帮叛逆的事,在江湖上早已传得尽人皆知。就因为那事,老夫人把最宝贝的小女儿都许配给你了!"

胡雪岩抱拳道:"惭愧惭愧,姚兄过奖了!胡某能有今天,全靠兄弟们的关爱。不过,银子多了惹人耳目,路上也不安全,太湖情形甚是复杂,姚兄何必一定要支取那么多银两呢?"

"不瞒胡老板说,这笔钱是分给帮中兄弟作安家费的,因此不敢耽搁,也不敢有丝毫闪失。"姚老三说了实话。

闻言,胡雪岩心中一震道:"安家费?……难道贵帮与人结下冤仇,要大开杀戒不成?"

"那倒不是,只因官兵盘查严密,咱们要替太平军护送一批军火从上海到金陵,途中难免要与官军血火相拼。所以这笔钱给'敢死队'的弟兄作为安家费,说白了,就是个拿命开路、保护货物平安的镖。"姚老三摆了摆手。

"哦,原来是这样……"胡雪岩恍然大悟。

送走姚老三,胡雪岩脚不沾地地进了知府衙门。王有龄立即放下公事,把他请入签押房。听罢胡雪岩通报的消息,王有龄不由得吃了一惊,怒道:"竟有这种事?这些帮会的人胆子也太大了!"

胡雪岩思忖道:"喜福会竟然答应替太平军护送军火,看来太平军出的价钱不低。这些江湖好汉从来不和朝廷一条心,谁出钱就给谁卖命。"

"若是让朝廷知道,那可是大逆之罪。雪岩,我们要不要把这个消息报告给曾大人?"王有龄有些惊恐。

"那样,我岂不是成了一个出卖朋友的小人?你呀,就当什么也不知道就行了。"胡雪岩顿了顿,把话说得更直白了,"帮会要在江湖生存,干得常是闯刀山、下火海的难事,挣的是刀头舐血的钱,这还不都是这个乱世逼的。"

"现在官兵和太平军对峙,在太湖边鏖战不已!朝廷谕旨要地方也建立乡团,加紧训练,保一方平安……"王有龄点头称是。

胡雪岩要打听的就是这件事,忙问道:"地方办团练有经费吗?"

"只要建立起乡团,训练和购买军火的经费可奏请朝廷,由户部直拨。事情也真巧!昨天抚台黄大人来函,拟拨款购置五百支毛瑟枪武装湖州乡团,防备太平军向浙江方向进犯。我正为此事犯愁呢!"

"组建乡团,我料定湖州府首当其冲;有大宗银两拨付,我料定黄大人会首选你我;官军与太平军进入混战阶段,曾大人首尾难顾,王兄,你赶紧成立乡团,我替你采购军火!"胡雪岩抚掌大笑道。

"什么?你有办法采购到军火?"王有龄十分惊诧。

"我寻思太平军长期走上海购买军火,必然依赖洋人,现今国内尚无军火生产、制造。军火买卖向来利润惊人!不仅要有相当财力,而且还要与官府有相当关系。不然,极有可能人财两空,甚至惹来杀身之祸。"

"你是说……你、你想做军火生意?"王有龄更吃惊了。

"对!与其让别人去做,不如将这笔生意夺回来我们自己做。"胡雪岩的声音高昂起来。

王有龄压低声音道:"你小点声。这事我可没把握,但你既然有兴趣,把军火采购交给你我也放心。不过,你要小心,如今兵荒马乱、世局动荡,做这生意更是要命的买卖。"

胡雪岩自信地说道:"有龄兄,这生意我是第一次做,也是第一次与洋人打交道。不过请你放心,我一定把这件事办好!"

"这个带不带?"

"梳子、镜子,路上有用的就行了。"

"雪岩,船上我是穿这件法兰绒厚风衣好,还是穿这件倭缎絮旗袍好?"

"都好,都带上……"

哪知芙蓉一听,竟将秋冬衣裳塞了满满的三口皮箱,胡雪岩赶紧限制道:"路上有个换穿的就行了。上海什么穿戴没得卖?到时去买嘛。"

芙蓉闹着要去,胡雪岩本不欲她抛头露面,怎奈芙蓉走了有龄兄的路子,得到了知府大人"恩准",他只得答应带她去见见"洋广"。

这日船到松江,又特邀尤五这个"舵爷"出马。

到上海当晚,由漕帮出面邀请了上海各租界巡捕房的华探长,各帮会、公所的头面人物,上海商会两位董事以及黄浦江上专事走私的几位著名"拿货",聚宴益庆楼。果然菜罗珍馐,南北大味,酒列中西,泛北瓯红。此举的意图只有胡雪岩、尤五知道,他们是想打探最近有哪些人在做军火生意?跟谁做生意?方能摸清太平军那单军火生意的详情。

按朝廷规定,除了军机处、督府一级的衙门可与洋人做军火交易外,其他都是非法的,都要视同"走私"予以拿获,并严惩参与者。因此,要打听这路消息,还是江湖、帮会、包打听之流来得确切。

益庆楼傍近外白渡桥,集吃、住、娱乐为一体。宴罢,宾客纷纷告辞,胡雪岩立在酒楼门前的台阶上送客。尤五则往里去,原来有些客人余兴未减,打弹子的,喝晚茶的,楼上还有新近风靡的"逢叉叉",红男绿女搂着跳舞呢。尤五熟门熟路,为客人铺排指点。

胡雪岩送走客人,转身来寻尤五。益庆楼大包厢套小包厢,散花厅接雅座间,曲廊隐隐,玻璃门、弹簧门四处皆通。胡雪岩老半天才寻到尤五,他掩饰不住兴奋,声音压得低低地说道:"雪岩,常言道'生意人人会做',就看谁占先手。依我看,这笔军火生意怕是非你莫属了。"

胡雪岩谦虚地说道:"哪里哪里,还得仰仗五哥大力帮忙!你在江湖上朋友多,对上海又熟悉,真是一呼百应。"

"帮忙不成问题,我们是什么关系?不过,事情恐怕没那么简单,上海滩的洋人不容易对付,有些洋鬼子狡猾得很哪!"

"我算定太平军虽然急欲买军火,但生意不会很快成交。精明的洋商深知这批军火的重要性,一定要借机哄抬价格,大敲竹杠!"胡雪岩颔首道。

"对!这是洋鬼子的惯用伎俩。"尤五怕这个精灵鬼小觑了洋人。

"还有,这批军火数量大,洋商也不可能备有现货,肯定要从国外运来。这样一来一回,想必又得耗上一两个月的时间,我们正可以乘机半途得手。"胡雪岩又思索着道。

"嗨!你真是比洋鬼子还鬼,比人精还精啊!"尤五捶了一下胡雪岩的肩膀,两人不禁畅怀大笑。

此时,胡雪岩这才发现不见了芙蓉。今晚的宴会上,芙蓉不仅艳光四射,而且端庄、优雅,很替他长脸。宴罢,他以为芙蓉随五哥去看西洋景了,现在才发现没有,遂担心道:"芙蓉不会出什么事吧?"

"赶快分头去找!"

芙蓉饮的酒虽不多,但偶一分神,便走岔了路!

离开宴会厅,在猩红的地毯上,有个人正款款走向回廊,看他怎生打扮:刺花短袜窄鞋帮,裤脚重重黑缎镶,装束双趺娇俏甚,行来绝似女儿妆。

这是个男人还是个女人?抑或是个女扮男装?只是这身装束,却是一种从未见过的新奇穿法。芙蓉看着新奇,不觉跟着那人走,到了一个极幽静的所在。这里的回廊四通八达,地面是清一色红毡,墙面贴着西洋进口的墙纸。顺着回廊拐过去,几级红阶后又一个换步平台,连着三道直廊,眼瞅着那直廊连通着一道道回廊。芙蓉傻了眼,她不记得自己跟着那人拐了几道弯,踏过了几个换步平台?

斜刺里,从厕所走出了一个洋人。他满脸酒气,衣衫不整,只穿着一件西式背心,跌跌撞撞地一边走、一边扣着裤裆的纽扣,嘴里还哼着歌。酒喝多了,他怎么都扣不上裤扣。在廊道里乱穿的芙蓉差点撞到这个洋人身上。看见洋人,她有一种本能的惊骇,忙避闪到一边。

洋人一眼看见缩在一旁的芙蓉,双目一亮大声道:"啊!中国美女……"

芙蓉惊恐的目光一动不动地盯着眼前的"怪物":高大的身架,分不清颜色的脸上毛发丛生,鹰钩鼻尖上红得发紫,像一颗熟透的桑葚就要落下来。

洋人揉了揉双眼,再定睛一看,说了句"Beautiful",然后改用生硬的中文道:"你好美丽!能,陪陪我吗?"说着,他便张开手臂走向她。

"不,不……"芙蓉惊恐地退缩了几步,吓得转身就逃。那洋人哪肯罢休,在后面穷追不舍。这么刺激有趣的事,越发能撩起一个酒徒的邪劲,何况是一个在中国横行惯了的洋大人。

芙蓉哪里跑得过洋人,没几步就被洋人追上,被他一把抱住。

"救命!救命啊……"芙蓉拼命地挣扎,想从洋人怀抱里挣脱出来。有人躲闪开去,有人视而不见,这片回廊深邃的地方,本来就是供中外男人寻欢作乐的艳窟。但芙蓉的叫喊声,仍然惊动了不少人,大家想弄明白究竟发生了什么事。胡雪岩、尤五等人听到叫喊声后,在迷宫似的廊道里循声赶过来了。

那洋人见她呼喊,想用亲吻来盖住她的红唇——行动可以越过语言的障碍,这美丽的女人能懂!

芙蓉死命地用手挡住嘴巴,唔唔着叫不出来。胡雪岩一阵风似的跑了上

来,一把将洋人掀开道:"你!你要干什么?"说着,他便用身子护住芙蓉。

洋人瞪着胡雪岩道:"她……美丽……是我先发现的。"

"放肆,你这个洋鬼子!"胡雪岩大为气愤,举拳欲揍。

洋人赶紧举起双拳,做好防御,嘴里咕哝着道:"你想决斗……吗?"

尤五此时也赶到了,见状大喊道:"住手!快住手……"

洋人瞪着绿眼珠,指了指芙蓉道:"我想跟她玩玩,我、给钱,这,关你们什么事?"

尤五大喝一声道:"洋鬼子!你不要在这里欺侮人!"

洋人听了,耸了耸肩膀道:"No! No! 我没有……我只想,玩玩……中国女人。"

"你想玩她?这简直是无法无天!"胡雪岩更加气恼。

尤五指着芙蓉道:"你知道她是谁吗?她是这位先生的……夫人!你懂吗?"

"那就通过决斗……决斗……"洋人十分蛮横。

这时,从廊道里赶过来一位青年绅士,身穿洋装,但却是中国人。他一把拉住洋人,用流利的英语问道:"吉伯特先生,你刚才还在喝酒,怎么现在跑到这儿打起架来了?"

吉伯特也用英语回答:"我上了一下厕所,发现了这位中国美女,无非想和她随便玩玩,不可以吗?"

青年绅士看了一眼芙蓉,也打量了一下吉伯特道:"不可以!吉伯特,瞧你这副模样,有失大英帝国的绅士风度,怎么可以对着女士这样……"他指了指吉伯特的裤裆。

吉伯特倒是有几分认真地说道:"我这方面的能力很强的,特别是同中国女人上床……"

"你这个流氓!"青年绅士突然用中文骂道。

吉伯特也用中文回击:"我喜欢中国女人,这难道不可以吗?"

"不可以!就是不可以!"青年绅士愤怒地挥舞着手臂。

此时,四周已围上来不少人,其中也有洋人,看看后便耸耸肩,走掉了。大家跟着那青年绅士怒吼起来:"不可以,就是不可以!"

"郭!你是我的……翻译,雇员……你这样对我……我要,开除你!"吉伯特恼羞成怒。

青年绅士神色凛然道:"开除我可以,但你不能侮辱我们!"

尤五挺身向前冲吉伯特举了举拳头道:"对!洋鬼子,你再在这儿撒野,我就打断你的脊梁骨!"

"你敢！"吉伯特气焰嚣张。

尤五轻蔑地反问道："你想试试我的拳头吗？"

吉伯特嗷嗷叫着，摆出西洋拳击架势，迅速打出一记"右钩拳"！尤五从容地闪避着，心想这样的花把式，也敢班门弄斧！虽然吉伯特的拳头如流星般朝尤五击来，但没等拳头上身，尤五便一把抓住吉伯特双手，狠狠一个"倒拔葱"，将他重重摔倒在地。

"好！好功夫……"四周看热闹的拍手叫好。

吉伯特恼羞成怒从地上爬起，又摆好马步，抖动着双拳。尤五微笑着看定他，嘴角不经意地抖动了一下。吉伯特双拳出击，嘴里恶狠狠叫喊着，眼眶四周赤红赤红的像一头撞了邪的狼。尤五一眼就瞧出破绽，轻轻一记"扫堂腿"，吉伯特再次倒地，摔了一个嘴啃泥。

在众人的欢呼声中，青年绅士朝尤五伸出手道："认识一下，我叫郭庆春。"

第十九回

购军火要挟汉斯得遂愿
问生丝访谈蚕农颇称心

三个人一见如故,大有相见恨晚之感。

郭庆春坦诚相告,说他在国外待了十多年,精通德语、英语、法语等,去年刚刚回国。他有爱新觉罗家的血统,是当今皇上得力的辅佐荣亲王的外甥,骊珠格格的儿子,郭庆春只是他的化名。十六岁那年,为了看看外面的世界有多大多精彩,也可能是为了追求独立的人格、逃避皇亲国戚间的包办婚姻,还有不甘心过寂寞的宫廷生活,不满意宗人府安排的读书方式……现在看来,主要是为了逃避包办婚姻,他跟着德国领事馆一位武官汉斯去了柏林,开始了被皇族称为"浪荡生涯"的求学生活。他不光外表,就连性格也有了极大的改变。两年前,汉斯离开军队,跑到上海来做军火生意,他也随汉斯回国,当了英国怡和洋行的"华大班"(买办)。那位吉伯特想去湖州收购生丝,聘请他当临时雇员兼通司(翻译)。今晚,是上海丝业几位大佬在益庆楼宴请吉伯特,想了解国外对生丝的需求。

胡雪岩与尤五交换了一下惊喜的眼神，心想这次邂逅简直太奇特了，似乎冥冥之中，老天爷有意要助他们一臂之力！"军火、生丝两边同时展开"的想法，突然跃入胡雪岩的脑际，他欢喜地说道："庆春兄出身如此高贵，仪表堂堂，气宇轩昂，却降尊纡贵，来上海商界打拼，实是令人钦佩！在咱大清，这真是亘古奇闻啊！"

郭庆春谦和地笑了笑道："在国外，皇亲国戚、总统之子自己找工作十分平常，我这也算是一点'西风东渐'吧。"

"西风东渐、经商致富、平等博爱，好！这都是实打实的好纲常，咱大清要是能够把它们……不说了，庆春兄，我初到上海滩闯荡，单枪匹马，特别需要像你这样的才俊鼎力相助。希望我们能够联手打拼，共创一番事业。"胡雪岩咂摸着这个新名词。

"需要我做什么，胡兄就直说吧！庆春听您调遣。"郭庆春到底比较低调。

"眼前有一笔军火生意，正要同洋商打交道，我对洋商知之甚少，又不懂洋话，无异盲人骑瞎马，只会乱转。庆春兄在国外多年，又在洋行担任通司，外国话讲得如此流利，同时深谙洋商底细，就陪我去洽谈这笔生意如何？"胡雪岩坦诚地将自己此行想"中途插一杠子"、夺这单军火生意的打算，和盘托出。

"我先找汉斯打听打听。"郭庆春一听就懂了。

次日，郭庆春便装来到"阜康"上海分号。富有特色的石库门，门楣上高挂着金字招牌。在出出进进的客户中，脑后还拖着一条假辫的郭庆春并不引人注目。他已经打听清楚，太平军确实向德国军火商汉斯订购了一批军火。因现货不足，汉斯正在向德国国内催运，约定在下月初交货。现在离预定的交货期还有二十多天时间，胡雪岩决定立即去见汉斯，他想只要货未交出，就有改变协议的希望！

有郭庆春从中牵线搭桥，这场原本要大费周折的"见面"变得十分简单。

第三天，一辆新式英国马车载着胡雪岩和郭庆春，驰向国际俱乐部。高大的爱奥尼式立柱，投射出浅灰色冷辉。巨大的券洞门里，辉煌的灯火把黄昏薄暮阻隔在门外。凉津津的大理石台阶上直立着两个身穿红外套、头戴白包布的黑人，像中国的"门神"。

胡雪岩猛一抬头看见满脸络腮胡子、凶神恶煞般的守门人，抢前上步想跟他们打个招呼，郭庆春一把拉住他，压低声音道："他们是印度仆役，相当于门子，你不必与他们客气。"

胡雪岩会意，连忙昂首阔步，旁若无人朝券洞门走去，"啪哒"！两个"门神"猛地立正，朝他们敬礼！

这是他第一次走进西洋建筑的内部。那巨大的旋梯，那造型繁复、诡异的

雕花钢窗,像一道道绿色的垂花门,引诱他步入幸福的伊甸园。枝型大吊灯,仿佛有人在他头顶上晃动着一个个鲜艳夺目的圈套,一不小心就会把人套进去……

一个高大丰满、金发碧眼的女人笑盈盈地迎了上来。胡雪岩望着她高耸的胸部、如雪的肌肤,竟然呆住了。

洋女人走上前,热情地搂住胡雪岩吻了一下,同时说道:"欢迎你!尊贵的客人。"

胡雪岩尴尬得满脸通红,他知道这是洋人见面的礼节,但轮到自己头上,还是有点说不出来的味道。

洋女人"咯咯"地笑了起来,叽里咕噜讲了一通话。郭庆春拍了拍胡雪岩的肩膀,在一旁提醒道:"她说,欢迎你!尊贵的客人。对于一位来自行省的政府官员,这种欢迎的仪式也许简单了一点,但很符合这次会晤的宗旨。"

哦!在洋人眼里,他多多少少还代表着一级官府。胡雪岩立即从窘境中解脱出来,抖擞起精神。一个高大的洋人已迈着仙鹤般的步子走了过来,郭庆春连忙为双方介绍:"这位是汉斯先生!这位是胡雪岩先生!"

汉斯伸出了手,用生硬的北京官话道:"欢迎!欢迎!"

胡雪岩连忙握住那只红赤红赤、大而有力的手道:"久仰!久仰!"

秘书小姐把他们领进一个事先预定的小包间,侍应生送上红茶,便退了出去。汉斯双手托腮,挺专注地倾听胡雪岩谈话,郭庆春用流利的德语为胡雪岩翻译……

明白了胡雪岩的意图,汉斯断然拒绝道:"不,我已和别人签约,不可失信。作为商人,应该讲究信用,我想这个道理胡先生应该明白。"

胡雪岩恢复了平日的镇定与自信,睿智地予以还击道:"我知道你和谁签了约。但我得告诉你,那是一伙与朝廷作对的人。"

汉斯翻了翻碧绿的眼珠,有些不屑地回答:"我是商人,商人只管做生意,而不问对方是谁。哪怕是魔鬼,只要我们之间的生意能够成交,我有利可图就行。我不管你们内部的事情。"

胡雪岩一看洋商如此强词夺理,不得不晓以利害道:"我相信汉斯先生应该知道五口通商条约,那可是外国政府同我们朝廷签订、保护外国商人在华利益的条约。现在,你和反对朝廷的人做军火生意,无疑是反对两国政府。你和他们签订的合约是不受保护的。"

汉斯哑口无言,郭庆春乘机进言道:"亲爱的汉斯先生,我们是朋友。我不得不提醒您,如果朝廷知道您与太平军之间的这笔军火交易,一定会派兵拦截。那时,您不但血本无归,还要受到追究,利弊如何?我相信您应该明白。"

汉斯一脸苦笑,耸了耸肩膀,两手一摊道:"只是枪支已从汉堡运来,而且很快就要运到上海,若是我中途毁约,将要蒙受巨大的损失!"

"汉斯先生,你不必担心!我可以代表浙江买下这批军火,并可适当提高价格。"胡雪岩脸上露出发自内心的笑意。

"这正是你想要达到的目的。"汉斯心下转忧为喜,脸上却不动声色。

"我们合作的前景广阔。大清需要的不仅仅是军火,西洋众多的先进玩艺儿我们都需要。大清地大物博,许多好东西也是你们想要得到的。"

"让我考虑考虑,反正货到上海还有些时间,不是吗?"汉斯又一次转动眼珠。

"汉斯先生,现在你不是要考虑,而是必须马上与我签下这份合约。否则,别怪我将此事告知官府,那后果只有你自己承担了。"胡雪岩步步进逼。

汉斯尽管老谋深算,也不得不屈从于这位奇怪的中国官员。当然,他也有他的如意算盘!

果然,五百支毛瑟枪、三万发子弹的合同当即签订,汉斯举起盛满葡萄酒的高脚酒杯,朗声道:"好!为我们合作成功,干杯!"

"干杯!"胡雪岩和郭庆春也把酒杯擎起。

玻璃杯叮叮当当相互碰击,满座笑声朗朗。此时,舞池的灯亮了,管风琴、萨克斯在架子鼓富有节奏的击打下,悠扬妙曼地响了起来。男女成双成对地牵手步入舞池,随着音乐的节奏跳起舞来。秘书小姐丽妲不知何时换上了飘曳的长裙,高挺的乳房在绸衣下轻轻颤动。那精致又带着褶裥的蕾丝花边设计巧妙,让乳沟呈露,让饱满的乳峰在轻纱下抖索着一片炫目的白光。

丽妲朝胡雪岩俯下身子道:"胡老板,我能请你跳舞吗?"

"不,我不……我不会……"胡雪岩有点手足无措。

丽妲一把拉起他道:"不要紧,我会带你!"

"好!好啊——"汉斯鼓掌笑道。

这个突然袭击,连郭庆春也没有预料到,他只好眼睁睁地看着丽妲把胡雪岩拖下舞池,拥着他随着音乐扭动……

汉斯打量着且舞且远的胡雪岩用德语问郭庆春道:"郭,听说他与湖州知府王有龄是好朋友,他的官职是用钱捐来的,对吧?"

"是。汉斯先生看来对这位胡先生很了解。"

汉斯自得地呷了一口酒道:"很了解谈不上,但我敢肯定他会对丽妲发生兴趣。"

此时,舞池的灯光渐暗,丽妲早把胸脯贴了上来,送给胡雪岩一个热吻。胡雪岩尚没反应过来,丽妲用猩红的唇压住了他的双唇,并把甜津津的舌头

送进他的嘴里。胡雪岩只觉得一阵眩晕,顷刻便有点喘不过气来……

咖啡座边的汉斯看着这一幕,似乎漫不经意地换了一个话题:"郭,我想与胡老板合伙做生丝买卖,不知有没有可能?"

"生丝买卖?"郭庆春有些疑惑地问道。

"对!湖州是生丝的主要产地,蚕丝又白又好!我们只要利用胡老板与王知府的关系,定有大利可图。"

刚与胡雪岩达成军火的交易,汉斯就提出生丝的合作,而且对胡、王的内情掌握得十分清楚,情报确实厉害。郭庆春内心有些嗟讶,他知道,因为军火生意属违法生意,汉斯来上海主要是开办丝行,专门收购中国生丝运到英国去销售。近年来,湖州的帮会联合起来抵制洋商直接收购,汉斯显然是想利用胡和王有龄的关系,去打压湖州那些反对直接收购的人。

"这就要看胡先生的兴趣了。"郭庆春的回答亦实亦虚。

少顷,胡雪岩从丽姐的"锦套"中突围出来。头一遭跟洋人打交道,这洋女人就这般主动、放得开,定有所图!他不想让洋人瞧不起,觉得中国商人眼皮子浅,这么容易就被肉弹击中!他克制了被丽姐挑逗起来的肉欲,回到咖啡座边。听汉斯谈到合伙做生丝的事,他心中不禁大喜,嘴里却道:"合伙做生丝有利可图,何乐不为!不过,我不懂生丝行情,有龄兄在湖州履新不久,待我回去跟他商量商量,再答复汉斯先生。"显然,他虽被弄得有些神魂颠倒,但并没丧失理智,没有"色"令智昏!

蚕丝在西洋极受欢迎,而且价格昂贵。虽然从四川到江浙都产蚕丝,但以杭嘉湖地区蚕丝的质量最优,"湖丝"作为中国丝的标志,在海外闻名遐迩……

胡雪岩偕同新搭档郭庆春连夜赶回湖州,向王有龄汇报了他的打算。

在湖州,当地上好的生丝时价每担不过二两银子。洋商把生丝出口到英伦三岛,生丝价格竟达十一两白银,利润惊人。生丝在国外的工厂加工成绸缎,销往世界各地,利润更是成倍增加。洋商通过买办、捐客直接到产地收购原料,就是为了获取最大利润。据郭庆春打探到的消息,目前上海的出口贸易,以生丝为大宗,排在第一位。胡雪岩决计就从这里下手!他建议王有龄以知府名义,宴请湖州丝业霸主庞二爷及其他丝商,摸清生丝经营的底细,号召全体丝商联合起来,一起"吃盘子"——垄断生丝收购,把洋人挤出湖州。我们手上拥有生丝,这样就可以同洋商讨价还价、提高价码了……

王有龄是何等颖悟之人,当即表示全力支持胡雪岩在湖州开办一家丝行;以官府的名义号召蚕农卖爱国丝,抵制洋商;并立即发帖把湖州的丝商全请来,集合到旗下……

又在"西洞庭"设宴。王有龄、庞二爷居中,胡雪岩和芙蓉在一旁作陪。其他均是当地的丝业界人士。

王有龄先作开场白:"上一次,你们为下官接风时谈到,湖州不光是鱼米之乡,还是丝绸之府。下官对此仅知皮毛,今晚特请庞二爷和各位湖州丝界巨贾一齐光临,就是专门向诸位讨教。"

"大人谦虚了,谦虚了。"这个开头,还真让丝商们有些受宠若惊。

庞二爷是领军人物,也不谦让,直言道:"王大人,庞某在丝业打拼多年,个中确有不少苦衷,很想向您倾吐。可历任知府只知道收税,从不关心我们的死活。王大人是历任知府中第一个问我等经营情况的人,这杯酒,我代表大家敬知府大人!"

众丝商纷纷举杯附和:"对!知府大人一到湖州就体恤民生,来,我们敬知府大人一杯!"

"哪里,哪里。"王有龄谦逊地与大家一一碰杯,询问名姓、丝号情形。

胡雪岩今日是双重身份,趁机道:"机会难得!有关湖州丝业的情况,大家可以当面向知府大人禀报,有何难处,也可求助。"

于是,众人一致推举庞二爷作代表。庞二爷简单介绍了一下湖州丝业的经营情况,说到本地丝商遭到冷落、挤兑,便不可止遏地激愤起来——三四年前,上海的洋商、买办一概通过我们丝行在湖州收购生丝,然后装船运走。待把行情摸熟,他们便借口丝行收购质量不保、运输不畅、索价过高、拖欠蚕农银钿等理由,收买少数丝商、地痞无赖,直接进村庄、蚕农家收购生丝。他们资金雄厚,可以一手交钱,一手交货;雇的船多又快,堆积如山的茧子眨眼工夫就运到上海的厂子里,用缫丝机器打包。本地丝商哪有那么大的本金?哪有他们行动迅速敢吃"大盘子"?你还在两箩三担、挑挑拣拣,没头苍蝇似的满村庄乱转着,人家就放风说今年蚕茧收购停了——几年下来,本地的丝行纷纷倒闭。就连我这个所谓的"丝业大王"、"湖州四象"也陷入了困境。唉!……

"哦——原来如此……"王有龄深表同情。

胡雪岩问道:"那我们湖州丝商为什么不联合起来跟洋人斗一斗?不是有丝业公会吗?"

庞二爷是丝业公会当仁不让的会长,解释道:"丝业公会原本是个空架子,并不能起统摄丝行、号令丝业的作用。早先它还在收茧的时候挂个牌,统一规定行市价格;在捐税、调解业内纠纷等事情上出个头,整个'和合酒'什么的。可洋人和他们的狗腿子一来,丝价不是由市场而是凭他们喊的!他们直接收购只纳一道出口税,官府还要派兵保他们的安全。本地丝商要交纳'桑植捐',收购生丝时要交'起花税',运往上海,沿途要交逢百抽一的'厘金',到上

海内河码头要交'落地捐',卖给洋行要征'口岸税'。真是'丝商盘死(丝),五二王(亡)之',清国万税,其(七)八九死(十)。生意弄成这个样子,丝业公会也成了太湖水,寡淡寡淡没味道。我这个会长,就更没有精神头喽!"

什么兵荒马乱,地方不太平啦;蚕农眼皮浅,有奶就是娘啦;役吏敲诈勒索、鱼肉百姓啦;丝商消息闭塞,根本就闹不清西洋外国生丝的行市啦……众丝商七嘴八舌,苦水刮了几大钵盂。

王有龄听进去了。这一行有一行的难处,声名显赫的湖州丝业几乎就要成洋人的事业了。作为地方官,他总要做成几件事。雪岩的起点高,他不做汉斯的生丝"代办",他要做"湖丝"这个大品牌的代表!那么,他就从振兴湖州丝业入手,整顿地方,激活商贸,把湖州乃至太湖流域的丝商、丝农集合到的旗帜下,保护大清的利权!

方略既定,王有龄举杯道:"诸位发表了很多高见,使下官长了见识,对丝业有了一些了解。下官将和庞二爷等丝界领袖共同商讨如何重振湖州丝业,勿使菰城利权外溢。我提议,就为这个实实在在看得见的目标,大家满饮此杯……"

腊月二十四过小年,胡雪岩和郭庆春来到湖丝最著名的代表产地辑里乡。这里所产蚕丝就是闻名中外的"辑里丝",据说,从一个丝头上拉出的丝,曾牵到七里开外不断,所以又名"七里丝"。它以丝身体重、根条细匀、光亮柔软、络工快、拉性强、练头高蜚声海外。这样的生丝作生产绸缎的原料,焉得不爽不美?"辑里丝"每百两可加工络成净丝九十三至九十六两,再除胶汁,经过毛坯练成丝线,可达七十五至八十两。这当真是织女从天宫的织机上悄悄垂下来的一根丝?难怪洋商要来湖州掠抢!

这里水网纵横,水道四通八达,虽值隆冬,满载货物的河舶子,灵便轻捷的小梭划,家用的乌篷船,以及舫舱状如官轿、专用来载人的平底舡,往来如织。从平畴上望去,像漂流的房屋或是移动的云团,却又不知去向何方。

田野上,成片的桑林,光秃秃的无条无叶,张举着不多的几个枝杈,那是入冬前精心剪裁过的。长不大的湖桑是杭嘉湖平原上的一绝,勤劳人家正在给桑树培土、施肥。河边、桥下,时见洗刷蚕簟、蚕架的女子,把笑声播撒在水面上。江南女子的秀丽,就摇漾在澄亮的波心里。

一连走访了几户人家,居然都不再种桑养蚕了。这几年来,一些蚕农被洋商直接收购坑苦了,他们用辛劳换来的茧花,没赶上洋商收购就成了旧丝,价钱被压得低低的,连本都收不回了。长此下去,谁还干这赔本的营生呢?

郭庆春摇头叹息,随口吟了两句:"聊向村家问风俗,如何勤劳尚凶饥?"这是宋代王安石的诗,题曰《郊行》,其前两句是:柔桑采尽绿阴稀,芦箔蚕成蜜茧肥。说的正是这采桑养蚕之事。

"情形大抵都看到了,现在是想能用什么办法把蚕农团拢来,同丝业公会的丝商联合起来,跟洋商较劲。"看到有蚕农、蚕事在忙碌,胡雪岩的心情好些了。苍天在上,这些人才是他们这些生丝经营者的衣食父母呐!

"王安石变法,励精图治,但最终并未给百姓带来什么实际利益。本朝康乾几位先祖算是有大作为,到今日就看小小的湖州能不能创造出一点奇迹来。"郭庆春蹙眉沉思。

胡雪岩返身,郑重地看着他道:"光等待是不够的,你得'躬行',同大家一道与洋商一搏!"说话间,两人进了一处村庄。茅檐竹篱,土墙疏院,绿水人家绕,鸡鸣桑树颠。几位老农在晒太阳,有的还吸着旱烟,只有总不闲着的农妇,即使晒晒太阳,也要抓点什么活儿在手上:翻翻晾晒的干菜,糊糊纳鞋底的布壳。

两人走近一户人家,只见一对老年夫妇在院子里,胡雪岩走上前去问道:"大伯、大妈,在准备过年了吧?"

老爹吸着旱烟,闻言顿时便发开了牢骚:"过什么年哟!王小二过年,一年比一年难过啊!"

农村再穷困,农户们对城里来的客人还是客气的,老妇人一边唠叨诉苦,一边热情地端过竹椅子,让胡雪岩、郭庆春坐下。

老农递过了旱烟管,被两人婉谢。老妇人进屋掇出两碗茶,客气地说道:"城里来的先生,尝尝我们乡下的土茶。"

郭庆春一尝,咂咂嘴道:"这是什么茶啊?"

"青豆茶。在茶叶中加了一点湖州的烘青豆。"

"嗯,好喝!这烘青豆比咖啡豆强十倍呢!"郭庆春止不住啧啧称赞。

胡雪岩乘机打探道:"大伯、大妈,今年的蚕花不是发得很旺吗,怎么还难过呢?"

老爹"嗨"了一声道:"蚕花旺,可是丝商压价,卖不出几个钱来。唉!明年还不知道能不能再养蚕呢!现在不但为过年发愁,就连明年买蚕种的钱都不知道在哪儿。"

"唉!一年到头,就靠养春蚕、秋蚕换一点钱。可这么一点卖丝的钱,再省吃俭用也用不到年尾哟。现在,连买年货的钱都没有呢。"老妇人也不住地摇头叹气。

郭庆春耐心地听他们倒罢苦水,问道:"听说你们每到过年,都向城里来的丝商借贷吗?"

"过年钱是可借可贷,但你这位城里的先生不知底细,这些借贷来的钱,

明春是要用丝茧抵押的。这些丝商都是精明鬼,明年春天来收丝时,只要新丝,不要旧丝,而且收丝的时间短,就那么几天。现在,洋人在上海、松江都开起了缫丝厂,用机器缫出的丝又白又亮,比我们土法缫丝不知快多少倍。瞧!我们的土纺车,只能搁到牛棚顶上去了。"

老爹说的是大实话,他家的杂物间里,邻家的牛棚顶上,都堆着手摇土纺车,上面积满了尘埃。这个被称为"丝绸之乡"的地方,苏轼诗中那种"村南村北响缫车"的情景已永远不再了!

郭庆春瞅瞅凝神聆听的胡雪岩,有意提高声音道:"湖州丝业公会的丝商决定效法洋商,在湖州'阜康'钱庄存入大宗银钿。所有蚕农年前都可以去'阜康'钱庄预支一定数量的银两,这叫定金,待明年春天养出蚕茧,再以生丝偿还。而且保证湖州丝业公会的丝价绝不会低于洋商,收购生丝的时间,也不会卡得那么紧,就看乡亲们相不相信我们自己的商人!"

胡雪岩一愣,立刻回过神来,郭庆春已经给他开出处方,现在轮到他按方子抓药了。这个效法洋商的处方大有好处啊!蚕农有钱过年,丝商明春得丝,双方得利,两全其美!而以丝业公会相号召,既可以把丝商团结起来,聚集在公会的旗帜下,又可以把大小丝商的资金吸纳到'阜康',大放定金,吸引更多蚕农。这样,明年春天就能把生丝买卖的主动权抓在手里了……

"有这样的便宜事?湖州也有这样的丝商,敢放我们蚕农的'定板'?"老爹不由得眼睛一亮。

"有没有,老伯你去湖州城一看便知啊!"郭庆春笑道。"阜康丝行"今天已在"阜康"钱庄的对面搭了个架子,打出招牌。而郭庆春偏要拉他在丝号开张之日往乡下跑,体察民情桑情,他心里正有些犯嘀咕呢。现在好,庆春兄这位干过洋买办的人,用了一个"攻下保元"的金匮方,在秋冬藏伏之季修真保元、培基益气,他知道该怎么做了。

"那你们何不叫丝业公会往乡下发些告示,告知蚕农年前就可以去'阜康'钱庄预支银两,过个好年,把劲攒足啊?"

"大伯说得好,我们回去就办。"胡雪岩笑呵呵地表态。

离开这户谷姓农家,两位新交心有灵犀,如此配合默契,还能有比这更让人欣悦的事吗?冬阳在河渠里反射出明晃晃的阳光,照在他们脸上,照在他们心里,让他们觉得辑里这地方就没有冬天!

"丝业公会的旗帜我们是打出去了,但不知湖州丝商愿不愿意聚到这面旗下?更不知道他们会不会把手中的资金放到'阜康'作预收生丝的定金?"郭庆春不无担忧。中国人一盘散沙,他是领教够了,何况是天性刁滑的商人,浅薄、短视是其通病。

"即使丝商不把资金存到'阜康','阜康'也不会短了银子。即使丝商不向蚕农预付定金,明春收购生丝,他们仍可以正常做生意,也可以与洋商打交道。但有一条,所有丝商都必须按照丝业公会统一规定的价格做买卖。否则,就以扰乱市场交官府治罪,有龄兄会全力支持我。"

郭庆春虽频频点头,但还是有些担忧道:"不过据我所知,每家丝农都有固定的老主顾,几年下来已建立了老关系。他们怕得罪老主顾,不一定肯改弦易张吧。"

"这没关系,就算他们有老主顾,可我们是给丝农救急啊!二月卖新丝,五月粜新谷,医得眼前疮,剜却心头肉。这是历朝历代农民的老病,他们已经不知道肉痛了。"

郭庆春对西洋经济是熟悉的,他替胡雪岩做了个小结:"既开丝行,又开钱庄。而钱庄在湖州大量吸纳现银,可就地购粮、买丝。再说王大人初到湖州,当然要征收钱粮,必将有大笔、大笔钱银解送省城。'阜康'分号帮他代理汇兑,又可以移花接木。收到现银了,就地购粮、买丝,运到杭州后,再脱手变现,解交藩库。你已具备西洋巨商的经营条件:有自己的银行,商业与金融紧密结合。"

胡雪岩听得哈哈大笑:"我不懂你那些洋道道,也没你说的那么玄乎,我是歪打正着,倒行逆施,大清商界的一颗扫把星……"

第二十回

散定金麻子凶戾闹丝栈
梦雕舫二叔神奇疗烧伤

丝业公会的告示贴出,年关本就拥挤热闹的湖州城更加拥挤不堪了。新开张的"阜康丝行"门口,黑压压的人头攒动,议论、打探之声,声声盈耳。

"'阜康丝行'不知怎么一下子就冒了出来?"

"而且年前就开始订丝,马上付定金,让丝农们过个好年。"

"有这等好事?他究竟是怎么个章程?"

"他们现在先付三成定金,到了春天收货时,再付七成。"

"但万一有人到时不交生丝,耍赖皮,那他们怎么办?"

"所以先签合约,愿意者可马上到柜台签合约。到时双方如有违约,就送官府究办。"

"哦,这钱也不是那么好拿的……"

不少举棋不定者,跑到柜台边去观望。那个叼着旱烟管的谷老爹也挤进了人群,朝柜台里不住张望。他一眼看到正在店里忙碌的胡雪岩和郭庆春,喊道:"嗨!你们……不就是来过我家的两位先生吗?"

"对!大伯,我们上过你家。"

"还喝过湖州风味的青豆茶。"郭庆春那口京腔,在湖州是有些惹眼的,他拿过一张印好的合同书,指着左下方说,"大伯,拿点定金去过个年、买些蚕种吧。你只要在这儿签个名就行。"

谷老爹瞧了瞧身后的人群道:"我不会写字,按个手印可以吗?"

乡下人谨慎,害怕上当,谷老爹回头,是在寻找有没有断文识字的熟人。胡雪岩看在眼里,他递过印泥给谷老爹,同时将几张盖有胡雪岩印章的空白合同交给人群传看道:"官凭文书私凭印,盖手印是个便宜办法。"

人群中果然有识字的,一字一顿、很张扬地把合同读给大家听了。

"'阜康丝行'……'阜康钱庄'……名字都一样,是同一个老板开的?"

"胡雪岩?!"

"你知道坐镇柜台的那个人是谁吗?他就是大名鼎鼎的胡雪岩!我们湖州新知府的结拜兄弟。"

"啊,原来是他!"

谷老爹从对面拿了钱过来,挤到柜台前向胡雪岩、郭庆春表示感谢。胡雪岩仿佛变戏法似的从柜台下面拿出一个小小的白布口袋问道:"大伯,你认识蚕茧吧?亮一手让大家见识见识?"

"这太简单了,我养了四十年蚕了……"谷老爹嘿嘿一笑,他把手伸进口袋,随手抓出一把蚕茧,"这是杂叶茧子","这是苏北茧子",什么太湖"南岸货"、"北岸货",哪是湖桑地产蚕茧,哪是湖桑引种产的茧子……众人无不叹服。

胡雪岩响亮地拍了几下巴掌道:"大伯,我们丝行正缺少验货师,你就干脆到丝行来帮工。你对蚕丝这么熟悉,得帮我带几个验货的徒弟出来,到时验看蚕茧成色,分清档次,我会多给你工钱。"

谷老爹受宠若惊道:"我……我这下真是遇上财神爷了……"

就在这时,人群忽然一阵骚乱,有人叫喊着:"闪开!闪开……"只见一支队伍分开众人,来到丝行门前。领头的是一个粗悍凶猛的中年汉子,头戴青缎瓜皮小帽,蓝磅布棉袍外面套着一件绵羊毛滚边的元青布马甲。一对吊梢眉,一双鹞鹰眼,满脸麻子,粒粒充血,模样煞是狰狞丑陋。

"不好!尹麻子来了……"人们纷避,如见瘟神。

胡雪岩忙问:"尹麻子是谁?"

谷老爹压低声音道:"湖州青帮的头子。丝商要在湖州收购生丝,都必须通过尹麻子,否则,麻烦就大了!"

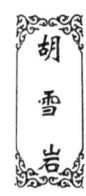

"哦,如此横行霸道?我倒要见识见识!"胡雪岩十分冷静。

一下工夫,大家都闪得远远的,生怕惹上祸水。胡雪岩、郭庆春神色自若地迎出门口,但见一根根棍棒、一把把刀剑,高举在头顶,一群乌合之众啸聚门前。胡雪岩毫不客气地问道:"你们是什么人?"

尹麻子怪啸一声道:"什么人?我倒要问你是何方野种?到湖州来跑码头,也不先敬敬神、烧烧香,就占山为王,开起丝行来了。哼!好大的胆子啊!"

胡雪岩凛然道:"丝,人人可以收购;丝行,谁都可以开。皇天后土,大清的江山,谁能禁止百姓务农、经商?"

"在湖州就不允许!要进乡门,先拜土地。我就是湖州的土地神,你必须先经过我们湖州青帮同意,敬过神、烧过香,方才可以另立门户。"尹麻子蛮横地说道。

一个喽啰指着尹麻子道:"你知道他是谁吗?湖州青帮的掌门人,尹,尹德贵!"

"哦?原来你们也是青帮?"胡雪岩饶有兴趣,随即用"通草"(江湖黑话)发问道,"几路香进会?"

尹麻子一愣,本能地回答道:"二十三路香进会……什么,你也是青帮?'坐的什么山,乘的什么船,山上什么堂,供的什么香'?说!快回答!"

"说!快回答!"众喽啰齐声叫喊附和。接着便用木棍、铁棒"呼呼!嘭嘭!"地捶击着地面,以示威武,以示催促。

胡雪岩知道青帮有"兴混不兴赖"的规矩,便想用混的一招,把这个小小的危机抵挡过去,便道:"'坐的青龙山','乘的顺风船','山有忠义堂','供的四海香'……尽管我懂江湖黑话,但实不相瞒,我不是青帮中人。"

"你不是青帮中人,在这逗什么能?"尹麻子一挥手,喝了声"哑"!便一棍挥去,将正中墙上挂的那块"开张大喜"的玻璃镜框打落在地,"咣啷"一声跌得粉碎。

众喽啰也嘭嘭打砸起来,把箩筐踢得满地乱滚。也有人以为那白布口袋里可以捡洋捞,翻开一看,竟是蚕茧,狠狠地摔在地。尹麻子举起桌上那架算盘,猛地砸在地上,算盘散了架,珠子满地滚。他正要用木棍去砸玻璃橱窗,那只手突然被一只铁掌抓住,动弹不得。回头一看,是那个仪表堂堂的北方人抓住了他,怒道:"你……你竟敢在太岁爷头上动土?"

"对!"郭庆春也怒不可遏,他一把夺过尹麻子手中的木棍,在膝盖上一磕,木棍断为两截。

尹麻子恼羞成怒,退到一边,抄手腆腹命令道:"黑金刚,上!摔他个嘴啃泥!"

魁梧无比的黑金刚冲到郭庆春身后一把将他抱住,想把他举起来。郭庆春用上了西洋的摔跤技巧,死死稳住,身子就像生了根一般。尽管众喽啰跳脚呐喊为黑金刚助威,黑金刚哼哧着却怎么也摔不倒郭庆春。于是木棍、铁棒,又嘭嘭击打着地面,闹得山响。郭庆春虚晃一招,故意卖个破绽,黑金刚立刻使劲,可不知怎么,郭庆春轻轻一下,就把他摔了个四脚朝天。尹麻子见状怒发冲冠,狂叫道:"兄弟们,砸!砸它个稀巴烂!"

众喽啰一齐挥棒、舞棍,围住丝行,无论门窗柜台、桌椅用具,砸将起来。

"砰——"一声巨响,一个喽啰头上的乌毡帽被打飞……

"啊?!……"全场发出惊呼,齐齐被枪声震住。

此时,一队衙役赶到,领头的是两名枪手,正举枪向尹麻子瞄准。衙役头领大喝一声道:"尹麻子!你好大胆子,竟敢打砸知府大人亲自批准开设的爱国丝行。"

"什么!……爱国丝行?……"尹麻子愣住了。

"少啰唆!跟我们走一趟。"头领推了他一把。众喽啰面对黑洞洞的枪口,一动也不敢动,只好眼巴巴地看着尹麻子被衙役带走。

尹麻子在湖州的名声很大,涉足旅栈、艳行、赌场,刘不才输掉的传家宝就是在尹麻子掌控的一家赌场里。最近几年,尹麻子又开始插足丝业。去年,有多位蚕农遭到他手下的威胁乃至毒打,也有丝商受到那些喽啰的刁难,向衙门指控尹麻子横行不法。王有龄亲自审案,将尹麻子重责二十大板,拘押三个月……但湖州城乡的治安状况并不见好转,丝行遭劫、桑林被毁事件时有发生。

天气开始转暖,蚕种孵化在即,但丝商集结在公会麾下与洋商一搏的倡议,似乎并未引起积极回应。庞二爷有自家的钱庄,而他预付给蚕农的定金似乎并不多。他认为公会这个松散的联盟,届时根本就经不住洋商一击!

傍晚,夕阳在湖面上抖索着片片银箔,几根闪闪的银针仿佛被一只只无形的手拿捏着,把成片的银箔和浩渺的湖波连缀在一起。不一会儿,轻悠的湖波便似承载不了银箔的分量,沉寂下来,抖索的银箔也消然沉入太湖深处。

两艘精巧的小雕舫无声地停泊在水面上,这是太湖一景——游湖饮酒吃湖鲜,夜来在湖上醉眠。今晚胡雪岩和芙蓉都喝多了,又是唱又是闹,两人还用越调表演了《山伯访友》。郭庆春悄悄让船老大又招来一艘小雕舫,把原船舫留给那小夫妻俩快活。胡雪岩看见了,抢过来拉他道:"庆春兄见外了,三个人一起睡,你我兄弟还分什么彼此。"

郭庆春笑而不答,吩咐开船。他进了舫舱,拉开窗帘,走到窗口朝二人打手势,胡雪岩、芙蓉也在船上笑着招手,嬉闹一番。

夜深了,郭庆春除去假辫、长袍,身着一件西式马甲,躺在船舱的卧榻上,对着油灯看一份英文报纸。

船老大提着茶壶走进船舱,见他如此打扮,多少有些诧异,有意搭讪道:"先生,你还没睡哪?看,对面船上的胡老板和太太早已熄灯睡觉了。"

郭庆春从舷窗望出去,胡雪岩的小雕舫已经熄了灯,静静地停泊在湖中央。夜色分外蒙眬,甚至有几分神秘。悄悄的下弦月,映出千顷幽波。湖面上的山岚岛影,让人心驰神飞,却又一丝儿不敢破坏它的恬静阒寂。郭庆春笑了笑道:"胡老板今晚人逢喜事精神爽,多喝了几杯酒,当然要早些休息。可我已习惯熬夜,睡得很晚,睡觉前要看看书,才能睡得香。"说着,他拉上了窗帘。

船老大递上茶壶问道:"先生睡觉前喝茶,会不会睡不着觉?"

"不会,晚上我还常常喝咖啡呢,那可比茶叶刺激,我都没有关系。"

"那你看书吧,有事招呼我就行。"船老大放下茶壶,小心地退了出去。

郭庆春看完报纸,暗叹一声。这是一份过时的英文报纸,国外有人为这场声势浩大的太平天国运动欢呼,认为大清就像一具封闭在棺材里的木乃伊一样,一旦接触到外面的新鲜空气,就会立刻风化。那大清这个庞然大物,到底是关起门来好呢,还是打开国门"师夷长技"好呢?没有答案,郭庆春不知不觉打了一个呵欠。他放下报纸,摸出胸袋中的银壳怀表,看了看,已经是零点了。他站了起来,伸伸懒腰,脱掉马甲,"扑"地吹灭了灯,睡到卧榻上。尽管睡不着,他还是努力闭上了眼睛。

突然,耳畔传来噼里啪啦的爆响声,声音越来越大,似乎就在近处。

"着火了!着火了……"隐隐传来了叫喊声。

郭庆春一下子蹦了起来,四顾船舱,没见任何火光。他忙冲出舱门,前后张望,原来是对面胡雪岩的雕舫着火了,火势已经越过舫顶,传来噼里啪啦的声喧。

"不好!对面的船着火了!船老大!船老大……"

"先生,你有什么事?"船老大闻声从底舱内钻了出来。

"你看对面,胡老板的船起火了!"

船老大惊道:"啊!那怎么办?快想法子去救火啊。"

对面船上,大约也是刚从睡梦中惊醒的船老大端出一盆水,泼向船舱,嘴里呼救道:"来人哪!快来帮忙救火啊!"

郭庆春催促道:"船老大!赶紧把船划到对面去,帮助救火。"

"嗳,嗳……"船老大一边答应,一边手忙脚乱准备开船。他升起备用的船帆,可是今夜无风,雕舫纹丝不动。郭庆春冲到船尾去摇橹,他抓住橹柄,由于不谙技巧,用力过猛,差点跌入水中。

"我来！我来……"船老大连忙赶过来，接过船橹。船开始移动，向对面的雕舫划去，但速度很慢。

郭庆春急坏了，忍不住上去帮着摇橹，嘴里乱叫道："快！快一些！用力划……"

"先生，你这样越帮越忙，船反而更慢，还是让我一个人划吧。"船老大没好气地制止道。

郭庆春站在船舷，急得抓耳挠腮，团团乱转。

对面船上的火越烧越大，火焰几乎吞没了整条船，那边的船老大已经不见了。芙蓉已从船舱冲出，衣衫不整地向这边呼救："郭大哥，快！快来救救我们哪……"

"我来了！我来了……"郭庆春挥手回应，转身对船老大道，"快！尽量快……"说罢，他一个春燕穿杨，纵身跃入水中。有顷，郭庆春从黛色的波涛中探出头来，矫健地挥臂蹬腿，快速向着火船游去。

船上的火越烧越大。尽管芙蓉也在往舫舱里泼水，但杯水车薪，无济于事。熊熊的火焰像几条被激怒的火龙，原地盘旋、翻滚。道道火舌，在夜空中卷舒盈缩，时时变幻着狰狞可怖的面孔。哔哔剥剥的爆裂声，迸出一片一片火焰的鳞片，漫空飞舞，让人胆战心惊。

芙蓉的求救声已变成本能的哀号："来人哪！救、命哪……"

郭庆春以最快的速度游近火船，芙蓉跌跌撞撞地扑了过来，拉了他一把。郭庆春耸身上了雕舫问道："雪岩呢？"

"他喝醉了，不省人事，叫也叫不醒、抱也抱不动……他肯定没命了，没命了！呜呜……"芙蓉已经语无伦次。

"哭什么！我去救他！"郭庆春冲她一瞪眼，一眼瞥见甲板上有个麻袋。他一把抓过来，麻袋入水，湿淋淋顶到头上，没等芙蓉反应过来，他已一头冲进舫舱，冲进了火海中。

见状，芙蓉惊呼道："郭大哥……"

对面那艘雕舫已驶近火船，船老大摇着橹，思谋着怎么靠拢才合适。

郭庆春背着胡雪岩从火焰里冲了出来，肩上、背上皆已着火。但胡雪岩仍然昏迷不醒，脑袋歪在郭庆春的肩膀上，虽然一只手臂上满是燎泡，他却连眼皮都没有颤动一下。

"快！快把船靠过来……"郭庆春急扯白脸地喊叫着。

"火这么大，怎么靠得拢？"船老大做为难状。

"你知道他是谁吗？快把人接过去！"

船老大不满地嘟哝着，慢慢将船靠拢，把长长的跳板架了过来，总算把两

条船连接到一起。芙蓉在船老大的帮助下,摇摇摆摆、连奔带跳冲到了对面的船上。郭庆春试了一下,不行,跳板太薄,两人太重,才走出几步,跳板便严重向下弯曲。郭庆春背着胡雪岩,努力把脚步迈小、迈稳……没想到就在此时,胡雪岩在他背上突然苏醒,睁开眼睛,仓皇四顾。郭庆春急得大叫道:"别动!雪岩,千万别动……"但话未说完,胡雪岩猛地动了一下,郭庆春一个趔趄,身体失去平衡,两人一起掉入湖中……

在船老大的帮助下,胡雪岩很快被救了起来。郭庆春落水时,撞到一根沉埋水下的断桩上,右腿骨折。他身上的烧伤遭冷水浸激,伤势更重……

湖州府衙专门收拾了一间客房供郭庆春暂住,以示看重。现在,这里又临时作为病房,郭庆春平躺在床上,右腿绑着柳条夹板,高高地翘起在床架上。只是身上的烧伤当时遭冷水一激一浸,轻则伤处的机能恢复很慢,红肿化成一个个细小如珠的亮泡,疼痛难忍;重则那些燎泡当时正值高温之际,入水纷纷爆裂,碎裂的表皮被水冲走。露出的红肉夹杂着灼烧炭化的黑肉,失了表皮的约束,红肉外翻,不断肿胀发热。

因他顶着湿麻袋冲入火海,烧伤因此多集中在胸前、腋下,以及活动最多的两臂的外侧。这样,他就只能赤裸着上身,两条胳膊小心翼翼地平放在身体的两侧却又要尽量张开,上身不能乱动下身只有左腿、臀部能动。也不知湖州那位疡医给他弄了些什么药,身上裸露的部位全都花花绿绿,再覆上一层黯黑色的油质,发出一股难闻的气味。如果不是那张脸,和他实在难以忍受发出的轻细的呻吟,你还以为是哪座古庙里的神灵被请到了这儿!

王有龄携梁冰玉前来探视,梁冰玉见状欲呕,使得素来注重自己形象的郭庆春好不郁闷,问在此照料的芙蓉道:"我是不是像个怪物?"

一向温婉妩媚的芙蓉郑重其事道:"冰玉姐可能闻不惯这药味,要不,她是有喜了。我怀着儿子的时候,也是对气味十分敏感。"

郭庆春于是说道:"除芙蓉外,以后女人都不得入内,有伤大雅!"

胡雪岩身上也有几处轻微灼伤,他和芙蓉日夜在病房陪侍,见郭庆春伤势严重,便叫芙蓉去乡下请她二叔来。刘家不是有家传秘方么?内中肯定有治烧伤的。

郭庆春身子虽被"囚"了个严实,脑子可没闲着,便问胡雪岩道:"真没想到那晚你会睡得那样死,连火神这么兴师动众,都喷不醒你这个胡大财神。内中难道没有一点缘故?"

"前天晚上,我不知是怎么一回事,会醉成那样,火烧不醒,水浇不醒,尔后突然醒来,发现不见了船老大……"胡雪岩做个怪相,显然,他已留意到这场火烧得蹊跷了!

郭庆春会心一笑道:"倘我不来救你,你就永远沉浸在温柔乡中,倒是一个风流鬼。"

"我跟女人在一起向来很投入,初始我也疑心自己是不是太疯狂了一点。现在看来,船老大找不到了,衙门的捕快还在满世界找他呢。只是为了救我,将你折腾得这样,我心里真过意不去。"

"受点伤倒不要紧,就是像犯人一样困在这床上动弹不得,真是比死都还难受。"郭庆春捶了捶床板。

"芙蓉已经到乡下请她的二叔去了,据说二叔医术十分高明,家中还藏有祖传的秘方……"胡雪岩赶紧好言相慰。

"如果不行,就把我送回上海,找德国医生动手术。"不过,郭庆春还是有点信心不足。

就在这时,门外响起了脚步声,胡雪岩高兴地说:"这不,人来了。"

门外,走进芙蓉和她的叔叔刘不才。刘不才虽仍旧不修边幅,但双眼发亮,充满精气神。

芙蓉介绍道:"郭先生,这位就是我二叔……"

郭庆春笑道:"早听说刘先生的大名!久仰,久仰!"

刘不才哼了一声,剜了他一眼道:"鄙人刘不才,不学好的'不',无才的'才'。恐怕不是大名,是臭名远扬吧!"

郭庆春知道遇上了怪人,赶紧不吱声了。刘不才解开郭庆春腿上的绷带,立即露出职业的认真。他仔细看罢伤口,便以极为娴熟的技巧,给他来了一番推拿。

"哎哟!哎唷……"郭庆春忍不住呻吟起来,他一边叫唤,一边心下暗骂:什么祖传秘方,把大痛弄成剧痛,弄得让人疼痛难忍了!

其实,痛则不通,通则不痛。刘不才一番推拿,把他的经络之气弄活了,而骨折造成不通,使瞬间激活之气迅猛回窜,焉得不剧痛?刘不才又朝郭庆春扭曲变形的脸上挖了一眼,左手托住那条断腿的膝弯,右手轻握那只脚的脚踝,但见他把身子抖了一下,鼻孔里哼了一声道:"我已将你的踝骨复位,明天你就可以下地了。"

"骨头没断就好!如果伤筋断骨……"郭庆春突然高兴地发现右腿已经不痛了,并且能够活动了。

刘不才脸上依然没有笑容,道:"芙蓉,你再将这位先生的上身清洗一遍,我给他敷上药膏,静养十天,包管全好。"

芙蓉与胡雪岩欣喜地交换一下眼色,连忙去端来一盆水,加上些盐末,为郭庆春洗净伤口。刘不才从随身带来的小包里拿出一个古瓷瓶,从里倒出一

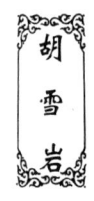

些药粉,敷在伤口上。又给芙蓉留下了一些药粉,告知用敷之法,冲郭庆春道:"先生可把腿放下来,也不用去上海乞求于那些洋医。"

郭庆春觉得浑身舒泰,疼痛全消,忍不住赞叹道:"这下,像是重新活过来了……刘先生,你真是神医哪!"

"神医不敢当,良医倒还排得上。"

胡雪岩突然产生一个想法,说道:"二叔,你有如此精湛的医术,又有那么多家传秘方,我们来开一家药店如何?"

"开药店?"闻言,刘不才怔住了。

"对!本金由我来筹措,不劳二叔费心。"

"那就太好了!这也是我这辈子最大的愿望。我们刘家世代行医卖药,悬壶救民,光家传秘方就有厚厚十大册,可惜我大哥——芙蓉他爹,在四川采药落水,我又……嗜赌成性,眼巴巴地把一爿'敬德堂'药号拱手送给了别人……"刘不才脸上露出难得的笑容。

"浪子回头金不换,二叔毕竟是明理之人。对了,二叔的赌技和医术相比,哪个更高明?"

"这……怎么说呢?半斤八两,两者差不多。"刘不才有些羞愧地看了看郭庆春。

胡雪岩也看了看郭庆春,意味深长地说道:"什么时候,我请二叔痛痛快快地赌一把。到时我出钱,看二叔的赌技到底有多高,好吗?"

郭庆春瞧着一脸不悦的芙蓉,嬉笑道:"这场豪赌,我看放在春蚕初出的时候比较好。"

"你们怎么又怂恿二叔去操赌博这种败家子艺?我二叔这心神刚刚安定下来,你们又闹鬼挑三窝四……"芙蓉摆了张嘴脸,恨恨地翻了他们一眼。

刘不才高举起一只手打断了芙蓉的话道:"内有玄机,你二叔听出来了。"

第二十一回

借快枪船舱偷情假小妹
图联手赌场暗阴庞二爷

夜深人静,室内只剩郭庆春和芙蓉两个人。

芙蓉把一碗点心端了过来道:"郭大哥,这是按我叔叔药膳方子配的'八宝健身羹',你吃下去能壮骨补身、健脾滋阳,快趁热吃吧。"

"好,我自己来。"

郭庆春忙欲坐起,芙蓉伸手把他按住道:"不,你躺着,我来喂你。"

她将枕头垫在郭庆春的腰部,让他舒适地斜靠着,然后用汤匙,一匙一匙地喂到他的口中。

郭庆春不好意思地扭捏道:"芙蓉弟妹,要你这样,我真过意不去。"

芙蓉毫不在乎道:"是雪岩要我留下来专门服侍你的,你就别客气了。"

郭庆春感慨道:"雪岩有你这样的红粉知己,真是莫大的幸福啊。"

芙蓉突然有感于自己身世,不由得伤感起来:"知己有什么用?只能谈谈

心、聊聊情而已。如果能终生厮守在一起,那才是人生最大的幸福呢!"

郭庆春安慰她道:"我知道你的心意,雪岩兄也详细向我谈起过你的身世和处境。他不是不想把你作为二太太,可他也有难处,家里的老人家最讲礼教,有了大媳妇,就不主张纳妾……你也不用着急,我们一起慢慢想想办法,困难总会过去的。"

芙蓉泪眼汪汪望着郭庆春道:"谢谢你!郭大哥,你的心真好……"

郭庆春从芙蓉目光中突然读出些什么,连忙将眼睛避开。

沉默了一会儿,郭庆春打破那种渐渐蕴蓄起来的温馨和宁静,说道:"弟妹,你早点回去休息吧。"

"不,雪岩再三叮嘱,要我这些日子要照顾好你,你腿不能动,吃喝拉撒全由我服侍,好让你早日康复。"

"这怎么行!让你一个弱女子来照顾我这样一个男子汉,雪岩兄也太大男子主义了!"

对这位出身高贵的皇亲,芙蓉还有由衷的感激之情,忙道:"这又有什么呢?我们也是朋友啊。那天晚上,你不也是为了救我,才得罪那个洋鬼子吗?郭大哥,你就别见外了。只要你不嫌憎我是个烟花女子就行了……"

"怎么会呢……好吧,那我就漱洗一下,大家早点休息。"芙蓉到外边去倒来热水,轻柔地给郭庆春洗脸、洗脚。

夜深人静,烛影摇红,不知从何处,飘来若断若连的洞箫声。待芙蓉做完这一切,郭庆春下床弓身请芙蓉回房安歇:"我领了弟妹的情,享受了弟妹殷勤周到的服侍。现在弟妹该回去了。从明天起,弟妹就不用再来了,我快要痊愈了。"

泪水忽然从芙蓉的眼角溢出,她赶紧低下头,端着铜盆朝外走去,盆中的水晃荡着,洒到了地上。

火烧雕舫事件不久,又有人在胡雪岩的湖州住处故技重演,企图纵火烧毁胡宅,幸被巡夜团丁及时发现。现场遗留一个方形的"美孚"壶,未及开启。这个物事来自上海租界,美国人想在中国倾销"美孚",特意制作了这种五公斤装的轻便铁皮壶,以利推广。据巡夜的团丁说,逃逸的纵火者中有一人颇像尹麻子的手下黑金刚。王有龄下令捉拿,但黑金刚仿佛有耳报神,在捕快到来之前就逃走了,一碗未吃完的米粉还在桌上冒着热气……

这日,所购五百支毛瑟枪从上海运到。按照合同规定,枪至湖州,由押运人员当面在太湖上试枪无误,再行交验。王有龄穿戴齐整,吩咐备轿。正要启程,刑名师爷"山羊胡子"手捧一封密札,两脚如飞而至,报称江苏学政何桂清大人携如夫人微服到了湖州,约王大人湖上相见,称有要事相商。

王有龄怎敢怠慢,一边派人去叫胡雪岩携芙蓉出迎,一边换了便装,待梁冰玉穿戴齐整,二人便分乘两顶绿呢官轿,也不带随从,往太湖码头而来。

王有龄来到码头,果见一艘官船,虽无仪牌旗旄,但船头上立着四五位便衣武士,戒备森严,一望便知。于是他登船与何桂清见过礼,少顷胡雪岩偕芙蓉也登船拜望,浙省在湖州官阶最高的两个人,就算是出城"郊迎",见过礼了。

何桂清毕竟是风流学士,见两位故交带来两位丽人,忙唤巧珠与她们相见。那巧珠全然贵妇打扮,高髻云鬟,头戴银鼠皮昭君套,上面镶着两颗罕见的异色蜜蜡。身穿烂银蟠枝叶洋红花闪光缎掐腰袄,缀着荷兰长毛兔护手。下履软缎便鞋,系一条松萝锦及地裙,裙下一圈灰紫相间的松鼠皮镶边。真是端丽俏爽,别有风韵!

"解语花!真是三朵会说话的花!"何桂清哈哈大笑,盼咐不拘礼节,随兴就座。傅晶率两位军牢快手,在舫舱内又安放了一张小桌,摆上香茗蜜饯,时兴瓜果,又与王、胡二人厮见过了,退出舫外。

王有龄见何桂清神神秘秘,料想非为大事,他不会跨省越湖来到湖州,便道:"何大人跨湖而来,肯定并非'我欲因之梦吴越',不知有何要事,劳动大人仙趾,却又并不惊动地方。"

何桂清不再嘻哈,也不加客套,竖起两个指头道:"那我就长话短说了,来湖州为两桩大事。其一,闻听有龄为武装民团,竟购到五百支毛瑟枪,真是神通广大。但贤弟也知道,江苏自金陵被粤匪所占,苏州一直代行省府。日前据确切消息报告:粤匪李秀成部准备大肆侵犯江苏,苏州自然首当其冲。而朝廷已降钧旨,务必保全苏州。此来,是请贤弟一定将五百快枪让与愚兄。苏州有绿营驻防,只要拥有快枪,苏州总兵把军令状都立下了。而两江督署,江苏军政各处,听说我与有龄是故交,一致推举愚兄来湖州,效申包胥秦廷之哭,举燕赵韩唇齿之故,请有龄弟大义救吴。"

"武装湖州民团也是朝廷钧旨,而湖州又非苏省管辖,此事有龄怕不敢做主。"王有龄面有难色地推辞道。

何桂清嘿嘿几声脆笑,摇晃着脑袋道:"都说有龄居官谨慎,果然不假。别急,我就要说到其二了。愚兄此来,奉朝廷密旨,调查浙江巡抚黄宗汉'贪污漕银、中饱私囊''操控捐纳、交通奸细'等情事。八年前,黄宗汉竭力包捐、为之上下奔走的一帮候补官员,内有三人竟系粤匪派出的奸细,他们后来都谋得知县、州判等等实缺,在各地作太平军的内应,为祸深重。京师有密旨到吴之事,我在信中只跟黄宗汉略提了提,有关五百支快枪,他就答应请湖州让苏

州,'太湖环周,应互为奥援',这是黄巡抚给我的亲笔信,请贤弟一观。"说着,何桂清袖出一信交给王有龄。

黄巡抚在信中让王有龄忍痛割爱,并称江苏方面在价格上会比较"优厚",绝不致让湖州地方吃亏云云。有黄中丞担待,他为何不卖何桂清这个面子?

胡雪岩听得仔细,故意说道:"黄中丞官至巡抚,也算是朝廷要员,断不会明知捐官者是太平军奸细而为其奔走,他不过贪图些小利,顶多也就是个'失察'之罪。何况'铨叙'之责、委派官吏是吏部的事,我看他'交通奸细'的罪名是站不住脚的。"

这黄宗汉的荣辱与他和王有龄大有关系。几年来,他们已把黄宗汉喂肥,倘若黄因罪丢官,另换一位巡抚,这饱狗去了又来饿狗,再将饿狗喂肥能少得了麻烦?

何桂清嘻嘻一笑,眯缝着眼睛,把脸凑拢了道:"所以,他黄宗汉头上的顶子是捏在我手上的。只是我何某为官不能亏心,兔死狐悲嘛。是贵福那一帮人,不断在背后告黄宗汉的状……哦,你脸上怎么啦?"何桂清是近视眼,趋近了才发现胡雪岩脸上搽有药膏及烧伤的痕迹。

那边巧珠把话接了过去,道:"胡相公遭遇大凶险,差点掉进太湖喂了鱼呢。"

人都是好面子的,迎着何桂清错愕的目光,王有龄有些轻描淡写地说了雕舫被焚的经过。他是地方首脑,狱中现押着帮会中一位老大,继"阜康丝行"被砸,好友又频频遇险,治安如此不佳,他脸上能挂得住?

但巧珠是存着一段心事的人,一边走过来要察看胡雪岩的伤,一边咋呼道:"既是帮会中有人捣乱,如何不着人来找我?我去请五哥或者干娘出面,这帮会中的事没有摆不平的!"此语甚合胡雪岩的心意:尹麻子、黑金刚的背后,无疑有看不见的黑手。现已开春,正值"春风吹蚕细如蚁、桑芽才努青鸦嘴"时节,倘帮会中人继续嚣张下去,他不能伸头,湖州蚕事也将大受影响。惜有龄兄把主要心思放在武装湖州民团上,以防范太平军再犯湖州,不明白如不迅速摆平湖州帮会势力,他这新官上任的"三把火"就烧不起来,往后就更打不开局面。

"好友的安全不保,湖州丝业的前景得不到保障,商业运营受阻,你为官一任造福一方的愿望就要落空。平息湖州帮会势力已经刻不容缓,'以夷治夷'是上策,武力弹压不可取。嫂夫人既然有这等优势,何不请她出马安定湖州。"说这话的是梁冰玉,显然,夫妻俩已就湖州地方的治安讨论过多次了。梁冰玉所说的,正是他想说的!胡雪岩只差拍手称快了。

芙蓉受过惊扰,自然主张"平息""安定",正说着,傅晶进来问道:"胡大人让'西洞庭'酒楼送来一桌酒菜吗?"

胡雪岩笑道:"正是,何大人远道而来,坐镇楼船,不染纤尘,下官弄些酒菜为大人接风吧,洗尘就挨不上了。"

何桂清也哈哈大笑,指着王有龄道:"迎进奉出,应酬打点,我们这些科举正途出身的人就是不如他们这些捐纳之官,能把诸事料理得妥妥帖帖。来来来,大家都坐过来,美酒佳肴,再来点儿什么助兴……"

傅晶将"西洞庭"送来的酒菜一一摆放,巧珠招呼大家入座。还是何桂清出了个题目:大家都受奔波劳碌之累,就以现在的住处为题,说个跟当地有关的笑话或典故。

抽签以胡雪岩为第一,他家住杭州,就讲了个与杭州有关的故事:相传北宋蒲传正做杭州知州,一天一位方士前来求见。方士已年过九十,但脸色却如幼儿一样红嫩。传正跟他交谈,顺便问他长寿的秘诀。方士答道:"这方法简单,也很易做,没有别的禁忌,只要断绝女色!"传正低头思索良久说:"要是这样的话,即使活上一千岁又有什么意思!"

众人听了皆抚掌大笑,芙蓉也打趣道:"说的是你自己,你就是这样的。"

依座次轮到梁冰玉。她自称"湖州书史",博闻强识,王有龄自叹弗如。她的故事绕了个弯子,说的是大中祥符元年,宋真宗泰山封禅,归途中访问隐者杨朴。这杨朴以诗、文闻天下,偏隐于村野。真宗知他长于吟诗作对,便让他当面试作。杨朴答称"不会"。真宗问:"那临行时有人写诗送给你吗?"杨朴说:"只有老妻写了一首打油诗。"说完,便把那打油诗念给真宗听:

更休落魄耽杯酒,且莫猖狂爱吟诗。
今日捉将官里去,这回断送老头皮。

听闻后,真宗大笑不止,便放杨朴回家。也是宋朝元封二年,苏东坡在湖州知州任上因"乌台诗案"被捕,要投往大牢。一家老幼好不凄惨,哭得死去活来。苏东坡拿不出话相劝,就对老妻说:"你怎么就不能像杨朴之妻那样,作诗为我送行呢?"

芙蓉敬了她一杯酒,评判道:"你总是不忘诗呀赋呀,讲的故事一点不好笑。"

何桂清点头笑道:"有龄敬畏小心,居官谨慎,怎会下御史大狱?太平军抓他还差不多。"

几个女眷是坐在一起的,巧珠居中,迫不及待起身道:"先前我说的去松

江的事,你还没答应我呢!"

"你讲个与松江有关的笑话,如果好笑,我就放你去松江。"何桂清举杯一一相敬,已有了三分酒意。

巧珠粲然一笑道:"恐怕得胡大哥同去才行。当日是他带我离开了筠秀园,他是尤五哥的结拜兄弟,也是尤老太太的干儿子。"

"只要好笑,都依你!"何桂清终于发话,放这只金丝雀离开鸟笼扑棱一回。

梁冰玉不懂得外头那些花花草草的事,撺掇道:"此事宜早不宜迟,桑条爆绿,蚕宝宝已出世了。"

巧珠遂讲笑话,说的就是咸丰年间的事。松江有个科考进京的翰林丁文诚,圣上在圆明园召见他。因去得早了,太监便领他到一个小屋中等候。等了一阵子,他见茶几上摆着一碟子葡萄,一颗颗晶莹翠绿,很是诱人。当时是五月天气,外头还见不到如此新鲜的葡萄,丁文诚感到新奇,便随手取了一颗来品尝,味道果然鲜美。可是过了不一会儿,他感到脐下火热,裆内那物事暴长。丁文诚穿的是单衣,那活儿翘举怎好去见圣上?他只得假装腹痛,捂着肚子,弓着腰要内侍放他出去。内侍道:"你刚才还好好的。这样吧,你留个字条,省得疑心我们没有宣到。"丁文诚无法,只得写了一个字据:误吃一颗葡萄,下头蓬起老高,叩首万岁万岁,微臣怎生上朝! 大家听了便是一阵哄笑。

外面"砰砰"两声枪响,傅晶进来报告,说押运枪支的人等不得,同衙门来的师爷、捕快在那里试枪了。何桂清仿佛吃了一惊,重重放下酒杯,厉声道:"荒唐! 枪声一响,不就明白告知世人这船上装有朝廷严禁的军火武器? 湖州的治安状况原本复杂,叫他们连夜开船把军火转运苏州,并严加保护,防止有人截船。"

白日船行水上,那巧珠还须端着架子,摆出学政夫人的模样,与胡雪岩兄妹相称,仿佛兄长接远嫁的妹妹回家省亲。一到夜晚,她就悄悄溜进胡雪岩下榻的舱房,恨不得化在他的怀里。一对野鸳鸯,一个夙缘已久,如今搔了心窝奇痒;一个是采花高手,也算还了一笔积欠数年的风流旧债。不日船到松江,尤五接了,自是高兴得没有话说。

几年不见,尤老太太依然精神镬铄,身体硬朗,只是依然把巧珠和胡雪岩当作夫妻,可见有些消息,尤五对她老人家瞒得严实。听二人说明来意,尤老太太陷入沉思之中。良久,叹息道:"世风日下,如今的帮会越来越少了正气,情形也更加复杂。湖州尹麻子等的作为,完全是'下三烂'的作法,内中只怕有别的缘故。"

胡雪岩不得不佩服老人的睿智，颔首道："湖州青帮不择手段的背后，坐着一位牛鼻子老大。但因我们在湖州的根基太浅，尤其与洋人斗法必须联合湖州全体丝商，包括江、浙各产丝地区的丝商。因此，在制服尹麻子一伙后，我们也不打算与那位老大撕破脸皮，而是要拿出诚意，真心与他合作。"

尤老太太冲胡雪岩赞许地点着头道："你能有这种胸襟，与洋人斗法的把握就大得多。有道是：'罔谈彼短，靡恃已长。信使可复，器欲难量。'与人合作，一定要多看人家的长处。松江苏杭，生丝产地很多，我也替你张罗张罗，号召他们响应。"说着，她从自己的脖子上取出一个小饰物交给胡雪岩，说此物只要在帮会中人面前一亮，那些人定会有所表示。胡雪岩把它收好，再三称谢。

尤老太太招手让巧珠到她跟前，执手打量道："看你这腰、臀，好像还没有生育的样子，不生孩子，可算不得一个真正的女人。"

巧珠不提防尤老太太有这一问，顿时有些紧张，回头见胡雪岩一脸坏笑，假意嗔怨道："我和他不常在一起，他家里还养着一房大太太呢。"

尤老太太喷了她一声："这种事怎么好怪男人，除非他那位大太太也从来不曾生养过。雪岩，你说是吧？"

胡雪岩赶紧低头回答："我已有三女一子，倘巧珠能生个一男半女，更好。"

"瞧瞧，我说这种事不能怪男人吧。我手上正好有个仙方，是个云游的道士犯'谋反'罪被判了'监候斩'，那时，尤五他爹同他关在一起，我常常买通牢子去探监，就认识了。他见我面善，临刑前就把这个方子给了我，果然很灵验。"说罢，尤老太太让丫鬟取来一张伞纸笺，上面是老太太亲笔抄录的仙方：

蓁艽一两半　挂心一两半　杜仲一两半　防风一两半　厚朴一两半附子(生)十钱　白茯苓十钱　白薇三钱　干姜三钱　沙参三钱　牛膝三钱　半夏三钱　人参五钱　细辛十二钱

以上十四味，并生研为细末，炼蜜为丸如赤豆大，每服三十丸。空心食前，醋汤、米饮行下。未效更加丸数。已觉有孕便不可服。

送巧珠回苏州，二人以夫妻身份同住一舱。夜来胡雪岩把这个仙方又抄了一份，巧珠迫不及待，把赤裸的胸脯贴在他的后背上，取笑道："你也学那个死囚犯，想在死后积点阴德吗？"

"我不是死囚，我看冰玉也是婚后数年未孕，这叫活着给儿孙积德。"胡雪岩调侃道。

巧珠打了他一下道："你们这些男人，没有一个积德的，全都是缺德。你们

把年轻漂亮的女人玩弄了还不够,还要让她们给你们生孩子、养孩子。可你们不想想,万一这当官的丢了官,经商的破了产,如果没有孩子,这失去倚靠的女人岂不是少了些拖累?还有那些孩子,不过是给人当牛做马吃猪狗食,女孩儿更是要供人糟蹋、玩弄……这还积德?你们的罪孽可大呢!"

这些半真半假、半是调侃半是怨懑的话,让胡雪岩感到惊奇。他揽过巧珠,让她坐到自己的膝盖上,摇晃着脑袋道:"到底出自翰林学士身边,说起话来一套一套的。可你一丝不挂,都显露在男人面前,每天心里都恨不得天快点黑下来,这是为什么?"

巧珠晃动着令人眩惑的身体,托着自己两只膨亨的乳房道:"我就这么一点资本,'人生及时行乐耳'……"

不日船到苏州,临别,巧珠拉着胡雪岩的双手止不住潸然泪下:"这一别,以后见面的机会就更少了,但愿我没有让你生厌。"

不经意间,胡雪岩和巧珠就有了肌肤之亲。且与她的每次交欢,他都富有激情甚至疯狂。是因为她中州女子的健壮,和总是不断高涨的热情吗?是她同侍讲学士同床共枕,身上发生的那些细微变化吗?似乎都不是。说来惭愧,就因为巧珠颇似螺蛳姑娘,像那个仿佛在人间风化了蒸发了的昔日恋人。巧珠在交欢中的种种表现,弥补了他未曾领略的螺蛳姑娘的另一面,是他苦苦寻觅螺蛳姑娘不得、那种绝望中可怜的慰藉!何谓"上穷碧落下黄泉,两地茫茫皆不见"?只有他才深谙个中滋味。他紧紧执着巧珠的双手道:"怎么会呢?我会想你的……"

胡雪岩连夜赶回湖州进行安排,第二天,王有龄便下令提前释放了尹麻子。

时近中午,这座典型的江南集镇,街道上人来人往,热闹非凡。尹麻子在古街上大模大样地走着,不少人向他拱手问好。经过"舒莲记"菜馆,从里面走出一位店小二,恭敬地拦住这位青帮头脑道:"尹大爷!小的在这儿恭候多时了。"

尹麻子有些诧异,问道:"你有何贵干?"

店小二恭请道:"请你进店吃饭。"

"吃饭?谁请我?"

"大爷进去就知道了。"

尹麻子狐疑地前后张望了一下,走进店去。他小心地踩着一级一级木梯,跟随店小二上楼,停在一间包厢的门口。

"尹大爷,请吧!"

尹麻子稍作犹豫,猛地一把推开包厢门,目光一扫,窗边两个人转过身来,原来是胡雪岩和郭庆春。

"是你们?!……"尹麻子好生惊愕。

两人起身相迎,胡雪岩朗声笑道:"没想到吧?今日特为尹大哥洗尘,不便张扬,特意选了这个僻静的地方。"

尹麻子只得惴惴不安地坐了下来。胡雪岩为他斟了茶水,尹麻子一下子注意到胡雪岩"左三右四"的暗号:右手四个手指执壶,左手三个指头按在壶盖上。尹麻子连忙用"左三右四"的青帮暗号回答:右手四个手指把帽子取下,放在胸前;左手三个指头按在帽檐上。

"左三右四,暗号对吧?"胡雪岩满脸堆笑,不像尹麻子警惕万分,脖子上的汗毛都似竖了起来!

"三子结拜?"尹麻子的声音有些干涩。

胡雪岩随即接过道:"义重桃园!"

"天下大乱?"

"英雄立志!"

"来客知书达礼,可会作诗?"尹麻子翻着眼珠,恶狠狠地问道。

胡雪岩态度从容地说道:"诗不会做,却会吟'锦华山上一把香,五祖名儿四海扬,天下英雄齐结义,三山五岳定家邦'。"

尹麻子的脸上这才绽开笑容,钦佩地拱手作揖:"失敬,失敬!帮规如此,不得不防。请问胡老板,你到底是门外还是门内?"说着,他猛地将茶壶嘴对着茶杯把儿。

胡雪岩不慌不忙将茶壶杯对着茶壶嘴,然后从脖子上取下一个青玉神符,交给尹麻子道:"尹大哥,认识这个吗?"

"啊?"尹麻子接过一看,将青玉神符高举过头,接连朝天叩拜了三下,"这是我们青帮的神符,只有顶级掌门人才能持有。胡老板,你这是从哪儿得到的?"

"你认识松江尤老太太吗?"

尹麻子肃然起敬道:"那当然。天下青帮是一家,尤老太太可是我们青帮德高望重的三朝元老,绰号'当代佘太君'。"

"这就是她老人家送给我的!我是他的干儿子。"说着,胡雪岩重新将这块"青玉神符"挂回自己脖子上。

"那……胡老板大概认识松江漕帮头领尤五大爷了?"尹麻子心底有些慌乱了。

胡雪岩淡然一笑道:"岂止认识,我们还是结拜兄弟呢。你打砸的'阜康'丝行也有五哥的股份,这你没想到吧?"

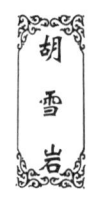

"那……那你为什么不早说?"

"我不是说了,我认识你们青帮,但不是青帮的人……"胡雪岩摇了摇头,然后着重介绍了郭庆春及其家世、"阜康"钱庄的深厚背景,以及他们来到湖州的打算,"我们也知道,尹大哥及手下一直和我们过不去,是受人指使,非出于本意。但要和实力极为雄厚、又掌控着出口大权的洋商斗,非联合湖州所有丝商不可,非集中所有丝商的人力、物力和智慧不可。所以我们一直不去惊动尹大哥背后的几位大哥。今天,就在尹大哥开设的'天湖'赌场,我请湖州赌界第一高手刘不才和背后的头号大佬赌上一把,结果肯定是我输,而且会输得很惨。当然,这里面还有一个小小的过节,几年前,'夜夜春'的名妓芙蓉没有应他的召而接受了我——自古嫦娥爱少年,也引起此公嫉恨,几番采用'火攻',也含有要毁她容貌的意思。这些都是过去了的事,今日一并跟他赔个礼。"

尹麻子坐立不安,简直有些无地自容道:"尹某有眼无珠,万望二位大爷海涵。"

当真这江湖上的深浅外人难以估摸,就这么一块值不上五两银子的青玉,就让尹麻子前后换了一个人似的,今天看去就顺眼多了。郭庆春心中感慨,他把身子倚在椅靠上,伸手轻轻在胸前腋下摩挲着,微笑道:"这正应了那句古话,'不打不相识'。打了,相识了,今后也就成了朋友。"

"对,对!今后能跟着你们二位爷,是我的福分。"尹麻子说话间,酒菜上来,三个人坐在桌子三边,各执酒杯。

胡雪岩举杯敬酒道:"今儿我们请你来,是想跟你合作。我和庆春兄不可能常在湖州,杭州、上海还有大量业务。这里的'阜康丝行'想全权交由你掌管。春天一到,就由你把湖州的生丝全都收购起来,绝不能轻易落到洋商手中。"

尹麻子受宠若惊,面露喜色道:"早听知府大人说了,胡大爷要在生丝上跟洋商赌一把,是想振兴湖州的民生,尹某能为胡大爷效力,真是莫大的荣幸!"

"我敬尹大哥一杯,吃完饭,我们去你的'天湖'赌场看看。"胡雪岩乐呵呵地说。

"天湖"赌场的休息室里,四位牌友抽烟的抽烟,喝茶的喝茶。罗家骥大口大口啜着莲子羹,庞二爷的搭档"山羊胡子"神情悒郁,不断拿手揪着自己的前额。他跟庞二爷已连输两局,手气很背。

"山羊胡子"本姓吉,也拿银子捐了一个候补知县衔。因久久未获实缺,又花银子才弄到湖州刑名师爷这个职位,正七品,是湖州呼风唤雨的人物。

刘不才一如既往的神情冷峻,默品着手中的这盅香茗。

庞二爷是输得起的人,一袋水烟抽罢,喉中的痰又被压了下去,神气又复清爽起来:"才翁的牌打得高明,牌品也好,真不愧是我们湖州'赌神'啊!两番较量,全败在你的手下,佩服,佩服!"

"二爷过奖,只不过是我今天手气好,牌风顺。回想这些年来,我哪次不是输给二爷,称得上是倾家荡产了。二爷,您岂是服输之人?"

庞二爷哈哈大笑道:"那倒也是,几十年来,我头顶财星高照,在牌桌上也是常胜将军。只是今非昔比,廉颇老矣。败兵之将,不能言勇。"

胡雪岩一行正好走了进来,接茬道:"庞二爷宝刀未老,雄风犹在!一定会东山再起,卷土重来。"

庞二爷见尹麻子和他们在一起,心中顿时明白大半,今天这个牌局,胜负看来早就安排好了!他缓缓站起身来问候道:"好!胡老板,谢谢你的吉言,那我们就重开战局,再来一圈。"他挥挥袖子走出了休息室,众人也纷纷起立,重新进入牌室。

第三局接近尾声,刘不才反而显得焦虑不安,牌在手中"笃笃"地敲击桌子,眼睛不断瞟向胡雪岩,似在求助。胡雪岩神色不动,用手指了指那张"红中"。刘不才仿佛下定决心,重重地打出了那张牌。

"碰!"庞二爷喊道。

胡雪岩明明知道庞二爷手中是怎样一副牌,偏偏将他需要的一张牌丢了出来,庞二爷高兴地把牌一推,欢呼着:"和了⋯⋯"

大家表情不同。刘不才一脸的不悦,拂袖而去。罗家骥用埋怨的语气道:"胡大哥,你怎么朝二爷的枪口上撞呢。"

"我看没有其他牌可打,只好打这一张⋯⋯"胡雪岩为自己申辩。

桌上的筹码一齐飞到庞二爷面前,他志得意满,笑容可掬。胡雪岩冲庞二爷略一点头,笑得更加灿烂:"尹大哥,还不快替二爷清点筹码,让胡某也跟二爷一起高兴!"

庞二爷抚掌道:"高兴,着实高兴。胡大人能与老朽同喜,有胸襟,有气度!"

"这个结局,我想庞二爷还满意吧?"胡雪岩指着堆积如山的筹码问道。

庞二爷一脸庄重之色:"出乎意料。非常满意!"

胡雪岩轻轻吁了一口气道:"庞二爷是丝业泰斗。说到丝,古人并非专指蚕丝,还包括丝竹桐缦。从今以后,你我当'偕我同志,相约类聚,杂丝和竹,用以鼓吹清音,动操鸣弦,自令众山皆响',不知二爷意下如何?"

庞二爷高举起一只手,环顾人丛,与他击掌道:"一切听便!"

第二十二回

庞家院安排高管问总管
上海滩聚合丝商斗洋商

湖州丝业公会召开紧急会议,部署生丝收购事宜。庞二爷和胡雪岩这次是真正坐在同一条板凳上。当日,各丝行发放的预购生丝银达十万余两,吉师爷受命宣传,并和尹麻子一道在城乡各处设卡,阻止蚕农卖茧给洋商……

郭庆春觉得湖州丝商掌控湖州生丝市场的氛围和合力已基本形成,决定先回上海,摸清今年生丝贸易的行情。临行,庞二爷为这位不显山不露水的皇家子弟设宴饯行,并委托他调查一个人——庞氏在上海的总管朱福年:"不瞒二位,庞氏经过十几年奋斗,在上海打下的基础还算深厚,丝绸、粮食、茶叶、南北货、钱庄、房产,都有我们庞家的产业。朱福年具体只管庞氏的丝绸和钱庄。此人聪明能干,是一个相当有本领的管事。就因为太聪明了,做起了场外生意,拿我庞某的银子做起了朱家的买卖。只是我也还不清楚他到底走了多远,有关洋商到湖州乡下设庄直接向蚕农收购生丝,我也怀疑与他大有关系。

这是我庞氏的最高机密,请小郭爷务必留心,他长于跟洋商打交道,应该属于你那圈中之人。"

庞二爷到底是庞二爷,这头大象中的大象,坐镇湖州,遥控上海,行事何等有决断!单委托庆春调查朱福年,就不是一般人的思维。怪不得尤老太太说"器欲难量"呢,这庞二爷不就是个"器欲难量"? 胡雪岩心中好生惊讶。

"庆春兄,能得到庞二爷如此器重,今年湖州的生丝之战,决胜的把握就更大了。"

"局势尚未明朗,岂可轻易言胜?雪岩,你以民族大义为重,着手大局,老朽都深为佩服。但空有大志,顶多如一个守节的女人,遇有强暴无非一死而已。过一阵子,朱福年要回湖州向我报告生丝贸易方面的消息,我请你参加。"庞二爷咳嗽起来,胡雪岩要过去替他捶背,庞二爷朝他摆摆手,"我患哮喘多年,逢春必发,诸药无效。这是庞氏又一重大机密,我都告诉你们了。"

"谢二爷垂青。"

"领教领教!"

两位年轻人,发自内心地表示对这位前辈的钦敬之情,真是大开眼界。庞二爷在商场上打拼多年,积累了丰富的经验,连他自己也闹不明白,怎么单单就偏爱这两个小子!

惟有相思似春色,江南江北送君归。送别郭庆春的,还有一个火爆的春天!

太湖岸边,绿柳拖烟;澄波影里,桃花红绽。碧云天中,鸟雀的呦啭,叫绿了柔桑的垂条,把片片肥大的桑叶叫得油亮油亮。桑林中,汗珠闪烁。蚕妇蚕姑采摘桑叶,携篮挑筐,行走在田间的小路上。

蚕房里,满屋是一簟簟的银蚕,桑叶铺上去,蚕宝宝就沙沙噬食。稻草扎成的一座座小"山",蚕儿上山,摇晃着脑袋吐丝,结成一颗颗银茧。河中,一筐筐、一船船的生丝向湖州城运来。河岸上,走着挑担卖丝的蚕农。水上岸上,飘荡着代代相传的吴歌——

> 姐儿窗下绣鸳鸯,薄福样郎君摇船出浜。姐看(子)郎君针搠(子)手,郎看(子)娇娘船也横……

家家丝行,门面光新,名色招贴,五花八门。蚕农争相卖丝、售茧给丝行,但见担飞筐动,算盘拨拉,银钱哗哗。"阜康丝行"更是门庭若市,四乡蚕农争着赶来投售。尹麻子坐镇柜台;谷老爹在验货、分级;刘不才算账付钱。厅堂中,堆起雪山般的生丝;库房里,装满白生生的银茧。

庞氏在太湖码头有专门的丝茧库房、专用船坞、缫丝厂。每到春天,湖畔设临时收购点。但庞氏不收生丝只收蚕茧,以保证生丝加工的质量。生丝出口,庞氏是一大品牌!

朱福年循例回湖州向庞二爷报告商情。他十六岁跟随庞二爷闯上海滩,弹指二十年过去,自谓头角峥嵘、历练到家。二爷的长子不过十六七岁,尚在读书,庞氏在上海的事业,迟早不得全部交他打理?上海专营、兼营湖丝的洋行有十多家,当他领着几家买办房的"庄首"在码头下了船,才知湖州今年收丝闹了这么大声势,那脸顿时拉了下来。他与"庄首"匆匆别过,立即进城赶往庞家大院。

庞家大院濒临苕溪。院子的西、北面环水,用青砖高墙隔开。但院北一段别有讲究,巍然高耸的青砖墙跨溪而筑,留下一个墙拱供舟船出入。因此,庞家后院就是一个小型精致的船码头。条石砌的驳岸,水砖铺的平台,驳岸上立着一个两侧开窗的风雨亭,青瓦扑顶,雕花槛窗。临溪一面槛窗下,又有一排栏杆坐凳,上撑一溜宽宽的雨檐,真是闲可垂钓,静可俯视清流、戏水濯足。这跨溪墙拱的拱下部分,一端修有夹墙,夹墙中有一道状似山形的铁栅,夜来把这铁栅滑出夹墙封锁水道,不用说船,怕连鱼都游不进来。几年前太平军攻克湖州,据说有个王就在庞府住过,一叠声称赞这个私家花园码头设计巧妙。

朱福年一手提着口小藤箱,一手撩起夹袍下摆,进了院子,径直奔向客厅。不承想客厅中还坐着个不相干的胡雪岩,庞二爷正在跟他高谈阔论。庞二爷给两人作了介绍,又断续着刚才的话题道:"胡老板,由于你左右斡旋、应对有方,我们湖州丝商很久没有出现过这样团结兴旺的景象了。这一次,真要让上海那些的洋商灰心丧气,等他们赶到湖州,我们早已先下手为强,他们再也捞不到什么好处了。哈哈哈!"

胡雪岩谦逊地说道:"庞二爷,凡事起头难,有人领头,大家就跟着来了。专做洋庄的那些丝商心里何尝不想这样做?只是胆小,不敢动。现在我们想了一个风险不大的办法,让大家跟着我们一起来做,这样一来,谁还会不高兴?"

"是啊,只是收购生丝仅仅是第一步。第二步是要想办法赶紧售出去,将收购到的新丝运到上海,须尽快脱手,这样才能有赚,才不会将资金搁死……"庞二爷点头道。

"二爷的话真是行家的至理名言!我也在考虑如何将这批生丝赶紧运往上海,与上海的丝商联合起来,一起同洋商讨价还价。"

庞二爷爽朗地说道:"好!我认准了你这个朋友,完全信任你,我们一起来做。我控制着上海生丝的一半市场,你去上海,有权处理我在上海的生丝业务。如果你资金不足,也可以动用我在上海'恒记'钱庄的资金。如果需要,我可以再拉一批长期存款的户头来,为你'阜康'增添资本。"

"好!那我先谢谢二爷了。"胡雪岩拱手道。

闻言,朱福年的脸色一下变得异常难看。

胡雪岩发觉了他表情的变化,用亲切的口吻问道:"朱总管,今年上海生丝贸易方面有消息吗?"

朱福年拿眼角瞄着庞二爷道:"生丝交易的时候未到,国际生丝的行市是摸不到的。"

这大抵是实话,因为郭庆春的加急信上也是这么说的。二爷说得不假,这朱福年察言观色的本领不孬!胡雪岩深受庞二爷信赖,他一眼就瞧出来了。

"有几家专做生丝生意的老行,比如德国的森茂德,印度——实际上是英国人开的森切,以及英国TS、查理、波色等洋行公司,不会一点消息也没有吧?"胡雪岩又问道。

朱福年的眼皮子猛跳了几下,他知道,今年生丝出口方面的行情在庞二爷这儿,他已经不是独家了。

"欧洲已有几家订单到沪。"朱福年说罢,打开藤箱,取出一份由他整理的行情消息交给庞二爷。庞二爷以往收购生丝的决定,主要就是根据这些消息、加上他对生丝行情的预测做出来的。

庞二爷把"消息"拿在手上,并没有看,便问道:"福年,今年湖州的生丝生意,主要是我跟胡老板两家跟洋商做。这是一个根本性的改变,你要配合胡老板,作好跟洋商较量的准备。"

"老爷、胡老板,湖州抢购、囤积新丝,想做垄断生意,我看出来了。如果生意做成又是按照我们的意愿,那是大赚一笔,而且替丝业出了一口恶气。但万一洋商各公司也联起手来,不买湖州的生丝怎么办?买而把价格压得低低的怎么办?毕竟生丝出口的主动权操在洋人手中,如果他们有意撇开湖州,改到别地开辟生丝市场,我们岂不因小失大?还有,万一洋人动用朝廷来压湖州,区区几位丝商又怎能抵得住?"朱福年提出他的担心。

"你的担心,也正是我们所担心的。"庞二爷伸手在朱福年肩头按了按说道,"福年,你也累了,先去客房歇息歇息。我呢,也要拜一拜'燃灯道人'了。"

闻言,朱福年告退,留下藤箱。庞二爷一个接一个打开了呵欠,两臂做着扩展运动进了里间。里间是个用槅扇隔开的大烟房,门口挂着厚厚的棉幔。一架红木大烟榻,榻上烟桌烟灯、锦茵靠垫、两用角枕一应俱全,原来庞二爷有一口大烟瘾。里头光线昏暗,早有一位丽妇在烟榻边等着。胡雪岩随二爷进了里间,立刻就想退出来,他闻不惯那股气味!

"我知道你不好这个,陪我躺下,我有话说。"

女人点亮烟灯,伺候庞二爷躺下,为他烧了个"五龙腾雾"的大烟泡,这才把庞二爷的烟瘾给压下去。胡雪岩侧着身子在他对面躺下,甚是无味,却又不得不陪。直到他把目光转移到那丽妇身上,看到她浑圆的臀部,看到她采春裤下绷圆了的大腿,心情这才安定下来。

庞二爷过足了烟瘾,喉中带着痰音道:"已经好几年了,我一直在物色一个可把上海生意放心委托的人,现在算遇到你了。"

"二爷,上海不是有朱福年这样能干的管事在全权代表你经营业务吗?"

"二爷我很小气的,尤其容不得不忠不义之人。你去上海,我要赋予你盘查'恒记'银钱借贷、考查各处用人的大权,让朱福年服你管辖。"庞二爷郑重其事道。

"二爷让庆春当'包打听',现在又让我给您当'巡捕'?"

庞二爷一点也没有开玩笑的意思:"我马上宣布'恒记'与'阜康'联合。这样,你也就是他的老板,完全可以代表我行使职权。雪岩,你到上海以后迅速查清朱福年主管的账目,如发现他有图谋不轨的地方,要严惩不贷!"

"二爷,做贼总要落下痕迹,日子长不了。我到上海,暂时还不能惊动他,生丝生意还要靠他奔走打点呢。我先帮您整顿一下财务,暗中调查他一下。如果发现朱福年监守自盗,我会立即向您禀报。"胡雪岩又一次显示出他的善于从全局着眼的意识。

"雪岩,看你这样年轻有为,老夫真羡慕啊。想当年我在上海也是气吞如虎、不可一世。现在我老了,精力不如当年了,只好拜托你了。"庞二爷感慨道。

胡雪岩拱手道:"谢谢二爷信任,雪岩一定不负重托。"

抵达上海的当晚,郭庆春领他去拜访上海商会会长、有"活宋江"之称的富豪白鼎钧。

白家庄园是典型的欧式风格,排列着锐刺的绿栅栏院子,总是紧紧关闭着的沉重大铁门。修剪得十分齐整的灌木丛,把碧茵般的草坪分割成若干个活动区域。洁净的水门汀路面一直铺到一幢华贵、典雅的洋楼面前,洋楼内外摆放着各种雕塑,繁琐、细腻、奢靡,是典型的洛可可风格。

仆人领着两人走进富丽堂皇的西式客厅,只有窗帘、桌椅上的饰物用的是中国丝绸。

"老爷,客人来了!"

上海商会白会长从环形楼梯走了下来,他须发皓白,但面色红润,步履稳健,笑迎道:"啊,庆春兄,你从浙江回来了?"

"回来了。今天我还给你带来一位贵客。"郭庆春介绍道,"这位是胡雪岩先生,我的新朋友,也是新东家。"

白会长和胡雪岩握手道:"幸会,幸会!胡老板是杭州名流,声名显赫,欢迎你光临寒舍。"

双方分宾主坐下,女仆送上茶来。

郭庆春简要说明来意,白会长听了之后矜持地说道:"我已听说了。胡老板想到上海大展宏图,可喜可贺!不过,大清的事情难办哪……人心不齐,如一盘散沙,往往出于私心而见利忘义。我虽说是上海总商会会长,但有些商人并不听我的话。"

胡雪岩听他有推辞之意,不再沉默:"对!我们与洋人做生意之所以总是吃亏,就在于人心不齐,又没有主心骨。白老前辈乃上海之名宿,你出面领头,势必应者云集,我胡雪岩就第一个响应。"

"岂敢,岂敢。听说胡老板这次来上海,要与上海丝商联合行动,统一价格、统一经销,让洋商按照我们定的价格购买。请问胡老板,你能控制得住整个生丝市场吗?洋商们会买你的账吗?上海毕竟不同于湖州啊。"白会长依然有些不愿意。

客厅里,落地大座钟"滴答,滴答"在响……

"不瞒白会长,这次我运到上海的生丝不多。我的'阜康'钱庄也开张不久,并没有多少可以周转的资金,实力还不足以与洋商讨价还价。就算庞二爷把他上海的生丝业务全权委托给我,我也不过占到上海生丝市场的半数左右。但我就是想与上海的同行联合起来,控制生丝市场,与洋商较量一下。"胡雪岩对自己的实力还能没个掂量吗?

"白会长,现在正巧有一个好时机。上海的洋商为了推销军火,卖了不少武器给太平军,致使安徽、江西的清军惨败,连曾大人的座船都被太平军夺走了。此举令朝廷十分气愤,如果朝廷颁布一道禁令,不准洋商直接去蚕丝产地收购,对他们实行'禁市',那他们就只能老老实实向我们购买生丝了。"郭庆春帮着提醒道。

"唔,这倒是个办法。最近我听上海道台邝大人说,两江督抚已经上书朝廷,力主禁商而惩罚洋人,不准他们肆无忌惮、为非作歹。"白会长也好像想起了什么。

"只要官府能出面禁市,上海的生丝就会十分抢手。我们此时只需按兵不动,待时机成熟后再与洋人讨价还价。但要做到这一点,就必须要控制上海生丝销售的绝对多数,这就需要商会出面号召。白会长,洋人践踏我大清已非一日,眼看白银哗哗流进他们的腰包,而我江浙桑农不知破产几千几万。凡我国人,如不奋起自救,难道还要等到亡国灭种这一天吗?白会长,你可是上海丝

业界一言九鼎的大人物,请您出面登高一呼!"胡雪岩热血沸腾道。

白会长受到鼓舞,赞同道:"好!胡老板,我为你的雄心而感动,那我就出面召集上海各丝行老板,到商会来紧急商议。"

两天后,这个会议如期在上海商会会馆召开。会场是幢老房子,由一家戏院改装。半新门楼,椅子却是西式翻板排椅。白会长和其他几位副会长在主持席上就座,与会丝商三十余人。白会长介绍了湖州丝商敢为天下先,一心要向洋商讨回价格公道的勇敢之举,以及朝廷禁市的消息。号召上海丝商与湖州丝商联合行动,统一价格,统一销售。

"先生们,我们都是同行!生意上的共同敌人就是洋商。前几年我为生意上的事到过上海,感到大清商人在洋商面前有点抬不起头。自从鸦片战争以后,上海被列为通商的港口之一,洋人就成了这儿的太上皇,我们成了他们的奴才,不敢说一个不字。大清是产丝之国,洋人要买的生丝是大清蚕农生产的,价格本应掌握在我们大清丝商的手中,我们为什么要听凭洋人摆布?"胡雪岩立即开始鼓动。

一石激起千层浪,丝行老板们大声议论——

"胡老板说得好!洋人们太贪得无厌、欺人太甚了!"

"对!我们为什么要任人宰割?我们可以联合起来对付洋商。上海就缺少胡老板这样一个领军人物。"

"白会长,你出面领我们一起同洋商抗争,你是元老。"

听了大家的议论,白会长一拍桌子大声道:"好!既然大家拥戴我,我就出来领头,与洋人斗法!我已与胡老板谈妥,沪浙两地联手,拧成一股绳来做这件事。"

欢呼者有,犹疑、畏惧者也有——

"与洋人斗法,可不是一件轻松事儿,弄不好,等于砸自己饭碗。"

"如果与洋人斗法翻了船,那损失谁来承担?这不是凭嘴巴就可以解决问题的事。"

"试倒可以试一试,就不知道具体办法怎么样?"

"做生意就怕心不齐,心齐了,办法当然有。有想脱货求现金的,第一,你与其卖给洋人,不如卖给我们;第二,你如果不想卖给我们,也不要卖给洋鬼子。囤着,等生丝价格上涨,商会下令再卖。也可以预支一部分银两,拿货单来抵押,包你将来能赚到比现在多得多的钱。"胡雪岩立即拿出具体办法,让大家知道该怎么做。

"其实要做到胡老板所说的这些并不难。因为洋人急于要生丝,而生丝又控制在我们手中。但最大的问题是资金,手中的生丝不抛出,资金就周转不灵,也就无法再找蚕农收购生丝。"

"是啊,我们对洋商进行生丝控制,洋商也会在资金方面控制我们。因为我们上海的商人大都向英国的汇丰银行、怡和洋行贷款,他们出于利益考虑,一定会联合起来对付我们。"

"无论怎么说,这一招心里总觉得不踏实,万一与洋人闹翻以后,日子何以为继啊?"

"跟洋人斗法,本人已下定决心,我会调度大笔资金来做生丝生意。我并不是要把生丝囤积起来,只希望大家不要把生丝卖给洋人,而是卖给我们,价格上绝不比洋人少一分。我要用全部力量跟洋人赌一把!"胡雪岩雄厚的资金实力此番发挥了作用。

有的人点头,有的人沉默,反响并不热烈。

朱福年在一旁冷笑,心想赌一把?万一这一次你看错行情,生丝囤积上三个月、半年,利息贴进去几万两,之后市禁一开,丝价暴跌,你抱着撅断的黄瓜去哭屁吧……

很快,报纸把上海丝商联合起来的消息送到了洋商的案头上。

洋商俱乐部,这幢屹立在黄浦江边的豪华建筑是典型的罗马风格。华灯初上,这个五光十色的建筑物像个巨大的怪物俯瞰着上海,饥不择食地把一对对男女吞进它的肚子里。

入夜的西餐厅香气流溢,特别有情调。洋商们一边享用西餐,一边交流信息。偌大的餐厅里,小舞台上有西洋小乐队在演奏,丰腴的俄国歌女嗲声嗲气地演唱着。舞池里可任意翩翩起舞,不少洋人搂着中国的窈窕淑女,跳着伦巴或者慢狐步舞。

看到报纸上的消息,怡和洋行的丝业总代理吉伯特丢下刀叉,破口大骂道:"这些中国猪!竟然联合起来对付我们,他们忘记了我们的炮舰是如何轰开他们的国门的。"

"不要冲动!吉伯特。冲动只会升高血压,不会降低丝价。"坐在他对面的劳伦斯略带嘲讽地说。

吉伯特挑战地说道:"那你这个英国领事馆二等秘书的头脑,该如何对付报纸上说的这些情况?"

劳伦斯指着报纸道:"这些报纸,我们领事馆的人员全看过了,也进行了紧急磋商。我们正在考虑对策……"

"想出了什么对策,能否透露一些?"

劳伦斯持重地说道:"目前还不成熟,但有一条基本原则,用中国的一句古话,叫'以其人之道,还治其人之身'……"

"这……这是什么意思?"吉伯特闻言只得瞠目结舌。

自以为是的劳伦斯是不太瞧得起这位替人跑腿的英国同胞的,笑道:"主动权在我们一方,他们是想卖丝来赚钱。如果卖不出好价钱,他们就要亏本,生丝就要变质。所以你这个怡和洋行总代理可以放出风声,说胡雪岩的生丝坚决不收,即使他出低价也不收。其他的丝行、其他省份的丝你则大量收购,价格可适当提高,当场付清银两。"

"OK!这倒是个好办法。可这消息如何来散布?怎样能传到胡雪岩的耳朵中去?"吉伯特似乎懂了。

"在这关头,你要赶紧找到为英国办事的中国人,不惜一切代价……现在,领事馆来自国内的压力也很大,缺乏足够的原料,国内那些工厂就不能正常运转。你对这个利害关系要足够重视,同时又不能让中国人知道。"

吉伯特频频点头,嘴里一个劲地"也斯"。

正在这时,一个花枝招展的女人飘然而至,轻轻将一只手搭在吉伯特肩上。这是个非常俏丽非常性感的中国妇人,蜂腰硕乳,肌肤雪白。垒得高巍的发髻,宛如罗黛,一双眼波流转的眼睛,黑漆闪亮。

"哈哈!我可在这儿找到你啦,吉伯特先生。"

吉伯特抬头问道:"你……你是谁?"

"我叫林翠翠!怎么?这么快就忘记我啦?半个月之前,我们还在龙华看桃花,度过难忘春宵……你还发誓下次要把我带回英国去。仅仅只有几天,你就把我抛到九天云外啦?还有,你付给我的英镑里混有假钞。"她掏出几张纸币,轻轻在吉伯特的脸上扑打着,脸上是鄙夷的甜笑。

劳伦斯把身子往椅背上一靠,满脸严肃地说道:"吉伯特先生,你真丢脸!给她真英镑,笼络住这个女人,通过她一定可以找到能办事的中国人……"

第二十三回

苏绣行名花飞针绣极品
英租界领事低调谋生丝

还是在这个香气流溢、西乐飘逸的地方,脂粉的浓香和飘飞的衩裙不时从面前闪过。大厅角落的一张西餐桌边,坐着朱福年、吉伯特和林翠翠。三个人面前各摆着一份西餐,这只是一份普通西餐:生煎牛排,土豆色拉,意大利肉糕和一杯果汁。

吉伯特做东,今晚显得十分优雅。林翠翠吃得有滋有味,朱福年只能笨拙地模仿她,拿起刀叉往牛排上切割。林翠翠一看就笑了:"吃西餐,要右手拿刀,左手同时拿叉,切下牛肉往嘴里送。"她边讲边示范,轻轻几刀,牛排立即切开。朱福年竭力模仿,虽然有些发窘,却也并不慌乱。

吉伯特举杯邀请道:"来,朱先生,为我们的合作干杯!"

"能为吉伯特先生效劳,是我的荣幸。"朱福年举杯与他相碰。

"当务之急,是要把上海的生丝价格压低,希望朱老板能够配合我们。"

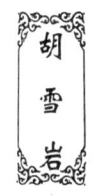

朱福年坦然道："压低丝价？呵呵！生丝大部分掌握在我家老爷和胡雪岩手中,他们恐怕不会同意你们的条件。"

"你是庞氏在上海的大管事,在生丝行业中多施加影响嘛！事成之后,我一定重谢！"吉伯特诡谲一笑道。

"不,先别谢我,在价格上我实在帮不上忙。但我可以向吉伯特先生透露一些重要情况,我们'恒记'丝行和钱庄人事上已作了重大变动,上海方面的业务全权委托胡雪岩处理,我已没有多少实权,只是个跑腿的角色。"朱福年连忙摆手。

吉伯特耸了耸肩道："非常遗憾,这个意外的变化,对我们是一个很大的打击。我们失去了朱先生这样一位忠实的合伙人。"

朱福年倒显得很从容："不,吉伯特先生,这么一来,我反而更加自由了,我们还可以在其他方面合作。现在,我能做的第一件事,就是提供给你一个情报,'恒记'的全部资金几乎都压在生丝上,周转不足,所以我们老板要与有官府做靠山的胡雪岩合作。这就势必影响到胡雪岩对生丝市场的控制,胡雪岩的资金并不雄厚,只要洋商们能坚持下去,必定可以逼迫他杀价脱手。"

"真的吗？密司脱朱！你这个情报太重要了,谢谢！"吉伯特惊呼道。

"那我先敬你们一杯酒,祝你们合作成功。"林翠翠是牵线人,对上海商界的情形极为熟悉,她随手抓了个朱福年,就有戏啦。

"干杯！"

吉伯特放下空杯笑道："在商人眼里,什么都是生意。做生意就有利润,有利润就可提取佣金,如果这笔生意做成,我按惯例给你百分之五的佣金,怎么样？"

朱福年摆手道："不,我不能从中拿佣金,否则在庞二爷面前不好交代。"

"那？就让美丽的林翠翠小姐做你的情人吧。"吉伯特夸张地耸耸肩,故意用戴有大钻戒的手指理了理头发。

林翠翠啐了他一口道："吉伯特,你开什么玩笑！"

朱福年尴尬地笑道："吉伯特先生,你的笑话讲得过火了……"

"不！我没有开玩笑。如果这笔生意成功,我来喝你们的喜酒,如果同意——"吉伯特却一本正经,脱下了手上的钻戒,用窥透一切的眼神看着朱福年,"这只南非钻戒,原是英国女王皇冠上的一颗宝石,现在送给你们作为你们定情信物,你们看怎么样？"

很快,他从朱福年有些躲闪的眼神中找到了答案,便拉过他一只手,把钻戒放进了他的手心。林翠翠双眼发亮地凝注着大钻戒,伸出葱根似的手指,让朱福年戴上。

吉伯特得意地一笑道:"我们必须拥有将复杂事物化为简单的能力!"

钱庄经理室里,胡雪岩和郭庆春正在商讨对策。

胡雪岩把吉伯特放出的消息通报给郭庆春,他有些奇怪,问道:"你从哪儿听说的?"

"朱福年听来的。这几天,我叫他多去生丝市场跑跑,密切掌握洋商的动向,结果他探听到了这个消息。"

郭庆春有些沉重地说道:"洋人的消息好快啊!雪岩兄,这可对我们是致命一击!如果洋商真的从别的丝行、别的省份收购到生丝,哪怕能维持英国国内工厂一个月的生产,对老兄来说,后果也不敢想象啊。"

"是啊,事情这么快就出现僵局。收购生丝几乎占用'阜康'的全部资金,如果坚持原价,万一不能成交,不光我们的本钱搁不起,而且生丝也会变质……更何况庞二爷那边也难以交代。倘若减价,委曲而不能求全,在上海好不容易建立起来的名声一下会大打折扣。唉!难哪……"胡雪岩也意识到这一招的可怕。

"现在我们要分头迎战。你找王知府、江浙官场上所有的关系,让他们立即挹注银两到'阜康',稳住我们的阵脚。另请庞二爷出马,最好他能亲到上海来,一定保住庞氏在上海生丝市场这半壁江山,同时看住朱福年,稳住'恒记'银根。"

"那你呢?"

"既然两江督抚给朝廷写过奏章,要求对洋人进行惩处,而朝廷并没有及时下达谕旨,我只有向大舅荣亲王发电,要他赶紧下达对洋商的禁令:不准自行收购生丝。这样,就能借朝廷名义,对洋人实行禁市了!"

"好!这才是一招杀棋!如果朝廷真能颁发上谕,那洋人只能乖乖就范了。"胡雪岩仿佛看到了曙光,又压低声音道,"我还有个主意,不知能不能试一下?"

"你说吧。"郭庆春知道他点子多。

"汉斯先生回欧洲考察市场,这次成了局外人。你和他的关系不是很好吗?记得他的ST公司过去常做生丝出口,你能不能让他发几封电报给你。欧洲有厂家订购生丝,数额巨大……我想洋人也不会是铁板一块,这样做于他不会有什么损害,但可以打乱吉伯特们的阵脚,造成压力……"

没等他说完,郭庆春挥了挥手道:"我懂了!可以试试,但我先要找到他。"

上海闹市区有一家专做出口的"苏绣行",据说该行生产的都是极品,而

且行里的女子个个漂亮。胡雪岩忙里偷闲,专程前往一观。果然名不虚传,店铺内外陈设的绣品五花八门,件件巧夺天工。

工作间里,轩窗高启。每个窗里都坐着一位苏州姑娘,心无旁骛地低头绣着棚架上的绣品。胡雪岩一一看过去,在正中一个窗口一个妙龄少妇正在精心刺绣一朵硕大的牡丹花。那针法是典型的苏绣,什么平针、辫针、钉针、结针,反正胡雪岩说不上来。那牡丹颜色之鲜艳,花瓣之精致,层次之分明,纹蕊之细密,正印证了那句话——天工人可代,人工天不如!胡雪岩忍不住赞叹道:"真是巧夺天工!"

那少妇抬起头来,矜持而又不无羞涩地一笑道:"客官过奖了。"

美人胚子!她不仅漂亮美丽,其端庄、典雅,也是胡雪岩不曾领略过的一种气质与风韵。他觉得自己的心跳忽然加速了,愣了好一会才迸出一句话:"这幅'牡丹'能不能卖给我?"

"这批绣品全是英国领事馆订制的,是献给英国王太后寿辰的礼品。客官如果需要同样的花样,我们可以为你加工。"少妇说罢,又埋首于她的工作。

胡雪岩舍不得离开,情不自禁地发着感慨:"中国人的丝拿到英国工厂去织成绸缎,高价卖回来,又让你们绣上传统的刺绣,再出口去赚大钱……这,太不公平了!"

"这有什么法子?这次订货,来料和花样全是英国领事馆定的,我们不能作丝毫修改。所以,最近上海市面上的丝商联合起来,共同对付洋人。我们'苏绣行'虽没有直接参与,也表示支持。"

胡雪岩没想到会在这里遇到支持者,心下十分感动,问道:"哦?多谢小姐!你知道是谁在发动这场联合行动吗?"

"听说是一位叫胡雪岩的杭州老板。"

"在下就是!"胡雪岩有些骄傲地提高了声音。

绣花女们闻声都抬起头来,用一种新奇的眼光看着他。那少妇起身离座惊问道:"你?……你就是胡雪岩老板?"她的目光中流露出无限的敬意,显然也为这次邂逅感到高兴。

"请问小姐尊姓大名。"

"我叫尤琳。没想到胡老板这么年轻……就能使洋人如热锅上的蚂蚁一般,连英国领事路金也大伤脑筋。"

"你认识英国领事?"胡雪岩有些惊讶。

"认识呀,他常上我们'苏绣行'订货。不瞒胡老板说,江海关每月一面的大清龙旗和各国国旗,都是在我这儿定制的,由我们刺绣。"

"那尤琳小姐能否引我去见见路金领事?"胡雪岩有点不顾一切。

尤琳有点犹豫："这个呀？想见领事是要预约的。英国领事馆戒备森严，它从门岗到里头的工作人员，全都是外国人，清一色说英语……"

她正寻理由推辞，一位刚进门的老者便大声嚷嚷起来："我说谁呢，雪岩，你的鼻子可真够灵的。"

"庞二爷，您老人家怎么来了？"胡雪岩抢过去，双手执住他的一只手，煞是惊喜。

"我估摸着该出马了。"庞二爷撚须一笑，意味深长。

"昨儿我跟庆春还谈到您。我都把给您的信写好了，没想到您今天就到了。"

"你怎么跑到苏绣行来了？见到这么多漂亮女子，动心了吧？"庞二爷哈哈笑着，开了句玩笑。随后他叫过尤琳，欲介绍两人认识。尤琳笑道："我已经见过这位搅动上海滩的大人物了。"

"二爷认识尤小姐？"胡雪岩觉得奇怪。

"松江尤老太太的宝贝女儿，尤五的妹妹，她不认我我还得巴结她呢！尤琳，你哥给你捎了点土货，还有些地产丝线，你叫人把货卸了……"

"原来你就是五哥的小妹呀，他跟我多次提到过你。你娘对我更是青睐，我跟五哥义结金兰，就是尤老太太的提议……"胡雪岩惊喜莫名，但尤琳一低头就走开了，指挥伙计把大包小包从马车上卸了下来。

庞二爷给他递了个眼色，朗声道："雪岩，我们去'恒记'吧，我带来的人下船就去'恒记'把它的所有的账目给封存了。"

货物卸完，两人上了马车，尤琳在门首相送，轻轻挥了挥手，再无多的言词客套。胡雪岩一头雾水，忙问庞二爷咋回事。

庞二爷摆了摆手说："详情我也不太清楚，只听到些传言，尤老太太和她这个最小的女儿成了冤家，尤琳十八岁离开松江，十年没回过家。"接着，庞二爷话锋一转，便说出他的打算和安排，"朱福年最近和一位姓林的'交际花'姘居，当然，这些烂事我也懒得管。但据可靠消息，'恒记'库银所剩不多，朱福年的'场外生意'挪走大量现银，万一出现亏空，造成储户'挤提'，我们就被动了。雪岩，你是查账高手，把情况跟我弄弄清楚，我要开销他！"

"没问题，三天之内我给您一本清清楚楚的'恒记'账。"

胡雪岩率"算手"三人，全封闭式清理"恒记"的账目。庞二爷则出面去游说那些信心不足的丝商，让他们务必按照商会的要求去做，支持胡雪岩这位丝业领军人物！

两天后的深夜，胡雪岩请朱福年到经理室。按照惯例，朱福年必须日夜在隔壁当值房等候，随时接受查账人员询问，调来那些有疑问的分账账本以便

核对。朱福年心惊肉跳,有大祸临头之感,他已经眼窝深陷,颜面黯淡。

胡雪岩优哉游哉翻弄着账簿,桌上撂得高高的一叠账册,有不少都折了角,问题已基本清楚了。

"朱总管没料到二爷会在春末来上海查账吧?"

"胡大老板,你是理财高手!我在'恒记'的年数久了,手续上难免有疏漏的地方,一切要请胡先生多多包涵!将来怎么个做账法,全听你胡先生吩咐,我一定照办。"朱福年一副乞怜相。

胡雪岩把账册推开,揉了揉眼睛道:"福年兄,受人之托,忠人之事。庞二爷既然请我查看账目,我当然要对他有个交代。以前的账目同我关系不大,能应付得过去也就算了;以后我是'恒记'的股东,账目同我关系重大,你要对我负责!你是管事,抓总的,我只要找你就是了。下面各处的账目,得由你去查,用不着我插手。"

朱福年一听,好像还有今后之意?似乎没有开销自己的意思,便抬起头看定胡雪岩含糊地应了一声。

"你经手的账,亏空很大,但全系挪用,尚不属贪污侵吞,如果能在最短的时间内弥补亏空,把账面抹平,我看还有挽救的余地。"胡雪岩两眼锥子似地盯着朱福年,语气平缓但落点却很重,"朱总管是'恒记'老人,知道庞氏的规矩。二爷也知道你搭上了洋人的跳,把上海有名的交际花娶到了家中,退路很宽。"

朱福年那张开始发福的脸红了又白,白了又红。庞二爷在湖州,基本上已被他用障眼法罩住,云里雾里看不清了。自打他跟这位胡相公搭上桥,他朱福年就像在玻璃房里耍把式,搔首挠尻什么小动作都瞒不住。照庞氏的规矩,像他这种大宗挪用公款的行为,轻则送官,重则二爷的江湖关系那么深,要收拾他还不容易?至于退路,他有吗?如果他朱福年离开庞氏,就没有了利用价值,洋人还会看重他?"胡先生言重了,福年如果离开庞氏,既无进路,也无退路,恐怕只有死路。"

胡雪岩开诚布公地说:"福年兄,你我相交的日子还浅,恐怕你还不太了解我的为人。我一向的宗旨是有饭大家吃,不但吃得饱,还要吃得好。不过做生意跟打仗一样,总要同心协力,人人肯拼命,才会成功。过去的都不必多说了,挖肉补疮,立即把'恒记'的卤子填平!"

朱福年交待,他挪用"恒记"十多万两,以庞氏名义做南北货生意还算顺手,几年下来,赚了约有四五万两银子。现在愿将生意及所赚银两悉数交还庞氏,听候发落。他交出了店址、"场外经营"的全套班底。只是所赚银两存在英国渣打银行,存单没有带在身上。

"存单放在林翠翠手上吧?"胡雪岩漫不经心地问了一句。

"我没那么傻,胡先生,林翠翠分明是洋人安放在我身边的人,替他们弄消息情报的,随时都会飞……"朱福年另有一个忠心于他的女人和一个四岁的女儿,住在上海一个僻静幽深的弄堂里……

意外获得一笔进账,庞二爷对胡雪岩的查账成功,显得十分高兴:"好!你这员大将一出马,朱福年就束手就擒,不光整顿了'恒记',也稳住了庞氏,使生丝市场始终牢牢地控制在我们手中。"

"二爷,那你以后还准备继续用这个朱福年吗?"胡雪岩的问话是有讲究的。

庞二爷反问:"你看呢,你以为朱某人的本领到底如何?"

"本事是有的,是一个八面玲珑的角色,遇事颇冷静。二爷,'饶人一条路,伤人一堵墙',我们要像诸葛亮'七擒孟获'那样,'火烧藤甲兵'不足为奇,要烧得他服帖,死心塌地替你出力,才算本事。"胡雪岩建议道。

"好吧!你是我的合伙人,也是庞氏的老板,名正言顺来管事,不就可以收服朱福年了吗?"庞二爷同意了。

"恒记"银根吃紧的局面被克服,关键时刻,贵福往"阜康"注入了五十万两漕银,胡雪岩便吃进了从汉口、九江进入上海的生丝。白会长高兴不已,特来"阜康"走动,以示慰问:"胡老板确是慧眼独具,料事如神。这几天,上海的丝价大涨,生丝奇缺,市场上出现了疯狂的抢购风潮,有多少抢多少!洋商们因国内工厂原料告急,连连电报催货,那些洋人因此绿眼珠急得快变成红眼珠了。"白会长毕竟是眼观六路、耳听八方之人,一番话说得众人哈哈大笑。

"白会长,你知道关键时刻是谁起的作用吗?"胡雪岩并不贪功。

白会长笑声朗朗道:"还不是朝廷对洋商下了禁令,这是对洋人的一个当头棒喝!看来两江督抚的奏折还是起了作用。"

"哪里哟,光靠两江督抚的奏折,朝廷要颁旨不知要到什么时候。节骨眼上,还是庆春兄给他的大舅发了急电,朝廷才这么快下达上谕。"胡雪岩笑道。

白会长点头称是道:"人亲骨头香嘛。庆春,荣亲王多次派人到上海要我们说服你,动员你回北京去,这件事我们也觉得难办,既是你的朋友,总不能将你绑架走吧,是不是?"

郭庆春倔犟地说道:"我为什么要回北京?在上海不是同你们合作得很好吗?"

"亲王是中枢人物,担心你在上海有失皇家体统。"白会长也不遮掩。

"我不知道大清有什么体统,现在就连最硬的弓也挡不住一颗小小的曳

光弹。我经商,自食其力,跟雪岩当下手失了什么体统?"郭庆春简直口没遮拦。

闻言,白会长赶紧转移话题:"形势大有好转,胡老板,你们发财的机会到了!"

胡雪岩淡淡一笑道:"还不能乐观得过早,用洋人的话说:谁笑到最后,谁才能笑得最好。"

当晚,在尤琳的安排下,胡雪岩和英国领事路金作了一次秘密会晤。地点选在领事馆附近一家犹太人开的咖啡厅。此处包厢高级,专供达官贵人秘密幽会。装潢也十分讲究,精致的壁毯,名贵的地毯,似乎把人陷在一种绒乎乎的氛围里。尤琳自学了英语和法语,让胡雪岩不带翻译。而且路金也会一些简单的汉语。

三个人慢条斯理地喝着咖啡,胡雪岩先来了一番客套:"今天,我有幸通过尤小姐劳领事大人屈尊光临,实在不敢当。"

路金用一种特殊的目光望了尤琳一眼客气道:"不,不!今天我不过以私人的身份,也很愿意见到胡雪岩先生。我虽然是英格兰人,但很乐意同中国人交朋友。尤小姐是我的好朋友,尤小姐的朋友当然也是我的朋友啰,哈哈哈!"

"领事先生,我一直想见到你,谈谈生丝贸易,但一直苦无机会。如果能早一点与领事先生认识,我想双方也不会陷入今天这样的僵局。"胡雪岩继续客套着。

"对!胡老板,在此以前,也有不少英国丝商来找过我,希望我能出面与你谈判,双方能达成和解,所得利益均分。没想到尤小姐今天给予了我这样难得的机会。"事实上,路金已受到来自国内的严厉批评了,工厂因原料不足要停产了!

胡雪岩故作姿态道:"朝廷虽禁止丝茧运出上海,但我想这道禁令不会坚持太久。因为结果只会落得两败俱伤。你们买不到生丝,自然处境很窘迫;同样,我们的生丝市场也会萧条。我虽然是商人,这一点还是非常清楚的。"

"好吧!我去说服英国丝商,在价格方面做一些让步,尽量接近你们提出的价码。"路金显出外交官的风度。

"领事既然这样友好,我也去说服上海的同行,把原先的价格再作适当调整,好吗?"胡雪岩也十分高兴。

"好!既然这件事对双方有利,那胡老板能否从中转圜,把彼此不和睦的因素消除,让生丝贸易早日活跃起来?"

"胡某自然愿意效力,让官府相信洋人,洋人相信官府。而你们再尽可能地考虑一下丝商和蚕农的利益,才能使上海市面重新热闹起来。"

"OK！如果能够这样,胡老板既是你们国家的有功之臣,又是我们洋人的朋友。"路金高兴地点头。

谈完这些事情后,三人愉快地吃完了晚饭,路金一直把他们送上马车。他握着尤琳的白皙纤秀的手,在竭力传递温情。在霍尔金大道璀璨的灯光照耀下,他眼里有幽蓝的火苗在闪烁。马车刚一启动,胡雪岩便有些愠怒地叫了起来:"以后别理这洋杂种,我看他对你没安好心!"

"别说得这么难听好不好,我看路金挺有绅士风度的。"尤琳温和地批评道。

"大清的好男人多的是,才貌双全的,富可敌国的,皇家血统的,满腹经纶的……你这驾爱情的香车,干吗一定要停在这片外国的狗尾巴花面前？"

"谁说我把车停在他面前了？"尤琳笑着问道。

胡雪岩被问住了,愣了愣,很是"路金味道"地挥了挥手道:"那就好。我以后一定帮你找个更好的！"

"你跟我哥一样,老是操些夹夜心,不着调,我叫你们操心了吗？我请你们帮助了吗？"尤琳说罢,赌气扭过脸去,把目光投向窗外,不理他。

胡雪岩兀自笑了,这倒也是,以他和尤琳的交往,还轮不到他操"冤枉"心！他突然发现,自己已对这位气质如兰、才华超凡的美人动心了。这位出身松江"筠秀园"的富家小姐有着一种特别动人的气质风韵,这种气质,是此前他所接触的那些女子所没有的。仅她在路金面前那种矜持、冷静,气度不凡又字字珠玑,全上海,不,全国都找不出几个！这么一想,胡雪岩不禁有些心花怒放,心想我也算是有福之人了,这么难遇的奇女子就在我眼前,而且为我办事为我奔波。倘这场生丝之战不获全胜,那真是上对不起祖宗,下对不起这么多关心、支持自己的人……

马车经过洋商俱乐部,尤琳忽然一指窗外道:"瞧,朱总管……"

胡雪岩倚窗看去,只见朱福年一身洋装打扮,臂弯里挽着裸着双肩的林翠翠,正一橐一橐从大理石台阶上走下来。

"肯定是吉伯特召见他俩,我得去问问情况。尤小妹,我就不陪你了。"胡雪岩下了马车,急急朝两人背后抄去。

朱福年很坦然地向林翠翠作了介绍。林翠翠是第一次直面这位敢与洋人抗衡的人物,黑漆漆的长眉眉尖轻轻跳了几下,长睫毛一忽闪,乌亮亮的瞳仁顿时光灼灼逼人:"早就听说胡先生大名……"她赤裸的手臂上笼着黑色网眼臂套,说着,按西方人的礼节把手伸了过来。

胡雪岩捉住那只手的指尖,在她的手背上轻轻吻了一下。

林翠翠收回手道:"胡先生是守在这儿等消息的吧？"

　　胡雪岩用欣赏的目光，打量着她那一袭黑色的晚礼服，心想比那些洋女人穿得打眼、恰到好处！他微笑着回道："也是也不是。"

　　林翠翠的眉尖又跳了一下，发几声脆笑道："什么叫也是也不是？"

　　"说不是，我是陪一位美女来逛逛十里洋场的夜景，乘车返回。说是，我就是从车窗里看见二位从'波罗馆'出来，一位艳光四射的美女吸引了我的眼球。"

　　"胡先生，没想到你还是一位非常罗曼蒂克的商人，敢在租界的大马路上追逐一个又一个美女，"林翠翠半真半假地说，"可是今晚带给你的消息并不妙啊！"

　　正好一辆出租马车停在他们面前，朱福年的嗓音低沉地说道："上车去说吧。"

　　原来，今晚吉伯特召见他们，称上海做生丝出口的外商今天下午在召开了一个紧急会议，议决四条。第一，有关中国政府"禁市"，请各国领事出面交涉。第二，各公司所承接的国外生丝订单，全体一致办理退货，承担违约损失，但由此产生的一切后果由中国方面负责。第三，少数实在不能退货的地方，交由第三国去组织生丝货源。目前，已初步决定交由日本国设在大清各地的"善堂"收购生丝，紧急运往上海，解决少数不能退货的难题。第四，坚决不接受大清丝商所提价格，迫使其中部分丝商彻底退出市场。

　　胡雪岩的脑袋里"轰"地响了一下：全体一致退货是最为狠毒的一招，对大清丝商来说，堪称致命！特别是对他这位鼓吹大规模"吃进"的丝业巨无霸，到时只有死路一条。破产不用说，还要连累王有龄、贵福等一大批人。朱福年面孔阴沉着还说了些什么，胡雪岩一句也没听进去，他只看见林翠翠笑得胸脯乱颤，手上的大钻戒在时明时暗的车厢里熠熠放光……

第二十四回

探船班消息砥定生丝战
品螺蛳风味引出风流艶

次日,上海大小报纸都登出了洋商紧急会议的消息。整个上午,得到消息的大清丝商像走马灯似的来到"阜康"钱庄,又各个像霜打了般离去。也有个别"吃进"生丝的主儿怒火满腔赖着不走,说话夹枪带棒,分明想给钱庄也抹点黑!

傍晚,庞二爷派出的人回来报告,说在黄浦江边发现数名身穿和服、留着"天菩萨"的日本浪人,声称是受洋商之托,专门在码头上拦截外埠进申的货船,收购各地生丝。消息迅速蔓延,"争价格走向反面,走上绝路"的论调,像高烧时的呓语令人恐惧,又像女巫的咒语一样传遍了华洋两界⋯⋯

白会长、庞二爷不约而同来到"阜康",与胡雪岩商议如何收拾残局。

"雪岩,你就低个头,去找洋商,请求他们不要采取'一致办理退货'的办法,这无异于断送上海这个生丝市场,无异于断绝大批蚕农和丝商的生计

啊！"白会长有些痛心疾首,摇头叹气不已。

胡雪岩已经六神无主,抖动着两只手道:"我上哪儿去找洋商？找哪个洋商？洋商长于互通声气、团结一致是不假,但这种时候,这个节骨眼上,哪个洋大人敢代表九州万国的高鼻子、蓝眼睛表这种态？就表态也不起作用,顶多他代表本国,那个吉伯特他能代表英国……不,他连英国都代表不了！"

一语提醒了梦中人,郭庆春毕竟是在欧洲生活了十多年的人,说道:"洋商中有些人讲究运用商业策略甚至欺诈,喜欢运用报纸、广告等舆论形式施放烟幕,扰乱市场以收渔利。报上所载四条,太像官方文件；洋商采取行动,过于一致来得也太突然。依我看,把长于和洋商打交道的人集中起来商量商量,再分头行动,证实一下这条消息的可靠程度。"

庞二爷击掌道:"庆春讲到的,正是我所疑惑的。'一致办理退货'？老夫断断不相信它那个'一致'。我准备反其道而行之,派一个可靠之人将上海仓库里的生丝连夜运一部分到湖州以减少损失,上海的租栈费娘希匹多贵哪！"

丝商中能与洋商直接打交道的也就郭庆春、朱福年,胡雪岩道:"叫尤琳也来帮我们拿拿主意吧。"

"尤琳是谁？"郭庆春问道。

"苏州河边一家'苏绣行'的女老板,跟英国领事路金,恐非一般关系。"

庞二爷调侃道:"我们也放个风出去,让尤琳开一家专门做洋庄生意的丝绸进出口公司,直接同英国领事馆打交道,看看吉伯特他们作何反应。"

少顷,朱福年、尤琳乘马车赶到。郭庆春一见尤琳,心中惊为天人：如此国色天香,却不得识,今日邂逅,不知缘分如何？

尤琳显然还不知道洋商们议决四条的消息,听了大家的介绍,惊异道:"昨晚我还跟路金见过面,他没跟我提起洋商紧急会议的事呀,对了,胡先生当时不也在场吗？"

胡雪岩拿手摩挲着光光的额顶道:"我是在场,可我不懂英语,光见你们俩比比划划、眉来眼去。再说,洋商开会是在昨天下午,也许还来不及把议决的四条通报给路金领事。"

"这好办,我去找这位路金打听一下,一定能得到准确消息。"尤琳自信地说。

胡雪岩脸上这才有了点喜色,但不知是有意还是无意,他打量尤琳一番问道:"你一个人去方便吗？我看那个路金对你没安好心,那双眼睛看你的时候放蓝光,只差要扑上来的样子。"

朱福年不由得暗暗嗟叹,怪不得胡雪岩敢跟洋人叫板,他背后有官府做靠山,身边既有郭庆春这样的"西洋通",又有尤琳这样所向无敌的丽人,自然遇事不慌、临危不惧了。只是洋商"一致退货"这道坎,胡雪岩怕是过不去了,他在上海十多年,何曾见过大清商人、官府斗败了洋人?他正打肚皮官司,只听郭庆春道:"洋商'一致退货'见诸报端,也有了公开行动,闹得沸沸扬扬。这种时候如果直接找洋人打听,难以得到确凿的实情,他们在这种时候,是空前团结、讲求口径一致的。别看他们在中国人面前颐指气使,但在这块土地上,他们毕竟是少数,他们需要某些绝对的'一致'与'团结',以维护其共同利益。大家在找他们打听消息时,要动点心思,讲究策略。"

尤琳听了,心下不以为然。

大家分头行动,连庞二爷都带着伙计到外滩去寻那几个日本浪人。尤琳去到英国领事馆,费尽周折,直到下班时节才见到路金。尤琳说明来意,路金不假思索,称他已代表英国政府,接受驻沪英商的全部四条要求,并约定明天上午同大清上海道衙交涉:"作为大英帝国的外交官,在我们英国公民的利益受到损害时,我无权保持沉默,必须将英国商人的意见与义愤,及时通报给贵国政府……"

"外商一致退货,将给大清丝商带来多大的损失,将使上海的生丝市场萎缩甚至消失,路金先生你想过吗?"说着说着,有些发急的尤琳竟像在乞求于这位英国领事了。

路金做了个无可奈何的手势道:"这是贵国政府、特别是丝商们造成的,我并不想看到这种结局,亲爱的尤小姐。"

"你应该劝阻那些英国商人,不要采取'退货'措施。"

"我很愿意这么做,但请给我一点时间。我一定加以劝阻,但不能选择在这个时候;我会努力转达尤小姐的意见,但我只能一个一个去拜访。"

尤琳看着他不停翕动的红唇,从那里吐出一大堆好听的言辞,却没有任何实质性的内容,只得怏怏不乐地告辞。

郭庆春先去了他曾工作过的怡和洋行买办房,一无所获,转而又来到太古洋行。这两家老资格的英国洋行主营航运,洋商们运货或者退货,不可能不在航班和船期上有所反应。

太古洋行矗立在黄浦江畔,是一幢高大的花岗石建筑。大片巍峨静穆的穹顶,在午后的阳光下有升腾有起伏,有阴沉有明耀,一年又一年,连汤汤江流里也存留着它无法驱遣的阴影……

太古洋行的业务室里,进门是一个高达丈余的大玻璃柜,柜里陈设着一艘巨轮模型,它是太古的标志"维多利亚"的浓缩微雕,琥珀色,在暗夜里能发出幽光,"一帆风顺"的理念在这里演绎到了极致。太古洋行的华大班刘桧申,在业务室里接待了郭庆春。两人是老相识,以前有过多次合作。

郭庆春单刀直入问道:"老兄在太古招揽客货承运,对英国商人的货运情况船期什么的应该清楚,对吧?"

刘桧申是上海滩的老买办了,笑道:"那是自然。郭贤弟想打听什么消息,直说无妨。"

"生丝出口,船只、航班、抵达港、吨位有何变异,我需要详细资料,特别是那个吉伯特,你知道那个英国流氓。"

刘桧申翻了一下案头的"航班船次"大簿子道:"有,有这回事,吉伯特先是订了两班轮船的中舱位……后来,航班临近,推说货还没有备齐,拖延到下两班,贴了我们四百两银子,作为误期的赔偿。"

郭庆春追问道:"那下两班在什么时候?"

"我这儿只有已发生情况的记载,预订货舱、货物名称等未发生事宜由洋大班掌握,老弟打听得这么详细干什么?"刘桧申摇了摇头。

"托你帮忙,自然不能瞒着你。最近我帮胡雪岩在做生丝生意,为了与吉伯特等洋商抗衡,我们上海的华商统一行动,一定要吉伯特按我们定的价格收购。可吉伯特僵着就是不肯让步,所以请你助一臂之力,摸清情况,逼他一下!"

"跟洋人抗衡,又是你郭老弟出面,这个忙我帮。"刘桧申出人意料地爽快。

郭庆春欣喜地说道:"多谢!多谢!今晚我在'卡特琳'酒吧请你喝酒,顺便听你的消息。"

"这么急?"刘桧申惊讶道。

郭庆春拱手道:"现在已到关键时刻,华商中有许多人吃不住劲了,今天已有丝商把生丝往内地回运。我们需要你的消息作动力,拜托了!"

入夜,沙俄风情的"卡特琳"酒吧里,装潢滥俗的小舞台上,一群俄国女郎在表演乌克兰民间舞蹈,狂放又显得粗俗。一个肥胖不堪的女歌星唱着俄罗斯民歌,穿着超短裙,系着荷叶边白色围裙的女伺,穿梭于顾客之间,送上黑啤、干酪,俄国风味小点心。一个满身肥肉的女老板走到郭庆春的桌边,挑逗地用手绢甩了一下他道:"嗨!英俊的王子,要一个俄罗斯女郎陪你喝酒吗?俄罗斯姑娘可是世界上最漂亮的美女。你看,台上那几个舞女由你挑,看中了哪个,我就派她来陪你。"

郭庆春敷衍道:"我在等人。"

女老板刚走,一只满是黑毛的巨掌落在郭庆春的肩上。他扭头一看,眼前是一个棕熊般的俄罗斯人,浓眉毛,蓄着一把浅棕色大胡子,他就是俄国驻上海的领事索伦斯基。

郭庆春礼貌地问候道："啊，索伦斯基先生……"

"郭先生，刚才你和老板娘的谈话我听到了。如果你真对我们俄罗斯姑娘有兴趣，我可以将我的女儿安娜介绍给你。我们都是皇族的后裔，这种结合，用你们的观点看，那真是门当户对，你说是吗？"

嗨，没想到这位领事开口就跟自己的女儿做媒，郭庆春只好苦笑道："索伦斯基先生，你的女儿远在俄罗斯，我人都没见过，怎么能跟她'结合'？"

"那很简单！我马上写信给她，让她赶快来中国。"索伦斯基只差要拥抱他了。

"也许不等你女儿到来，我已经洞房花烛了。对不起，我的朋友到了。"郭庆春东张西望，发现刘桧申正向这边走来，索伦斯基只得快快离去。

"庆春，让你久等了，费了点周折。"原来，刘桧申正查阅有关航班预订登记，怡和的大班匆匆赶来，将资料收捡上锁，并警告他不得将任何预订船情消息外泄！

刘桧申用手绢擦着汗道："对中国人什么都是机密，吉伯特往后推延的两班船，一班在十天之后，还有一班是半个月。"

"也就是说，吉伯特没有退掉原订舱位。"

刘桧申肯定地说："舱位他怎么会不要？当然要。"

"那就说明怡和洋行非买我们的丝不可，而且数天之内必定要找我们谈判。桧申兄，我代表丝商谢谢你！"郭庆春满意地说道。

"都是中国人，打断骨头连着筋——这也算是我们的商务机密！"

两人不禁哈哈大笑。这时，"卡特琳"的女老板领着两个俄罗斯少女来到桌边，颤动的胸脯和笑容充满了挑逗："现在，可以开始喝酒了吧？"

刘桧申指着少女问道："老板娘，这两瓶是'伏特加'还是'威士忌'？"

"是开胃酒，再加俄罗斯甜点心，你们好好品尝吧。"话音未落，两个少女腿一抬便坐到了郭庆春、刘桧申的膝上，胳膊搂住了两人的脖子。

郭庆春电灼似的推开了那个姑娘，那姑娘有些莫名其妙，她不知道自己哪儿伺候不周得罪了这位尊贵的客人。而她那位同伴，已经含了一口酒，正嘴对嘴地哺给刘桧申。

郭庆春扔了几张卢布在茶几上，替刘桧申结了账，大步而去。

一个星期后，他们大获全胜。吉伯特终于向大清丝商举了白旗，他请朱福年转告胡雪岩，愿意就生丝价格及出口进行谈判……

湖州、杭州有生意急等他去打理。生丝之战的第一个回合，他净赚了约二十万两银子，留下郭庆春在上海继续"丝战"，自己打道回府。离沪前，他独自

一人悄悄去了趟苏绣行。

行内一如往日的宁静。槛窗高启,姹紫嫣红;飞针走线,惑蝶迷蜂。一张张俏脸粉脸俯对绣品花架,那么凝神,那么专注,宛如一棵棵玉树、山茶,扎根在山阿原野,怒放于万花丛中。那些花鸟虫鱼、风光景物,全都吸附了江浙女子的精魂,聚结着吴越佳丽的灵气,得天地造化之功,秉华夏文明之精,那般鲜活、灵动、清激、超拔、卓尔、皎然、蕴气、蓄韵、流光、飞白、霓霞、舞风,不知真耶?幻耶?是红鬓绿鬓融进了花谱,不审锦攒绣簇上了新衣?是香腮粉脸也成绣像,还是针凿女红惑目炫神?在这幅花团锦簇、灿烂辉煌的图画里,尤琳是最美最动人的一朵牡丹花!

"国色天香,花中之王!美不胜收啊!"胡雪岩不住地赞叹。

"是你呀,胡老板,"尤琳抬起头来,沉静一笑,又俯下脸去。

胡雪岩把一只薄薄的红包递到尤琳面前道:"请收下。"

尤琳觉得奇怪:"什么呀?"

"打开看看就知道。"

尤琳从红封里取出一张银票,上面醒目地写着"一万两",她不解地望着胡雪岩道:"这……这算什么?"

"酬金。这次我们生意成功,是靠你出马,请了英国领事这员大'将',这局棋才奠定胜局。"

"不,我不能收这样的重谢。"尤琳挺认真地说,"能为这场生丝之战出力,是我所愿,也是我的荣幸。"

胡雪岩只得改口道:"那……那就算我资助你发展事业吧。我想把你的'苏绣行'办成专门对东洋、西洋进出口丝绸的工艺行。"

尤琳是何等聪慧的女子,她已从他那时而躲闪时而直刺的目光中读到了什么,报以淡淡一笑:"真的吗?"

"真的,对你我还能假吗?"胡雪岩认真得近乎庄严。

尤琳只得笑纳。

午后,她将一帧绣品送到英国领事馆。路金催了好几次,这是献给女王生日的礼物。不知是她的高雅华贵震慑了门口保安,还是路金领事打了招呼,总之这次把门的"红头阿三"向她行了举手礼,爽快地放行。

尤琳径直进入路金从不关门的办公室,他正佝偻着上身,两只手像螃蟹的跪足那样支在宽大的写字台上,摇头晃脑地欣赏着一张地图。

"啊,尤小姐来了,请坐。"路金满面春风,幸而到来的是矜持的尤琳,如果是风骚的丽妲或交际花林翠翠,他没准会发一阵"春风癫"。

"我把您要献给女王的绣品拿来了。"尤琳打开锦袱,把绣品展开,盖在那张地图上。

"啊,太美了!这样鲜艳的牡丹,女王陛下看到,不知道会怎样喜欢,她一定会对这么精湛的刺绣艺术着迷的!"路金由衷地赞叹道。

"那我就太高兴了。"尤琳也满心欢喜,尽管这种称赞是意料之中的。她一边说着,一边收拾绣品,无意中看到桌上的地图。

"这是什么?"

"地图,黄浦江外滩一带的地图。我们英租界准备在这里修筑一条大马路,取名南京路。"这是路金高兴的渊薮,他软硬兼施,恫吓加利诱,才使松江府那帮官员就范,这是他外交官生涯中又一次成功,堪称辉煌。

"南京路?这儿不是离县城很远吗?"

路金太想让这位美女分享他成功的喜悦,他比划着,觉得自己仿佛就是那位统率罗马军团的恺撒:"目前看起来是远了些,但马路一通,高楼大厦一造,这里就会繁荣起来,成为侨民真正的乐土和伊甸园。就像地中海沿岸那些小渔村后来演变成大都市一样,这里的地价一定看涨,所以我们准备把南京路一带的地皮全买下来,再卖给英国侨民。"

"哦,我能不能买一些?"尤琳心中一动。

"你?那你想投下多少钱?"路金面带微笑,他以为是自己的游说起了作用。

"暂时先投一万两。"尤琳从衣袋子里掏出那张一万两银票,心想权当替胡雪岩作个长线投资吧。

路金一笑道:"密司尤不光绣丝绸,也想绣马路高楼了。"

尤琳用英语回答说她早就想作各种尝试了。

胡雪岩回湖州途经松江,尤五闻讯,亲自上船邀他上岸一聚。

晚霞绚烂,凉风徐徐。尤五陪着胡雪岩、罗家骥等一行,朝河边的"青藤酒馆"走来。

"雪岩现在是大老板了!在上海什么满汉全席、法国大菜大概都吃过,肯定把胃口吃腻了。今晚,我请你上这家小酒馆品尝品尝地方风味,全是河蚌、螺蛳、泥鳅、河鳗这些不入流的河鲜。"

"正是求之不得!三个月没吃家乡菜了,在上海每天饭菜端上来,我都会想起在杭州元宝街吃晚饭的情景。每当太阳落山,家家户户把小桌子往门口一放,一杯绍兴老酒,几条葱焖鲫鱼,再加一大碗酱爆螺蛳……那简直是神仙过的日子。"胡雪岩好不高兴。

"是啊,我也好久没吃河蚌、螺蛳了。"罗家骥也有同感。

"青藤酒馆"名实不符。青瓦粉垣一幢老屋,屋外并无青藤攀爬,屋内也没有藤蔓之类的饰物。只有几个用槅扇隔开的包间,收拾得倒也齐整。他们在滨河的一个包间内坐下来,一边嗑着椒盐瓜子,一边继续闲谈,从窗口眺望着河上风光。

"听说你们在上海这一场生丝大战,激烈程度不亚于与太平军在太湖边的生死肉搏。嗨!老弟你越来越厉害了,跟洋人几度交锋,终于把他们全都打倒在地。我在松江听说后,暗暗替你捏了一把汗。"

胡雪岩感喟道:"现在想想,还真有点后怕呢!当时我们冒了那么大的风险,万一洋鬼子不肯让步,这笔买卖不能成交,大批生丝全部变质,我不光本钱赔光,刚建立起来的名声也将全都付之东流……要是那样,我就惨了!"

一时酒菜上齐,尤五举杯道:"生丝之战你出奇制胜,赢了洋鬼子!来来,我祝贺你!我们干了这杯庆功酒。"

两人一饮而尽。

胡雪岩咂了咂嘴道:"这绍兴酒真好喝,比什么白兰地、威士忌、啤酒那些洋酒不知强多少。来,再来一杯!"

店小二忙过来给他们斟酒,一位专司上菜的姑娘端来了热腾腾的河蚌砂锅、酱爆螺蛳。尤五举起筷子布让道:"快尝尝这河蚌砂锅,据说要炖上整整一天呢!"

胡雪岩拈了一块,放进嘴咀嚼着,尚没下咽,便呼噜嗯吞地叫起好来:"嗯,好吃!又香又烂,真是鲜美无比。"

"还有这酱爆螺蛳,远近的食客齐聚这里就为了吃这道特色菜。'宁吃青藤的螺,不吃宏翔的鹅',就是这些人的顺口溜,可见这酱爆螺蛳的名气有多大!"

"哦,我来尝尝,看比不比得上当年螺蛳姑娘的手艺。"说完,胡雪岩便拈了一颗嗒了起来。

"螺蛳姑娘是谁?"尤五也放下酒杯,嗒起了螺蛳。

"我小时候的朋友。"他指指罗家骥,"他的姐姐。"

"相比如何?"尤五嗒着指头,饶有兴趣地问。

"毫不逊色……不对!"胡雪岩突然叫了一声,停止品味,竟然现出一副呆呆的模样。

"怎么了?吃到一颗臭螺蛳了?"尤五惊问道。

"简直不可想象……"胡雪岩似在自言自语,眼里突然闪过一道光,转头对罗家骥道,"家骥,这螺蛳的味道,像不像你姐烧的?"

"是呀!我也在纳闷,这种味道除了我姐姐,难道还有其他人会烧?"罗家骥也在回味。

胡雪岩猛地站起身来,径直朝后面的厨房走去。

"雪岩,你上哪儿去?是不是上茅厕……"

正好,上菜姑娘端了一盆松江鲈鱼出了厨房。胡雪岩想绕进去,姑娘拦阻道:"哎哎,里面是厨房,客人不能进去。"

胡雪岩凶巴巴地说道:"我为什么不能进?我偏要进去!"

"老板娘吩咐,任何客人不能进厨房。"那姑娘还想阻拦。

胡雪岩不理她的茬,以从未有过的无礼和蛮横将她一推,昂然进了厨房。

厨房里烟气弥漫,火光闪烁。锅碗瓢盆伴和着嗞啦嗞啦红油的喧闹,把厨娘和美食家连接在同一个色香味俱全的世界里。女老板一手持锅、一手拿铲,正在潜心做菜。只见珍馐美味在锅里翻飞,长柄铁铲在手中挥舞。胡雪岩没法辨别那个久违的身影,因为她系着长大的围裙,也没法看清她的脸,因为她头上戴着那种妖形怪状的厨娘帽。他凑拢了去,探头探脑地去看那双手,觑着那张脸。直到老板娘又完成一道菜,起锅,装盆,转身看见了他,刹那间愣住,变得怒气冲冲道:"你……怎么跑进厨房来了!"

"螺蛳,是你吗?真的是你吗?"胡雪岩一声喊,眼中含泪道,"我终于找到你了!"他张开双臂将她抱住。

"走开!我在烧菜……"螺蛳姑娘本能地将他推开,语气却是少有的平静。就在这时,油锅"蓬"的腾起了一团火光。胡雪岩顿时慌了神,一边惊叫着"起火了",一边掇起一盆洗菜水就去浇火。

"快闪开!"螺蛳姑娘用力将他一推,胡雪岩踉跄着接连退了好几步。她敏捷地取下帽子、桌布、毛巾等东西一股脑塞进油锅,将火扑灭。不等胡雪岩反应过来,她把炒锅从灶头取下,往案板上重重一丢,扭头从厨房后门冲了出去。

"螺蛳姑娘……螺蛳……"胡雪岩急赤白脸地叫着追了出来。

回答他的,只有暮霭柳林中一阵紧似一阵的鸣蝉。

第二十五回

松江畔有情人终成眷属
杭州城大贪官竟作流囚

螺蛳姑娘沿着河边小路一口气朝家中冲去，胡雪岩在后面穷追不舍，边追边喊："等一等,螺蛳,你等等我……"

疾风抽走了发髻上的竹簪,危欹歪斜的高髻松解,化成一片流泻飘逸的黑色瀑布。河风拂拭着她脸上的油污,泪珠如河面上片片落帆。长发粘在脸上,她用双手捂住了自己的脸,呜咽着,跌跌撞撞冲进了一片柳荫。

"姐姐,姐姐……"罗家骥也跟在后面边追边喊。

一幢孤零零的小屋,白墙黑瓦,掩映在一片绿荫柳浪之中。久经岁月的木楼梯拥着一个小小的踏步平台,螺蛳姑娘冲上平台,进屋关门,上栓。

胡雪岩和罗家骥追上平台,眼前是一扇发黑的紧闭的门扉,两人不顾一切地敲门叫喊起来。

"开门,开门！螺蛳姑娘,你快开门呀！"

"姐姐,你快让我们进去。"

屋内,门上插着一条大门闩,但螺蛳姑娘还是用身体死死抵住了房门。她无声地啜泣着,满脸是泪和飘散的乱发。

"螺蛳姑娘,再怎么着,总得让我们见个面,说句话吧。"

"姐姐,自从你走了以后,爹就落水身亡。幸亏雪岩哥收留了我……你知道我有多少心里话要对你说吗?姐……"

螺蛳姑娘心软了,慢慢抽动门闩,但只抽了一半,她又狠心将门闩复原,她不能和胡雪岩再见面,见面就没法收拾!这是天意,这是命中注定的……

门外,胡雪岩还在嘭嘭地敲门:"螺蛳,看在过去我们相好一场,你快开门。"

"姐,你再不开门,别怪弟弟……"说着,罗家骥抬起腿就是两脚,把门踢开了。他冲进去一把抱住螺蛳,但只开口叫了一声"姐姐",便号啕大哭起来。

螺蛳抱住弟弟,不住地抚看着那张脸,泪如雨下。胡雪岩进来,面对这感人一幕,也止不住抹泪……

有顷,姐弟俩相互揩去喜泪,家骥有一搭没一搭地说起别后的情形,就连他喜欢彩凤的事也毫无遮掩地吐露出来。螺蛳姑娘不出声,只用微笑的眼神看着已长成大小伙子的家骥,心中充满喜悦。胡雪岩也没有出声,只静静地坐在暗影里,打量着螺蛳姑娘,从上到下,目光一直没有离开过,仿佛总也看不够。

家骥问起姐姐婚后的情形,一眼瞥见幽暗中胡雪岩那对晶光灼灼的眼睛,忽地一拍脑袋道:"姐,你这里不会连个蜡烛台都没有吧?"

一句话提醒了螺蛳姑娘,她忙点亮了床头小柜上那支蜡烛。家骥嬉笑一声道:"我得把这个好消息去告诉五爷去!"说罢,他连蹦带跳地窜了出去,轻轻带上了房门。

罗家骥一走,两只手不约而同伸向那支红烛。胡雪岩先得到,他举起蜡烛,照着那张依然莹净的脸庞,那双泪眼盈盈的丹凤眼……

今来把住银釭看,只恐相逢在梦中。

原来,自螺蛳以一百两银子的"身价"卖给那位船老大后,开初的一段日子还算平静。那个生性豪爽的苏北汉子待她不差,就是脾气急躁,喜欢喝酒,一喝醉就什么都不顾了。但打太平军东征,漕运中断,他们的生计便日渐艰难。谁知官军要围剿"发逆",强行征用民船,身无分文的船老大连个栖身的地方都没有了,终于在一个隆冬的早晨浮尸在江面上。那时,螺蛳已经在这家小酒店帮佣了,老板让她上菜,在店堂里招徕客人。她嫌厨师的手艺太差,自动上灶当厨娘,生意顿时红火起来。去年,老板一家回了安庆,便将小店盘给了

螺蛳。因为上这里喝酒的多是漕帮兄弟,生意还不坏。就是骚扰太多,一个单身女人,又正当盛年……

桌上的红烛发出轻微的响声,默无声息地倾听着她的叙述,淌着热泪……

"唉!没想到分别之后,你受了这么多苦。要知道我在天南海北地寻找你……"胡雪岩顿足连连,痛惜不已。

螺蛳感伤地低垂着粉颈,带着凄凉道:"早见面,迟见面,又有什么意思呢?现在,我们都不是当年的人了……我是这小酒馆的厨娘,你是妻妾满堂的大财主。我今生今世不再指望什么,只求你把我唯一的小弟管教好,将来能成家立业就足够了。"她抬起头,用充满希冀的眼神看着胡雪岩,"雪岩,你能答应吗?"

"答应!完全答应……螺蛳,我还要把你娶到身边,跟着我闯荡世界……"胡雪岩冲动地一把攥住她的手,捧过她的脸,深情万分地打量着她明月般的脸庞。

螺蛳用力推挡,终于挣脱他的搂抱,跑了开去道:"不,这不可能,不可能了……"

"为什么不能?我今天找到了你,就再也不许你离开。"

"那怎么行?你……你赶快给我出去,赶快离开。"螺蛳提高了声调说。

"你能赶得走我吗?就是官府派一队捕快来也抓不走我。我胡雪岩今晚非与你同床共枕不可,这是我从小的梦想啊……"胡雪岩神情决然,他伸开双手朝她走去,螺蛳躲避,两人在这个小小的斗室里追逐着。

胡雪岩有点啼笑皆非道:"你又同我玩'老鹰抓小鸡'的游戏吗?嗨!你应该知道,我不再是过去的小鹰,你再也逃不脱老鹰的爪子了……"

几轮追躲,螺蛳逃到床后,胡雪岩纵身跃上床,一把将她抱住,紧紧抓住她的两只手,燃烧的目光和被欲火烘烤的脸缓缓向她贴近,笑问道:"你还想逃吗?"

螺蛳说不出话,避开他挑逗的眼神,不一会又回过脸来,凝睇的双眸里有火光在闪烁。

胡雪岩举起了她腕上的藤镯问道:"你把它一直戴在手上?……这,不正说明你一直还爱着我!……"

螺蛳用一个无声的笑默认了,她轻轻撩起胡雪岩腰间的那块玉佩,轻轻用手指拂拭着,含着娇嗔道:"……我要你拿玉佩去资助有龄哥的呢,怎么挂在你腰上?"

胡雪岩讲了玉佩失而复得的往事,然后深情地说道:"这叫爱屋及乌,今晚我要加倍补偿,这辈子,你注定要跟着我去闯荡世界。"他动手去解她的衣带。

螺蛳半推半就，袭上头脸的燥热开始消退，身子渐渐变得绵软，眼神晶亮晶亮。胡雪岩调笑道："要不要再转过脸去？"

"呸！你从小就不正经……"螺蛳啐了他一口，突然把身子一抬仰起脸庞，双手抱住他的脖子，狠狠用樱唇将他的嘴巴封住，同时闭紧了眼睛。

两个人紧紧地拥抱着，疯狂地胶合在一起……

与螺蛳重逢，胡雪岩自是欢天喜地。他雇了一艘专船，舫楼两侧贴着头大的烫金囍字，四周张挂着大朵红绸花，桅杆上一线相串挂着六个大红灯笼。他还另雇了一班鼓乐，每到一个码头，便吹打起来，一直送到湖州。螺蛳却面有忧慽之色，几番埋怨他不必这么招摇，不就是你多纳了一个妾么？

王有龄闻报，携梁冰玉亲到码头迎接，并在衙门后花厅设宴，庆祝胡雪岩和螺蛳的团圆。

王有龄万般感慨道："这真叫苍天不负有情人，螺蛳小妹，雪岩这般千呼万唤，总算感动了上苍，让有情人终成眷属，真是可喜可贺。"

"不，如今他已是大富豪，大小太太已经够多了，何必还在乎我这个小螺蛳？我实在不愿意进入胡家大宅门，卷到漩涡中去……"螺蛳姑娘面对王有龄、梁冰玉，却有些惶惶不安。

胡雪岩闻言啧啧道："你看你又来了！你和她们不同，我真的很需要你！"

螺蛳欲言又止，犹豫了一下问道："你需要我什么？"

"什么都需要！需要你的安慰、你的关心、还有你当家理财的能力……今天，王大哥和冰玉嫂在这里，他们可以为我作证，我今生爱螺蛳，至死不渝，我要让你成为我们胡家真正的女主人。"

螺蛳仍执拗地回绝道："不，雪岩，你回杭州去，还是让我回松江吧。"

"雪岩老弟，那你就先让螺蛳小妹暂时住在我们这里吧。"看到这种状况，王有龄只得出面打圆场。

"什么？住在有龄哥这儿，那成什么样子？"螺蛳还是那么认真。

王有龄恳切地劝道："螺蛳小妹，你就别见外了，没有你当年相救相助，哪有我今天这个样子，说不定那年除夕我就淹死在杭州新宫桥下的河里了……螺蛳小妹，你当年是用卖身钱济助我北上的呀，这种大恩大德，我一辈子铭记在心。"

"螺蛳妹妹，你就别客气了。不要说雪岩对你爱得死去活来，连有龄也对你念念不忘。我们就当作亲姐妹一样吧，好吗？"梁冰玉也一旁劝说，然后紧搂着螺蛳，不住抚慰、相劝，螺蛳这才勉强落座。

"雪岩老弟,我们在湖州的日子不长了,可能马上就会回杭州。这样,我们两家又可在一起了。"王有龄呷了一口茶,面带喜色道。不日前他接到傅晶的一封密札,称何大人湖州购枪不久,就接到"进京面圣"的谕旨。行前,贵福托他交了一份奏折,参了浙江巡抚黄宗汉"贪赃枉法"的四条大罪。贵福这人虽没什么本事,却是"牛录"出身,与京中掌事亲王多有亲谊关系。据何大人说,黄宗汉官职难保。而浙江巡抚一职,何大人力荐他王有龄充任,而贵福对他和胡雪岩也"多有称赞"。加上他王有龄在粮台任上几次受部嘉奖,接黄宗汉巡抚印的,除了他还有谁?

胡雪岩乐不可支,举杯相庆道:"倘有龄兄执掌省印,我们的生意就更加如鱼得水了。"

正喝到兴头上,"山羊胡子"双手托着一封紧急文书,大步进了花厅。王有龄拆开看时,原来是有圣旨到,着湖州知府王有龄、浙江粮台坐办胡雪岩速赴杭州迎接钦差。两人哪敢迁延,连夜指派官船赶往杭州。

各处的一班官员早到了,浙江巡抚黄宗汉领衔,去船码头恭候钦差大驾。

正是秋老虎逞威的时候,骄阳如火。黄巡抚率领省垣大小官员,一个个衣冠袍带、红顶补服,按官职大小,排列得整整齐齐。又到中午,阳光白剌剌晃得人不敢眼张水面,河上没有片风拂来,柳枝儿纹丝不动。甭说一帮养尊处优惯了的官爷,连野狗都觅了阴凉处,把肚腹脖颈紧贴在地面,长长地吐出舌头散热。

黄巡抚脑满肠肥,身如黄桶,油汗未尽,又续粘汗。粘汗流得多了,连毛孔都塞住了,更加难受,心里止不住地焦躁。

"钦差大人的官船怎么现在还没到?会不会路上又碰上了堵船等意外情况?"咽干口焦,气短声涩,黄巡抚问话都有些喘了。

文案赶紧回道:"大人,属下已派人到前面的塘栖码头去探听消息了。"

"这天怎么这样热?毒日头就像头顶着一盆火……"黄巡抚仰头看天,从衣袖内掏出手帕,小心地拭着脸上脖子上的粘汗。

"中丞大人,实在热得不行,就升冠吧。"王有龄心中已有几分明白,因此给他这个建议。

黄巡抚白了他一眼,又正了正头上的红顶子道:"不行!万一钦差大人突然来到,衣冠不整成何体统?"

但有的官员实在受不了这般酷热,早已卸下红顶子,解开官袍,用帽子在扇风。黄巡抚见状大吼道:"你们成何体统!快穿上!穿……上……"他抬手戟指,一脸愠怒,目光凌厉地检视着每一位属官。突然,他口吐白沫,身体一软瘫,向后便倒。幸得文案师爷、王有龄等把他扶住,急喊道:"大人,你怎么啦?……"

黄巡抚双眼发直，嘴里不断涌出白沫，这是中暑症状，胡雪岩忙道："快！快拿凉水来！最好到渔船上去讨个冰块。要快！"

师爷找附近的船家借了一只木盆，端来一盆河水，王有龄早把黄巡抚的红顶子除下。那师爷还要寻他的手帕，胡雪岩催促道："大人是轻轻拭点水弄得醒的么？"遂端起木盆，"哗啦"全泼到黄巡抚的头上，然后他又把木盆递给师爷道，"再弄一盆来！"

众人也闹不懂这是个什么救法，看到黄巡抚肥头大耳一个脑袋，脸上沾着碎叶沙粒，衣领上满是水渍湿痕，模样好生狼狈，想笑又不敢笑。到底师爷跟大人贴心，去了不一会儿，竟捧着一只荷叶包过来了，嘴中叫道："冰来了，冰来了……"

胡雪岩接过，打开荷叶，里面有一些碎冰，他连忙将碎冰覆盖在黄巡抚脸上。大概是那凉意刺激，黄巡抚脸色转好，双眼也吃力地睁开问道："钦差……大人……到了吗？"

"大人放心！还没到呢！"王有龄扶他坐起。

正在这时，一匹快马急速朝码头奔来，马背上的戈什哈隔老远就挥手叫喊起来，近到跟前，戈什哈跳下马背，单膝跪在黄巡抚面前道："禀报大人！钦差大人已经到了！"

黄巡抚一把推开王有龄问道："人呢，人在哪里？"

"在巡抚衙门。"

众官员大惊失色，一窝蜂散了，有的忙着上轿抢道，有的去寻自己的马车，没带车、马的官员要临时雇车雇轿。

巡抚衙门的大堂里，钦差何桂清早已高据公案等候。"朝廷特命钦差大臣"、"正二品侍郎何"的仪仗一字排开。公案一侧，直挺挺立着傅晶，手捧黄缎圣旨。两排手按腰刀的戈什哈，分列左右，其威严雄健，一看就知道是来自京师。大堂外的院坝里，巡抚衙门那班衙役依例也分列两旁，吆喝着以助官威。

黄巡抚在衙门外下轿，撩着官袍，跌跌撞撞从大门冲进，急匆匆进了大堂。后面跟着的众官员，模样免不得有些狼狈。

黄巡抚望阙而拜，口称"死罪"："下官黄宗汉，不知钦差大臣已光临杭州，有失迎迓，罪该万死！请大人宽宥下官。"说罢，叩头连连。

何桂清起立道："本钦差奉皇上圣旨，来查究浙江弊端……"

黄巡抚不禁大惊失色，木瞪瞪地看定何桂清。

何桂清走到公案前，接过傅晶奉上来的圣旨，徐徐展开，高叫了一声："圣旨下！"

众官员顿时匍匐于地，不敢稍有动弹。

黄巡抚战战兢兢地说道:"臣黄宗汉听旨。"

"奉上谕:浙江巡抚黄宗汉,滥用职权,私吞漕银而反诬所属藩司,逼死道员麟桂。又其积年引荐之捐纳官吏,内藏粤匪实蓄之奸细三名,分发各地,署守冲要,为祸惨烈。其劣行昭彰,获罪于天,致使浙江鱼米之乡连年歉收,民怨沸盈。着革去浙江巡抚一职,发配云南,查抄家产,变卖眷属以实府库。钦此。"

"罪臣领旨谢恩!吾皇万岁万万岁……"黄巡抚抖抖索索、口齿不清地回道。

何桂清打了个手势。两列戈什哈虎顾猱听,去往后院。随从摘去黄巡抚的顶子,脱下他的三品袍服。何桂清随即宣布由湖州知府王有龄署理浙江巡抚,王有龄领旨谢恩。那黄巡抚还心存侥幸,在地上跪爬着蹭到何桂清脚下乞怜道:"钦差大人,看在同年份上,求您在皇上面前为罪官开脱几句吧……"

"同年不同道,我能以妄言开脱么?"何桂清一脸正经,拂袖而去。

衙役中立时走出二人,给黄巡抚上了枷,套上铁链,提溜到院中跪下。少顷,被查抄的私产一箱箱摆放到院子里,黄巡抚的眷属及丫鬟、僮仆等一干人押到。傅晶上前将战战兢兢的这群人按名单点验过了,丫鬟、僮仆尽行遣散。黄有妻妾四五人,尚在家中有三女一子,依旨押往附近的羁押店,标价变卖。其余已经单独成家立业的子女,依例再行处置。

一个生得标致的妇人,用手拽着一个八九岁的小男孩,扑倒在跪伏的黄巡抚面前,纳头便拜。那是四姨太和她的儿子,平素最得黄巡抚宠爱。女人哀哀哭着诉说着,指点儿子跟父亲告别,那黄巡抚早已是泪流满面。小男孩看见,从尘埃里爬起来,拿小手一点点替父亲拭去眼泪。不知那小男孩说了什么,黄巡抚竟然泪如泉涌,大声号啕起来。一时其他几位妻妾也围了上去,与黄巡抚抱头痛哭,没抱着头的,就抱住他身体的其他部位——木枷碍事。那小男孩好生伶俐,见枷口磨了父亲的脖子,想了想,当众脱下自己身上一件纺绸半长衫,赤着上身,将长衫展开,一点点塞进枷口,绕着黄巡抚脖子一圈,最后将两只衣袖一左一右放进黄巡抚的手里抓牢。黄巡抚此时已是五内俱焚,将脸埋在娇儿的小衫子里,泣不成声。

让一家人作个告别——钦差大人也只能这样了!两个衙役不待吩咐,早已提来绳圈,走上前去斥赶众眷属。女人的哭声更高,身形、姿势更惨更加顾不上体面,抱住黄巡抚,哪里肯舍!

"起开!起开!你们这是要五马分尸么?"衙役将家眷一个个拖开,排成一列,用一个大绳圈约束着。出衙门经长街去"羁押店",前面会有一个人鸣锣吆喝:罪官××的家眷住官店啰——这算是发布变卖信息,兼有"示众"之意。想做这个生意的,便可去官店点验"货物",与衙役议价。胡雪岩见那男孩伶俐,模样也很清秀,想芙蓉一个人在一边居家过日子,身边有个小厮方便,平素他还可领着儿子玩耍。遂暗中叮嘱衙役将黄巡抚这个庶出之子留下,不得卖与别人。

巡抚府第,是官廨中第一去处,不像个衙门,倒像是典型的江南园林。假山、池塘、楼台、亭阁,石笋伴着古木,禽鸟栖于花荫。何桂清赞不绝口:"杭州乃人间天堂,这里更是瑶池仙境,诚所谓'冶艳山川合,风姿烟雨生。奈何呼不已,一往有深情。一望烟光里,苍茫不可行。吾乡争道上,此地说湖心。'戏作一首,为有龄擢升浮一大觥!"

何桂清如此才情,自然博得一片赞叹。王有龄这才知道他原来是绕道西湖,把美景欣赏够了,才来宣读圣旨的,怪不得黄巡抚领着众人在接官码头扑了空。说笑间,一行人来到后花厅。

这里系内外两座花厅相连,当中仅用一道槅扇门隔开。轩敞一个平台,白石为基;楠木花厅,数楹亮柱,接连精致的雕花矮栏。外花厅里,早就摆列桌椅,以及瓜果、时新菱藕,原来如夫人巧珠在这里布置,又给人一个大大的惊喜。丫鬟献上茶来,大家品茗聊天。何桂清发着感慨道:"'三年清知府,十万雪花银',黄中丞身为一省巡抚,搜括的何止十万?"

王有龄兴奋地说道:"这次,要不是皇上命桂清兄为钦差大臣,来浙江明察暗访,恐怕还动不了他。"

"这也全靠你和胡雪岩啊。没有湖州、杭州等地的揭帖,没有胡雪岩提供的钱庄票据,当然,还有贵福他们的参奏,宫里也有了些变故,朝廷这才颁发上谕,处置了这个横行多年的巨贪。"

王有龄摇头叹息道:"还是雪岩机灵,发觉黄某只认钱不认人,就连着给他二万两、二万两、二万两……背后还给他取了个诨号:'黄二万'!哈哈……"

闻言,梁冰玉、巧珠也跟着大笑不已,只是巧珠那笑里自是别有幽情。

何桂清望了巧珠一眼道:"胡雪岩人情练达,又能识大体、顾大局,上次要是没有他,我也得不到这颗人间巧珠也。"

巧珠过来拧了他一下道:"堂堂钦差大人,还要这样老不正经!冰玉姐,你说该罚不该罚?"

梁冰玉掩嘴一笑,并不作答。

何桂清嘻哈着说道:"不正经的是你!有龄,别看巧珠已是二品大员夫人,在家里照样在我面前撒娇……"

"你还要说?不给你重罚,你绝不会讨饶。"巧珠故意叫了起来,一下拧住他耳朵不放,疼得何桂清大声喊叫,连连讨饶。

之后,何桂清又转脸对胡雪岩道:"你跟那个什么螺、螺蛳姑娘重逢的事,

响动挺大的啊,我在路上就听说了。"

胡雪岩苦笑了一下,这是他回到杭州最难面对的一个难题啊!这时,傅晶来报,说各处房间已清理出来,请王大人前往签收查验,请钦差大人请往馆舍歇息。于是,王有龄夫妇往前院,傅晶领着何桂清去了馆舍。巧珠与胡雪岩落在后面,巧珠喂了一声道:"你稍等一下,我有话同你说。"

"什么事?"胡雪岩有些惊讶。

巧珠见见众人已经走散,一把拉住他的手,往花厅外一个角门里走去:"来!上这儿说。"

绕过角门,小院里有芭蕉掩映的一座亭阁,巧珠拉着胡雪岩,推开了小门,闪身进去,返身带上了门,一把将他抱住。

"巧珠,你……你这是怎么啦?"胡雪岩立即慌了神。

巧珠一脸娇媚,一腔嗔怨道:"好你个胡雪岩,到现在我才明白:当年你把我送给了何桂清,原来是为了和青梅竹马的老情人相会,你好狠心哟!"说着,她举起双手捶打着他的胸脯。

胡雪岩并不躲闪,低声道:"我不是狠心……我是怕你跟我做小,受委屈,才把你敬献给钦差大臣,让你去享福,不会落得像现在的螺蛳那样,连家门都进不了。"

闻言,巧珠的怨气稍稍平息:"再享福这心里也……雪岩,你是我真心爱上的男人啊,你知道这些日子我有多么想你!"她又一把抱住他,勾住他的脖子,狂吻起来。

"不,不能这样,巧珠,现在你已是钦差夫人,不能这样……"胡雪岩不住地躲闪。

"我要你,要你……我们还像过去那样……"巧珠仍然抱吻他不放。

胡雪岩用力将她推开道:"不行,要是被人发觉,我就是死罪……"

他去拉门闩,但巧珠死死地抵住门闩道:"你死我陪你一块儿死……"

"听!有人来了……"胡雪岩一指院外,巧珠一怔,松开了手。

胡雪岩乘机拉开了门,冲了出去,当真有人在找他!罗家骥一脸惊慌,哆嗦着嘴唇道:"大太太一听说你又和我姐姐见面了,就大哭了一场……喝下一大碗盐卤自寻短见了……"

第二十六回

上家法登徒子忍痛挨鞭
抗天灾胡雪岩临危受命

"啊？我和你姐姐……她连杭州都不肯回，连家门都不肯进……"胡雪岩震惊不已。

罗家骥突着嘴脸道："你是杭州名人，多少双眼睛在盯着你。你们从松江到湖州那么张扬，杭州有人认出了，有个漕工就住在元宝街，抢先把消息告诉了大太太。"

胡雪岩懊恼不已，他脚步踉跄，差点滑倒地上，幸亏罗家骥抓住了他。他突然发现，家骥已经长成个大小伙子了！

马蹄嘚嘚，风驰电掣的马车把两人送回了元宝街。胡府拥挤着不少人，进进出出，乱成一团。胡雪岩急步进屋，众人赶紧为他让出一条路。

走进卧房，胡雪岩直奔床前。床上躺着素娟，床边坐着胡母。表妹山菊正在忙碌，服侍表嫂喝着灌肠药水。

一张明式几案前,秦少卿伺候正在伏案开药方的"忠德堂"的老郎中。业已懂事的大女儿、小女儿看见胡雪岩,胆怯地轻声叫了一声:"爹爹……"便躲到一边抹开了眼泪。胡雪岩径直走向老母,轻轻唤了一声,胡母理也不理,气得扭转头去,直忒忒望着枕上的素娟。

素娟头发凌乱,衣衫不整,尚处于半昏迷状态。她双眼红肿,满脸泪痕,嘴角还在溢出丝丝涎水。

秦少卿见胡雪岩尴尬异常,走过来拉他至窗边宽解道:"大先生,太太喝盐卤,幸亏发现得早,及时请来了郎中。现在已经灌了肠,不会有生命危险。"

胡雪岩那颗悬着的心这才落了下来,人也变得活络了些,他走到郎中身边拱手道:"谢谢老先生相救。"说着,从腰中摸出一块碎银放到几案上。

"这是我为太太开的药方,煎服五帖,管保没事。"老郎中呈上药方,颇有意味地看了胡雪岩一眼道,"脉象已经稳定下来,心静为上,须静养些时日。好,老朽告辞了。"说完,他把纸笔墨匣收拾好,放进了药箧。

"秦大伙,代我送送老郎中。"

秦少卿提起药箧,送郎中出去。

胡母闻声,起身将老郎中送至门口谢道:"劳动了郎中先生,请走好。"

"留步,留步!"老郎中拱手告辞,随着秦少卿走了出去。

胡雪岩再上前向母亲请安,胡母把脸一沉喝道:"你跟我来!"

胡宅新建的佛堂,帷幄华丽,香烟缭绕。里间是家庙,供奉着历代祖先的牌位。胡母跪伏在蒲团上,向观音大士焚香祷告:"大慈大悲、救苦救难观世音菩萨,多谢你救了我儿媳一命。老身今后当加倍行善积德,以谢菩萨大恩大德。"

胡雪岩只得跟在母亲身后焚香跪拜。拜毕,把香烟袅袅的棒香插入香炉。

胡母在一旁大喝道:"你到父亲的像前去跪下!"

"母亲……"

"快去跪下。"

胡雪岩只得走向佛堂的里间,正墙靠右的地方高挂着父亲的画像。旁边,悬挂着象征"家法"的那条如意红藤鞭。胡雪岩"扑通"一声跪倒在父亲像下,心中叫苦不迭。

胡母摘下如意红藤鞭,不由分说,劈头盖脸一阵痛打。胡雪岩忍住疼痛,不躲闪、也不避让,一任母亲打个痛快。

一鞭、又一鞭……直到手疲心软,胡母才掷下红藤鞭,却止不住老泪纵横道:"孽子啊……你这个孽子!在外头眠花宿柳,交些不三不四的女人,闹得满城风雨,败坏了胡家门风,气得素娟喝盐卤自尽,也逼得为娘差点上吊。有了几个臭钱你就变得这样,这是为子为父为人的正道么?"

胡雪岩本不欲使母亲怄气,但螺蛳迄今不肯入住胡家,老母又当仁不让要家法从事,而发妻不管是出自醋意还是义愤仍在寻死觅活,他不同母亲"理论"一番,这个家就没法安定。家宅不宁,他行事还能手脚顺畅么?于是朗声道:"儿子知道这不是正道,但当今世道,儿子又实不知道什么才是正道。"

"这话怎么说?"胡母果然有些生气。

"我与螺蛳姑娘青梅竹马,本当有情人终成眷属,怎奈父母之命难违,娶了素娟,这且罢了。为了资助王有龄捐个'实缺',螺蛳把自己卖了一百两银子,四海漂泊。如今丈夫死去,青春守寡,我俩重逢,我又有能力将她娶进家门,这有什么不应该?没错,我是有些好色。身逢乱世,跻身商场,我耳濡目染,渐渐已分不清何为正何为不正。朝廷捐纳卖官是正还是不正?王有龄买个实缺正还是不正?螺蛳卖身为妇正还是不正?这个世道,实已正邪难分,黑白颠倒。我只有从那些年轻美貌的女子身上,才能感到美和良善,才能产生智慧和灵性,才觉得自己还是个有点力量有点血性的男人……"

"胡说!这倒成了你放荡的理由?"胡母厉声道。

胡雪岩不敢面对母亲的威严,俯首道:"儿子不是找理由,儿子只是觉得当今官场和商场上,实在少了有力量有血性的男人。既然母亲和素娟都不能见容于螺蛳,螺蛳也正担这个心,我就在外面找个地方暂时安顿她。不管怎样,儿子这次再不能放走螺蛳,放走一生追求的爱情和幸福!"

"你……"胡母手指着儿子站起身来,又颓然坐了下去:儿子着实是个好儿子,有孝心又有本事,关爱家人又急公好义,他跟螺蛳姑娘的情分,自己是知道的啊!于是叹息道,"暂时这样也好,你不能亏了螺蛳姑娘。"

之后,待素娟身体复原,情绪稍定,老太太又主动规劝儿媳,搬出了三从四德、"不孝有三、无后为大"等好些道理,又让素娟将心比心,想想那个"万分不值"吃尽苦头的螺蛳姑娘。

素娟一时间也不能不把她争强好胜之心冷淡下来,强撑笑脸道:"娘,您就别说了,媳妇明白。只怪儿媳肚子不争气,只生了三个女儿,未能给胡家传宗接代、延续香火。现在,既然雪岩已向娘申诉无儿之苦,母亲也从小喜欢这个螺蛳姑娘,那就把她接进门来吧,不要住在外面,免得惹人议论……"

"我的儿,你有如此雅量,为娘的实在高兴。如今世道,男人有了出息,家中三妻四妾也不算稀奇。更何况料理家务这么多年,你也累了,动不动就病上十天半月的,是该有人来接替你了。螺蛳这孩子机灵能干,能里能外,有她,你可以少操很多心,她会帮助你处理许多繁杂事务。素娟,只要娘在,你永远是胡家门的老大!是雪岩明媒正娶的大太太……"胡母闻言,不免心下欢喜。

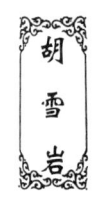

"娘……"素娟忍不住哭倒在胡母怀里。

只是尚来不及将螺蛳接进胡宅,胡雪岩就因杭州严重的粮荒,立即赶赴松江征粮……

旷日持久的天灾人祸,导致浙江此次罕见的粮荒!此时,洪杨之乱已逾十年。太平军中实力最强的李秀成锐意经营江、浙,与清军的战斗在两省各地展开。清军采用各种各样的手段与太平军对抗,或则麇集上海,勾结外国侵略势力,发动军事进攻;或则拼凑地主团练武装,进行骚扰、反抗;或则伪装归附,暗中联络,以图恢复。战事惨烈,局势复杂,谁个种田?就是收些粮食,也不够官军和太平军用的!

而前任巡抚黄宗汉,累向朝廷虚报浙省储粮情况,苏皖等地在浙征调粮食过多,导致浙江这个"鱼米之乡"的粮仓十有九空,无丝毫应急之力。而苍天偏挑这等地作怪,浙江持续三年干旱,丰沃的江浙大地几成赤地,大批饥民流离失所,饿殍遍地。诚如查撤黄宗汉的"圣旨"所云:"其劣行昭彰,获罪于天,致使浙江鱼米之乡连年歉收,民怨沸盈。"倘灾情不是十分严重,刚刚发动一场宫廷政变、首度垂帘听政的慈禧皇太后,会把"获罪于天"这样的苛责加诸一位巡抚?

入秋以来,浙地旱情更加严重,杭州郊外田畈无水,土地龟裂。干焦的禾苗变为荒草,稀稀拉拉。龙骨水车,搁浅在无水的渠沟里,主人已离开了村庄。田畴大路上,走着离乡背井的男女老幼。突然,一位白发苍苍的老妪无声倒地,妇人、孩子哭着扑上去搀扶,却已经无救。路边,时见倒地的人尸和隆起的一座座新坟。不少人披麻戴孝在新坟边哭号不已……

陪同王有龄从杭州郊外视察回城,胡雪岩决定立即成行。缺少马料,官廨中仅有的两匹马早已瘦弱不堪,王有龄只能步行送胡雪岩去船码头。粮荒,像巨石压在他的心头,而战争的阴云,像遮天盖地的乌鸦,在他的头顶上盘旋叫号!

"上任伊始,就遭受如此深重的天灾人祸,内忧外患,真弄得我一筹莫展。"

"是啊!整座杭州城人心惶惶、谣言纷纷。传说太平军已经占领苏州、湖州,又沿着太湖边的长兴、武康、安吉向杭州逼近。有钱人家都收拾细软,纷纷逃向上海租界。杭州的人走了一大半,有龄兄,你这位巡抚大人要赶紧增兵把守杭州才是啊。"胡雪岩也深深为之担心。

闻言,王有龄有些义愤道:"雪岩,你又不是不知道,绿营的精锐都已调往前线,留下的大多是老弱残兵。地方团练平时缺乏训练,武器又差,如何对付得了洋枪洋炮的太平军?李元度的军队在衢州,我千方百计想催他来,可援兵始终不到……"

胡雪岩叹息道:"唉!真担心杭州城迟早要落入太平军之手。"

"有什么办法呢!我身为巡抚,守土有责,自然不敢弃城而逃。最近朝廷又接连下几道圣旨,严令我督促浙江各地,整顿武备,修筑沟堑,要与新建立的淮军形成对太平军围攻之势。"

"这不过是纸上谈兵!太平军要解天京之危,转而南攻浙江、福建。李秀成率领十五万军队直逼杭州而来。杭城只有官兵一万多人,你不过一介书生,要你领兵迎战能征惯战的李秀成,岂不是以卵击石?"胡雪岩也有些激愤。

"天亡我也!恐怕杭城攻陷之时,也就是我王有龄归天之日。那时,我只得同杭州同归于尽了。"

两人正说着,只听脚步杂沓,不少人纷纷从他们身边跑了过去,一边跑一边喊:"快!快去砸米店、抢粮食去啊……"前边,"鸿昌米店"门前已聚集了不少人。米店的排门紧闭,无数双拳头捶着、砸着木门:"快开门!快开门……"

跟随在他们身后的一队军牢快手抢上前来,欲往米店制止。王有龄举手打了个手势,用无奈的目光打量着前方,摇头叹息不已。

排门被冲开,"鸿昌米店"仅剩的少数几袋米一下被人戳破、割开,白米哗哗流出。疯狂的人们用手扒,用衣衫包,你争我夺,只差拼命。

"如此疯狂,人都简直变成了野兽了。下一步杀人……什么事都可能发生。叫我这个巡抚如何应付?拿什么应付?"

京杭大运河边,滔滔的运河水,在骄阳下闪闪发光。但是河面上的船舶稀少,显得空空荡荡。

"你看,这运河两岸有多少漕粮仓廪,一座座气势吓人,其实全是空的。"王有龄伸手向前方一指,用悲怆的声调道。他回过头,指着田野上的一座座坟包,"这些新添的坟墓里面埋的可是实实在在饿死的人。雪岩,我只能求助于你了,粮食事关杭城百姓性命,关系重大!你为人精明,交游又广,此事除了你,再无其他人可以帮我。"

但胡雪岩也有苦衷,浙江藩司没有多少银两给他买粮,这且罢了。攻占苏州的太平军部王,分派人马与李秀成手下另一支合攻上海,战局难料,这粮食怕不那么好弄!湖州再次被太平军围困,芙蓉母子、螺蛳姑娘也生死不明。但他不能泄气,劝慰道:"有龄兄请放心,我与你相交十年,情同手足,危难之时求助于我,雪岩敢不从命。"此时运河相别,还真让胡雪岩有那么一点慷慨悲壮。

"这次我们在码头告别,可不像上一回啊。上次是为了我北上'补缺',成不成都属个人私事。这次,你可关系到浙江千百万人的生死存亡,而且一路兵

荒马乱,雪岩,你可要多多保重啊。"王有龄动了感情。

"你也要多保重!"

王有龄又把目光投向远方道:"雪岩,你读过《史记》吧?也一定看过元曲《赵氏孤儿》的故事?"

胡雪岩点了点头:"当然知道。我娘特别喜欢这出戏,很小时候就带我到草桥门外去看徽班的演出。"

"我现在的处境就有点像《赵氏孤儿》这出戏!如果连城都守不住,不过一死而已。而派你到上海、松江购粮,就跟'程婴立孤'一样难。你要做一个保全赵氏孤儿的程婴啊,雪岩!这是我的遗书,就交给你保管吧。"说着,王有龄从怀里掏出一封信函。

胡雪岩大惊道:"遗书?有龄兄何必如此悲观?"

王有龄凛然道:"城在人在,城亡人亡,杭州失守之日,就是我捐躯之时。到时请将这封遗书面呈皇上,以明孤臣孽子之心。"

"有龄兄,你千万要为浙江、为杭州的老百姓保重自己!雪岩此去少则半月,多则二十天,一定带着粮食回来。"胡雪岩泪眼涩涩。

"希望能这样,但万一杭州陷落,我只能与西子湖山共存亡。记得当年吴山上那个范瞎子说的话吗?可能要不幸言中了。我的发迹有如周新,结局也可能和周新一样。别了!雪岩,祝你此去逢凶化吉,上天垂佑……"

胡雪岩哽咽着道:"你一定要保重啊……"

罗家骥从一艘乌篷船里探出头来催促道:"胡大哥,再不走,今晚就出不了杭州城了。"

三天之后,太平军自余杭围攻杭州,李秀成亲自指挥战斗。安庆失守,天京没有了屏障,太平军拟将浙闽作为其未来的根据地,杭州,李秀成志在必得……

胡雪岩与罗家骥离开杭州不久,二人即分道扬镳。家骥去了湖州,一则了解粮食行情,一则打听两位嫂嫂下落。胡雪岩则直奔松江,他消息得到不少,情况却十分不妙!

在湖州,举人赵景贤率王有龄所创团练据城困守,与太平军对抗。但苏州团练徐佩瑗、候补道员李文炳率领的兵勇五六万人,则接受了太平军的招抚。徐被天国封为"抚天侯",李则担任"江南文将帅"。太平军允许他们自行委派乡官,造册征粮。其他如常熟庞钟璐、无锡华翼纶、江阴王元昌、吴江费玉成等所把持的团练,或公开打出太平天国的旗号,或伪装归附太平军,情形极度混乱。甚至还有土匪、流氓组成的水上武装,名为"枪船",袭击商旅、劫掠地方,大肆进行破坏活动。此情之下,征粮难上加难!尤五派出漕帮许多兄弟分赴各地打探粮食行情,眼瞅着半月过去,尤五才向他通报道:"松江乃漕粮集散转输之埠,历来愁粮食卖不出去,今番却被抢购一空,紧跟着也要闹粮荒。现在,漕帮打听到的唯一线索,就是苏州'盛昌米行'还囤着上万石大米,早点动手,还有可能抢到手中。"

胡雪岩脸上这才有了点喜色,忙打听"盛昌"的老板是谁?管事是谁?此际人在何处?滞留苏州还是去了上海?一般来说,躲进上海租界的,多是长期与太平军为敌的人,滞留苏州的,或明或暗都与太平军有些关系。尤五告诉他,"盛昌"的老板张三官是个大财主,长期在乡下的庄园里逍遥快活,生意全部交给舅舅谭伯年打理。谭伯年精通业务,但为人刁钻刻薄,不太好打交道。

胡雪岩哪顾得了这些,立刻赶往苏州,与谭伯年见面。

昔日繁华雅致的苏州如今到处是太平军的旗号,到处是断壁残垣,到处可见慌兮兮、行色匆匆的男女。尚未入城,就有人告诉他,今天的太平军不比往日。太平军的老兵所剩无几,后入伙的各色人都有,军纪败坏,敲诈、侮辱妇女日有所闻;当官的只顾着捞钱、发财,也特别留心各类生意,瞅机会插一手,能捞就捞上一把。

胡雪岩只身进了"盛昌"米店。那谭伯年四十出头,瘦高个,黑漆漆一双眯眯眼,黑亮亮一茎老鼠须。听胡雪岩自报家门,他竟带着几分揶揄道:"胡大人的胆子也忒大了些,一省粮台坐办,比知县的官阶还高,你就不怕太平军抓住你'弹竹上青天'?"

"什么叫'弹竹上青天'?"

"这是一种折磨人的方法:把弹性好的绿竹扳下来,斜面一刀砍断,几个士兵抬起要处置的人,用力戳在竹竿上,再把手一松,人就随直立的竹竿升到了空中,直到鲜血流尽,常常数日不断气。也有时间长了,秃鹫来把人眼珠啄去、肠子啄出来的。"

胡雪岩听得毛骨悚然,可不是吗?自己也太胆壮了点!于是说明来意,打出漕帮尤五、藩台贵福的旗号。原来,江苏三台衙门撤出了苏州,临时移住松江,那贵福还管着操练松江团练的事呢。

有这两位要人作伐,谭伯年不敢推托马虎,说:"两万余石大米现在吴中乡下囤着,既是杭州地方救急,胡大人可以买走。但有一条,要现银!"现今银票没用,一阵炮火下来,库银飞了,账簿烧了,一片钱庄就没了,拿着银票上哪儿兑钱去?且市面上所有交易买卖,现在无论大小,都得用现银!

这是个极大的难题。"阜康"在苏州虽有分庄,但此情之下,谁还会在银库里储存大宗银两,想招抢么?谭伯年这个要求不算过分!胡雪岩与他约定了半

个月期限,谈妥价格后连夜返回松江,正好罗家骥领着螺蛳也到了松江。

原来,螺蛳一直住在湖州知府衙门。后来,赵举人和团练首脑都住进来,她还给他们做过拿手菜呢。芙蓉母子和叔叔刘不才,则在太平军围攻湖州之前躲到了乡下,想来应该无虞吧。

只是现银问题是个难解的结,把众人的心堵得慌。从苏北到浙中,凡太平军扫荡过的地方,各分庄所存现银都不多。别家钱庄实力远不如"阜康",战争一来,歇业的多,倒闭的多,更遑论现银了。胡雪岩由螺蛳陪着,在"青藤酒家"附近的江边上走来走去,搜索枯肠回忆各钱庄的生意往来,现银储存情况。

深秋晚凉,黄叶飘零,江风给人带来阵阵寒意。几点暗红的渔火,因夜色迷茫,但或许是因今秋水浅的缘故,显得孤寂,既无火光的眩惑,更无倒影的摇曳,就连自然万物也被这场战争荼毒得似乎失了本性。亏得胡雪岩是个有心人,凭记忆,他认定"阜康"高邮分庄库存现银应在二十五万两以上,可以支付这批粮款!

但高邮离苏州路途遥远,胡雪岩准备亲自去提取这批银两的行动受阻,螺蛳死活不放他出门:"你太招摇了,甭说太平军想拿你,地方上那些歹徒、土匪,谁不想绑你的票?你不能去!"

螺蛳打定主意要让家骥走这一趟,二人争执不下,还是贵福解围道:"这样吧胡老板,这位小老弟一个人去取二十五万两银子,着实不太让人放心。我派一小队绿营士兵扮作马夫、搬运工,沿途加以保护,你看如何?"

罗家骥自是摩拳擦掌,保证道:"有兵丁保护这事还办不妥,我愿提人头来见!"

"你这颗人头加我这条命能值多少?杭州城几十万人,就指望这批粮食救命。有龄兄在杭州城头,只怕连眼睛都望穿了啊……"胡雪岩说着,不禁滴下泪来。

尤五受到感染,将手放在胡雪岩肩头按了按道:"你放心让家骥去走一趟!万一遇到危险,沿途都可找漕帮弟兄帮忙。"他取下腰间的神牌递给罗家骥,"只要手持'神牌',打出'左三右四'暗号,自会有人前来接头。到时,我再带些人去路上接应你们。"

胡雪岩这才不再坚持亲往,内心充满感激之情:"贵福大人、五哥,危急关头,你们拔刀相助,我真是感激不尽哪!"

贵福挥了挥手道:"胡老板怎能这样说呢,我来江苏之前,若不是你替我解了围,说不定就死在姓黄的手中了。知恩图报,这才是人之常情嘛。"

第二十七回

小包厢假话难为月下老
大围城重兵不禁俏娇娘

胡雪岩惦记着上海的生意,利用这难得的间隙,赴沪去会郭庆春。

因各国出面交涉,太平军没有进入上海,上海市面得以继续保持繁荣。

郭庆春在上海的生意还算顺利。今年因苏、浙两省大旱,秋季蚕丝的产出不佳。湖州尹麻子看准行情,利用他人手多,触角广的优势,大宗预定秋蚕。当赵举人率团练同围攻湖州的太平军对抗时,他又果断地在城外广辟收购点,并租用庞二爷设在太湖边上的仓库(庞二爷一般不做秋蚕生意)存放生丝。上海今年秋丝奇俏,这批湖州丝运到,自然价钱高,脱手快。其他军火生意、钱庄生意郭庆春也做了几宗,胡雪岩尚感欣慰。他在租界的一家酒楼里定了一个包厢,拉尤五作陪,同郭庆春小聚。

尤五是奉尤老太太之命,专程来上海探问尤琳的婚事的。

天黑时分,尤五与胡雪岩先到。从落地窗里,可以眺望黄浦江绚烂的灯

火。江面上，慢吞吞飘移着的外国货轮，拖着巨大的烟幕。

尤五谈起了尤琳，说她打小就聪明、美丽，被父母视为掌上明珠。她被宠坏了，什么事都有主见。特别在婚姻上，不听父母之命，竟和一个染织工私奔。父亲循踪追到上海，她竟登报声明与家庭脱离关系。父亲气得病倒了，才被仇家寻隙杀害。这位名重江湖的人物，算是死在自己女儿手里。母亲也不愿再见到这个不孝女儿，直到前年妹夫死后，她与家里的关系才有些缓和。尤琳青春守寡，尤老太太免不得为她的婚事操心。

胡雪岩听后，坦率地表白道："五哥，说实话，在我不知道尤琳是令妹之前，不瞒你说，我确实对她产生过感情，并且动过要她做我在上海贤内助的念头。后来知道是你的小妹，我当然不能再存此念，也就把她当作亲妹妹看待。"

尤五也推心置腹地说出自己的观点："雪岩，平心而论，你和七妹倒是非常般配。可你家中已是妻妾成群，关系难以处理。七妹心高气傲，绝对不肯甘居于别人之下，将来只怕要连累你受罪，说不定连我们兄弟之情都会受到影响。"

胡雪岩长叹一声，身子往后一仰道："罢了……今生无望，就待来世吧……唉！可能的事往往不可能，不可能的事却常常可能，这就叫做世事难料，但不知'天台谁为款刘晨'？所以，今晚我也特意请了尤琳。"

尤五也犯愁地说道："唉！按她的性格，恐怕很难再有合意之人。她甚至发誓即使这一辈子不再嫁，也绝不苟合。"

胡雪岩嘻嘻一笑道："所以，我心里早就想到另一个人。他和令妹绝对是一对天造地设的佳偶。"

尤五急切地问道："谁？"

胡雪岩正然作色道："是我、也是你的兄弟，郭庆春。"

尤五吃惊道："郭庆春？人家是金枝玉叶，怎么会看上我们这样的家庭？更何况七妹还是……"

"正因为庆春是个特立独行之人，才有可能跟尤琳走到一起。他可能不知道尤琳青春丧偶的事。"

尤五频频摇头，心里想就算这两人能走到一起，也未必是什么好事，顺治帝跟董鄂妃的故事民间流传已久，据说文人们喜欢说道的《石头记》就是影射这件事。庆春跟七妹虽不能与之相比，但也巴靠得上，雪岩这个月老恐怕做得不妥。

他正心上心下，尤琳走了进来。今晚她真是风华绝代，一袭八搭晕锦过膝旗袍，袖口镶着四寸宽盘银织锦花边，四道栏杆花边相镶，用了各种绣法。光那道盘银栏杆，就用了提花绣、堆垒绣，再加錾银、贴片订涡，果然静若月华，灿若朝霞。胡雪岩看得呆了,木愣愣坐在椅子上,竟忘了起身迎接。

尤琳倒是落落大方,走来春风满面地把一只牛皮纸大信封给了他。

"这是什么?"

"打开看看就知道了。"

胡雪岩抽出里面的东西一看,全是买地的契单,官印、拇指印红艳参差,黄伞纸、白浸纸张张齐整,胡雪岩疑惑地问道:"地契?……这是谁的?"

尤琳明眸一闪道:"你的。"

"怎么会是我的?"胡雪岩不解。

"对不起!胡老板,我自作主张,用你的一万两银票,通过路金买了外滩东段的地皮。谁知一个月后,洋人开始在南京路大兴土木,地皮就不断上涨!到现在已经涨了四五倍……"尤琳落座后解释道。

胡雪岩大惊:"什么?竟有这种好事?一万两银子几个月竟做出数万的生意!尤琳,你眼光如此卓识,大大超过了我,难得,难得!只是赠送你的银子,我怎么好意思收回呢?这片地产理应属于你。"

尤琳笑道:"不要你的我的了,就算我们合伙来做生意吧,我准备继续投资。雪岩,我们国人的做法常常是先开市,再修路;而洋人却是先修路,再开店。照目前上海滩的情况看,大马路、二马路一条条地修下去,将来地产的前途大为可观。"

胡雪岩大喜道:"真的吗?那太好了!我再投进一百万两银子,这生意一切由你做主,通过你和路金的关系,摸清洋人的计划。地皮能买进多少就全买下!洋人的路一开到那里,乖乖!肯定地价飞涨,寸土寸金!"

"听起来,你是准备做大地产商了?"

胡雪岩点头道:"对!胆大才能办大事,我就知道铜钱眼里翻跟斗!尤琳,你这一手令我折服!这是我都想不到、做不到的大手笔!"

正说着,郭庆春翩然而至。他穿着一套手工织白底黑条纹粗棉布裤褂,履着黑色圆口千层底布鞋。上衣是对襟、布纽,衣袋里搭拉着一条金晃晃的表链。进门抱拳一拱,笑道:"诸位先到了。"

胡雪岩打趣道:"庆春兄一向西装革履,洋派新潮,今天穿得这样素朴,抱拳一拱就算见面礼,是不是因为有尤小妹在场,你怕见面用西洋人的握手礼,尤小妹不伸手反给你脸色看?"

"尤小妹进英国领事馆稀松平常,恐怕不会拘泥于这样一个握手的礼节。"郭庆春说着朝尤琳伸出一只手,尤琳大方地伸手让他一握,大家落座,畅饮述怀。

几杯酒下肚,胡雪岩又提起地产生意的事,冲郭庆春道:"尤小妹虽然在

高级社交场合应付裕如,但究竟只身一人,庆春兄常驻上海,也该关照关照她,常往绣行走动走动。"说罢,他又冲尤五使了个眼色,"五哥,别把你这个才貌双全的妹妹拘束得那么紧好不好?上海是个开放的地方,'西风东渐'得紧,你该多给她——庆春,那句话怎么说来着?噢——多留给她一点私人空间。"

尤五是条好汉,却不善应酬,憨笑道:"那是,那是,请庆春多关照。"

郭庆春淡淡一笑,举杯敬了大家的酒,看了一眼尤琳,略带点忸怩道:"我确曾忙里偷闲去过几次苏绣行,看见尤小姐那么专注地工作,苏绣行里那么安静,便害怕自己唐突,打扰了那里的宁静。'似花似花非花,天香浸透奇葩。飞红嫦娥仙子,心香吴宫馆娃。是现实还是梦?呀,瑶池里刚刚失落了一幅画——'我常常觉得自己不该走进那幅画里,便只在橱窗外看一看,悄悄地来,悄悄地走。"

胡雪岩夸张地鼓了几下掌说道:"好诗!我看庆春兄这种心境,本身就像诗一般!你是皇室贵胄,不走进那幅画里去,谁有资格走进那幅画里去?"

尤琳绝对不是心如古井,任水静井栏枯,听了胡雪岩的介绍,她不由得吃了一惊,没想到还有这么开放的贵胄混迹于上海滩!她缓缓起身,正然作色道:"胡老板,你们对我的身世大概并不了解。我虽然年轻,却已尝够了人生的甜酸苦辣。我虽出身松江豪门,但因为自小与一个染织工青梅竹马,违抗了父母之命,同他私奔到上海,开办了这家苏绣行。正当事业如日中天之际,夫君却染上风寒离去。我曾痛不欲生,整天以泪洗面,但考虑到苏绣行已在上海滩小有名气,外销绣制品供不应求,才勉强把我和丈夫创办的事业维持下来。"

"但你不能总是孤身一个吧!"胡雪岩有些发急。

"不,我最近不想考虑这方面的问题,连路金不断向我献殷勤,要把我带到国外,我都再三婉拒了。"

"路金死了老婆,年纪又那么大了,这方面的情况庆春最清楚,庆春,你跟她说说。"

郭庆春惘然若失的样子,既像是介绍情况,又像是表白道:"路金有个女儿妮玛,还有俄国领事索伦斯基的女儿安娜,两位大概都很看重我这个身份,都想把女儿许配给我。这两个姑娘都不差,但我不能卷入外国人那种说不清、道不明的关系中去。妮玛很开放,她希望她的父亲跟尤小姐的关系能进一步发展……"

满面春风的尤琳变得冷冷地,她打断郭庆春的话道:"我跟路金只是普通朋友。"

郭庆春冲她礼貌地点了点头,压低声音道:"我最近遇到了一点小麻烦:围攻湖州的那支太平军不知打哪儿听说了我的身份,就挑了几个武功高手潜来上海想劫持我,拿我做挡箭牌去攻城或是找朝廷换些金银财宝。我将有一段时间不能离开租界。"

这两人分明有心,却又各自拿身份、名利来做幌子,遮头盖脸鬼打墙!看来,给一对有主见又有身份的男女做撮合,这差使不好当!胡雪岩心里大叹,但他还有事,得离开上海了。

罗家骥在高邮提取银两倒没费什么周折,但在返回途中却屡遭风险,差点丢了银子又丢命。他押着马车,沿着官道,日夜兼程。十几个化装成脚夫的兵士三三两两分开,车前车后,时远时近地相随。

行至太湖,前方突然出现一道卡子。路边有间小屋,官道上横着木栏杆,大家的神情顿时紧张起来。栏杆前站着几名戎装打扮、身持洋枪的太平军。赶马的兵丁低声问道:"罗掌柜的,怎么办?"

罗家骥见附近再无太平军的踪影,一挥手道:"冲卡!冲过去。"车上的绿营兵丁顿时精神抖擞,严阵以待。"驾!"马车夫扬起一鞭,狠狠抽下去,给徒步的兵丁发出信号。

辕马加快了速度,撒腿飞奔。马车上堆着南瓜、莲藕和几筐时鲜蔬菜,掩着几个装银两的大木箱,因银两数目太大,没法遮得严实!

"停下!停下,快停下——"太平军扬起手,全都拦在关卡前,七八条汉子,老少皆有。但马车没有减速,快速冲向关卡。

"再不停下,就开枪了!"一支支洋枪,齐刷刷举起。

"砰——"有人开了一枪,辕马扬起前蹄,发出惊叫。

"吁——"车夫赶紧勒缰,将马车停在了栏杆前。

一个小头目横眉竖眼走上前来喝道:"干什么的?"

"我们都是泥瓦匠人,前面镇上有人修房子,请我们去帮工。"罗家骥撒谎道。

"下来!全下车!"小头目挥手,其他太平军士兵便用洋枪驱赶,罗家骥等人只得全都下车,站在一旁。

"车上装的是什么?"小头目上车检查。

罗家骥不卑不亢道:"你没看见吗?只是些蔬菜、粮食、换洗衣裳。"

"里面不会装着炸药吧?"小头目拿过一只大南瓜,拍拍、听听,用力把瓜摔在地……瓜裂皮开,可见瓜瓤,这个季节的老南瓜,有韧劲,不容易摔碎。

随行的兵丁哄笑道:"有这样的炸药吗?"

罗家骥上前去将破裂的南瓜小心地抱起来放回马车道:"这下,总可以走了吧?"

他正要上车,小头目忽然瞥见瓜果蔬菜下面的木箱,又淡淡问了一句:"那下边是什么?"

"不是告诉你了吗?粮食、换洗衣裳,"说着,他摸出一把铜钿,塞给那小头目道,"做手艺的,这年月赚钱难哪。"

小头目接过铜钿,大大咧咧一挥手道:"你这么年轻就当了工头,够可以了。"栏杆慢慢移了开来,罗家骥和兵丁赶紧上车。但一个兵丁上车时,不小心露出了藏在腰间的短刀。

一个太平军见了惊呼道:"刀!他有刀!一定是清妖。"说着就要冲过去要抓那士兵,其他士兵立时警觉,有的操枪,有的冲上前去。罗家骥大喊一声"动手",随即劈面一拳,将那个跑在前面的太平军士兵摔了个仰面朝天。

"驾……"马车夫一抖缰绳,连抽几鞭,马车冲出重围。其他士兵和守卡的太平军短兵相接,厮杀起来。

"快抓住!抓住他们……"太平军小头目在后边狂喊,举枪射击。露刀的兵丁被洋枪打中屁股,倒在车上。他正好倒在罗家骥身后,扑在那些瓜菜上,是他为罗家骥挡了子弹,救了他的小命。

马车发疯般向前狂奔,烟尘滚滚,枪声如豆。车上就剩下家骥和车夫,其他兵丁,不是战死,就是被俘。

胡雪岩在苏州城心急火燎又等了两天,才等到罗家骥的银子。谭伯年的嘴都笑歪了,两万多石粮食囤在乡下,带,带不走;吃,吃不下;多大个目标!卖呢,也只有胡雪岩这样的主儿这么爽快。两人连夜办了购粮手续,谭伯年把粮囤、粮仓一股脑交给了他,带着银两乘船远遁。胡雪岩经与尤五商量,决定先运两船粮食去杭州解围,余粮视情形或走大运河直往杭州,或绕道松江、上海,再往杭州。

胡雪岩偕螺蛳姐弟,押着两船粮食走江南运河,不日便抵达余杭境内,杭州城被围已一月有余。太平军无数次攻城均未能得手,于是改攻为围,派兵守住西湖及湖西南高山溪谷路口,其余三面扎寨连营,日夜巡守,活活将一座杭州城困成孤城,连苍蝇都飞不进去。

粮船不敢靠近。胡雪岩雇了一艘乌篷船,在运河上逡巡窥探,急切难以进城。一连两个晚上,螺蛳见他急得满嘴燎泡,寝食不安,终于开口道:"下城口附近,水深河滩宽,水面空阔,连根芦柴都不长,太平军防守较松,从那儿潜水过去,可以进城。"

胡雪岩的嘴张了张,本想说谁有那么好的水性?何况天气冷下来了,就算有这么好的水性能潜过这么宽的水面,遇上巡逻的太平军怎么办?但螺蛳紧跟着又说道:"只有我能潜水过去,我熟悉那一带水下情形,但我实在不愿意进你胡家的门。"

胡雪岩的嘴又张了张,他能让螺蛳自蹈死地么?自打两人重逢,仍是分多聚少,颠沛流离,他能放她进这个眼瞅着就要尸横遍野的死城?可不放她冒这个险,岂不是表明连自己都不想让她进胡家门?他哀叹一声道:"身逢乱世,国难当头,老母、家人生死不知,好友还在苦苦支撑局面,我想援手一把却使不上劲。一条运河,一带高墙,就把生的希望全都隔绝在这片冷水荒隈……不说了,唉!什么都不要说了……"他捉住螺蛳的一只手,轻轻摩挲着,几颗清泪,顺着明显消瘦下来的脸颊,无声地滴落在她的手上。

回到运粮船上,天已熹明。船老大告诉他说,昨夜他们刚走,就来了一队太平军,为首的早就知道这是两艘粮船,他告知老板,这将破坏天国的围城大计,限他们三日之内移往别处,否则将以平价全部征购。

胡雪岩听了如遭当头棒喝,面如死灰,拖着疲惫的身躯进了后艄楼。螺蛳跟了进来,家骥给他端来洗脸水。胡雪岩机械地洗脸,心神散乱,一个劲地发愣。螺蛳夺过毛巾,绞干递给他道:"男子汉大丈夫,遇事得有担待,这么蔫蔫乎乎、神木楞吞的像个啥!"

"我想不出办法,已经无计可施了!"

"刚刚我在乌篷船上说的呢?"

"什么?"胡雪岩木瞪瞪地看着她。晨光从高启的槅窗射进艄楼,照着她青润的长眉,红扑扑的脸庞,晶光亮灼的丹凤眼。胡雪岩心想,岁月怎么没在她脸上留下痕迹呢?

"现在只有我潜水过河,进城去,才能把情况弄个明白。"

胡雪岩把脸一沉道:"我知道你想摆脱我,知道你不愿进胡家门,可你也犯不着用这种办法。"

"现在,我想进你们胡家走走,不行吗?"螺蛳咄咄逼人。

"笑话,这种时候放一个女人进杭州城,等于给那些饿红了眼的士兵送人肉去!不想进胡家门的儿媳妇,胡家的门现在就不朝她开。"胡雪岩说着,还跺了跺脚。

"别想得那么美了,你以为我真去胡家?我之所以急于要进杭城,是想给王大人出个主意。这边,运粮船假装走运河退往钱塘江,经过下城口,粮船猛冲向杭城那边的江滩搁浅,城里再派一支队伍抢粮。保证……"

"保证鸡飞蛋打、船毁人亡!"胡雪岩把话抢了过去,"什么船经得住炮轰?什么队伍逃得过洋枪?你以为打仗是我俩小时候过家家,你要抽我就抽我,要站远些就站远些啊?"

螺蛳没想到自己绞尽脑汁想出的主意,这么轻易就被否决了,依然大声

道:"你胡家的情况就不需要知道？尤其老太太年事已高,身体虚弱,经不起这兵荒马乱。最好的办法是把全家老少接出城来,在附近躲上一阵子。我有个表舅,住在近郊的留下山区,去那儿不必出东南西北城门,只要翻过上天竺的山岭就能到。雪岩,别婆婆妈妈了,就这么决定了,啊?！"

深夜,螺蛳喝下一盅烈性烧酒,在下城口附近悄悄入水。她嘴含芦管,走水下潜往对岸。胡雪岩直挺挺跪在船头,举三炷高香,对天祷告。居然没遇到在运河上巡弋的"枪船",真是万幸！螺蛳上岸,一闪就进了杭州城。

四周黑洞洞的,街巷死一般寂静。为了驱寒,螺蛳一路狂奔,一口气跑进了元宝街。黑魆魆的城头上,已升起一个青灰色的黎明。胡宅门前,一个耄耋老人坐在石门槛上、斜倚着门框,似乎睡着了。螺蛳俯首叫道:"老伯,天亮了,该起来了。"说着,她举手拍了几下板门。

见老人毫无反应,仍歪斜着身子,螺蛳略略提高了声音:"清晨天冷,你老人家睡在这门口,要得病的……"她突然发觉有异,伸手一触,便惊骇地把手缩回,老人也随之倒地。

"啊——死人……"

门丁老董闻声出来开了门,见到披头散发、浑身精湿的螺蛳,不禁吓了一跳,问道:"你、你……你是谁？"

螺蛳心有余悸地指着死尸道:"他死了。"

"他早死了,我问你是谁？"老董平静下来。

"我是胡雪岩的妻子,有消息要向婆母禀报,相烦老伯通报一声,就说螺蛳进城来了。"

"是你呀螺蛳,你这个样子,吓煞怕人……是我老眼昏花了。老太太……螺蛳回家了,螺蛳回家啦！"老董好生惊喜。

此时天已大亮。每天早晨,胡家老老少少照例要向老太太请安,听到董伯报告,一齐来与螺蛳相见。胡母自儿子离杭,一直身体欠安,今见螺蛳姑娘来家,一把将她抱住,不禁泪如雨下道:"我的儿,委屈你了……"那病竟好了大半。又说螺蛳这名字也太俗了点,以后就叫罗四吧。于是罗四由大太太素娟领着,同众人一齐插烛似跪拜下去:"全家老少给老太太请安！"

"大家起来吧。"拜毕,老太太身边,立着大奶奶和大小两个孙女儿。

罗四不知内情,禀报道:"娘,这些天杭州城里饿死的人遍地都是,昨夜倒在元宝街的尸体我就看到四具。"

胡母吃了一惊道:"那赶紧叫王大人开仓赈粮哟。"

原来,外面饿死人的消息素娟母女是瞒着老太太的,因为胡家自己的存粮也不多,支撑不了多久了。今见罗四把这层纸戳破,素娟只得吐实道:"巡抚衙门、藩司早就拿不出粮食了,就等着雪岩从江苏运米来,如果三五日内没有粮食运到,全城饿死的人会更多……"

"啊?那赶紧把我们家的米先拿出来赈济饥民,活过眼前再说。等雪岩大批粮食运到,就有希望了。"老太太立即下令。

素娟是当家太太,担心道:"娘说得不错。但这种时候我们在家门口施粥,管保整条元宝街都挤满人,只怕连大门都会被挤坍呢。"

胡母叹了口气道:"娘也是受苦人出身,宁愿自己不吃饭,也要救济穷人。咱胡家的人和全城的人一起饿着,那才是真正的行善积德,你照娘的吩咐去做就是。"

素娟应了一声"是",领着丫鬟仆人,外出张罗。

罗四趁这个机会,将商定的计划报告婆母。如果雪岩他们探路成功,城中一些无辜百姓,就可走天竺岭撤出一部分……

中午时分,元宝街胡宅门前,老更夫敲响施粥的铜锣。一大桶热气腾腾的白米粥从里间抬出,搁在一块青石板上。刹那间,一只只饭碗伸了过来,呼嚷声盈耳塞巷。无数只碗"叮叮当当"相碰,董伯盛满粥的铜勺不知给谁好,大声道:"不要抢!不要抢……每个人都有,里头大灶上还熬着呢……"

老更夫尽管馋得直流口水,仍在帮助维持秩序:"抢什么呢?……粥还多着呢!胡老太太菩萨心肠,已叫罗四太太开仓赈济,给大家施粥。前边已领过的,请让给后面还饿着肚子的人……"

领到粥的饥民就在街边檐下,多半倚墙傍柱,狼吞虎咽起来。巷口,更多的人闻讯而来,整个街巷都挤满了人……

第二十八回

破杭州王有龄守城殒命
病留下胡雪岩痛友伤心

太平军即将发起总攻的消息接连传来,此时的巡抚衙门一改往日庄严肃穆的气氛,变得冷冷清清,门可罗雀。所有的兵丁、衙役,全都上了城头。

西斜的太阳,白晃晃如同一个即将熔化的银饼。王有龄要去作例行的巡视,他已瘦得不成人形,宛若风都吹得倒。出了红漆斑驳的大门,他在门檐下倚柱小憩。一旁的传事房里,走出黄宗汉的师爷——他来收拾了一些私人用物,没想到撞见巡抚大人:"是中丞大人呀,卑职来收拾了一些落在传事房里的用物,您要不要……"他装作要打开那个包袱的样子。

王有龄抬抬手道:"不用了,你走吧。"

师爷欲行又止,骨碌着眼珠问道:"大人还在等胡雪岩的粮食?"

王有龄用坚毅的眼神射了他一眼,师爷立即现出一脸的鄙屑道:"中丞大人,您别等啦,什么都盼不到了,城外没有一船漕粮运来,危急时刻,让胡雪岩携四五万银子外出购粮,正好让他有了可乘之机,鲸吞公款,逃之夭夭……奸商就是奸商,他最初就是靠买卖粮食发家的,这杭州城里的人谁都清楚。"

王有龄朝师爷无力地摆了摆手,义正辞严替胡雪岩辨白道:"不要凭空诬陷……这种时候,我们需要同舟共济。不错,胡雪岩是商人,最初确是靠粮食发家。但我了解他的为人,这时候他不会干出这种伤天害理的事。他还缺这四五万两银子?恰恰相反……"

"可我听说,不少官员要联名向朝廷控告胡雪岩,告他骗走购粮银,贻误军需,导致杭州危在旦夕……"

"杭州确实危在旦夕,告他有什么用呢?你们有何凭据……"王有龄神情激愤,说急了,他嗓眼里发出咝咝之声。他喘息着摇摇晃晃朝外走去,鬼使神差,他竟然又来到孤寂空旷的城隍庙!聆听着薄暮中传来的平安的梆声、铜锣声,他沿着石阶,一级一级,脚步沉重地走进了城隍庙的殿门:朋辈纷沓作新鬼,我身何惧赴阎罗!他仰望着城隍爷周新的坐像,心中默默作语:"面对先贤,我王有龄羞愧无地!周大人,下官只有以死殉难,步你的后尘了……可是,将来谁也替我修一座庙呢?先贤尚有祠堂垒,后死若祭恐南柯!"

杭州城头。堞垛上、城道上,到处可见一摊摊黑色的血污。城头破损不堪,找不到一座完整的堞墙,也找不到一块不受炮火袭击的墙砖,更找不到一个有力量、不挂彩的士兵。战斗惨烈至极,饥饿夺走的生命更多。

沿着城楼的砖阶,走着两个凄清的人影,一步一步,好生艰难。守城将领持刀离开火堆,往城道口走来,喝问道:"什么人?"

"周守备,是中丞大人来看望大家。"陪同王有龄的哨官回答道。

空气中弥漫着一股刺鼻的气味,那是士兵们在焚烧尸体。已经有半个多月了,城楼上战死和饿毙者的尸体不及掩埋,便采用就地焚化的办法。死者的遗骸不用收拾也不用装殓,入夜,老百姓送柴火上城楼。士兵们就在尸体旁把柴枝呈井字架起来,将尸体搁在一线相串的井字上,点上火。

"中丞大人,这么晚还来登城视察?太辛苦了。"周守备道。

王有龄振作精神,走到又一个火堆前说道:"比起你们枕戈待旦、殊死苦战,我这点辛苦又算什么呢?"

城郭的箭楼后面,有弓箭手手持硬弓,警惕地望着前方敌人的营寨。黑黝黝的星空下,夜幕似无边无际的穹庐笼罩着荒野。荒野上,一座座篷帐,从里面透出星星点点的灯火。隐约可见的"李"字大旗下,不时走过巡夜的太平军。王有龄绝望而又无奈地凝望着城下,心中生起无尽的悲凉。他早就六百里快马十万火急向朝廷奏报,并请四方来援。但各地为了保存实力,按兵不动。两江总督何桂清大人也处于太平军的包围之中,自顾不暇。督办四省军务曾国

藩大帅正筹划与洪秀全作最后决战。只有左宗棠大人,正率领湘军子弟兵从江西、浙西赶来驰援。但恐怕也是鞭长莫及,远水救不了近火。

但听太平军营地传来"呜呜"的苍凉号角,还有被晚风送上城楼的饭香菜香。士兵们纷纷站起身来,挤到堞垛口,无声地吸嗅着那久违的香味。

"这儿正当风口,别的城楼没有我们运气,他们那儿闻不到这香味。"

那个堞垛口的士兵越挤越多。王有龄知道,凡是能吃的,只要士兵能找到的,都吃了。什么野菜、草根、葛藤、野猫、老鼠……甚至蜈蚣、树枝上越冬的蝶都有人吃。从敌人的营寨里,夜风中送过来牛羊肉的香味,这意味着太平军就要开始总攻了!他在杭州的日子,已经屈指可数了……

深夜,空荡荡街巷,寂无一人。元宝街巷口,走来了老更夫。

"笃笃——镗!"他不住地敲更,嘶哑地喊着:"火烛小心!门户关好……"

老更夫远去,拐过巷角,进了另一条小巷。从一户人家的墙影里,猛地窜出一条人影,来到胡宅大门前。那是罗家骥,他四周看着,举手拍门叫道:"开门!董伯,快开门!"

"谁呀?"

"董伯,我是家骥!"

大门微微张开一条缝,露出董伯的大眼泡子,看清了是家骥,他开门放他进去。年荒时乱、战火弥漫的日子,连孩子睡觉都变得容易惊醒。

听说罗家骥回来了,大家都聚集到厅堂里,连老太太也让人伺候着起了床。大家都有一种劫后重逢的欢欣,特别是大女儿彩凤,更是对罗家骥特别关注,问个不停。

"我爹怎么样?身体好吗?"

"他很好。现在又有两船救急粮由尤五爷押运,走杭州湾运了进来,停在草桥门外的三郎庙。就差这么一点路,进不了杭州城。胡大哥叫全家跟我逃到里龙坞去,那儿有我家一个表舅。"

"对!我那位表舅是经营茶叶生意的,房子很大。躲到他那儿,比在城里安全,长毛一下子不会去深山冷岙。大太太,你看呢?"罗四表示支持。

"一切由娘决定吧。"素娟不敢拿主意。

胡母早就打定了主意,说:"既然雪岩有这个意思,就听他的吧。一家老小留在这儿,万一长毛攻进城来,杀人、放火、抢掠……什么事都可能发生。唉!就是我们都走了,留下这么一座空荡荡的宅子,真让人放心不下。"

"娘,你们去,我不走。我会带人管好这个家的,你们尽管放心去里龙坞吧。"罗四立刻主动请缨。

"你不走?罗四,你一个妇道人家留在城里,叫娘如何放心得了?万一长毛和乱民冲进我们家里,岂不太危险了!"胡母显然有些担心。

"是呀!四太太留下太危险!"大家七嘴八舌。

"娘,这个家总得有人照看吧,与其留别人,还不如留下我。你们快走吧,不要担心我。"说着,罗四催促大家赶快收拾,赶在天亮前动身。

素娟颇为感动地说道:"要不,我留下!我是大太太,理应照管这个家。"

"不,大太太!那么大一家子人逃难到乡下,那边更需要你去打理,我这里只要大门紧闭就可以了。雪岩既然接纳了我,在这乱世凶年,我就要担当起责任,把这个家管好,不让他操心。"

罗家骥有些发急道:"姐,你随大家逃去乡下,我留在这里对付长毛。反正我在高邮已经和长毛较量过了,不怕他们。"

彩凤也挤到奶奶跟前附和道:"我也留下来,陪着家骥哥哥。"

"我们也留下。"荷花、荷香也附和。

罗四坚决地拒绝了:"不!家骥,现在跑腿联络全靠你,你更要在这危难之时发挥作用,尽到责任。好了,别争来争去了,你们都快走吧!快走……"说着,她安排大家出门,点检还该带上些什么。

"妹妹,患难见人心……好吧,那就辛苦你了。娘,您看看还该带些什么,我替您收拾。"素娟动了真情。

胡母泪眼涩涩地拉着罗四的手道:"罗四,你上半辈子吃了不少苦,又黑天踩着尸体进的胡家门,这才几天,又要和我们分别了,你要好好保重自己哟!"

"您放心吧!娘,我们一定会在元宝街平安再相聚的……"此时此刻,罗四还有什么计较的!所有的话语此刻都是多余的。

长街空旷,万籁俱寂。城郭、房屋以及残存的生命全都消融在无边的黑暗中。只有启明星俯瞰着这座美丽而又垂死的古城,为这孤单又勇敢的女人暗暗嗟叹。

当天下午,胡家老少顺利抵达里龙坞。翡翠般的山谷,绿的山、绿的树、绿的路。最多的是茶树,乌登登的有如大团墨玉,洁白的茶子花,像细碎的残雪在墨玉上闪烁。叮咚的山泉在溪涧里流淌,像传说中的白蛇在绿肥山荫中出没。

胡雪岩和尤五站在半山腰的凉亭眺望山脚,心想翻过这座山,就进坞了。

曲折蜿蜒的山道上,罗家骥领着胡家老少援山而来。绿意把欣悦拓展了,新鲜把劳顿赶走了,彩凤干脆下了凉轿,跟着家骥一道爬山。两人说说笑笑蹦蹦跳跳,不一会就登上了山腰。

"爹……"彩凤一把抱住胡雪岩,脸上笑着,泪水却潸潸而下。

胡雪岩摸了摸她的头爱怜道:"你已长成大姑娘了……"

彩凤撒娇地说道:"爹!我早就是大姑娘了,只是你没放在心上。"

"对,对!是爹的不是。"胡雪岩抱歉地拉着彩凤去迎接母亲的凉轿,他一把扶住轿杆,双膝跪了下去,问安道:"娘,总算把你老人家接出来了。太平军马上就要攻城了……"

一家人落脚里龙坞的第三个傍晚,太平军发起了总攻!炮声响起的时候,王有龄还在巡抚衙门,还没有开始例行的巡视。天已夕暮,高墙外火光冲天。迸闪的团团火光,捎带着一声接一声的怪啸爆炸开来。碎石泥块、败叶枯枝,漫空飞舞。这一天终于到了!这个夜晚,他不必再作巡视。王有龄随手拿起《宦海政要》,正襟危坐,读起书来。

炮声不知何时换成了密集的枪声,伴随着呐喊、厮杀。太平军潮水般冲进了城门,齐声喊杀……王有龄痛楚地闭上双眼……手中的《宦海政要》悄然落地。

"有龄……"一个女人的声音分明就在大堂。王有龄睁开眼睛,原来刚才只是幻觉,面前立着梁冰玉。

"有龄,刚才螺蛳派人送来了一袋米,说是胡雪岩已运来了两船粮食,就是进不了杭州城,要你多多为国保重。"

王有龄眼角忽然溢出泪水,他扶案站了起来:"雪岩就是雪岩,我早说过,他绝非危难之际携银逃脱之人……可惜,一切都太晚了,我已无力回天……"

"有了米,我给你煮一锅大米饭吧。"梁冰玉平静如常地说道。

王有龄朝她无力地摆了摆手道:"留着,留着度饥荒……要煮,就煮点粥吧……"

梁冰玉刚走,师爷仓皇地跑了进来,手中抱着浙江巡抚的大印道:"不好了!中丞大人,太平军已攻进了杭州城,马队已从艮山门冲向巡抚衙门,这是巡抚大印。好了!卑职已为中丞大人管完最后一件事,告辞了,大人!"他单膝着地,递上了大印。

王有龄接过大印,仰天惨笑道:"谢谢你,师爷,你走吧,我……也该走了。"

"走?中丞大人准备到哪儿去避难?"刚跳起身的师爷又止步问道。

王有龄惨笑着说道:"到周新那儿。"

"周新是谁?他住在哪儿?"

王有龄伸手指了指外边:"城隍山……你快走吧,否则就走不脱了。"

外面,枪声、喊杀声,越来越响,越来越近。王有龄的眼前又一次涌动着潮水般的太平军,他们荷枪挥刀,高声呐喊着,黄色的头巾下面,长发飘曳……

王有龄把袍服冠带整了整，望阙谢恩道："我王有龄不负朝廷，只是负了杭州城内数十万忠义士民……"他从腰间抽出一根早已准备好的长长白绫，看了一眼，然后踩上椅子，把白绫朝屋梁甩了过去……

　　枪声逐渐稀疏下来，夜幕给巡抚衙门加添了更加浓重的阴影。长长的甬道上，响起梁冰玉的声音："有龄，有龄，吃饭了……"

　　梁冰玉双手捧着一盆粥，挺小心地走进了厅堂。她环顾四周，双眼突然睁得大大的，脸上充满了恐惧之色。她看见了从梁上垂下来的两条裤腿，一只官靴落到地上，那只脚上穿着她亲手缝制的白袜。"砰！"她手上的粥盆落地，白粥四溢，似乎还冒着袅袅热气……

　　胡雪岩得到消息已是次日上午，没等探明情况的罗家骥把话说完他便双眼发直，突然迸发出一句"天亡我也……"嘴角鲜血溢出，当场晕厥过去。

　　胡雪岩一家临时寄居在表舅的茶坊里，虽然简陋，倒也轩敞。他这一倒地，全家顿时乱成一团。大家七手八脚把他抬进客厅，摆放在他常坐的躺椅上。彩凤长一声短一声地叫着"爹、爹"，不住拍打着胡雪岩的身体，放声大哭。素娟慌了神，哆嗦着发白的嘴唇，半天才挤出一句话："快！快去请郎中……"

　　罗家骥一时也乱了方寸，应道："大太太，这乡村野岙，上哪儿去请郎中？"

　　素娟用尖厉的声音，发疯般嘶叫着："去杭州请，花再多的钱，也要把郎中请来。"

　　罗家骥无奈地摊了摊手道："大太太，现在杭州城里人死的死、逃的逃，所有的店铺都关门了，郎中、草医逃命都来不及，上哪儿找去？就算能够找到郎中，人家也绝对不肯来，人命总比钱要紧吧！"

　　尤五见胡雪岩牙关紧闭，面如死灰，气息微弱，掐他人中穴竟没有反应，情知是个危险征候。略一思忖，带着试探道："弟妹，要找郎中……我倒想起一个人来，可是他不在杭州，在湖州。"

　　"湖州？只要能治雪岩的病……反正湖州离这儿也不远，家骥，你赶快去雇一辆马车，连夜赶到湖州去。"素娟一下如抓到了救命稻草。

　　罗家骥心里明镜似的，二话不说，立即准备启程。彩凤闻听，忙起身去里间取了一件棉斗篷，追了出去："家骥哥！"

　　罗家骥站住，看着泪眼婆娑的彩凤，大步走到她身边，捏提着衣袖口，替她拭去脸上的眼泪。彩凤把斗篷递给他，叮嘱道："路上小心！"

　　罗家骥突然有一种当家男人的感觉，他挥了挥手说声"知道了"，便大步而去。

　　罗家骥常跟胡雪岩学到了一些精明、会盘算。在留下雇的马车跑不动了，他付给车老板空车返程的脚资，又在当地另雇一辆新车，歇马不歇人。仅花一

265

夜多一点工夫,他就赶到了湖州,又用同样方法,将刘不才接到了里龙坞。

真是妙手回春!刘二叔立在卧榻前,静静看了他一袋烟工夫,当胸灸了三针,胡雪岩便眼皮霎动,有了知觉。他已晕厥两个昼夜,家人只道他回阳无望,要准备后事了。看他牙关有了松动,刘二叔提笔下了一个"奔豚汤",上列甘草、川芎、当归各一钱,半夏二钱,黄芩一钱,生葛一钱半,芍药一钱,生姜二钱,甘李根白皮五钱,煎汤服用。

又是家骥在留下租了一匹马,四处拣药。可怜兵荒马乱,百路不通,狼烟处处,川芎、当归何方去寻?尤其这君药甘李根白皮,他是在杭州城太平军一个军医手中花重金才买到的。这剂"奔豚汤"下去,胡雪岩脸上才渐渐转了颜色,能够开口说话。

"谢二叔救了我一条命,我真像到阴曹地府转了一圈,寻思自己再也回不来了……"

尤五是见证人,不禁赞叹道:"二叔果真神妙,这般凶险症候,一针见效!尤五浅陋,百思不解此中奥妙!"

刘不才坐正身子,把皱皱巴巴的棉袄抻了抻,慢声道:"此不过平常征候。师曰:奔豚病,从少腹起,上冲咽喉,发作欲死,复还止,皆从惊恐得之。其实,仲景师所指病因不全对,岂止惊恐,所有情志刺激,都能导致豚气病。盖情志所伤,损及心肝,急怒至痛,必起少腹,而心神不能自主,肝郁化热上冲,自然发作奔豚之气。'奔豚汤'以甘李根白皮为主,合黄芩、葛根、生姜、半夏以泄热降逆,又以当归、川芎、芍药和营调肝,将息个半个月,定可痊愈。"

一会儿之后胡母和家人过来,千恩万谢,满脸喜泪。

刘不才起身谦礼道:"都是一家人,称谢就外道了。"

胡雪岩挣扎着要起来,胡母伸手把他按住道:"你又做什么?"

胡雪岩羞愧地说道:"娘,他就是芙蓉的叔叔……娘、素娟,我对不住你们!这几年我在湖州,养着芙蓉,还养了一个儿子。"

"别说了,雪岩,尤五和刘二叔全告诉我了。唉!只要人在乱世能平平安安地活下来,这些恩恩怨怨都放在一边吧。"胡母此时也顾不上生气了。

"娘,现在兵荒马乱,正需要大家互相照应。请您老人家发句话,就让芙蓉和叔叔搬来杭州和我们一起住下。下一步我想开一家药店,更少不了二叔这样的行家里手。再说,你不是一直想孙子吗?现在一个鲜蹦活跳的孙子就要来到你的面前,就看您老人家要还是不要?"

胡母不知不觉就咧嘴笑了,故意看了看素娟问道:"素娟,你看呢?"

素娟心中仿佛打翻了五味瓶,脸上却带着笑道:"娘决定吧。既然有大,自然就有小。有了螺蛳太太,再来几个又有何妨?反正这件事我再也不会管了,只要家业兴旺,哪怕他妻妾成群、儿孙满堂我也不在乎。"

胡雪岩厚起脸皮笑道:"谢谢你……"

"我们大太太真是通情达理、豁达大度啊。家和万事兴!我们胡家真是大有希望了。"胡母乐呵呵地说。

将息了半个多月,胡雪岩的身体基本复原,尤五却要走了。

运到杭州的两船粮食,尤五打算就地销售。打太平军占领杭州,各地虽有大宗粮食运到,但因杭州城被困的时间长,灾情久,粮食的缺口依然大。只是这两船粮食着谭伯年狠拿了一把,进价很高,再加上转道上海,绕过杭州湾的运费,怎么卖也得亏空几万两银子……

也许是大病初愈的缘故,胡雪岩打了个趔趄:有龄殉难,尸骨未寒,我胡雪岩就在作亏本生意了?远处的山坡上,刘不才正领着罗家骥、彩凤在山林中采集草药。两位年轻人的欢笑嬉闹声,在溪谷层峦飘荡。

"雪岩兄弟,有龄之死,你受刺激太深,这一病可不轻哪!要多注意身体。"尤五关切地叮嘱着,让他留步不要再送。

"是呀!我与有龄兄相知相交十多年,无论是在官场还是商场,几乎所有大事都是互相提携。如今他死于非命,我却依然苟活在人世,岂能不觉得分外悲伤?"胡雪岩由衷地感慨道。提起有龄之死,他不禁心中发紧,脚下发虚,总觉得自己没有尽到责任,没能把粮食弄进杭州城,因此愧得慌,难受得心痛。

尤五十分体谅他的心情,却又拿不出更多的话语宽慰他,只是捏住了他的一只手,轻轻拍了拍。胡雪岩紧紧握住尤五的手道:"五哥,感谢你在我最困难时伸出了援手,我一辈子不会忘记你。现在,有龄兄去世了。我下一步的路,还真不知怎样走呢?"

"雪岩,这十来年你飞黄腾达、财源滚滚,当然得益于王有龄大人。在这种乱世,没有一个可信任的靠山,你凭什么成事?根本不可能!"

"是啊,如今有龄兄一去,大树倒矣!我焉能不悲伤、不消沉?我再上哪儿去逢有龄兄这样的知己?"胡雪岩说不下去,不禁又一次坠下泪来。

"雪岩,你不能一蹶不振。你非等闲之辈,你有今日的成就,就在于你能忍常人之不忍,做常人所不为。你今天已建立起如此庞大的基业,是经历了千辛万苦的。怎能轻易让它付诸东流!"尤五又鼓励道。

胡雪岩激动地摇晃着尤五双手道:"五哥,谢谢你能真正地理解我……"

"朝廷已任命新的浙江巡抚,名叫左宗棠。听说他的湘军已到浙江、江西交界的广信、婺源一带,你应该抓住先机,上那边去找他。"

"左宗棠?我从来没听说过这个人,不知他是怎样一个官……"胡雪岩沉吟着。

第二十九回

明诋毁忠义士当堂申辩
辨是非恪靖侯祭旗出征

  咸丰十年年底,在生意上频遭挫折,在"购粮"一事上又遭到诬陷攻讦的胡雪岩,携带一份厚礼——两船军粮、军需,从杭州湾驶入钱塘江之后,以商船模样分散开来,逆流负纤,溯江而上,不知不觉神秘消失。其时,太平军杭州守军中有一位"钱侯爷"钱桂仁,暗中盯住了胡雪岩,欲打他财产的主意。胡雪岩躲躲藏藏,动用各种关系,率商船走钱塘江、富春江、新安江、兰溪江。路,越来越窄;滩,越来越多;山,越来越高。数月之中,船队终于进入林莽夹映的群山之中。这里层峦叠山献,古树深深,鸟啭猿啼,涧流清浅。商船没法再前进,胡雪岩领着罗家骥舍舟登岸,翻山越岭近百里,在江西广信境内,终于找到了浙江巡抚左宗棠的行辕。

  军旗猎猎,帐篷座座,刀光闪闪,号角声声,果然威仪万千。左宗棠率湘军四万人驻守在这群山脚下,日日操练,丝毫没有进军浙境、与太平军交战的迹象。有人说他避敌锋芒;有人说他保存实力;更有人说他奉曾国藩之命不救苏、浙,俟其乱透,再一鼓荡平……

行辕临时设在一座关帝庙里,庙宇虽然破旧,但红墙黄瓦犹存,嵯峨的正殿,森严的两厢,四周古柏森森,旌旗林立。胡雪岩请军牌递进名刺,和罗家骥在庙前踯躅徘徊,表面上装出观赏四野风光的样子,不时指道一番远处的哪座山,近边哪棵树,以排遣内心的不安。

庙前停着一顶绿拖呢大轿。古庙照墙下,四块高脚红牌,写着左宗棠的赫赫官衔:"钦命督办浙江军务"、"头品顶戴闽浙部堂"、"兼署浙江巡抚"、"赏戴花翎"。

胡雪岩的目光久久停在这四块高脚红牌上,同属巡抚,左氏因军功,比王有龄显赫多了,手中握有兵权,权势更比王有龄大得多了!

"将来如果有那么一天,我胡雪岩也要戴上'红顶子',穿上'黄马褂',让一个不懂打仗不懂做官的商人也风光一回!"他正在那儿心游万仞,一个戎装校尉出了庙门,正是那个管通报,递名刺的军牌。

胡雪岩忙迎上前去,用目光询问。校尉神情凛然道:"左大人不见!"

这是又一次了! 胡雪岩简直是低声下气,现出几分乞怜相道:"这位将爷,我是浙江粮台坐办,官秩六品。左大人兼署浙江巡抚,以职位论,我有重要军情、舆情要向上峰禀报;以身份论,我是杭城一普通黎庶,左大人是浙省父母官,于理于情,他都该接受我们这些小民的晋谒。再说,我是竭诚潜心,远道而来,并代表浙境百姓,携军粮数千石,跨越数省,迂折千里,筚路蓝缕,备尝艰辛,才抵达两省交界的万山之中。所为者何?不就是为了慰劳含辛茹苦的众位将士,见一见左大人的风采,听一听大帅的教诲? 胡某虽然学历不高,出身寒微,但亲历亲见长毛席卷浙境而来……"

"好啦好啦,左大人知道你胡雪岩。"军牌忍不住打断他的话道。

"左大人竟知道下官?"胡雪岩不禁喜出望外。

"去年左大人就率湘军一支奇兵,与佛郎西人编成混合军,并扩充中英混合军与长毛交战,先后收复浙江金华、绍兴等重镇。外界只道洋人厉害,岂知是左大人指挥谋划? 你胡雪岩是浙省巨商,左大人能不知道?"

胡雪岩高兴地搓着手心,眉开眼笑道:"那他不见见下官?"

"浙江全省沦陷,所有职官原秩,一律须经审察,重新认定忠奸良莠。早有人告你胡雪岩卷银脱逃、'奸商'、'不法',左大人不拿办你就算是客气的了。"军牌目光凌厉,陡然提高声音道。

如当头一棒,胡雪岩顿时身形矮了半截,哆嗦着嘴唇道:"这……这定是有人诬陷,我要找左大人申诉……"

但他没走出两步,那军牌一伸手便攥住了他的衣领,往回一逮,铁冷着脸道:"哪儿去?不见就是不见!左大人军令如山,绝不更改。快走吧。"说罢,将他一搡,手握刀鞘,返身进了大庙。罗家骧还想上去求恳,胡雪岩把他拉住,含悲忍垢,投给大庙恨恨的一瞥。

夕阳西下,晚霞残照,军营里响起了冗长浊闷的号角声。胡雪岩十分无奈,领着罗家骧怏怏走原路返回。

次年春天,左宗棠率湘军稳扎稳打,先断了杭州城的粮食和交通线,迫太平军无法据守。守将陈炳文动摇,惯于见风使舵的钱桂仁率部献城投降。陈炳文率余部两千余人,仓皇退守湖州。正在上海观望的胡雪岩听到这个消息,连夜赶回杭州,专程去拜见曾是左宗棠同僚的武举人。

"雪岩,你回来了就好!经过这场大难,能侥幸活下来就是最大的福气。"武举人因腿脚不灵便,这两年一直蜷缩家中,没少受人家的气。

"几年不见,举人公,你还好吧?"

武太太抢先答道:"雪岩,托你的福,'阜康'两年来按月给我家送来利银,在最艰难的那几天,你家罗四太太还派人送来一袋米,真是好媳妇呀。有罗四给你当家,府上何愁不兴旺?"

此时,胡雪岩对左宗棠已有了较多了解。此人二十岁中举,一直在地方做方案、书办之类的小吏。直到四十岁,太平军攻进他的家乡湖南,才由好友胡林翼举荐,在湖南巡抚张亮基府上当了个幕僚。因他对抵御太平军多所筹划,几年后,又因接济曾国藩军饷,助他收复武昌,得曾保荐,任他兵部郎中之职。度其出身,观其行止,必是一个有大作为的封疆大吏!胡雪岩看准这个"靠山"了。

"举人公,现在左大人率领湘军收复了杭州,我们又可以重建家园,过上好日子了。"

"是啊,这左季高当年在张大人府与我是同僚。他从小熟读经书,对舆地、兵略之书及各省通志特别感兴趣。对山川、关隘、驿道、疆域沿革、历代兵事等了然于胸,真是个难得的将才哟。"显然,武举人是由衷佩服这个人。当时的武举人,可是正五品的守备。

"这我早有所闻,对左大人也是仰慕已久。"

"等他在杭州安顿下来,我介绍你去同他见见面。"武举人自告奋勇。

"我早就赶到江西广信去求见过他,可左大人拒不接见……"胡雪岩把去春那一场不愉快详细告知武举人,并表达了自己急切拜谒之意。

"哦?你在江浙也是一位知名豪绅哟,他怎么不出来见一见呢?好吧,我给他写一封信,让你当面呈交,看他卖不卖我这个老同僚的面子?"武举人感到意外。

武夫人为他打气道:"左大人从湖南来,对胡老板可能不知情。我早听说左大人为人耿直,有湖南人的'湘骡子'脾气,不了解的人,他常不给人家面子……"

武举人颔首道:"唔!是这样。我跟左季高、曾国藩都打过交道,论带兵打仗,忠恕耿直,曾国藩不如他。"

次日上午,胡雪岩便手持武举人的信札,来巡抚衙门拜谒左宗棠。传事的,竟然还是旧时那位高师爷。

左宗棠正在后厅阅看如山的案卷,师爷悄然进来轻轻叫了一声"中丞大人……"便乖觉地侍立一旁,不敢惊扰。

左宗棠仍埋头于案卷,敲着几案道:"你看!杭州这人间天堂,由于连年战乱,田地无人耕作,竟饿死百姓无数,好些地方已经是'白骨露于野,千里无鸡鸣'了。"

"是呀是呀,依小人之见,大人首要解决的,是浙省数百万人吃饭的大事。全省的粮食,这两年都被太平军搜刮殆尽了。"这正是左宗棠要留任高师爷的原因,他了解本地情况。

左宗棠点头道:"正是,不要说老百姓,就是我带领的数万人马,吃饭也成了大问题。"

师爷踌躇着,小心斟酌着字眼道:"要说粮食……小的倒想起一个人来。"

"哦,是谁?"左宗棠猛抬头问道。

"胡雪岩。"

"他?当我还陈兵江西广信时,他就自称带着几船粮食来见我,我当时没有见他。"左宗棠颇觉意外。

师爷十分奇怪,问道:"大人为何不见?"

"他是巨商,'无商不奸'!我听不少人说起过,王有龄危困之时,这个胡雪岩居然以去上海买粮为名,携大宗银两而逃,现在他又假惺惺来投,此等奸商,远之可矣!"

师爷得过胡雪岩不少好处,后来他又得知"购粮"一事真相,更兼这位左大人非那些寻常官宦可比,于是乍着胆子道:"此中似有曲折隐情,外人哪得其详?再说了,就算胡雪岩拿着银子跑了,现在叫他吐出来就是。总比那些反反复复的叛官降吏要强些。何况今天他拿着武举人的推荐信而来,大人不如先问个明白,然后再作计较不迟。"

左宗棠心中不禁"格登"一跳,高师爷此语,可谓切中肯綮!想那钱桂仁之流,可不正是这类见风使舵、毫无气节可言的"叛官降吏"?至于武举人,是自己在湘南当县吏时官职最高的一位朋友,曾率官兵征剿刚刚起事的太平军,

被湘境"天地会"砍了右脚,死里逃生。武举人也算是一位故友,退役后久寓杭城,他应该知悉胡雪岩是何等样人?

左宗棠匆匆把信从头到尾浏览一遍后道:"啊?是我的老同僚恳切地推荐他前来见我,那就不妨升堂见他一见。"

师爷点头,赶紧外出通报。不一会,左宗棠便冠带齐整,威严冷峻地端坐在大堂之上。两排甲士,短刀长枪,铠甲银亮,分列两旁。那四块高脚红牌,端的醒目:"钦命督办浙江军务"、"头品顶戴闽浙部堂"、"兼署浙江巡抚"、"赏戴花翎"。

师爷高喊道:"宣胡雪岩登堂进见……"

众甲士附和道:"嘀——"

胡雪岩身着袍服,头戴绿玻璃顶子,忐忑不安地进了大堂,兜头便听到众甲士"嘀嗯——"的吆喝声,不禁头皮一炸,两脚发虚:这分明是个审案的架势!再看左宗棠,身穿花素缎镶领袖袍,外罩过膝长褂,缀着方形狮子补。花翎瓦楞帽下,一张马脸,两道刀眉,双目炯炯,正襟危坐于太师椅上。

胡雪岩强压心中不安,振作精神,撩起衣襟,跪倒在地道:"浙江候补道胡雪岩参见大人。"

半晌不见回音,左宗棠目光犀利地审视着他。

胡雪岩额角冒汗并不敢抬头,匍匐在地。

许久,才听得冷冷一声:"胡道台,本官闻名已久了。"

胡雪岩这才惴惴不安地抬起头道:"此次左大人亲率湘军子弟大败太平军,收复杭州。大人建立了不世之功,下官特地前来道喜。"

一席话,使左宗棠马脸稍有松弛,但仍语含嘲讽、机带双敲道:"国事不振,洪杨未灭,何喜之有?……不过,你倒有先见之明!难怪王中丞在世之日,称你为能员干吏。起来吧。"

胡雪岩站起来,朝四周打量了一下,桌边有一张茶几,茶几旁有一把空椅子。

胡雪岩撩起衣襟,又请了一个安道:"左大人!雪岩不光是为大人道喜,还要来向大人表示感谢!两浙生灵水火倒悬,多亏大人解救。"

"不敢当。倒是我一来浙江,就常听人说起你,大家都叫你财神爷。"

胡雪岩忙欠身道:"不敢!大人只知其一,不知其二!只不过小人于钱财一向集而不守,只要人家有急难,小人定当鼎力相助,所以大家叫我散财财神。"

左宗棠毫不隐讳地说道:"但本官一到杭州,就接到好些禀帖,说你如何如何。人言未必尽属子虚乌有,我要严查。果真属实,本官不能不指名严参。"

"是!大人。如果雪岩有什么不法之事,大人指名严参,雪岩甘愿领罪。不过,雪岩自问还没有为非作歹,亦不敢营私舞弊。只为受王中丞知遇之恩,誓共生死,当时待人处事不避劳怨,得罪了人亦是有的。"胡雪岩一副恭敬服帖的样子。

"有没有为非作歹、营私舞弊,犹待本官深入考察。至于你说与王中丞誓共生死,这话就令人难以相信了。王中丞已经殉难,你到现在还不是好好的吗?"左宗棠仍不加掩饰。

"如果大人责备雪岩不能追随王中丞于地下,我没有话说。倘或以为殉忠、殉节,都有个名目,而殉友死得轻如鸿毛,为君子所不取。那么,雪岩我倒有几句话要辩白。"

"你倒说说看,当时是什么情形啊?"左宗棠单刀直入。

"那下官要先请教大人,当时杭州城仓廪空虚,粒米无存,大兵压境,人心惶惶,王中丞上任伊始,四处求救,眼睛里所流的不是泪水,而是血。盼的是什么?"

"自然是援军。"左宗棠凛然道。

"是啊,当时有王履谦驻守在绍兴,李元度驻军在衢州,王大人千方百计催他们来,望眼欲穿,始终不到。想向江苏的薛焕求援,又遭拒绝。这一来,杭州成为孤城,就不能不作坚守的打算。请问大人,危城坚守靠什么?"

"自然是粮食。"左宗棠不动声色。

胡雪岩遂将王有龄指派他外出买粮及经过情形备述一遍,说着说着,胡雪岩已是泪如雨下:"我溯江而上,跨越数省,想把这些高价粮食献给劳苦功高的湘军,可左大人又是坚拒不见。直到今天……我才有机会……重蹈此伤心之地,向大人复命。"

左宗棠一时语塞,无法回答。师爷和两排甲士俱望着他们,无不为之动容。直到胡雪岩止住哭声,左宗棠方缓缓问道:"你今天来交代公事,是那笔官银吗?当时领了多少?"

"当时仅领两万两银票。"说着,胡雪岩从怀里掏出一个红封袋,当面奉上,"这下,我可以告慰王中丞在天之灵了……左大人,下官告辞了。"说着,他朝左一揖,转身欲走。

左宗棠望着案上的银票,不觉霍地起立道:"来呀,给胡大人看座——不!胡道台,你急公好义,勤干有为!师爷,本官想请胡道台吃个便饭,你快去花厅准备。"

胡雪岩望上一揖道:"大人赏饭?雪岩敢不领受?但我请求先见见王中丞的遗孀嫂夫人梁氏。"

梁冰玉在王有龄死后,一直麻缞重孝,不出府衙后园,守着王有龄的灵

枢,稍有逼迫,便以死相要挟。直到左宗棠进驻,将王有龄厚敛,她才肯见外人。

见过形销骨立的梁冰玉,胡雪岩来到花厅,一桌丰盛的酒宴摆在正中。

"胡大人,有你送来的一万石大米,不但杭州得救,肃清浙江全境太平军,我也胜算在握了。大人此举,出人意表,功德无量,要谢你的,不止我左某一个人,来来!我敬你一杯。"

"大人过奖了!雪岩不敢当。"胡雪岩这下舒心了。

"一万石米,时价要五六万两银子,我一时也拿不出。"他从怀里取出那只装有两万两银票的红封袋,"这样吧,你不如先把这笔钱拿回去,余数我们再商量,我可是空着双手进的杭州。"

"大人不必操心了,这一万石米完全由雪岩报效,分文不取。"胡雪岩从容地把红封推了回去。

"分文不取?……这,这未免太破费了……你有什么条件?不妨实说。"左宗棠一下呆住了。

"没有,毫无所图。我这样做,一为王中丞,二为杭州,三为左大人!"胡雪岩毫不讳言。

左宗棠大为感动,拱拱手说:"承情之至!人说胡雪岩忠义,我还不相信。今天总算见识了!本官马上启奏皇上,请朝廷褒奖。"

胡雪岩得体地回绝道:"大人奖掖,雪岩自然感激不尽。不过,说句不识抬举的话,雪岩报效这批米,绝不是图朝廷褒奖。我是生意人,只会做事,不会做官。"

左宗棠击桌激赏,高声道:"好!好一个'只会做事,不会做官'!"

"大人不也是只知做事、从不把功名富贵放在心上的人吗?照我看,刚好跟当前一位人物性情相反。"胡雪岩乘机巧妙地送了左宗棠一顶高帽子。

左宗棠颇有兴趣地问道:"哦,是谁?"

"大人跟江苏李鸿章中丞正好相反,李中丞只会做官,大人既会做官,更会做事。"

"痛快!这总算是一句公道之论……"左宗棠不禁心花怒放,滔滔不绝地跟他谈起洋人的坚炮利舰,大清要强国御侮,须得"师夷长技"、"大兴洋务"。二人越说越投机,一顿午餐直吃到掌灯时分。左宗棠亲手为他斟个门杯,十分恺切,执手相托道:"目今浙省多半仍在长毛手中,我要带兵攻伐他们,无暇他顾!而杭州内外,饿殍遍地,死者枕藉,灾荒不断,战争的余痛,迁延难消。当务之急,是做好地方善后,不能我克复杭州,竟不如粤匪长毛统治这座死城之时!我想设立一个善后局,请胡贤弟当总办,如何?"

"是！于公于私,下官义不容辞,能为本乡本土尽几分力,乃雪岩的最大心愿。"胡雪岩慨然从命。

胡雪岩回到元宝街,已是人定时分。家中见他迟迟不归,十分担心,派家骥、董伯在路口相迎,将他扶下马车。胡雪岩已有了六成酒意,打着酒嗝道:"没事,水打烂木柴去了又转来！叫她们把脑壳都睡扁——"

夜色苍茫,灯影朦胧,长长的石板街,泛着青幽幽的冷光。春风掠过,带来一股又一股难闻的气息。胡雪岩突然停住脚步,示意二人安静,支棱着耳朵聆听着什么。

"笃笃——铛……"深巷里,远远传来了敲更声,"各家各户,门户关好！小心火烛……"

胡雪岩赞赏地点了点头,背着双手,缓缓朝巷口踱去。不一会,更夫敲着梆子,吆喊着出了深巷。胡雪岩冲他深深一揖道:"先生请慢走。"

更夫停下脚步,甚为惊讶地说道:"啊？胡老板,找我……有什么事吗？"

胡雪岩庄重地问道:"哦,没事,我只是想问问你,你姓什么？"

"姓周。"

胡雪岩看了看家骥、董伯,又问道:"太平军占杭州那些日子,你仍天天敲更守夜？"

"唔。更夫不敲更,正像将士不打仗,那怎么行啊？"老周是个实笃、厚道之人,说话就是实在！

"难得！真难得！老周,我要感谢你！元宝街有你夜夜巡逻,我胡雪岩宅第才平安无事。你的梆声也使人感到踏实、定心啊。"

老周微笑了,他是个难开笑脸的人:"胡老板,这有什么呢？更夫就是期望家家平安,天天无灾啊。"

"你这般勤勉、实在！老周,你到我家来当管家好吗？我愿意出高薪聘用你！"

"你聘用我？"老周好生惊愕。

"对！"

更夫不信地问道:"胡老板,年轻力壮的、能说会道的小后生多的是,你为何看中我？"

胡雪岩踱着方步道:"用人不必求全,而做事务必求全,求精细。我看中你,就是夜夜准时敲更这一点上！像你这种人尽心尽力,行事最负责任。连敲更、守夜这样枯燥、刻板之事你都能尽心尽力,其他的事就更不用说了。"

"胡老板,谢谢你看得起我这种下等人。"

胡雪岩一挥手道:"怎么能这样说呢？世界上很多事平常人也能做,就看

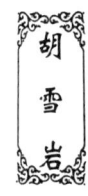

你肯不肯做,是不是认真去做。能够这样做,就是一个了不起的人。说好了,明天你就到我府上来。"

衙门是个老虎口,杀人如麻的左宗棠是个无底洞,众官吏的嘴能吐蛇信子,胡雪岩往里去,家人谁不担心?今见相公带醉归来,自是欢喜不尽。更听胡雪岩说左大人委以重任,两人相洽甚欢,大家更是高兴不已。

现在,胡府又多了一个芙蓉三太太,还从天上掉下一个白白胖胖的孙子香官。丫鬟、僮仆也增加了好些。家事,自然是老奶奶做主。胡母也想一碗水端平,叮嘱道:"雪岩,素娟,娘希望你们以后可要对芙蓉和罗四太太格外温存和体贴一些,记住没有?"

这么一说,素娟忍不住妒意道:"娘,现在雪岩对螺蛳温存、体贴得还不够吗?再体贴下去,只能成天揣在心窝窝里了。"说着,她与芙蓉交换了一下眼色。

芙蓉刚进胡宅不久,拿眼去看胡雪岩。胡雪岩并不掩饰道:"二太太孤身一人在危难中坚守家园,抵挡了太平军和乱兵的多次骚扰,才保住了房屋和这份家业,我当然对她恭敬一些。"

"螺蛳再怎么,也不能和大太太比。"罗四依旧不卑不亢。

胡雪岩见气氛还不错,家里头安定,外面才清宁!乘机道:"不是我偏心,娘,还有一个人功劳也不小。"

"哦,谁?"

"家骥。"

"家骥?!他……"胡母有意卖了个关子。

"对!家骥从小跟着我走南闯北,为人厚道老实,办事干净利落。危难中,一直跟随在我身边,服侍我、照顾我。特别是冒着危险,从高邮'阜康'分号抢出二十万两银子。没有这笔银子。根本买不到两万多石大米。家骥对我忠心耿耿,可谓护驾有功、护银有功。"

"爹,你生病的那些日子,也是家骥哥哥城里城外、奔来跑去,还带着我替爹爹采草药。家骥哥哥这人心肠可好呢!是世上难得的好心肠。"彩凤在一旁也忍耐不住发表自己的意见。

这一席话惹得众人笑个不停。彩凤一副认真的神气说道:"你们笑什么啊?我说的是真话!家骥哥是好嘛。"

胡雪岩看出女儿的心事了,干脆把话挑明,打趣道:"他比爹还好?彩凤,你那样喜欢家骥?"

"爹,你……"彩凤一下涨红了脸。

见状,胡母立即会意道:"雪岩,那你就把家骥收为干儿子算了。"

胡雪岩一语道出心中想法:"娘,我正有此意,想把家骥作为乘龙快婿,那不就是名正言顺的半个儿子吗?哈哈……"

"啊?!女婿……"下人无不惊喜。彩凤一听,羞得掉头跑了出去。

"这……恐怕不太合适吧……"罗四太太瞟了一眼素娟、芙蓉,拦阻道。

素娟惶然看一眼老奶奶,又看了一眼罗四,提出异议:"这件事……我看辈分也不合适!彩凤叫家骥是哥还是叔呢?没大没小,颠三倒四,不是乱了套吗?"

胡雪岩调侃道:"女人常常把辈分搞乱,辈分不就是老祖宗立下的一个老规矩?老规矩也可以破一破嘛!既然我能收家骥为干儿子,招为女婿又有什么不可以呢?"

"我看可以。家骥这孩子我喜欢,完全像小时候的雪岩,彩凤嫁给他肯定不会吃亏。这件事由我做主,就这么定下来了。成亲,则到家骥事业有成时再举行。"胡母哪有不偏儿子的?

胡雪岩抢先道:"好!一切悉听母亲的裁定。"必须稳固罗四在家中的地位,后院才能安定下来。这老奶奶都发话了,众人也只得表示附和称"好"。

胡雪岩略施小计,便安定了后院,遂正然作色道:"左大人着我负责善后,全权处理杭州战后事宜,我要赶紧设立赈济局,收养难民,招商开市。并立即开设粥厂、善堂、义垫、医局,凡养生送死、赈灾抚穷之事,都要全力操办。家里的事,就不要我分心了,唉?!"

这日是王有龄冥寿,左宗棠与胡雪岩登门致祭。巡抚官邸正厅,迎门的照壁上挂着王有龄的画像。画像下面是一个白底斗方寿字,两支白蜡,一个藏香袅袅的蓝釉飞白兰纹香鼎前,供着猪头三牲。那梁冰玉一身重孝,由丫鬟扶着答谢,哭得泪人一般。见她摇摇欲倒的样子,胡雪岩忙让丫鬟扶她进了素帏,连捧寿的诔文都不敢读出声来,只默诵一遍,便在香案下化了。也不面辞,出了正厅,两颗心都沉甸甸的,分外觉得痛楚、涩重、黯然神伤。

时值暮春,后院花花满眼,老树新枝蓊郁。艳阳高照,碧叶晶晶如鹰眼逼人。荷花池内,几枝尖角小荷,或高或低,凌波顾影。那绿攒碧簇的荷叶未及展开,如几个箭头,缭乱无所指。有鹡鸰之类,藏匿绿荫深处,声声啼叫得苦。胡雪岩领着左宗棠,在错落有致,无处不景的院落里随意徜徉,左宗棠忍不住感慨道:"江浙人真是心灵手巧,连住家都建造得如此精致,住在这样的地方,能不舒适?"

胡雪岩试探地问道:"左大人出征浙北之前,要不要搬来这巡抚府第?"

左宗棠摇首道:"虽然属官及各衙门已催促多次,要我早日搬入。但这里

是王中丞殉难之地,立马将王夫人迁出于情于理都不妥。反正我一生戎马倥偬,长期一个人在外,饮食起居也简单,有老仆照料就可以了,暂时不必栖身这深宅大院。"

"大人一向清廉自俭,'身无半亩,心忧天下;读破万卷,神交古人。'不过……"胡雪岩欲言又止,拿不准一番话该说不该说。

"不过什么?你似乎有话要说。"左宗棠直视着他。

"是,就不知该说不该说?我怕出语唐突,冒犯了大人。"

左宗棠大度地一挥手道:"即使说错,老夫也不计较。说吧!"

胡雪岩清了清嗓子,肃然道:"我与王中丞是刎颈之交,情同手足。他与冰玉联姻,也是我作的媒人。他俩同是天涯沦落人,冰玉的父亲至今还发配在新疆。他们两相厮守不过数年,王中丞就为国献身,没留下骨血,只留下红颜薄命的冰玉一人……叫她孤身一个弱女子,如何打发未来漫长的岁月……"

左宗棠点首道:"唔,王中丞夫妇的命运实堪同情。"

"因此,雪岩斗胆进言,左大人能否收留冰玉……作为烈士遗孀,多方加以抚慰。"

左宗棠不禁大吃一惊,脸孔陡地变色道:"什么,什么?你意是要我将冰玉收下……收为小妾?"

"这是雪岩大胆……如果能这样,冰玉后半辈子也就有了依靠,王中丞在地下有知,也放心了。"胡雪岩说罢,暗暗吐了一口长气。

"荒唐!胡雪岩,你错看我了!人都以为当官的一贪钱,二贪色,每每以此去敲开缺口。可老夫生就'湘骡子'的脾气,对这两者均无兴趣。"左宗棠语气十分严厉。

胡雪岩再三赔礼解释道:"大人的正派刚正,有口皆碑。雪岩这般提议,完全不在于男女私情,而是一种心灵之交。冰玉总得有个倾吐肺腑之人,大人也需要一个伴读添香、伺奉栉沐的人。如果左大人对纳妾之事坚辞不受,就请将梁冰玉作为一名书办,或是抄手,甚至协理文案。冰玉精通文墨,胸含万汇,才堪大用,只有左大人收留她,雪岩才心下稍安,有龄兄九泉有知,也会……"说着,胡雪岩竟直挺挺跪下了。

左宗棠摇摇头,迟疑了半响,口气终于变软下来:"此事……以后再说吧。当务之急,我要扫平浙境,你当速去赈济局履新,主持收养难民、招商开市等一系列大事……"

次日,左宗棠杀了三名太平军降将,祭旗出征。他兵分两路,直捣嘉兴、湖州。胡雪岩则一头扎进赈济之事中出不来……

第三十回

理善后药店择建大井巷
结同心小妹婚配上海滩

赈济局临时设在九如巷一私宅内。这里原是某县令在杭城购的一幢宅邸，正房之外，还有一列厢房和一个小花园。正房面街，交通便利。房屋尚在整修，胡雪岩便召集秦少卿、罗家骥、刘不才、周更夫等人投入行动。

胡雪岩道："不吃饭要饿死人，首先要让饥肠辘辘的杭州老百姓吃上饭。这件事由家骥主管，雇请一批人，在杭城东南西北各开设十个粥厂，开锅施粥。"

"这件事不难。难的是饥民成千上万，一个个都饿得嗷嗷叫，恐怕日夜升火烧煮都来不及。"罗家骥熟悉情况，知道饥民实在是太多了。

"那也没有办法，先开起粥厂，施舍给前来乞讨的难民们。过些日子，等松江有大批粮食运到，再采用分粮赈济的办法，让他们自家去烧煮。"

但更着急的，是杭城内外现在到处死尸狼藉，臭气冲天，尽管已着手收尸入殓之事，刘不才却有着别样的担心："尸骸太多，城外就近掩埋，深埋没有人

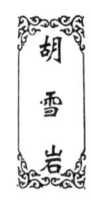

手时间,埋浅了,野狗草狐扒坟,又一次将尸身暴露。万一出现瘟病时疫,你等把那些饥民救活了又待如何?"

胡雪岩道:"二叔有话请讲!"

刘不才不假思索:"尸首太多,已讲不得那么多的斯文仁义,换身新衣,施舍一副薄板棺材,我看统统都不要搞。找远离杭城的地方,挖深坑,埋大堆,厚土大塚,再做道场超度一番也就罢了。否则,引发瘟病,我们就收不胜收、救不胜救了!"

大灾之后常常伴随大疫!刘二叔的话点明要害,胡雪岩思索着道:"二叔讲得很有道理,我也正在考虑此事。饿死倒毙之人太多,野狗到处撕吃死人,乌鸦遮黑了天空。用棺材盛殓实在来不及了,筑坟造墓更来不及!记得我们在留下山村避难时,无意间发现那儿有一个山谷深坑。我可以用银子将整个山坑买下,作为一个'义冢',把所有无主尸体全运到那儿去掩埋。二叔,你看怎么样?"

"好!这个主意好!这样一来,让尸体远离省城,又集中埋在一地。更重要的是防止瘟疫时病流行。"刘不才表示赞同。

"东家,我可以去动员杭城不少更夫。他们晚上敲更,白天事情不多,料想他们会乐于从事这种义举……"周更夫自有他的优势。

"那你就代我去组织他们,事后再一并犒赏。所有费用,全由少卿在'阜康'开支。"

秦少卿赶紧又加入了这笔度支,列入预算。杭州"阜康"这几年能存活下来已属不易了。

周更夫又道:"还有,东家,现在杭城有不少人流离失所,在大街小巷流浪,要赶紧想办法!否则,他们就会去偷去抢!弄得街道不安定啊。"

胡雪岩轻轻叩击着桌子,深思了半晌道:"这样吧,我来开设一些难民局、善堂等慈善机构,收留无家可归的人,提供食宿等起码生活条件。有可能回家的人,为他们解决旅费,让他们重返家园。还有,我早就打算开办几所义塾,延请塾师,让那些战争孤儿和家境贫寒的孩子去义塾读书……"

赈济如救火,不几日,城中好些空地上搭起芦席棚,架起大铁锅,日夜有人添柴烧火,烧煮着热腾腾的白米粥。施粥处排着长队,男女老幼捧着空碗,施粥另设专人,将一勺勺白米粥倒进空碗,终日不歇。

刘不才、周更夫指挥更夫、义工,奔向大街小巷。路上凡遇尸体,用芦席包裹抬上排子车运走,再于倒尸处撒上石灰消毒。三日后再将石灰清走,将街面用清水冲洗。一辆辆运尸车在郊外的山道上辘辘行进,运尸车队绵延出一里开外。临近深坑的那个坡上,守着一帮僧众,白日帮忙掩埋尸体,夜晚分班做道场诵经超度亡灵。

一些无家可归的难民走进难民局、善堂,领取发给他们的衣服、被褥,然后到指定的地方暂栖。

"善人!胡大善人……"难民们以手加额称谢,有的泪水盈眶。

几所新开张的义塾,或借用破庙,或就便在难民局附近临时搭建。身如竹竿或形如虾米的塾师,摇头晃脑地教难童们读书识字。死气充盈的杭州城里,开始响起"天地玄黄"、"关关雎鸠"的诵书声。它像料峭春风,宣告一个严冬的结束;又如雄鸡啼唱,预示着一个青灰色的黎明!

但还是发现了瘟疫。刘不才带领义工收尸,发现一具尸体倒毙在一个石库门的门口。刘不才招呼道:"来!快把这尸体抬到巷口的马车上去。"两人一触尸体,尸体竟动了一下,还没断气,这种情形并不常见。刘不才想问问清楚,但倒在地上的老人开不得口,只抬起了一只无力的手,指向门内。

"怎么回事,刘先生?"义工不解地问。

"他还活着,大概……他不想死在外面也说不定,快将他背回屋里去。"

义工忙背起老人进屋。

这家的情形不算太差。堂屋里摆放高几、八仙桌,卧房里垂挂纱帐,卧榻前横陈着白木脚踏。只是屋内光线昏暗,弥漫着难闻的屎臭尿臊气味。里间大床上躺着一个老妇,旁边一张卧榻上躺着一个中年妇女,怀抱一个小男孩,全都奄奄一息。

背着老人的义工问道:"人放在哪儿?"老妇人说不出话,只无力地拍了拍大床的外半部。

义工将老人放到床上,刘不才赶紧为老人搭脉问道:"这病是什么时候起的?有些什么征候?"

老人、老妇人根本无力回答,只用呆滞的眼睛看着他。旁边那个卧榻上的妇人,勉强支撑着回答道:"也不知道怎么回事……前几天,买了点青菜,烧了锅菜粥……一吃下,全家都不行了……发高烧,上吐下泻……公公最重,出门想去请郎中……唉!……"

话没说完,她便剧烈地呕吐起来。刘不才一看秽物,不禁大吃一惊,立即为她诊脉。同时注意到她身边的小男,烧得就跟火炭一般,身子下面,是一大片来不及拾掇的绿莹莹的稀屎。刘不才情知不妙,立即着人将石库门封锁,不许任何人进出,然后一溜烟赶往赈济局禀报。

"雪岩,最不希望的事发生了!"

"什么事?"

"瘟病!"

"啊！瘟病？……"胡雪岩不禁大惊失色。

"是啊！刚才我在一户人家发现一家四口全染上'断肠痧'，这是战乱、大灾害之后最易流行的瘟病。万一病魔肆虐，特别是时令已近夏天，瘟疫大规模传开，那就一发不可收拾了。"

"这可怎么办？从小就听母亲说，过去老家乡下，大灾、战乱过后，常有瘟疫流行。为避免传染，只好把整个村庄隔绝起来，甚至把染上瘟病的人活活烧死……"

"非到不得已，怎能用这种办法？我已试着用祖传的'辟瘟丹'给他们一家老少服下，并再三嘱咐他们不要出门，以免传染别人。我急着赶来向你禀告，就是想在杭城开设医局，施舍给请不起医生、买不起药的普通百姓。"

"好！二叔，开设医局、施舍药物之事就请你去一手张罗。"胡雪岩毫不犹豫地答应。

消息传出，浮尸收尽、刚刚有些平静的杭州城顿时炸了锅。特别是处在闹市中心的"德仁堂"药店，人们争先恐后赶来买驱瘟药。"德仁堂"是杭州老店，资金雄厚。醒目的大葫芦商标上：大书"医道仁术，济世救民"八个大字。此刻门首的大牌上，又添了"瘟疫流行，药石有灵"。店内，黑铮铮的柜台被顾客挤得水泄不通，店员忙得满头大汗。

"我要！"

"给我……"

一双双伸向柜台的手，在虚空中争抢着、抓取着。一张张油纸，把一包包中草药折拢、打包，从梁上悬下的捆扎药包的细绳球，被拉得滴溜溜转动着。管事乘机将一块涨价的小牌挂了出去……

药价再贵，赈济局也不能不买啊！为阻止瘟疫流行，急需大量辟瘟药物，明知"德仁堂"药价奇高，刘不才也不得不忍痛找这家黑心店买下大宗药品！"德仁堂"的冯掌柜嘴都笑歪了："本号是杭城数一数二的百年老店。不是自诩，胡老板要开设药局，不向本号采买药品，又能上何处？哈哈。"

"这么说，你们是'独此一家，别无分店'了？恐怕不见得吧。据我所知，这附近的余杭、嘉兴、湖州、绍兴就有不少药店，有的年代比你们还老，生意比贵号也做得更大。"刘不才没好气地回道，心想我刘氏在湖州的药店及声望，也不是你杭州"德仁堂"可比的吧！倘雪岩有自己的药店，他要救死扶伤、助济穷人会便当得多，也要少花多少冤枉钱！

这样想着，刘二叔回到赈济局，打开那些进购的药材一看，顿时火冒三丈，一道烟来到"德仁堂"，叫出冯掌柜，鼻子不是鼻子，眼不是眼道："既开药店，采办药材务必要真，所开的药价务必要低，那才叫悬壶济世！"

"你的意思是,我'德仁堂'的药材、药价有问题?"冯掌柜也把脸拉长了。

刘不才打鼻孔里哼了一声,喷出一股冷气。

"你有何依据?"冯掌柜又问。

刘不才从衣袋里掏出一个药包,"啪"地拍在柜台上道:"你不否认这是贵号售出的药材吧?你看,这几味川芎、藿香、厚朴、茯苓……全都不是从四川、云贵、甘肃等正宗产地采购而来,且价格比平常日子涨了许多,甚至贵了近一倍。作为'数一数二的百年老店',这恐怕不太合适吧?"

"最近货源紧缺,价格上涨,你叫我们有什么办法?"冯掌柜强词夺理。

"冯掌柜!作为同行,我忠告一句,开药号的,一定要戒欺,一定要真不二价。否则名叫'德仁堂',这德在哪里,仁在何方?"

冯掌柜这才觉出眼前这位仁兄才是杏林高手、药界真神,脸上不禁红一阵白一阵,猛地一挥手道:"那你去奉告你们的胡老板,你们有本事,就自己开一家药店!"

"领教了,鄙人早有此意!"刘不才一阵大笑。

吴山顶上有城隍庙,三第观,西南有六居庵,历来为游览胜地,一年四季香客如云。故老相传,吴山还属于荒僻时,山顶上传着一吴姓青年,十八岁了,依然"身无寸缕",当地人叫他吴正官。一天正官早起,拾得一枚银簪,重有二钱。便拿它作本,买些牛血,加上葱姜、薄荷煮了,卖给穷苦劳作之人。

自此经营五十余年,吴正官经营的当铺,从徽州抵河北,共有八十三家。这就是苏轼"一簪之资,可以致富"这个典故的由来。而吴山脚下大井巷,当真有一口深井,井水清冽甘甜,冬暖夏凉,久旱不枯,用之不竭。何况此水洁净,是配制膏药丸散最好的水源。

刘不才先在此搭建芦席棚子,赶制"辟瘟丹",分发百姓以抗瘟防疫。不过小半年光景,光复后的杭州便逐渐安定下来。此时,战事在苏、浙继续。左宗棠率湘军先后收复了宁波、衢州、严州、金华等各州县,太平军据守的慈溪、奉化、余姚、绍兴等城也相继失去。

为挽救被围困的天京,江浙战场的太平军开始分路集结,陆续向外突围。一路约八万人,于二月初从溧阳、广德、宁国挺进到闽、赣边界地区。一路约二十万人,从浙江德清向西发展。一路约三万人,从丹阳经皖南向江西突围。清军虽顾此失彼,疲于奔命,但基本上已将局面控制,浙江境内,已看不到成批武装的太平军。

安定下来的杭州,钱庄业务陡然兴旺。这是因为外面战事继续,流通不畅,市面物资匮乏,很多人便把不用的闲钱全都存入钱庄。胡雪岩一门心思投入赈济,很少过问钱庄业务,全赖秦少卿独力支撑,有这样的手下,胡雪岩能

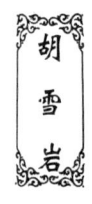

不感到欣慰？这日,他来钱庄查询朝廷拨付的抚恤银,因为浙江有像王有龄这样的阵亡官兵数万人。

秦少卿四顾无人,压低声音道:"东家,今天有一个神秘客人,想在'阜康'立一个户头。"

胡雪岩随口回答道:"那立一个就是了。"

"不过,存银数目比较大。"

"多少？"

"三万两纹银。"

胡雪岩饶有兴趣地看定秦少卿,两眼闪闪发光道:"一下子存入三万两确也不算小,他说了怎么个存法了吗？"

"他的存法也比较特别,想一存十年,十年后再取。"

"这倒不多见。他没说为什么要存十年。"胡雪岩也感到奇怪。

"他没说,可我猜测他是溃败的太平军,并且是个官佐……"秦少卿吃不准,倘这类人要存银,钱庄办理了是否犯忌？朝廷会不会追究？但这个户头若立下了,影响会很大。要知道,此中大有玄机。

太平天国后期,腐败已极,各级将领疯狂聚敛财物,不久前被左大人杀了祭旗的降将钱桂仁,就曾用黄金打造金狮、金凤各一对献给李秀成。而李秀成在天京有行宫,在苏州又建一个行宫,广蓄吴越美女,坐拥巨额财富。江南富庶,大半已转移到了他们手中!

胡雪岩略一思忖道:"照我看,官府不会追究。浙江谁是官府,左大人就是官府!他不知道参加太平军的人很多很多？且多系平头百姓,只要他们现在归顺了,官府就管不了那么多。法不责众,左大人清楚查抄追究太平军是件吃力不讨好的事情。"

秦少卿心有慧根,一点就亮,不禁欢喜道:"这么说,这个户可以立？"

"当然！你只要记住,钱庄是为客户,讲的是一个信用,其他的问题,那不是咱钱庄的事。"

秦少卿兴奋地说道:"有传闻说,那些被俘或躲在乡间农家的太平军将士,口袋里大都有不少钱,就是不敢带在身边,生怕充公；又担心露富,不敢存入钱庄。我们'阜康'若敢于吸纳这些黑钱,定有大利可图。"

"为什么不敢？我们是钱庄,只要是银钱,不管是清兵、太平军,一概可以存取。银钱流通,这只会对社会有好处。"胡雪岩毫不犹豫。

秦少卿搔着头皮颇不好意思道:"大先生,我真服了你！嘿嘿,你这么一点拨,我心里就亮堂了！"正说着,一阵马蹄声由远而近,从马上跃下一位军牌,入内称左大人请胡总办过去,有要事相商。

左大人北征大获全胜,班师刚回到杭州。胡雪岩驱车来到巡抚衙门,左宗棠让他在书房稍等。不一会,他处理完军务,便径直来到书房,一边脱去官袍,一边道:"你胡雪岩受命于危难之际,出任赈济局处理善后。短短几个月,迅速安定了杭城局面,赈济了灾民,控制住瘟疫,恢复了市容。现在,杭城社会安定,又呈现欣欣向荣之势,老弟真是功莫大焉!"

胡雪岩恭谦道:"中丞大人过誉了!雪岩仅仅是做了一个杭州人该做的份内事。"

左宗棠落座在太师椅上赞道:"军兴以来,杭州情形最惨!善后事宜,经纬万端,杭州又是恢复得最快最好。有你这样的人帮我的忙,浙江还愁不重振雄风?现在,军饷告急,请你来,就是要你为我筹饷。"

"军饷?"

"对!目前国库空虚已极,湘军子弟的军饷上谕由各省协助解决。但江南遭粤匪荼毒,为祸惨烈,各省协饷一下子跟不上。我即将率兵南征,扫荡太平军余孽,请胡大人帮忙救急,每月给我筹集二十万两饷银?"

胡雪岩不假思索道:"过去,承蒙王中丞看得起,委托'阜康'钱庄代理藩库,眼下左大人急需的支出,雪岩总是尽力支持,多方筹措。至于筹饷之道,不外两个办法:第一办厘金,第二是劝捐。厘金之设,缘起于洪杨之乱,已弊端百出。劝捐一法,这些年捐得起的都捐过了,劝起来也很吃力。如今,我倒想到有一路人,他们捐得起,而且一定肯捐,我们不妨在这一路人头上打打主意。"

左宗棠沉吟着问道:"捐得起,又肯捐,那不太妙了吗!是哪一路人?"

"太平军!太平军在东南十几年,手头上捞了不少。现在要他们捐上几文,不是天经地义吗?"

"对,对!请你再说下去。"左宗棠恍然大悟。

"这十几年中,太平军中间有些人积了不少钱财,大都偷偷摸摸,十分隐秘。现在他们失败了,很多人当然要治罪。可是,虽然其罪不能赦,但人数太多,办不胜办,株连太多,又容易闹得扰攘不安,亦非战乱之后的休养生息之道。所以,最好的处置办法是网开一面,给其出路,只要他们愿意出钱,可以买个活命。"

"以钱买命?这倒是个办法。"左宗棠颇感兴趣。

"但这还不够。据我所知,罚得起的人很多。他们大多躲在洋人的租界里,倚仗洋人的势力,官府一时也奈何不了他们。如果晓以利害,许其'捐纳'、'买官'让他们舍出一笔钱,一换命二换顶戴,他们何乐不为?"

左宗棠笑道:"此话说得极是!此辈不甘寂寞,不但要爬起来做人,当然还想站出来做官!"

"正是,这种人要让他捐两笔钱,就算是'罚捐'吧。这一笔是捐做人,一笔是捐做官。"

左宗棠高兴地一拍桌子,撚须大笑道:"那好!我马上向吏部去要几千张空白的捐照来,由你去物色对象。"

"松江方面,马上有一批粮食运到。我正好去一趟上海租界,手持这些空白顶子,向诸公鼓吹鼓吹,吆喝他们抢一顶去。"

左宗棠点头赞好,由衷道:"饷银之事就拜托你了。朝廷重用我左宗棠,闽浙军务由我统领,在这紧要关头,官兵千万不能发生'闹饷'的事儿来!"

回到家中,果然尤五押着粮船到了。一见面,尤五便喜滋滋告诉他道:"雪岩,大喜呀,七妹要跟庆春结婚啦!"

上海南京路两侧,由郭庆春指挥兴建的一家店铺、两处豪宅拔地而起。它夺人的气势、新颖的设计,中西合璧的装饰装潢,无不令人瞩目。店铺是租界外首家设计了停车场、灯饰广告的商店,还在建设阶段,请求招租、入住、购买、合股经营的就打破脑袋想往里挤,这是郭庆春的得意之笔。他与尤琳在这场合作中的争论、别扭、聚散离合,使他对这位"小孤孀"的感情与日俱增。待他弃置了所谓的"高贵",尤琳也克服了矜持,他们打碎了传统的樊篱,再次燃起了爱情的火焰……

喜气盈盈的苏绣行里,依旧莺燕呢喃、姹紫嫣红。店面扩大了,橱窗更新了,尤琳游弋在花丛中,监督新招募的一批女工在刺绣。却见一名花店的小厮抱着一大捧鲜花,挺招摇地进了苏绣行,躬身问道:"请问哪位是尤小姐?"

"我就是。"尤琳优游地出了工作间。

小厮把大捧鲜花奉到她面前道:"尤小姐,这花是郭庆春先生订购的,要我们每天送九十九朵红玫瑰给你。请签收。"

尤琳到底不习惯这种表达感情的方式,略有些羞涩道:"谢谢!我委实不敢当,今天我收下了,以后请你们不要再送来了。"

那小厮伶俐地恭维道:"这怎么可以?红玫瑰代表爱情,代表送花者由衷的祝福,我们接受了订货,必须每天守约。"

小厮走了,众女工投来一片羡慕的目光,一阵欢笑。少顷,上海最著名的一家珠宝行派了一位青年店员,送来一个精致的礼品匣:"请问,哪一位是尤琳小姐?"

"我就是。"尤琳上前应道。

"这是郭庆春先生在我们珠宝行订购的手镯、项链、耳环、戒指,请尤小姐签收。"他打开红丝绒锦匣,请尤琳逐一过目、试戴。众绣女的目光艳羡地掠过尤琳雪一样白的脖子和纤纤玉指,那种细瓷、象牙般的精美,与闪闪夺目的首饰交相辉映。尤琳脸上罩着幸福的红晕,在送货单上签了字:"谢谢,再见!"

青年店员刚走,一辆老式英国马车开到店门口停下,从车里走出路金,后面跟着领事馆的二秘,手捧一只大匣子。

尤琳只得迎了上去道:"路金领事光临鄙店,我不胜荣幸,请进!"

路金和二秘进店,打量着正在埋头绣花的女工赞道:"尤小姐,你的事业越来起兴旺,生意也越来越兴隆了。"

尤琳客气道:"这要感谢领事为我提供不少机会,不过,这一批外销英国的绣花床罩,可能要推迟一些日子交货,请领事先生宽限。"

"最近,我们日日夜夜正忙着为我们老板绣婚衣、绣嫁妆,实在有些忙不过来呢。"一个机灵的绣女替尤琳解释。

"我知道,我也完全可以理解。不过,尤小姐,你的婚纱不必准备,我受郭庆春先生之托,将婚纱送来了。"

二秘打开大礼匣,取出里面的衣服展开,这是一件白色蕾丝西洋婚纱,薄如蝉翼,轻如新丝。路金摆出行家的姿态欣赏道:"这是专为英国公主做的婚纱,全世界只有这样两件。大家看漂亮吗?"他拿起婚纱,在尤琳身上比划着。

"这简直就是仙女穿的衣服!"女工们鼓掌、喝彩,"漂亮,郭先生到底是喝过洋墨水的,行事就是不一样啊!"

"不,不,英国公主的婚纱穿到我的身上,这实在是……不好意思。"尤琳多少有些惶恐。

"蜜司尤,要知道,郭庆春先生可是皇家子弟,你嫁给了他,不就成了真正的公主了吗?你穿,最名副其实。"

尤琳娇羞地谢道:"那……真是谢谢领事先生了。"

路金真讲绅士风度,这位情场上的败将大度又得体,似乎已忘过去,挺真诚地说道:"密司尤,郭庆春先生也是我的好朋友,为英中贸易效力多年。我向你们表示最诚挚的祝贺!我们永远是朋友。"他伸出了手,尤琳忙伸手相握。路金举起她那只手吻了一下,便退了出去。

两天后的夜晚,华懋饭店的豪华大厅里,大风琴和租界工部局管弦乐队奏出了《婚礼进行曲》,郭庆春和尤琳的婚礼在这里举行。厅内摆满花篮,中外嘉宾云集,盛况空前。

除尤五、胡雪岩一方,还有皇家代表,新任上海道台邵友濂等一些朝廷官员,更有路金、汉斯、吉伯特等洋人。身穿燕尾服的司仪宣布:"郭庆春先生、尤琳小姐婚礼现在开始!请双方主婚人,恭亲王代表、工部侍郎端政大人和尤五爷登台。"

在掌声、乐曲声中,尤五和端政前后登台,接着邵友濂也以证婚人的身份登台。

"现在,请新郎、新娘入场!"

在热烈的掌声和更加高昂的乐曲声中,郭庆春和尤琳手挽手步入大厅,他俩左右有男女傧相相伴。尤琳身后长长的婚纱,由两个提花的童子托住。

全场长时间为这对新婚佳人喝彩,证婚人邵友濂的致词极为简短:"今日郭庆春先生、尤琳小姐喜结良缘,嘉宾云集、亲友同贺!我荣幸地作为证婚人,祝贺新婚佳人花好月圆、并蒂莲藕。惟愿生死同心,偕老白头,恩爱鸳俦,天长地久!"

接着,一对新人便按中国传统一拜天地、二拜高堂、夫妻对拜。再按西方礼仪,新郎新娘相互交换戒指。据司仪称,新郎给新娘的结婚戒指上镶着一颗巨大的"祖母绿"宝石,它是骊珠格格交给端政大人,专程从北京送至上海的。

宴会上,胡雪岩、尤五与邵友濂等相互见礼。端政只略坐了坐,便以"身体不适"退席。

此时的胡雪岩,早已是上海滩上闻人。其生意涉足丝茶、军火、粮食、机械、百货、进出口贸易、药材、典当、金融等诸多领域,无论是资本还是声望,均属大象中的大象。

而此时的上海也由县升格为道,由一个繁华畸零的小县城,成为一个国际化大都市了!

"有缘,有缘!风闻胡大老板在上海租界多日,找长毛里头那些降官叛将'捐纳'卖顶子,今日借庆春少爷和尤小姐的婚礼,有机会认识胡大老板和尤五爷,实在荣幸!"邵友濂话中有话。

胡雪岩意识到自己的疏忽,天子入疆问土地,来到上海怎能不拜访上海道台这个"土地爷"呢?赶紧道:"道台大人客气了!雪岩乃一介商人,只合与商界人士打交道,怎敢因区区小事去惊动道台大人?"

"彼此彼此,其实大家都是为朝廷办事,何分你我?胡老板今后如果有什么事,可直接找我,也可找这位江南制造局主办姜石林姜大人。"邵友濂故作姿态,指着桌子另一边的姜石林道。

江南制造局是宣称要"大兴洋务"的李鸿章新近设在上海的一家办事机构,姜石林是李鸿章的亲谊,年龄与胡雪岩相仿。胡雪岩赶紧上前施礼:"哦,原来这位就是姜石林姜总办大人,早闻大名,无缘结识,失敬!失敬!"

姜石林皮笑肉不笑道:"我早就知道胡老板从钱塘江杀入黄浦江,上海滩三分天下有其一,只是没有机会请教,也就不敢惊动。"

"哪里哪里,哈哈哈……"胡雪岩觉得这哈哈打得干瘪,空洞。当然,就连尤五也感觉得到庆春家里很不看好这桩婚姻,端政侍郎退席就是一个明证。

邵友濂毕竟是官场上的人,举杯道:"来来,干杯!干杯,为今后的合作干杯!"

大家遂笑着举杯相互祝酒!明里谈笑风生,实则风生水起……

第三十一回

"八岁红"偷欢戏迷辱大佬
"元昌盛"恭服对手归阜康

  上海是"洋务运动"的渊薮,也是清朝"同治中兴"的集中体现。
  先是曾国藩攻陷安庆后,设立"军械所"试造枪炮炸弹,并罗致了一批科技人才。而李鸿章率淮军到达上海后,为对抗太平军,接连在上海设立了三所"洋炮局",它就是江南制造总局的前身。到同治初年,更派容闳前往美国采购机器运至上海,并入江南制造总局。同治三年湘军攻陷天京,洋务派官员们已能腾出手来,先后在各地兴办了二十余家制造枪炮、弹药和船舰的工厂,同时开始着手训练新式海陆军。兴办工厂需要大批设备,上海成为洋机器的中转站,逐渐也就引进了机器工业……
  湘军攻陷天京,左宗棠在福建境内将太平军余部全部歼灭,遂出任闽浙总督,坐镇福州。上海他一时插不进去,便思在东南沿海建立据点与李鸿章等抗衡。胡雪岩随他来到福州,并建言在福建兴建船厂、军械厂,在大兴洋务上,弄出些不同于曾、李的业绩来！此议正对左宗棠的心思："轮船成则漕政兴,军政举",他指派胡雪岩总揽其事,不数年间便建起第一个现代意义的造船厂——福州船政局!

福州马尾罗星塔,这个昔日的渔村很快成为一个风格特异的海边集镇,这里依山傍水,海天空阔,雪浪层层,鸥飞点点。这日,胡雪岩陪同左宗棠来船厂视察生产情形。海边,渔船密集,桅杆如林。洪杨之乱彻底平息,胡雪岩因在浙江筹粮、筹饷有功,被朝廷授为军政使,但他并不把这官阶品秩放在心上,倒是有些替左宗棠不平:若论功绩,左宗棠丝毫不亚于曾国藩,而曾国藩却自视过高,兄弟数人皆位高权重。左宗棠倒很大度道:"记得你同我见面时就说'不会做官,只会做事',我不也同你一样吗？哈哈哈……所以,我以'海禁开,非制备船械不能图自强'为由,向朝廷奏请设立福州船政局。我和你到这福州马尾港来搞'洋务',正好为国家做点实事。"

海风猎猎,吹卷起他们官服的袍角,左宗棠迈着稳健的步伐大步朝着码头走去。马尾港内,停泊着各式战船:老式箭楼船,新式铁甲船,小火轮式炮船……

左宗棠和胡雪岩踏上一艘老式箭楼船。他身后的旗杆上,沉甸甸的彩牙帅旗缓缓升起,两旁的新式铁甲船,呜呜……拉响了汽笛,并施放礼炮,"轰隆隆"的巨响,在海空回荡,惊飞一片水鸟。

几位水师将领陪着左宗棠、胡雪岩登上箭楼,一同视察马尾港形势。左宗棠充满豪情地说道:"当年,大清实行'海禁',是为了对付海外夷人和反清余党。现在,朝廷开放'海禁',也是为了富国强兵。雪岩,马尾船厂汽笛不断,电光闪烁,不正表明我们新式造船业就将从这里艰难起步吗!"

胡雪岩看了看左宗棠兴奋道:"是啊,这都是大兴洋务的功劳。没有洋务,我们永远都是小舢板大木船,永远无法与洋人的坚炮利舰抗衡,可是大兴洋务,师夷长技,是李鸿章、曾国藩手中的法宝,恕我直言,大人恐非他们的对手。"

左宗棠不服气地说道:"谁说的？他们干他们的,我们干我们的!福建通向海外的条件比河北、山东更为优越,我要把福建变作南方的洋务基地。"陪同的官员为左宗棠的情绪所感染,不禁摩拳擦掌,十分振奋。

胡雪岩不禁苦笑道:"大人,我到福建这块宝地跑码头已有数年,还不知马尾港海水的深浅呢,万一在惊涛骇浪中翻船,海水可不那么好喝哟!"

左宗棠不以为然道:"你怕什么？还有我这个闽浙总督呢!"

胡雪岩什么滔天大浪没见过,却为何担心在马尾港这个地方翻船？

原来,胡雪岩初只把马尾作为一个过路站,顺道把王有龄父子的遗骸归

葬老家,心想着上海才是他的用武之地。不料几年下来,马尾港急遽繁荣,他与钱业打交道的机会增多,便思在马尾建立"阜康"钱庄分号。三日前,"阜康"钱庄马尾分号开张,虽然锣鼓爆竹喧天,还有福建特有的船舞、狮子助兴。店门口,摆满祝贺的花篮,正中"闽浙总督左宗棠"的花篮更是引人瞩目。但本地钱业公会的会长、"元昌盛"钱庄的老板卢俊辉,却故意不来参加"阜康"的堆花剪彩!

相隔一条小街,那边炮响喧天、人潮汹涌的时候,卢俊辉正和几个清客在元昌盛的茶座里品着"铁观音"功夫茶,聊着天。钱庄的营业厅里设茶座,供主客品茗、神侃,正是本地一大特色。

"'阜康'分号开张,卢老板,你怎么不去捧场?"中年清客邝某问道。

"我干吗去?我去了,不是太抬举他们了吗?"卢俊辉骄狂地反问道。

"可你是我们马尾钱业公会的会长,大面子上也得装一装呀。"

卢俊辉冷笑一声道:"这个胡雪岩眼里哪有我这个会长?他走的是官场的路子,拍的是总督、总兵的马屁,钱业要靠实力说话,我为什么要用热脸去贴他的冷屁股?"

"这倒也是,这倒也是……"清客们惯于逢迎。

卢俊辉咬牙切齿地说道:"他到马尾来抢码头,简直就在我心窝上扎了一刀!我不光给他脸上过不去,还要拒收'阜康'的银票,动摇他胡雪岩的信用,让他在马尾立足未稳就趴下!"

邝某本着息事宁人的原则提醒道:"拒收'阜康'银票?这恐怕不妥吧,钱业公会有个不成文的规定:各家钱庄发出的银票,不是可以相互兑现吗?"

"我是会长!成文的规定都可以修改,何况不成文的,哼!"卢俊辉却是一副盛气凌人的架势,清客们相互作咋舌状,不再吭声。

消息很快传到胡雪岩耳中,他立刻向钱庄的总账孔靖九讨教。孔靖九是本地人,熟悉当地情况,遂向胡雪岩讲述了"元昌盛"传奇般的历史。

"元昌盛"是马尾的老字号。第一代老板原是海盗头子,在海上抢掠,在陆地开银号放印子钱。据说曾抢到一船银锭和珠宝,因此第二代最为鼎盛,也不再干海上营生。第三代龚振康花天酒地,日赌夜嫖,可惜膝下无子,仅一个女儿龚玉娇继承了他的衣钵,是为第四代。只是这龚玉娇对钱庄毫无兴趣,整日吃喝玩乐,把钱庄交给了她自己勾搭上的卢俊辉。这卢俊辉本是伙计出身,现在接任了会长,作威作福、飞扬跋扈,龚玉娇若问他的不是,他就翻脸吵闹,说老子大不了像你的祖上一样当海盗去!

胡雪岩听了笑呵呵地说道:"老孔,我简直在听你说大书哇。嗨!我倒有兴趣会会这位卢俊辉和他那漂亮的太太龚玉娇……"

可没等胡雪岩登门拜访,卢俊辉就出招要给"阜康"一个猫儿洗脸!事情是这样的——这日,有位武夷山茶商祁老板拿着一张银票要兑换五千两现银。那卢俊辉一看是"阜康"的银票,一声"不换"就把银票撂下了。祁老板一听便问道:"不换,为什么不换?"

"不换就是不换。"卢俊辉回身就走。

茶商急了,又问道:"不换总得讲个道理!是银票有假,是你们没现银,还是什么?"

卢俊辉腆着大肚腩道:"'阜康'信用不佳,我们'元昌盛'拒收。"

随后,祁老板怒气冲冲来找账房孔靖九讲理:"你们'阜康'太不讲信用,竟开出不能兑现的空白银票!"

"什么?这绝不可能。"孔靖九大惊。

祁老板挥舞着手中银票道:"刚才我到别家钱庄去过了,人家就是不肯兑付现银。"

孔靖九接过一看,又道:"这怎么可能呢?不信你再去试试。"

祁老板哼一声,高声道:"我急于要银子采买南货赶回武夷山,你们分号新开张,我要找你们老板评评理。"

"我就是老板胡雪岩,有什么事,请到里面有话好好说。"胡雪岩闻声连忙赶了出来。

听祁老板说出原委,胡雪岩赶紧道歉:"真不好意思!是我们的银票给你添了麻烦,我们立即给你换!老孔,快拿出五千两新铸的足色官制银锭,按一分二的利息加倍奉送。"

孔靖九应声去办。

"你真爽快!胡老板……那'元昌盛'的卢老板为何要这般行事?"祁老板深为胡雪岩这一举措感动。

胡雪岩轻描淡写道:"我们分号新开张,元昌盛老板可能不知内情。'阜康'做生意,一贯主张与人为善、和气生财,从无挤兑同行、毁人信誉之事发生。"

孔靖九拿来光灿灿的官银,请祁老板验收。祁老板把银锭收进行囊道:"胡老板说得太好了!这才是经商的金玉良言。将来有机会,请胡老板到我武夷山茶庄来做客。"

"走好,走好!将来无论是你,或你的亲朋好友,欢迎光顾'阜康'。如有任何差池,请直接找我胡雪岩。"胡雪岩殷勤地把祁老板一直送出店门。

孔靖九则气了个半死,叫道:"这卢俊辉这么无聊,背后敲了'阜康'一记闷棍!"

胡雪岩见对方不顾钱业的基本法则乱来,点着脑袋道:"好,敲得好!给我们敲了警钟。如果我们不知道卢俊辉暗中作梗,让消息传开去,那就会引起轩然大波,引发挤兑风潮。钱庄即使有足够的银子应付挤兑,信用也会惨遭打击,永远爬不起来。"

"那我们怎么办,东家?"孔靖九是知道此中利害的。

"本来我想生意大家做,你做初一,我做十五,你吃肉来我喝汤,井水不犯河水,花花轿子人抬人。没想到这卢俊辉得饶人处不饶人,哼!那我胡雪岩也不是那么好欺侮的!"

"东家,既然卢俊辉胆敢在老虎头上拔毛,那就不必对他客气。"孔靖九清楚卢俊辉不会善罢甘休,不把"阜康"弄垮,他是不会收手的!

胡雪岩诡秘地一笑道:"对,以其人之道还治其人之身。不过,我会让他尝一颗开心果,不尝黄连果,嘻嘻……"

这晚,胡雪岩提出要去看一场潮州戏《西厢记》。华灯初上,孔靖九陪同胡雪岩来到马尾戏院。戏院显然是那种楼包院老式格局。四周是走马转角楼,当中一个海坝。看客不是排座,而是踞桌看戏,边看边喝功夫茶,嗑瓜子吃点心。四周华丽的彩楼,被分成一个一个包厢,是有钱人看戏的地方。

他俩磨磨蹭蹭,老半天不进戏院的检票口。一辆豪华马车一路铜铃响过,驰至戏院门口。把门的马仔、伺候的伙计、领头的戏院老板一窝蜂迎了上去,呼嚷逢迎。老板在车轿门前摆放脚踏,两个面容清秀的小伙子,一左一右,搀着一个半老徐娘下了马车。女人约莫三十岁年纪,乌鸦鸦一个流行的胖头发式,丰润嫣红一副唇,挑着圆嘟嘟两个脸腮,长眉入鬓,顾盼生辉,走起路来,一扭一扭摇曳生姿,她就是龚玉娇。

胡雪岩阅人无数,不禁沉吟:这徐娘半老,风韵犹存,卢俊辉恃宠而骄不应该呀……

龚玉娇让人簇拥着上楼,在自己的座位上坐定。旁边两个使女各捧着茶壶、水果盘,后面两个小伙子,为她摇着羽毛扇。

孔靖九陪着胡雪岩进来,也坐到自己座位上,无疑,这是有意安排。龚玉娇主动含笑向胡雪岩点头招呼,胡雪岩也报以富有魅力的一笑。少顷锣鼓震响,弦奏宫商,戏便开场。

胡雪岩原本就听不懂潮州话,更何况是唱。好在《西厢记》的剧情谁都知道,待张生出场,把衫袖一抖,流目一盼,轻舒燕喉,一句甩腔,竟博得满场掌声。龚玉娇目不转睛地望着舞台上的张生,使劲地拍手,一副意痴情迷的样子。孔靖九指着舞台上的张生,向胡雪岩介绍道:"这是潮州戏著名的生角演员'八岁红',红透了全闽。"

"看来龚玉娇已对这小生迷到骨子里去了……"胡雪岩幸灾乐祸地说。

"八岁红"唱做俱佳,把个风流张生演得轻佻撩人。原来舞台上的《西厢记》与王实甫的《西厢记》有诸多不同,插科打诨多、打情骂俏多、淫词艳诗多。挑逗煽情的做派更是充斥全剧。待到张生莺莺入芙蓉账卧鸳鸯,戏伶把个锦帐弄得震颤不休,红娘一旁竟然介绍二人交欢姿势。张生把头探出芙蓉账,作喘息状,并拉过帐子擦拭脸上的汗水……

龚玉娇忍耐不住盼咐身后的小厮道:"快!快去送红包!"一个使女把一只红包交给了小厮,小厮飞快地冲出了包厢门。

胡雪岩轻拍椅子扶手,得意地说:"有了!……"

孔靖九不解地望着他道:"东家,什么有了?"

"'八岁红'有家室么……有了也不打紧。"

戏将终场,胡雪岩在孔靖九的陪同下来到后台。化妆间门口,有一名壮汉挡驾:"哎,这里是更衣室,闲人免进。"

孔靖九很不高兴地推开他道:"谁是闲人?你没长眼吗?这位是总督大人手下的胡军政使!专程来赏'八岁红'的。"

"八岁红"闻声,立刻起身,带着尚没有卸完的油彩问道:"谁找我?"

两人走到"八岁红"身边,孔靖九取出一锭银子,放在"八岁红"面前道:"这位是军政使胡雪岩大人,这二十两银子是他给'老板'的一点小意思。"

"八岁红"连连作揖道:"久仰!久仰胡大人大名。这,您这只红包也太重了,小的不敢当。"

"不,我也不要你无功受禄,只是想请你去唱一次'堂会'。"

"堂会,上哪儿去唱?""八岁红"很是惊奇。

演艺圈中的大牌名角,少有不风流的。胡雪岩探得明白,莞尔道:"双人堂会!请你这个'张生'私下去会一会'崔莺莺'。"

"胡老板,这个……我不太懂。""八岁红"更是惊愕。

胡雪岩笑呵呵道:"别急!没什么难的。你知道一个叫龚玉娇的戏迷吗?"

"八岁红"点头道:"知道。每次她都来给我捧场,送红包……还附有火辣辣的情诗,什么'月来花满春不贱,便倾家产也心开',什么'迷香终日醉昏昏,团得新裙尽皱痕',还约我上'得月楼'别馆……"

胡雪岩调侃道:"瞧!人家对你这个'张生'多痴情啊,可你为何要辜负她的火热情肠?连这堵矮矮的墙头都不敢跳,真是'银样镴枪头'啊!"

"我哪敢?胡老板,这龚玉娇可是马尾的名花,他男人又是钱业公会会长!有钱有势,一手能遮半边天。我如果稍有不慎,被他们抓住把柄,不要说在这码头待不下去,说不定连命都保不住呢!"

胡雪岩郑重其事，拿手按着他的肩头道："不会。既然你知道龚玉娇一手能遮马尾半边天，她丈夫本是她囊中玩物。崔莺莺既然有意'待月西厢下'，你也理应'人约黄昏后'，无非是一夜欢情嘛，好聚好散……这是本大人的命令，一定把龚玉娇的心愿给我了了。"

在一位自称受过龚老板恩惠的"好事者"的安排下，龚玉娇在马尾最豪华的旅馆"得月楼"订了一个包间。包间布置得堂皇富丽，是最宜情人幽会的那种洞天福地。这里，可以倚窗眺望海湾景色。龚玉娇似梦非梦，似信非信，穿着性感的十三丝罗曳地长裙，绕着薄如蝉翼的乔琪纱。窗外，夜海茫茫，渔火点点。远处，造船厂的电焊弧光，在夜空中一闪一闪，砰砰、嘭嘭的机器声，伴着她的心跳时缓时急。她不时回头望着门口，脸上满是焦急期待的神色……

终于，包间门口出现了舞台上的'张生'，面如敷粉，美目顾盼……她也变成了'崔莺莺'，遍体馨香、淫情急忙地迎了上去。蓦地一阵海风吹开窗户，也吹开了房门。印度绸窗帘飘飞欲舞。她带来的一个小物件——化妆小圆镜、眉笔什么的，被海风拂落，发出清脆的响声。

龚玉娇的幻觉被惊碎，只得失望地掩上房门。就在这时，门被轻轻推开，门口出现了一身光鲜的"八岁红"。洁白的阔袖纺绸大褂，洁白的西式筒裤，履着白色皮凉鞋，手摇一柄黑牙纸扇。龚玉娇这一惊非同小可，目光呆滞地说道："啊——你！来了……这是戏，还是梦？……"她的嘴唇嚅动着，不相信这是真的。

"八岁红"潇洒地把褶扇一抖一收道："不是戏，是真的。你不是约我来吗？"

"对，对！我终于等到你了……"龚玉娇激动得热泪盈眶，一个热颤，滚滚热浪自她的下体冲腾而起，她冲上去一把抱住了久久盼望的梦中情人，疯狂地吻着。

"慢，且慢……""八岁红"不无尴尬，但女人已不顾一切地甩掉纱裙，揪摔他的衣裳，他戏剧般一个折腿后踢，将门踢上关拢。龚玉娇抱着他仰身倒在床上，鼻翕唇张早已欲火难禁……

次日，从"八岁红"嘴里，胡雪岩获得了他所需要的商业机密——"元昌盛"最近的情况很不好，卢俊辉心思不在钱庄，成天胡作非为！现有的存银只有五十万两，却开出近百万两的银票，空头银票整整多出四十万两。

胡雪岩又送了"八岁红"一封银子，即刻来到"阜康"对孔靖九道："好一个卢俊辉，竟玩这种危险的游戏！自己不讲信誉发空头银票，反而来诬蔑我们'阜康'！"

"卢俊辉胆子也真大！把赌注押在'元昌盛'的信用上。倘若储户们知道底细,把全部银票拿到柜上去兑现,那'元昌盛'就会立刻倒闭、破产!"

胡雪岩的眉弓骨上现出一个少见的川字,说道:"左大人在上给两宫的奏折中说要加强海防,'非整理水师不可;欲整理水师,非设局监造轮船不可',认为'轮船成则漕政兴,军政举'。我们襄助左大人创建闽局,造船修船,是富国强国之举,我们一定要扫除障碍,在马尾站稳脚跟!"

他让孔靖九立即调集七十万头寸,把"元昌盛"的银票全部收购下来。这就等于扼住了卢俊辉的咽喉,需要时使把劲,就能叫他一命呜呼!但卢俊辉不知危险临近,见龚玉娇与"八岁红"频繁幽会,担心长此下去,二人日久生情,便以兴办一家赌场庆祝自己的三十寿诞为名,要把"元昌盛"的银两转走二十万作为赌场的本金。

龚玉娇当然不会同意。想想看,提走二十万,库存银子不过三十万,却有一百万两银票在别人手里,这有多险?万一有人挤兑,"元昌盛"立马完蛋!但现在的卢俊辉实际已把龚玉娇架空,她无非"河东狮吼"一通,卢俊辉大巴掌一抢提走二十万,赌场照开,生日场面更加奢侈、铺张……

这天一大早,"元昌盛"钱庄的排门一启开,便拥进一大批顾客。一张张银票,放到了柜台上,且都是大面额!

"提现!提现银!"

"好!请稍等。别急,一个个来!"

伙计们忙着收银票、打算盘、付银子……

钱柜里,银子急速少下去。钱柜搬空,又到固定存银的库房里去搬银子……

那卢俊辉还在悠闲地喝早茶,品味闽式早餐,伙计气急败坏地跑进来报告道:"老板,不好了!不知怎么回事,今天一大早,存户全都来提现银,而且都是数目很大的大主顾。"

"急什么?可能今天是什么好日子,大家都要用现钱,凑在一起了,才有这种偶然现象。再过一会儿,保准就没事了。"卢俊辉毫不在意。

但过了不一会,又一个伙计气急败坏地奔进来说道:"老板,门面快撑不住了……客户越来越多,可库银已经要搬空了,这、这可怎么办哪?"

卢俊辉这才跳起来,意识到情况有些不妙,忙道:"那……那赶紧向同行各家钱庄调一点头寸,请求他们支撑我'元昌盛'一把,快,快去呀!"说完,他撂下杯子,惶然出了雕梁画栋的龚家院子,来到钱庄。只见门外黑压压满是挤提的客户,无数只手挥舞着手中银票……哄闹咒骂声交混一起,沸反盈天。

"想不到'元昌盛'这样老牌钱庄,居然拿不出现银,天大的笑话!"

"祖宗留下的这份家产,全被龚玉娇、卢俊辉这两个败家子花天酒地、吃喝嫖赌败光了。"

"不行！我们绝不能答应！要卢俊辉拿出现钱来，否则砸他的店、抄他的家产……"

人们更激愤，涌动着要冲进店去。

卢俊辉还做着美梦，拦阻道："大家别吵别挤……我们正在调头寸，马上给你们兑现……"

接连赶回来的伙计向他报告，说没有哪家钱庄肯调头寸给"元昌盛"。

卢俊辉气得一拍柜台道："他娘的！一到危急关头就只顾自己，不肯伸出援手，连我这个钱业公会会长，他们也不放在眼中了？……"

有人指着他骂，有人叫喊"往里冲"，卢俊辉一看场面支撑不下去了，狂喊道："关门！快关门！"伙计们赶紧去上排门，顾客不让，推拉发展成斗殴，双方挥舞拳头，打成一片，一时场面大乱。

此时，龚玉娇由丫鬟簇拥着赶到钱庄，劈脸就给了卢俊辉一耳光："你干的好事！"

卢俊辉一捋袖子准备还击，一眼瞥见她的身后跟着几个身挎绿裤腰刀的衙役，忙将伸出的手收回，啪啪捆了自己几个耳光道："我已经山穷水尽了，一切愿听夫人裁度……"

就在这时，有人大喊道："'阜康'钱庄胡老板到……"

胡雪岩有些幸灾乐祸地看着这个纷乱不堪的场面，明知故问道："卢会长！贵店这么热闹，发生了什么事？"

"他是什么狗屁会长？'元昌盛'从此跟他没关系了。"龚玉娇说罢，转脸向胡雪岩道，"胡老板，求求您了，这时只有你才能救我……我情愿把'元昌盛'抵押给你，你帮我兑付所有的银票，好吗？"

这是胡雪岩期盼的结局，他脸上洋溢着胜利的微笑："唉！'元昌盛'有危难，我这个同行总不能作壁上观吧。好吧，我以接收'元昌盛'银票为条件，来接管你的钱庄铺面。"

龚玉娇借此解除了卢俊辉的所有职务，不久跟他彻底分手，将他赶出了龚府。

清除了卢俊辉，原来并不复杂的马尾市面秩序开始稳定，金融恢复正常。左宗棠自然高兴，他怎会不看好已属"十里洋场"的上海？遂与胡雪岩商议，想请他回上海，把南方"洋务运动"的规模、声势做大，争取更多的支持，尤其是朝廷方面的支持！

其时，福州船政局的格局已基本成型。铁厂已经开工生产毛铁。按照左宗棠与法国厂商日意格、德克卑的协议，自铁厂开工之日起，五年内由他们临造大小轮船十六艘。由二人主持的船政学堂也已开学，前学堂习法文，主要培养制造轮船的人才;后学堂习英文,主要培养驾驶轮船的人才。而福州这个地方到底偏了点儿,不利于胡雪岩这个商贾奇才的发挥。他不得不与这个艰难哺育的"宝贝儿"告别。

立在海栈桥上,脚下是翻滚不息的海浪,一叠一叠,白花花涌来涌过,溅起丈余高的浪花,发出阵阵碎裂声。昔日荒僻的海湾,如今矗立着高大的船坞、宽敞的厂房。厂房里,小山一般的机器日夜轰鸣,似乎永无倦意。船坞里,船体内部正在安放锅炉。一艘铁甲轮——从来都是洋人拥有洋人操纵的庞然大物,外部正在铆焊钢板。电焊的弧光,在蓝天白云、碧海雪浪的穹庐下显得那么耀眼。大清即将有自己制造的铁甲轮船了。胡雪岩眼中不禁有泪花闪烁,人到中年,去与来的历练增加,离愁别绪反倒多了起来。唉,马尾港,毕竟这是他人生旅途中一个风光的站点。这朵朵雪浪,正托拥着他拓建南疆的荣耀;点点飞鸥,正衔寄着大清船政达到的辉煌;悠悠白云,哪里会记得它曾多少次化为苍狗?

左宗棠和他有着同样的感佩,抄手踱了过来说道:"雪岩,你那种不服输的性格,决定你成为商场上的常胜将军。数年前你在上海买卖生丝与洋商斗法,不也显示出你的神通?现在我们已在福建站稳脚跟,下一步目标自然是上海。我想在上海专设一个采运局,委你当坐办,掌控闽浙,盘活市场,联络八方。"

胡雪岩不无担忧道:"左大人,上海如今可是李中堂的天下呀!"

左宗棠嗨了一声道:"按地舆讲,上海地处长江之南,一向属于南方,为什么要把它划归李少荃的势力范围?"

"李中堂的'江南制造局'、'江南转运局',在沪经营多年,已经根深蒂固,上海官场一干人多属'李党'。我们去钻上海这个刺巴老,怕他们掣肘啊!"

"怕什么?我左宗棠的性格也和你一样:不怕输,越难越敢碰!这就是不少人在背后骂我为'湘骡子'的原因!只有敢斗,才能常胜。上海是沟通南北的要津,又是世界的窗口,洋商、洋行多集中于上海。我们想在南方搞洋务,不去占领上海怎么行?再说,你在上海也有一些基础,无论洋人或买办,都有你的不少朋友,上海的'李党',恐怕见你也要礼让三分。哈哈……"左宗棠刚毅地说道。笑声在海空回荡,与栈桥下的海浪一起翻滚。

次日,由梁冰玉陪同,胡雪岩驱车去闽侯乡下,与早已归葬的王有龄告别。

长树森森,瞻天法地一座小山,山顶依稀可见奔腾的闽江。梁冰玉先在王有龄父母的坟前焚香化纸,摆列祭品,伏地跪拜。胡雪岩来到王有龄墓前,随从早把祭奠的供品摆放齐整,点燃香烛,在一旁侍立。

　　王有龄墓侧，立着梁冰玉的生圹，墓中埋有梁冰玉的衣物与一绺头发，只不过墓碑上的字为红色，是未亡人矢志守节的写照。胡雪岩亲手在梁冰玉的生圹前插上三炷香，之后，他来到王有龄墓前，跪拜如仪。

　　想起他们亲如兄弟、相互扶携的那些日子，胡雪岩止不住又一次潸然泪下："有龄兄，你总算叶落归根、魂归故里了。朝廷也追赠你'文贞'的谥号，入祀京师忠臣祠，着太常寺立传。嫂夫人梁氏在左大人身边充当书办，有了归宿，并修立生圹，与你生死相守。想你的心愿得以了却，我也可以安心了。"

　　梁冰玉无声来到先夫墓前，肃然道："移灵归葬，向朝廷申奏，一切都系雪岩操办。有龄你地下有知，一定要记着感谢这位兄弟才是。"

　　"嫂子千万别这样说，我与有龄兄情同手足，做这点事还不应该吗？我还想在杭州吴山上也为他盖一座庙宇或者祠堂，现在虽然人天永隔，我和他的心始终是连在一起的。此生此世，哪还有人能有我与有龄那样的深情厚谊、心灵相通……"

　　胡雪岩正说着，只听随从大喝一声："什么人？"便一左一右，朝坟树后扑去。那人见势不妙，蓦地从草丛中钻了出来，眉眼狞恶，手持一支西洋造毛瑟枪，抖抖索索举枪向他瞄准——卢俊辉！这头丧家之犬竟然跟踪到了这儿！

　　说时迟那时快，梁冰玉一甩手，将手中准备上给亡夫的三炷香朝卢俊辉撒去。卢俊辉发出一声惨叫，同时传来"砰"的一声枪响，但打偏了。子弹打在梁冰玉的生圹碑上，把大理石雕的云头崩掉了一小块。卢俊辉没来得及开第二枪，就被两个随从给制住，动弹不得。细看之时，有一支藏香已插入卢俊辉的左眼，那香头上还冒着袅袅青烟呢。

　　"没想到书办还有这一手！"一个随从钦敬地说。
　　"云南女子，多数当姑娘时要学点功夫。"

第三十二回

当坐办巨商二度镇上海
任总督老帅全策复新疆

　　胡雪岩一到上海,就把秦少卿从杭州调来。左大人所谓的采运局是空手打巴掌,没有足够的银钱作本,采何运何?他让秦少卿担任上海"阜康"的总档手,经管全国的业务。

　　借鉴外国银行打破地域界限经营的理念,"阜康"老早就向全国各重要城市辐射,在多处高立分庄。同时与各地、各级官府建立了广泛的联系,吸纳大量的官银,把钱庄的"融通"做到了极致,就像外国的银行一样。而此时的大多数钱庄,均只有三、五万两银子的资本,在本埠小心翼翼地做着揽存、放贷的小额业务。把平头百姓从牙缝里攒积的三、五银两,聚集成十两、二十两借贷给小商铺、小业主做周转吃利息,似"阜康"这般做得大做得活络却是绝无仅有!

　　秦少卿将"阜康"的情况向他做了汇报:"目前'阜康'在全国设立了二十

四个钱庄和银号分号,已在全国范围内组成一个金融网。特别让人高兴的是,北京的客户中不少是王公大臣,存款数量都很大,有恭亲王奕䜣,刑部尚书、协办大学士文煜等等……"

"这很重要!要紧紧抓住他们。这些皇亲国戚各有其关系网,可以为我们发挥意想不到的作用。我们给这些人提供一个转移钱财的地方,又可以通过与这些特殊储户的交往,获得朝廷大员支持。这样在北京办事,就方便多了。"胡雪岩一下子抓住了要害。

"是!什么时候我专门去北京一次,把那边的事儿安排妥当。"

胡雪岩点头,又关切地问道:"山菊从杭州接来了没有?有没有在上海租房子?你要舍得花钱,房子要住得宽敞一些,气魄一些,让人家一看就知道你是我们'阜康'的总档手。"

秦少卿告诉他家已安排妥当,房子是幢老屋,是一个盐商回老家去了,他以较便宜的价格盘了下来。现在山菊管理家务,雇了两个佣人。儿子没有带来上海,送到山菊母亲处抚养。

"什么时候你有空,想吃家乡菜,就上我那儿来吧,山菊也常提到你呢!"秦少卿发出了邀请。

"好的。有空我去看看山菊表妹。"

郭庆春进来,秦少卿知趣地退出。郭庆春的高兴难以言表,上海方面,这几年就靠他在指挥铺排:"雪岩兄,这下你又回到上海来了。"

"这次不是来做一趟生意就走,而是要把上海作为根据地。庆春兄,你还是来'上海采运局'兼个差使,帮左大人办事吧。"

郭庆春知道左宗棠是有抱负的人,立即表示应允,同时催促他尽早和上海洋人中那些头面人物见面。

当晚,在洋商俱乐部舞曲低回的舞池里,胡雪岩正经作了看客。舞池里,五光十色的灯光不断变幻着,一对对中西舞伴在翩翩起舞。茶座长桌边,坐着路金、汉斯、索伦斯基等洋人,郭庆春逐一向胡雪岩介绍。

胡雪岩和他们拱手相见道:"都不用介绍了。上次军火和生丝买卖,和诸位一一打过交道,多承关照,胡某不胜感谢!"

几位洋人先后走进了舞池,一位胸脯高耸的金发女郎走到郭庆春面前,用生硬的中国话道:"请!郭先生。"她就是路金的女儿玛妮。

郭庆春拿手向胡雪岩一指道:"我有客人,玛妮小姐,你先请这位先生跳吧。"

"先生,请!"玛妮走到胡雪岩面前邀请道。

胡雪岩连忙摆手道:"不,我不会。"

郭庆春正然作色道:"你这样的大老板,今后又要和洋商打交道,不学会跳舞怎么行?其实跳舞很简单,一下舞池就能学会。你看,这中间有洋行大班、朝廷大员,个个都是此中高手。"

胡雪岩到底不习惯这种男女贴近的仪式,笑道:"那我再看看,你和玛妮小姐先去跳吧。"

郭庆春不得不牵着玛妮的手进入舞池,随着音乐起舞。郭庆春的舞姿潇洒,玛妮不由得陶醉,少顷便把自己的胸、脸都贴了上去。胡雪岩有些羡慕地看着看着,脚下便不知不觉地轻轻动了起来。

"这不是胡老板吗?好久没见了!"林翠翠高高耸峙的如意髻,把她的粉脸衬得更加莹丽光艳,身材也拉得妙曼有致。她一袭晚装,在这种华贵、奢靡的氛围里,显得那么娴熟、恰到好处。在不断变幻的光波里,她就像一个从深水里浮上岸来的水妖,那双闪闪发光的眼睛,依然勾魂摄魄地微笑着。胡雪岩的目光,一下子就被这具奇异的发光体弄得眩惑迷离。

"胡老板,想请你跳个舞,肯赏脸吗?"

"我,我不会。"胡雪岩直忒忒望着林翠翠,那样子还真有点傻。

"我教你,半个小时包会。"她伸出一只裸露的玉臂,脑袋不经意地歪了一下。胡雪岩便似被一道祥光吸引,随着音乐,步入舞池,让迦摩天的导引使者引领着,亦步亦趋,渐入佳境。跳了没几下,他就慢慢合上了舞步。

"胡老板是天生舞林高手,一学就会。"林翠翠鼓励他,脚下却示范、引导,丝毫不乱。

胡雪岩慢慢能抬起头来,再也不用担心踩林翠翠的脚了。两座浑圆的乳峰,努力向外挺突,膨亨而又富有张力地挤出一道褐色的乳沟,在五色光明灭的幻影里,像仙道吴筠笔下的双鹤,扑棱棱就要腾空而去。

"你,没跟那个朱福年在一起了?"

"你说的是哪年哪月的事,呵呵……"林翠翠目光一闪,飞了他一眼。

胡雪岩又恢复到那种莞尔神情,笑道:"跟人做情妇,总得讲个情字嘛。"

"我做'钱妇',很少想过要跟人做情妇,何况男人垂涎的是我的身体,喜欢的是我的姿色,他们自己不讲情不要情,倒是希望女人多情重情,我去上这种当?傻呀?"林翠翠说得这么直白,把男女间那点事看得这么透,这让胡雪岩有些匪夷所思。他弄不清上海的女人是不是都开放、薄情如这位"林妹妹"?倘都成了这样,做男人的危险可就大大增加了!男人追求女人的过程简单了,也就什么滋味都没有了!

"那今晚我要领教一下作为'钱妇'的林妹妹了。"胡雪岩的目光很挑剔地打林翠翠如细瓷般精巧的肩胛、那富有挑逗性的褐色乳沟掠过。假如让这样

的美色去跟各样男人"交际",去攻克像路金一样的洋人,像庞二爷一样的商场宿将应该很容易吧?

"愿意奉陪,今晚我陪你玩个痛快。"林翠翠毫不忸怩。

舞会结束,胡雪岩就在洋商俱乐部开了一间房。林翠翠懂得伺候男人,她在床笫间的表现甚至超过妓女出身的芙蓉……

清晨,习惯性早起的胡雪岩醒来。帏幔低垂,偌大的西式床上,林翠翠尚在呼呼大睡。胡雪岩把她弄醒,抚弄着她道:"翠翠,你真是上海滩鼎鼎有名的交际花!洋人这个称呼真妙!妙不可言,昨夜我充分领教了你的手段,你不光同朱福年交际,同我胡雪岩交际,更可以跟那些道貌岸然的洋人交际。"

林翠翠娇媚地回眸一笑道:"这不好吗?胡老板,我喜欢保持我的自由!今天喜欢谁就同谁交际,明天喜欢谁又同谁交际。何必如旧式女子,只跟定一个男人,甚至给人做姨太太,做小妾,受气受罪呢?"

"真是高论!这样,对男人也方便,在外一夜风流,天明笑吟吟分手,不必担心欠下情债,家里的人也不必觅恨寻愁点煤油!"胡雪岩大为欣赏。

林翠翠用尖尖玉指戳他的额角道:"难怪不少人说你是寻花问柳的高手!"

胡雪岩拖过床边椅子上的外套,从里掏出一张银票道:"高手,出的价也高哟!"

林翠翠拿到银票,眉开眼笑道:"要你这样破费,不会肉痛吧?"

"不会!我愿意出更高的价钱,就看你能不能办事?"胡雪岩现出几分庄重。

"什么事?"林翠翠饶有兴趣的样子。

"把耳朵贴过来!"

"干什么哟?"林翠翠撒娇地把她的粉脸贴了过来。

胡雪岩搂住她,凑近她的耳朵一阵低语。林翠翠会心地笑着,不住点头。

同治三年,新疆库车爆发反清武装斗争,乌鲁木齐、莎车、塔城、伊犁等地纷起响应,迅速扩及全疆。只是这些反清武装的领导权大多落入宗教上层分子之手,各个遂利用神权,拥兵割据,以排满、反汉、卫教为口号,煽动民族仇杀,相互攻伐,争战不已。

同治三年夏季,新疆塔什米力克的行政长官思的克,在当地人的支持下攻入喀什噶尔,遭到抵抗。思的克又久攻疏勒、英吉沙尔不下,便派金相印等赴浩罕汗国(今乌兹别克斯坦境内),请求把匿居在浩罕的大和卓之曾孙、张格尔之子布素鲁克迎回新疆,以便利用他的旗号复辟被推翻的"叶尔羌汗国"。

浩罕国派军官阿古柏上尉,与布素鲁克纠集一批武装,于同治四年初侵入新疆南部。思的克虽然把布素鲁克迎入喀什,但对阿古柏的到来大为不满。后来阿古柏驱走思的克,先后攻占英吉沙尔、疏勒、叶尔羌等地,次年又吞并和田。同治六年夏,阿古柏又攻下阿克苏、库车等地,势力抵达库尔勒一带。时机一成熟,阿古柏干脆把布素鲁克逐出新疆,宣布成立"哲德沙尔"(意即七城之国),自称"巴达尔来特阿孜"(意即洪福之王)。

与此同时,沙俄于同治四年迫使浩罕国臣服。同治六年,公然把新疆划入俄国版图,称为"东土尔克斯坦",并与阿古柏政权勾结,企图侵占全疆。英国人也不甘落后,不仅派间谍在新疆活动,还通过其附庸土耳其苏丹与殖民地印度,派专使会晤阿古柏,送给他大批枪支武器……

同治六年(1867年),左宗棠奉命为钦差大臣,督办陕西、甘肃军务,实际上是要平定新疆之乱,解救边疆危机!可新疆的局面纷纭复杂,积重难返。陕甘总督只能遥领新疆,怎生解救这场危机?胡雪岩被左宗棠召回杭州,商议大事。

尽管胡雪岩不懂军事,但谁都知道,新疆乃少数民族聚居之地,情形极度复杂、混乱;塞外苦寒,气候恶劣,人民贫困。就算有一支强劲的军队、充足的军需补给,用兵也不是一件容易的事啊!

"左大人!塞外用兵可是一件苦差啊,大人为何要接下这件差使?"

左宗棠坚毅的眉宇间透着豪气,像年轻人一般挺直身躯道:"外敌侵逼在前,列强蠢动于后,大好河山,岂容狄夷践踏?男儿在世,就是要建功立业。为了社稷大业,我只能置一切于不顾了。"

胡雪岩攒眉道:"大人乃常胜将军,有您挂帅出征,何愁西北不平?不过,万里赴戎机,西出阳关无故人,关山迢递,天寒地冻,地广人稀,积乱日久,这个仗,只怕不好打啊!"

"是啊,此番出征不同于以往,沙漠征战,生死难卜。因此,我已在天目山定制了一口柳杉棺材,准备带着棺木出征了。"左宗棠喟叹了一声。

胡雪岩是个务实的人,深知平定大西北,非一朝一夕之事,左大人既把他从上海召回,声称"商议大计",一定已有他的想法,遂问道:"大人不要过于感伤,吉人天佑,相信您一定会平安无事的。"

左宗棠饱经风霜的脸上,显得那么坚毅,又那么平静,他指了指书案上那些堆积如山的典籍、册页,朗声道:"所幸我从小喜读舆地之书,对各省通志、《西域图志》尤感兴趣。对山川、关隘、驿道、疆域沿革、历代兵事,堪称了然于胸,雪岩,我给你看一样东西。"说着,他朝书房里间吩咐道,"冰玉,将当年林则徐大人留存下来的新疆资料拿来。"

梁冰玉应了一声,少顷,她捧着一叠装帧整齐的材料从书房出来,递给左宗棠。左宗棠翻开,里面的纸页甚杂,有毛边纸,有薛涛笺,甚至还有羊皮纸和黄草纸。左宗棠的神情陡地变得庄重,说道:"这是林大人发配到新疆后,实地踏勘的地形图、行军路线、作战方案等大批资料,以及沙俄在大清边境的动态。现在,总算落到我这个戍边大吏的手中。林大人临死前,还语重心长地叮嘱后人:'他日如有人西定北疆,这些材料能派上用场,此生宿愿足矣!'惭愧啊!林大人对我们这些后辈如此厚望,我们如果不能平定西北,砥定新疆,有何脸面再见江东父老,有何脸面再见九泉之下的林大人?"

胡雪岩见这位年过半百的大帅眼里的泪花,从他昂扬、奋厉的呐喊中汲取到了力量。这使他这个已届中年、且从未上过战场的商贾奇才,忽然有一种使命感:"大帅万里征程,砥定新疆,有什么需要我效力的么?"

左宗棠深邃的目光,定定地凝视着他,缓缓道:"不是效力,是效命!因为这不是一场普通的战争,它是一场旷日持久的塞防之战,可能要打上三年五年、十年八年……"

胡雪岩的嘴张得大大的,"啊"了一声,不相信地看定左宗棠。但这显然是"庙算"做出的合乎逻辑的推论,不是大帅的孟浪之语。

"但兵马未动,粮草先行。我想请你做我的军需官,也只有你才有资格担任这场大战的军需官!我率领军队,烈马西风,黄沙百战,是一场战争;你办理军需,筹措经费,无疑是另一场不闻鸣镝金鼓、不见硝烟的战争!"

"那我……"胡雪岩想说什么,可脑袋里一片空白。关于这场战争,他委实说不出什么。但这位权倾朝野的戍边大帅对他这么看重,和他商议如此重要的军国大事,着实让他感动。他的面前,就陈放着一位先贤身老伊犁、心怀天下的那颗赤子拳拳之心,飘舞着一面积淀着历史年轮的射天狼的大纛。他的骨子里,也流着林则徐的血啊!

"雪岩,我不要你急着表态。我要把它的严重性都告诉给你,给你考虑的时间……"

胡雪岩双手捧起那本"新疆册页",神情是少有的端凝、肃穆:"大人请讲,雪岩自觉已受过大漠飞雪、狂风流沙的洗礼了!"

左宗棠用双手接过"新疆册页",冲他赞赏地点了点头:"如此,老夫先代表林大人、代新疆受苦受难的百姓,向你致意了……"

二人遂又一次翻看着"册页",商议起军国大事,左宗棠向他透露了一些朝廷机密——来自紫禁城的消息。以往几次大规模西征,基本上是徒劳无功,大西北依然未定,边患不已。此次西征的成败,首先是军需,关键是军需!

"然而,国库空虚,自道、咸以来,战争赔款难以计数。征剿长毛十多年,又把内力耗尽。此次西征,朝廷又下令由各省'协饷'。但'协饷'实则是一句空话,就算有些省能凑一些,也是日影西偏,不能应急。因此,军需之费,只能靠你这个总军需去筹。"

"大人,军需我可以去筹,就是不知朝廷对此次西征的决心如何?"胡雪岩不禁倒吸了一口凉气。

"大西北就让洋人这么割走,太后万万不会答应,所以平定西北,太后分外有决心。雪岩,我最担心的倒不是朝廷,而是军队。南方人,第一吃不惯麦食,第二不耐寒冷,所以我只拟带去三千湖南子弟,用来作战的大部队,我打算去西北招募。"

"大人,招募士兵,训练成军,可不是一朝一夕之事。"胡雪岩认同这样组建军队,只是生手不能打仗,何况要组建的是新式军队!

左宗棠断然道:"因此我说经营西域,非有十年之功!"

胡雪岩摇头道:"光训练一支会使枪炮的新式军队,得多少兵饷,多少武器弹药?"

"你别急!我将仿效汉代名将卫青、霍去病,在西北办屯垦、办工厂,富国利民,以达长治久安之效。就像在马尾办船厂一样,不能急功近利,只能稳步推进。"

"大帅要屯垦戍边,在大西北办工厂兴洋务,我也要作长期打算,筹备军需也当想到十年八年之后。哪怕找人借!"胡雪岩毕竟是经商出身。

"你当然要考虑向洋人借钱!"

"向洋人借债,这需要担保,江海关是最好的担保。但我担心的是向洋人借债,一定有人会大不以为然,一些多事的官员,更会群起而攻之。"胡雪岩把头摇得像拨浪鼓。

"顾不得那么多了!雪岩,江海关是关税收入要害所在,总不能总让李少荃一手把持,你好好想想办法,从他们手中多挖一点'协饷'来。"左宗棠毫无忌惮地说道。

"记得恭亲王曾在上给两宫的奏折里说中国断无借洋债先例,我担心朝廷不准借洋债,那李中堂就有推三阻四的托词了。"

"雪岩,办大事最要紧是拿主意,主意一拿定,要说出个道理来并不难。第一,洋人愿意借债是仰慕天朝,自愿助顺;第二,洋人放债不怕放倒,正表示信赖,大清将来有力量还债。你想想,这是多么动听的言词。出征之前,我一定为你拿到这把尚方宝剑。"

"那就好!再过两天,正好是胡庆余药店竣工之期,赴京面圣之前,我想请大人光临小店,叨借威仪天光!赐丰开市之吉!"

左宗棠一反他从不参加商界"堆花""剪彩"的惯例，十分爽快地应道："好，宝号开张，我一定躬逢其盛！"

越二日，胡庆余堂正式开张。爆竹喧天，锣鼓动地，大井巷里，人气盈塞，喜气洋洋。胡雪岩朝珠补褂，恭敬如仪，在店门口迎迓宾客。有顷，只听得铜锣震响，军牌喝道之声传来，一乘八抬拖呢大轿在"肃静""回避"牌的开道引导之下，徐徐进巷。胡雪岩忙迎上前去，打起轿帘迎接道："大帅驾临，乃胡庆余堂之幸，也是大清药业之幸。"

左宗棠面带微笑道："当年杭城发生瘟疫，胡庆余堂应运而生，救死扶伤，免费施药，厥功至伟。如今我要率军西征，深入西北不毛之地，军中用药，必得一处基地，源源不断供给前方，少我将士伤痛疾病之苦。胡庆余堂开张，何况是你雪岩执掌，老夫应该来看看。"

胡雪岩在前引导，左宗棠信步前行，到得店前，回望来路称赞道："啊，真是好风水啊！背倚吴山，东向钱塘，大井巷乃进城必经之路，雪岩，你真有眼光！"

胡雪岩抬手恭请："大人，这儿请！"

左宗棠抬头观望药店大门称赞道："这哪儿像店铺？倒像民居豪宅，有如高冠拂云，设计别出心裁，房屋建筑也不同寻常。前景可观，眼前景也可观，哈哈。"说着，他同众人一起走进水磨砖的大墙门，眼前是一道夹壁朱漆回廊。

廊壁挂满红木板联，但采光通风，俱尽其妙，使回廊曲院，既有曲径通幽之感，又能止能憩，有宾至如归之慨。

胡雪岩向左宗棠介绍道："这是我请书法名家题写的膏丹丸散，各种药名。"

读到"人参杀人无数、大黄救命无功"，左宗棠大笑称赞："妙！妙！这真是化俗为雅，变砥为高，不是招牌，胜似招牌。嗨！浙江真不愧为文明之地，开店经商也分外文心秀口，讲究内涵。哈哈哈。"

穿过曲廊院，迈进大而齐正的石库雕花门，眼前豁然开朗。店铺中堂是敞朗的花厅，雕栏画栋，金碧辉煌，两排红木柜台，分列左右，柜台后面是密密层层的药柜、药罐、瓷瓶，梁下垂挂着一盏盏重瓣花形大吊灯。

刘不才、罗家骥率领全体店员，分列柜台后面欢迎左宗棠的到来。胡雪岩介绍道："这是本号的医药总监刘不才先生，出身医药世家，堪称药界奇才！上次平息瘟疫的'辟瘟丹'就是由他研制，现在正为大人西征研制'诸葛行军散'等几个古方。"

左宗棠向刘不才拱手道："本官代浙江民众和西征将士感谢您了，治病救人、救死扶伤本乃医药界的天职啊……"

"是！大人。"刘不才低首说着,请左宗棠留下墨宝。

左宗棠笑着拒绝了:"我虽喜好舞文弄墨,但从不捣弄这些酬酢文字。今日参加宝号开张,已属破例了。雪岩,你是药店的掌门人,须对属下有所垂诫、约束,你倒是该题几个字才对。"

"雪岩才疏学浅,怎敢在大人面前班门……"胡雪岩赶紧推辞。

左宗棠一挥手,神情正肃道:"这里本非吟风弄月、显露才情的地方,这是你开的药店,需有你家的规矩,你家的章制,才能显出胡庆余堂不同于别家的地方。你写吧,请刘老先生陪我别处看看。"说着,由刘不才前导,进里头院子看伙计加工、炮制药材去了。

胡雪岩对店堂的伙计道:"我作为老板,以'诚信为本',要求药材选料要真、要精,绝不允许以假代真、以次充好,坑害顾客。今天,我亲笔题写两块匾额,作为本店传世的'规矩',永志不忘。"

伙计连忙抬来长桌,拿来"文房四宝"。胡雪岩轻挽袖管,思考了一下,提笔写下"真不二价"、"戒欺"两个信条,赢得围观顾客一片掌声。罗家骥忙着工匠将两款题字做成牌匾,悬挂在最显眼的地方。天色黑定,胡雪岩将诸事张罗完毕,才回到家中。

第三十三回

金銮殿起争执保海保塞
上海滩做手脚为钱为枪

罗家骥和彩凤尚在罗四太太房中等他的示下，胡雪岩伸手揉着太阳穴对家骥道："胡庆余堂规模式大了，今后药材监制与督造由刘二叔总监，但全店的管理就全交给你了。我胡雪岩对谁都不偏心，即使亲戚家人，也量才而用。"

罗四太太深情地望着弟弟道："家骥，你肩上的担子可不轻哟。"

彩凤弦外有音道："爹，你相信家骥，可不知道他能不能管得起来呢。"

"谁说我管不起来？你们看好了！"罗家骥顶真地说，"二姨在背后咕哝，说我没什么资历，又没读多少书，怎么还管刘二叔了。可是……"

"小弟，医药方面的事你毕竟不懂，要多向刘二叔请教，可不能由着自己的性子来。"罗四太太打断了兄弟的话，她清楚胡雪岩这个决定是经过反复斟酌的，也符合"量才而用"的一贯用人原则。

"刘二叔生性怪僻，爱摆老资格、发倔脾气，可做事顶真，精通医药，你要多尊重他,遇事多向他请教,不要让老人家有别的想法。"胡雪岩郑重叮嘱道。

"二叔更是你二太太的长辈,得罪了二叔,也是得罪了二太太,你要特别小心!"罗四也特别提醒。

罗家骥点头称是:"现在,我最担心的倒是'德仁堂'处处抢生意、挖墙脚,在顾客中间散布流言。"

胡雪岩不屑地摆了摆手道:"我们光明正大做生意,不必怕他们竞争,胡庆余堂经营好了,流言不攻自破。我想过了,在三郎庙设一个'义渡',买两艘大型渡船,让隔江的顾客进城后,就直接到我们胡庆余堂买药。家骥,你明天就去办。"

"好。姐,我走了,你们早点休息吧。"罗家骥弓身告退。

"爹,四姨,我也走了。"彩凤问候之后,与家骥喜滋滋而去。

罗四太太服侍雪岩脱去官衣,斜躺到沉香榻上,又替他褪下官靴,换上一双便鞋。胡雪岩望着天花板,打了个长长的舒展道:"唉,真累哟!要做的事实在是太多……螺蛳,这祖居现在来看实在是太小了,如今内外家口、丫鬟仆妇挤得满满当当,得想办法扩建翻修。我想在宅屋西边再造一个大花园,要比苏州的园子还要造得精致。人有了钱干什么?还不是让全家人过上舒心日子,千万别亏待自己。"

这又是一个不让人称心的话题,罗四太太坐到卧榻边上,说起胡宅准备翻修征地的事。左邻右舍都好说,无非多花些银子。就是西北角那家剃头铺子死活都不搬,还扬言说有意要让我们的宅子缺个角,漏走风水,将来胡家一准破败。

胡雪岩气哼哼地说道:"他不肯卖也就罢了,怎么……哼,可恶!螺蛳,只好劳动你再多跑几趟,多费一点口舌,再多给他一点银子。今后,我要为左大人的西征筹款筹军需长驻上海,家中的事就更加顾不上,这一大摊子全撂给你了。母亲要你照顾,老大要你迁就,还有芙蓉、彩凤……"他动情地捉住她一只手,"我真对不住你哪……"

罗四早被这些家事弄得没有激情了,说道:"娘现在身体很好,大太太也不再计较了,我成天忙里忙外,也觉得日子过得很快。只是芙蓉二太太过不惯家居清闲日子,成天闲得无聊,心情很是郁闷。唉!我在旁边看着也为她难受……雪岩,你就把她带到上海去吧,她习惯那种宴游应酬的生活,守在家里实在是一种苦境。"

"带她去上海,我成天忙于生意,她更受不了。再说与洋人和商界巨头打交道,也非她所长,上次在上海,还差点出事……还是让她在家里多去看看戏、听听书的好。"胡雪岩很坚决地摇头,忽然想起黄宗汉那个庶出的儿子,便

问,"那个欢儿怎么样,他可以陪二太太寻寻乐子嘛。"

"还说呢,那孩子让二太太给惯坏了,书也不肯读,成天就领着香官玩耍淘气,一点伶俐聪明都用到别处了。"

胡雪岩心中被隐隐地触动了什么,久久沉默着,两眼望天,呆呆地直发怔。见状,罗四关切地问道:"你怎么啦?"

胡雪岩起身,抻了抻揉皱了的白竹布对襟褂子,恨声道:"那不把咱们的香官给带坏了?不行,我得去训诫他几句,让他习好。他娘在嘉善乡下一个土财主家做偏房,不久前还悄悄托人带信来让他好好读书,起码也得学点手艺,黄宗汉怎么养这么个儿子?"说着,他气呼呼就要出屋去。

罗四太太把他拦住道:"你常年不在家,这会儿雷霆火爆地去问她跟前一个小厮的不是,岂不是明白告诉别人我在你跟前说了是非?"

胡雪岩把脸一沉道:"说了是非怎么样?只要说的是事实,我就得去教训他!"

罗四太太撇撇嘴,把手一挥道:"你想去会二太太,就直截了当去会她好了,别找这种不好听的由头还拿我垫背。"

胡雪岩把迈出去的脚又收回来,讪笑道:"瞧你这个气生得,谁说我要去见她了?"说罢,回到沉香榻坐下。少顷,又去官袍里找到一份新收到的邸报,方看过一页,周更夫进来报告,说有个叫傅晶的人求见。

胡雪岩匆匆换上长袍马褂,来到前面客厅。傅晶已在厅中等待了,他一身敝旧的昌蓝大褂,肩头的补丁绽开。业已灰白的头发蓬乱,辫梢用一截麻绳挽着,两手黧黑,满面风尘。胡雪岩不禁吃了一惊,问道:"傅管家为何这般模样?"

"胡大人大概还不知道,我家老爷殁了——"说着,傅晶已是泪流满面。

原来,早在两江总督任上,何桂清就与时任督办四省军务的曾国藩政见不和,其实,分歧也就是在对待太平军的问题上,一个力主要抚,一个力主要剿。后来,主剿的曾国藩占了上风。紧接着,苏州被太平军攻占,何桂清连个安定的行辕都没有,在有些人眼里,就更成了"丧家之犬"。当杭州被围,何桂清见本可以往救的江苏巡抚薛焕因碍于曾国藩的"提议"不敢用兵时,非常愤怒,便向凤对自己十分垂青的郑亲王端华,接连寄去几封羽书,指责曾国藩"心怀叵测""意气用事",批评薛焕竟然和外国"洋枪队"相勾结,声称与洋夷"犹可以信义笼络",有伤天朝体统!但不久发生了"辛酉事变",怡亲王载垣、郑亲王端华等八位"赞襄政务王大臣"因反对太后"垂帘听政",载垣、端华等三人被处死,其余五人被革职治罪。一年后,何桂清被逮下狱。开始,傅晶还可以去看他,后来,他的罪愆越来越重,问题越扯越多,连傅晶也遭拘押,在刑部大牢关了半年之久。傅晶放出来后,才听说何桂清已瘐死狱中,也有的说他是熬不住刑,自己了断的。巧珠等内眷早如鸟兽散,不知去向。

胡雪岩听了,半晌吱声不得。想不到位高权重的何桂清,结局如此凄惨!

傅晶本想讨些盘缠回云南去,胡雪岩再三挽留,傅晶表示自己对经商实无兴趣,胡雪岩遂提议他去见左宗棠:"左大人即将率兵西征,你随侍左右,做个近卫兼管家是再合适不过了……"傅晶觉得这样也好,不日便随左宗棠登船,在锣鼓唢呐声中离开了杭州。

阴影幢幢,宫禁森严的太和门外,玉阶上立着一列厢房。槛窗轩敞,清雅绝尘,这是紫禁城中最不起眼的建筑,永远那般清风雅静,那般峭然特出,兀立在宫墙的暗影里。只是凡能涉足这列厢房的,无一不是大清朝的栋梁。此称朝房,是大臣晋见等候、小憩的地方。每当进殿之前,但见蟒袍迤迤,四爪龙游走云霄;补褂鲜鲜,禽兽毳出没青冥。一团团红缨、花翎闪闪发光,一串串朝珠、佩挂琅琅夺目。自然,重大事由临时统一意见发布紧急消息,是朝会前最常见的节目。今天的朝议,先行聚议的全是满人中权握机枢的重要人物。

"这个左宗棠,上谕不是让他直接出关吗?怎么竟来了京师?"问这话的,是刑部尚书、协办大学士文煜。他显得有几分儒雅,是满员中汉文最好的重臣之一。

回答他的,是脸上古板得近乎麻木、从不见笑容的户部尚书宝鋆大人:"平定西北的军需无着,这出戏只要开了场,就要一出一出经年累月地演下去,我猜左宗棠准是为这事而来。"宝鋆主管度支,大清光支付洋夷的战争赔款,就已把几十年后的关税收入权预交给了洋人,写进了条款。国库现在已经不能用"空虚"二字来形容,而要问"亏蚀"多少,这个虚糜已极的朝廷,能不能支撑到它把"亏蚀"还完的那一天还很难说呢。

文煜关注的,是这个手握重兵的汉员有没有"越礼"乃至"不轨",加重语气道:"既然已有上谕'军情紧急、先行出关,军需饷银容后筹措',左宗棠为何还要径自来京?"

醇亲王奕譞,他的福晋是慈禧太后的胞妹,因这层关系,得以执掌京师"神机营",是实质上的首席"军机大臣"。他深知这位左湘侯奉旨"平定西北",是接了块烙铁火炭,到底有些恻隐之心,便道:"这道'先行出关'的上谕,哪里是皇上的意思。无非是有些人挟天子以令诸侯,怕左宗棠来京找麻烦。偏偏这左宗棠天生的湘骡子执拗性格,偏要来讨人嫌。"

"左宗棠动身之前,奏请面见两宫,太后不会不见。有关西征,太后特别是西太后也不会阻拦。"恭亲王奕䜣也道。他是直接扶助两宫"垂帘听政"的决定

性人物,有"摄政王"之称,他做这种推测,还能有误?言下之意,左宗棠奏要军需饷银的事,也只能朝议时再看。

恰在这时,上朝的宫乐奏响,司礼太监的喊声一递一递地传了出来。众大臣一个个忙扶冠振衣,稳步走出朝房,由领班大臣领着,一线相串进了太和门,沿着乾清宫外殿坪,神情庄重地走向丹墀。

乾清宫内,巨大的红烛和座座烛山大放光明,有澹淡烟气向金顶氤氲,织成一片轻虚幽渺的轻雾,使得臣下不敢仰视的金銮殿更加气象森严。

"正大光明"匾下,龙椅上端坐着年少的同治皇帝。稍后是垂帘听政的东、西两宫太后。丹墀下,跪着三王五卿、各部大臣,红顶花翎在海蓝、石青冷色宫缎上,抖索着道道芒刺和点点珠光。山呼万岁后,众大臣起立按部就班。

慈禧太后展阅奏折道:"今有新任陕甘总督左宗棠启奏西征之事。以为洪杨之乱虽被剿灭,但西北边患未定,地方枭獍勾结外夷,兴兵犯境,荼毒生灵,为祸惨烈。今着左宗棠率兵西进,乘肃清洪杨之余威,一鼓荡平乱民夷狄,稳固大清江山,保我边境安宁。"

"太后圣明!"众臣齐声称赞。

左宗棠出列,伏阶奏道:"臣左宗棠启奏皇上、太后:微臣此次衔命西征,自当万死不辞!不平边患,誓不回朝。唯西北苦寒,黄沙漫漫,民生凋敝,生计艰难。西征之成败,将士之安危,全赖军需之按期必至,军饷之及时拨付,军械之威震敌胆,军衣之重暖御寒。此事重大,为西征之最。臣专此进京,觐见皇上和两宫太后,敢问军费浩繁,开支巨大,当何所筹措?"

众大臣面面相觑,少顷便窃窃私语起来。唯直隶总督兼北洋大臣李鸿章没有参与议论,干巴巴的脸上现出大不以为然的神色。

"西征军费浩繁,大约需要多少?"慈禧太后问道。

左宗棠开口不得,就内心说,他还有开发西北、在陕甘大兴洋务的打算。而这场平乱之战,无论是军队的规模、装备及集训,还是打这场战争的时间、效果,暂时全都难以预料。因此,打与不打,朝议曾发生激烈争论,左宗棠生怕开支过于宠大会动摇太后的决心,于是带着几分含混道:"数万兵马的粮草、武器,集训之后西进,首度大约需要二百五十万两之巨!"

犹如冷水里倒进石灰,这个巨大的数字,立即激起强烈反应。有人大摇其头,有人说这个兵干脆不要出了。就连慈禧太后也沉默下来,惊讶收复新疆的军费竟如此浩繁!左宗棠拉长着脸,冷眼瞧着那些反对派。

李鸿章的老鼠眼睛发出冷锐的光,示意宝鋆出面。宝鋆于是出列奏道:"启奏皇上,洪杨之乱刚平,国力维艰。而大江南北连年灾荒,使得赋税锐减。西征所需二百五十万两白银,户部实在度支不出。"

李鸿章也出列附和:"启奏皇上,户部所奏属实。大战之后,元气未复,发兵西征,无异雪上加霜。是否待国力完全恢复之后,再行出兵西征……"

慈禧太后听了,忍不住打断李鸿章的话道:"西北历来为我大清江山,怎能容忍阿古柏之流侵占?西征毋庸置疑!至于粮饷军需一节,着户部、兵部商议筹措,不得有误!"

左宗棠再次出列奏道:"微臣深知军费筹措之难,除西征军自行屯垦之外,还求各省以协饷方式尽力筹办。臣已和南方沿海三省督抚商定,臣所在的福建,每月协济四万两;浙江每月协济两万两;广东与福建一样,每月四万两。其他如北洋、天津等处,尤其是上海的江海关,当由海关洋税款中抽拨部分,共同协饷西征。"

李鸿章可不想出这个钱,赶紧推脱道:"微臣所辖海关也不宽裕,时有捉襟见肘之虞。天津海关税收,实已用于筹建北洋舰队。上海的江海关,洋人也一再刁难,所以要江海关提供协饷,实难从命。"

"为西征军提供协饷,是天经地义之事!南洋各海关均大力支持,北洋海关怎能坐视不管、一毛不拔?"左宗棠毫不退让。

此时风头大变,多数倾向左宗棠,因为太后已经表态了。慈禧今日确实不太喜欢李鸿章这态度,带着几分不满道:"此事不必再争,你李鸿章也无需推脱,当与上海道会同磋商,江海关能出多少协饷?从速奏明朝廷,不得有误。"

李鸿章不得不俯首称是,退到一边。

左宗棠却得理不让人,更加慷慨激昂道:"皇上,太后,西征军饷不能有半点差池,乃至稍有间断。倘别的省份一时青黄不接,有厘税可以调拨,有田赋可以支撑,最不济还有邻省可以通融。大西北远在万里之外,地瘠民穷,交通不便。冰天雪地之中,到时呼天不应,唤地不灵!李中堂乃国之栋梁、君之肱股,即使反对这次用兵,也当对戍边将士、边疆百姓有点恻隐之心……"

左宗棠的赤诚让两宫感动,他这番言词也让李鸿章之流噤口莫开。这场当庭辩论,遂在这种无果却又一边倒的气氛中收场告结!

军费、军费,兹事体大,莫此为大!胡雪岩为这事吃不香,睡不着,偶尔做梦,也是骑马乘车、或是追车赶马地在为筹措军费奔走……

一到上海,他就把郭庆春召到"阜康",商议兵分两路,上海方面,先由郭庆春出面,向各国银行、洋行商借白银二百五十万两,让西征之事从速运转起来。

二百五十万两?凭你胡雪岩的面子向洋人借?就连一向出言谨慎的郭庆春,也把一双眼睛瞪得溜圆——这数目太大了,这样的事你也敢承担?!

胡雪岩不急不恼,笑嘻嘻跟他拍肩膀道:"平定洪杨之乱,左大人杀出了

威风。平定新疆这场内乱外侮,反对者甚众,左大人执拗出兵,显然是要赌一把。趁两宫此刻支持出兵收复新疆,先把这个兵兴起来,战阵摆开来。往后,可就由不得朝廷由不得你我,只能由事,不能由人,必须把这场战打下去,直到取得胜利为止!"

"雪岩老弟,你是个商人,商人牟利——你钻进一场旷日持久的战争里干什么?左大人现在是陕甘总督,远隔万水千山,对你爱莫能助,你想过这些没有?"

"嘻……新疆不仅是你爱新觉罗家的,也是中国的,这左大人领着人去把它夺回来,咱不能跟着他去上阵厮杀,在旁边呐喊、助威一把,跑个腿、递把汗巾、送碗炒米总是应该的,责无旁贷嘛!再说了,自太平军被剿灭之后,大清元勋功臣,曾大帅高高在上,左大帅等而次之。倘西征事成,左帅必能封侯拜相,自然要与曾国藩平分秋色。况曾大帅体弱多病,左大帅精明强干,以后朝廷势必要赖左大帅来维持。左大帅树大根深,我们的生意也会好做得多。何况西征这场经年累月之战,商机甚多,粮食被服、军火器械,买卖获利难以计数。总之,左帅的事我们不能不管,'背靠大树好乘凉',先得'咬定青山不放松'啊!"胡雪岩说出一大通道理。

"一开口就是二百五十万两,洋人的钱那么好借?银行借钱,未借先要谈归还,这是贷款的首要原则。大清失地赔款太多,朝廷向来反对找外洋借款。我们找洋人商借,何时归还?由谁归还?用什么归还?利息怎么算?到时不能按期归还罚金算谁的……"

胡雪岩大笑说:"我不懂洋文,更不清楚外国银行那些事,你所说的这些,我一条也不能答复你。"他让郭庆春先去试探。至于借银子归还的事,于私,找胡雪岩,于公,找各省协饷——开张空头支票,画个烧饼让他瞧着。

此后一连数月,胡雪岩马不停蹄地跑了东南数省,催办、落实各省协饷的事,拿到不过七八万两银子。而郭庆春在上海,总算贴住了英国渣打银行。渣打上海分行的总裁,是著名的君子哈代。郭庆春常往沙逊大厦一间豪华会议室会见此公。

"二百五十万白银?这可是一个天文数字啊!"

"不错,正因为数目巨大,我才找你们这家国际著名的银行借贷。哈代先生,你不会不知道,如果此事成功,渣打银行将获取惊人的利润。"郭庆春平静地说。

"YES!我当然知道。但我更知道,万一到期……你们不能按时归还这笔巨款,那我们银行的损失——就不必由我说出口了。"哈代的猫眼颇有力度,也是他脸上最大的亮点。

"哈代先生是不相信我们大清？"

"NO！如果这二百五十万真是作为军饷，得由你们政府出面向我们交涉。否则，我们不能考虑。很抱歉郭先生，因为在此之前，大清还没有向外国直接借款的先例。"

郭庆春只能打马虎眼了，微笑道："谈的成功，朝廷自然会做主。谈不成功，那就代表我自己，代表胡雪岩先生。哈代先生，你清楚谁出来做主是不重要的，只要借款有了眉目，自然会有人出来做主。"

哈代耸耸肩，突然两眼直呆呆地盯着郭庆春问道："郭！胡雪岩先生在官场上的影响和势力究竟有多大？你能真实地告诉我吗？"

郭庆春的底气足些了："完全可以！哈代先生。中国有句老话：'有钱能使鬼推磨。'胡老板的钱财，足可以买下浙江半个省的地皮！他的'阜康'钱庄，在全国有二十四家分号，北京的很多王公大臣，都把钱存入阜康。还需要我进一步解释吗？"

哈代惊奇地张大嘴巴，耸耸肩膀道："那请给我一点时间，我向国内方面报告这件事之后，再继续商谈。"

"希望早日听到你们的答复。"郭庆春依旧不卑不亢。

胡雪岩沮丧地回到上海，对郭庆春与哈代谈判的结果同样感到失望："没有丝毫实质性的结果，这个英国佬似乎在同我们虚与周旋。"

"这就是英国人的绅士派头！哈代是英国世家子弟，听说还是什么伯爵。他既然代表渣打银行，就要对银行负责。下一轮的谈判，可能会更困难！牵涉到归还期限、利息高低等具体问题，洋人对这些丝毫不会马虎。我们要做长期的准备，同哈代在谈判桌上磨。"郭庆春倒觉得大有希望。

胡雪岩懊恼地说道："早知借贷洋款如此麻烦，我胡雪岩才不肯如此低声下气去恳求洋人。可现在我已对左大帅作了承诺，也就没有后悔的余地。唉！既然不能打退堂鼓，庆春兄，我们只能全力以赴，确保筹款之事成功。"

遇到难题了，两人又在互相鼓励，为对方打气！郭庆春点头道："是啊！毕竟是二百五十万两的大数目，我心中也没底。胡兄，一旦到时拖欠，还款成了泡影，我们俩可就不是倾家荡产的事了！"

第三十四回

做笼子洋无赖捏造奥尔
讨凭证皇近亲打点衙门

接到李鸿章的"加急电报",姜石林急往上海道衙与邵友濂会商。电报说:"江南制造局,左宗棠已率湘军子弟三千人赴陕甘就任,图复新疆。西征军费,太后懿旨各省协饷解决,尤指名江海关须予援手力为筹措。着速与上海道商议,将局制快膛枪三千支、过山炮二十门、配置弹药即速发运兰州,以塞群嚣之口。"

邵友濂读罢电报,把他的第一感受用一种沉缓的语气道了出来:"左大帅到底犟赢了啊!"这意味着李鸿章全力加强北洋、逐步掌控军机的盘算受挫,有关军事,李鸿章在朝廷的影响力着实远不如左宗棠。

姜石林见邵友濂没了下文,有些发急道:"中堂大人着我与邵大人商议有关军费、枪炮诸事,不知邵大人有何见教?"

邵友濂拿着架子,踱着方步道:"西征及西征军费,李大人虽据理力争,但太后态度坚决,朝廷也没有比各省'协饷'更好的办法。李大人出此下策,显然意在'塞群嚣之口'……"

这等见解我还要听你的呀呀呜么?姜石林心里想着,打量着业已发福的邵友濂,带着几分诡谲道:"据下官所知,胡雪岩在没有得到朝廷同意之前,已向英国渣打银行提出借贷二百五十万两洋款。"

"什么?二百五十万两……我怎么一点也不知道。此事纯粹是胡雪岩同左宗棠的主意,我们得赶紧向朝廷启奏,奏明皇上!"邵友濂大吃一惊。

"向皇上启奏有什么用?朝廷正没钱作为西征军饷,胡雪岩能代朝廷借到二百五十万洋款,正是求之不得的事,只会归功于他们。"

邵友濂烦躁地说:"过去,上海是李中堂的天下,也是我们的天下,现在,胡雪岩作为左宗棠亲信,把手从杭州伸进了上海,竟跨越商、政两界,这对我们是莫大的威胁,甚为可怕哟……"

姜石林见他半天商议不到正事上,只得明说了:"中堂大人着将局造枪炮即速发运兰州的事,我们作何处置?"

邵友濂不假思索地回道:"你马上找局库提货,向兰州运。"

"江南制造局的库房里存有多少枪炮,中堂大人能不知道吗?而电文明令要将枪炮即速发出'以塞群嚣之口',并指明要我与你商量。嗨——你呐……"姜石林眉头一皱,把苦脸谱这么一摆,才把个邵友濂从云里雾里下落到地面上来。

原来,江南制造总局虽为国内最大之兵工厂,经费也非常充足,但它上有总督、巡抚监督,而主持局务的总办、会办下面,还有提调、委员、司事诸官。负责生产则另有一套人马,局有华、洋监督、总工程师、工程师、监工等;分局有领工、匠目、工匠、艺徒等。此外,还有一批挂名支薪、并未到差之人。因机构臃肿,冗员充斥,经营管理极其腐败,故生产效率低下,成本高昂。经费之百分之八十以上用于非生产方面,实在是造枪不如买枪!加上生产之旧式前膛枪已经落后,正在改制林明敦式中针后膛枪。这原本不实的库房里,一下子哪能拿出三千支快枪来?李鸿章能把这个实情禀告西太后?光一个江南制造局,积年耗掉多少银两?所以,他要电令姜石林与邵友濂"商议",暗示他们想别的办法!

"江南制造局理所当然要为西征军提供武器、弹药,这是名正言顺的事。倘你们制造局一时制造不出来,就向洋人购买,赶紧买,经费由江海关以'协饷'支付。姜大人,这可是一笔大买卖哟!"邵友濂此时方颖悟过来。

"有好处,还能少得了提供'协饷'的邵大人?!"姜石林这才诣眉而笑。

次晚,姜石林便在林翠翠陪同下,与吉伯特商谈这笔军火生意。吉伯特仍

然是那副大大咧咧的模样："江南制造局？我知道！你们很多机器都是通过我们怡和洋行进口的。"

"所以今天又来找你哟！把生意介绍给你，高兴吗？"林翠翠的美目在灯光如昼的咖啡座里，依然烁烁生辉。

"这说明你不忘旧情啊！"吉伯特开了句玩笑。

"吉伯特先生，今天找你，是想请您帮我们进口一批枪炮，而且要快，越快越好。"姜石林一开口，就把自己的底全抖搂出来了。

"枪炮？你们局不是已经会制造了吗？"吉伯特问。

"我们局造的太慢、质量也差，不如进口的又快又好。"

"数量大吗？"吉伯特暗喜。

"大，这是提供给左宗棠西征军用的……"姜石林对外人毫无防范之心，立即报出武器数目、规格，拿出清单。

"哦，我知道。胡雪岩已经在找我们洋商商谈借款事宜。"吉伯特急急浏览了一遍清单，有点漫不经心地说。

"所以要快！赶紧把这批生意做成，不能让它落到胡雪岩手中。"姜石林一副猴急相。

吉伯特举手拧了个响指道："OK！我认识一家专做生意的奥林公司，是国际著名的军火商，总部设在伯明翰。你们需要的快枪、大炮、弹药，我拍个电报去，一定会按规定期限运到上海。"

姜石林如获至宝，他的眼前好像已经闪烁着纹银的毫光，耳畔响起银锭清脆的碰撞声。他毫不犹豫地就把清单交到了吉伯特手上，并代表江南制造局、上海道台以及北洋大臣李鸿章向这位洋商表示感谢。

吉伯特将清单撂在桌上道："我一定为你们买到当今世界上最先进的新式武器。不过，要想武器按时运到，先要把货款全部付清。"

"先付清货款？这我的上司恐怕不会同意。再说，也不符合军火交易的惯例，尤其是要把货款全部付清……"谈到钱，姜石林可就认真多了！

"姜大人是江南制造局总办，可多向李大人和上海道台要求！既然你们与胡雪岩在抢这笔生意，时间就是金钱。如果成功，我吉伯特不会亏待你们二位。但货款问题，请姜大人慎重考虑。"吉伯特说时，向林翠翠使了个眼色。

林翠翠会意，把姜石林的胳膊一挽道："姜大人当然会考虑……"

吉伯特早就离开了怡和，自己开了家什么生意都做的吉记洋行。他的资金少，经营又不规范，接手这么大一单军火生意，当然要求姜石林预先付清货款。他手上有了钱，才能买到武器弹药再转交买方。

事有凑巧，当吉伯特正需要人手扮演一场好戏的时候，吉记洋行的写字间里走进一位瘸腿英国青年。他生着一张象牙般漂亮的小白脸,板栗色的长发拖垂在脑后,用一块脏兮兮的黑丝网胡乱系着。他身上那件詹氏粗毛呢外套油渍麻花,发出一股难闻的气味,脚穿一双破皮鞋,提着一口旧皮箱,上面贴满花花绿绿的行李票。

"您好,吉伯特!"

吉伯特从一大堆文件中抬起头问道:"你是?"

"我是伯尔!你忘记老朋友了?"瘸腿青年说。

"哦,记起来了,你常在利物浦咖啡馆的后门捡人家抽剩的雪茄。伯尔兄弟,你怎么会到上海来了?"吉伯特兴奋地叫了起来。

伯尔耸了耸肩膀道:"别提了!前几年一直在香港闯荡,什么事都干过。现在实在混不下去了,就有朋友就劝我到上海去碰碰运气吧,于是我就买了一张船票到上海来投奔你。"

"伯尔兄弟,我会帮助你。目前正好有一个机会,你来和我一起冒险吧。我帮你在上海成立奥林公司的办事处,马上开展业务。记住,奥林公司!现在你拿这钱去买一套漂亮的西装和一双皮鞋。"吉伯特心中一动,突然有了主意,他递给伯尔几个银币。

"这……这是什么意思?"伯尔疑惑地打量着吉伯特。

吉伯特抬起两只手臂晃了晃道:"在上海滩,只认衣衫不认人。你要把自己打扮成英国的贵族、百万富翁,英国奥林公司的总代理……"

"我是奥林公司总代理?天啊!"伯尔大吃一惊,他滑稽地耸耸肩膀,接过银币,一跛一跛地离开了沙逊大厦。一个星期后,这个接受过专门训练的骗子便跟吉伯特出现在万国商会俱乐部。

伯尔换上簇新的西装,锃亮的皮鞋,瘸得便有了几许贵族气。姜石林早已在此等候,忙站起身来招呼两个英国佬,他还带来一个翻译。吉伯特煞有介事地为双方做着介绍:"这位是英国皇家奥林公司的总代理伯尔先生。这位,是江南制造局总办姜石林先生。"

翻译做着介绍,双方握手寒暄,然后在长餐桌的两边分别坐了下来。吉伯特的身份一下子变为中介,他跟这批军火没有直接关系!

"姜石林先生,英国奥林公司的总代理伯尔先生已同意这笔军火贸易,并已照会伯明翰总部。只要付清货款,正式签约,第一批枪炮弹药马上可在利物浦装船,日夜兼程运来上海。这是合同的正、副本。"他从皮包里取出合同,递给姜石林。

这是中英文对照本,姜石林仔细看罢,不禁面有难色道:"吉伯特先生,伯尔先生,合同内容我没有异议。就是付款方式,上海道台邵大人坚持只付一

半,还有一半,一定要待军火到达上海后,才全部结清。"

"只付一半?"吉伯特故作惊讶,没等翻译开口,他与伯尔交换了一下眼神问道,"这……伯尔先生,你的意见呢?"

伯尔用夸张的语气和动作故弄玄虚地说道:"本公司……向来是付清全部货款才发货。我和姜石林先生是初次打交道……"

吉伯特立即用手势制止了伯尔的"怀疑论",称姜石林先生的信誉他可以担保。并向伯尔介绍了江南机器制造总局,称它是中国目前最大的官办机器制造企业,并加给它许多溢美之词。

伯尔听得很认真,一直保持着那副优雅的姿势。待吉伯特说完了,他才站起身冲姜石林抱歉地一笑,鞠个躬,为自己方才语言唐突表示歉意。姜石林慌得立马也站起身来,一阵点头哈腰,连称"久仰久仰"。

伯尔于是表态:"既然吉伯特先生出面担保……那就先付一半吧。另外一半,船到上海,必须全部付清才予卸货,姜石林先生,你能保证吗?"

"我能保证。"姜石林点头。

"那就签约吧。"伯尔说罢,昂然落座,又恢复到那副高贵派头,率先在两份合同书上签下龙飞凤舞的英文名字。然后,吉伯特把两份合同拿过来摆放在姜石林面前,姜石林也在两份合同上签上自己的中文名字。接着,收拾自来水笔,收好各自的合同文本,但两个英国佬仍眼巴巴地望着姜石林。

姜石林这才记起,连忙从皮包里拿出一张银票:"这是花旗银行的银票。"

吉伯特接过,看了一下,怀着狂喜的心情把银票交给伯尔,冲姜石林笑道:"任何遗忘都隐藏着故意不是吗?"

"OK!姜先生,明天还是这个时候,还在这里,我将把百分之五的佣金交付给你,怎么样?"伯尔满面笑容,拉长着上半身俯视着姜石林。

"谢谢!谢谢!"姜石林盼的就是这个百分之五。

吉伯特向男欧仆一招手,男欧仆端过来一瓶香槟酒和三只酒杯。吉伯特顺利闯关,喜形于色道:"让我们按惯例,用香槟酒祝贺我们首次合作成功!"

男欧仆将香槟酒瓶盖打开,"嗤"的一声,香槟酒喷出大量泡沫……

哈代称国内总行没有复电,因此,第二轮谈判无限期推迟。胡雪岩心里阴得没有一片蓝天,但仍强颜欢笑,在郭庆春的陪同下拜会上海总商会会长白鼎钧。

白鼎钧从旋转式楼梯步履稳健地走下来,他虽已皤然白头,但仍然面孔红润,笑声朗朗。

胡雪岩谈起西征借款之事,说危楼百尺,叠嶂千仞,前景黯淡,他几乎看不见什么希望,请他指点一二。

白鼎钧谦词一番,为他打气道:"我看希望还是有的,即使是冰川,也可以凿开一条道的。"

胡雪岩用一种渴慕的眼神看着这位老者,那是一种由衷讨教的眼神,像一个大孩子般又懂事又单纯。白鼎钧喜欢摆他的老资格,上海这地方的"海底",不是所有外地人都能参透的!他在胡雪岩一只手背上轻轻拍了拍,沉思道:"两天前,我跟渣打银行哈代餐聚时,他主动同我谈起借款的事。因为在此之前,并无朝廷向洋人贷款的先例。二百五十万不是个小数目,但要解决新疆问题,哈代认为二百五十万是远远不够的。他怀疑这二百五十万是不是你胡老板的个人行为?我说胡雪岩现在是西征军'上海采运局'总办,难道不就是代表政府在同你们洋人做生意吗?这二百五十万又是为西征军、陕甘总督筹办军费,就更是代表朝廷了。他还问庆春的确切身份,我也详细告之。"

胡雪岩若有所思道:"在我接触过的洋人中,哈代是最难对付的一个。再加上他喜好什么,有何弱点,我们也全然不了解。因此,借款谈判中,他就成了'云中君',抓不住。"

"哈……你想想,他一个英国佬万里迢迢跑到中国来,图个什么?怎么可能是个不食人间烟火的'云中君'呢?"白鼎钧大笑不已。是哟,洋人也是人,不可能没有七情六欲,不可能是活在天上的那个"云中君"!

接下来由郭庆春夫妇出面,通过各种渠道了解这个哈代。还别说,这位渣打银行上海分行的总裁,是洋人中少见的规矩人。应酬不多,交际得体、礼貌,吃东西讲究但从不暴饮暴食,也很少喝酒,四十刚出头却几乎没有花边新闻。用一句难听的话说:苍蝇不叮没缝的蛋,哈代是个圆溜溜的光鲜蛋,没地方下叉子!

这日接到左大帅来信,已用他筹措的"协饷"银购置营地数处,在当地招募士兵万名开始集训。江南制造局发运兰州的枪炮收讫,但数量太少,且系旧式前膛枪,难以与叛军及阿古柏军队作战。他计划招募六万士兵,设马、步、辎重三军。并指派专人进行勘测,拟做些开发西北的事,并在信尾道:"急需大宗银两,望弟速为筹办。"

胡雪岩得信甚为焦急,大清早便跑到郭庆春家中找他商量。老远便见尤琳在园中练剑,腾挪翻覆,飒飒生风,心中不禁暗暗称美:一干人中,就这对伉俪和欢鱼水,最有品位,两人均有事业追求,又相敬如宾,不从流俗。他绕过花径,便开口问道:"庆春呢?"

尤琳见他进园,早就把剑收了。听他这一问,便尽量放淡语气道:"昨天又接他舅舅一封电报,邵大人连夜派人送来,这一大早想是去道台衙门,约邵大

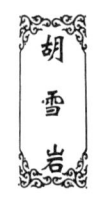

人一道给他舅舅回电报去了。"

原来,电报是新兴事物,上海的电报由洋人掌管,只对官府,不对个人,因此郭庆春回封电报还得去找上海道台邵友濂。

"家里有什么事么?"胡雪岩又问道。

"也没什么急事。"见胡雪岩有些惊愕的样子,尤琳索性把话挑明了,"左不过还是那些事,他不该娶个汉人女子,而且还是个死过丈夫的小寡妇,违反祖制,大逆不道。更怕我怀上孩子。刚成亲那阵,他舅舅甚至来信让他即刻把婚事退掉,说是如果有了孩子,就益发不可收拾了……"

胡雪岩一脸错愕之色。家家都有一本难念的经,庆春兄这本经可不是一般的难念,他遭受的压力太大了,他那个家太特别了!

尤琳见他沉吟,幽幽叹了一口气道:"有时我真想撇下庆春躲得远远的,躲到一个谁也找不着的地方去,免得大家都烦恼……"

"你怎么能这样想呢?"胡雪岩叫了起来,"你躲了,庆春兄肯定要去找你,如果找不到你,那还有他的活路么?你知道他有多爱你?为了你,庆春舍弃了很多东西,成了这个社会一个让人难以理解的怪物!如果你再遗弃这个特立独行的贵胄,那真是要他的命了!七妹,你千万不要有这种躲开他的想法……"

"我不过说说罢了……"尤琳打断他的话说,暗暗叹了一口气,没想到自己漫不经意地一句话,引出胡雪岩这么多话。这些话都发自内心,出于对庆春的关切,流露出一种很深挚的兄弟之情。这让尤琳感动,同时也让她生出一些愧疚。平心而论,她没有做到像胡雪岩那样,那么在乎庆春的感受。她有一颗高傲的心,如同芬芳而又鲜艳的玫瑰,让人赏心悦目,却一不小心就扎你满手刺……

"大清早的,你有什么事么?"尤琳转换了话题问。

胡雪岩现出一脸愁云,说起左大帅来信要军需的事,倘渣打银行的借款不能很快到位,就要误西征的大事了。他早已愁肠九转,急得眼睛都发绿了!尤琳让他进屋去,就在这里用早餐,等庆春回来。

直到太阳把屋顶、冬青上的严霜全都晒没了,郭庆春方匆匆赶回。不过,他带回一则在电报局听到的传闻,哈代最敬佩上海的犹太富商哈同和他的中国夫人。他最大的消遣,就是去哈同的私家花园坐坐,同那夫妇俩一起喝咖啡。

胡雪岩眼睛一亮,想能不能设法通过哈同,促成哈代与我们进入第二轮谈判。只有通过接触,我们才能更多地了解这位英式君子,摸清他需要什么,他有些什么样的弱点。

郭庆春说他同哈同夫妇尚有一面之缘,可以试试。

针对哈代担心借款并非朝廷的举措而纯属胡雪岩的个人行为,胡雪岩提议他们去会一会那位上海道台邵友濂,他不是管着江海关?如果让邵友濂出具一份证明——江海关的关税,将来可用于偿还渣打的部分借款,不就表明官府是支持,至少是同意向外国银行借款的吗?这江海关、上海道难道不是大清朝廷的机构?

郭庆春摩挲着他刮得光光的下巴疑惑道:"这上海道的级别是不是低了点儿?何况江海关素来由洋人把持,上海道管江海关仅挂个虚名儿,它出具的证明哈代会相信吗?"

"哈代既然讲规矩、讲原则,那我们就大姑娘裙上捉虱子——一则(褶)一则地来。太后懿旨,西征军费由各省协饷解决,我已把载有这道懿旨的朝廷邸报找出来,到时都可以拿给他哈代看。"胡雪岩的思路是——英国人办事很讲究程序,何况是著名的渣打银行,它一定要求过程的完备,细节的完美,加上又遇到哈代这么个循规蹈矩的人,我们得有针对性地准备许多文件,以繁琐对繁琐!

经过商量,决定由郭庆春出面,单独去会上海道邵友濂。邵友濂在道衙的客厅里会见了这位"胡雪岩特使",场面、礼仪天衣无缝,毕竟是科举出身,懂得官场,打个阴笑便能揣摸出对方的来意。

郭庆春稍作寒暄,称左大人付札至,已收到江南制造局发运兰州的枪炮,内中少不了邵大人的功劳,说着,他抽出一张五百两银票递给邵友濂,说这是胡大人的一点小意思。

哪知邵友濂两眼瞪得溜圆,脖子挺直,声音尖利道:"这成何体统!这是要行贿么?"

郭庆春赶紧赔笑道:"邵大人言重了,胡转运使、姜总办都是为朝廷出力,为西征操心劳神,胡大人代表陕甘督署,向坐镇上海的两位枢要人物聊表薄意,怎能说是'行贿'呢?"

邵友濂打鼻孔里喷出一股冷气道:"胡雪岩富甲天下,惯用这一套!用银子开路,拿'阿堵'搭桥,能打通各种关系,能贿通各级权要。如今又把这一套用到我头上来了?下官虽位卑职微,却不敢稍懈为官之道,古人云:'利关不破,得失惊之;名关不破,毁誉动之。'下官谨遵古训,绝不会为他这些鬼蜮伎俩所惑……"

郭庆春笑着打断他的话道:"都是为朝廷做事,邵大人不要把话说得这么难听。"

"他不过一个小跑街的,从钱庄骗取五百两银子,打点王有龄上京城捐了个实缺……"邵友濂恶胡雪岩没把他放在眼里,嫉他在商场上、交际场上占尽

先机,竟口无遮拦,滔滔不绝,历数胡雪岩一桩桩一件件的不是。

郭庆春只得冷冷打断他的侮骂道:"邵大人之言多有不实,恐村言传闻居多。"

邵友濂或许是嫉恨心太重,或许是要有意标榜自己,嘴角堆满白沫,眉眼透着狞恶道:"胡雪岩自恃有几个臭钱,淫逸放荡,往家里扒进多少女人?松江有家酒馆,胡雪岩听说厨娘长得漂亮,酒席中途竟然溜进厨房,抱住正在炒菜的女子,还不顾烟熏火燎,褪下裤子就要求欢……"

"住口!"郭庆春不禁勃然大怒,在书案上击一猛掌,厉声道,"这银子不要倒也罢了,犯不着无中生有、诬蔑攻讦人家胡雪岩!这五百两他本不想送你,是我看你们双方——一个为左宗棠夙兴夜寐,一个为李鸿章镇守上海这个销金窟。而左宗棠、李鸿章都是朝廷封疆大吏,都在为我爱新觉罗家肝脑涂地。是我让胡雪岩拿出银票五百两,摆出和解的姿态,以调和你们双方这种无谓之争。姓邵的,莫非你以为恭亲王发了几封让我退婚的电报,你就不把我这个皇室放在眼里了么?"

"下官不敢!下官不敢!"邵友濂吃了一惊。他编排胡雪岩的不是,是因为他认为这个大财神有诸多可鄙的地方,自古无商不奸嘛!同时他还想给这位皇室贵胄留下一个清正廉明的印象,因为朝野对李氏"贪逸"的攻击是很多的,没想到竟惹恼了这位王孙公子!郭庆春这一通呵斥,把邵友濂业已发福的脸吓得惨白,虚汗直冒,谁见过温文尔雅的郭庆春朝人吹胡子瞪眼睛?

郭庆春要的是上海道衙出具的证明,瞧瞧他这副党同伐异的德性,没有上谕,他会给你出具那样的证明?郭庆春挺胸凹肚地走近了,手指着邵友濂的脑袋道:"你不用在我面前装孙子!也别以为我不知道你们那些烂事!你以为你们给左宗棠发运了三千支快枪二十门过山炮就没事了?没完,事儿还多着呢……"

"是是是,下官不敢,下官照实禀告,江南局库房里实无枪炮,可李中堂来电催办。只好由姜石林出面,上海道衙用关税作为协饷,找洋商买了一批武器弹药发运兰州。中间,下官数次提醒过姜总办;生意上的事,不是凭身份,凭招牌就可轻信于人,对洋人,千万别掉以轻心。其他的事,下官委实不知道。"邵友濂一边磕磕绊绊地交待,一边用衣袖蹭掉了脸上的冷汗。

眼皮子底下的事,都让他们做了手脚,这班混账行事太可恶了!郭庆春心中一震,依然虎着脸道:"这批枪炮不出事也就罢了,倘有半点差池,我绝不轻饶!下面你再给我办一件事,笔墨侍候!"

邵友濂亲自动手,取来纸笔墨砚,眼巴巴看着郭庆春。郭庆春略一思忖:"我说,你写。'太后懿旨:西征军费筹款着江海关分期逐年偿还。'写罢,盖上海道大印,我有急用。"

"这……"邵友濂握管踌躇,不敢下笔。

"邵大人又怎么了?"郭庆春用嘲弄的语气问。

邵友濂不敢看他,却又不能不申诉他不敢落笔的理由:"太后懿旨,西征军费,着各省协饷解决,江海关所提供的'协饷',历来是有定数的,此其一也。其二,这你是知道的,江海关素来为洋人所把持,其所收关锐仅提二成交上海道代收代付,怎能改作他用?其三,朝廷明令不得擅借洋款有损大清声威……"

"我说'借'字了吗?我说过'借洋款了'吗?"郭庆春咄咄逼人。

邵友濂又吃紧了:"没、没有。下官只不过陈明懿旨的原意罢了。"

"我能不知道太后懿旨的原意吗?你跟我咬文嚼字?没错,我正在找洋商借洋款,你是科道出身,难道看不出这是在跟洋人玩文字眼吗?'西征军费筹款',把借字改为'筹',这是不使你为难。跟洋人解释:这筹包括'借'——找谁借不是借啊?能借到就算本事,就是面子!'着江海关分期逐年偿还'那不是扯淡吗?兴你们被洋人哄,我们就不能哄一回洋人?你上海道就懂得同室操戈,连这点方便也不肯给我?告诉你,西征兹事体大,误了军国大事,叫你项上人头不保!"郭庆春拉长着声音,抬起手来用力一挥,邵友濂仿佛听到"嚓"的一声,一阵哆嗦,脖子上感觉像有了一股凉气。他镇定了一下情绪,照郭庆春口授写毕,印上上海道大印。

郭庆春收好这份来之不易的官方承诺,复将银票推至邵友濂面前:"休得驳我的面子。从今往后,你们双方就算是和解了。不然,我就派人告诉李鸿章,你是左宗棠派的卧底……"

第三十五回

度假村洋经理近色衷胆
土城子左湘侯闻炮惊心

在哈同夫妇的敦促下,依旧在沙逊大厦,他们和哈代开始了第二轮谈判。

郭庆春出示了上海道的证明,翻译把它拿给哈代过目。哈代立刻冲胡雪岩叫OK:"胡先生,我知道你是一个精明的商人,英国在中国的不少生意都与你有关。而且你与朝廷的大官都有关系,我就把你当作是中国政府的代表。"

胡雪岩兴奋地说道:"哈代先生能理解这一点就好。如果通过这次借贷,英国在中国打开了金融市场,其利润是很可观的,比贸易会更赚钱!而且,我要坦白地告诉你,由于一场内乱,中国的财政十分困难,西征军费很可能全部要靠借款来解决,因此,远不止二百五十万。"

"那会是多少?"

"这应该是一个秘密。不过,我估计不会低于一千万甚至一千五百万两。"

谁也没想到,恰恰是这个巨大的数字引起了哈代的兴趣。按照惯例,所有的战争贷款,都是高息借贷,利润巨大。哈代把手中皮包打开,取出里面的文件说道:"那我们双方就进行实质性的谈判吧,包括贷款的数量、利息、偿还期限及方式,好吗?"

"关于这个,我们已拟就了一个'合约书',请哈代先生过目。"胡雪岩向郭庆春示意,他便从皮包中取出一份"合约书",递给哈代。

通过翻译,哈代频频发问:"贷款总数为二百五十万两,第一期为一百五十万两,在三个月内付清。其余在一年内交付,这应该没有问题……偿还期限为十年,什么?十年?这太长了!偿还期限不应这么长。"

"请允许我解释一下,哈代先生。关于这场战争我们已做好长期作战的准备,计划十年,所以贷款的最后归还日期为第十年。十年中间我们已安排了几次还款的时间,我们会严格遵守。"胡雪岩早有准备。

"我不明白,为什么你们要准备打上十年?"哈代挺认真的样子。

"这要问你们政府,还有俄罗斯。"郭庆春遏止不住愤怒地说,"新疆问题,由于英、俄介入变得更加复杂,你们的政府要打,大清只有奉陪。"

哈代有点被侵犯的感觉,面带愠色道:"郭,你这样说显得不太友好,也缺乏依据,大英帝国在新疆似乎没有一兵一卒。"

"这正是我们还能坐下来讨论贷款的原因。否则,我要拧断那些侵略者的脖子。"

哈代急切地想知道下面的一条,于是回归谈判道:"那关于利息……合约书上似乎没有写清楚。"

胡雪岩会心地一笑道:"那是有意不写清楚。哈代先生,利息中间有一部分是你的回扣,这笔钱不见之于账面,您可以理解吧?"

"这个问题应该放到最后,现在讨论贷款的利息问题。"哈代点了点头。

双方在利息问题上又一次陷入僵局,哈代提出年息百分之二十五这样一个异常苛刻的条件,胡雪岩大叫道:"这不是放高利贷、驴打滚吗?"他只能给百分之八的年息。双方拉锯,你来我去,最后僵在十八个点上。

哈代于是有意把这个话题岔开道:"还有最后一个问题,你们提出的担保措施,是各省和江海关的协饷,这有充分的保障吗?"

"协饷是朝廷明文规定的谕旨,相当于你们西方的法律,不久前已得到皇上和太后恩准。"胡雪岩出示了那份邸报。

"在大清,皇上的圣旨就是最高的权威!谁都不得违背。"郭庆春进一步向对方阐明。

哈代似乎仍有他的想法,突然站起来道:"好吧!我们第二轮谈判到此结束。我会向英国总行报告,相信会有一个明确的答复。再见!"

离开沙逊大厦,置身在料峭春寒里,胡雪岩像一头受伤的狼,低声嗥叫道:"这哈代确实是一只狡猾的英国老狐狸!"

"再狡猾的狐狸看见肥羊也会流出口水,哈代跳过利息问题,依我看,这笔贷款很有希望。"

迎春花已全部绽开,黄灿灿的像电焊弧抖落的串串火花,租界里的女人,迫不及待地要展露她们捂了一冬的脚和胳膊,丝质半臂、女式坎肩和长裙下,白得耀眼的肌肤在晴光下闪烁。

"春暖花开了,塞北的严冬也要过去了。"郭庆春道。

"真担心哈代向英国总行的报告不知要拖到什么时候,左大帅可是望穿秋水,在等着我们的回音啊!"胡雪岩忧郁的目光,穿过不甚安分的晴空,投向漠北,投向塞外。在漫漫黄沙中,奔拉着的左字帅旗欹晃着。带刺的沙棘丛里,森森白骨,寂寞地伴随着被狂风吹聚的黄沙。

"想个什么办法,让这个很有城府的英国佬别那么小脚女人一样。"郭庆春打破沉默说。

胡雪岩叹了口气道:"我想过用女色,像对付中国官员那样。但请他喝花酒、嫖妓女,恐怕都不行。作为渣打银行中国地区的代表,他对这些风流勾当还是有所顾忌,万一让竞争对手知道,拿出去大做文章,恐怕会影响他的前途。还有,哈代对女人讲究品位,不知道林翠翠对不对他的口味?"

"试试吧,弄个生日舞会,把林翠翠推到他面前。"

"那就——让嫂夫人尤琳再过一次生日?"

于是,向来比较低调的郭庆春夫妇,向华洋两界盛情邀请,邀请各界名流参加尤琳女士的生日舞会。路金、汉斯、吉伯特等全都应邀而至。中外俊男靓女、名媛雅士,齐聚一堂。

随着音乐响起,舞会正式开始。红鬓绿鬓在摇曳的霓虹灯下翩翩起舞,裙裾与燕尾服拂起阵阵热雾香风。哈代坐在一张咖啡桌边,慢悠悠品着威士忌,他不时把目光投向舞池,怡然自得地摇晃着二郎腿。

"嗨!哈代先生,您好!"一位硕乳丰臀、凤眼迷人的性感女郎来到他面前。哈代扭头一看,林翠翠?!他有些迷茫地问道:"你是……"

林翠翠嗔怪地说道:"不认识我啦?密司特哈代,那年在龙华看桃花……"

"哦,我想起来了,你是吉伯特的情人。"

林翠翠忸怩作态道:"说得多难听!我不是他的情人,我是大众情人,嘻……"

"好!大众情人好!请坐!林小姐。"

"你怎么一个人独坐在这里?我陪哈代先生跳一曲吧!"林翠翠没有坐,她伸出手拉起了哈代。哈代礼貌地点了点头,拥着她进入舞池。

胡雪岩双目炯炯,内心颇为紧张地盯着哈代和林翠翠。当看到二人用英语交谈,林翠翠不时笑倚在他肩头,哈代一脸灿烂的时候,胡雪岩回头对尤五说:"主角已慢慢入戏了。"

"我去安排一下。"尤五点了点头。

"盼咐弟兄们,手脚要干净利落,做得严丝密缝。"

尤五不动声色地笑了笑,悠然而去。

伴随着优美动人的华尔兹舞曲,一对对忘情男女闪过。哈代和林翠翠踩着舞点,已经如醉如痴。林翠翠的过人之处,就是能用不露声色的身体语言撩起男人的兴趣,一步步煽起他的情焰,使他欲罢不能。当她的粉腮上浸着红霞,一对波颤的乳峰兴奋地跳动不已的时候,哈代忍不住搂紧了林翠翠,一只手开始在她腰间不安分地游移。

林翠翠平静如常,含情的眸子晶亮地一闪,哈代便毫无顾忌地把她搂紧了。灯光暗了一下,舞曲恰到好处地换成了舒伯特的小夜曲。林翠翠小鸟依人般贴着哈代的肩头道:"我多喝了几杯,想休息了。"

"你想回家去?"

"不,今晚你愿意陪我吗?"

"今晚?就在这儿吗?"

林翠翠改用中国话道:"是啊,就在这儿。开个房间吧?"

"在这儿开房间,太引人注目。"哈代保持着清醒。

林翠半真半假道:"你这个胆小鬼!又想玩,又怕让人知道……"

"不,不是这个意思……郊区有一家很好的度假旅馆,我带你上那儿,两个人可以自由自在地尽情寻欢作乐……"哈代在她耳边低语。

马车把这对相倚相偎的男女送到郊区一家度假旅馆。车灯光照着幽静的欧式庭院、洋楼,当真是个迷香窟!哈代显然十分熟悉这儿,拥着林翠翠上了楼,欧仆已经为他们开了房间的门,不一会,送来一瓶洋酒和两只高脚玻璃杯。

林翠翠早已进入角色,发嗲道:"你可别喝醉了倒下就呼呼大睡!"

"那不可能,最后一杯美酒,我要尽情享受……"哈代难得地笑了起来。

林翠翠走到镜前,除去首饰,解散高高的发髻,长发纷披,准备就寝。

"啊……好美的一尊维纳斯!东方美女比我们欧洲姑娘更迷人,更有韵味……"哈代举杯赞叹,一口喝掉杯中红酒,激动地抱起她,丢到大床上。

林翠翠娇媚地躺在床上,缓缓地脱去外衣、长裙,把衣裤、袜子,扔得满地都是。哈代伸出毛茸茸的手,抓住林翠翠一条白皙柔嫩的玉腿。林翠翠娇嗔地

说道:"刚才陪你跳舞跳得腿都酸了,你帮我按摩按摩!"

哈代求之不得,捧起她的玉腿,又亲又摸,不一会便朝大腿上部拓展。

"干什么呀你……"林翠翠拉过床上的棉被,盖住半裸的身子,心里有些发急——怎么还不见动静?

哈代已欲火中烧,他脱去西装,解下领带搭在椅背上,再脱去衬衣,露出了黑黢黢的胸毛。林翠翠故意叫喊着:"啊!真像一头狗熊,好可怕!千万别过来。"

哈代夸张地举起双手,耸动腰臀作狗熊状一下就扑到她的身上道:"今晚我这头狗熊,就要把你这只小羊羔整个儿都吞下去……"

林翠翠猛地把他推开,用手指着窗户道:"慢!请把窗帘拉上。"

哈代只得爬起来去拉窗帘,当他再次扑上床去,疯狂拥吻着林翠翠,门"砰"的一下被踢开了,冲进来一盏红灯笼、两名大汉。

"谁?"哈代惊得翻身从床上坐起。

林翠翠连忙拉过被子盖住了身子。

那红灯笼缓缓往床上照去,晃来晃去,让房间里充满了迷幻色彩。

哈代气急败坏地质问道:"你们……怎么可以随便闯进私人房间?"

"外国赤佬!你强奸中国女子,我送你去见官!"一大汉怪笑。另一个汉子看到椅背上的领带,一把拿过来。两人把哈代按在床上,用领带绑住了他的双手。

"我没强奸!是她愿意……不!我不去……"哈代不住挣扎着。

那两人自称是天地会的人,当年随刘丽川在上海起事时,是英国洋枪队帮了官兵的忙,把他们的头领给打死了,今天,他们是来给头领报仇的。哈代拼死挣扎,三人不禁扭打起来。林翠翠趁此机会,光着身子推开窗户大喊"救命"。胡雪岩携一洋妓正好从花园路过,闻声抢上楼来,经过一番交涉,那两人同意权且把这笔帐记下,以后再发现哈代调戏女人,一定叫他当"太监"……

接下来的谈判异常顺利。胡雪岩把红纸包的领带往他手中一塞,哈代便在合同书上签上了自己的名字。

天苍苍、野茫茫,一望无际的沙漠、山丘。一座接一座的帐篷,如一朵一朵巨大的蘑菇,无声地屹立在荒漠里。战旗猎猎,黄昏的号角在营帐里吹响。朔风吹卷起"左"字大旗,那是大漠荒原中,暮云苍冥下最亮丽的风景!中军大营内,左宗棠正在秉烛阅读兵书,不时对照着摊在桌上的地图。梁冰玉像西北女子那样穿着羊皮大氅,端着一盘点心悄悄进来禀道:"大帅!"

"哦,冰玉,天已黑定,你可以去休息了。"

"大帅晚餐尚未用,冰玉怎敢休息。这是小米粥,外加几只馍,大帅趁热吃吧。"梁冰玉把地图卷好,放进一个长长的胁巴树筒里。

"好。冰玉,你也一起吃吧。"左宗棠坐过来大口喝着小米粥,就着咸菜。

梁冰玉侍立在一旁道:"我已经吃过了。大帅,大西北毕竟不同江南,您不能这样戎马赴阴山,废寝忘食不顾休息。"

"这几年来,一直是你在照料我的起居饮食和公文书信,有你这样知书达礼的女书侍在我身旁,老夫真是省事不少。"左宗棠摆手示意她坐下。

"大帅如同慈父一般,我怎能不尽绵薄,把大帅照料好呢!"

左宗棠长叹一声道:"是啊,你同父亲分开近二十年了。这次进军新疆,一定要设法帮你寻到令尊,让你们父女早日团圆。"

梁冰玉凄楚地摇了摇头道:"家父恐怕早就不在人世了,这大西北如此蛮荒,南方人很难习惯这儿的生活。"

"是啊!自从汉武帝元朔初年征西,直到今天几乎年年要出师,边患成了无穷之累。如今要我同当年的卫青、霍去病那样,平息西北叛乱,早日班师回京。老夫自当奋勇,但尤使我感动的是沿途民众相送的盛情。我当时口占了两首诗,冰玉,你替我写下来。"左宗棠不由得大发感慨。

"大帅请念。"梁冰玉忙铺开宣纸,研墨濡笔。

左宗棠踱着方步慢慢吟道——

清风两袖去朝天,
不带江南一寸绵,
惭愧士民相饯送,
马前泪洒注如泉。
检点行囊一身轻,
长安望去几多程,
停鞭静忆为官日,
事事堪持天日盟。

梁冰玉能写一手奔放而又俊逸的苏体。她的书法,配上左宗棠充满真情的诗篇,真称得上是珠联璧合了。

吟罢,左宗棠走过来看梁冰玉搦管挥毫,不住赞叹道:"好字!好字!冰玉,你的苏体字写到家了,完全可列入历代女书家之榜。"

梁冰玉娇羞地说道:"不是我的字写得好,而是大帅的诗感情真。'行神如空,行气如虹',令人感佩。"

"你这军中小丫也来一首,以助豪兴!"左宗棠兴致勃勃道。

"小女子不敢在大帅面前班门弄斧。"

左宗棠大手一挥道:"所谓诗人者,非必其能吟诗也;果然胸境超脱,相对温雅,虽一字不识,真诗人矣。你随老夫万里征程,已属奇女子,定然胸境超越,何来班门弄斧之说?"

"新作都觉得未脱脂粉气,倒是当年有一首游西湖在舟中所作的中调,有龄称它'胸境超越',拿出来或许不污大帅视听,是一首《木兰花慢》。"梁冰玉总是那么腼腆、含羞带怯的样子。

看斜阳一缕,刚送得,先帆归。正岸绕孤城,波回野渡,月暗闲堤。依稀是谁相忆?但轻魂如梦逐烟飞。赢得双双泪眼,从教浣尽罗衣。

左宗棠轻轻点播着脑袋道:"这上片写帆归月暗,轻魂相忆,亲谊聚散匆匆,哪得让人不忆?"

梁冰玉道:"我一到杭州,雪岩兄便雇雕舫,请我与有龄游西湖。写这首词时,雪岩在外为粮食奔命,杭城被围,有龄望眼欲穿,游西湖也是为探逃生之路。有龄当时是打算要强行把我送出杭城的。"

左宗棠叹息道:"个中曲折,谁为体味得?词的下片呢,不至于太颓唐吧?"

江南几日又天涯,谁与寄相思?怅夜夜霜花,空林开遍,也只侬知。安排十分秋色,便芳菲总是别离时。惟有醉将醽醁,任他柔橹轻移。

"好词!好词!身陷绝境,却纤毫不作绝望语,其情可嘉,其事可佩!诗乃人之行略,人高则诗亦高,见其诗如见其人,此言不诬也!"左宗棠激赏道,抄着双手,在帐中走来走去,一脸昂奋兴悦之色。

正说着,傅晶大步走进帐中,笑问道:"大帅还没有休息?"

"正与冰玉谈诗,等着你呢。"

傅晶是前去侦察敌情的,前方三十里处有一座土城,是进入南疆的必经之路。目前有叛军约三千人据守土城,各种枪支一千余支。欲深入新疆,这个堡垒非攻克不可。

左宗棠随即下令道:"明日寅时造饭,步军左右营辰时出征,务于未时前完成对土城的包围!"

长长的沙丘路上,一面"左"字军旗在风中猎猎招展。大旗引领着逶迤的西征军。四个侍从抬着一口硕大的柳杉棺材,吃力地走在前边。傅晶骑着一匹黄骠马,往来奔走,传递消息。左宗棠白马银甲,头戴兜鍪,身披红黑二色斗篷,指挥作战。旁边一辆无厢马车,轼柱上张着桐油牛皮伞盖,梁冰玉端坐伞下,随侍左宗棠左右。

沙丘上一溜黄烟滚动,傅晶勒马停在左宗棠的面前说道:"禀大帅,前面就是土城,听说大军来到,叛军已将城门紧闭,准备死守。"

"冰玉,拿地图来。"左宗棠昐咐道。

冰玉从轼柱上的胁巴树筒里取出地图,摊在马车上。左宗棠看看图上的标记,不时举起望远镜与实地对照,对周围的参从人员道:"这土城早在汉朝就有了,是通向新疆的必经之路。不过它是'一片孤城万仞山',四周没有其他城池可为呼应,只要攻克这座孤城,就打开了入疆的大门。"

傅晶道:"大帅所言极是,四周数十里内,确实毫无人烟。"

"命令三军将士在城外安营扎寨,生火做饭。酉时发起总攻!务必一举攻克。"

傅晶从梁冰玉手中接过一面令旗,拍马而去。

入夜。土城外生起了一堆堆熊熊大火,火光映红了夜空。借助火光,依稀可见土城城楼,城上旌戟森然,敌人显然已做好迎战准备。

西牌时分,靠近土城最近的那座无名小山下,一队骑马的侍卫紧紧护着左大帅,簇拥他检阅即将发起攻击的队伍,湘军将士排着整齐的方阵,挺着刀枪,扛着云梯,静静等候命令。

酉时已到,傅晶率侍卫拥着左宗棠登上小山。一张张青铜铸就的脸,在黄沙朔风中显得那么坚毅、刚强!

"湘娃子们——随我出战!"左宗棠举起长剑,振臂高呼。

"砰!"随着一声震天号炮,"嘟嘟"的号角吹了起来。

"冲啊!冲啊……"荒原上响起山呼海啸般的呼喊声,队伍如潮水般向土城拥去……

扛着云梯的敢死队冲在队伍最前面,眼看就要接近城墙,突然一阵锣声,城头上出现一排排弓箭手,雨点般的箭镞,朝攻城的清军射来。

敢死队中有人倒下,士兵中箭的惨叫声和土城上叛军的叫骂声交织成一片。长长的云梯,在行进中突然被死神的手按住,直撇撇躺横在血肉模糊的尸体之上,就像倚天长剑被折成一截一截,让人刺目揪心!

"大炮轰击!洋枪队上前,掩护步军攻城——"左宗棠果断地下达命令。

炮弹呼啸着越过步军的头顶,拖带着刺耳的嘘嘘声。轰……巨大的爆炸声伴随着大团大团耀眼的火光,让人的耳朵、眼睛暂时都失却了作用。黑烟在

进闪着的血色火团中一冲而起,那么快意地弥散开来,迅疾地笼罩四野。手持长矛或者口衔短刀的步军士兵,借助大炮的掩护,无声地冲向前去,迅速而又有序地扛起横滞的云梯,开始又一轮的夺城之战。

然而,大炮并没有出现预期的威力。开始,还有炮弹落在城头,或是在城墙上爆炸,红光、黑烟,夹杂着叛军的惊呼。但过了不一会,炮声便稀疏下来。小山上可以清晰地听到炮队指挥官的发令声。炮手们用力拉动炮栓,那矫健、敏捷的身姿看去让人振奋。

"轰……"炮弹在不远处爆炸了,威力不大,根本打不到城墙。不仅是左宗棠,所有的参从官都看到了。左宗棠吼叫道:"娘买乖,你们会不会使洋炮?"

指挥官高喊道:"我们会!禀报大人,可是这洋炮不行……"

"胡扯!这是江南制造局专程送来的洋炮。再放!"

"预备——放!"指挥官再次重复。

意想不到的事发生了,一排洋炮中竟有一门大炮自行爆炸。火光烟雾中,几个炮手被掀翻在地。更有甚者,有几发炮弹就在攻城步军中爆炸开来,肢体和木梯的碎片,在土城下纷飞,攻城步军的阵脚刹那间全乱了。趁着混乱,城头上也出现几门洋炮,炮口朝着小山头瞄准。傅晶大叫道:"不好!敌人要开炮了……"在炮弹尖锐、短促的呼啸声中,傅晶纵身朝左宗棠扑去。

"轰……"炮弹在小山上爆炸开来,不是一颗,是接连不断的排炮,弹着点很准,满山是落地开花炮迸闪的火光。巨大的烟柱,把左宗棠从马上掀了下来,他只觉得脸颊一热,伸手一摸,竟摸了一手的鲜血!

"大帅……"又一颗炮弹呼啸而来,傅晶展身把左宗棠压在身子下面。在一片撕天裂地的爆炸声中,传来参从们的惊呼声,传出白马受惊的嘶叫声。碛石、飞沙、碎布片、骨渣肉屑、喷溅的鲜血,人马的断肢肌肤,雨点般落了下来。一个参从应声倒地,他的半边脸被弹片削去,鲜血和脑浆洒了傅晶一脸……

仓皇射击的快枪队的情形比炮队更糟。旧式前膛枪的瞄准性能差,打不准。好些枪管没几下就发红变形,拉枪栓上子弹竟把手上的皮肉烫焦……这哪里是洋枪快枪,简直就是鼓捣成枪形的打狗棍!

此时,城门大开,一队骑兵冲了出来,疯狂杀向攻城的步军,傅晶抱起满面血污的左宗棠道:"大帅,下令撤吧!"

左宗棠无力地点了点头。傅晶叫住一个参从道:"下令洋枪队集中火力,挡住敌人的骑兵。其余各队,立即撤回。"说罢,他架起左宗棠,在参从、侍卫的保护下撤出小山……

一弯冷月,挂在山峦的上空。暴风雨后的宁静,使沙丘更现出亘古的荒凉。士兵们在沙丘下休息,有的在包扎伤口。不远处,是那口柳杉棺材。冷霜般的月光,映着黑魆魆的棺木,使它更显得沉重、肃穆。

左宗棠斜躺在一个背风的沙窝里,梁冰玉用棉花蘸酒为他擦脸。他的眼皮一阵霎动,终于醒了过来。

"大帅,你终于醒过来了。"梁冰玉的声音含着兴奋。

"没事……"左宗棠苦笑着挣扎坐正了,手指着那口柳杉棺材道,"否则,真成了这小黑屋里名副其实的住户。冰玉,快把酒葫芦拿过来。"

梁冰玉把葫芦形酒瓶递到左宗棠唇边,服侍他喝了几口道:"大帅,您太苦了……"酒汁洒到了他业已花白的胡须上,梁冰玉用手绢擦拭着,如是说。

"苦什么?我还能有酒喝呢,'醉卧沙场君莫笑,古来征战几人回'。我死不了!还要回去!回去找江南制造局那些混账东西算账,这群败类啊!"

第三十六回

锦绣园三姨太花容失色
北京城众公卿冷面含威

哪有什么"奥林公司"？人去屋空，连牌子都摘了。吉伯特呢，听说也回英国休假去了。

左宗棠一本奏上朝廷，有李鸿章曲为回护，姜石林仅丢掉"总办"一职，着"追回损失，以观后效"。

银子已经进了伯尔的口袋，自己的好处也得了，这个损失怕不那么好"追回"！可胡雪岩、郭庆春之流正盯着自己，姜石林不得不摆出追的架势！

大热天的，连花坛里那些花呀草呀都给晒得蔫不拉叽的。热烘烘的空气里头，流走着垃圾的气味，其中以生活垃圾和建筑垃圾的气味最浓，也最能体现此期上海的特色。姜石林真担心自己也变成垃圾，倘江南局欺骗朝廷的事让太后知道，他中饱私囊、买旧枪烂炮应付西征的事受到追究，他不做垃圾谁做垃圾？姜石林坐在马车上，神情沮丧。他环顾马路四周，突然眼睛一亮，急忙喊叫起来:"快！快追上去！"

"追谁？哪里？"马车夫昏昏欲睡的样子。

"在那边,过马路那个英国佬！"姜石林指着后面道。

马路对面,正在行走的吉伯特显然看见了姜石林,连忙跳上一辆黄包车,拐进另一条马路。

"先生,你坐好！驾！……"马车夫朝辕马猛抽了一鞭,飞快追了上去。

人群熙攘的马路上,嘚嘚的马蹄,车夫飞奔的双脚展开了一场竞逐,两位盘着腿的人不断催促着"快快——"

"停车！停车……"一个印度巡捕吹着警笛、挥舞着警棍朝马车赶来。

在一个路口,斜刺里又冲出另外一个印度巡捕,拦住了黄包车。

马车被截住,印度巡捕要罚姜石林五十个先令(足足八钱二分银子)。姜石林擦着脸上的汗水道:"对不起！我,是在追赶这位吉伯特先生。"

吉伯特气咻咻地喝问道:"为什么要追我？在我们大英帝国的租界里,在大马路上,而且是这么热的天……"

"请吉伯特先生去上海道衙门向邵大人解释,为什么我们花了重金,却买回来一堆破枪烂炮？"

"是吗？我们也在找伯尔,找奥林公司交涉。不光要赔偿你们的损失,他还要赔偿我们怡和洋行、赔偿大英帝国的声誉。"吉伯特仿佛陡然想起来的样子。这说明那个瘸子伯尔和他的奥林公司一样,已经在上海蒸发了,想要他赔偿,那几乎是不可能的……

姜石林蔫蔫地回到家中,三姨太告诉他上海道邵大人派人带信来,说西征采运局强烈要求上海拘押姜石林。他负责采购、输运的旧枪烂炮造成西征首战失利、死伤近千人的巨大损失,官府应将他绳之以法。同时应查明枪、炮事件真相,为什么专门生产枪炮武器的江南机器制造局不向西征军提供自己生产的武器,而要花钱找洋人买上一批破枪烂炮……

三十六计,走为上计！姜石林决定离开上海,到外地躲上一阵再说。做出这个决定,姜石林凝望着三姨太,这位被邵友濂赞为"貌若天仙"的女人。此刻,他颇为不舍地拉住她的一只手道:"我走之后,胡雪岩肯定派人甚或亲自上门,任他怎么啰唣,你要咬住两条:第一,不知我的去向；第二,我也是让人骗了。"

"那要是胡雪岩从洋人嘴里了解到事情的真相怎么办？"三姨太问。

"那个吉伯特也收了好处,伯尔特说已经跑回了英国,洋人受治外法权保护,胡雪岩不可能从洋人嘴里了解到什么。"

姜石林畏罪潜逃的消息传出,胡雪岩果然带着伙计来四马路姜邸打听详

情。其时,三姨太正在姜家花园的林荫道下漫步。

姜家花园有几座漂亮的假山,有太湖石垒的,有溶洞石笋砌的,还有用水门汀精心制作的。假山用一条虎皮纹碎石路逶迤相连,路旁是一棵棵花树,春有玉兰,夏有夹竹桃,秋有红枫,冬有山茶。一年四季绿意盎然,花花满眼。

听到仆人通报,三姨太在钟乳石砌的假山前立定。那山的造型别致细腻,只可惜晶莹剔透的本色离开溶洞后便发黑暗淡,大失其韵。有水自山顶冲击而下,走洁溜的钟乳石面涔涔流过。那水波一闪一闪,使假山的皱褶、棱凸、奇峰峭石全都似在抖动,如同一幅巨型绢画遭遇穿堂入室的清风,伴着美人迟暮,纱窗倩影。

胡雪岩入得园来,绕过轿厅,跨过一道原木造型的低栏小桥,打一个绿意葱茏的藤廊里穿出来。探首一看,晶光闪烁的假山下,立着一个耀人眼目的丽妇,穿一条葱绫裙,裙下缀着洁白的巨弧蕾丝花边,绕着轻若云带的半臂。

"你?怎么会是你……"望着眼前这位三姨太,胡雪岩久久说不出话来,因为三姨太不是别人,正是当年的巧珠。

"巧珠,真的是你吗?"这个久违了的称呼,激起巧珠内心巨大的波澜,她含泪叫了一声"雪岩哥",便双手捂着脸,转身朝着附近的假山洞内奔去。胡雪岩不假思索,快步追了进去。

往事,一幕幕闪电般打他脑海中掠过,这个世界真是太小了啊!

原来,姜石林与何桂清曾有师生之谊。何桂清被诬下狱之后,曾委托姜石林向曾国藩求情。何桂清"用兵不力,治军无能,以致两江久陷、生灵涂炭",原本就是曾国藩叫人参奏的。曾国藩的答复只有四个字:爱莫能助。何桂清死后,巧珠就这样做了姜石林的三姨太。姜担任江南机器制造局总办,巧珠便随他来了上海。

"我的命怎么这么苦哇?桂清是真心待我好,却落得那么一个凄惨的结局。现在,虽说跟姜石林到了上海,总觉得自己根无所依,飘飘荡荡不知寄身何处……"

胡雪岩替她拭去泪痕,劝慰道:"有我在上海,还有尤五哥、尤七妹、郭庆春他们都在上海,你就不是根无所依……"

巧珠用双手勾住他的脖子,睫毛上依然霭着泪珠,含笑道:"没想到这辈子还能见到你。姜石林不让我出门,说上海是个花花世界,有钱爱追女人的大亨阔佬多,他还在我面前提到过你呢……"

两人说起别后情形,不由得勾起旧情,不住地拥吻起来。假山石洞并不深,却修得口小里大,稍有曲折,幽暗可通。故意弄得嶙峋的洞口,勾画出一片白晃晃的晴光,缀着青藤野草装点的蕾丝花边,宛如美人裸露的半拉雪脯。两人久别重逢,自然是激情燃烧,趁这个当口,巧珠带着几分柔昵道:"看在我的分上,你就放姜石林一马。"

胡雪岩很爽气地一笑道:"姜石林瘦狗一个,打他原本是要逼邵友濂多掏些协饷税出来。等把姜家花园几个假山玩遍,我就去会会姓邵的!"

越二日,胡雪岩与郭庆春拜会了上海道台邵友濂,要求发海捕文书将姜石林捉拿归案:"道台大人是朝廷命官,又是江南制造局的直管上司,岂能容忍姜某人损军误国、中饱渎职。"

邵友濂倒是冷静,端坐在太师椅上冷着脸道:"本道台已下令姜石林寻找英国奥林公司的伯尔,同时照会英租界工部局,要求担任中介的英国吉记公司负起担保之责任。"显然,邵友濂咬住了姜石林是"受骗"这一点,防止把事态扩大。

"西征事大,当务之急是要向国外购买大宗攻城作战利器,包括普浴斯后膛螺丝大炮,后膛七响洋枪,手掣式炸弹等,并火速运往西北,以打败受英、俄支持的阿古柏军队。"郭庆春不得不直入正题。

"邵大人,庆春兄已与德国军火商汉斯先生谈妥,可用最低廉价格购买最优质的德国新式武器,迅速运往边陲。"胡雪岩在一旁补充。

邵友濂的表情不阴不阳,故意提高音调道:"那好呀!既然胡老板和庆春少爷有办法,那就赶紧去向德国购买。军情十万火急,越早买到,越早送往新疆越好!"

"所以,我们来见道台大人,就是要落实购买军火的经费,江海关的协饷能否早日拨给我们?"胡雪岩神态肃然。

"你们不是已经向英国渣打银行贷款二百五十万两了吗?"邵友濂脸上笑得粲然,心里嫉妒得出血。

"那是西征军的军饷,已经解往西北,用来解决将士们的粮草、衣被等军需急用。要购买军火,还得仰仗江海关的协饷。"胡雪岩道。

"胡老板、庆春少爷,实话跟你们说吧。这西征军费着各省协饷解决,朝廷并无定论,皇上也未曾正式颁旨。就算有定论,前番购买枪炮,已将江海关应支'协饷'全部用光。'协饷'是极其有限的,想要,只有等明年啦。"邵友濂顿时变了一副面孔。

"什么?……谁说朝廷并无定论?这是有人阳奉阴违,从中作梗!企图使西征功败垂成。"胡雪岩陡地拔高了声音。

"胡老板说这些有什么用?江海关的关税九成以上都被洋人拿走了,这西征军费的解决,只有找洋人借。你们去北京讨一道准借洋款的谕旨,方有解决西征军费的可能。"邵友濂做无奈状。

"那好,我就上京城去讨这道谕旨!"

为了讨到两宫准借洋款的懿旨,胡雪岩只身来到京城。

有道是"京城路,用钱铺,买官讨赏用钱赎",胡雪岩深得个中三昧,下车伊始,便在前门中街"阜康"北京分号大宴京师达官贵人。他不仅"征花侑酒"——请了八大胡同的妓女,还在敬酒时往每位官员的手中塞了一个存折。钱能通神,这样他便探得许多内幕消息。

杭州同乡、翰林院编修夏同善告诉他,说左宗棠本是大清的中兴之臣、办洋务的主将。但他那"蒸不熟,煮不烂"的倔脾气得罪了不少重臣,尤其他跟力主大兴"海防"的李鸿章唱起了对台戏,使原本在南方也主张"海防"的他,因西征又竭力主张"塞防",失掉了许多支持者。闹得主管军机的恭亲王甚是为难,索性关照军机章京,把左公有关"塞防"的奏折暂压,留待以后再议。

江浙大同乡孙定庵则透给他一条过时的消息,说数年前荣亲王曾拟向洋人借银一千万两购买商船,未获皇上批准,胡大财神此来,荣亲王算得一位"知音"。而多数朝臣因战争赔偿甚巨,对借洋款一事大不以为然……

胡雪岩自也有一点"杭铁头"脾气,此行发誓务必把准借洋款的上谕拿到手中!

一则因新疆形势发生变化,南疆已成阿古柏"七城之国"的天下。而沙俄自去年出兵占领穆扎尔特山,扼住了伊犁通往南疆的咽喉,今年更大举进犯伊犁,扬言"伊犁永归俄辖"。之后又四处扩张,占领了准噶尔盆地西部地区。

二则左大人在陕甘创建了一支六万余人的队伍,其治军、统军的气候已经形成,他大清军事统帅的地位也无人能够替代!

三则洋款有借也好借。他已与多家外国公司谈妥,除武器、弹药,还拟进口全套最先进的毛呢纺织设备,利用西北丰富的羊毛资源,在落后的陕甘也推行"洋务"。消息传出,竟有数家公司、银行派人与他密洽……

胡雪岩马不停蹄,借醇亲王奕譞在西郊检阅神机营之际,携银万两前往"慰问"。醇亲王当即表示,一定在皇上和太后面前力陈借贷洋款之必要,着各地从速把协饷解赴上海。他还拜访了吏部尚书、协办大学士文煜,文煜表态"领会得"。他几次谒见宝鋆均吃了闭门羹,但探得宝大人有个鲜为人知的秘密,他还有个弟弟宝森嗜赌如命……

这日,胡雪岩持厚礼来荣王府拜见荣亲王。

王府的森严,礼仪的繁缛,陈设的华丽,难以一一备述。满目琳琅、锦缨张垂的大客厅里,荣亲王面无表情,正襟危坐。他头戴一顶万丝生线海珠珠冠,穿一件米色葛纱袍,外罩石青葛纱窄袖褂,腰间束着缂丝版金带,履着皂底朝靴。

胡雪岩纳头便拜:"浙江候补道胡雪岩拜见荣亲王大人千岁千千岁。"

"起来吧。"荣亲王身子一动不动。

"谢王爷。"胡雪岩爬起来,双手奉上郭庆春的信。

荣亲王接过信,听胡雪岩说是"庆春兄托下官捎信给王爷"的话,眉头跳了一跳,随手把信扔到一边道:"请坐。"胡雪岩这才在下首安备好的椅子上仄着屁股坐下。

"说起这个外甥,真是我们家族一大心病。他自小桀骜不驯,家姐也对他无计可施。他出国留洋那么多年,也不回京来省亲尽孝,尽弃祖宗成法。最近,从小喜爱他的东太后归天,满想他能回京来尽尽忠臣孝子之礼,谁知他竟又一次拂逆她母亲旨意。我这个做舅舅的,实在不愿再提他。"

胡雪岩见荣亲王懊丧而又鄙夷的样子,不得不以实相告:"敢禀王爷,庆春自与松江女子尤琳成亲之后,生活堪称美满,脾性也改了许多。此次为左大帅西征借贷洋款,全系庆春奔走联络,功劳不小。"说着,他还以褒崇郭庆春为名,将必欲借洋款以复新疆兴西北的来意说了个痛快。

荣亲王始终不苟言笑,竟出人意料地问道:"这尤琳……是何等样人?竟使庆春如此痴迷。"

胡雪岩赶紧答道:"尤琳乃上海松江世家出身,虽非名门望族,也算是大家闺秀,知书达理,与庆春可谓郎才女貌,佳偶天成。"

"她知什么书?达什么礼?伊其相谑、私下成亲倒也罢了,为何婚后不回京来省亲拜姑嫜?不讲规矩到了这种地步,还讲什么'知书达礼'?"荣亲王说着,站了起来,表示送客。

胡雪岩不由得脊背发凉,不得不知趣地表示告辞。没想到荣亲王竟倒背双手,送至槛门。胡雪岩回头见他跟了出来,忙道:"请王爷留步。"

荣亲王此时方缓然道:"所说借贷洋款一事,我当会同宝大人一起向皇上和太后启奏。只是,我听文煜大人说,你们'阜康'的北京分号特别方便王公大臣,有这回事吗?"

有戏!胡雪岩心中窃喜,赶紧道:"确有其事,文大人等朝廷大臣在'阜康'占有很大股份,王爷如有什么事,也可叫'阜康'效劳。"说着,胡雪岩装作故意想起似的,从内袋里掏出一只锦套存折,双手呈上。

"这算什么?"荣亲王装作不解。

"回禀王爷,庆春兄是我'阜康'的大股东,他和我早就有意想请您荣任名誉董事长,凭这个存折,您可到全国任何一家'阜康'分号提取现金。"

荣亲王拿过存折,抽出折叠的内芯,展开看了一下,神情依然淡淡地说

道:"多谢美意。可我是朝廷命官,贵为亲王,兼任钱庄名誉董事长并不合适,这个存折你拿回去吧。"

胡雪岩低声下气地求恳道:"名誉董事长担任不担任,下官不敢强求,可这存折京城里不少王公大臣都有,也请亲王暂时收下,用不用都没关系。"

荣亲王面孔陡地一冷,话中有话道:"厉害哪,胡老板,你财大气粗,国库都比不上你的殷富。连左湘侯向洋人借款也要你出面。难怪哟,似文煜那样的六部首辅也要把钱存到你的'阜康',这一招可把手捅进朝廷的心窝窝里了……"

这话的分量重,落点也重! 豆大的汗珠,顿时从胡雪岩的脸上、脖子上了渗出,他有些战战兢兢地分辩道:"王爷言重了,小的不敢胆大妄为……只是想为朝廷分忧,为皇上和太后效力……"

"哈哈哈……我只是说句笑话! 胡老板你可别放在心上……哈哈哈……"荣亲王突然仰天大笑,笑得胡雪岩心跳如鼓,汗流浃背。

一阵大风刮过庭院,树梢不住地摇晃……暗红的枣子和早黄的树叶飘落下来。落在地上的枣子在胡雪岩的左脚边跳跶着,小时候,他在树下捡过这种落地的枣子吃。果子不一定是好果子,但甚有趣味,那可是正宗不掺假的"拾趣"!

约莫又过了半个月,在西直门附近一家赌场,胡雪岩总算逮着了一个机会。

号称宝二爷的赌徒宝森输了个血本无归,取下腰间一块佩玉要押五百两银子。对方不干,两人便揪扯起来。就在这时,胡雪岩出现在赌台前,往他手中拍了一张千两银票。宝森便要将佩玉给他,胡雪岩举手把玉挡回道:"玉是有灵性的,揣着! 哥就在这儿看你怎么个翻本赢钱。"

"够爷们! 爽!"宝森朝他一递大拇指,继续赌下去,居然赢了个大满贯。打问胡雪岩名姓,大叫"有缘有缘"、"久仰久仰",便厮熟起来。

胡雪岩在"杨聚泰"叫了一桌丰盛的酒菜宴请宝森,举杯道:"来,为你的'通灵宝玉'干一杯!"

"开头,我还以为你是天上派来的神兵神将,哪知道是杭州有名的'胡大财神'! 嗨! 你一下子就解了我的围,托你的福。"宝森高兴地与胡雪岩一连碰了三四盅。

"这有什么,宝二爷千万别放在心上。不是我胡某人多嘴,你这样高贵的身份,怎么会落到这个地步?"胡雪岩一副推心置腹的样子。

宝森懊丧地一掷酒杯,满腹牢骚道:"嗨! 甭提啦,都怪我那无情无义的大哥。他自己当上高官,主管全国钱粮度支,可就是不管兄弟的死活。我原本在直隶当了个候补知县,后来曾中堂调到直隶,我哥又不敢求他,把我推荐给四川总督吴棠。吴大人对我倒很重用,没想到他一瞪眼死了!继任的丁宝桢暗中耍了手腕,我只得回北京赋闲。大哥见我无所事事,老烦我、回避我,成天躲在书房里,鉴赏比命还值钱的唐、宋书画!胡大哥,你说有这样不讲亲情的兄长吗?把小弟看得比一张被虫蛀鼠咬的破画还不如,呸!"

宝鋆号称"冷脸冰心、油盐不进",胡雪岩无意中得知他有这个雅好,心中窃喜,嘴上道:"鉴赏书画这样的事咱不懂,但押宝、投壶、搓马吊,却是自小就见过。宝二爷既精于此道,何不去上海、杭州走动走动?或是在此二地开家赌场,会会各路高手?我有位岳丈,就是赌坛高手。"

哪知宝森一听竟当了真,业已朦胧的醉眼闪着憧憬的光道:"去南方逛逛,当然好啦!有道是'上有天堂,下有苏杭',能到上海、杭州一趟,那是人生最大的乐事,咱们乾隆爷都曾六下江南呢!"

胡雪岩立即盛情邀请:"那我就请二爷到上海、杭州散散心,自在逍遥个一年半载。一切费用由我担负,你看怎么样?"

"叫胡老板破费,这怎么好……"宝森咧嘴大笑。

"没事,只要宝二爷肯赏脸,我在北京办完事,您就跟我下江南。"胡雪岩十分爽快,毫不含糊。

宝森一下子变得亲昵异常,紧跟着就套起了近乎:"胡大哥在北京办什么事?有啥要我效劳的尽管说,我不能光受恩不言报哟,那岂不太不仗义了!您说是不?"

胡雪岩摇头道:"没事,请你游江南就要你办事,那不是做生意了吗?我同宝二爷纯属友谊,绝无交易!"

每当黄昏人定,宝鋆都要在那张特制的学士椅上坐定,挺直上身,摆正双腿,将双手十指交叉搁放在业已发福的小腹上。然后屏声静气,两眼平视,直直朝对面望去。对面墙上,其时必定挂有一幅名贵的字画。书房上空,靠近画面的地方,定然燃明了两盏琉璃宫灯,将字屏画轴上的印鉴都照得丝毫毕现。满朝文武,谁都不知这个黄脸细目、绝少笑容的重臣还有这个嗜好,更不知道他在字画鉴赏方面还有一些独到的功夫。养鸽笼里有鸽子发出咕咕的叫声,有顷,门房传事的听差进了书房,低声道:"大人,二爷来了。"

宝鋆一听就皱起眉头,黄灿灿的脸上立马冷如冰霜道:"你回他,说我今儿个头疼,早睡了。"话音未落,宝森腆着胸腰大步而入,衣着是少见的光鲜,神情是少见的清朗。

"哥,你为什么总是头痛?难道我真那么讨你嫌吗?明儿个,小弟就去爹娘坟前一头撞死算了。"他乜斜着眉眼,夹枪带棒地说。

宝鋆没好气道:"又胡说什么疯话?"他朝听差挥挥手,命他退下。

宝森还是那副眉眼,真假难辨地通报道:"哥,小弟今后再也不来打扰你这位户部大人了。我要走了,今天特来向哥告别一声,否则还以为我死在何方,连尸体也找不到。"

"要走?去哪儿?"宝鋆略有些惊奇,他清楚这个弟弟没甚好言语。

"游江南,去上海、杭州玩上个一年半载。"宝森止不住得意,头和身子都晃了一下。

"这么长时间,钱从哪儿来?"宝鋆不由得警惕起来。

"有人请客,反正我不会向你借一分一厘。"

宝鋆站起身来,不放心地打量着宝森道:"你不会以我的名义,去打扰地方吧?"

宝森一听,声音立刻高了起来:"谁借你的光?与你毫不相干!是胡雪岩请我到上海、杭州看看,一切费用由他来出。"

宝鋆讥讽地"哦"了一声,目光又一次变得严厉起来,道:"原来你交上财神了。胡雪岩可不是个简单人物,我给你提个醒,你可别胡乱答应人家什么,到时候给我添麻烦。"

"他会有事托我?你放心……"宝森举起一只手,手腕子动摇着,不以为然地朝他哥摆手。

宝鋆正颜道:"谁知道。此人花样多得很!这一趟来北京,是专程替左宗棠筹借洋债的,说不定就会托你来跟我说情。"

"哥,你别把人看扁了,别以为人家都是来找你要钱的,胡雪岩可不是这种小人。我再三问过他有什么事要帮忙,他斩钉截铁地说没有,你瞧瞧人家那硬气——哪像你手下那些势利小人,成天跟在你屁股后头,连你放屁都要阿谀奉承,只差称颂'弘宣宝气'了。好,我不跟你啰嗦了,告辞!"宝森"嗨"了一声,抬脚就要走。

这事倒像是真的了!宝鋆把兄弟叫住,掏出鼻烟壶闻了闻,打出一个响亮的喷嚏之后打量着宝森问道:"什么时候走?"

"就在这几天吧。"宝森也把神情、脸色扶正了。

宝鋆点了点头,心想这胡雪岩捣的什么鬼?道声来人,尚书府的老管家进书房应了一声。宝鋆吩咐道:"到账房支二百两银子,给二老爷带走。"

"谢大哥!"宝森这话是由衷的。

"这一路该用钱就用,别丢人现眼,尽花胡雪岩的钱,让人家还真以为咱们宝家穷到了这般地步。"宝鋆走近兄弟,难得这么平心静气地说话。

宝森答应着出了书房,拿上银子,在听差仆僮一片"二爷您走好"的恭奉声中,昂然出了尚书府大门。正好一辆马车经过,宝森叫住,连正眼都不瞧跟出来的传事听差,便绝尘而去。

"有了钱就装阔,哼!什么玩意儿。"传事听差咕哝着正要转身回府,门丁交给他一只二尺余长,方高数寸,平底弧形匣盖,紫铜亮片镶边的木匣道:"这是有人送给老爷的。"

那宝鋆回到学士椅上,要续上被打扰了的养目,见传事听差进来,顺口问道:"二爷走了吗?这一下我耳根子可以清静个一年半载了……"

"二爷走了,大人。"

"这胡雪岩可帮了我一个大忙,他怎么却不要我帮忙呢?真是咄咄怪事。"宝鋆长舒了一口气,不解地咕哝着。

听差小心地禀报道:"大人,胡雪岩派人送了一份礼来。"

宝鋆一下子跳了起来,一眼瞥见听差手上的红木匣就叫道:"胡雪岩?我就说呢……送的什么礼?该不是为了借贷洋款用银子来收买我吧?不收,给我退回去!"

"不是银子!是一幅画。"听差呈上红木匣,他知道老爷喜欢这个,满脸谄媚地笑着,轻轻地解开包装的红绸带,打开红木匣,将里面发黄的画轴露出来。

宝鋆细长的眼睛顿时放出光芒,他身子立住,脖子拉长,少顷便朝着红木匣奔了过来:"小心!我来。"他亲手取出画轴,慢慢展开画面。画面已有些破损,褶破痕迹清晰可辨。画的是人物,收藏者、鉴赏者风格各异的印鉴盖满画幅的左侧。

"什么?吴道子!……"宝鋆简直不敢相信自己的眼睛,他揉揉双眸,定睛凝视,没错,是吴道子!

"大人,要不要挂起来瞅瞅?"传事听差讨好地问。

宝鋆眉目舒展地说道:"是好画!必定要挂起来,才能品出味儿。"

听差将画挂起。宝鋆回到学士椅上,眯缝着双眼欣赏起来。论画,宝鋆颇信奉宋代郭若虚的观点,认为自古以来,敏慧妙悟、精通高绝,为世人所尊重的画家,也就东晋的顾恺之,南朝陆探徵,唐代被称为"南画之祖"的王维和被称为"百代画圣"的吴道子。这幅画正是吴道子的一幅"宫中仕女",高髻云鬟,轻罗彩带,现半拉雪脯,一定是禁苑中收藏的稀世珍品!宝鋆看了又看,爱不释手道:"这画,可比银子还值钱啊……这个胡雪岩真鬼!怎么会想到……我这个嗜好……"遂转向传事听差问道,"胡雪岩有什么话留给门子吗?"

"来人只说宝大人为国辛劳,胡老板几次想上门请安,又怕大人公务繁忙,不敢冒昧前来。"

宝鋆撚须一笑道:"他不来比来还高明,他不说比说还厉害……好吧!我也不会辜负他之美意,将尽力成全。"

不几日朝房聚议,宝鋆便主动向荣亲王提起西征军费的事。

"左帅请借洋款一事,不知王爷作何决定?有向皇上、太后启奏过没有?"

"还没呢,本来早想启奏,因为这海防、塞防之争过于激烈,才不得不延缓一些日子。"荣亲王这就算定了调了!这些人都知道恭亲王的地位,正逐渐被荣亲王所取代。

醇亲王表态道:"现在情势已经明了,就不用再等了。左季高这么大年纪,在新疆也够他受的了,早日替他解决了吧,不要再缓了。"

"我也这么想。可宝大人一向主张'西饷可缓,洋款不宜',我如果过分热心支持左季高借洋款,不是有唱对台戏之嫌吗?我可不想被某些人抓把柄哟。"荣亲王笑道。

"两位王爷的旨意,下官领会了。既然情势已经明朗,也就不必再在朝廷上争议。荣王爷只要奏请皇上、太后同意,由户部知照各省以及各国公使也就是了。"宝鋆夹在中间显然有几分狼狈。

于是圣旨下,并无戏台子上那些"奉天承运"之类的话——

奉上谕:借用洋款,息银既重,各省关除划还本息外,京协各饷,更属无从筹措,本系万不得已之计。此次姑念左宗棠筹办军务,事在垂成,准照所议办理。嗣后无论何项急需,不得动辄商借洋款,至贻后果。钦此!

第三十七回

连环套胡相公频施巧计
单打一宝二爷大逞威风

一艘外国大客轮,乘风破浪航行在黄海上。这是从天津驶往上海的专船,由怡和公司经营。讨到准借洋款的谕旨,得意得似乎要飘了起来的胡雪岩就乘坐此轮返沪。

船舷上,三三两两的中西旅客在眺望夕阳下的海面。片片金瓯,被加剧涌逐的海浪撕成碎片,血色赤金在翻滚的海浪中闪烁。巨大的残阳,由明黄变成血红,它无际的光焰说收就收,说黯就黯。那血红的残阳顷刻被颠跳的海浪噬啮,终于整个儿沉没,就剩下了黑暗!

很意外,胡雪岩在客轮上遇见了索伦斯基父女。因伊犁问题中俄交涉数年,两国关系恶化,索伦斯基借口回国述职离开了上海,这一走就是四年。此番返沪,据索伦斯基说他已离开外交部,不再在沙俄驻上海领事馆任职,他现在经商,专做成套机器设备及军火生意。安娜在回国期间经历了一次短暂的

婚姻,丈夫是个海军军官,婚后在一次与日本海军的战斗中阵亡。三十岁的她至今还是孤身一人,于是又随父亲重返上海滩。

得意归得意,胡雪岩并没有忘乎所以,他敏感地意识到这父女俩有点躲着他!尤其是安娜,这跟当年那个一心想嫁给郭庆春、天真烂漫的妙龄女子判若两人。胡雪岩有心想破解这个谜,遂暗中开始留心这父女俩。

天色黑了下来,似乎无所事事的安娜进了客轮二楼尾部的赌场。赌场里供应各色洋酒,设有轮盘赌游戏机,供旅客在漫长旅途上消遣。宝森高高地坐在特设的赌座上,大呼小叫道:"快押!快押上……一夜就成大富翁,良机莫失哟。"

中外旅客押上红红绿绿的筹码,轮盘赌博机的圆盘飞速转动着,在庄家"开啰开啰"的吆喝声中,轮盘最后停住,停在宝森押的这堆筹码边。宝森情不自禁地欢呼道:"好——我赢了!"庄家用一把精致的小银耙把押在其他方位的筹码统统扒走,加倍付给宝森大把筹码。

宝二爷捧着这堆"钱"喜不自胜,抓一把筹码又押在另一个方位上。胡雪岩又递给宝森一大把筹码,示意他尽情地玩,然后无声地走到安娜身边,亮出手中的一叠筹码问道:"想试试运气吗?"

"我的运气从来都不好。"安娜摇摇头,神情忧郁地说。

胡雪岩歪头打量着她问道:"那你是对赌场里的什么人发生了兴趣吗?"

安娜有些惊异地望着他,接着便坚决地摇了摇头:"不,没有。"

"你该不会对这位宝森二爷产生兴趣了吧?"胡雪岩轻轻笑了起来。

"胡先生为什么会这么想呢?"安娜用一口纯正的汉语道。

"你的眼神告诉了我!安娜小姐,你不会撒谎。"胡雪岩把手中的筹码朝着宝森的方向扔了出去,随后轻轻捉住了安娜一只手。

安娜的手指白皙修长,白得耀眼的手背上,淡蓝色的血管嵌在莹洁的皮肤下,猛看像一团"剪不断,理还乱"的发丝。指甲上搽了丹蔻。他在她的手背上轻轻拍了拍道:"漂亮但又明显缺乏血色的一只手,如果这只手里握着太多的秘密,那它就只有漂亮而不可爱了。安娜小姐,我们能找个地方谈谈吗?"

安娜点了点头。他们很自然来到了海风吹拂的甲板上,这里没有赌场的喧闹和浊闷,也没有衣香鬓影和复杂的颜色各异的眼睛。胡雪岩背倚栏杆问道:"我可以把你感兴趣的这个人的情况全部告诉你:宝家系皇族近支,家中就剩兄弟俩,其兄以保守、稳健著称,掌管全国财政,是能直接能影响太后的人。宝森刚满三十岁,干过候补知县,除了是皇族近支,他什么也不是。索伦斯基先生曾鼓励你去追是皇族的郭庆春,现在又让你注意这个皇族近支的宝二爷,这是偶然吗?"

安娜终于鼓足勇气道:"这的确是我父亲的安排,但我对这个宝二爷毫无兴趣,我从不欣赏赌徒!"

"谢谢你对我说了实话。"胡雪岩抵近安娜,声音低如耳语,"告诉你父亲,我想知道俄国对新疆问题的政策;打算怎么处理与那个所谓的'七城之国'的关系;驻伊犁俄军的人数及装备;俄军下一步的军事行动及具体目标,就算是我给你们提供宝家情况的交换,你听懂了吗?"

安娜惊呆了,她没料到胡雪岩这么敏锐,这么有心计,也可以这么说,父女俩大大低估了胡雪岩的爱国心。安娜认识胡雪岩快十年了,只知他是个头脑精明、出手阔绰的大商人。他收买、笼络那些权要,全是为了经商,做更大的生意。这次邂逅,他们一起乘坐这艘客轮不过两天,他父亲——一个职业情报官的面目和意图,在不经意间就被这位巨商给戳破了!奇怪!简直太不可思议了!安娜努力想看清对方,黑暗中看不清他的脸,只有那双眼睛在夜空中熠熠生辉。

"我不知道,胡先生,不知道我父亲会不会同意?"安娜平静地说。

"我能把你的这句话理解为是你的有意推托吗?"

"不可以。因为我和你一样,是无意中卷入这个很严肃甚至是很严重的事件中来的。"

"'严重'这个词用得很妙,所以我必须站出来,我是商人,但我首先是一个大清的子民。基于我跟索伦斯基先生有过商务交往的历史,因此我选择了'交换'这个词。我们可以继续保持商务上的来往,而不要让事情'严重'起来。"

"你真的这样想吗胡先生?"安娜的声音透着惊喜。

"信实通商,一诺千金。同时,作为商人,我也不想这件事横生枝节。"

"我们去喝点儿什么,好吗?"

"乐意奉陪。"

安娜挽着胡雪岩的手臂来到船尾餐厅,这里灯火通明,一支四人小乐队不间断地演奏着那些著名乐曲,加上用餐的多系外国人,餐厅里充满了异国情调。他们要了一瓶红葡萄酒,胡雪岩要了一份俄式炸去骨鲑鱼,土豆沙拉,安娜点了一份煎牛排、青豆泥、两个小甜点。小圆桌上,造型别致的仿古瓷瓶里插着一朵鲜艳的红玫瑰。他们面对面相坐,频频举杯。两人谈了很多自己的生活、上海、大清国的辫子和日本的少女。临分手时,安娜竟有些恋恋不舍地样子:"希望明天父亲同意和你见面晤谈。"

胡雪岩微笑着握着安娜的手道:"那接下来的旅程,会变得轻松有趣多了!"

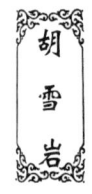

次日上午,索伦斯基主动来找胡雪岩。此翁昨夜显然没有睡好,本来多皱的眼袋上面似乎又多了一道黑色皱纹。这个一向乐呵呵的前领事满脸严肃,首先申明女儿安娜跟"情报"没有任何关系,只不过是他利用女儿去打听一些消息,特别是跟那些欧洲人打交道的时候。

胡雪岩提议让安娜也参与这次见面,没别的,因为安娜的中国话比她爹强一百倍。

"胡先生必须保证,如果将来问题'严重',她不可以有关,她对你们上海十分依恋才又来了,她不可以有关!"

胡雪岩老半天才闹懂索伦斯基这段拗口的话的意思,如果将来出现"严重"情况,都必须保证不涉及安娜,都与她无关!显然,这个俄国老毛子知道胡雪岩的神通。直到他郑重做出承诺,索伦斯基才把女儿叫来,权且充任翻译。

沙俄占领伊犁后,立即和阿古柏签订了"通商条约",承认阿古柏为"哲德沙尔"领袖。俄国则在"七城之国"取得了一系列特权,实际上把"七城之国"变成了它的附庸,向其提供了大批军火物资。阿古柏派亲信哈吉·托拉访问俄国,受到沙皇亚历山大二世的接见,并邀请他参加阅兵典礼,又送了一批新式武器。清政府虽多次派人在新疆、现在又改在北京与俄国驻华公使渥涅柯里谈判归还伊犁问题,但俄国绝不会归还。它将以伊犁为依托,拓展、占领整个北疆。有阿古柏在南疆挡着,俄国占领北疆就只是个时间问题。

索伦斯基提供了驻伊俄军的部队番号、武器装备的详细情况。俄军、包括阿古柏的军队,不仅用上了便于荒漠作战的野炮,还配备了大口径加农炮,它一发炮弹重达二十七公斤。俄国士兵改用了新式步枪,一次可以连发七颗子弹。此外,还有斯宾塞喷火武器、大功率一米五爆破筒……

胡雪岩暗暗吃惊:难怪土城之战失利,叛军竟拥有如此先进的武器!而左帅屯垦戍边、加紧训练、绝不贸然出战的战略是何等高明啊!听他介绍,俄国的武器似乎比英、德的武器还要领先,而且更适合沙漠作战,何妨买些试试?胡雪岩绕了一个圈子,问索伦斯基听没听说过漕帮、青洪帮什么的?

索伦斯基连听中国话都这么痛苦不堪,哪能清楚江湖黑道的事?胡雪岩于是大谈了一通无孔不入的江湖黑道,三刀六眼的青洪帮,横贯南北的青皮水手,谲子、崴子的码头、山堂,把个他说得一愣一愣的。安娜听的脊背发凉,不断地问"这是真的吗?"

胡雪岩担心火候不到,现场表演了一番,说自己也算有一只脚踏在江湖这个圈子里,但因"海底"太深,谁也没法把江湖吃透,他实在担心索伦斯基先生的所作所为已被江湖掌握,在上海已安好"套子"等着他!

有道是百姓怕官、官怕洋人、洋人怕百姓!索伦斯基知道中国的老百姓不好惹,顿时有些紧张,问道:"会有麻烦吗?"

"当然!恐怕还是大麻烦。"

"有什么解决的办法吗?"索伦斯基问。

胡雪岩拿出一副作难的样子,用一只手揽住安娜的腰,把她往自己身边拢了拢,勉强笑道:"我充其量做个安娜的保护神,毕竟她是女流之辈,在租界也远没有你这个领事那么打眼。"

"胡先生既然提出这个麻烦的问题,肯定已经想到了解决的办法。"索伦斯基可不傻,目光不经意地在他那只手上瞟了一眼,心里想这算什么条件?安娜早就改了姓了,这纯粹是你俩的私事,跟我这个当爹的有什么关系?

胡雪岩揽着安娜的腰走到索伦斯基面前,举起另一只手,在他肩头一拍道:"嗨,你可别把我追求安娜当作条件。你知道我跟江湖有些联系,那纯粹是为了生意上的方便,换句话说,我在江湖上没有根基,你懂吗……不是没有脚后跟站不稳,哎哎也有这个意思,安娜,你跟你爹解释。"

胡雪岩说他在江湖上并无根基,也不清楚其中黑幕。但他认识江湖上一两个叱咤风云的人物,譬如有个叫尤五的,他妹妹就夺走了安娜前些年看准的一个目标——郭庆春,焉知这里面没有江湖黑幕?而尤五这类人重实际,不问你姓什么,就重你干什么!我介绍你跟他认识很容易,但你要想继续在上海滩待下去,就必须做两面人,拿出点实际的来,让尤五这类人看得见,摸得着!

"什么是两面人?是皇宫里那些去势的太监吗?中国语言太复杂了,中国人的思维太奇怪了,我永远弄不懂,为什么一个男人要去宫里做太监?"索伦斯基被胡雪岩绕得一头雾水。

"这个我也弄不懂。"胡雪岩希望他能拿出一点实打实砸的行动,把俄国最新式的武器卖一批给西征军!

那父女俩都吃了一惊,用发蓝的眼睛怔怔看着胡雪岩,胡雪岩没事人一般嗑着瓜子。

安娜急急打破了沉默道:"别开玩笑了!"

索伦斯基总算反应过来,急扯白脸地叫道:"把俄国的新式武器卖给中国军队去跟俄军交战,那我不是卖国吗?"

"你是商人,只管卖机器、武器,不管卖国。"胡雪岩微笑着回应。

"不可能!中俄关系现在这么僵,正在发生领土争端,俄国的新式武器不可能卖给中国!"索伦斯基走来走去神情恼怒地挥舞着拳头,像一头生气了的兰德累斯白公牛。

"但可以卖给英国,或者中国的近邻印度。"胡雪岩用微笑回答,并把征询的目光投给安娜,争取支持者。像这类通过第三国买卖武器的小技巧,谁不会

玩?

索伦斯基总算明白过来了,陡地站定,挺直并不高大的身躯,扬起下颏,用略带嘲讽的眼神盯着胡雪岩,心里说:你绕了偌大一个圈,拉扯出那个的确是神秘莫测的江湖,原来是打俄国新式武器的主意!只是我索伦斯基并未被吓破胆,我不理睬你那个江湖,你能把我怎么办?嘿嘿!

"看来索伦斯基先生不想赚这个钱,不想跟我做这笔老大的军火生意?"胡雪岩依然微笑着说。

索伦斯基缓缓挺直着身躯,约略提高了声音道:"我很欣赏胡先生的爱国热忱和良苦用心,对于中国神秘莫测的江湖也表示敬畏,我一定会在商务上保持和胡先生的密切合作,除了俄国的新式武器,其他任何生意我都愿意跟您谈。"

胡雪岩嘻嘻一笑,模仿索伦斯基也耸了耸肩道:"那就先这样了,不过,眼下我只对你们俄国的新式武器感兴趣。"

此时已到午餐时间,胡雪岩预定了四份饭菜,两份西餐两份中餐,并让侍应生送到了船舱,准备为双方的合作小酌一杯。索伦斯基礼貌地告辞道:"胡先生事先没有通知我们共进午餐,我们就不打扰了。"

他正要迈出舱门,宝森举止夸张地把门堵住了,他手中提着一口笨重的皮箱,冒冒失失地冲索伦斯基道:"你就是那个索伦斯基?别忙着走!这是你的皮箱吗?"生生把索伦斯基堵了回来。

宝森在舱房中间把皮箱放下,打开,尚未开口,索伦斯基就已咆哮起来:"你凭什么动我的东西?你居然把我的皮箱弄坏了,你这个混账猪猡……"他挥舞双拳朝宝森扑了过去,突然感觉腰间被一个硬邦邦的东西抵住了。前扑变成了惊慌失措的后退,咆哮化成了张口结舌,索伦斯基本能地举起了双手,定睛看去,宝森手里握着一支毛瑟枪——是他藏在皮箱里的防身武器。

索伦斯基此番是真的把眼睛气蓝了,他暴怒地骂了一句"猪猡……"哪知宝森"咔嗒"一声打开机头,手指搭在扳机上,枪口对准索伦斯基的胸膛。索伦斯基吓得浑身一阵哆嗦:"我是外国人,我是外国人……"一屁股跌坐在床沿上,动都不敢动。

"外国人了不起啊?老子还是皇上……他家的亲戚。毙了你,顶多到宗人府里关上三个月还要人侍候我……"宝森把枪机关上,咕哝着,"不看你是外国人,老子早敲掉你两颗门牙。这是什么?"他把毛瑟枪在索伦斯基眼皮下晃了晃。

"这是外国侨民防身用的武器。"索伦斯基中气不足,色厉内荏。

"皮箱里呢?"宝森一声暴吼。

"我抗议！你没有资格……"

"我是皇帝的亲戚，我没资格谁有资格？'普天之下，莫非王土，率土之滨，莫非王臣'……不服气是吧？行，那就撇开皇亲这层关系，鄙人是刑部大堂巡捕营二等捕快、世袭罔替正七品恩骑尉，老子管你个正着！你私藏发火武器，皮箱里藏着朝廷明令禁止的电报机，就凭这两条，我就可以拿你！"宝森恶狠狠地打断了他的话。

"宝先生，请别忘了这是怡和公司的轮船，它是英国船，你是中国捕快，你不能在这艘船上行使权力！"安娜振振有词，但她发现这位宝二爷不好惹，同时也预感到自己这条理由的糟糕。

果然，宝森一声怪笑道："英国船？可它走的是大清的海你知不知道？你说海大还是船大？"他几步蹿到安娜面前，眼睛鼓得像算盘珠子，"你说的我在这艘船上不能行使权力？那我行使给你看看……"他旋风般冲到索伦斯基面前，指手画脚地叫喊起来。

索伦斯基目瞪口呆地看着他，觉得莫名其妙。别说是这两个外国佬，就连胡雪岩也闹不清他在叫嚷什么。原来宝森用的是满语！他嚷着嚷着，实然朝着索伦斯基劈面一拳，鲜血从他嘴里、鼻孔里直喷出来。没等索伦斯基反应过来，宝森抓住他一只胳膊用力一拧，索伦斯基嗷叫着立刻双膝着地，将那张痛苦扭曲的脸抵在膝盖上，周身一阵痉挛。

安娜欲上前制止，胡雪岩把她一拉，声音低沉而又坚决："最好保持安静，这样才不会再有麻烦。难道你没有看到，连我对他都是毕恭毕敬，拿大把银子给他花？你在租界以外的地方撞到他的枪口上了，加上中俄两国交恶、边境陈兵、准备打仗，他没动刀动枪还真看在你是老外的分上！"接着，便给她讲了皇帝、紫禁城、皇亲国戚体系。

正巧两位穿制服的轮船保安走门口经过，宝森叫住他们，他们显然认识这位趾高气扬的皇亲，立正站定听他吩咐。宝森道："这位自称来经商的索伦斯基先生，带有大清明令禁止的武器和电报机，有违律法。在我询问他的时候又拒绝回答，表现很不友好。我决定拘捕他。麻烦你们把他押回我的房间，本巡捕诚请轮船保安部对他加以审讯，弄清他去上海的意图。"

两个保安举手行礼，将索伦斯基押了出去。索伦斯基乖乖的，不作任何申辩，嗒然而去。宝森走到安娜面前，手指头差不多触着了她的鼻尖道："你也是嫌疑犯，从现在起，最好跟我规矩点！如果姓索的问出了什么问题，你们不用下船，就跟我坐这条船回北京去，到京师再详加刑讯。姥姥的，我在这儿不能行使权力？哼！"说罢，拎起皮箱，斜安娜一眼走了出去。

安娜追到舱房门口叫了一声"宝森先生"，便缓缓退了回来。略作思索，她

布满阴霾的脸上开始出现晴光道:"胡先生,我想父亲不会有事吧?"

"那要看索伦斯基先生是不是愿意配合,还要看宝森的心情。"

"依你看,最坏的可能会是什么样子?"安娜对胡雪岩的轻松报以浅浅一笑。

"这很难说,安娜小姐。"胡雪岩微笑着看定她,显然,这个女人比她的父亲要明智得多,谁叫索伦斯基小觑大清国皇亲宝二爷呢?"但如果宝森向报界发表声明,怀疑索伦斯基先生是间谍,并且不许你们下船那也够糟糕的了。"

其实,索伦斯基是因为未能有效地阻止中国军队西征,在国内受到广泛的批评才被迫离开外交界的。改作情报工作并非他的自愿,是沙皇认为他久驻上海,比较熟悉中国的情况罢了。

"我将说服父亲,尽量使事情变得不那么糟糕!"

傍晚,安娜又来到胡雪岩下榻的舱房,邀请他共进晚餐。晚餐的气氛很好,她不知不觉把"您"的称呼换成了"你"。晚饭后餐厅举行舞会,当他牵着她的纤纤玉手步入舞池的时候,男人投给他一片艳羡的目光。特别是那些碧眼黄发的白人男子,恨不得把这个耀眼的纯白色尤物从这个保养得很好的中国男人的怀里抢走。船上的女人太少,大海和轮船单调的背景,使漂亮的安娜成了一个瑰丽的发光体,耀眼地夺走了男人的眼球!

这是一个疯狂的夜晚。胡雪岩获得又一个堪称辉煌的胜利,安娜因为自己明智的选择而身心愉悦。他们一遍又一遍相互亲吻,疯狂地胶合在一起,谁也不放过谁,谁也不敢稍有懈怠……

上谕准借洋款而且仅限于西征,胡雪岩竟然把宝鋆的弟弟宝森接到上海,这让邵友濂如同看到邻居在自己的屁股后头捡到一颗又一颗金豆豆,怎么我觉着是屎人家捡着是金呢?他在萃丰楼定了一桌京津大菜,专门为宝森接风,并请郭庆春、胡雪岩作陪。

邵友濂举杯道:"今晚,一是为宝二爷接风,二是欢迎雪岩兄凯旋。雪岩兄此次不辱使命,仰沐天恩,终获谕旨准借洋款,如此上海的底气也就更足了,下官的胆气也就更壮了,将来江海关解付协饷,也就师出有名、理直气壮了。"

几个月前你还龇牙咧嘴一副要吃人的样子嘞!胡雪岩心中骂着,嘴上却客套地说了一些欢迎宝二爷、感谢上海道之类的话,还有意压低声音道:"告诉邵大人一个小秘密,其实也算不上什么秘密,宝大人还是刑部派出的秘密巡捕使,专门负责调查、侦讯有关朝廷安全的事。"说着,便把宝森在怡和海轮上如何拿获俄国间谍、迫使他同意向中方提供新式武器的经过备述了一遍,说完又起身举杯道,"宝二爷精思缜密,胆大心细,立此殊功,雪岩借花献佛,敬二爷一杯！"

宝森不是个糊涂蛋子，且大得胡雪岩恩惠，表示谦逊道："此番立功，主要得胡大人策划、庙算之便，我不过协助胡大人行事而已，我们同饮此杯吧。"大家叫好，二人遂同时尽饮此杯。

郭庆春会意，故意沉着脸道："贤弟此来，一定要把江南制造局欺瞒上方、购买大宗伪劣武器，造成西征首战失利的事情查个清楚，不能便宜了那些贿行贪利之人。"

朝堂之上，左、李之争李中堂渐占上风；有关兴办洋务、实体，弊端种种岂止江南制造局一家？"破枪爆炮"案在李鸿章一通臭骂之后，他老人家早就于暗中平息。邵友濂自有应对之辞，起身道："此事下官已奉李中堂垂训，将姜石林贪利渎职经过查明，待我向宝大人详细禀来……"于是将制造局无枪、姜石林被骗情形说个详细，把自己推得一干二净。

郭庆春见邵友濂丢卒保车，正要开口，胡雪岩大度地一挥手道："事情过去有年头了，石林兄贪图小利，上了洋人的当，行事不够谨慎而已，且已遭受撤职查办的处分，请宝二爷网开一面，就不要再追究姜石林了。"

胡雪岩要放姜石林一马，不光邵友濂，就连郭庆春也觉得纳罕莫解：倘借机将江南制造局经营、管理混乱的黑幕调查清楚，对权势日隆的李鸿章不啻当头一击……邵友濂瞟胡雪岩一眼，更将替宝森接风的用心发挥到极致，再次举杯道："这次宝二爷能光临上海，下官深感荣幸！希望二爷在上海好好看看玩玩，有事但请吩咐。今后，上海仰仗宝大人和二爷的地方和时候还多呢。"

"今后你们有事要上北京找我哥，可先通过我。不久前我听我哥说，如今两江总督的位置空缺，有人提议让曾国荃担任，我哥不同意，说曾国荃嫌西北太苦，不肯去，如果再换富庶的两江给他，难以服众！朝廷以后用人就难了。"宝森当真就顺着竿子爬了起来。

邵友濂老于世故："知道，知道！朝廷想让曾国荃去换回左宗棠，让左公担任军机大臣或两江总督。六十多的人了，尚在边境行军作战，也太苦了，应该让他退休养老了。"

快了！西征军准备大举进军新疆，阿古柏即将寿终正寝，就等我这批武器了！胡雪岩心想。

第三十八回

游杭州宝二爷春心漾漾
定北漠梁书办气息奄奄

胡雪岩一边陪宝森游逛、看西洋景,一边和英国汇丰银行、麦加利银行和日本正金银行签订大宗借款合同,购买新式武器、弹药及军需装备,并源源不断运往西北,一时西征军军威大壮!同时,他又受左宗棠之托,遴选了数名外国纺织专家,由他带领,参观了洋人设在上海、松江的机器纺织厂,参与日本东棉公司在沪两家纱厂的筹建,并与外商洽定有关呢纺设备,准备在甘肃兰州的贺兰山下建厂,在风吹草低见牛羊的地方见机器……

白娘子找许仙借伞的时节,胡雪岩陪宝森来游杭州。此行他还有一件事,就是挑选一些有经验的蚕农、稻农、菜农去西北传授养蚕、植稻、种菜的经验,在天苍野茫、风沙漠漠的塞上兴建起一片片"小江南"。

那宝森倒不托大,依照民间规矩来胡府拜望,在堂上见到胡母,口称:"晚辈宝森拜见胡老夫人!"

他欲下跪行礼,胡母连忙伸手来扶:"不敢当!老身不敢当,宝二爷是皇家贵胄,别折杀我老太婆了。"

"这是祖传的玉如意,恭祝胡老夫人吉祥如意、健康长寿。"宝森鞠躬,献上带来的礼物。锦匣中是一柄青玉如意,胡雪岩在一旁接过,再三称谢。

移时,胡雪岩几房妻妾及女儿荷花、荷珠鱼贯而出,与宝森相见。

胡雪岩介绍道:"这是贱内素娟、芙蓉、罗四。"

"二爷,万福!"大太太、芙蓉、螺蛳一齐施礼。

宝森不由得吃了一惊,那穿戴、那打扮、那裣衽行礼、环珮叮当,与宫闱内廷有多大差别?

胡雪岩继续介绍:"这是女儿荷花、荷珠。"

"荷花、荷珠拜见宝二爷。"两位少女如玉树临风,蹲身纳礼。那声音如娇莺银铃,悦耳动听,宝森拿眼一瞟,眼珠便定在荷花身上不动了。原来江南女子原比别处女儿灵秀活佻。况值仲春,裘棉早褪,那荷花身穿乌波锦浪底银白卷花云十八镶窄袖大褂,系着一溜水泻百褶,身上该凸的凸了,该凹的凹到极致,体态风流,面如梨蕊,粉妆玉琢一个美人坯子,如何让人不痴?荷花羞得满脸通红,低垂了粉颈,不知所措。胡雪岩说道:"你们进去吧。宝二爷,请去听雨轩喝茶。"

两个女儿听了,风摆弱柳一般回后院去了。那宝森拿目光送荷花至月洞门,半晌回不过神来。

听雨轩此时四面槛窗高启。轩内隔不多远,便将楠扇尽行撤去,使轩内与轩外回廊连成一体。晴光、绿意豁朗而入,花媒蝶使去去来来。

那宝森要到回廊上品茶。一张精致的花梨木雕矮几,两个蒲团。丫鬟送上茶点香茗,胡雪岩道:"这是杭州最好的龙井茶,而清明之前采摘下的嫩芽,一叶一尖,状如'旗枪',称明前茶,更是龙井中的极品,诚所谓'一尊斜日下,独为古人留'!"

宝森呷了一口,果然奇香,其爽无比,不由得称赞道:"唔,好茶,好茶,真是玉液仙露!杭州真乃人间天堂,有这么好的茶,又有这么多仙女,我看胡老板的宝眷一个个美艳动人,真是福分不浅哪。"

"那宝二爷就到天堂寻一位仙女结为良缘呀。"胡雪岩心中不觉一动。

宝森故意叹了一口气道:"我怕没这个福分。不瞒前辈,我宝森虽然三十出头,却从未婚娶。因小时候订了桩娃娃亲,孰料女方暴病身亡,算命的说我命中克妻,不宜早婚。三十之后,方能成家。今年正好三十,是该考虑这件大事了⋯⋯"

胡雪岩听话听音,不住点头称是。

这日游西湖,宝森又称赞荷花生得福相,体态风流。

夜来回到家中,胡雪岩径直来到楠木厅楼上,找大太太素娟商议此事。

素娟连忙端过参汤服侍他喝下,心疼地说:"看你累成这个样子!雪岩,这几年你可见老多了。"

"是啊,可有什么法子呢?人到了这一步,你想歇下来别人也不让。这几天陪宝二爷游西湖,他游兴那么高,我能冷落他吗?……素娟,我有个事想跟你商量,荷花不是在杭州物色不到门当户对的适合人家吗?就让宝二爷做我们的乘龙快婿如何?"

"什么?让荷花嫁给这个北方佬?年纪也相差一大截呢!"素娟大吃一惊。

"年纪有什么?年龄不是婚配的障碍……"胡雪岩拖长声音道。

"那……"素娟欲言又止。

胡雪岩瞧她那吞吞吐吐的样子,故作不悦地挥挥手:"有话你就说。"

素娟稳了稳神,斜胡雪岩一眼道:"我说出来你可不兴笑话我,女人家头发长见识短,又跟外头少打交道……"

胡雪岩叹了口气道:"可别说,你们还真在这深宅大院里养'熊'了,想到什么,你就直说吧!"

"听说北方人那方面特厉害,弄一回女人就要死一回,又不懂得体贴女人……当然我不是说宝二爷就是那样子。可荷花嫁到北边去生活能习惯吗?生活不习惯,又摊上个不知冷不知热的男人……再往后走,人老珠黄,男人那方面劲头不减,今日娶个七房,明天纳个八房,外头不知哪儿还养着个小妖精,那不是把咱女儿给坑了吗?"

胡雪岩似笑非笑看定她道:"你不是拐着弯说我吧?"

素娟勉强笑道:"并没有想到要说你,没想到说着说着就衬到你了。我们说什么用,连老太太都管不了你。反正我是想开了,你娶八房也好,你娶十房凑足十二金钗也好,你在外头有人照顾着,怀里有搂的,灶上有煮的,我少操些心少淘些力有什么不好!"

胡雪岩抚掌笑道:"你能这么想就好。我胡雪岩富可敌国,就是仰赖天恩,仰赖皇帝老儿和他那帮臣下发了财,他们是我的太阿山,我是他们脚下——奴才!不,满人才有资格自称奴才,我不过是微臣的微臣,下贱奸商一个!唯独在漂亮女人这一点上,我比他皇帝还自由,比他皇帝还不受挟制!"

"那就让荷花嫁给这个北方人?"这些话素娟不大听得懂,更不会劳神费力去思索,她是个没甚主见的女人。

胡雪岩又冗叹了一声道:"你别看不上眼,只怕高攀不上呢。宝家可是皇族近支,他哥哥是掌握全国钱财度支的大主管,是当今荣亲王的智囊。荷花嫁给了宝二爷,那才是真正跳进了龙门。到北京住进尚书府,我生意上有什么事,还可通过女儿去同宝大人说呢。"

"这件事问问女儿再说吧。"素娟仍兴致不高,她掩嘴打了个呵欠道,"困死了,睡吧。"

次日是杭州府柳大人陪宝森游九溪十八涧。利用这个间隙,胡雪岩到药店与刘不才、罗家骥议事。刘不才报称已赶制"胡氏辟瘟丹""诸葛行军散"数千件发运兰州。最近,根据古方新研制的"立马回疗丹""紫雪丹",对治疗创伤、疮疗、镇惊通窍有特殊疗效。只是其中有几味原料药价钱昂贵,熬药的工具也需用金铲银锅,禁忌铜器、铁器。

胡雪岩毫不犹豫道:"只要西征需要,金铲银锅也立即购买,赶紧投入批量熬制。'采办务真,修制务精',这是我一贯提倡的原则。只要制出好药,就要不惜工本。"

"说到药材质量,我也不避讳,这次家骥亲自带人到东北采购人参,不光价格贵,而且质量也不如往年。还有,我们'雪记'的'全鹿丸''参茸丸',外头好像也有些闲话。"刘不才还是那么难开笑脸,他转身从药柜里拿出一批人参交给胡雪岩验看。

罗家骥有些冲动地说道:"二叔您不知道,今年东北边境受战事影响,上山挖参的人大为减少,人参的价格一下暴涨。我好不容易东奔西走,尽量压价,才采购到这批正宗东北野山参。"

"家骥年轻气盛,说话不知轻重。二叔当着你我的面告知人参的事,也是对店负责,对你的爱护。你万里奔波去东北采购,正是为了药店好,为了让二叔能研制出金不换的好药,大家只要这么一想,心头的芥蒂不就一风吹走了吗?走,我们去鹿苑看看。"

胡庆余药店旁,有一个"鹿苑",豢养着不少梅花鹿。时常有路人、顾客来此赏鹿,还有人向鹿群投食。胡雪岩、刘不才、罗家骥来到鹿苑,罗家骥介绍道:"'鹿苑'里养了一批我从东北买回的梅花鹿,向顾客展示我们的'全鹿丸''参茸丸',全是用这些真鹿为药材制作的。"

"庆余堂的'全鹿丸''参茸丸'全用这些真鹿为材质,你们相信吗?"胡雪岩转身向那些围观者问道。

有说相信的,也有半信半疑不吱声的,还有人道:"这怕是个花花招牌,做个表面样子。其实,'全鹿丸''参茸丸'里哪有鹿茸、鹿血,只怕连根鹿毛都没有。"

胡雪岩撚须一笑道:"二叔,家骥,你们听听!戒假戒欺,一定得让顾客知

情!为了让大家看看我庆余堂是不是用真鹿入药,以后宰鹿,先当抬鹿游街,鸣锣宣告,再当众宰杀。"

次日,杭州大街上,当真就出现这么一幕——"镗镗"两面大铜锣开道,后面四名壮汉抬着一个木架,上置梅花鹿,街道上一时人群熙攘,不少人闻风前来观看。拥拥簇簇,随着这锣声,抬鹿队伍来到西湖边一块空地上。屠夫当众宰鹿,放出的鹿血,用一洁净盆子盛接,刘不才当众投下其他药料,围观者顿时报以掌声。

胡雪岩趁热打铁,亲自执笔,在胡庆余堂立了一块"戒欺"匾,全文如下:

> 凡百贸易均着不得欺字,药业关系性命,尤为万不可欺。余存心济世,誓不以劣品代取厚利,惟愿诸君心余之心,采办务真,修制务精,不至欺予以欺世人,是则造福冥冥,谓诸君之善为余谋亦可,谓诸君之善自为谋也亦可。

×年四月雪记主人跋。

光绪二年春天,经过数年精心准备,又获胡雪岩发运兰州全套新式武器装备的西征军兵分三路,进军新疆。西征军绕过阿古柏主力集结的南疆,直插北疆,一路势如破竹,仅大半年光景,就收复了北疆大部分领土。侵占了准噶尔西部的沙俄军队,由于受到陕甘守军的钳制,不敢贸然出动,只好眼睁睁看着左宗棠回师南疆,把阿古柏关起门来打!

此时,全军上下,无人不佩服左宗棠数年厉兵秣马,苦心孤诣要建造一支六万人的军队的战略。

胡天八月即飞雪,况值隆冬,这里更是地冻天寒。眼前,雪原冰川,茫无际涯,天上没有飞鸟的踪影,地上没有枯草的痕迹,除了呼啸的西北风,一切都陷于死寂。稍远,连绵不绝的冰山在凛冽的寒风中肃立不语。群山裹着厚厚的冰甲,瑟缩、战栗,惨白如带死容,仿佛生命已经冻结,僵冷的意识里只剩下空白,永远苍茫的空白。

梁冰玉在一片马嘶声中醒了过来,颠簸的马车已经停住,不,她感觉整个行进的队伍都停了下来。军马不安地打着响鼻,不时传出一两声嘶叫,有的士兵开始跺脚,那嚓嚓的响声似乎有传染性,顷刻便轰响成一片。偶尔,狂风会卷起车门上厚厚的棉布帘子,她可以看到用油布裹着的重炮、加农炮,有穿着厚棉袍的士兵在清扫油布上的积雪,还有士兵用探条捅枪管,防止雪花飞进枪管里去。又是一阵剧咳,天哪,她连门帘卷起透进车厢的这一点点风寒都已承受不了,难道真到了弱不禁风的地步?

突然,一股腥味直冲喉间,梁冰玉忙使手绢接住。鲜血!殷红一团,沥沥拉拉沾在手绢上。她忙把手绢角折过来将鲜血盖住,死命捏在手中。千万不要让大帅看见,这个时候绝不能让他老人家分心!

军医说她患有"肺痿"之症,春季大军出征时已很严重。然而,这些年来左大帅已经习惯了她的照料,再说,只有跟随大军驰骋,才有可能找到流放的父亲啊!

现在,无论白天乘坐马车,还是夜晚在营帐里睡马车床,她都只能半躺半卧,如果倒下去,她的呼吸就上不来了……

看见了,左大帅骑在马上,对照地图,环顾四周,他的身后是辎重营。长长的马队,马背上驮着各式各样的军需物资。如果没有万里之外胡雪岩的调度奔波,大半年就想取得这么辉煌的成果是不可能的!梁冰玉很清楚,左大帅之所以犯兵家之忌,在风雪弥漫的天气中兵指库尔勒,是因为他得到密报,驻伊犁俄军统帅考夫曼悄悄派出一支队伍占领了苏约克山口极西、阿赖岭以南的多个据点,建立了沙俄军队与阿古柏七城之国的一条联系通道,还派出以普尔热瓦尔斯基为首的考察团和以库罗巴特金为代表的特别代表团赶到库尔勒,让库罗巴特金和阿古柏签订所谓"俄阿边界条约":阿古柏承认俄军占领新疆的合理性,然后沙俄再逼大清承认这个"既成事实"。如果这个条约签订,今后的麻烦可大了!

"我们迷路了!"派出的探马及傅晶都这样报告。

"眼看就可直捣阿古柏的老巢,没想到在这片山隘里找不到通道。"左宗棠有些焦躁。

傅晶压低声音道:"大帅,我觉得这儿很有可能就是那个自称'黔首老人'所说的魔鬼谷。阿古柏正是利用这里迷魂阵一样的地形掩护他的大本营,我们只要找到进山之路,就能通过山隘,直扑他的老巢。"

"风雪太大,天寒地冻,命令士兵原地休息,生火造饭。探马再探!"

傅晶答应着去了,并告诉左宗棠附近就有个山洞,,他已安排侍卫在洞里生火了。

暴风雪在子夜时分停息。一轮明月出现在大漠之上,冰雪相衬,月亮显得特别大、特别亮。天高,野阔,山野寥廓,凄清奇寒,冰凌百丈。一顶顶帐篷如草原上的蘑菇,只有不时传来的号角之声,打破大漠旷古的宁静。

山洞里,左宗棠望着火焰在沉思。火光映着梁冰玉清瘦、苍白的脸颊,脸上已没有一丝活气。随着温度升高,梁冰玉慢慢睁开了眼睛。

"冰玉,你终于醒过来了。"一直守候在她身边的左宗棠,脸上浮起一丝笑意。

梁冰玉无力地点头道："大帅……只怕是回光返照了……"

"冰玉,别这么说!你这么说老夫会更加难受,我对不起你呀!冰玉,你一直随我征战,日夜辛勤地照顾我,帮我料理了那么事,可我对你的关怀太少了,太少啦……"说着,左宗棠不禁滴下泪来。

"大帅,你怎么哭了?大帅你不能这样……"看见左宗棠越哭越伤心,梁冰玉抖抖索索去掏手绢,猛想起自己的手绢不能用了,便努力投给老人一个温婉的笑,像哄孩子一般,"大帅,我给你念一首我的近作,你给评判评判,好吗?'大帅龙驹掣电开,牙旗高拥白登台。前军未出飞狐道,已报先平虎穴回……'"

诗没念完,她就无力地闭上了眼睛,那最后一句,是她阖眼徐徐吐出的,虽则气若游丝,仍然余音袅袅。

左宗棠握住她一只手,止不住老泪纵横:"冰玉,诗品如人品,你写的小诗越来越有丈夫气了。"看到她枯瘦的手指,清瘦、美丽的面颊上,苍白得没有一丝血色,她的病显然已有时日了。左宗棠益发觉得心里难受:日理万机,却忽略了身边最近的人!他深邃的目光盯着大漠,盯着士兵,却很少落到这个气质如兰、才华卓绝的书侍身上。

就在这时,傅晶领着一个完全是哈萨克装扮的老人来到山洞。他裹着破羊皮,戴着破毡帽,一大把花白胡子,一张满是皱纹又黑又干的脸。

"禀报大帅,这就是那个把消息写在桦树皮上、托士兵转交给您的'黔首老人',他熟悉这一带地形,愿为我们带路。"

左宗棠谨慎地审视着这位老者问道:"哦,你是哪族人?"

"我是汉人,是二十多年前被流放到边陲的官员。左大帅,我在风雪边疆苦熬苦等了近三十年,终于盼到能为朝廷效力的一天了。"

也许是冥冥中有一种力量,听到老人的声音,昏迷中的梁冰玉,突然睁开眼睛费力地寻找老人。

"哦,你是哪里人?姓甚名甚?"左宗棠问。

"我是云南大理人,姓梁,名璜……"

"父亲……"幽幽响起的喊声,那是梁冰玉竭尽全力的叫喊。

老人茫然四顾,才发现躺在羊毛毡子上的梁冰玉,左宗棠急切地俯下身子,手指着老人道:"他,就是你的父亲?"

"是,父亲……"梁冰玉无力地点头,两颗清亮的泪花,缓缓从她的眼角溢出,挂在她长长的睫毛上。

梁璜弯下腰,这才看清梁冰玉。"啊"了一声,不敢相认,怀疑自己是在梦中。他久久地凝视着女儿。四目相对,五内俱焚,一别近三十年,人世多少沧桑。他被发配新疆时,冰玉还是个小姑娘,他只能从现实的冰玉身上,去寻找妻子的影子。直到梁冰玉的嘴唇嚅动着,再次叫他"父亲",老人才狂喊着:"冰玉!我的女儿"一把抱住了她。

"父亲……我终于……找到你了……"梁冰玉含笑迸出最后一口气,头一歪,永远闭上了美丽的眼睛,死在遽然相见的父亲怀里。

那口多次被左宗棠用脚踢着、叫喊着"扔掉"的棺材,装敛了瘦削的梁冰玉。四匹马拉的马车,上面搁着这口棺材,跟随着行进的队伍,由梁璜引路,直捣阿古柏的"城堡"。

阿古柏的城堡修得十分坚固,军需物资充足。库罗巴特金率特别代表团刚赶到这儿,同病中的阿古柏接触,大清军队便旋踵而至。

梁璜流放库尔勒近三十年,收集了大量资料,对阿古柏城堡的情形更是了如指掌。他指向哪里,野炮、加农炮就把一颗颗炮弹撒向哪里,阵阵呼啸,片片火光,团团浓烟,直到把整个城堡摧毁!

库罗巴特金见势不妙,挟持阿古柏逃离城堡。左宗棠乘势挥师南下,在达坂城、托克逊、吐鲁番三战告捷。阿古柏仓皇北逃,最后自杀身亡。英、俄立即扶植阿古柏之子伯克胡里在喀什称汗,继续与大清对抗。光绪三年冬天,左宗棠第六次率兵出征,一举攻克喀什,伯克胡里下令放火烧城,裹挟居民五千余人和大批牲畜向俄境逃窜。不久,另一路清军再次收复和田,处决了叛军首领金相印。至此,清军收复了除伊犁地区以外的新疆全部领土。左宗棠在表彰胡雪岩的功绩时,向朝廷报告说:"新疆底定,援其功绩,实与前敌将领无殊!"

胡雪岩的功劳既与前方厮杀的将领没什么区别,那就应该给予奖赏!但同时,也有人在西太后面前密告胡雪岩"奸商谋利"、"病国蠹民"。朝廷不得不派工部侍郎端政赴上海调查。但端政一到上海,迎接他的,有同样也是皇亲的郭庆春和宝森;侍候他的,洋女人有安娜,交际花有林翠翠,富家姬丽有巧珠。待到胡雪岩公开出面,送他一台留声机和一块金表时,不光端政,连邵友濂的目光都直了。这等经不起诱惑的重臣来调查什么案子,那案子还能有个结果?

第三十九回

辩朝堂雪岩走马紫禁城
憎机括芙蓉锁困红芸院

气象森严的乾清宫,文武百官齐集金銮殿,共议朝政。"正大光明"匾下,须弥座上端坐着二度垂帘听政的慈禧太后。

慈禧打开一份奏折问道:"据军机大臣左宗棠和陕西巡抚谭钟麟联衔奏请《破格奖叙道员胡雪岩》折,历举其功劳九款之多,请给胡雪岩破格加官晋爵,不知众卿之意如何?"

李鸿章自恃汉臣中他跟西太后是走得最近的。约在半年前,他于坤宁宫晋见西太后,就曾进言——自洪杨乱后,国力十分空虚。现在西征军又连年征伐,军费开支实在浩大。据闻西征总军需官胡雪岩商借洋款达一千五百万两之巨,且属高息。借贷洋款打仗,终非长久之计。他以为新疆远离京师,毕竟遥远,实在久攻不克便理当放弃,而应集中财力、人力,加强东南海防。

他这番话,太后是认真听了的。思忖良久,太后信手拿起一分奏折,说左季高最近就有奏折呈来,一再强调"重新疆者,所以保蒙古;保蒙古者,所以卫京师",连日又传来最新捷报,清军二次收复和田,兵指伊犁,平定新疆已指日可待。李鸿章见西太后谈起平定新疆,并没有预期的那种亢奋、激动,语气甚是平淡,心中不禁大喜:历朝历代,面对外侮,主战派几曾讨到便宜?何况今日面对的俄罗斯、英吉利诸列强,谁不是坚炮利器、势不可当?左季高在大漠黄沙大肆抛撒银子,让老佛爷肉痛了吧?

李鸿章乍着胆子,直接攻击起左宗棠来——即使左季高平定了新疆,他尚有兴修水利,搞屯垦、开办毛纺厂、建设西北,发展塞外经济的长远中兴计划。他功名心重,要显出自己才是办洋务的"经济能臣"。这样下去可是没完没了啊!

这番话正投了西太后的心思,她把那封奏折往书案上一扔道:"左季高功名重于利禄,自恃战功辉煌,在朝廷说话不知轻重,不少重臣对他犯忌。这样吧,待新疆平定,即把他召回北京,担任军机大臣就是了。"

这不,新疆的事还没完,赴俄特使曾纪泽还在跟俄国人谈判呢,左宗棠就被调离新疆。他苦心经营的"兰州织呢总局"总算正式开工生产,可由胡雪岩从德国进口的挖掘机,在泾原只开挖了一条二百里长的水渠,就因遇到石山,现在连机器带延聘的德国技师都晾在那鬼不生蛋的地方喽!

心中有喜,李鸿章出列,匍匐阶前奏道:"启禀太后,臣以为此议不妥。胡雪岩乃一介商人,唯利是图,既无武功,又无政绩。仅为西征军借贷洋款,购买军火担任采办。而且从中渔利达数百万两之巨。如朝廷破格奖叙,难以服众。"

左宗棠哪里忍耐得住,出列上前跪奏道:"启奏皇上、太后,李大人所言,纯属不实之词,且有诬陷之意。西征军万里赴戎机,艰难境遇苦不堪言,江南制造局送来的是劣质军火,江海关等协饷迟迟不至,数万名将士命悬一线。此时此刻,全赖胡雪岩侠心义胆,及时解决军饷、军火、粮草,并送来药品、衣服,保我西征凯旋。此等功绩,与奋勇杀敌的英雄何异?破格奖叙绝不为过。至于对他的某些议论,朝廷派端政大员赴沪调查,已然水落石出,无容置喙。要追查的倒是军饷、军火中营私舞弊的朝廷官员。"

朝堂一片哗然。李鸿章狼狈不堪,后悔自己不该引火烧身:就给姓胡的一个虚衔怎么样呢!

荣亲王也出列,代为说话道:"胡雪岩虽为商人,几年来却义举不少。同治十年,胡雪岩就奉母亲胡金氏之命,以直省水灾较广,捐献棉衣一万五千件,并捐牛具、籽种、及纹银一万两。此外,办运浙江赈米,运送上海,装载赴津。"

"是啊,胡雪岩对御林军神机营一直热心赞助,去年更对大西北冻灾慷慨解囊。此等爱国爱民义举,朝廷务必要大力表彰,以使发扬光大,昭闻天下。"

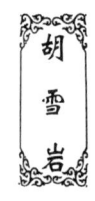

醇亲王也出列表示他的意见。

慈禧听了两位亲王之言,微微点头,她尤其不会忘记女人的功劳:"嗯,这也有胡雪岩母亲一份培植之功:忠孝教子,乐善好施,乃懿德风范。我之意,除破格奖赏胡雪岩之外,还要给他母亲'正一品夫人'的封典。"

众人听了慈禧这么高的封赏,无不流露出惊讶之色。李鸿章更是不发一言,脸色难看。

奉旨钦差抵达杭州。元宝街胡宅黑漆大门敞开,让金晃晃阳光洒入。钦差大人手持圣旨,在阵阵鼓乐声中,走进早已通仄的胡氏厅堂。胡雪岩率全家齐刷刷跪倒在地,听钦差宣读圣旨——

内阁奉上谕:杭州道员胡雪岩,于平定洪、杨之乱,襄助西征军收复新疆、南方兴办洋务,尽皆亲躬鼓踊,宵旰劬劳,崇实输金而助大局,厥功至伟,实乃中兴功臣。特颁正二品顶戴,赏穿黄马褂,并准予骑马进出皇城。又承太后懿旨:赏胡太夫人'正一品夫人'封典,以示德彰。钦此!

"胡雪岩接旨谢恩!祝吾皇万岁、万万岁!"胡雪岩俯身行叩拜之礼,全家也匍匐在地跪拜,"吾皇万岁、万万岁……"

胡老太太更是感动得热泪盈眶,逢有贺客,都要晓晓称谢皇恩浩荡:"这全赖苍天保佑、祖宗积德,才有这么一天哪!……雪岩他爹在九泉之下,也该含笑了……"

未几,胡雪岩又奉旨进京谢恩。太后老佛爷专为召见,听他念了谢恩表,又问了他一些生意上的事,遂传懿旨下去——胡雪岩乃商界奇男子,着仿鼎甲三名故事,开午门正中而出,走东长安街"御街夸官",再赴礼部特设酒宴。

胡雪岩披红挂绿,头上是正二品大红顶戴,身穿黄马褂,骑着高头大马,从正阳门昂然而出。两排荷戟的御林军,肃然远立,目送胡雪岩堂堂正正从御道骑马出入。罗家骥等一行在前门外把他接住,簇拥护卫他经过长街赴礼部宴。行人纷纷朝他注目凝视,不胜惊讶。

经过"荣宝斋",店里的伙计涌出店门来观看。那个卖吴道子画给胡雪岩的掌柜惊讶道:"这不就是胡雪岩吗?上次来买画还是个商人,现在却是身穿黄马褂的正二品大官了!"

"他还是户部尚书宝大人的亲家!"伙计在一旁提醒他。

"嗬!"众啧啧称赞、羡忌不已。

东来顺的一间雅座里,胡雪岩设宴招待前来致贺的大同乡侍进学士孙定庵,两人边喝边聊。孙定庵跷起大拇指称赞道:"雪岩兄,这次来京,受皇上、太后如此隆恩,官封二品,赏穿黄马褂,可在紫禁城跑马……数百年来,你是我们杭州人中的第一人哪!"

"这还不是孙大人和左大帅的提携栽培,否则雪岩哪有今日。雪岩感恩不尽!"胡雪岩还是十分清醒地。

孙定庵不好意思地笑道:"不,不!我是无功受禄,当之有愧。左大人对雪岩兄真可谓恩宠有加,多方关照。"

"是啊!左大人对我真是恩同父母,雪岩一辈子报答不了。不知最近他老人家精神可好?"

孙定庵迟疑地说道:"还好……只不过,有点过头了。"

胡雪岩听他话中有话,问道:"哦,是不是他老人家话太多了?"

"你我是知交,说给你听也不要紧。左大人自恃功高盖世,就目中无人,动不动就开口骂人。"

"哦,骂谁呢?"

孙定庵把手一摊无奈地说道:"谁都骂!骂的都是鼎鼎大名的人物。骂李中堂,骂曾国荃,连已过世的曾中堂也骂!甚至骂得军机处几位元老都和他水火不相容。"

"这样下去,对左大帅可不利啊!"胡雪岩深感忧虑。

"是啊,不少人已经告到太后老佛爷那儿去了。太后与左大人的关系你也是知道的,雪岩兄,你得去劝劝他。"

"我去劝?"胡雪岩有些不自信。

"对!只有你才行。左大人现在谁都不放在眼里,谁都吃不消他。平定洪杨之后又平了新疆之乱,朝野称他为'一代名臣',洋人叫他为'中国拿破仑',太后也不得不对他礼让三分。但功高震主,木秀于林,风必摧之!雪岩,现在只有你的话或许他还能听得进去,别人……"他举起一只手,横着晃了几晃。

"我去试试。我还没有谢过左大帅呢!"左大人威名日隆,名声、地位都到了高峰;他呢,于官于商不也到了登峰造极的地步?他的后半生,与左大人可是连在一起的,这个靠山不能倒!无论是威权、名望,左大人都不能有半点闪失!

次日,他来到军机处,身穿官服,向左宗棠磕头请安。

"雪岩,不必多礼,快起来吧。"

二人分宾主坐下,戈什哈送上茶来。左宗棠笑声朗朗道:"雪岩,你这次进京受封,多年的愿望总算实现了。"

"这全是大人一手栽培!雪岩没齿难忘!大人,您最近身体可好?"

左宗棠大着嗓门道:"好倒是好,只是闷得慌!现在反倒怀念在战场上厮杀的那些日日夜夜了,还有我在兰州办的厂。听说你把那老大的德国机器运往西北费了不少力,动了不少脑筋……"

胡雪岩赶紧道:"过去的事还提它干什么,大人现在军机处统领着全国军务,怎么会闷得慌呢?"

"军机处空议兵备、战事,洋人又在那儿挑衅,有人又在密谋造反……处处觉得那几位军机老爷面目可憎!"

胡雪岩沉思片刻,乘机进言道:"大人,既然您觉得军机处憋气,何不另寻地方安身呢?"

"雪岩,只是……哪有地方适合我呢?"左宗棠眼睛一亮。

"眼前便有一处,就看大人愿不愿意!"

"何处?"左宗棠来劲了。

"两江总督!"两江地方殷富,又坐拥上海这个国际大港口,坐镇两江,大可办一些实事。因此胡雪岩这般建议。

"这个主意倒可考虑。两江总督很多人都在想,曾国荃、丁宝桢、李鸿章……"左宗棠点了点头。

"两江一直是朝廷重地。两江总督,向来要由威望显赫的重臣去主持,需要大人这样有魄力的人任督抚。这样才能整顿两江,大兴洋务,造福于民!"

"那我就要和李合肥这个直隶总督分庭抗礼了。"

"雪岩就是这个意思!大人,如今李中堂权势遮天,并非因为他是直隶总督,而在于他藉办海防,建立北洋水师,大兴洋务。而大人在军机处位高权重,却是纸上谈兵。如果能主持两江,雪岩可以扶助大人兴办船厂、机械厂,到时候与李中堂南北鼎立,也不是什么难事。"胡雪岩站起身来大声道。

"好哇!雪岩,我听你的,到两江去,好好整治整治两江!也让京中那帮官老爷和李合肥看看!"左宗棠拍案叫道。

此时,西太后和掌管军机的荣亲王正为两江总督的人选作难。曾国荃同治三年攻下南京,旧部遍布两江,倒是适合。但他曾推托陕甘之任,害怕西北艰苦,訾议颇多。丁宝桢倒是头角峥嵘,毕竟资格、历练都差了些。现在左宗棠竟然毛遂自荐,要去就任两江,正合西太后的口味;左宗棠这个人,自恃有功,在朝中喋喋不休,不安于位,甚是讨厌!如今年过六十,也没有几年富贵了,就让他去吧。

胡雪岩回到杭州,他请园林大家尹芝先生设计的芝园,以及整修新建的楼宇业已竣工。原有的清雅堂七间已修缮一新,新建的和乐堂七间也已装修完毕。园内总共十六个院落,全都请名家题了匾额。胡雪岩穿堂入室,推门开扉,一一查看,不禁面露笑容。

看过堂、楼、厅、舍的内外,胡雪岩最后来到芝园,站在红木厅前的汉白玉平台上,眺望新建的鱼池、假山,一种境由我造、势由我开的雄阔胸襟不禁油然而生。

原来这假山甚有讲究,它就是西子湖畔第一名山飞来峰的小影。飞来峰,用大文人张岱的话说:"棱层剔透,嵌空玲珑,是米颠袖中一块奇石。使有石癖者见之,必具袍笏下拜,不敢以称谓简亵,只以石丈呼之也。"

胡雪岩喜它如天外飞来,苍翠玉立。渴虎奔猊,不足为其怒;神呼鬼泣,不足为其怪;秋火暮烟,不足为其色;颠书吴画,不足为其变幻诘曲。昔日他与王有龄游山,每遇一石,二人无不发狂大喊大叫。石上多异木,常不假土壤,根生石外。山间还有四五个石钟乳洞,窈窕通明,有如仙境,溜乳作花,若刻若镂。他把这个意思跟尹芝一说,尹芝道:这有何难,园林造艺,全在追求神韵,只要胸有丘壑,自可营造布置,假山叠石,穿隧筑洞,溜泻涉趣,石笋成峰,那就按你这个移飞来峰入芝园、观灵鹫景在几席间的思路来设计了。

果然,这假山不管从哪个角度看,都与飞来峰无异,真是"石意犹思动,跈势若撑。鬼工穿曲折,儿戏斫玲珑"!胡雪岩走假山溶洞穿行一遭,问道:"堆砌这些假山,花了多少银子?"

"足足八万多两。难怪人家说这假山黄的是金、白的是银,是拿铜钿堆起来的……"罗四有些不悦地说。

"就是这样的气派,这才和我的地位、身份相配。"胡雪岩得意地晃动身子。

罗四看了他一眼,带着恼怒道:"老爷,你那'十二金钗'的红楼梦已实现了,现在你总可以收心了吧?最好把十二金钗全集中住到园东这两幢楼上来,再不要像穿花蝴蝶似的,东眠西食,没一刻儿空闲。你已经老了,比不得先前了。"

有关这个话题,胡雪岩已经脸皮忒厚,朗声道:"对。大丈夫行事做人,当收则收,能舍则舍,切忌拖泥带水,纠缠不清。否则,只会自误误人。现在,我把十二金钗分住十二楼。除了大太太住楠木厅,你住红木厅之外,其他姨太太一律搬到这两幢楼上去住,我这儿已拟了一张单子。"

胡雪岩从袖笼里取出一张名单,罗四接过,只见上面写着——红芸院之软香楼二姨太……碧梧院之秋声楼福建姨太太,绮红轩之听莺楼苏州姨太太……小扬州静绿轩之琴梦楼,大扬州红药山房宝香楼,湖州两姐妹钟灵院之冷翠、锦茵二楼,小秦淮竹影院之采芹楼,小上海瑶池馆之翡明楼。去年替西北招募蚕家、菜农时新娶的小越女,年方二十,貌若西施,最得胡雪岩宠爱,则住离书房最近的云粲轩之耶若楼。罗四心中嗟叹:雪岩当真不厚薄谁,就是

他那通贪花爱花的美女理论真让人受不了!

来到红芸院,二人沿着髹漆一新的楼梯拾阶而上,打量着走进布置一新的姨太太卧室:新床、新家具,真个锦茵伴暖,香帏生春,中西合璧,秀毓幽深。最令人注目的是挂在屋角柱子上的"电话机"。罗四走过去,小心地拨弄了一下问道:"老爷,这是什么?我一直弄不明白。"

胡雪岩得意地笑道:"这叫'德律风',相当于国外最新式的电话机。这是仿洋人的法子,我叫德国技师特意安装的。这样,我即使在这正院楼上,想和哪一房通话都可以。要叫谁过来,她自然便来,不必让丫鬟跑来跑去。"

罗四把嘴一撇道:"哦,原来你用国外最先进的玩意儿来管束你的姨太太?"

"还有更先进的西洋机关呢!"胡雪岩更为得意,他带罗四来到门边、窗边。

罗四打量了半天没发现有什么机关,便问道:"机关在哪里?"

"这些门窗可以自动关闭!机关全控制在正院楼上我手里。"

罗四再三打量,怎么也看不出来。这需要用电池带动一架小型发电机,用电力来操纵的,她怎懂得这些新奇的洋玩艺呢?遂把头摇了摇道:"看不出内中奥妙。"

"到时你就知道了。"

罗四正然作色道:"雪岩,你不要光靠这些洋机关来管制,还是对各房雨露均匀一些,以免醋海掀波,要把人的心笼住,这才是最重要的……"

这日,各房各处均搬进了新居。

卧室流光溢彩、摆设极尽奢华。最高兴的是那些丫鬟、僮仆,住得宽敞了,卧具焕然一新。芍药喜滋滋道:"太太,搬到这新'红芸'真好!你还是朝东朝南的大套间呢,连里边丫鬟住的也比原先的好多了。"

小欢儿更是这里看看,那里摸摸附和道:"是啊!太太,你这房间真和皇太后差不多了。"原来,黄宗汉那个庶出的儿子大欢儿不成器,让他伴香官读书怎么也不上劲,后来竟勾搭上胡府一个烧火丫头逃之夭夭。罗四见芙蓉耐不住寂寞,常去外头看戏、游赏,没个小男孩跑腿不方便,三年前,又给她买了一个十一二岁的小厮,取名小欢儿,虽不及大欢儿伶俐,却是各种耍玩艺儿都知晓一些。

此时小欢儿这么一提皇宫、皇太后,顿时引起芙蓉的郁闷愁思:"可不是,我也随着变成三宫六院七十二妃了……表面上,住得好、穿得好、吃得好,其实是把人关在监牢里,寂寞地苦度日子。哼!还不如我在湖州烟花巷生活得自由自在呢,高兴陪谁就陪谁。"

小欢儿没轻没重地说道:"二太太,你现在也可以同样高兴陪谁就陪谁、高兴谁陪就谁陪呀!"

芍药瞪了欢儿一眼,转过来安慰芙蓉道:"太太,您想开一些吧。您有香官,胡家的长子,如今又进了县学,好日子在后头呢。太太若实在闲得无聊,我和欢儿可以琴棋书画日夜陪你玩,再无聊,就天天去书场听评弹。"

芙蓉叹了口气道:"好吧,那今晚再去听听评弹《珍珠塔》。欢儿,我吃过晚饭、换好衣服,你掌灯时分来接我。"

偏这晚胡雪岩要试他管制姨太太的新机关。他早早来到红木厅正院楼上,并拉上罗四凭窗眺望,尽赏芝园风景。

那罗四哪有他这种好心境,攒眉道:"老爷,有一句话一直在我心里盘旋,不知该不该对你说。"

"罗四,我们从小在一起厮混,有什么话不能说呢?说!"胡雪岩正手拍窗台,合着不知哪家丫鬟的哼唱,哼起了余杭小调。

"住进了这红木厅,我晚上反而睡不安枕了,醒里梦里,老是会想起范瞎子说的那些话。"

胡雪岩讪笑道:"吓!你还在琢磨范瞎子的信口开河吗?告诉你,算命测字,纯属游戏,可信也不可信。你千万别把它放在心里。"

罗四顶真道:"老爷,你能说范瞎子算的命没有道理吗?王大哥最后不真成了杭州的城隍爷……"

"那我呢?我的结局……会是'妻离子散,不得好死'?你信吗?"胡雪岩的小山羊胡子一撅一撅,眼睛瞪得溜圆。

罗四轻声地说道:"我……有些信。现在,论财产你已是千万富翁,论官职也到了二品,但我担心有朝一日……"

"你担什么心呢?罗四!这全国几十家的钱庄、银号,几十家当铺;这几千万两的财产;还有这座豪门大宅和胡庆余堂药店……会顷刻之间衰败吗?不可能!绝不可能!十年、百年都败不掉!"胡雪岩有些咄咄逼人。

"天有不测风云,人有旦夕祸福,老爷,我不能不担心盛极必衰之理……你现在是太奢侈、太冒尖了……"罗四紧抓住胡雪岩的衣袖劝道。

"是吗?"胡雪岩很浊重一问,陷入了沉思。

暮色渐浓。西天有彤云向太阳聚拢,晦暗笼罩了芝园,胡宅渐次亮起了大红灯笼。管家老周正督促家人们在各处明廊、暗弄点起灯笼,燃旺宫灯,吆喝着"小心火烛"。罗四又恐他过于费心劳神,悄声道:"不谈这些了,娘在百狮厅等我们去用晚餐呢,快走吧。"

胡雪岩腆着肚子，大将军一般挥手道："罗四，你把我的话传到各房，掌灯以后全家一般不得外出。如有急事，一定要来同你打招呼，绝不允许擅自出入。"

罗四有些为难，诉苦道："管人比管钱更难。各房人多、心眼多，管得了这一房，管不了那一房。其他各房都还说得过去，二太太毕竟经历不同，不太能安定得下来。还有，各房子女都长大了，外出娱乐、交际很多……你看，这二房的小厮欢儿……"

窗下，欢儿正匆匆经过，往"红芸"院方向走去。胡雪岩倘不经罗四提示，是认不出什么欢儿狗儿的，便问道："欢儿，不是芙蓉收的养子吗？"

"这养子……也快要养进房了，日夜陪二太太游西湖、听评书……"罗四顿了顿，到底还是直说了。

"以后外出听书看戏，只许在白天，晚上决不许出去。"

罗四笑道："现在二太太就要欢儿陪着去，我怎么能去拦她？"

"我自有办法！"他走到壁角，打开一扇小门，这是个小壁橱，里面有每个房间的开关，注明谁的房间。胡雪岩在"芙蓉"的开关上轻轻一扳，得意分分地说，"这下，就出不去了。"

"住在这芝园深宅大院里的你是管住了。外头呢，香官在县学，一个月要开销上百两银子，他这钱是怎么花的？"

胡雪岩没有吱声，又一次陷入沉思中。

却说芙蓉换好衣服，正准备出门。不料房门突然关上，差点碰到她的脸。

"啊——这是怎么一回事？"

"太太，快下楼来！"楼下隐隐传来欢儿的喊声。

"来了，来了！"芍药急忙奔到窗边，想朝外喊，但窗子也已关紧。

她用手拨弄，怎么也打不开，只看见欢儿在楼下天井里挥手呼喊。

"太太，窗子也关上了，怎么也打不开。"

"是谁将门窗关上的？"芙蓉不解地打量四周。

芍药也这里瞅瞅，那里看看，边看边对芙蓉道："我听说掌灯以后，老七间、新七间各房都要关门、关窗，不能随便外出。这是老爷新立的规矩。"

"这一下真把我们当成囚犯了。哼！也真是……"芙蓉一语未了，室内的"德律风"铃声骤然响了起来，把她们吓了一大跳。老半天，才觉出声音来自贴挂墙柱上的那个洋玩艺。两人一前一后，小心翼翼朝"德律风"走去。铃声在继续，两双手伸去想拿又不敢……

"德律风"话筒里传出来"喀嚓嚓"的轻微声响，芙蓉终于拿起了听筒，里头传出胡雪岩的声音："芙蓉，你到百狮楼来一下！"

"瞧，门开了，开了，咦，窗户也开了……"芍药突然惊喜地叫了起来。

第四十回

游豪宅美人棋学士惊艳
吃年饭时尚装娘姨不屑

乔迁入户、整肃内帏,延师设馆训诫下人,胡府这番忙乱刚告一段落,京城又来一位高官,指名要看胡家这"江南第一宅院"!他是刑部尚书、协办大学士文煜。胡雪岩不知他此来何意,却也乐得陪同他穿堂入室,参观一座座厅堂、花园。

两人来到宅第的主脑——崇峨高耸的"百狮楼"前,果然处处精巧、般般极致,无一不让人悦目赏心。

"听说'百狮楼'的狮子是用一百个紫檀木雕成,用黄金做了眼睛,不论日夜,尽皆光彩四射,华丽无比。可是这样?"文煜捋着他的青须问道。

"实不相瞒,确实如此。"胡雪岩点头承认。

文煜楼上楼下赏玩了一周,随胡雪岩从"百狮楼"漫步入了"芝园",感慨道:"过去,我一直以为京城皇亲国戚的房舍最为奢侈豪华,今日看了胡大财神的府第,那才真叫大手笔,艳压群芳。就是北京名气很大的恭王府搬到这儿

来,也是小巫见大巫了。哈哈!"

"这倒也是。我修建这一座宅第,确是不惜工本,花了近二百万两银子,用的全是最好的材料。譬如这木料,有的还是从国外进口的洋木!除五开间正厅三进之外,又有红木厅、楠木厅、四面厅,另辟芝园,共建楼台、馆榭四十余处。另有曲廊、小桥、荷花池、牡丹台……你看这'延碧堂',又叫红木厅,全部用名贵的红木建筑。不瞒您说,连这楼前鱼池的池底都镶嵌着铜皮,以防漏水呢!"胡雪岩不无得意地介绍。

"哦,这么讲究?"文煜望着鱼池。鱼池碧波粼粼,几尾绚烂的荷包红鲤在开得嫣然的睡莲下优游。二人沿着小溪,拐过一座状如官轿的白石桥,迎面又是一个院落。顺着院外折廊,再上一座大假山,拾级到抵山顶,有复道连着影伶院。影伶院高过二层楼房,内里十分轩敞。原是胡雪岩想建一个戏班,让那些学戏的小戏子们练功用的,它仿的是洋人表演歌舞的练功房!那文煜踏进去便吃了一惊:只见一架十三层水法塔灯明晃晃地照在头顶,墙面嵌着无数面镜子,一气相连,直嵌到对面墙上,两边的镜子相互映照,从镜子里映出了很多个"文煜",有些还怪模怪样。

文煜吓了一个倒退,惊道:"这,这是怎么回事?"

"这是两边的大镜子相互映照,才照出这许多影子。"胡雪岩笑着解释。

"这……洋玩意儿,十分好看,但也有些可怕……"文煜一瞥,一身官服的他在镜子里端的像个怪物。

"这十三层水法塔灯,是从日本定做的,府里共有三十余架。这大玻璃镜也是来自横滨……"

文煜似乎害怕镜子里的自己,匆匆逃出了"影伶院",沿着一道消失在绿荫中的云墙,穿过藤萝掩映的船亭,出了月洞门,但见一坞翠竹,数株枫桧,掩着几尊怪石,及一座攒珠顶精致小亭。绕过竹坞,眼前巍然耸峙一座楼台:八角攒尖顶,翘角飞檐,如巨龙探海;繁复精构的斗栱雀替,彩绘辉煌,在高高探出的顶檐下钩心斗角、雄奇精妙。此楼下部用烧制的大号青砖筑墙,墙基上再立乌楠亮柱,最上面才是二层重檐八面顶,真是八面来风,万民景仰!那文煜随胡雪岩登上顶楼,探首看到一块匾额,上题"御风"二字,不觉点首道:"这个楼名取得好,登上斯楼,确有凌空御风,飘飘欲飞之感。"

顶楼原来四向皆空,除了几面透雕栏杆,数楹泥金露柱,既无墙面,也无幄帷,岂止八面来风?到得此处,耳边但听呼呼风响,身上衣衫胀鼓、袍角卷飞,俨然有"飞天御宇"之感。这里是杭城最高处,南面凤凰山,东面钱塘江,山作青螺,水作纨幅,一一尽收眼底。青螺、纨幅之间的楼宇、街道、旷野、泥径,稍远便似墨渍,尚有浓淡之分,再远,便似蝌蚪几粒出没渐逝于云水间。

"这里是杭城最高楼!登高望远,可算得一个去处?"

文煜点头道:"唔,有些北京景山味道。"

"文大人,登御风楼可是要题咏的哟!"

文煜看了胡雪岩一眼,摇手道:"吟诗作赋不是我的擅长。适才我倒是在留心檐顶,倘不是盖的黑色布瓦,那溜脊上的兽吻也不过是民间常用的螭蜍之类,我可要问你的'僭制',这御风楼,怕比紫禁城的五凤楼还要高呐!"

浏览至此,文煜已经累得够呛。他有大烟瘾,京城高官,多染此习。胡雪岩在园内设有专门的烟室烟榻,他备的鸦片是从印度进口的公班土,用人参汤调制烟膏。胡雪岩领他至一去处,小飞来峰背面,琪花瑶草掩映一座洁净平台,傍有一幢孤立小楼。楼上大间,设有红木烟榻,早有丫鬟在此侍候。胡雪岩自去小间吸了两袋水烟,坐下品茶。

两颗烟泡烧罢,文煜精神陡长,伸伸懒腰道:"真痛快!把连日旅途疲劳,一扫而空。"

"是吗?那就请文大人在这儿好好玩玩,多住上几天。"胡雪岩趁机邀请道。他一时还没弄清文煜此行的目的,京城高官中,文煜可是"阜康"最大的股东!

"在京城就听人说胡大财神的豪宅极其富丽堂皇!既有禁苑规模,又具西洋风姿。果然,百闻不如一见,确实比皇宫还考究!"文煜环顾四周,点头不已,"难怪朝廷大官、洋人商贾来杭州,都不愿住迎宾馆舍,而要住到您这座元宝街芝园来。"

"是呀!文大人,这人生一世图个什么?还不是图个活得舒坦、潇洒!只要赚的不是昧心钱,理所应当在衣食住行方面享受享受。文大人是刑部尚书,现在有幸成为我们'阜康'的大股东,'阜康'赚了钱,您也能坐地分红,您说这又有什么不应当呢?"胡雪岩打着哈哈道。

文煜正是因此事而来,不得不暗示道:"话是不错,但官场是非太多,人言可畏,不得不多多收敛。再说,北方人不像你们南方人会过日子,住得豪华,穿得讲究,吃得也细巧,最懂得享受。更兼西风东渐就是从南边闹起来的,势必影响民风、国风啊!"

"我就是最受西风影响的一个,骨子里头……"胡雪岩递给文煜一个锦缎封套的存折,"文大人,这是你在'阜康'的存折,除了本金,几年的红利也全在上头。请大人过目。"

文煜抽出内芯,展开一看,满脸笑容。

胡雪岩打量着他的表情,脸上掠过一丝轻蔑的冷笑。

文煜摇晃着二郎腿,有点装模作样地笑道:"我在贵号的存银有这么多

吗?真是无功受禄,无功受禄!"

"哪里,哪里!文大人能把钱存入'阜康',是看得起我胡雪岩。现在文大人已是我们'阜康'的大股东了,股份占到十分之一还要多。"

"这是胡老板对我的关照,惭愧!惭愧!"文煜乐不可支地摆了摆手。

"文大人,休息好了余兴一下怎么样,来一盘象棋如何?"

"好啊!上哪儿去下?"

"就在这儿。"胡雪岩朝楼下一指。

"行!拿棋盘过来。"文煜以为棋房设在楼下,拿脚准备下楼。

胡雪岩含笑不语,击掌三下。楼下大门徐徐打开,一队如花似玉的丫鬟缓缓走向平台,各个站定。

文煜感到眼花缭乱,揉揉眼睛细看,方看清平台地面上绘有大象棋盘。

丫鬟们扮作"活棋子",身穿"将"、"士"、"相"、"马"……各色彩衣,走到各自固定的位置,供宾主对弈。那一群女子安位,一起纳福行礼,齐声道:"大人吉祥!"

"棋已摆好,文大人,你是红方,我执绿方,请吧!"胡雪岩像一位大将军。

文煜大开眼界道:"好一个别开生面之举!世上竟有这样的棋,这叫什么棋?"

"美人棋!既能下棋,又能观赏舞蹈,岂不是赏心乐事一桩?文大人,请!"

"好!那就来吧——炮横三,居中。"文煜兴奋地叫道。

平台上一个穿红衣、胸、背绣着圆形"炮"字的丫鬟,从原有位置,以舞蹈动作款款移到"米字格"顶部正中。

这女子身架倒高,只这身衣裙似不甚合体,舞蹈动作也不好看……胡雪岩顾不上细瞧,应招道:"这头一步好厉害!早听说文大人棋锋犀利,以善用'当头炮'开局著称。那我只好用跳马来应对了……马跳四……"

一个穿绿衣、胸、背绣有圆形"马"字的丫鬟,从原有位置款款跳到"楚河边"的边界线上,舞蹈中还真有些马的韵味。

两名丫鬟端来燕窝银耳羹,让胡雪岩、文煜饮用。

"挺车!车上二……"文煜又叫道。

一个穿红衣、胸、背绣有圆形"车"字的丫鬟,从原有位置向上一步……

那个穿红衣的"炮"好生面熟!还朝别位上的女子挤眉弄眼?如此形貌、如此不庄重的女子,因何被家骥他们挑了来?一盘棋走到大半,胡雪岩才陡然认出被文煜当头架起的"炮"不是别人,乃是他的大公子香官!他戴了发套,描眉打唇化了浓妆,又穿上女孩儿服装忸怩作态,一时间怎生认得出来?待认将出来,胡雪岩已气得七窍生烟,只是当着文煜的面不便发作,于是局面急转直下!

文煜大喊道:"炮挺二,将!"

那个穿红衣、胸、背绣着圆形"炮"字的丫鬟猛地走到中轴线上方,"米字格"顶部正中刚好有个绿方"象"在作'炮架'。胡雪岩观察了一下棋面,不得不搁了茶盅,道:"输了!再也无药可救了……文大人真不愧为刑部尚书、协办大学士,一祭起当头炮来,火力威猛,步步进逼,很难让人逃出包围圈啊。"

文煜哈哈大笑,胡雪岩则陪以一串苦笑。一个丫鬟捧上一只银盘,盘里放着几封银子,跪着递给文煜。

"这是什么?"文煜惊讶道。

"这是胜者的奖金,请大人收下。"胡雪岩笑道。还有个内容他没敢开口,倘看中哪个"棋子",今晚可留在身边侍候,但有他那个孽障儿子夹在里面,这话他怎么说得出口?

送走文煜,胡雪岩在"百狮楼"上暴跳如雷,叫喊着"把那个孽障给我叫来"。老半天,才有家人来报告说:"少爷半个时辰前骑马赶往县学去了。"

"派人去追,他就是赶往金銮殿去了也跟我把他叫回来!"胡雪岩跺脚叫道,但赶来的却是芙蓉和她的婢女芍药。

"你要把他怎么样?你要把他怎么样?"芙蓉人还未到,声音先在百狮楼的甬道里震响起来。胡雪岩最恶夫妻间当众吵闹,待要回避,芙蓉已经追了上来,她螺黛偏倚,鬓鬟已乱,泪流满面,嗓间带着尖利道,"这孩子一落生就是个没爹的,就连香官这名字,也是'夜夜春'的妈妈取的。幸亏你不忌讳,若是诗礼官宦人家,怎的就取这样香艳俗气名字?这且不说它!湖州一边儿住着那些年,你管过儿子多少?你跟我聚少离多,'身在曹营心在汉'。你在外头攒劲儿赚钱,可你在外头包养过多少女人?更何况你还有青梅竹马的旧情人,你想她,找她,念她,梦见她,明明在我们身上使劲,心里头'肉'、'乖乖'叫的是另一个女人……"

胡雪岩听芙蓉把这些话都嗄出来了,气得两手哆嗦着道:"你,你……不知羞耻,连夫妻间事也拿出来说道……"

芙蓉大约是豁出去了,但也许是压抑得太久了,如同地底深处竹根上的芽,憋闷许久,一遇阳春地暖,便破土而出,一窜老高。她带着恨声道:"这便是不好听的?还有更不好听的呢!胡雪岩,你忘了你在湖州落难的日子了么?"

只这一句,胡雪岩便心软了。原来,他最是讲究知恩图报的人,滴水之恩,当涌泉相报,何况芙蓉确实于他有过大恩!他一眼瞥见丫鬟芍药和"百狮楼"侍候的使女、小子,都垂手立在甬道里听候,不敢上来,不由得大怒:"你们都守在这儿干什么?滚——都跟我滚下去!"

　　许多年来,谁见过胡雪岩发这么大火,众丫鬟、小子唬得心惊胆战,燕子般朝楼道口涌去。芍药本少来"百狮楼",着他那一喝吓得一个急转身,不提防撞在一架玉屏风上。但听得豁啷一声,玉屏被她撞碎,紧接着,便是窸窸窣窣一片贝飙散落,跳珠溅玉之声。

　　冲楼梯转角踏脚平台摆一张屏是有讲究的。公廨设镜,是为正衣冠,平心境之用;富家为屏,当为礼宾客、迎亲朋之物,此所谓"仪上为镜,礼宾为屏"。"百狮楼"所摆这架玉屏,是翰林院编修夏同善大人家传一件古董,为"百狮楼"之兴专门贺敬的。胡雪岩急得大叫道:"这是宋代玉屏,临安小朝廷宫用之物!"

　　芍药早已面色如土,叩头连连:"奴婢该死,奴婢该死。"

　　哪知芙蓉冷笑道:"别以为你们胡家遍地都是宝贝,先以前好的、真的是不少,后来你哄、他骗,打夹账吃回扣,进来多少假货?就瞒着你!没准这宫用之物就是个赝品。"

　　"你!"胡雪岩戟指着芙蓉,"此乃夏同善大人家传宝物,湖州庞二爷拿三千两银子都不曾买走。他儿子又被选拔翰林,却愿意做我的门生,他家敬贺的礼品,哪会有赝品……"扭头见芍药还在伏地恸哭,不由斥赶道,"还不快滚?跟我滚下去!"

　　两个小厮上来,将跪哭不起的芍药强行拖走。胡雪岩抄手踱了几个来回,眼瞅着丫鬟、小子下了楼,方压着声音冲芙蓉道:"当着下人的面,你说话行事得有些个讲究,你是大户人家妻妾,我也算个二品顶戴,不同于当年在湖州……"他挥挥手没有再说下去。眼瞅着那堆跌散的贝飙珍珠,那碎落满地的玉屑玉片,就似同文煜下的那盘美人棋,是一副难以收拾的残局!他倒不是心疼这架玉屏风,一种不祥的预感,随着这架玉屏风的坍塌分崩陡地兜上胡雪岩心头。以往做生意,亏折遇险,跟洋人斗智斗力险象环生,他都不曾有过不祥之感。而今他的事业登上高峰,他在商界如日中天,文煜位如副宰相,他是光临胡宅地位最高之人,大喜连连却心生不祥,是自己杯弓蛇影?还是让香官这不肖之子给气糊涂了?

　　"你这些年有几天跟儿子在一起?见着了也就是一顿训斥、苛责,孩子们全都怕了你。这是香官怕你生气,临行时胡乱写的几句,你瞧瞧。"芙蓉也觉得自己今天有些失态,放缓语气,塞给他一张纸条。

　　胡雪岩拿来看时,只见上面写着——

　　父台万勿生气
　　不肖承蒙不弃

书场商场情场
无意有意失意
昨天今天明天
没利攥利赢利

"不读书谈赢利,经商钱就那么好赚?终究是不读书之过!还女扮男装在婢女丫头堆里混,以后再遇此等情形,绝不轻饶!你要对他严加管教。"胡雪岩冗沉一叹,顿了顿又放缓语气,"打碎玉屏风那丫头,是你房里的吧?不定吓成什么样子了,也不必责罚她了,扣她一月零花钱,叫她以后小心就是。"

铜锣震响,喝道声声,加上"肃静""回避"旗牌,把路人唬得股慄奔窜,犹恐避之不及。

文煜的八抬大轿出了元宝街,拐过一道弯,刚上望仙桥,不防斜刺里冲出一个中年汉子,样子有些疯疯癫癫,手举一张状纸,拦轿大喊:"我要告状——我要告状——"看他模样,头上疔癞溜疤,脸上眼屎巴拉,身上破衣拉花,脚上油渍麻花。扈从竭力想把他推开,癞子仍死死拉住轿杠不放。

文煜发话问道:"问他状告何人?"

癞子狂喊道:"我告胡雪岩,告胡雪岩的状,胡雪岩想强占我的剃头铺子。"

"要告状,上钱塘知府衙门……"文煜面无表情地挥了挥手。

接官厅码头,早有钱塘知府、江南制造局观察姜石林等一帮官员在此迎候。姜石林是专程陪文煜来杭州的。文煜着人搀扶下轿,与众人一揖,便径直朝官船走去,姜石林忙把他扶住,一路喁喁低声提醒着扶他上了船。

文煜坐定,对姜石林道:"此番我来杭州,一是对胡雪岩,因朝野非议太多,收到奏折不少,我身为刑部大员,必得实地调查一番。二是我采纳你的建议,悄悄买了'阜康'不少股份。有人说胡雪岩好大喜功,实力不足,所以我要特地亲自来看一看。"

"大人看了胡雪岩的家底,印象如何?是不是如同学生所说?"

文煜点头道:"耳听为虚,眼见为实,胡雪岩之财产确系半壁江山,富可敌国。这次来杭看了他的家底,使我放心不少。"

"大人,胡雪岩确是一尊商神,长袖善舞。背后有左宗棠这样的大靠山,现在又官拜二品,事业更如日中天!说他财产抵得上国库一半,实不为过,但正因为权势熏天,树敌过多,蛾眉善妒,树大招风,连小小杭州跟他作对的人也不少,都在背后诅咒他早日败落。"姜石林丢官落单几年,如今又浮了上来,不

得不承认经商办厂兴洋务,无人能及胡雪岩,北洋系那些人,谁不想把他揍下去?

"是啊,不能再让他滚雪球一般越滚越大了,否则有一天,我们这些人也要在他面前乖乖俯首称臣。听说他翻修故居,竟有一个小小剃头匠敢与他作对,这真不简单!你告诉杭州知府,暗中一定要支持到底!"

"杭州这地方,建房、造墓,非常讲究风水。风水不好,亿万家产也会败掉!现在胡雪岩宅邸独缺一只角,杭州人都说金银财宝都会从这个缺口流出去,胡雪岩败落的日子不远了。"姜石林连市井传闻、风言风语都用上了。

"胡雪岩即使钱庄、当铺、丝行等全部破产,光是府第和药店这两处房产就值几百万两银子……你叫杭州知府把那剃头癞子的状纸交给我,我带回京城,也算一份罪证。"文煜沉思后说道。

姜石林见文大人态度这么坚决,喜滋滋忙下船布置,并叮嘱杭州知府不时给剃头癞子几个小钱使使,让他顶住!否则,他把那巴掌大一块地卖给别人,不还可以到得胡雪岩手上?这风水里头的玄妙,可别小瞧了!

"砰!嘭!"惊天动地的爆竹声在元宝街此起彼伏。一串串大红灯笼挂满胡府内外,新年的喜庆在酝酿与等待中或释放或绽放。"百狮楼"大厅内,十二房男女老少加山菊一家全都聚集在一起,吃年夜饭,欢度新春佳节。正中圆桌上,坐着胡雪岩、胡老太太、大太太及长房两个未出阁的女儿。

其他各房姨太太及子女,坐在两旁的圆桌上。内中二太太芙蓉的位置空缺,她的儿子香官目光不由自主地瞟向山菊那一桌,在她女儿幼锦的身上乱晃。胡老太太不大喜欢芙蓉,却偏爱这位油头粉面的长孙,她派人把香官叫到她身边,疼爱地拉着他的手:"香官,你不是长房,却是长孙,坐在奶奶身边。"

阿娇身边已添了一个儿子,新衣新帽,模样可爱,坐在老太太右首靠近的地方。

孩子们等不及,先自己吃喝了起来。

罗四指挥着仆人、丫鬟端盘子送菜,布让安排,忙个不停。

胡雪岩是一家之主,站起身来,满面笑容地举杯道:"今天过年,我们合家团聚,欢度新春,真是福禄寿三星高照,三喜临门!我官封二品,皇上赏穿黄马褂,老奶奶被太后老佛爷诰命为正一品夫人,真是光宗耀祖、门庭生辉。现在,我率全家首先向老奶奶敬酒,祝她老人家福如东海、寿比南山!"

众起立举杯欢呼,尤其是那些孩子大呼小叫着"福如东海,寿比南山"。胡母笑得合不拢嘴巴,也颤巍巍举杯道:"祖宗积德,儿孙孝顺……好好,你们也要向你们父亲敬一杯酒啊!他长年在外操劳,今年好不容易同大家在一起吃年饭……"即使没有老夫人号召,谁会忘了敬这位劳苦功高的当家人?

大太太首先向胡雪岩敬酒,意味深长地一笑,只有短短的一言:"我敬夫君一杯!"

"我不在家时,辛苦你了,我敬你一杯!"胡雪岩道。

素娟由衷地说道:"要说辛苦,还是你那位能干的罗四太太。看,人家在大吃大喝,她还像走马灯一样忙个不停,你该向她敬杯酒。待会,我还要专门敬她。"

胡母感慨道:"罗四真是治家有方,里里外外打理得井井有条,上上下下的人都佩服她。真是让人打心眼里喜欢哟。"

此时,胡雪岩才注意到芙蓉没来参加这一年一度的团年家宴,不由得有些火起,于是问香官道:"你娘怎么没有来吃年夜饭?"

"不……知道……"香官只顾吃喝,这一整天,他都陪着山菊表姑的女儿幼锦呢。

"她说身体有些不舒服,想睡会子……"素娟替芙蓉打圆场。

胡雪岩生气地一拍桌子道:"这,太不像话了!今晚全家吃团圆饭,她怎么可以不来?即使身体不舒服,礼节上也得周到一下,香官,你快去把你娘叫来。"

"算了吧爹,她抽上大烟了。那玩艺儿一上瘾,日月都没有了,还谈什么年节。"香官嬉笑了一下。

胡雪岩生平最恨抽大烟,不禁厉声道:"什么?"

"雪岩!全家高高兴兴,你发什么火?"胡母示意他坐下,转头对贴身丫鬟道,"翠凤,去请二太太来吃年夜饭,就说是我叫她。"

翠凤答应一声,急忙往红芸院去了。香官代母亲敬了胡雪岩一杯酒。一时各房都来敬酒,气氛渐渐热闹起来。此时,山菊、秦少卿一家也过来给胡母、胡雪岩敬酒。

"祝大姨妈富贵安康、家族兴旺!祝大表哥事业有成,万事遂意!"夫妻俩说了好些"恭祝"、"感戴"的话,将女儿幼锦推上前来敬酒。

胡母早看见他们身后打扮奇特的这位俏女郎:盘着一个十分繁复考究的曲波纹凤尾头,偏分戴一顶绿茵茵詹士呢贝雷帽。上身穿一件洁白的法兰绒短装,又大又厚的兔毛领,起码一尺阔的喇叭袖。短装下面现出合体的倭缎旗袍,银灰底子排满一长一短亮闪闪的波斯菊花瓣,隐隐勒出丰臀的上半个轮廓。颜色倒像山菊一般粉嫩,只五官酷肖秦少卿,尖下颏,扫帚眉浓得菊青菊青仿佛染过。胡母心下不喜欢她这身装簇,嘴里道:"好一个洋气的上海小姐,你这么一打扮,我家荷香、荷秀只合做乡下姑娘了。"

山菊解释道:"上海的风气就这样,租界里时兴什么式样,租界外很快就风行起来,连贫家小户都赶趟,何况咱们这样人家。"

胡雪岩看儿子香官那神情像刚打鸣的公鸡,把翅子扑扇得呼啦呼啦正展雄。等着幼锦敬罢酒便问道:"幼锦在念洋学罢?"

"在法租界的圣约瑟学校,头两年学英格里西,后一年学做账、学做文员自便。她英格里西现在学到第二年了,职分上学什么,她自己挑吧。"秦少卿忽然心中一动,目光在幼锦、香官身上倏地一扫,心想若是这小辈人相互能瞧上,岂不是亲上加亲?便道,"大表哥是不是也让香官见识见识上海的洋学堂,它跟杭州的县庠、书院究竟不一样。"

山菊笑道:"你别瞎出主意了,像大表哥这样人家,肯定让香官求个正经科举出身,他念哪门子洋学堂。"

山菊的话,正投合胡母的心意,老人颔首道:"他就有那个心,我也不会放香官走远,儿子终年不在身边,长孙也不放在身边孝敬娘亲?"老人信奉"父母在,不远游"的古训,儿子的生意做得再大,像风筝一样飞得再高,线轴子总要捏在爹娘手里。

"那是一定的,那是一定的。"胡雪岩频频点头。

这时,芙蓉在丫鬟芍药的陪同下来到大厅。众人一见,把目光避开,只当没看见。胡雪岩忙去寻罗四,让这两房给老母亲敬杯酒。老太太停止了跟儿孙们的谈笑,明显带着不悦道:"二太太,大家都等着给你敬酒拜年呢,你怎么来得这样晚?"

芙蓉情知自己失礼,急忙赔不是:"回老太太的话,芙蓉身子骨不太舒服,头痛得厉害,想多躺会儿。没想到一躺就躺过了头,真该死!"

"大年节的,什么该死不该死。行了,你也不必赔不是了,快见过众姐妹入席吧。"胡母更加不高兴了。

芙蓉忙一一行礼。此时,孩子们早按捺不住了,只听罗四宣布道:"大家吃过年夜饭,就到芝园去看烟花吧。今年特意买了很多新花样,'步步高升''喜气盈门''吉庆有余'啥都有……"孩子们一阵欢呼,一窝蜂拥了出去。连香官、幼锦、荷香、荷秀都跑得不见了踪影。剩下的都是各门各户的当家人,一起围住胡老太太,重新安排席面,整酒开宴,过年嘛。

第四十一回

除夕夜小欢哥淫乱暴死
薄暮中大老板走私阴藏

  这顿年夜饭,照规矩必吃到各寺庙响起新年的钟声方可撤席,这才叫年年有余、岁岁平安。
  年饭后,还要陪老太太看焰火,出天行,给祖宗上香,给观音菩萨上供。老太太又有给孙男孙女金锞子、银元宝一类赏赐,以及丫鬟翠凤送给各房各处的蜜橘、福柑、吉祥点心,种种忙乱。只有芙蓉心里憋气,气鼓鼓回房道:"真没劲!同那么多人在一起,向大家一一赔笑脸,装出一副高兴样,有什么意思?不如我们三个人在一起过年,反倒高兴!老爷不是说过年放假三天,掌灯以后,也不关闭门窗,各房可自由来往吗?"
  小欢哥兴奋地附和:"老爷还宣布这三天里不分长幼尊卑,全家同乐!可以大醉三天、大赌三天、大玩三天……嘻嘻!"
  芙蓉让芍药到厨房去拿一坛酒、弄一些菜,要在自家房里大醉一场!

　　酒意加疲劳,胡雪岩高一脚低一脚,径直来到罗四的房间。罗四正歪在红木榻上喘气,累得骨头都要散架了,她一见胡雪岩,顿时强打起精神道:"你来得正好,府里的开支越来越大。为了过年,各房都要送压岁钱,都向账房支元宝,十几房竟领去五十几只大元宝。还有你买的那些古董,找人来看了,说是假货赝品颇不少。雪岩,我担心再这样下去,金山银山也会挖空。还有……"

　　"好了好了!大年三十,我不想听你报账。知道你辛苦,今晚我慰劳慰劳你。"胡雪岩不悦地打断了她的话。

　　"今晚我提不起精神,只想早点休息。你打'德律风'给其他房,你喜欢哪个陪就挑哪个。我得洗头、洗澡,湘云,去提一大桶热水来,我要好好泡泡身子。"罗四毫不客气地回绝。湘云应了一声,赶紧外出张罗。

　　胡雪岩依然不改那副嬉皮笑脸的德性:"那我总不能与你同洗鸳鸯浴吧?我还是出去一下,到宅子四处走走看看,看她们各房如何过年。"

　　此时,在红木厅楼下的女厅里,香官的甜言蜜语早把幼锦灌得情意迷迷,身软眼疼。他的一只手,一粒粒解了她倭缎棉袍上的布纽,费力地伸了进去。不像棋女们里头就一个抹胸!幼锦铁紧的坎肩里头还有像口袋的装束兜住了两只乳房。他的手使劲也插不进去,只得隔着那装束,在她滚热的鸡头小乳上乱摸一气。一张嘴也拱过去,想寻幼锦的唇。

　　幼锦却把嘴拧开,只留了脸颊、脖子给他,微微喘息道:"表哥,你够了吧,你够了吧?"香官本想说"这是永远也不会够的",棋女里头那两个长得最抢眼的,那才叫十足够了呢!但就在这时,廊庑下响起踢踏踢踏的脚步声,很缓重的,一直响到女厅这边来。幼锦一急,身子赶紧一挣,那挤压下仍然感觉到的起伏酥软,那楚楚纤腰,顿时从他的抚玩下脱离。夜气如磐,女厅外的脚步和槛窗外斜织的焰火,都给这个情窦初开的少女提了个醒。她急急扣好旗袍上的纽扣,摸一遍看它们是否系牢。把表哥拥抚她时脱去的短装又穿到身上。她在黑暗中把自己从头到臀理了一遍,确信自己是齐整的,听听脚步远去,拉开女厅门闪了出去。

　　出了红木厅,胡雪岩晃晃悠悠,在芝园里乱逛,也不知道要去哪里。绕过飞来峰,边走边瞧缭乱飞上夜空的焰火。来到棋坪,穿过一座凉亭,他感到有些腹胀,想找个地方方便。遂拐入一条小路,向树丛边的假山走去,对着草丛,哧一泡热尿,止不住打了个寒噤。他提着裤子正要离开,忽然从假山洞里传出一阵窸窸窣窣的声音,胡雪岩担心小把戏们淘气,大年节的,出个什么事总不好,有意提高声音道:"谁?"

　　寂静。无人回答。他侧耳倾听,朝假山洞逼近几步,分明还窸窸窣窣之声,胡雪岩大声喝问:"这么晚了,谁还在这里?"

从洞里走出两个衣衫不整的男女,男的还在抖颤着系裤带,弄出声音。

"什么人?"胡雪岩喝问,噫,还真的出鬼了!

"阿金……阿珍……"两人跪倒在地。

"是你们?"胡雪岩拿眼愣着二人,顿时一股无名火窜了上来。

阿金连连叩头不止:"老爷,您饶了我们吧……才刚我们年夜饭多喝了点酒,做下了这桩错事,我们下次再也不敢了……老爷,求求您,放过我们这一回吧……"

胡雪岩竭力压制着怒火,半天不说话。

"老爷,饶我们一回吧……"阿珍哭了起来。

这种事若放了他们,以后罗四就更不好管了!他抬头看了看红光喜气笼罩的芝园,一个个大红灯笼仿佛跃上夜空就要发出巨响的霹雳。红红火火的胡家,绝不能让这些浮浪男女坏了彩头!他清了清被醇酒淹暗的嗓子道:"好吧,我就放你们一马,但你们不能再留在我这儿——不用再解释!……你们爱去哪儿就去哪儿,找个好地方过你们的日子去。"说完,他转身就走。

阿金紧紧追了上来求道:"老爷,看在老太太的份上,别赶走我们。"

"我求您了,老爷,我不愿离开老爷、离开老奶奶、离开胡府……"阿珍哭得更响了。

"哭什么哭?!是你们自己作的孽!别让我再见到你们,给我快走!"

两人无奈,低着头,眼泪汪汪地走了。

晦气!呸——他原准备一个人回"百狮楼"。经过通向新七间的月洞门,遥看那边楼上楼下灯火辉煌,屋里屋外喜气萦回,便信步朝那个方向走去。

红芸院芙蓉的卧室里,芙蓉和小欢哥俱已喝醉,前仰后倒,醉眼乜邪,言语舛错。芍药犹恐让人看见不雅,急赶着收拾碗筷杯碟道:"不能再喝了!看你们都醉成什么样了?"

"不,我没有醉!"芙蓉步履摇晃,要过来把杯筷夺走,一个踉跄,双手支在小欢哥身上才没有摔倒。

小欢哥把往酒壶,醉眼迷蒙道:"我,我也还能喝……"

芍药一把抢过酒壶,放到大托盘上,连同残羹剩肴打算一起端走。

芙蓉站了起来,嘴里嘟哝着芍药的不是,没走出几步,便歪倒在床上,天一句地一句哝着酒话。

欢哥仰身歪在椅背上,不住打着酒嗝。

芙蓉在床上呻吟着,揉着胸口道:"我全身火烧火燎,胸口闷得慌……哎哟!欢哥,你快来,给我揉搓揉搓。"

芍药拿手指头在小欢哥的额头上一戳道:"快去!我得把碗筷送到厨下

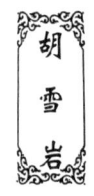

去,顺便给太太弄碗醒酒汤来。你先给她剥个福橘,都什么时候了,天明得早赶着给老太太拜年请安去……"说罢,急匆匆下楼,往厨下去了。

这小欢哥也东倒西歪来到床边,口齿不清地问道:"太太,你、你不会自己揉、揉搓吗?"

"小杀才,你竟敢……不听吩咐……快过、过来。"芙蓉把外衣解开,露出里面半透明红绫抹胸。

小欢哥近已渐知人事。刚买进府来他还小,多半独守空房而又时常欲火难禁的芙蓉,免不了把他作为娈童,相互抚摸戏弄。也有把身体敏感部位交他抚弄吮吸以求一快的时候,即使旁人偶有撞见,也以为不过富家丽姬撩孩子家家开心,闲得无聊罢了。

小欢哥既已渐解男女之事,陡见女主人鼓绽膨亨的胸脯起伏波颤个不停,裸露的脖子、肩胛、胸乳无不白雪一般,却又进出温香热息,尤其鬓发散乱,粉脸桃面在一片乱云下歆晃动摇,竟然头脑里乱哄哄空白一片,一时不知何处下手。

芙蓉的星眼觑开一条缝,见状抓过小欢哥的手,按到自己的胸脯上。一阵按压揉弄,小欢哥哪里按捺得住,把手探到抹胸下面,恣意玩弄起来。酒能乱性,看看女主人渐渐安静下来高高扬起下颌,把身体摆平放正,脖子拉得长长的,小欢哥把头俯了下去,或脸或唇,或摩擦或吮吻。芙蓉先以身子不动迎合,久之两张嘴渐渐靠近、靠近,终于四瓣红唇合在一处。

门被推开,走进了面带喜气的胡雪岩。看到这一幕,他呆住了。欢哥抬眼一看,见是主子,顿时傻了。但这只是一瞬间的事,没等胡雪岩做出反应,他身子一缩跳下床,一溜烟冲出门去。

迷乱中的芙蓉含混地咕哝了一句,梦呓般地叫道:"来呀……"

"不要脸的东西,看看我是谁!"胡雪岩跳脚喝叫。

芙蓉这才发觉不对,睁开眼睛,浑身一阵机灵,一骨碌坐了起来。胡雪岩狠狠抽了她一巴掌道:"贱货,永远改不了当婊子的脾性!"便拿脚离开了红芸院。

他在芝园找了个安静的地方,无声蹀躞着。就在他外头轰轰烈烈、赫赫扬扬的时候,内里已开始烂了……一个花钱买来的小人毛秧子竟敢跟主母苟且,断不是一朝一夕蓄养出来的淫欲。一个满园宫灯、大红灯笼朗照的喜庆、吉祥日子里,阴悄悄的假山洞里、亮堂堂的卧榻之上尚且在上演着种种不堪,他声威显赫的胡氏集团,就那么安好、和谐?上下齐心?就没有啃噬基石的蛀虫?或是在阳光下毁花坏蕊的花心虫?

胡雪岩差不多惊出一身冷汗:首先,得安排儿子香官上洋学堂甚至出国学习、考察，去学习洋人的章法、本事！其次，要拿出一系列措施整肃集团内部，把方方面面调理清楚、规矩……

第二天，胡雪岩赶早给母亲拜了年，借机向老太太禀报了拟让香官去上海读洋学堂的打算，征得母亲同意。趁各房忙乱给老太太请安、拜年，他躲到罗四房中打算睡上一觉。跟罗四谈起要对丫头、小厮严加管束等事；各房开支，需按口数加以额定；园中各处维护、修缮，他把这些统一交给罗四审核，不能哪家想增间抱厦添个卷棚就任其所为。

窗外，艳阳高照。年前下过一场雪，桂花树上还积着一些细碎的残雪，无论是蓬雀飞动还是料峭春风，都能引发扑簌簌一阵雪粉纷飞，使经冬犹绿的桂花树叹息一回。胡雪岩哪里能睡得着？他干脆起床，由罗四服侍对着穿衣镜更衣。突然，湘云慌慌张张奔进房来，碰倒了一把椅子。

"湘云，什么事这么惊惊慌慌的？"罗四不无责备之意。

"不好了！老爷，太太，出大事了。"湘云连忙把椅子扶正。

"出了什么事？"

湘云一早是去给各房奶奶拜年的，穿得里外一新，头上还扎了一条蓝底白鸢萝丝巾，她脸上带些恐惧道："二太太房里的欢哥死了！"

"欢哥死了？……怎么死的？"罗四吃惊道。

"不知道。七窍流血，死在后花园的假山洞里。"

罗四放下手中的红顶子，两脚忙忙，说话都有些颠倒了："什么？……我去看看！老爷，你自己穿戴吧。"

"遇事不必惊慌，该如何处理就如何处理。"胡雪岩倒很冷静。

罗四和湘云一前一后如飞而去。胡雪岩咬了咬嘴唇，掸掸红顶子上的灰尘，仍一丝不苟地穿衣戴帽。

待罗四赶到飞来峰下，假山洞前已围了不少人。有的在窃窃私语，有的在打探情形。一个十五六岁的小厮死在大年夜里总是一件蹊跷的事！老周指挥男仆把小欢哥从溶洞里抬了出来。身穿团花宁绸对襟棉袄，里头是一件灰磅布夹袍。白色刺花洋袜，履着元青圆口布鞋。他的嘴角、鼻孔，留着或是殷红或是暗红的血痂，皆已凝固，看样子是中毒死的。老周向罗四介绍情况道："昨晚年夜饭后，我还看到他跟芍药去厨下端菜，还特地要了点酒，好端端的人，怎么一下子就死了？"

"去通知二太太了吗？"罗四自然也是百思不得其解。

秦少卿年年有守岁的习惯，到五更要与山菊来到屋外"出天行"，望东祷告，观天际五色云。因对罗四道："山菊和一个小厮已经去通知了，四太太。"

这时，人们纷纷让开，胡雪岩穿戴齐整来到现场，沉郁的目光在欢哥身上

一扫道:"人死了也没办法。老周,你就多花点钱,将这孩子厚葬了吧。"

"老爷!您要出门么?"老周应了个是。

"我要回访夏大人,你快去备轿,并带上土仪。"

"是!"老周急急地去了。

这时,芙蓉在芍药陪同下匆匆赶来。她衣衫不整,髻偏发乱,颜面发黯,眼圈一周乌暗,显见是通宵未眠。她分开众人,走到尸体前,拉过他一只手,号啕大哭道:"啊!欢儿……你走了,怎么走在我之前了,欢儿……"她扑到他的身上,不住摇晃着他僵硬的身体,形同怆呼,"你怎么死的,怎么死的?啊?"

"快将她带走!"胡雪岩面露不满。

"要报官,要官府派人来验尸啊,呜……"芍药前去扶她,但芙蓉不住挣扎。

胡雪岩朝几个小厮挥手道:"大年初一,哭天号地的,快把她拖走。"

芙蓉先还边哭边诉,见小厮来拖,竟撒起泼来,冲着胡雪岩大声喊叫道:"他怎么死的?你说!他是被谁害死的?是谁?"

胡雪岩没想到这女人竟嗫出这等混账言语,把脸一沉道:"你疯了?还不快回房去。"

芙蓉着小厮拖走,她扭动身躯,披散着乱发叫道:"我是疯了!疯了……哈哈哈……"狂笑着渐渐远去。

"马上派人去通知刘二叔,让他快来给二太太看病……"胡雪岩冲罗四说完,匆匆离去。

秦少卿暗暗叹了一口气,他看到飞来峰背阴处的残雪,像小瀑布般向下滑落。苍翠绿乌的树冠,在黎朗的艳阳下,吐送着极轻极淡的湿烟。鸟儿啁啾,春意君临。早已春光浓郁的芝园,并不曾因一个小厮不明不白地死去而冷了新年,只是有了征兆了……

年后回到上海,胡雪岩就忙着部署生丝、粮食、茶叶、机器、军火等各项进出口生意,打听国际、国内市场行情变化,发布消息,并在新近开办的《申报》上反复登载胡庆余堂药品的种类、销价、服务宗旨……

午后,清风挟着春困正侵扰胡雪岩,郭庆春陪同去年新任的上海丝业公会屠会长来到胡公馆。稍作寒暄,屠会长便申明来意——公会会员有一家福华缫丝厂,见机器缫丝又快又好,利润可观,老板便耗巨资购买了上百部意大利缫丝车,还聘请意籍技术顾问进行指导。由于福华丝厂经营不善,再加上厂里那些女工——"湖丝阿姐"为了工钿常常闹事,工厂开工两年来连连亏折,现在已难以为继。他想请胡大财神帮助同仁解围,把这片缫丝厂盘下来,由胡氏经营,免使同胞破产。

胡雪岩为了保护丝农的利益,一向反对机器缫丝;今年又有集中财力做生丝"买空"生意的打算;加上摊子铺得大,手中头寸紧,便现出为难之色,打算推辞。禁不住屠会长苦求,加上郭庆春一旁大谈机器缫丝的好处,他愿意代为管理。福华连厂房、设备共投资十六万两,对折出售急需现银八万两。胡雪岩无奈,只得同意收购福华,全权委托郭庆春办理。郭庆春驾轻就熟很快便把手续办妥,兴冲冲上了秦少卿家来,让他开出一张提取八万现银的银票。

几年前,秦少卿盘下了退休把总周某的一处私宅。房是旧房,但楼上楼下间数很多,正对颇能生孩子的山菊的胃口。秦少卿最满意的是该宅有一个后花园,林木蓊郁,曲径通幽。花园有一道后门,连着一条冷僻的黑巷。秦少卿雇人在后门附近修了一间小木屋,铺上地板,并在房里摆了一张床、一些书籍,说是公事之余可以来木屋静静读些书。

这日掌灯时分,秦少卿开了花园后门,迎进兄弟秦四海,钻进小木屋密谈。

"这次去苏北,情况怎么样?"一进屋,秦少卿就迫不及待地问道。

"舟山的盐运到北方,一下变为白花花银子,可值钱呢!这样一去一回,赚钱比任何买卖都合算。"秦四海是个江湖人物,甚不安分。因秦家在舟山一带盐场里干活的较多,秦四海便借打鱼之便,干些偷运偷贩私盐的勾当。有一次被海关守兵拿获,邵友濂打听得他是秦少卿的亲弟弟,便暗示姜石林出面担保。姜石林说他在两江地面上关系很多,私盐生意要做就做大点,何不利用秦少卿"阜康"总档手的便利,挪些银两出来,要赚就赚它一把?秦四海试着跟他哥一说,秦少卿竟满口应承。果然不上两三年工夫,秦四海就把盘子、场子都做大了!由于秦少卿提供了巨大的资金便利,这一趟他就获得了一万二千余两银子的暴利。这些银两,全都以秦少卿长子秦幼珊的名义,存在怡和大买办刘某所开设的钱庄里,真个神不知鬼不觉。

"贩运私盐是杀头之罪,你务必要小心又小心,每个环节都不能出丁点儿差错!姜观察那里该打点的,每次分文不可少。"秦少卿的目光,在幽暗中如同晶冷的冰粒,盯着总有些满不在乎的秦四海,语气严厉。

秦四海应了一声,问道:"胡大善人还是像以往那般信任你么?"

"此公为人的确没有话说,对我一直深信不疑。不过,今年他突然让长子来上海读洋学堂,并不顾家人的反对,我总觉得此事不那么简单,内中或多或少隐藏着一些奥妙。好在你嫂子把两家联姻看得很重,一心要把幼锦嫁给他的儿子香官。香官好像也有那个意思,来我家很勤。我让你嫂子要抓紧胡太夫人……"

秦四海嘿嘿一阵笑道:"那是亲上加亲,遇事胡雪岩就会更加关照你了。"

秦少卿掏出一张五万两银票交给四海:"这是五万两银子,你去舟山盐场跑下一趟。抓紧点,早些把买船和打点各处关卡的本金收回,让这些银子早些回到'阜康'的账上。"

秦四海收好银票,悄无声息地钻出小木屋,恰山菊领着郭庆春沿着小径往后园而来,一路指指点点,介绍小园香径。秦四海没料到会有这等不期之遇,把头一低,迈开大步急急出了后门,钻进黑巷。

这秦四海与秦少卿年纪相近,身姿、步态相仿,又值黄昏薄暮,不用说郭庆春,就连山菊也看走了眼,撵在后面追喊道:"黑灯瞎火你往哪里去?郭先生找你有事呢!"

秦少卿在屋里听到声音,甚是悠缓地抄手踱了出来,语声平静如常道:"那是我兄弟,打鱼度日,才将在我这里要了几两银子去了,自觉有些羞于见人。"说着,与郭庆春寒暄,拱手为礼。

郭庆春喜滋滋地将收购缫丝厂的消息告诉秦少卿道:"这次收购福华,多亏屠会长从中斡旋,才能以八万的低廉价格买了下来。对方只提了一个条件:银两要一次性付清。"

"八万两?这么大一笔款子,目前不能解付。"秦少卿反应却是出奇的冷淡。

"这……可胡老板已经向人夸口,手头虽然偏紧,但购厂用款,随要随提。"郭庆春颇有些意外。

秦少卿放缓语气道:"郭老板,这你就有所不知,按照钱庄的规矩,我怎么可以将大宗现银放在钱庄吃薄利,早已放出去生厚息。各处若有急用,必须提前打招呼,以便我调集头寸。这是老套路,雪公他是清楚的。"

"这……这不是让我失信于人吗?"郭庆春懊恼地说道。他悻悻然离了秦家,急忙把这个情况报告给胡雪岩。

胡雪岩连夜驱车到了尤公馆,进门便寒暄道:"听说七妹福体欠安,我特意来看看。"他带了些雪记出的鹿茸片,以及当归、阿胶之类,让总是闹病的尤琳好生补一补。

尤琳称谢,带着一些凄凉道:"什么参、茸,还有燕窝、熊掌,对我都没用……你好久没来尤公馆了,是不是十二金钗之外,又有目标了?"说罢,故意斜眼睥睨着他。

胡雪岩赶紧道:"最近忙着今年的生丝收购。既要与洋商谈判价格,又要说服本地的丝行联合行动,还要跟外省的丝商联络通气,真有点焦头烂额的味道。"

尤琳郑重提醒道:"胡大哥,有件事我不得不跟你提个醒,现在你成了红顶商人,兼顾官商两界,自然越来越忙。但俗话说树大招风,你无意中结下的冤家肯定不少,得小心背后有人向你放暗箭。"

"七妹发现什么异常了么?"胡雪岩高度警觉,耳朵都仿佛竖了起来。

尤琳又斜眼睥睨着他,郭庆春正在读一份英文报纸,瞧尤琳那神态,禁不住嘿嘿笑了起来。胡雪岩朝尤琳深深一揖道:"七妹,我最怕你这副眼神了。"

尤琳正色道:"看来你真的没想到,我指你的内部。听说你准备做生丝方面的大买卖,我担心你们胡氏在资金调度,人事安排缺乏活力……"

胡雪岩抚掌道:"我来就是找你们商量这个事。老实说,我早就想将所有的财务人员来个大轮换,交换一下位置,像麻将一样搓一圈。否则,一个人手中老是捏着这把老算盘,自然而然就会打起自己的'小九九'。全部对调一下,你的算盘人家可以拨拉,人家的账目你也可以审计,就藏不住什么机关了。这样,万一有人从中作弊,就会全盘败露。"

"总管也对调吗?"尤琳问。

胡雪岩有些惊异地看着她道:"你指秦少卿吗?是不是发现他有什么问题?"

"那倒没有,但这个位置很重要。"

胡雪岩坚决地说道:"不管有没有问题,既然实行新规则,要调,全部调!上海的总管和杭州的总管也来一个对调。"

"雪岩,你如果真能下决心这样做,那就能避开很多陷阱,不会被别人在背后把你卖了!"

胡雪岩嬉笑着看看郭庆春,目光终于落到尤琳脸上,说道:"人员调动以后,我想请七妹带人把'阜康'的账查一查,然后专职做我们胡氏财务方面的总监督。"

"那不成,尤琳的身体比你想象的要差,又还有苏绣行的打理,绝对不能揭胡氏财务总监督这个榜。"郭庆春抢先一口回绝。

尤琳笑道:"你怎么老是跳不出'任人唯亲'的道道?财务不仅不是我的擅长,进胡氏也非我所愿。你是太后老佛爷倚重的财神爷,就不怕我这个老家始终不认可的'贱妇'连累你?"

胡雪岩用戏剧里的腔调道:"妹妹说哪里话来?"

"雪岩你难得来家里一趟,你跟他说这些干什么?"郭庆春似乎有些不高兴。

第四十二回

抱着愧原状安抚秦少卿
生隔阂温言气坏尤小妹

次日,胡雪岩招来秦少卿,宣布了这个人事调整的决定。秦少卿内心极为震惊,脸上却毫无表情道:"雪公,你是不是听到什么风声了?"

胡雪岩十分坦然,语气和缓道:"你知道我办事向来想干就干,我早就有这个大调动计划,只是因为事情太多,迟迟拖着没有宣布。现在由你负责全国钱庄、当铺的人事总调动,上海财务方面的事,你暂时交给冯先生经营。"

秦少卿礼恭毕敬的样子,用早先打天下钱庄里的称谓称呼道:"大先生要把各处档手调动一下当然好。只是今年生丝收购日期临近,银钱进出业务一定繁忙。而人员大调动,牵一发而动全身。既是相互异动,这离任接任就需查账审计。这钱庄上的往来账,除了大先生你和我,别人怕也查不出个名堂,如此,会不会影响今年的生意?万一查出纰漏,或贪污,或挪用,或私下放贷吃息,公账私目,是一定要处理的。如此,会不会动摇胡氏的根基?都是在这把交椅上久坐的人,官场赌场,华洋两界,哪里会没一些关系?依着草鞋打了脚,砍个根菟牵着藤,不好下手呀大先生!至于上海的钱庄、当铺,把总账交给冯先生,我不担什么责任了,这样好。只是我有点小小的担心,冯先生过于老实,不善应酬,就怕他在这个飞红绽绿的上海滩挠不开……"

一番话把个胡雪岩说得又犹豫起来,沉吟半晌,心下不得不承认秦少卿说得有理。但整肃内部,激活整个胡氏,又势在必行。问题是这"整肃""激活"选择什么时候?为什么要选在准备又一次大举挑战洋商之年?为什么一定要在生丝大战的前夜来整、激?此种大规模的异动,有没有最佳时机?唉,难哪。

这日回到家中,秦少卿便有些心神不定。晚饭后,他手捧一杯茶,身子仰靠在藤椅上,眼神定定望着对过墙上,陷入深思。

墙上挂着女儿幼锦的大照片,穿着圣约瑟的校服。照相,这是上海近年最时髦最轰动的洋玩艺,幼锦一次又一次赶这种趟,是家中也是这个街区最新潮洋派的摩登女郎!

山菊注意到了丈夫的不安。沐浴罢了,把孩子们安顿了,过来问他道:"我看你吃晚饭到现在,一直心神不定,有什么事吗?"

秦少卿掩饰道:"没有,没什么事。"

"你有心事瞒不住我……还有你那个怕见人的兄弟,鬼鬼道道的,倘若正经,你干吗没跟我透一个字?你说老实话!"山菊戳他一指头,拿眼斜着他。

秦少卿犹豫半晌,突然道:"山菊,我们要大祸临头了。"

"大祸临头?……你不要吓唬我,我们日子过得好好的,会有什么祸?"山菊大惊。

秦少卿此时还真有些后悔,苦着脸道:"这祸是我自己一时财迷心窍闯下的,而且越闯越大。你知道的,买这座带花园的老宅,你身上穿的、头上戴的,还有孩子们上学,光靠我的薪水,怎么支派得过来?于是我就利用手中这点职权,动用了'阜康'的公款,日积月累,就越积越多了。"

"啊……那你赶紧把公款补回去,我去同雪岩哥说一说,认个错、赔个罪,他为人大度,会放过你的。"

秦少卿连连摆手:"不,不!你千万不要跟大先生去说,为了补这些亏空,我就和兄弟四海合伙做贩运私盐的生意,不光弥补亏空,还想攒积一点……"

"啊!贩私盐?那是犯王法的哟……过去我们那山岙是私盐贩子必经之路,常被官兵抓住,把头砍下挂在树上。"山菊惊骇地叫了起来。

"现在后悔来不及了。今天大先生通知我,要将所有的钱庄档手来一次调动。我的位置只要一动,那些漏洞立马显现,所以我的职位不能调动,不交出全部账目,就不会暴露问题。"秦少卿甚是焦急,声音都带着哭腔。

"那你快快求求雪岩哥哟。"山菊也有些六神无主了。

"我求他有什么用？你去求他还差不多，你不是说他很喜欢你吗？"

"那是我年轻漂亮的时候……呸！这种下流主意你都敢出？"山菊又狠狠戳了秦少卿一指头。

秦少卿站起身来，一边叹着气，一边兜着圈子，他在女儿的照片前站定，扭头问山菊："能不能在两个小辈人的关系上去说动大先生？万一我被查出，儿女亲家，他总得给我一碗饭吃。"

"有件事本不打算告诉你，怕你生气。"山菊"噢"了一声，说着就进卧室里间翻箱倒柜。老半天，拿出一个净面水红缎包袱，折叠有巴掌大。秦少卿莫名其妙，不知包袱里包了什么宝贝，眼睛瞪得溜圆。看山菊把包袱皮一层一层打开，里头竟包着一条带弹力的细洋纱短裤，洁白如雪，一看就是幼锦的用物。

山菊把那折叠齐整的亵裤展开，拿手指给他看，原来上面沾着好几点血迹，颜色鲜艳。有两点血痕上面似打过白蜡，灿若桃蕾，端的醒目。秦少卿用吃惊的眼神射山菊几眼，目光突然变得有些凶戾。

"这个礼拜天香官来家里就直接去了幼锦的房间。那日几个小的学校组织春游，都不在家中。我洗了几大盆衣服，把衣物在后园晾晒了才回到屋里，路过幼锦房间，见她坐在床上低声嘤嘤地哭，只是不见了香官。经过我再三盘问，幼锦方从床单下拿出这条亵裤，说香官今天一来就要跟她做那个事，开始她还搪塞，后来就禁不住便依了他。现在感觉惧怕，下头又有些痛，因此饮泣。我本待发作，但女儿已经吃了亏；去找香官理论，女儿又是依允了的。况且两家关系非比寻常，雪岩哥待我俩胜过手足同胞，怎好为这事对香官大张挞伐？总是自家闺门不紧，对女儿管教不严。思来想去，我骂了幼锦几句，到底这次处女红重要——吴越风俗，新婚之夜，新娘身子下面必垫一方白绫，留下处女红作为验证，娘家方有脸面。遂将留证幼锦破身的亵裤收藏，打算以后再作理论。"

山菊低声说了这些，秦少卿黑脸秋风一言不发，攒眉直脖子踱了好几个圈子，方停下脚步道："你就拿这事去跟大先生说，就说我感觉受了欺负。你不知道，财务经管大换班，肯定是那个郭庆春的主意。他是国戚皇亲，现在我们拿老表加亲家这层关系去说事，大先生也许会改变主意。你去见他，最好是这么说……"

秦少卿摇着鹅毛扇，山菊夫唱妇随，次日，她胳膊上挎了个羽纱镶边的红锦袋，袅着开始生出赘肉的腰肢，径直来"阜康"的经理室见胡雪岩。

伙计上了茶，山菊让胡雪岩屏退左右，还踅到门口瞅瞅，方从红锦袋里取出水红缎包袱,拿出那条亵裤展示给胡雪岩看,同时讲了事情的经过。

胡雪岩看清楚了,亵裤上不光有殷殷血迹,还有男人的精斑,以及男女交欢以后泄物的痕迹,不禁顿足连连骂着"孽障,孽障!"

山菊又把秦少卿听说这事以后的气愤懊恼渲染一番:"女儿出这样的丑,他这个当爹的以后怎么有脸见人?两个小辈这层关系,双方父母显然知晓,但并未经过正式媒妁,倘日后发生变故怎么办?如果香官不要失了身的幼锦,幼锦还有活路么……"

胡雪岩赶紧道:"那不会的,那不会的!那个孽障他敢?少卿兄太多虑了,太多虑了……"

"少卿昨日回家,本为交账、调档手的事有些心烦。说家里女儿丢人现眼,你这个当娘的怎么管教女儿的?外头大先生不知听了谁的建议,要调档手,要把所有的财务经管来个互移互换。这如何使得?这不是要把大先生摸顺了的胡氏搞乱吗?光一个生丝买卖,要熟悉行情、套路怎么也得个小半年……"秦少卿反对调整的"理由"经山菊这么一哭诉,效果就大不一样了,胡雪岩的决心在哭声中动摇了!

山菊乘机"哭"大效果,说湖州自庞二爷作古,庞大公子由朱福年等辅佐;松江尤五病倒,漕运的事交他的大徒弟经管……跟这些人打交道,哪个生手能强过少卿?郭庆春跟洋人打交道,管进出口生意,少卿打理财务,跟华商往来;二人是大先生的左右膀,这个格局怎么能变呢?

儿子的放荡行为,使胡雪岩深感有愧,尤其是愧对默无声响又很传统的秦少卿。少卿的忠心不二是不可怀疑的,倘这个时候挪动他"总档手"的位置,还真有点"欺负"人家的味道。讲究"人情味"的胡雪岩推翻了原先的决定,少卿的位置就不动了,使哭哭啼啼的表妹破涕为笑。同时派人专程赴杭州向胡母禀报,让香官和幼锦正式订婚……

胡雪岩想联合丝业同仁,共同做一次生丝"买空",以应对洋商对中国丝业的步步紧逼。英国人不光在印度的孟买兴建机器缫丝厂,又在上海一连建了两家缫丝厂——大力收购生丝,伤农更甚……

丝业公会屠会长出面召开了上海丝行业主、丝商的会议。会上,胡雪岩讲了国际生丝贸易的形势,回顾了多年前,在白会长、庞二爷的领军下,丝商、丝农联合起来,与洋人斗法的历史。建议今年改各行分散收购为统一收购,统一集资形成一股巨大的力量,如此方能与拥有各种优势的洋商对抗,稳固依然为华商所控制的生丝市场。但胡雪岩的号召没有在丝商中引起什么反响,会场的气氛沉闷。也有几个丝行老板空洞地表示要跟洋人斗法。更有甚者说他拥有巨大的实力,就由他做个"买空"吧。

"此议系针对洋商一步步夺走生丝市场,绝无他意。统一收购、统一集资,所得利益也统一均沾,并非胡氏垄断生丝市场,利润一家独占!"胡雪岩赶忙解释。

然此时的上海商界,与多年前联合对抗洋人已有了很大不同。朝廷跟列强签订一个又一个不平等条约,无穷尽的割地赔款令人胆寒。洋人先进的技术及理念,层出不穷的各色新鲜玩艺,光电灯、电话、电唱机、电光照相等一系列带电的物件,就令人钦羡不已。洋人在中国享受一系列特权,经商享受种种优惠,让华商倍感压抑和郁闷。所有这些积淀在国人心里,让商人的腰伸不直,官人的腿伸不直。就拿左大人平定新疆来说吧,西征军在伊犁把俄国老毛子打得喊爹叫娘,可曾纪泽跟俄国人谈判,还是割让了伊犁西部霍尔果斯河以西、伊犁河南北两岸的大片领土;并允许沙俄在嘉峪关、吐鲁番两地派驻军队、购置土地;赔款也增至九百万卢布。赢家成了输家,输得好生无理!

丝商们离了会场,一反适才沉闷,个个言辞激烈:"胡雪岩自不量力,竟想独自一口蛇吞象,吞得下么?"

"胡雪岩背后有左湘侯做靠山,什么玩不转、掂不抻?"

"集资同购丝,我看还是抱旁观态度为好,先看一看朝廷和洋人的态度再说。"

"听说上海道的态度已经明朗,对胡雪岩这一举措不予支持,以免影响同洋商的关系,引起国际争端。"

尽管愿意和胡雪岩"集资同购丝"的同盟者不是很多,除了庞二爷的大公子庞廷礼等四五家,其余应者寥寥,但胡雪岩还是大批买进生丝,希图与洋商一搏!为了把生意做大,他多方筹措资金,包括找美国一家银行秘密贷银五十万两,包括推迟偿还日本正金银行的一笔贷款,包括向票号挪借……

只是江浙连年灾荒,生丝产量大减,据美国技师检测,生丝的质量也不如往年。入夏,胡雪岩套购生丝已稳操胜券。上海众多的丝商虽不愿同他"集资同购丝",却也不敢跟他争夺生丝生意。胡雪岩早想着回杭州一趟,带上在套购生丝中特别卖力的秦少卿……

闲来无事,他在杭州城中转悠。清河街附近一条小巷,洁净斑驳的青石板,挤得似乎要跳出来的浙式老宅,一家一家逼仄却又塞得满满当当的店铺。他饶有兴致地看着,咳,许多年都没这么闲适、这么抵近地看普通人家过日子啦。突然,他看见了一位姑娘,不,是绝色,在一个小户人家的门口立着。那身材的袅娜纤巧、凸翘起伏胜过阿娇。那颜色的粉嫩莹洁,仿佛伸指就能弹破,却似幼锦。胡雪岩趋前几步,噘嘴探颈看得贪婪。那姑娘似有觉察,回过头,狠狠瞪他一眼,扭过身子去。那一嗔一瞪,眉眼神情,像煞年轻时的芙蓉。贪看美人,胡雪岩自恃脸皮老到家里去,迈着八字步,轻摇折扇,点头播脑慢悠悠踱个半圆圈,绕到女子正面看她。女子睃她一眼,一袅腰肢,扔给他一个背面。胡雪岩哼唧一笑,又摇动折扇,一边哼唱着躲长毛时学到的一支曲儿,一边又绕往姑娘的正面去:红蜻蜓,飞在绿杨枝上,蜘蛛儿一见了,就使网张,痴心痴意将他望。"蜘蛛,你休望我,这般圈套劝你少思量。费尽你的神思也,只是不上你的网。"

姑娘定定看他几眼,大约疑心这老家伙是个花痴,有病,这回没背过身去,只给他个侧面,却仰头去张檐下,看看结不结有波丝网。胡雪岩竟然趋拢去,相距不足一尺,拿眼上上下下、反反复复看人家,心里赞叹:好腰!好丰臀!好个鼓鼓绽绽就似要破衫而出的胸脯!姑娘哼了一声,掉过身子,胡雪岩又绕过去。姑娘不出声地骂他一句,还咬牙,又一甩丰臀。胡雪岩再要绕,姑娘一跺脚,冲进屋里去了。冲进屋里便不能看么?这里又不是什么禁地!胡雪岩拿脚就往那门框子都已黑裂的门里走去。宅子里有个小天井,一片天光罩着那个警惕回望的姑娘,端的是个尤物,从天上下到凡间的七仙女!胡雪岩跟进去,姑娘像躲避瘟疫一般,一闪便进了一道门,把门关上了。房间靠天井一方,有个能大扇支开的小方格木窗,胡雪岩脸贴窗眼一看,里面还宽敞,遂大声探问道:"家里有人吗?"

顿时就有一对中年夫妇战战兢兢着前来问有什么事?

胡雪岩说:"我要娶你家女儿,想就在这里成亲。你们连人连所有的物件都搬走,只留下姑娘。再买一房家具,举凡嫁妆、首饰、床铺,所有成亲一应之物,都拣杭州城里最好的,银子由我胡雪岩支付。"

刹那间便满院子折腾起来,一条清河街的人都来帮忙,秦少卿、老周、家骥、刘二叔也赶来支派、指挥。第二天晚上就送他入了洞房,共花去两万两银子,便宜!

胡雪岩让姑娘脱得一丝不挂躺到床上,手举一只松江仿古宫灯,照着她前后左右看了一回,又让她摆出各种姿势尽他观赏,笑道:"你昨日那般不让我看,今日怎么就让我看了?我并不想要你,就只想看看!这些东西都属于你了,你找个好人家嫁人吧。"说罢,又喊秦少卿、老周、及左邻右舍来看。

正兴味十足观赏点评,有人推他:"雪公,快醒醒⋯⋯"原来他做了一个梦,睁眼一看,自己还在"阜康"后院的起坐间里,郭庆春立在楠木榻前伸手推他。他揉揉眼睛问道:"尤琳的病好些么?"

"要变天了,瞧这天气闷得⋯⋯"郭庆春用手帕擦着脖子脸上的汗水,指着窗外。

天气要阴不晴,没有一丝风。窗外,擦檐一棵中国槐,靠窗几丛美人蕉,今

年新长的槐叶,鲜嫩翠亮挂在檐下,仿佛剪纸贴在玻璃上一样静止不动。美人蕉正开着,红如燃炭,也是那种一动不动的阴艳,在没有阳光的虚空中显得沉郁沮丧。浊闷的空气如同一只看不见的手,把一种粘沾粘沾的液体搽抹在人身上,将人的毛孔堵死,丁点气不透,那液体又始终不干,胶水也似,把人裹得都透不过气来。伙计端进来一盆井水,伺候胡雪岩擦了一把脸,人变得清爽一些了,心想庆春在这种鬼天气里到"阜康"来,肯定有什么事!

"雪公,最近一连串的迹象表时今年生丝市场的气候很不正常,正如这几天特别闷热,恐怕老天在酝酿着一场大雷雨。"原来郭庆春是为这事来的!

胡雪岩让伙计送进一台电风扇,让呼呼电扇驱散室内的闷热。他当然看重这位老搭档的意见,问道:"你倒说说,有哪些不正常?"

郭庆春想了想道:"照理说,你领头号召大家集资同购生丝,是大家赚钱,可在同业公会上,为何无人响应?会后,我找过几位洋行买办,都是做进出口的,他们有的推脱当前资金紧张,有的说已经改做别的生意,爱莫能助。有的直截了当地说同洋人斗法,风险太大!"

胡雪岩凝神思索半晌,语气沉郁道:"鸦片烟把国人的身体和灵魂都麻痹了,商人是病国病民中的重症患者,不奇怪啊!"

"我怀疑内部有人往外通消息!"郭庆春加重语气道。

也许是胡雪岩见惯不惊,他竟轻轻放过了这条消息,问道:"洋人方面,你和他们有过接触吗?"

这是郭庆春的职责之一,与洋商接触他同样有些不祥的预感,遂道:"我去找过,同样反常。过去他们见到我,都主动与我交谈,即使嬉笑怒骂,他们也毫不隐瞒自己观点。可现在,态度十分暧昧,不是退避三舍,就是虚与委蛇,缄口不吐真言。奇怪啊!……"

"路金应该跟我们有些交情,你让尤琳去找过路金吗?"

郭庆春拧着眉头道:"去找过几次,但见面也就一次。近年中英关系又趋紧张,英国人插手新疆问题、西藏问题、云南问题,路金跟尤琳大谈了一通边境问题,生丝贸易简直就不在谈话之列。闹不清他是有意回避,还是诚如他所言,明年就退休了,要回国述职了。"

胡雪岩轻轻笑了笑道:"好些洋人都不相信你郭庆春就那么单纯,说你一定是朝廷派到上海来的,路金会不会也这么想,所以跟尤琳谈边境问题,扯海天宽。"

这倒是郭庆春没有想到的,他早就没把自己当作天璜贵胄。而恰恰相反,在西太后、还有他舅舅荣亲王眼里,他是爱新觉罗家族的"叛逆"。而尤琳的身体"欠安",就包括这块心病,她是没被那个家族承认的"福晋",更糟糕的是婚后多年不育,遍医无效,使她感到负疚,总认为是自己拖累了郭庆春。郭庆春则为尤琳的负疚感到不安甚至恼火,夫妻俩因此陷入一个"疚恼求全"的怪圈。

这个下午,尤琳让郭庆春来请胡雪岩上尤公馆,她有话要问他。郭庆春嗔道:"这样天气,改个日子吧?"

尤琳道:"我憋了好久了。"

郭庆春把尤琳的意思带到了,仰起脸,望着已现陈旧的天花板道:"我们对洋人的情况了解得越来越少了,尤其是他们称之为'商业机密'的那些东西,简直就打听不到。而海外我们又缺少耳目,没有更多的消息来源,'知己知彼'根本谈不上。上海呢,像我这样懂些洋道道的,被洋人封杀……形势不妙啊!"

忧心忡忡,岂能成事?胡雪岩用一种坚定的语气道:"不管洋鬼子耍什么花招,反正这次我跟他们干定了!"他走到窗前,发现天空已经暗了下来,从天边涌过来的乌云,在他们头顶迅速积聚,不知何时已凝聚成黢黑的云块了。

郭庆春来到胡雪岩身边,声音很低,但听得出是经过掂量的:"雪公,既然黑云压城,我看你还是见好就收吧!"

胡雪岩猛然回过头来,目光有些犀利:"不!我胡雪岩决定要做的事,绝不轻易改变。如果我中途变卦,那洋人们不是又会乘虚而入、卷土重来?不是更要对蚕农们疯狂抢购、恣意压价吗?"

"这是无可奈何的事,独木难撑大厦,你一个人怎么能斗得过这么多洋商?"郭庆春显然想说服这位顽固的"大佬"。

"怎么是我一个人?不是还有庞氏、徐润、金嘉记?就算他们都临阵退却,我也要为国人争这口气,即使只剩胡氏一家,我也要跟洋商斗到底!你知道我筹措了多少银两?连股票连洋款接近两千万两,我要用它收购市面上所有生丝……"

"你把全部家底都用来收购生丝,那就等于把自己的手脚全都捆住,动弹不得了。"郭庆春惊讶地顿了顿,加重了语气,"太冒险了!雪岩,你这一大手笔会埋下无穷隐患,我劝你还是慎重考虑,不要小觑了洋商!"

胡雪岩挥了挥拳头道:"不!就这样定了。前无退路,后有追兵,我只能这样孤注一掷,成败也完全在此一举!"

天边掠过一道闪电,隐隐起了风。郭庆春等待着那声炸雷,神情悒郁,脸上心上都写满无奈。

"我们走吧!"胡雪岩吩咐备车,大步朝门外走去。但连郭庆春都没有想到,尤琳请胡雪岩上门,是要对他"大张挞伐"!

"听说你那财务主管总调动计划不实行了?"尤琳完全是审问的语气。客厅里开着电扇,但已显丰韵的尤琳怕风,在半裸的手臂上缠了一道纱丽。

"怎么会呢!"胡雪岩故作轻松道,"等今年生丝收购结束,除少卿外,各地钱庄、票号的财务主管全部对调。"

"那秦少卿为什么要除外?"尤琳用一种严厉的眼神看着他。

胡雪岩真的像受审一样站起来,满脸堆笑道:"这你们都知道,今年我要跟洋商打一场大仗,少卿这个总挡手一动,小则'阜康'乱套,大则我的资金流通出现阻梗。你还别说,这几个月来生丝收购,还幸亏少卿在资金方面想千方设万法,尤其是调集各银号、钱庄的股票用于收购生丝,丝行老板高兴得很。这堆山似海的生丝才能尽归胡氏……"

"麻烦和问题就在这儿!中国这些企业发行的股票,什么开平矿务局、招商轮船局、大冶铁矿、江南机器制造局等等,眼下是涨了又涨,简直不可收拾。可这些个局、矿你又不是不知道,它们真有那么好的绩效?其股票真值得这么疯也似往上涨?万一遇个什么事端,股票持有者找钱庄兑换现银,形成挤提怎么办?此时找外国银行拆借,人家不借怎么办?秦少卿为渊驱鱼,就为满足你抢购生丝的胃口,这不是个高招,这是个损招啊!"向来温文尔雅的尤琳用一声尖利的叫喊打断了胡雪岩的话。

胡雪岩的脸色变得有些难看,讪笑道:"少卿如今跟我是儿女亲家,他怎么会害我呢?少卿跟你们也不一样。再说,调集各地股票的举措也是报经我同意的,没你们说的那么大凶险吧?"

尤琳的脸色也变得很难看,不知是电扇风吹的,还是天顶上道道掠过的闪电作怪,她的额角发白,颊上却涌起阵阵潮红:"秦少卿有什么跟我们不一样?"

胡雪岩不假思索,大约也是亲不避疏吧,笑道:"秦少卿靠胡氏吃饭,没有退路啊;你们有苏绣行,有好几家矿局的股份。秦少卿出身寒微,一开始就跟着我干,你们世家豪门,天璜贵胄,是上次生丝贸易才上了我胡氏的贼船,能进能退啊。"

尤琳听了,又急又气,手指着胡雪岩,嘴唇哆嗦道:"你,你——竟存着这样的心……"话没说完,她身子一歪,昏死过去。

胡雪岩和郭庆春赶忙上去,扶住她的身体。

"尤琳!尤琳!"郭庆春使劲摇撼着她。

胡雪岩也声声叫着:"七妹,七妹……"

尤琳一口气喘了过来,睁开眼看看面前两个男人,又慢慢把眼合拢了。

"太太怎么了,怎么了?"仆人、丫鬟闻声围了过来。

"快!快去叫德国医生。"郭庆春对仆人吩咐道。

第四十三回

办交涉官府讨了洋鬼子
压丝价内外夹击杭铁头

　　一路铜铎响过。

　　一辆豪华英国马车停在上海道衙门前。车厢的门窗全都镶着铮亮的黄铜构件。车厢的四角是造型繁复的铜饰,黑色烤漆面板上的铜钉,在杲杲秋阳的照射下,有的呈现出高贵的本色,有的则黄灿耀目,夸张的芒刺明灭闪烁,使衙门前那对高大的石狮子不禁黯然失色。

　　路金下了马车,手握高筒礼帽的帽檐,迈着仙鹤步匆匆朝里走去。从门口到大堂,长而幽暗的通道两旁,排列着仪仗齐整的两路衙役,一递一递声声高喊:"英国领事拜见道台大人——"

　　邵友濂擢升刑部四品章京,继任上海道的赵清廉,瘦瘦的,眼神不好,因此看人时老拉长脖子,上身前探。此刻,他就用这个姿势抖着架子,立在会见厅前,迎迓这位英国领事。两人客套着共同步入会见厅,分宾主坐下。赵清廉

拿腔拿调问道:"先生亲临本道,不知有何见教?"

通司把问话译了出来。路金站起身来,郑重其事的样子:"道台大人,今天我来上海道特为递送一份英国侨商的紧急照会,并转达本国政府的意见。"说着,他从侍从手上接过一份文件,双手递到赵清廉中。赵清廉让通司浏览照会标题:"哦,原来是有关收购生丝的照会……"

赵清廉侧耳听通司咕哝了一通,回到他的座位上,抬手示意,请路金继续。路金不像刚才那么严守外交礼仪了,但谈话却是严格的外交辞令:"生丝乃是五口通商后,促进英中贸易的一大项目。可是近年,中国商人对洋商采取不友好的抵制态度,甚至控制市场,囤积居奇,致使我大英帝国怡和、惠中等驻上海商行无法开展正常收购业务,造成国内有关原料供应严重不足、工厂生产瘫痪等一连串情况发生。对上海商界这种不友好的举动,我们已一再照会贵国政府,希望不要再继续下去。"

赵清廉知道这种谈话是要记录在案的,挺直身子,用他有些尖脆的嗓音道:"领事先生,对于英国驻上海领事馆几次发来的照会,本道已照例报送大清总理各国事务衙门,同时申饬上海商会、上海丝业同业公会,整顿生丝市场,防止有关情事发生。所有办理情形,均已呈文回复贵国领事馆。"接着,他把所有几项回复文件的日期、文件名称一一念了出来,表明自己言之有据。

路金还能不知道中国官府的这些官样文章?继续道:"可遗憾的是,情况并未得到改善,反而有变本加厉之势。听说今年的生丝市场中国商人早就统一行动,采取了集中收购,不让外商有插足的机会。请问道台大人,有这回事吗?如果真是这样,那是明显的敌视行为,我代表英国政府表示严重抗议!如果发生一切不良后果,要由贵方负责。"

"对不起,本道不能接受你的抗议。本道可以很负责任地告诉领事先生:政府绝没有这种态度,也从没授意于谁。这只不过是少数商人的自发行为,朝廷坚决不予支持。"赵清廉毫不客气道。

路金打量着对方问道:"道台先生这么肯定,这只是少数商人的自发行为?"

少数商人显然是指胡雪岩。他被清廷赐予二品顶戴,前年还受到中国最高当局西太后的接见,在英国人眼中,这大约相当于英国什么子爵、男爵的封号吧。而胡雪岩多年都曾代表中国政府从事商务活动,特别是西征大借款,中国政府严禁个人染指的军火贸易,同治末年他还与一批政府官员考察日本经济……加上近年英中外交摩擦不断,路金等人当然有理由怀疑上海生丝业对洋商的抵制是政府的意图了。

赵清廉哪有替国人争利的想法?他只求洋人不找上海道的麻烦,他在处理外交事务中不出任何程序、礼节、形式上的差错。今日既是这位英国领事上门抗议,他把此公的抗议挡回去便是大清外交上的又一胜利!遂道:"本道可以肯定,这是少数丝商、而且绝对是少数人的自发行为。"

路金获得这个确切的信息,不禁喜出望外,他又使出一通外交辞令,暗示自己和赵道台缺少沟通交流,彼此之间难免产生一些误会。针对少数丝商的敌视行为,英国侨商可能将采取一些措施,争取收购渠道和经营环境的改善,以早日缓解生丝原料紧张的问题云云。

赵清廉立即示以大清国的公正与襟怀:"欢迎路金领事和贵国侨商采取这种积极态度!贵国商人完全可以采取你们认为必要的一切商业手段,或抵制,或竞争,本国政府绝不加以任何干涉。"

路金得到满意的答复,兴高采烈地回到英国领事馆。

路金从不关锁的办公室里,吉伯特正在焦急地等着他。吉伯特现在受雇于美国驻上海领事馆,说得具体一点,受雇于该领事馆负责商业事务的马克先生。其实,上海生丝这种"天地一家春"局面,最着急的是马克和吉伯特,因为美国国内几家机器缫丝厂的规模非常大,而美国在上海又无租界。英国有跟上海商界打交道的丰富经验,且已在印度开辟新的丝源,短期内丝厂尚无因原料短缺而致停产之虞。

一见路金,吉伯特便迎了上去,向他告急道:"领事先生,胡雪岩垄断了上海的生丝市场,杭嘉湖一带的生丝尽归他一人所有。我们洋行再也收购不到生丝了,你要赶紧想办法哟!"

"吉伯特,我比你更焦急!"路金耸耸肩,他不大瞧得起这位同胞,但清楚他现在抱住了美国人的粗腿。路金指指案头的公文、函件、电报,故作紧张状态,"你看!国内告急的电报雪片一般飞来,不少丝绸工厂,因为没有原料,机器停转、工厂停工。我们大英帝国一向以丝绸名闻世界,现在丝绸外销大受影响。"

吉伯特赶紧出主意道:"那就迅速通过外交手段,立即要上海道台出面,立即制止胡雪岩这种垄断市场、囤积居奇的霸道行径,逼他吐出生丝来!"

"早在今年生丝收购之前,我就拜会过上海道台,这位道台大人明确表示这并不是朝廷的决定,而是胡雪岩个人行为,我们完全可以用商业手段同他展开竞争。"路金是资深外交官,与胡雪岩、郭庆春尚存私谊,他有他的打算。

"可是,现在市面上生丝全被他一个人垄断,我们向他要,等于向狮子乞求食品,主动权全在于他,我们只能看他的脸色、随他高兴。"

两人正说着,电话铃响起,原来是美国领事打给他的,内容是上海的秋天仍这么炎热,生丝问题更令人恼火,路金先生在上海颇具影响力,能不能通过

外交努力,打破现在这种僵持局面?路金想了想,冲电话那头的美国领事道:"这样吧,凭我在上海多年的社会关系,看看能不能以私人名义与胡雪岩协商一次,把价格降低下来。"

路金约了两天,才把胡雪岩请到霞飞路一家颇具西洋风味的咖啡馆。留声机里播放着轻柔的西洋乐曲,像沙沙絮絮的小南风,在幽静的密林中徐徐掠过。咖啡厅的气氛优雅、宁静。偶尔从咖啡桌间穿过的女侍,仿佛都是踮着脚在走路,悄无声息。女侍的装束,在胡雪岩看来有些怪怪的:头戴麦秸黄巴拿马草帽,上穿深色亚麻衬衣,下面是紧身长裤,紧得把腹股沟、屁股缝的轮廓线都勾勒出来。从后面看去,很像松江秋天的麻鸭,养得肥肥的圆肫屁股,凸撅凸撅慢悠悠从你面前走过。路金以老朋友的身份寒暄道:"胡老板,今天本想多约几位中国朋友,来这里喝英国式的午茶。遗憾的是尤琳女士尚处在康复阶段,郭庆春先生要陪夫人去德国医院看病,所以只剩下我们两个人了。"

"领事先生,中国有句古话:'醉翁之意不在酒'。你今天约我,本意恐怕也不在于茶,而是在于丝,生丝吧?"胡雪岩也不回避。

路金朗笑道:"胡老板真是绝顶聪明!你财大气粗,把市面上的生丝全买了下来,我想,你绝对不会想把它们作为艺术品,永远收藏在仓库里,而是要想法把它卖出去!是吧?"

"那当然!做生意的不把商品卖出去,那还叫商人吗?除非是疯子。但商人绝不会轻易售其货,而是要看合适的价格才肯出卖!那才是经商之道。"

"胡老板,我知道你与外国侨商在价格上已经相持很久了,这笔贸易始终没有谈定,这对双方都不利。作为朋友,我愿意为你们从中疏通一下,能否互相做些让步?从而取一个折中的价格。"路金摆出一副公正的样子,他的瓷牙和满头银丝,在灯光下抖索着银芒。一转眼,他们都老了。明年就要退休的路金似乎也短了许多锋芒,而多了一些慈祥。

胡雪岩问道:"折中?怎么一个折中法?"

"正如西方诗人的一首诗:'你爱的是春天,我爱的是秋天,我们都后退一步,就相会在热烈的夏天。'胡老板,你也后退一步吧。"路金不作正面回答。

"领事先生,这'夏天'是多少钱?"胡雪岩一笑,倒是一如既往的犀利。

路金咧嘴笑了一下,但笑得并不自然:"我听说你提出要一千五百万两银子,而吉伯特他们只肯出八百万两。我看就加价到一千万两吧,这是他们交给我的底线。"

"那就一千二百万两吧,再不能降低了,否则免谈!"胡雪岩毫不含糊地竖起了两个手指。

路金的脸上浮起一片苦涩而又无奈地笑:"胡先生,中国有句古话:退一步海阔天空,我想提醒一句,我所说的是侨商们能够接受的最低底线。"

"我也是。"胡雪岩慢悠悠呷着英国式红茶。

当晚,由马克召集一批洋商聚在洋商俱乐部紧急商议。路金通报了他跟胡雪岩会晤的情况:"我已尽到最大的努力了。胡雪岩认准生丝是他发财的好机会,守住价格这道底线,想在财力和气势上完全盖过外商,坚决不肯让步。"

"这头中国猪!我真恨不得一刀宰了他。"吉伯特暴跳如雷。

"宰了他也拿不到生丝。难道我们再也没有其他办法来对付这个胡雪岩了?"说这话的是美国一家代理商乔,他是一位亚裔美国人。

马克似乎盘算已久,美国人的办事风格不同于忸怩、慢悠悠的英国人,他们要粗率、直接得多:"办法倒有一个:以牙还牙!我们也采取联合抵制,不买胡雪岩手头的生丝,让他的生丝全都积压在仓库里,使他的资金周转不灵。"

众人纷纷嚷道:"对,对!这是个好办法!我们不买他的丝,坚决不买!不买!"

"那国内急需的原料怎么办?工厂在等着这批生丝呢。"吉伯特道。

"向印度等东南亚国家购买,哪怕比这儿贵,也向他们买。这样才能真正把胡雪岩的嚣张气焰打下去!最终,让这个老是同外商作对的中国商人消失,甚至从这座城市消失!"

路金沉默着,以一种复杂的眼神瞥了马克一眼。他清楚这样做对胡雪岩意味着什么。在胡氏这架运转的貌似强大的机器上,会断链条的地方、会出现啮齿的地方太多了!

马克似乎瞧出了他那种微妙的心理,用揶揄的语气道:"我不像路金先生一样跟胡雪岩有交情,而胡氏内部已有人成为我们的最忠实的仆人。这个腐朽的王朝到处充满肮脏和腐败,为了我们的利益,我们必须学会用鳄鱼开始腐烂的尸骸去喂蚂蚁和松鸦……"

马克这个恶毒的主意获得洋商的一致赞同,侍者打开一瓶香槟酒,往每个洋商杯中斟去。

冒着泡沫的玻璃杯互相碰击,表示出他们的共同的决心。

胡雪岩死死捏住手中的生丝与洋商对抗,逼他们把价格提起来。他满怀信心地坚守着这个用生命之丝结成的堡垒,在它耀人眼目的银光的映照下,熬过了一个漫长而又寡淡的冬天。终于熬到桑拳爆绿、新蚕吐丝,又一个生丝收购季节到来!

就他们几个打翻天印的毛猴子,不就把洋人镇住了吗?洋商有什么可怕,

美国有几家丝织厂停产都几个月了。只要这个春天再坚持一下,中国丝商把新丝再抓牢在手中,不怕它洋大人不服降!

胡雪岩在大上海酒家特定一桌丰盛的酒席,拟请湖州、上海丝商的头面人物及上海官贵,商议再次集资收购生丝,控制市场主动权,逼洋人跳脚。

然而,春光乍暄,红灯生暗,大上海热烈的《喜洋洋》乐曲,仅迎来了屠会长、金老板等少数几人。就连庞大公子也去湖州扫墓未回,仅派朱福年作他的代表。朱福年抱拳一拱道:"大少爷临行有言:丝坛的头把交椅,理应由胡老板担当,反正湖州有什么事我会鼎力相助。至于上海生丝界,全依仗屠会长了,您在丝业可是一言九鼎的人物哪。"

屠会长倒还懂得谦让:"哪里,哪里,我们商会的丝业公会只不过是个行业组织,同仁们可听可不听。只有上海道台才能代表朝廷发号施令,商人们不得不服从。"

"道台大人今晚答应光临,我们已派专人去迎请了。"胡雪岩对赵清廉尚有好感。

正说着,秦少卿从外面灰溜溜进来,报称江南制造局的姜观察大人派人来说三姨太流产了,他要陪她上医院,晚宴就失陪了。

有顷,郭庆春也很失落地从外面返回,胡雪岩连忙上前探问:"赵大人呢?"

"道台大人说他实在事情太忙,无法赴宴,再三要我向胡老板表示歉意!"

胡雪岩如遭当头一棒,顿时呆住。其他人无不神色怵然,情知不妙。形势虽然不同于上次与洋商对决,人也经历沧桑巨变,分明有人心怀鬼胎。胡雪岩感伤地说:"我想为国家民族做点事,可朝廷官员却如此对待我……"他强自镇定一挥手打哦,"开宴吧!不管他们来不来,不管人多人少,我们吃我们的。"他一屁股坐在椅子上,其他人也只得情绪不高地就座。

"撤掉几把椅子。"秦少卿赶紧吩咐酒店侍者。

胡雪岩因之病倒,但仅躺了两天又挣扎病体起床,准备赶赴杭州。因为再过几天,就是老母八十大寿。这是大事,他要好生操办一下。通房丫头雪嘶端进一碗中药,一匙一匙喂他喝下苦涩的药汁。雪嘶是在尤琳身边长大的,尤琳见她伶俐乖巧,送过来让她照料渐入老境的胡雪岩。雪嘶一边喂药一边道:"老爷病倒几天,胡子都长了,要不要叫剃头师傅来修理一下?"

胡雪岩无力地摆了摆手道:"胡子让它长吧,反正我已经老了,蓄须已是很正常的事。"

喂罢中药,雪嘶要扶他到院子里走走,挺郑重地递给他一根拐杖,说这是罗四太太托专人捎给他的。这是桃木杖,四太太去杭州城隍山求道长挑选的树,又请杭州城里最有名的工匠精心制作。杖身是一条盘曲的龙,杖头是一枚精雕如意,用清漆髹制,仍透着桃木红鲜鲜纹路细密的本色。胡雪岩打量着桃木杖,心中猛地一动:桃是中华大地栽培最广的一种果木,小民黎庶得其果腹营养最多。春天,灼灼其华,最能引来黄鹂的鸣啭。到了秋天,累累的硕果收了,枯黄的桃叶落了,在它蓄芳待来年的时候,又从干涩的体内渍出桃胶,可以防虫,可以入药。在道家眼里,桃木制的剑是最有效的驱邪武器,而桃符则给人带来吉祥……

莫非真有心灵感应?他让这场无法抵御的飓风刮倒,罗四就给他送来了驱邪以助仙健的桃木杖!他手拄桃杖,眼前掠过他的青梅竹马,那个驾着小船,卖身助友的美丽女郎……

郭庆春拿着一叠报纸进来,他是特来送行的。雪嘶一边招呼,一边给郭庆春泡上茶,然后悄悄退了出去。

"雪公的病好些了么?"

胡雪岩是个虎死不倒威的人,总是那么精神矍铄,劲头十足,这一次可是元气大伤,他"嗨"一声道:"今天感觉好多了!怎么样,这几天外面有什么新情况?"

"这是今天早晨的报纸。"郭庆春神情阴郁,将手中的报纸递给他。胡雪岩草草翻阅这些中、西文报纸,只见一个个大标题——《湖雪岩与洋商斗法,新丝尽为夷人所买》《湖州庞氏与英商成交新丝万担》《金嘉记丝栈倒闭累及钱庄》……

胡雪岩极度懊恼,用手敲打着报纸,几乎要坠下泪来:"痛心啊!眼睁睁看着市面上新丝都被洋商恣意压价收购去了,我却无能为力。其他华商又不能齐心用事,官府无动于衷,庆春兄,我现在是真正感到心力交瘁、力不从心了。"

郭庆春叹了口气道:"我早就跟你说过,一个人力量再大,也斗不过整个社会,更何况你面对的是洋商。"

"我最大的失策是不该把所有的资金都压在生丝上,导致其他生意全不能做。一年下来,不仅胡氏整个被旧丝套住,也收购不了今年的新丝。洋人诚然不是什么好东西,但最坏的人肯定是出在长袍马褂的同胞之中。"

正说着,秦少卿匆匆进来,见到郭庆春,他把话头打住。胡雪岩有些不悦道:"庆春不是外人!"

"'金嘉记'丝栈参与去年集资同购丝行动,导致巨额亏损,已经倒闭。而它的倒闭,又影响到放款给它的四十多家钱庄。这个消息,对市面的影响太大

了。胡氏去年收购生丝,把资金压死,如果不把仓库里堆山似海的旧丝抛出去,'阜康'的头寸就调不过来了。钱庄里没有足够的现银,万一发生挤兑,就要全面破产,局面无法收拾。"秦少卿道。

"洋商一致行动,不买胡氏生丝,现在我们想抛售旧丝,能够马上卖得出去吗?"胡雪岩也感到事态严重。

"我听朱福年说:有一个美国生丝代理商乔知道我们手头有货,只要价格合理,他有意全部收购。"秦少卿显然早就在留心这类行情。

胡雪岩攒眉踱了几个来回,问道:"他愿意出多少钱?"

"七百万两。"秦少卿声音低得像蚊子。

"什么?……一千万两我都没有卖,七百万两?休想!他休想……"胡雪岩顿足大叫。然而,就连他自己也感觉到这跳跶、叫号的绝望与空虚。他被联合起来的洋商彻底斗败了,他与少数几家丝商"集资同购丝"的爱国壮举反获其咎,他搬起石头砸了自己的脚,洋人还要在他受伤的躯体上再踹上几脚!这是不能接受的事实,但胡雪岩却不能不接受这个事实!

秦少卿啜嚅着,几次欲言又止,只把无助的目光悄悄投向郭庆春。郭庆春语气沉缓,却不容辩驳:"雪公,不要再意气用事了,还是冷静考虑一下利弊吧:大批旧丝,如果继续积压在仓库里,只会发霉、变质,越来越卖不出价钱,最后只能变成一堆垃圾。"

"大先生,庆公说的是贴心话,也是内行话,现在好歹还能卖回来几百万两银子。"秦少卿也乘势劝道。

"这些我全知道!可这样做,明明是趁火打劫,我要亏本整整八百两银子啊……"胡雪岩痛心疾首,连连捶打着椅子扶手和卧榻,歇斯底里的哭喊变成喃喃地哭诉,"我不能卖啊,不能卖啊,不能卖啊……"

雪嘶闻声奔了过来,几个人连搀扶带强迫,将狂躁不安的胡雪岩弄到躺椅上斜躺下来。秦少卿压低声音问道:"要不要去请医生?"

郭庆春很坚决地一挥手道:"不用!你马上去圣教学堂把长公子叫回来,让他陪同雪公一起回杭州。祖母的八十大寿,他怎么着也得给老奶奶磕个头行个礼。"

秦少卿答应着正要离去,胡雪岩陡地睁开眼睛,朝他举起一只手,用喑哑的声音道:"学习要紧,我一路上有雪嘶照应,倒也不用香官陪同。告诉他,奶奶是三月十五的生日,他是胡氏长孙,务于三月十五赶回杭州,给老祖母拜寿。还有我们这边的情形也一定不要让老人知道。"说着,泪水又无声地涌了出来,在他日渐清癯的面颊上流淌,滴落在衣襟上。

秦少卿有些感动,一直保持着那个恭谦的姿势,凝望着闭目养神的胡雪岩。许久,被击倒的胡雪岩又缓缓站了起来,雪嘶递给他拐杖,他把那拐杖上雕刻的夔龙又看了看,便把它搁置一旁道:"时日曷丧,吾与汝偕亡——这应该不包括我胡雪岩吧……是的,它一定不属于我胡雪岩!盼咐下去,我回杭州为老母祝寿期间,上海事务委庆春兄全权代理,诸事就照他的意思办!"

胡雪岩坐镇老太太八十寿诞,由罗四总管,老周协助,再从胡庆余堂抽调罗家骥负责外勤,掌管府外事务。老太太可是太后老佛爷诰封的正一品夫人,胡雪岩又为她求得太后亲赐的"淑德彰闻"的寿匾,朝廷那些大员、高官,有不少都要来为老太太祝寿呢。

罗四在"百狮楼"向全体管事人员布置了寿诞安排:寿庆准备举行七天;寿堂在城外、城内共设七处,这样亲友可以就近拜寿,以免到时候全都拥挤到胡府上无法照应。元宝街搭三重门楼,请戏班分别在城外灵隐寺和元宝街演贺戏七日。庆余堂在寿庆期间免费施药万副,并附一个载有时令验方的小折子,到夏天,凡有折子的可到庆余堂领取双份避瘟药散……

三月十五福日前三天为贺诞,福日后三天为延诞。贺诞开始,胡府的僮仆、丫鬟,便穿上特制的庆寿礼服,男女上身皆着大红宁绸宝蓝福寿团花唐装,男仆下着机织洋布天津蓝撒管裤,女穿葱绫拖幅步摇裙,分布各处迎接前来拜寿的宾客。元宝街三重门楼,上面雕刻"王母瑶苑""麻姑捧寿""猴仙蟠桃""万象更新"等精美图案,刻着江浙名人撰写的寿联。宝盖红帔、宫灯紫带,把门楼装点得光彩焕然。街道两旁,用各色鲜艳的丝绸、锦缎、壁挂、毡毯联成幢幡,上面张贴着"百年期颐""松鹤遐龄"等四字吉语,如同绚烂的朝霞飘落长街。

是日,"百狮楼"大门厅正中上空,巨大的黄绸子已正吉时徐徐落下,在惊天动地的锣鼓爆竹声中,"淑德彰闻"的黑底金字大匾,在翻滚弥漫的硝烟中逐渐显现。所有前来祝寿的人,先当在这匾额下行叩拜之礼。

按照预先的安排,上匾之后,胡老太太要给我佛如来上香,感谢他赐福赐寿,佛光永照!

灵隐寺内,香烟缭绕,悠长舒缓的钟罄铙钹之声,伴和着众僧直出胸臆的嘛呢诵经唱偈之声,迎来了胡府的女眷。

大轿在山门外石阶下停住,胡太夫人在侍女的搀扶下走下轿子,由十二位姬丽及其丫鬟侍女簇拥着,轻移莲步,一级一级走向山门。主持急忙从寺里迎出来,双手合十,在寺门前致礼迎候,将太夫人一行引领至大雄宝殿内。殿内两侧一人合抱的楹栓上,悬挂着专为老夫人大寿撰写的新联,道是:"罗汉神通菩萨慧,公侯福德将相才。"

殿内旗幡飘动,青烟袅袅。如来佛祖高坐莲台,妙相庄严地望着芸芸众生。胡老太太凝神须臾,一个小沙弥递上一炷香。她走近佛灯,亲手点燃檀香,然后虔诚地跪到莲花蒲团上,双手捧着燃烧的檀香,三叩如来佛祖,喃喃细语祷告,神情庄重肃穆,众媳随礼如仪。

胡太夫人福日正诞这一天。云林寺特为笃信佛教的老太太搭建寿堂。这里挂满了名公巨卿、文人学士的贺联,正中,李鸿章、左宗棠的寿联格外引人注目。

胡太夫人凤冠霞帔,端坐正中,接受各方拜贺。

杭州府衙特派军牌快手前来维护,里间行拜有序,外间观者如堵,连议论都不敢高声。

"啊,这真是大清国头号商人母亲的寿礼!"

"真是平生少见!听说寿礼分作七处、举行七天,这是皇宫里才兴的规矩,胡雪岩真的可以和当今皇上比肩了。"突然,人头一阵攒动,传出"洋人,洋人"的惊叹声。众人赶紧让出一条路,让郭庆春陪着特别显眼的路金走向寿堂。

胡雪岩连忙迎了上去,拱手道:"啊!领事先生光临,不敢当,不敢当!"

路金彬彬有礼道:"我是专程前来向您的母亲拜寿的,祝她老人家生日快乐!健康长寿!"

进了寿堂,他向胡母三鞠躬,并送了一份精美的英国瓷器作为贺礼。

"洋人拜寿,也是平生头一回看到!"

"当今接受过洋人拜寿的中国女人只有两个:一个是当朝慈禧太后,一个就是这胡老太太了!真是福分非浅啊。"

众儿媳中,只有芙蓉内心焦急:这个时候还没见到香官!你是长孙啊,这等大事失礼,将来怎么服众?!

第四十四回

赶寿诞马蹄踏碎全福梦
陪总督机器留难离散心

秦少卿找香官传达胡雪岩口信：务于三月十五赶回杭州，给祖母拜寿！这是件再简单不过的事，然而，秦少卿却从这次传达中感觉出不妙！

他先是去圣教学堂，门役说这个公子哥儿根本不住学堂，在外头租了房间。秦少卿心中暗叫不妙，幼锦所在圣约瑟女子学堂，要求学生礼拜一至礼拜五必住学堂，倘幼锦也离开学堂斋舍，跑到外面去跟香官同居，却如何是好？秦少卿心急火燎赶到英租界圣约瑟，管斋舍的嬷嬷说幼锦倒没有在外头住，但来找她的男孩子多，她经常外出，也有夜不归宿的时候，今天就不在斋舍里。秦少卿心中"格登"一跳，满世界去找幼锦。

好在那天幼锦回得早，听嬷嬷转述便请假回到家中。秦少卿一问，幼锦说胡香官现在很少来找她了。他在外头刚租房那阵，倒是来找过她，要邀她一起到外头住，她没有同意。打那以后，他渐渐就来得稀了，这一次两人怕有一个

月没有谋面了。秦少卿这才意识到事情严重:这两个年轻人好似要分手,倘这场联姻失败,胡雪岩迟早要拿他开刀。这次他回杭州,诸事交郭庆春全权代理就是一个信号。秦少卿冲女儿喝叫道:"这么大的事情,你怎不跟家里报说报说?你就等着他甩你的干鱼上坎?"

幼锦听了,止不住咿咿嘤嘤地哭了起来:"我能把他怎么样?你们不是不让我跟他单独在一起吗?他也正是那种人,只要跟前没人,他就想做那种事。我躲他……还不行吗?"

"行了行了……"秦少卿烦躁地冲女儿一挥手。这以后,父女俩四处托人打听,才总算扭住胡香官的行迹。

原来,近年有位日本来的妓女,艳帜初张,芳名鹊噪,加上蛮语侏离,又对汉语有着特别嗜好,便有文人为她取一中国名字三三,也叫珊珊,并写诗登在《申报》上为她吹——

> 绿窗私语絮喃喃,
> 格磔铭舟苦未谙。
> 安得鹦哥能解语,
> 替传密意叩三三。
> 残红落尽绿荫酣,
> 静掩文纱客思含。
> 我欲天台践佳约,
> 只愁芳径误三三。

香官花钱会了一次三三,果然体态风流,情趣高雅又言语不通,当真与交会中国女人不同,竟至有些着迷。秦少卿找到他时,香官正和几个浪荡青年,看三三身着黑色彩绣大丽花和服,挽着像蝶翅般展开的宫髻,足穿洁白的丝袜在草地上跳舞。此时,离胡太夫人的福日只差三天。香官一听,跳起脚来就走。他买了张内河航运的船票,是招商局购自马尾船厂的小火轮。从上海到嘉兴一段的航程还算顺利,自打进入江南运河,航道窄,往来船只多,河道又缺少疏浚,一路走走停停。船到余杭境内,天已黑尽,小火轮被迫停航,有乘客传言:轮船上的动力部分出了毛病,着人检修,一两日内怕到不了杭州。明日就是老太太的正福日,过了正诞,远客就要告辞了。幼锦和她娘没等和他一道,先行来了杭州,此番自己又被她爹逮了个正着,倘这些人在老爹、老太夫人面前下蛆嚼舌根,他又误过拜寿正期,他爹不打他个一佛出世才怪!

那香官生性浮浪,并不打听明白,仗着自己对余杭地方熟悉,便独自下了船。记得自己游学三年的"范越书院",虽在一道幽静的山谷里,却离运河并不远。谷里有一条小溪,常有农人划着不过水缸大的盆船,将自产的土味山货、蔬菜水果拿到运河上出售,来去不过两三个时辰。

香官朝那熟悉的山谷走去,田畈、山岱、早禾、村湾,全罩在黧朗的月色里。小树披一身薄如蝉翼的轻纱,如美人迟暮却又盼着君王临幸。青蛙在美人脚下起劲地聒噪,许是不甘寂寞,毕竟都来阳世走了一遭!成片的桑林,打高处望如黑靛般幽深神秘,走近一看,一棵一棵颇似骷髅架子,还攘臂举手不大安分。肥大的桑叶垂条,在月光下就如骷髅架子披挂的兽皮草帔,让人感到恐怖……

走近山谷香官才发觉自己走岔了。找人打听,说"范越书院"在北面越秀谷里,偏南了四五里地呢。不过不要紧,往东去不过三里就是官道,有旅栈还有马车店,顺着这道山谷走出去就是。

果然就有马车店,香官嫌马车颠得骨头痛,况且马车又慢,大天亮怕还进不了杭州城。此时夜深,皓月当空,平坦光溜的青石板路,在月光下投射出一种蟹青色冷辉,像抖开的长幅香云纱,自九天向下飘落,又轻盈又飘逸,这头搭着余杭,那头连着天堂。香官兴致陡增:今夜好月,风驰电掣,蹑景追飞;扬鞭跃马,无人不夸!他租了一匹快马,押了一张百两银票,打马而去……

一只毛色斑杂的野兔,短短的尾巴像巴掌般竖起来贴在屁股上。打黄昏出洞,它就在这片偌大的桑林里吃着嫩草,喝着从天上落下的露水。现在它吃得太饱了,精神十足,一边拿两只前爪擦拭着它的兔脸,一边就直立着两条后腿,把身子拔高。它窜出桑林,箭一般冲上青石板路,一匹高大健壮的儿马飞驰而来,那踏起火星的铁蹄差点踩着它的头,在这一刹那间,野兔奋身往上一纵,躲过了那一劫。受惊的儿马发出一声嘶叫,本能地抬起它的两条前腿及它的前半个身子,像野兔洗脸般后腿斜立——它做不到直立!这一立不打紧,骑在马背上的人弹丸般向前射去,那青年尚没能从爽悦的感觉中抽脱出来,只觉得蟹青色的石板路面蓦地张大,跳起来狠狠拍了他一下……

如果有人及时发现施救,香官或许不会殒命。儿马感觉轻松了,但仍往前冲出约一里地。它跟打它背上弹出去的人并不熟悉,因此没有回到他的身边,而是跑到路边的田坂上去啃食青草。

香官的死讯,是在寿礼结束后的第二天传到胡府的。胡太夫人看到孙子的尸体,不禁大放悲声道:"什么?这样粉团儿一般的长孙儿,就这样没了……天哪!怎么能抢走我老太婆的长孙呢?是我活得太久了,是我抢了孙儿的命……"没哭上几声,她突然两眼翻白,身子向后便倒。

那边,芙蓉尚在抚尸号叫着:"还我儿子!还我香官!香官……"

　　胡太夫人一病不起,她没能熬过夏天,在洋商们举杯欢庆彻底斗败胡雪岩的欢呼声中,带着失去长孙的惨痛,带着种种不祥的预感,溘然殡天。胡府少不得又一番忙乱,接连两场丧事,把阖府老少都累得快趴下了。

　　早晨,壁角的自鸣钟"当当……"响了八下,胡雪岩一个激灵从梦中惊醒,伸了伸懒腰,慢慢坐了起来。窗外一片喧腾,阳光把桂花树的绿冠都照亮了。绿冠下部叶薄的地方,绿叶着阳光的芒刺穿透,变得明薄,带着一种少见的金红。鹂莺的鸣啭,就像夏日这架缫车缫出的新丝,绵绵不绝地流淌出来,又绕进绿荫中。

　　"你总算醒了!昨晚我正和你商量丧事之后该答谢的名单,你就在躺椅上睡着了。"罗四来到他身边,关切地打量着他。

　　胡雪岩迎着她关切但又复杂的眼神道:"唉,罗四,我最近发觉自己老了,精力已大不如从前。"他按着腰起了床,罗四服侍他穿衣。

　　"我早看出来了,你最近太劳累,太伤神,有些人和事大概很不顺手,尽管你不和我说,我也从不过问,但我还是感觉到了。"罗四差不多把话挑明了,但胡雪岩仍然不想把日渐逼近的危机告诉她。天大的事,男人一个人兜着,一颗心装着,而不必让家人担忧!"是啊,一方面买卖越做越大,非得马不停蹄不可;另一方面洋场、官场这两把大钳子正向我夹击过来,如果双钳一合,能致人死命。我是在夹缝中求生存,不能让钳子合拢,所以分外累!"

　　罗四不再说什么,服侍他梳洗。用过早餐,胡雪岩在芝园蹓跶着,盘算过了"三七",跪过超度亡灵的第三场法事,他得赶回上海,把今年的各项生意,抓牢在手里:生丝生意亏损近八百万两,得赶紧设法弥补。或许可以这样说:八百万两他还亏得起,但危机四伏的这个环境,他还真担心自己摆脱不了。他一边思索一边漫步,不知不觉出了芝园,步出元宝街,拐入大井巷,远远见胡庆余堂门口围着不少人。

　　胡雪岩走近去,分开众人一看,人圈里,一对父女跪在地上,女儿头上插着草标。

　　"他们这是干什么?"胡雪岩问。

　　"卖女儿,给他老妻治病,"旁边有人解释。

　　胡雪岩顿时不怿,目光冷冷瞥一眼庆余堂药店,高声道:"庆余堂近在咫尺,为什么不进去讨药?"

　　"不清楚。"围观者说。

　　胡雪岩径直走到老者面前,弯腰问道:"庆余堂柜台设有免费施药,你们为什么不去讨?非要卖女儿?"

伏地的父女俩抬起头,目光相碰,双方都愣住了。

"大先生……"那少女轻喊道。

胡雪岩想起了旧事,他曾亲手给这女孩子施过药,并送过银米去她家中。

"咦,你不是叫红玉吗?为什么又跪在门口?如果你爹病没好,可以再进店里去讨药!难道掌柜没按我的吩咐,施舍药物直到老人家病好为止?"

老人赶紧解释道:"不,上次承蒙老板慷慨施药,我的病已经全好了。但我的老妻咳嗽不止,至今仍躺在床上起不来……"

"那再去柜台拿药呀!为什么不去?"胡雪岩急切地打断了他的话。

红玉爹为难着嗫嚅道:"一来,不好意思总到柜上去讨;二来是……"

"二来是什么?"

红玉爹老大一阵吞吐,低声道:"要的药……柜上没有。"

"什么?我的庆余堂居然没有你要的药?那这金字招牌还怎么挂得下去?"胡雪岩大叫,他一把拉起红玉爹,"走!你跟我到店里去问一问。"

红玉爹挣扎着道:"不,这同店里无关……"

红玉走过来,把胡雪岩拉到一边,小声道:"大先生,你听我说哟!我娘的老病已经整整发了十几年,每年到这个时候就咳得不行。前几天来了一个走方郎中,他开出一个药方,吃了三帖药大有好转。但要断根,他指明要大先生身上一味神药作为药引子。"

胡雪岩奇怪道:"哦,有这种事?我身上还有东西可以作药引子?那你说说看,是什么东西?"

红玉毕竟年少,也不懂得遮掩,便说是要你大先生头顶上十八根头发,包好了烧成灰,和药一起煎服。这样三帖下去,病就可以断根。闻所未闻!胡雪岩只觉得新奇,旁人听了不免议论纷纷:"竟有这样的怪药引子!毛发乃父母亲所赐,怎么能乱剪?特别像胡大先生这样有头脸的人。"

"而且是十八根,多不吉利!这么做要伤财气的哟,莫不是有人在背后故意暗算胡大善人?"

红玉爹提高声音道:"所以我们不能再提这种无理要求。胡大先生是个大好人、大善人、活菩萨!免费施药治好了我的病,才保下我的一条老命,我们怎么能再剪你的头发呢?所以就只有想别的办法了。"

"老哥说哪里话,我胡雪岩几十年蒙乡亲们厚爱,无以为报,就开了这家庆余堂,帮乡亲们做一些善事,这也是取之于民、还之于民,谈不上菩萨不菩萨。十八根头发算什么?无损于我胡雪岩毫厘。来!去店堂里借一把剪刀,红玉,你自己动手,不要说十八根,要多少你剪多少。"胡雪岩不禁为之深深感动。

红玉爹拦阻道:"大先生万万使不得哟!老婆子命贱,大先生你贵人贵体,万一有个闪失,我怎么对得起江浙父老、杭城百姓哟……"

胡雪岩拉着红玉,来到药店前,朝伙计如此这般吩咐一番,伙计赶紧搬出凳子,找出剪刀。胡雪岩坐到凳上,微微低垂下头,解散大辫子。红玉手执银剪,紧张地一根、一根小心地剪下胡雪岩的头发。胡雪岩笑道:"红玉,你手别抖,嘿嘿,头发居然也能做药,稀奇!如果让街头卖唱的编成'小热昏'来唱,那真是杭城一大新闻呢!"

胡雪岩没能等到老母"三七"之祭,就接到左宗棠的电报,让他立即赶往上海。

两江总督兼南洋通商大臣左宗棠,赴上海视察政务、职司,以及转运局、船政局、制造厂的情况。胡雪岩与郭庆春精心策划,为左宗棠举行了极为隆重的欢迎仪式,为他做足了面子,左宗棠下榻静安寺行辕。刚一安顿下来,他便单独约见了胡雪岩,单刀直入问道:"雪岩,依你所见,我这次来上海,应该如何行事?"

胡雪岩翻来覆去,把该想的都滤过一遍,心中已有定见,省着字眼道:"雪岩不才,有句话要向大人请教。"

"雪岩,你怎么和我客气起来了?"左宗棠摆了摆手。

"不是客气,是这话可能不太中听。"胡雪岩果然就不客气起来。

"那就更要直说。"

胡雪岩压低声音道:"雪岩替大人想,上海的洋务早就掺杂进许多北洋的人,李中堂虽因母丧暂时在家丁忧,实际上仍在背后操纵。对此,不知大人可有觉察?"

左宗棠颔首道:"这正是我此次来上海的用意!"

胡雪岩知道左宗棠不太容易说服,有名的"犟骡子"嘛,遂从上海的官场说起:"以姜石林为代表的一帮人,背后是李鸿章;以赵清廉为代表的一帮地方官,其后台实际是军机大臣李鸿藻。两派人有矛盾又互相勾结,使得上海官场盘根错节,牵藤扯蔓。大人此来,本想拨乱反正,好生清理一下沪上的门户,可上海的杂草灌木实在藩盛,不能一把火烧掉!"

左宗棠沉吟不语,良久方道:"你的意思,上海的情况已成顽症痼疾,不是大刀阔斧、雷厉风行,将制造局、转运局查办几个人就可以解决,是吗?"

"正是,此次大人赴沪,他们几乎人人自危,料定难逃一劫。如果大人把他们逼得太紧,肯定顽抗到底!而现如今的局势,尤其是在金融、贸易方面,需要的不是对抗和震撼,而是要大家携起手来,共渡难关!"胡雪岩显然站在更高的层面,希冀各个利益集团相互停止争斗,和衷共济,共同逃脱一场即将到来的灭顶之灾!

左宗棠并未意识到金融、贸易的情况有多严重,恰恰相反,他很看好这个局面:"现在招商局、开平矿务局等的股票大涨,招商股票面额原为一百两,现在快涨到二百两;开平也是一百两,现在已越二百两;湖州长乐铜矿的股票面额也是一百两,现已涨至一百五十余两,李合肥鼓捣的这两家公司,肥得像滚山猪一般,是名副其实的'合肥'啰!"

胡雪岩不以为然道:"开平、招商经营得还算不错,但好到登峰造极、肥到如此程度,打死我也不相信!其他一些公司招股时,根本不将公司详情公告于市,难免有诈。就算公司、矿业办得成功,其股票这么涨也不由人不生疑,它们的绩效就这么好?再说那些个钱庄,资本多不过十万八万,甚至只有二万三万的,却拼命向外放款。本金不够,就找外国银行、山西票号借钱,借钱做放款。如果贸易兴盛,钱庄固可获得巨额利润,一旦市面不景气,行栈商号亏本倒闭,钱庄便血本无归;倘放出的款无法收回,洋行、票号、外国银行又抽资逼债,钱庄不死还能往哪里去?!目前这种股票疯涨、钱庄小死的情形,很可能是一场地震海啸的先兆,我胡雪岩、李鸿章都是半个身子浸在海水里的人,本该互相拉扯着点才是。硬要各自抱住各自的小舢板,就只能被海浪卷了去……"

左宗棠到底还不能接受胡雪岩这番理论,沉思好一阵转圜道:"此番来沪,我还有好多事要办。明天我们一起去江南制造局看看,我们相机行事吧。你这番好心,姜石林之流未必肯赏脸。"

次日,姜石林陪同左宗棠一行视察浦江船坞、江南机器制造局。那姜石林一颗心七上八下,夹杂着银丝的两鬓,冷汗涔涔,他不断以手帕拭之,不断暗中观察拉长着马脸的左宗棠,生怕他突然一声令下,跟在后面的军牌快手扑上来将他拿下。他干了很多烂糟事,江南制造局又在两江地盘上,堂堂两江总督要拿他一个小小观察岂不是易如反掌?

倒是胡雪岩一路指点江山,谈笑风生,不时停下脚步,问他几句什么。

视察枪炮厂,左宗棠拿眼一看,拆卸的炮架前和总装步枪的工人并不多,便立住脚回过头来问道:"姜观察,制造局的枪械、铁炮,质量有无长进啊?"

"卑职不敢自美。"姜石林脸色大变,左宗棠旧事重提,果然要拿他开刀了!

"自美?不怕,只要是真美。"左宗棠一脸的讥讽之色。

"卑职不才,制造局现在由伍大人担任总办,掌管全局。据我所知,近年制造局主要是修补枪械、保养武器,以备不时之需。"姜石林胆战心惊,只差要尿裤子了。

"以备不时之需？恐怕不尽然吧？"左宗棠目光霍霍，紧盯着姜石林问。大约土城之战损兵折将的惨状，又闪现在他的脑际里吧。

冷场。气氛尴尬。但听得海风吹得旌旗在猎猎作响，机器声更加震耳欲聋。胡雪岩连忙上前为之解释："西征之后，各地并未大规模整顿武备，枪械需求不多，而制造局的设备，要生产高质量的枪械确有难处。"

"可我两江兵营里要一些枪，制造局不能造，那怎么办？"左宗棠此时方打出他的底牌。

胡雪岩一愣，赶紧做进一步说明："可以向英、法、德购买，大人一旦做出决定，我会让他们立即找姜观察谈判。"

"姜观察，依你看，英、法、德三国枪械，哪一国比较好？"左宗棠似乎有意找碴。

"这个，这个胡老板是行家，就请他来经办好了。"姜石林又流汗了。

左宗棠恨恨一声冷笑道："平定新疆，老夫委胡雪岩总理军需，有人告他'越权专事，毫无军需常识'；有人告我'所用非人，其中必有贪腐情事'，这会子你倒来抬举他了？"

姜石林两股战战道："卑职该死，卑职该死。"

胡雪岩倒是显得异常诚恳，说话也甚为得体："当时军兴，保我边境大战，雪岩无非为左大人西征帮了一下忙。现在平和时期，一切需依规矩，军械采买，理应由制造局、转运局经手，这才名正言顺！"

左宗棠终于颔首道："好吧！两江这笔军火，就委托给姜观察办理。所需银两，由你二人会同上海道商借洋款解决，借期三年，分期偿付。从今以后，你等务必克服门户之见，消除芥蒂，以国事为重，以大局为重，《论语》所谓君子和而不同，你等谨记！明日我将会见上海各界，定会将这个意思示谕上海道知悉。倘能和合共处，既往就不究了！"

姜石林诺诺连声，庆幸真有天上掉馅饼之事！当晚，姜石林紧急晋见上海道赵清廉，将白天情形备述一遍。赵清廉也似有些出乎意料："哦，连那么大一单军火生意都指派给你姜大人？"

姜石林抑制不住兴奋："不管怎么说，这都是一笔稳赚不赔的生意！买卖双方都是现成的，转运局只要从中间过过手，两下里的佣金就有了。我唯一的怀疑是这么好的事，胡雪岩为什么要让给我？"

赵清廉思谋半晌，轻轻晃动着脑袋道："见李中堂所主持之招商局、开平局、制造局股票疯长，如日中天，而胡氏因生丝亏得一塌糊涂，此情之下，一定是胡雪岩不想和我们结怨，所以特地送来这一头肥猪。"

姜石林喜悦地说道："这么说，我可以吃他一口了？"

赵清廉摇头道："不可，万万不可！"

"既然是肥猪，为什么不可以吃上一口？"

赵清廉阴冷地一笑，从衣袖里取出一封电报说道："这是李中堂大人拍发给我，着我转饬给你的。"

姜石林接过电报一看，李鸿章让他尽快搜集胡雪岩的罪证，找可靠官吏具本参奏。胡雪岩与洋商斗法，元气大伤，未在商场上彻底败阵，那就让他在官场上领教领教官贵们的厉害吧！电报结尾一句是："不惜一切代价，挤垮胡雪岩。"

"中堂大人已经找人在京城活动了，你不要被眼前的一点小利所迷惑！"赵清廉道。

姜石林把电报递了回来，有点扫兴道："为一个商人，有这个必要吗？中堂大人对左宗棠也没有花过这么大力气，为一个胡雪岩何必大动干戈？"

"要是左宗棠没有胡雪岩为他担任总军需，左湘侯还是左湘侯？新疆能成为大清一个行省吗？"赵清廉一语点明要害，见姜石林还在犹豫，赵清廉加重语气，"姜大人，我们一旦掀倒了胡雪岩，还愁没有十笔八笔这样的生意找上你？再说两江订购军火，付款定由上海道江海关，如果我扣压款子不发，洋人一定要去找担任中间人的胡雪岩要钱。到时候，几个方面在银子上挤他胡雪岩，看他这只大螃蟹还能横行到几时？"

丁忧的李中堂这一招，显然是针对左宗棠上海之行的，姜石林赶紧派可靠之人，秘密通知两位"眼线"，明晚在他家中相会。

阴影幢幢的姜公馆，病中的巧珠总觉得丈夫有事瞒着她。倘姜石林的人品好一点，他对胡雪岩没有那么刻毒的仇恨，巧珠的心态会平和一些，对丈夫也会多一点"随他去好了"。可是不，毕竟胡雪岩是她深爱过的男人，他俩藕断丝连，她对他牵肠挂肚。因这缘故，她对行事诡秘的姜石林便多了些注意，对他在外头干的那些事情她没法知情，但在姜公馆，绝不允许丈夫的行动逃脱她的眼睛！

天黑人定，丫鬟服侍她躺下。姜石林说是不打扰尚在病中的她，他一个人在后院的书房里休息，今晚还将会见两位朋友。

花园里林木葱郁，假山阴影幢幢，她在卧房里，什么也看不见。估摸着丫鬟仆人都睡下了，巧珠下床，套上绣花鞋，来到门口，悄悄拉开了房门，借着林木暗影的掩护，穿过前院，悄无声息地来到连接前后院的月洞门。她无力地倚在月洞门的洞壁上，朝书房方向望去。

书房里灯光通明，帘帷低垂。那里曾是丈夫跟那个交际花林翠翠幽会的地方，直到人老珠黄的林翠翠跟一个扬州富商做了姨太太离开上海。姜石林

又接连买进两个丫头,据说先买进的那个宝福要被姜石林正式娶作四姨太了。巧珠没有犹豫,悄悄走近书房,贴耳潜听。书房里,朱福年交给姜石林一个小布包,包里装着他搜罗的一些证物:西征时胡雪岩购买军火的往来账,贵福打到"阜康"的漕粮银,胡雪岩让档手拿去收购生丝的手谕,安娜出具的购买俄式枪炮时,她亲手交给胡雪岩一笔佣金的证明,胡雪岩打点、交接、贿通各级权要的一份清单……

姜石林草草翻阅了一下,连声赞好。其实他知道,就算这些罪证是吉伯特卖给西征军的臭子弹臭炮弹,它也可以迷眼障目,堵住左宗棠、宝尚书等人的嘴。

朱福年直到今晚,方知姜石林埋在胡雪岩身边的又一个"眼线"是秦少卿,不禁有些惊讶:"你倒说说,你是怎样打开秦少卿这把大铁锁的?"

"这还用问吗?钱才是金钥匙。苏北有一家大商行,想做贩运私盐的大生意,我就把它介绍给秦少卿,让他同苏北进行'场外交易'。"

"贩运私盐,听说要杀头的!"朱福年更加吃惊。

"能发大财,还怕犯法杀头?秦少卿是舟山人,有不少亲戚在盐场,贩运私盐轻车熟路,最能赚大钱。再说,这件事表面上不同'阜康'发生关系,是由他弟弟出面。反正银子全掌握在秦少卿手里,他怎么调拨谁也管不着。"

朱福年真个嗟咨不已,他跟胡雪岩作对,是因为胡雪岩夺走了即将到手的他庞氏掌门人位置,而姜石林暗中扶植他开办了"福标钱庄",不数年间,"福标"就在京师设立分庄,并发展为票号,近来"福标"的生意更红火得紧,光上海"福标"的庄票里,就有招商、江南的原值股票十多万两,可以想象"福标"往外放了多少款!

"按说胡雪岩对秦少卿不薄,两家还有亲戚关系,他怎么也对他姓胡的不忠?"朱福年用盅盖缓缓掠着茶盅里的浮沫问。

"嫉妒啊!别说是没什么家底的秦少卿,就是京城里那些商官,那些家财万贯的大佬权贵,也对富可敌国的胡雪岩嫉妒得眼里出血,谁叫你那么的'富'啊?"姜石林发出"哈哈"的一声脆笑,做了个拿刀砍的手势,结束了他自以为有见地的解释。

窗外的巧珠还想听下去,忽听得后花园里传来脚步声喧,原来秦少卿走便门入园,保镖正把他领向书房。巧珠见事不宜,忙隐身到附近一尊山石后面,见二人进了书房。少许那保镖出来,抱臂立在廊庑下守望着。

秦少卿现在对胡家简直充满仇怨:香官坠马而死,芙蓉要找他拼命;胡雪岩也指责他"你就没想到要派个人跟住香官?"郭庆春对"阜康"票号里出现了众多的股票心怀疑惧,老在那里危言耸听。女儿幼锦自香官死后,简直是破罐子破摔……他依然浓黑的扫帚眉跳了跳,脸上现出恶毒的神情:"胡雪岩的恶行数不胜数,拣近的说吧,胡府里头那个叫欢哥的小厮是怎么死的?不是他胡雪岩毒死的还能有谁?他年三十晚上把一对青年男女赶出胡府,不想那个叫阿珍的女子竟怀有身孕,她在外头生活无着,羞愤投水而死。她怀的谁的孩子?不是他胡雪岩的,还能不是他那个报应儿胡香官的?还有,他跑到上海滩,向那些太平军兜售顶子的时候,六千的道员衔他收一万两,一个九品的府库大使收到三千两,简直是强盗遇上打劫的……"

　　几个人密谈至夜深,有保镖守望,巧珠在假山石后直呆到周身冰凉,腿脚酸麻,一动不敢动。好不容易等到姜石林送客出去,巧珠才一溜烟窜出书院,穿过月洞门。黑暗中但听到一声冷笑,姜石林已领着保镖、丫鬟堵在虎皮纹碎石路上:"跟我说说,谁派你做间作听壁脚的?今天晚上,爷倒是有兴趣听你吹枕头风……"

第四十五回

郭皇亲推心置腹弹火气
左湘侯殚精竭虑小危机

送左大人回江宁不数日,胡雪岩便接到姜石林送来禀帖。看着看着,他不停用手指揉着太阳穴,眉头越皱越深:"奇怪……这样一大笔油水送上门去,姜石林居然不要,竟把它一脚踢了回来。"

正好郭庆春也在"阜康",忙戴上老花镜问道:"他在禀帖上怎么说?"

"他说他和洋商的交情没有我胡雪岩深,怕价格上谈不拢,还是我和汉斯去谈这笔生意,签这个购买枪炮的合同。"胡雪岩递过禀帖。

郭庆春看罢禀帖,沉吟道:"雪公,这个合同你怕不能签。"

"为什么?"

郭庆春缓然道:"我知道你是真心真意让姜石林做这笔生意,这里面的便宜姜石林不傻,他不会看不到,以他的为人更不会因为和你赌气,让到手的银子白白跑掉。他之所以拒绝,必有道理在里面。"

胡雪岩隐忧重重,一时间竟有些方寸大乱:"依你看,这到底是怎么一回事?"

"这一定是出自李鸿章的旨意,他们现在突然把你送的人情原封不动退回,绝对不是和你客气。"结合目前沸沸扬扬的金融炒股,郭庆春嗅到了危险的气息。

胡雪岩抖索着双手道:"庆春,你说的也差不多是我想到的。但是,这件事是左大人交办下来的!如果延误,我对不起左大人的信任啊。"

郭庆春实在忍耐不住,几近恼怒地叫喊起来:"雪岩,你一心想的是报恩,一心想的是义气,也不想想你自己已经到了什么地步?"见胡雪岩还有些茫然、迷惑的样子,郭庆春扳着手指,一笔笔道来,"生丝生意巨额亏损,这是明账,且不说它。你还是个巨大的债户!雪岩,别忘了,西征还有许多借款未还。光绪三年,你为左大帅西征担保,向汇丰银行借款三百万两,为期七年,分十四期归还。光绪七年,你又为左大人担保,再向汇丰借款四百万两……雪岩,这些钱,无形之中就等于你自己借的一样,可以一笔笔全算在你的账上,往你的脖子上套上一个个沉重的枷锁!这些你想过吗?"

"这怎么是我借的呢?这谁都知道,朝廷户部也已明文规定:借款到期由江海关从各省汇来的协饷偿付。"胡雪岩叫屈道。

"可到现在,还有近一百万两欠债到期但并未付清。一旦各省协饷的关票到不了上海,或是到了上海有人故意扣住不付,中间随便哪个环节出一点差错,汇丰银行拿不到银子,就肯定会直接找你!雪岩,这简直是一张随时会落下来的催命符啊!"郭庆春一针见血。

胡雪岩意识到情况严重,一屁股落坐在学士椅上,长时间怔怔地一言不发。

"雪岩,你对左大人已经是竭尽全力、肝脑涂地了,如果再这样一味大包大揽,将来万一有什么差池,你如何能撑得住这个局面?"

胡雪岩长叹一声,沉默良久,方缓缓地说:"庆春兄,我胡雪岩一向光明磊落待人,现在,左大人重任在肩,着手振兴两江军事,我也只有勉力向前。至于结果如何,我不知道,也不能去想它了。"

"赶快发电给你那位姻亲,让他发部文催促各省,速将协饷汇付江海关,以备急需。"

尽管户部尚书宝鋆此番给足了胡雪岩面子,频发部文催追各省,速征协响税解付江海关。然而,北方数省连续四年遭受大旱,赤地千里。大批难民流落江南,抢米抢粮,风潮迭起。南方近海,日本图谋台湾。法国军队自攻陷河内,刘永福率军与法军作战,但李鸿章之流仍在法军的威逼下,与其签订《顺

化条约》。法国取得了对越南的保护权,便把矛头直接指向中国,一面令侵越法军北犯,一面要挟清廷撤退在越南北部的中国军队。召回刘永福,开放云南边界……南方各省一面推行洋务,一面整军备武,本来银子不够花,哪里有多的协饷解付江海关?就算有一点,赵清廉一伙还不趁机拿胡雪岩一把?

是年八月,沪市各种股票开始暴跌。五月还是每股二百一十两以上的开平股票,八月跌至一百二十两,而股市中人则愿意以一百一十五两或更低价格随意出让。到了十月,开平股票每股跌至七十两。汇丰银行一面停止对中国所有钱庄、票号放款、押借,一面催促胡雪岩偿还西征所剩欠账!

郭庆春见情况危急,忙商之于病情略有好转的尤琳,利用他俩和英国方面长期合作的关系,分头去见汇丰银行上海分行的总经理和英国领事路金,求他们暂缓逼债。

尤琳冗长一叹道:"我有预感,这些洋人未必愿意援手他们憎恶的胡雪岩。"

"没有让他们援手,只不过是提醒他们,西征借债是大清朝廷而非胡雪岩个人。他们不能趁上海金融出现恐慌的时候,有意去打压一位中国商人!"郭庆春满脸严肃,他固执地认为,胡雪岩只要能度过这个危机,他就还能重振雄风,叱咤上海滩!

不经意间,林木的绿冠上有叶片被秋风摇落,姹紫嫣红的月季花忽然就瘦削下来,杲杲秋阳只在中午前后才显示出少许威力。尤琳道:"秋过后还有严冬,就算洋人不落井下石,别人也未必肯放过他。"

郭庆春本挽着她手臂,这时,捉住她一只手道:"实在不行,我只好回京城一趟,找我大舅帮忙。"

尤琳对那个家族心有余痛,更藏隐恨:"他是当今摄政王,直到今天还不承认我这个外甥媳妇,会有心去关照雪岩哥么?"

郭庆春不以为然地哼了一声道:"他承不承认,同我们有何关系?我们还不是过得好好的!"

一个小时后,郭庆春已坐在英国汇丰银行上海分行的会客厅里,同总经理小哈代晤谈。小哈代像他哥哥一样彬彬有礼,听人谈话的时候,还把双手搁在桌子上,十指相交,显出一副很认真的神情。

"哈代先生,关于西征军这两笔借款的情况,你我都是当事人,应该最了解情况。这是大清官方向英国汇丰银行贷款,并不是胡雪岩私人借的债,他仅仅是作为担保人,所以最后一期的债务,也理应由大清政府归还,而不应该向胡雪岩个人催讨。"

小哈代点头,笑微微道:"郭,亲爱的朋友!情况确实是这样。可是,当年手续上有一个漏洞,才造成了今天的遗留问题。"

"手续上会有什么问题?"郭庆春不禁一愣。

小哈代变得严肃了:"本来,这么大一笔借款,我们汇丰银行要请英国领事馆和中国官方打交道,以作保证,再由领事大人转达汇丰银行。这样的好处是:一旦汇丰银行收不回借款,可由英国政府直接向大清交涉。可是我们过分相信胡雪岩的经济实力和社会声誉,并未经过上海地方政府,就同意由他出面担保,这样,汇丰银行到时收不回最后借款,就必然要向胡雪岩本人催讨了,你说是不是呢?"

郭庆春一下子就抓住了对方的漏洞:"是啊,手续上的确出了点问题,胡雪岩大包大揽,结果给自己套上了绞索。不过,朝廷并没有表示不管,胡雪岩也正在向官方催促各省的协饷。所以,哈代先生,汇丰银行的最后一笔七十万两借款,能否再拖延一些时间归还?"

"NO!NO!这是绝对不可以的。商界最信奉信用,最遵守合同。合同上条文怎么订,这就是法律!什么时候还款,就得按时归还。亲爱的郭,你担任了洋行多年买办,对这一条应该最清楚。何况上海道拒绝用江海关的协饷税支付汇丰借款,说他们'寅吃卯粮',无力支付。我请教了不少人,才总算弄清楚这个'寅吃卯粮'……"哈代坚决地摆了摆手。

不管郭庆春怎么磨,小哈代就是不答应。与此同时,尤琳也在英国领事馆吃了闭门羹,她在领事馆门口,就被那个印度巡捕拦住:"小姐!请站住。"

"我找领事先生……你不认识我啦?"尤琳笑问道。

"认识!尤小姐。可领事已经吩咐,任何华人都不得擅自进出,我看看领事在不在,请小姐稍等。"说着,巡捕进入岗亭,往楼上路金的办公室打电话。

路金显然清楚尤琳来干什么,不禁厌倦地挥手道:"你告诉她,我不在上海。"

巡捕转对在岗亭外踯躅的尤琳道:"对不起!尤琳小姐,领事先生不在上海。"

"什么?不在上海?"尤琳出乎意料。

"对!领事同女儿一起到青岛去了,他女儿来接他回国。"

"不想见我尽管说,不必找推托的理由……请你转告领事先生,以后再也不要来苏绣行找我,我也永远不想再见到他。"尤琳脸上现出伤心欲绝的神情,说罢,便转身离去。

蛰居松江的尤五来上海走动,胡雪岩请他喝茶。他们要了一间雅座,一边品茗一边闲聊。这家茶楼地近苏州河。从窗口可以看到被秋风澄净了的河波,鸦艄乌篷,船无声地从水面滑过,像一些游弋的大鸟。两人聊着人事沧桑,商

场兴歇,一转眼,他们都成了皤皤老叟。

"杭州那边,三丫头年底就要出嫁。可是上海这边,凡事都还没有一个眉目,无论如何脱不开身。唉!我真正感到分身乏术,自己的精神气力,确实不如从前了。"

"年纪大了这是难免的。过去我在江湖上,三两个小伙子一下难近我的身。现在,早起练练拳脚,有时一套练下来竟也气喘如牛了。"尤五免不得安慰几句。

"五哥多扎实的功底!不像我这个虚架子,经不住人家一记重拳……"胡雪岩感慨连连。突然他发现尤五走神,好像正在聆听隔壁那雅座上的谈话。

"哎,你听说没有,今天吴淞口外出事了。"

"什么事?是不是外国人又打炮了?"

"不是!是同当今上海滩的财神爷胡雪岩有关……"

胡雪岩一怔,拿眼睛去看尤五。尤五小声道:"我去隔壁打听打听?"说罢,轻手轻脚起身,出了雅间,来到隔壁茶室,一挑帘子走了进去。

几个江湖闲客正在喝茶,竟都识得尤五,纷纷让座招呼。

"哟,尤五爷来了!"

"聊什么呢?这么热闹!"尤五也不谦让,拣个位子坐下。

"吴淞口外,今天大清早,出了一条大新闻!"还是先前那个粗嗓门大声道。

"什么新闻,说出来听听。"尤五装作漫不经心。

"两船私盐,昨天夜里遇上了大风浪,翻船沉没了。"粗嗓门压低声音说。

"贩运私盐?谁吃了豹子胆,竟然不顾王法?我在江湖上怎么从来没有听说过这方面的消息。"

一位操苏北口音的汉子道:"尤五爷是漕帮掌门人,千里漕运您一个人说了算!可贩运私盐,尽管历朝历代惩办极为凶厉,但只要有后台,照样有人铤而走险!"

"哦,那这个私盐的后台老板是谁?此人恐怕非同一般吧。"尤五有意引导他们。

粗嗓门把头凑拢来道:"尤五爷说对了!双方的后台都是当今商界巨头。苏北那方的买主,是洋务巨头盛宣怀的远亲,而上海的卖主,就是红顶商人胡雪岩……"

"这一定是传闻!苏北那方是不是盛宣怀的亲戚我不清楚,至于上海这方面,后台是胡雪岩,这绝对不可能!你们也知道,我和胡老板绝非一般关系,他如果私下在贩运私盐,能瞒得过我尤五吗?这件事,我可百分之百为胡老板担保！"尤五打断了他的话。

苏北口音撚须而笑道:"尤五爷,这你就不能打包票了,你能担保胡雪岩没贩私盐,可你能担保他手下的人也不干这勾当吗?"

"他手下的人……背地里要干这么大的买卖,此人的实力要非常了得!否则谁敢?"尤五果然就有些口涩口滞了,他不住摇头道,"我想来想去,料想不到这个人,你们莫是听错了?"

众闲客一齐把目光投向粗嗓门,粗嗓门似乎急了,忙说明道:"你们不要不相信,我说的可是句句实话!上海方面的卖主叫秦四海,你们没听说过吧?他是我的把兄弟。可他只不过是个幌子,专门负责到舟山的盐场去采购。他背后的秘密卖主,才是真正的大老板!"

"这真正大老板是谁?"

"是他的亲哥哥——'阜康'的总档手秦少卿。尤五爷你说说,胡雪岩手下有没有这个人?"

尤五不禁大惊失色,粗嗓门还告诉他,这两艘船的造价不菲,再加上采运的私盐,总价值少说也在三十万两银子以上。秦四海今天一早已被江海关口岸巡检司拿获,胡雪岩肯定被搭进去了!

尤五听了,哪里还能安坐,一阵风往隔壁茶座来。桌上的茶碗兀自冒着热气,胡雪岩已经走了……

万般无奈,胡雪岩不得不赶赴金陵,向左宗棠求救。马车把他送进石头城,送至两江总督府森严的大门前。业已老态龙钟的傅晶亲自前来,把他延入议事厅。左宗棠身着一袭酱色棉袍,足蹬皂底朝靴,叉开两腿,身子仰在一张虎皮椅上等着他。

胡雪岩见他一脸疲惫之色,不及行礼,便问道:"大人近来安好?"说着便要磕头下去。

左宗棠忙使双手架住,连道"免礼"。军士献上茶来,左宗棠抬手道:"有话请讲。"

"大人公务如此繁忙,雪岩却从上海赶来仓促求见,向大人讨教,实在事出无奈,望大人鉴谅!"胡雪岩仍不免客套几句。

左宗棠习惯地摆摆手:"雪岩,你这就见外了!你的事就是我的事,怎可如此客套?现在,你那边情况究竟怎样,你从实告诉我。"

胡雪岩心情沉重,他把他遭受商场、官场、华洋两界夹击情形简述一遍,差点就要坠下泪来:"大人,眼见大局不支了,我才赶来求救。目今上海滩上,洋商掌控金融、交通、输运、商业消息各种大权,停止放款借贷,坐观华商之败,坐等钱庄、股票之糜烂速朽。上海市场百业萧条,银根奇紧,大小生意,全

以现钱购现货,日日如除夕交易。而汇丰逼我还西征借款,使我已陷入危局的'阜康'更加危如累卵,我感觉就要支撑不下去了!"

左宗棠听了,顿时显得焦灼不安,问道:"那各省的协饷呢?朝廷批准的协饷究竟在哪里?雪岩,你有没有找过上海道?去催问过赵清廉?"

"去了,去过多次,可是赵清廉他们不但不施援手,反而乘人之危、趁火打劫、落井下石。其背后是李中堂在掌控,叫上海道卡住'协饷'不放……"胡雪岩泄气地摊手。

左宗棠猛地一挥手,一脸的憎恶之色:"算了!对这个李家小儿,不要再抱任何希望和幻想了。"李鸿章是投降妥协派的代表,深受慈禧的器重,在与各国列强打交道时,完全是一副卖国贼嘴脸。左宗棠很讨厌这个人,却又投鼠忌器,很难与胡雪岩深谈其人其事,以免影衬太后老佛爷!他抄手踱了几个来回,"这样吧,我通过荣亲王向皇上告御状,或能解决危机,使你走出困境。"

"大人准备向朝廷启奏?"胡雪岩心中不由得一喜,仿佛看到了希望。

左宗棠点头道:"对!只有这条路了。倘蒙皇恩浩荡,皇上下旨限时日将协饷税解付,除付完西征借款,私债尚可按折扣归还一些。再迟,则公私两负矣。"

胡雪岩歉疚地向左宗棠躬身作礼:"为我如此惊动大人,实在于心不安!"

左宗棠恺切道:"不安的应该是我!雪岩,你我有二十年交情,二十年哪!我一向感念你对我的至诚相助,使我成为朝廷举足轻重的文臣武将。现在,你背上了沉重的黑锅,还不是为了我吗?洋人向你讨钱,其实在追讨我左宗棠所借的洋债!在这危急时刻,我自然要为你弥补善后,着力向朝廷申诉。否则,怎么对得起这二十年的友情呢?"

"谢大人……古人云:'士为知己者死'。有大人这席话,雪岩即使死了,也死而无憾矣!"胡雪岩正感动得唏嘘不已,傅晶忽急趋而入,说有圣旨到了!左宗棠一惊,急令更衣,由傅晶和两个军牌服侍穿戴齐整,冲胡雪岩道:"你在金陵住上几天,看看六朝遗迹再走。"说罢,大步走了出去。胡雪岩坐立不安,又不敢到前面去打听,只得翻看几案上那些朝廷邸报打发时光。

约莫过了一个时辰,傅晶带来消息,说法国军队陆路已打到越南北部,逼近中国,海军不时进入福建海域。只因领班军机大臣恭亲王奕䜣,军机大臣兼户部尚书宝鋆,直隶总督兼北洋大臣李鸿章等惧怕法国武力,一味寻求妥协。李鸿章还甚至公然说:"断不可轻于言战","而应遇险而自退";即便"一时战胜,未必历久不败;一处争胜,未必各口皆守?"并免去主战派曾纪泽法国公使的职务,此举引起左大人、曾国荃大人及李鸿藻大人等强烈不满,有些御史也上书弹劾李鸿章"张夷声势,恫吓朝廷"。上头这才接受李鸿藻的建议增兵西南,对法作战,并举荐唐炯任云南巡抚,徐延旭任广西巡抚,指挥越南战事。哪知唐、张两位庸才,指挥无能,对法作战连遭失败。于是主和派妥协论调重新抬头。现在,京师里两派吵得不可开交,相持不下,太后有让左大人二度入主军机之意,降旨让他速拿战守之策,分析讨论局势,早定大计!

左大人国之栋梁,社稷重臣,朝廷里意见纷纭,局面这么复杂,够左大人伤神的了!面对强敌入侵,战场失利,自己的事再大,在国家大事面前,也不过小事一桩。何况左大人亲口许诺向朝廷启奏,刚才看邸报,李鸿章持投降论调固然可鄙,但他"兵单饷匮""海防空虚""百业凋敝""民困难苏"的话大抵还是实情。我也算是大清商界一个标志,于海防、塞防都有过奉献,左大人启奏,朝廷会有解救之法的……想到这里,胡雪岩朝傅晶一揖:"左大人三军帅才,昊天肱股,自当以国事为重,请老管家转达雪岩感佩景仰之意,万望保重身体,则国家之幸,雪岩之幸。老管家您也善自珍重,雪岩这就告辞了。"

回到上海,他把金陵之行的情形向郭庆春备述一遍。郭庆春一听,双方既正为对法作战的大事争论"打结",如何肯用心关注胡雪岩的难处?便动了去京师找大舅荣亲王的念头。又自己平日常表示讨厌这层关系及这个家族的诸多作法,恐胡雪岩拦阻,便决定悄悄成行,不辞而别,赴京后再电报联系。

这日午后,郭庆春与尤琳告别。百口难开,伊情难舍,郭庆春拉着尤琳发凉的手,看着她略有些苍白的面容,久久方道:"左大人都为雪岩打抱不平,要通过荣亲王向皇上告御状,我能不分外尽心尽力去帮雪岩吗?现在左大人忙于军争国防大事,不能亲自去北京,我想来想去,还是由我赶到京城去,当面去恳求我那位大舅吧。"

尤琳早看出他的心事了,淡淡的一笑道:"庆春,你不是说这辈子你最不情愿的事,就是回京城、回王府;最不想见到的人,就是这位大舅荣亲王吗?"她跟胡雪岩想法相同,就担心庆春违心受委屈。

郭庆春叹了口气道:"是的。但现在已经没有其他办法了,为了解脱雪岩的困境,最不愿意的事也只好姑妄为之。因为,这是胡雪岩生死存亡的最后一条路!为朋友计,我只得舍弃一切、无所顾忌了。"

"那好吧,我就去给你收拾行装。"

但尤琳没有走掉,郭庆春把她拉住,拥入怀中,有些感伤地说道:"你也有白头发了?"

"岁月催人老嘛……"尤琳说。

郭庆春紧紧拥着她道:"尤琳,这次我去北京,成败难料、吉凶未卜……临行之前,我有几句话要向你交代。"

"回来不好说吗?你这是回家,去见你母亲和大舅,又不是生离死别上越

南前线,何必如此悲壮缠绵……"尤琳故作轻松地一笑,戳了戳他的脑门,信口吟道,"两情若是久长时,又岂在朝朝暮暮。"

"不,尤琳,雪岩是我此行的目的,你却是我永恒的牵挂。骨鲠在喉,不吐不快。庆春此生最大安慰,就是与你结为连理,相知相爱度过十几年最美好的岁月……如果我这次去京城,万一有什么不幸,你会永远想着我吗?"

尤琳伸手在他嘴上点了一下道:"住口!出门之际,不要讲这些童言无忌的话……庆春,你真是个傻瓜,如果你有个三长两短,我尤琳还能活在这世上吗?活着还有意义吗?"

郭庆春眼不眨地看着她,喃喃道:"是吗?真的吗……"

"这还能假?"尤琳语声轻柔却坚定,胜过所有的海誓山盟。

郭庆春把她紧紧抱在怀里,禁不住流下了幸福的泪水。

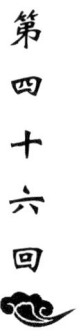

第四十六回

招招狠毒阜康爆发挤兑
句句谎骗美女开展进攻

昨夜下了霰雪,早起天地蒙白,依然刮着阴悄悄的北风。

姜石林得到报告,说三姨太不见了,急着赶回家来。保镖说,大人去局里公干不久,三太太就起床在园子里溜达,当时没怎么在意,后来她就瞅机会冲出了大门,跳上一辆马车逃走了。保镖追赶了好一阵,没追上。

"不会是里应外合吧?"姜石林麻搭着脸,目光中透着凶戾。

保镖愣了愣道:"不大像。"正说着,明显已怀有身孕的丫鬟宝福拿来一封信,没想到竟是不识字的巧珠写的,就一句话:我到一个谁都找不到的地方去了!姜石林仍不放心,让保镖速去打听一下,巧珠是不是投胡雪岩去了,又让宝福看看家中少了什么东西没有。正忙乱间,秦少卿顶着北风来到姜公馆,颜面灰暗,皮松眼肿。尽管头戴玄狐皮罗宋帽,身穿恭喜发财印度绸皮袍,仍给人一副瑟瑟抖颤的样子。

姜石林原以为他会带来三姨太的消息，没料到秦少卿说："郭庆春回京找他舅舅荣亲王去了，昨晚他已抵京，连夜给胡雪岩拍发了电报。胡雪岩大概得这个消息鼓舞，今早派老冯率人来查阜康的账，他挪用大宗银两贩卖私盐、炒股票被套的事就要露馅了！"

姜石林用一种复杂的眼神打量着秦少卿，有点漫不少经心地问道："你估摸上海'阜康'还有多少库存银？"

这是钱庄、银号的最高机密，绝对不可外泄！秦少卿此来是想讨救兵的，如果上海道、江南局能拉他一把，把他在阜康的漏洞补上或大部分补上，胡雪岩就不会把他送官法办——在钱庄、银号纷纷濒危的情况下，稍有风吹草动，钱庄就会面临"挤提"，让你在一两日甚至数小时之内彻底倒闭！秦少卿吃准了这一点，因此敢斗胆来找姜石林，江南局这么大个摊子，补他个十几二十万两银子岂不是易如反掌？

但姜石林让他彻底绝望，他说江南局本来就是个空架子，它的股票跌得这么惨，若不是户部和北洋各处拿银子顶着，江南局早就完蛋了。而外国银行一律停止了向中国的公私"业主"放款，他也一样借贷无门，因此救不了他秦少卿！

"那你们就眼睁睁看着胡雪岩把我送进大牢？"秦少卿气呼呼地问，目光有些凌厉。

姜石林心中其实已经有了主意，在给胡雪岩一连串的致命打击中，秦少卿只不过是一颗棋子，因为此人在这场较量中现在已经不能起多大作用了！他满脸堆笑，故作亲昵地拉住他一只手拍了拍道："少翁稍安勿躁，且先回'阜康'，待我跟赵大人商量商量，想想办法，我一定派人来找你。"

秦少卿不知大祸临头，匆匆告辞而去。

姜石林急急来到上海道衙与赵清廉密议。称他因看着"阜康"的信誉好，底子厚，就让他的几个朋友以各自的名字替他存了近二十万两银子在"阜康"吃利息。现在，搞垮胡雪岩的机会终于到了：上海道即速派捕快公开抓捕秦少卿，罪名以参与买卖私盐也好，挪用"阜康"大宗银两也好，引发社会及储户对"阜康"的关注。然后，他找一些江湖上的人，拿着他手中的这些银票，到"阜康"吵闹，造成挤提的假象。"近二十万两银子，一下子全去提款，胡雪岩必然一时难以支付，到时再放出消息，只说'阜康'钱庄快要倒闭，一定会有更多的人去挤兑。这样，还怕斗不垮胡雪岩吗？"

赵清廉骨碌着眼珠子，思忖道："胡雪岩在江浙经营多年，关系极广！到时只怕有人会借款于他，替他解围。"

姜石林得意地挤了挤眼睛道："大人言之有理，所以我还有第二招！'阜康'钱庄不是有一部分存银是上海官款吗？出现挤兑后，赵大人可以保护官款之名，封了'阜康'，同时，又可奏明朝廷，说是胡雪岩私挪官款，这样一来，即便左宗棠出面来保胡雪岩也难了。至于第三招，'阜康'危急，让汇丰银行也去凑热闹要债，那些小额客户哪能辨得真假……"

"好！这个连环计一出，胡雪岩必定无力回天！石林兄，你果真是平常看不见，偶尔露峥嵘啊！"赵清廉不禁拍手称妙。两人不禁耸肩大笑。

次日上午钱庄刚刚开门，有两个公差模样的人进店问道："谁是秦少卿。"

秦少卿正与老冯闲话哪年的钱庄生意也没有今年凶险，闻声忙道："我就是"。

那捕快头便问老冯道："他就是'阜康'钱庄的总档手、秦四海的哥哥秦少卿？"

老冯应了个"是"。

捕快头朝门外一招手，顿时拥进几个手提刑具的衙役，给秦少卿上了枷，套上铁链。

老冯吃了一惊，急问道："他犯了什么事？"

捕快头说了句"不止一桩！"挥了挥手，衙役将秦少卿推出了大门。秦少卿被拿的刹那间心中一阵窃喜：想不到姜观察会用这样一招来救我！及至出了大门，看到门外众多的围观者，围观者中鬼鬼祟祟的一干人，他才陡然明白自己大祸临头了。他被人当枪使了！他把胡雪岩卖了，同时也彻底把自己卖了……

踩着秦少卿被官府拿捕的热窝，乘着越刮越猛的朔风，一位江湖黑龙会的头目进了"阜康"，往柜台上递上一张银票说："给我兑现银！"

伙计接过银票一看，顿时傻了眼，这是一张五万两银票。他说了声"客官，请稍等。"连忙转身入内找到老冯。

老冯正安排伙计去给胡雪岩报信，他看到银票上这么大个数字一时方寸大乱，竟然冷汗直冒。他赶紧来到柜台，只见柜台外面直到街上，已经聚了不少人，或交头接耳，或三五成群、窃窃私语。看到老冯从里间出来，有人轻声咳嗽一下，所有的眼睛全盯着这位"阜康"的临时总档手。

老冯一脸笑容地问道："是哪位先生要提现银？"

"我！"

那声气那架势一看就不是善良之辈，老冯又问一句："五万两都兑现银吗？"

"那当然。快一点！老子已等了好久了。"那头目有意放高声，气势汹汹的样子。

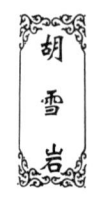

"不知大爷提取这么多银子干什么用？"老冯依旧赔着笑脸。

头目冷着脸道："家里死了人，取钱买棺材、办丧事。"

老冯想拖到胡雪岩赶来，打着哈哈，请头目里面坐："大爷真会开玩笑！您这又何苦呢？钱存在我们'阜康'，不光不会减少，只会生利息，搁在家里，反而……"

"啰嗦什么，叫你兑现，你就赶紧给我兑！"那头目拍柜台嚷了起来。

"这……我这是为大爷好……"

一语未了，那头目竖眉瞪眼道："怎么？这样拖泥带水、推三阻四，是不是没有银子可兑？"

他突然扯着嗓门向人群大叫道："大家快来看，'阜康'没银子可兑，想赖账！"

"什么？没银子可兑？"外面人群一阵骚动，立刻有不少人拥到柜台边。

街上，过往行人开始驻足观看，"阜康"可是上海滩排在首位的大庄！老冯不得不振作起精神大声道："谁说的，我们'阜康'怎么会没银子可兑呢！真是笑话！"他扭头冲伙计，拖长声音喊道，"好嘞，兑银五万两！"

"兑银五万两……"

少顷，几个伙计轮番往复，用托盘打银库里端出大锭大锭雪花银，每二十个一堆，码在柜台上，白亮亮端的醒目！

五万两银子，不使脚夫就得用马车拉，这里头目正指挥手下磨磨蹭蹭大呼小叫，将一口口银箱抬上马车。又一辆马车徐徐停在阜康门前，一位身着羊皮坎肩，足蹬黑洋布高腰靴的汉子跳下车，扬扬手中的银票，高声道："老板，兑现银！"

老冯接过他递上来的银票一看，又是一个三万两，他不禁倒抽一口凉气，神色惊慌。人群大哗，一阵骚乱。大额客户提现，阜康有了"挤提"的先兆了……

胡雪岩得到消息时，正在雪嘶的服侍下用早餐。但他没有惊慌，该来的总是要来，"阜康"在金融风潮迭起的上海滩能维持到今天，已经是个奇迹！他早有应对的一招，取出一封事先写好的信，吩咐一个伙计火速送往道台衙门。赵清廉拖欠的还洋债的"协饷"五十万两，说好了这两日归还，这五十万两到库，再大的挤兑风潮也能平息下去。他正要往外走，山菊哭哭啼啼来报秦少卿被捕的消息。胡雪岩心是明镜儿似的，皱着眉头，只得实话实说道："少卿这是中招了。在人家眼里，也就是个兔死狗烹的事。兔死狗烹你懂吧？就是人家把他当狗——恐怕我救不了他，只有他暗中投靠的那些人，眼下或许还可以救他……"说罢，他上了马车，绝尘而去。

姜石林进了电报局罗马风格的大门。电报是李鸿章大兴洋务又一重要工程,现在,它开始由军事专用转为民用了。他尽管只是个小小的无正式职务的观察,但上海的官场上,谁敢怠慢中堂大人的小妹夫?戴金丝眼镜、穿西装的电报局经理陪同他进入电报局的机房。这里,刺耳的"滴滴,嗒嗒"声响成一片,一台台发报机整齐排列。

一个个年轻的话务员坐在发报机前,头戴耳机,一手熟练地揿打着电键、一手翻动电报稿,全神贯注,紧张工作。长长的电报纸从发报机上吐了出来……

姜石林在经理陪同下,打一个个电报员背后经过。

经理介绍道:"这是新到的一批德国产收发报机,是目前世界上最先进的通信设备。"

"唔,唔!过去专函送北京都要十天半月,现在'滴答、嘀答'几下,就发到京城了。这洋玩意,真了不起,了不起!"姜石林点头称赞,他随便停在一个电报员身后,拿起一张电文纸问道,"你们都是这样明码发报吗?"

"对!电文我们通过数字发给对方,对方电信局就按译电本再翻译成汉字。既快捷,又方便。"经理又给这位观察解释。

"重要的事、商业电文,也这样收发,不要泄露机密么?"姜石林略作担忧状。

"不怕。局外人并不知道电报的操作内幕,招进电报局的人,都经过严格的考核和保密教育。倘有泄露,是要进监狱、甚至杀头的。"

"那我就放心了,那我就放心了……"姜石林频频点头,突然,他的目光落到一张电报原稿上,随手拿了起来,只见上面写着——

汉口阜康分号:速调现银五万两。切切! 胡雪岩 马日。

姜石林心跳加速,这正是他来视察电报局的目的啊!他笑着,假装若有所思,望天颔首,目光却心虚地四下一溜,见经理并未注意他,装作很随意地把电报稿丢回原处,又拿起下面一张:扬州、江阴、镇江、福州……全是胡雪岩发往各处催银的电报。目的达到,姜石林没有接受经理的挽留,驱车打道回府。

赵清廉于昨日偷偷躲进了姜公馆,他给左右留话——不管何人动问,就说老爷往金陵两江督署去了。不止胡雪岩,年关逼近,数十家钱庄告危,他已经不胜其扰,呸,我能屙金尿银么?他在姜石林的书斋里,读书吟诗,有宝福服侍,过得很是惬意。

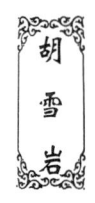

"赵大人,赵大人,胡雪岩已经往各处发催银的电报了!"

赵清廉不禁大喜道:"啊,这说明胡雪岩这个不可一世的红顶商人,终于也有支撑不住的一天。"

"对,对!胡雪岩和洋商生丝大战亏了八百万,现在英国汇丰银行又催逼他还洋债!他纵然是富甲天下,也拿不出成千上万两银子,只好向各地分号紧急调运头寸。否则,上海'阜康'的家底全掏空了,就撑不住门面。"姜石林颇为自己的聪明陶醉。

"胡雪岩,你的厄运终究到了。"赵清廉说罢,双手往后一抄,得意地一拧脖子。

"对!赵大人,商场就是战场,胡雪岩在明处,我们在暗处。'明枪易躲,暗箭难防',李中堂来电要挤垮胡雪岩,就在此时!"姜石林的连环计已经产生效果了。

"还要再猛一些!把公家的大宗银项全拿去挤兑!心一定要狠、手绝不能软。"赵清廉连连拍着桌子。

"大人!我已让电报局发电报给各地,让储户到有'阜康'分号的钱庄去挤兑!在大江南北掀起一个更大的挤兑风潮……"

"那就好!那他胡雪岩就垮得更快了。哈哈哈……"赵清廉拍桌子,把几张薛涛笺震落于地。

姜石林俯身拾起,见是一篇弹词《上了望江楼》:

上了望江楼儿把佳期望(打开了纱窗)。纵有那山清水秀,也免不了心内愁肠,(叫奴好凄凉)。想当初,誓海盟山在芙蓉帐(地久天长)。到而今,恩爱只在阳台上,(只落了梦想)。欲待要弹一回琵琶,它的声儿也是悲伤。(叫奴难当)。盼才郎,荷花开败桂花放,(又闻腊梅香)。最可恨,日月不把青春让,(错过好时光)。

果然好雅兴,怪不得一个进士出身能坐镇上海道!姜石林当真有些惭愧,身边这几个女子,姿色倒有几分,但吹拉弹唱、吟诗作对一个也不会。这时宝福送进晚餐,二人围炉而坐,小酌一杯。姜石林忽然想起一件事,那秦少卿秦四海兄弟,买卖私盐也有五六年光景,使的又是"阜康"的银子作本钱,私盐利高,应该攒积了不少银子。这些银子现在何处?倘胡雪岩查到去处,拿来抵挡阜康的"挤兑",我们可就鸡飞蛋打了。赵清廉说秦四海颇有些江湖气,打死不说出银子的去处,如今拿了秦少卿,他或许知道。遂叫姜石林去给衙门的班头送信,让他们今晚务必对秦少卿用刑,逼他把银子的去处吐出来。

姜石林打着酒嗝离了书院,让宝福伺候着加了件宁绸银鳞纹絮棉斗篷,出了后花园,兜头遇着个年轻女子。头戴绿色贝雷帽,身穿米黄织贡呢镶狐皮大氅,那大氅没上纽,露出一身铁锈红银梅锁枝倭缎唐装,生得面如满月,春生两靥,星眼流盼,樱唇红绽。她玉树临风立在虎皮纹碎石路上,开口一声问道:"姜大人,赵道台可在你府上?"

姜石林一时竟不知如何回答是好,本想问"你是谁",出口却成了:"你怎么知道?"

女子黑漆漆的弯眉跳了跳道:"租界巡捕房有我的熟人,赵道台的行踪可瞒不住洋人!"这女子只怕有些来历,能找到姜公馆本身,就说明她是个华洋两界都兜得开玩得转的人物!

姜石林不敢马虎,生怕自己遇上个江湖侠女什么的,忙道:"赵大人的确在我府上。那些钱庄、票号的老板,纷纷要求官府出面,去求外国银行给华商放款,赵大人哪有这么大的能耐,只好到我这儿暂避几天……"

"我对你们这些事没有兴趣!"女子冷冷打断了他的话,拿眼四下一溜,再也不问,径直朝书房走去。

赵清廉捏着假嗓,正在哼唱《上了望江楼》,忽见书房走进一位粉妆玉琢的妙龄女子,便住了唱腔,脸上顿时笑得灿烂,问道:"这个女子,莫不是走错了地方?"

"没有,我正是来找你赵大人的,"女子说。

赵清廉眉眼作笑状,嘴却因惊愕张成一个〇形,又问道:"请问小姐尊姓大名?"

"我叫秦幼锦,是你今天抓走的那个秦少卿的女儿……"作过简略介绍,秦幼锦道出深夜来谒赵大人的目的——放出秦少卿。

"秦少卿犯的是买卖私盐的案子,且数额巨大,这是个死罪;他又是胡雪岩'死党','阜康'的总档手嘛,胡是朝廷让'严密监视'的红顶商人,揭发、参奏他的人极多。秦少卿不仅不能放出来,眼下连见他一面也断不可能!"赵清廉叹息着摇头,做为难状。

秦幼锦走来走去,作惶乱不安状,确信室内再无旁人,她轻轻踱至赵清廉身后,将一只搽满丹蔻的手若即若离地搭在赵清廉肩上,声音低得有如耳语:"赵大人,你谈谈条件吧!"

赵清廉脸上露出一丝阴笑:"修寺将佛打点,烧钱贿嘱神明,哭来鬼也难躲,为恶天自不容,做的些天理难容之事,谈何条件?小姐请坐下说话。"

秦幼锦见这一招不灵,走到赵清廉面前,扑通跪下,泪流满面道:"我爹天性忠厚笃诚,因受到他那个不走正道的兄弟秦四海唆使,一念之差,挪借了一

些银两给他去走私海盐,我爹并未从中得获任何好处,请大人明察。至于所谓胡雪岩'死党',有道是'端人家的碗,服人家的管',他替胡雪岩掌管钱庄、银号,没有不尽心尽责之理,就算有些挪用官银、包揽行市之事,也是受胡雪岩指使,哪里有他违抗的份?再说,他此前已有过揭发胡雪岩之举,当属幡然醒悟之列,怎么一下子就把他问成了'死罪'?大人,拿秦少卿入狱,实在于情不合,于理不公哪!呜呜……"她匍匐在赵清廉脚下,双手抱住他一只脚,撕心裂肺地大哭起来。

"起开,起开!哭也没用……人情似铁,官法如炉,这可是没奈何的事……"及至发现那条腿着人越抱越紧,那颗因恸哭而乱撞乱碰的脑袋,秀发纷披地沿着踝胫渐渐撞将上来,淡雅诱人的法国娇兰香水味儿,如同一方凉夏午憩用的拿帷锦衾,隔三岔五着瑞龙脑熏过,极轻极悄覆盖了腰以下部位。赵清廉不再嘴硬,一颗心也酥软下来。上身竭力往后仰靠,臀股却似生了根般动弹不得。他伸出双手去抚摸停留在裆下那一片乌云般的秀发,嘴里便有些不着调,"百善孝为先,难得小姐一片孝心……本官且消受消受……孝当竭力,非徒养身……"

幼锦与赵清廉春风一度的这个夜晚,秦少卿、秦四海兄弟在监狱里熬刑。天亮时分,秦四海实在不忍再听兄长的惨号声,终于吐实道:"贩卖私盐赚得约二十万两银子,有十二万存在朱福年开办的'福标'钱庄里,余下八万买了股票。银票放在他一位相好手里,住处离他哥家不远;股票则交由表弟经营,表弟在已经倒闭的金嘉纪丝行做事,并为他买卖私盐打探消息……"

大清早,"阜康"钱庄的排门外已排起长队,大批储户等待兑换现银。并非谣言,有人估计,昨日光大户就至少从"阜康"提走约五十万两银子。有些银锭褶凹上还汪着银霜,它们是从未出库过的十足官银。这表明"阜康"已经在挖老底了!

面对挤提,胡雪岩一筹莫展。昨日下午,汇丰催债;上海道赵清廉隐身不见;秦少卿的被拿引发谣言蜂起;就算各地有银子运到,也远水救不了近火!

库里的存银,不到两个时辰就被挤兑一光。十时左右,胡雪岩接连接到几份电报:各地"阜康",今日皆遭遇挤兑!

完了!胡雪岩一字一顿地下令道:"下排门,告诉外面'阜康'歇业!"

次日《申报》报道:胡雪岩设在各地的钱庄、银号,因遭挤兑仅数小时全部歇业……

第四十七回

说公卿赶尽杀绝分巨富
奉圣旨追魂夺命役孤盆

早朝前,一向居官谨慎的文煜装作随意走动的样子,悠悠然踱至荣亲王面前,朝这位开始昏朽的老者点头致意。在确信这位亲王没犯迷糊后,文煜问道:"闻听左湘侯有封紧急奏折送呈王爷,要您老人家向圣上启奏,可有此事?"

荣亲王看着他,"唔"了一声。

文煜又带着试探问道:"王爷准备如何处置此事?"

两人目光对视良久,荣亲王并未能从他幽深的目光中找到明晰的答案,便从怀里掏出那封奏折道:"左湘侯的奏本尚在我手里,我正拟今日奏明皇上和太后,从速解决最后一批洋款的归还问题。"

文煜四下瞅瞅,凑拢了,压低声音道:"王爷,依下官愚见,此事不必匆忙启奏,不妨再等些日子。"

荣亲王毕竟已进入老迈之年,摇首道:"恐不能再等。我看胡雪岩确已陷入内外交困的境地,洋人不断催逼,上海道台又对李合肥言听计从。左湘侯为此大动肝火,若不是军情紧急,局势变化,这头湘骡子真要赶到北京来了!他托我奏明皇上,我怎敢拖宕迁延?"

"王爷听我说句实话吧。"文煜从左宗棠、李鸿章先后跟曾国藩当幕僚,从镇压洪杨粤匪起家,到后来左当闽浙总督,李当直隶总督;左兼南洋大臣,李兼北洋大臣;左氏立有不朽军功,李却总理万国事务(外交)方面多有劬劳说起,"这两位汉人大臣争功斗法由来已久!我们这些满员,在左、李党争中最好抱超然态度。这胡雪岩与左宗棠生死攸关,共为一体。但他毕竟只是左氏一只臂膀,抑或一根拐杖,我们何必要为这个暴发户张目,去得罪李中堂呢?我们和李中堂究竟要走得近些,诸多利益关系已经融为一体,难以分开。就算是观龙虎斗,左季高也比李少荃大了十多岁,已属西风残照啰!"

这位文大人琢磨人的功夫好生了得!荣亲王被他说得一愣一愣的,但他还有一事不曾想得明白,遂道:"你说的也不是没有道理。但我担心,胡雪岩万一垮了,你我不同样要受到影响?我们都是'阜康'的大股东,文大人的股份好像比我更大!倘胡雪岩破产,城门失火,岂不殃及池鱼?"

文煜成竹在胸,诡谲地一笑道:"不!王爷,你想差了,只有胡雪岩破产,财产移交朝廷清算,算盘珠子由我等拨拉,我们才能得到真正的利益!"

"哦,此话怎讲?"荣亲王精神不禁为之一振。

"下官执掌刑部,已收到不少的奏本和诉状。倘以国法论处,胡雪岩确有不少祸国蠹民的罪状,其财产完全可以没收、充公,这样,我们不是可以按股份折算其各类资财,把它们名正言顺地拿到手吗?"

荣亲王恍然大悟,频频点首道:"领教!领教!"

文煜恶狠狠地说道:"胡雪岩仗着自己是红顶商人,短短几年竟然富可敌国,而且谁都奈何他不得。荣王爷,现在是摘下他红顶子的时候了!"

荣亲王不再说话,听得西华门内静鞭三响、钟鼓齐鸣,说声"文大人请",便率先朝里走去。

左宗棠远在福州,他委荣亲王代为启奏的"急密"奏本未能及时送达御前,又未当庭启奏,今日朝议,便没有这个话题了。

这日下朝,荣亲王见到了专程来京的外甥郭庆春。二十多年来他不朝宫苑,不省娘亲,还娶了个死了男人的女子为妻,在上海滩弄出诸多奇闻,惹得太后老佛爷生气。乍一见到这个混得两鬓斑白的不肖子孙,荣亲王便火不打一处来!他一屁股在虎皮褥子上坐下,就在接受郭庆春礼拜的瞬间打定主意,冷着脸道:"你总算回来看你母亲和大舅了。"

路上并不顺利,耽误了好些时间,郭庆春心急如焚道:"大舅,甥儿这次回来,除了看望母亲和大舅,还有一桩事情要恳求您帮忙。"

"是不是关于那个胡雪岩的事?"荣亲王心内更加恼怒。

"对!正是为胡雪岩的事找您老人家求助。"

"哦,你回京不是来尽孝心,却是为别人的事来找我疏通门路的?你……你还像爱新觉罗家的子孙吗?"荣亲王脱口而出。

郭庆春不得不作一番表白:"大舅,我不是爱新觉罗家的好子孙,但我却是大清国的好子民,时时处处以大清利益为重!大舅,现在你不也在协助皇上、掌管国家大事吗?"

"对!正因为我负有维护江山社稷之重任,所以不能徇私情,为你的朋友去开方便之门。"

郭庆春没料到这位执掌军机处的亲王会说出这等话来,胡雪岩在西征时立功,受到过老佛爷的嘉奖,举世皆知!他压下火气道:"我没要你徇私情,我只要你站在国之重臣的立场上解决一桩久拖未决的朝廷要事。胡雪岩并非一般商人,他为国家分忧,以个人财产作为担保,向洋人借巨款作军饷。现在洋人一再催讨,朝廷怎能不帮他偿还?"

"胡雪岩帮朝廷借洋款不假,可他从中渔利,大收佣金,予取予夺,中饱私囊也是事实!几年之间,他因巧取豪夺而暴发,财富几近国库的一半。他在杭州建造的豪邸赛过皇家宫苑,娶十二房姨太太,穷奢极欲,挥金如土,这难道不是贪赃枉法所得吗?"荣亲王已经忍无可忍。

郭庆春无奈地叹了一口恶气,但不能不为好朋友据理力争:"大舅,在经商和借洋款中,胡雪岩所获完全是他应得的报酬。他几年间暴富,完全是他经商有道!不能随意诬为贪赃枉法。这是有人出于嫉妒,横加在胡雪岩头上的罪名。大舅,有些交易,我就是中介和经手,可以为胡雪岩作证!"

荣亲王终于忍耐不住,大声咆哮起来:"放肆!你以为你就可以凌驾于王法之上吗?告诉你,刑部已收到大量奏折和诉状,胡雪岩之罪罄竹难书!你今后不能再和这个胡雪岩沆瀣一气了。已有不少材料揭帖,提到你为胡雪岩出谋划策、摇唇鼓舌,庆春,你把爱新觉罗家的名誉败光了,也将大舅的脸面丢尽了……"

"大舅,你也相信这种无中生有的诬告?你不相信甥儿的为人?"郭庆春激愤得有些难以自持。

"你从小生就叛逆性格,国外浪荡十几年,上海滩闯荡十几年,异行种种,怪论多多,我怎么敢相信你?"

郭庆春使劲捶打着自己的胸脯道:"大舅,甥儿这样对您披肝沥胆、反复

诉说,您还不相信？要怎样才能证明甥儿的为人啊？"

这时,管家胆怯地走了进来,称车已备好,王爷前拟面圣的时辰就要到了。

荣亲王似乎已冷静下来,语气也和缓多了:"要我相信你？除非你马上发电报给那女人,就说太后老佛爷赐她自尽,让她自行了断。还有,你须立即回到京城,回到你母亲的身边,才能还你清白,其他一切都是空话！"

荣亲王转身朝着王府的仪门走去,几个贴身侍卫迎进来,立在路旁恭候着,荣亲王抬手一指郭庆春,朝侍卫吩咐道:"看住他！他既然回来了,就绝不能再放他回上海了。"

郭庆春欲追上去,胸口一阵刺痛,便本能地捂住了胸口,退了回来。

荣亲王、文煜等面圣,意在促使皇帝早些颁旨,要问胡雪岩的不是。迟了,或是他的钱庄、当铺歇业久了,资财着其他债主分光,他们可就偷鸡不成,倒蚀一把米。

郭庆春没想到这些王公大臣会这么卑劣,这个家族会对他这么无情,他的好朋友胡雪岩在危急时会这么无助！但他不能离开王府半步,那些戈什哈一刻也不松懈地守住了出入王府的各处通道。他只能在布置着假山,摆放着几大缸金鱼的王府花园里兜着圈子,仰天长啸,心中充满绝望和怨恨。他不时走到玻璃缸前,打量着那些悠游的金鱼,觉得自己很可怜,自己实在还不如这些金鱼！哦,金鱼,我比你们可怜,尤琳更比我可怜！其花容月貌,何如金鱼之五彩斑斓；何如鳖鱼之玉瓯无澜。其聪慧灵秀,何如倭鱼之吐泡禽欢；其巧夺天工,何如娜隅之目瞥身憨；其忠贞矢志,何如鳖鱼之玉无。入夜,倚窗打望倦云半掩的天空,思念尤琳,他更加心如刀绞,遂提笔写了一首小词。笔未搁下,泪水已经洒到这堪称绝笔的《南乡子》上——

斜月半胧明,冻雨晴时泪未晴。倦倚龙涎温别语,愁听,鹦鹉催人说四更。

此恨拼今生,红豆无根要种不成。数编屏山多少路,青青,一片烟芜是去程。

次日上午,王府管家告诉他"阜康"歇业的消息。中午,荣王府长史官向他通报:奉王爷之命,已以郭庆春名义向尤琳发出电文:衔母命和尔断绝一切关系,卿当自便。

郭庆春欲哭无泪,久久默立,忽然听到大舅的声音,连忙冲了出去,荣亲王已经登上那乘双骖金顶马车。

郭庆春追了上去,狂喊:"大舅!你们这样不能容我吗?"

"这是圣意,你咎由自取。"荣亲王说罢,挥手下令车夫,"走吧。"

郭庆春满怀悲愤,仰天长啸:"天哪!这是爱新觉罗家族要把我逼上绝路啊……"他一低头,一头朝着一口大金鱼缸撞去!缸碎人倒,水流遍地,脑浆溅落在搁缸的山石上。

管家和戈什哈惊呼着拥了过来,只见郭庆春头破脑裂,双眼圆睁,静静仰望着这个冬阳惨淡的晴空,鲜血随着缸水无声地流淌。无数条金鱼在血水中挣扎,蹦跳……

此时乾清宫里,"正大光明"匾下,一场将胡雪岩赶尽杀绝的"朝议"已接近尾声。

须弥座上,已届冲龄的光绪将手中一份有关胡雪岩的奏折重重扔在御案上,打鼻孔里哼了一声,抄手踱了起来。

参奏一个红顶商人的本章如此之多,矛头集中指向一个连督、抚都不是的虚衔人物,明眼人一看便知是有人幕后操纵!光绪停止了踱步,冷冷射了一眼丹墀之下,顿时就有宝鋆出列,伏地奏道:"户部尚书,臣宝鋆启奏,道员胡雪岩侵取公私款项,臣请旨拿刑部治罪,以正国法,而挽颓风。"

宝鋆乃军机五大臣之一,在对法问题上,与主战的左宗棠、曾国荃等意见尖锐对立,但在军机处内,又因他与胡雪岩的亲谊关系常受攻讦,所以要抢先做出姿态。

光绪不无惊异,宝鋆之弟乃胡氏之次婿,他早就听说了,遂故意放缓语气问道:"胡雪岩不就是那个赐予二品顶戴、赏穿黄马褂的富商吗?怎么一下又要拿他下牢,交刑部治罪?到底都参他些什么?你等向朕一一奏来。"

宝鋆忙道:"皇上,经户部初步查核,胡雪岩经手公款数目巨大,由江海、江汉两关及两江采办军火等经费就有七百万两之巨,各省协饷尚不在内……若任其亏空,不予严惩,年复一年,则国库公款将被奸商掏空,非杀一儆百不可。"

文煜也紧跟出列,加强声势道:"皇上,胡雪岩出身市侩,一身兼官商之名,一手擎着红顶子,一手拿着账本子,遇事售奸贪之术,网聚公私款项,盈千累万之多。现突然将京城、上海、杭州、福州、两湖等地的'阜康'各字号全部关歇,闭门逃走,臣请立行拘捕,查封家产,追回损失,绝不可姑息。伏乞皇上恩准!"

有关胡雪岩,他是主奏,罗织罪名达六七款之多,如"贿通权要"、"勾结洋夷"、"贪污秽行"、"欺世盗名"之类,乞请圣上即速颁发谕旨,着地方州道追

拿。其他人有奏胡雪岩"草菅人命"的,有奏他"僭制越礼"、"武断乡曲"的,不一而足。几位亲王和其他文武大员,闻奏议论纷纷。但醇亲王冲着文煜刚问上一句:"你这个自命清流之大臣,不就是'阜康'的大股东之一吗?"荣亲王闻言便立刻贴了上去,以目示意,和他咕咕哝哝低声交谈起来。

光绪拿眼角扫着他这几位叔辈亲王,皱眉道:"都参他贪赃枉法?"

"是。皇上圣明。"宝鋆、文煜忙忙伏阶应答。

光绪听着丹墀之下嘤嘤嗡嗡议论之声,半晌不见几位亲王出来说话,遂高声降下谕旨:"拟旨!准户部、刑部所奏!现在'阜康'银号闭歇,胡雪岩着先行革职,严行追究。其所有房产店铺,一律查封,以防假手移转。此案务必彻查,尔后再据刑定罪。"

文煜、宝鋆叩首连连,口称"圣明",心中暗喜。随着这道谕旨,凡有胡雪岩店铺资财的地方全都响起纷沓的脚步声,播摇着如狼似虎的公差的身影,一张张封条,贴到了"阜康钱庄"、"阜康典当"、"胡庆余堂·雪记"的门窗上……

这年,上海是个无雪的冬天。只有南下的朔风,又干又冷,在长街上肆虐。北风扬起黄浦江带腥味儿的水沫,倘此时走外滩经过,感觉有一挂挂柞刺在脸上抽打。路面上潴留的水渍,结成了洋白蜡似的冰碛,在呼啸的北风的抚弄下,终日不化。天气像始发于上海滩的这场金融风暴一样,越演越烈,越发凶戾,使很多人都没能熬过这个奇冷的冬天!

胡雪岩经营多年的钱庄、银号"不经日而肆闭",引发了一场金融大地震!连信誉卓著、实力雄厚的"阜康",又并未直接参与股票交易,尚且在几个小时内轰然坍塌,其他钱庄、银号,在储户的心目中还能支撑吗?

新一轮的疯狂挤兑,使上海南北市七十八家钱庄,到旧历年底剩下不到十家。"上海百货无不跌价三五成,统市存银照常不过十分一二";"其余商号店铺,接踵倾倒,不知凡几"。沪上巨商刘云记、金蕴青"皆相继坏事";乘大兴洋务之风创办的各类企业均遭受巨大损失,"相继歇业"。仅轮船招商局、开平矿务局、江南制造局几家官股较充盈的企业侥幸存活下来。用小哈代事后发表在报纸上的文字说:"(1885年),人们仍然可以看到上海黄浦江沿岸空关的、无用的、被废弃的建筑物,和到处星散的夭折企业的界石……它们是工厂无声的幽灵——才呱呱坠地就窒息而毙的企业的坟墓。"开平股票次年春跌至每股二十九两,招商股跌至三十四两,一般小企业的股票更变得一文不值。新兴的上海遭遇了开埠以来的首次重创!

金融危机像个可怕的幽灵,沿着几条主要商业路线蔓延,北至京津,南到广州,西达汉口!以下是《申报》的部分报道:

北京：京城自"阜康"、"福标"票庄倒闭后，市面固已竭蹶，不料上月十七至二十等日，各钱店又连倒十余家，市面日坏，银根日紧。

天津：天津银钱既少，银根又紧，自"阜康"之后，二九、三十日连闭钱铺两家，一时人心惶惶。

杭州：杭垣自"德馨"、"阜康"两巨庄停歇后，市面日紧一日，城中各业无处不紧，惟以现钱买现货，日日如除夕光景。

镇江：京口有某洋行及某钱庄均于月底先后倒闭，成本甚巨，素称殷实，顿如雪淌。

扬州：扬州自"怡源"倒歇后相继而倒者，就本城计大小共有十七家，近日"阜康"又倒矣。镇江与扬州仅隔一水耳，先后合计竟倒至六十八家之多，市面如此，令人不寒而栗。

汉口：先是"源兴顺"、"源兴永"、"诚意丰"三家倒闭，自阜康歇业，致使钱庄受累，数目锐减，由十年前四十家，减少至二十家。

……

"阜康"于十二月五号歇业。过了圣诞，路金准备回国，他去与尤琳告别。女仆开了尤公馆的栅子门，告诉他夫人很高兴领事先生来访。

路金迈着开始蹒跚的仙鹤步，兴冲冲进了客厅。

尤琳穿着洁白的婚纱端坐桌边，似乎在托腮沉思。路金饶有兴致地打量着那张脸，那莹雪般的脸庞，那黑漆漆的长眉，还有那个优雅的小憩的姿态，都令人回忆起那个艳光四射的公主般的新娘！便问道："尤，今天是你的结婚纪念日吗？"

但尤琳毫无反应，她一动不动，神态是那么安详。

"你怎么了？尤琳……"

尤琳仍不回答，路金伸手去摸她额角，突然吃惊地把手缩回。他看见桌上有一只高脚酒杯，还有一只小小的玻璃瓶。他拿起小瓶一看，看到了英文"安眠药"的字样，瓶子已空。

路金连忙在胸口划了一个十字，带着感伤道："真的长眠了……尤琳，你去天国见郭庆春，也不忘穿着这件同英国公主一模一样的婚纱……"

姜石林接到文煜急电，赶往杭州的时候，胡雪岩已将罗四攒积下来的近二十万两纹银，送至"阜康"让那些储户兑现。亏谁，也不能亏客户！接着，他又用一纸休书，要遣散十二房妻妾。

文煜想把胡雪岩的宅邸和胡庆余堂这两块肥肉抢到手里，派姜石林来杭就是要和胡雪岩谈判。

哪知胡雪岩谈笑自若,慷慨爽快一如从前:"姜观察,既然文大人派你作为他的全权代表,来和我谈判归还文大人在'阜康'的存款,我们都不必虚与周旋了。我从来不赖账,尽管道台赵大人还扣着五十万两洋债,我还是准备将全部的厂、店、房地产,作价二十万抵给文大人,你看如何?"

姜石林心内喜翻天,嘴上却道:"可文大人在'阜康'的存钱并不止这个数。"

"这我知道。文大人在太后面前说是三十五万,可实际是五十二万连息在内。只是我这座宅第和庆余堂总价二百万都不止,文大人是刑部大臣,不会不知道该如何处理我胡雪岩,更不会不知道如何处置真正贪得无厌、祸国殃民的皇亲国戚吧?"胡雪岩心中有底。

"那就依你。我们是不是去看看你这座江南名园。"姜石林态度一下变得软了下来。胡雪岩遂陪他走了一遭。

参观之后,姜石林赞不绝口道:"啊,早就听文大人说雪岩兄的故居建造得比皇宫还富丽堂皇,现在亲眼所见,果然名不虚传。住在这样的豪宅里,真可谓洞天福地,胜过神仙过的日子哟。"

"老实告诉你吧,姜观察,我建造这片宅邸时,就耗去白银二百余万两。上次文大人来这儿小住,我知道他一眼就看中了这片豪宅这座名园,这次,我就半送半卖,做个顺水人情吧。"胡雪岩撚须大笑。

人家破产遭变,竟然还是如此潇洒、俊逸。姜石林自惭形秽,忽然想起巧珠,厚着脸皮道:"雪岩兄,你在设计金钗十二楼时,真该把巧珠也考虑进去。她对你可是一往情深。现在,她人也不见了,你的红楼也要易主了,巧珠将来的归宿,尚不知是何处呢!"

"岂止十二金钗,最多时,我有三十六房妻妾。她们一一编号,我抽中谁就住谁家。至于巧珠你就不用操心了,她早在藕花洲理光寺的后山腰上修炼来世了。她在那儿沉塘,死前为我颂了三天经,烧了三天香。"胡雪岩又一次耸身大笑。

姜石林好生狼狈,催胡雪岩立下字据,早早回上海复命。

这年七月,左宗棠在福州病逝。胡雪岩在"百狮楼"设了灵堂,率全家老少最后一次跪拜于左大人灵前。礼毕,胡雪岩和大太太端坐正中,各房妻妾默默环坐。胡雪岩肃然道:"你们不走不行了!人生没有不散的筵席,有聚也就有散,你们不要到时候让人家赶出去。我已将每一房都安排好了,银两也发放了,现在你们都走吧!"

没人响应。

"我已经将你们休了,全休了!素娟,你是老大,你先走。"

素娟站起身来,环顾众姐妹,目光最后落到胡雪岩脸上,曼声道:"好吧,老爷,你放心!既然你休了我,我肯定不会留下来。"

胡雪岩一把抓住她的手道:"谢谢你!毕竟你是老大,又是结发夫妻,明白我的苦心。"

大太太目光呆滞、脸无表情地一步一步向外走去。各姨太太见状,只得纷纷起身。

大太太突然回过头来,用平静的语气道:"等一等!我还有一些私房钱,每一房都有一份,等一下丫鬟会送过来……也不枉我们姐妹一场。"

没等众姐妹围上来说上一句感谢的话,素娟已掉头而去。各房姨太太执手相别,胡雪岩和罗四一前一后走了出去,与芝园作最后告别。

夕阳残照,西天一片辉煌。胡雪岩领着罗四,沿假山洞登上芝园最高处凌风阁。凭栏眺望,杭州城景色尽收眼底。落日余晖,给这座江南古城涂上一片血红。风很大,吹得他俩的衣袂飘飞。胡雪岩紧紧抓住罗四一只手,仿佛怕她被风吹走:"罗四,还记得城隍山上算命先生范瞎子说的话吗?"

"当然记得,只是我不敢向你提起,怕你生气。"罗四点了点头。

"是啊,开头我无论如何不相信,最后会落得'妻离子散'的结局。我为此发过脾气,更为此抗争过!想改变这个命运,谁知道……"他没有再说下去,他已把心中的郁结吐了!

"这就是天意!雪岩,还是认命吧。"

"罗四,冥冥之中,很多东西是人力抵抗不了的,现在我认命了,认命了……唉!最后只剩你了,你不走吗?"胡雪岩拉着她的手望着她,止不住泪流满面。

罗四不回答,低头看手腕,那个青藤手镯还戴在她腕上,胡雪岩也下意识地撩起腰间的那块玉佩,深沉地凝视着它。

"无论如何,我要同你在一起!生生死死陪伴着你。"

二人执手相看,四目凝睇,有泪四行。

"老爷!老爷!"芍药急匆匆沿假山小径走上来。

"有什么事?"罗四依然不忘她的身份。

"四奶奶,老爷,二奶奶走了,到灵隐寺后的'韬光庵'出家去了。"

罗四没有吱声,心想她是永远不会看破红尘的。胡雪岩不由得发出感慨:"哦,这是芙蓉命中注定的!也是她生就的性格,要么灯红酒绿,要么青灯古佛……我对不起芙蓉!真懊悔不该将她从'净月庵'接出来,让她再蒙受这一番劫难。"

"这是房门钥匙!二奶奶房里的东西全放着,一点也没带走。"芍药递上钥匙。

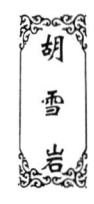

"那就给你！芍药，你全带走！"胡雪岩毫不吝啬。

"谢谢老爷、四太太！芍药无福消受，只能先走了……"芍药说罢，转身离去，这是她最后一次行使职权了。

"大先生！大先生……"这时，老周匆匆赶了过来。

"老周，干吗这样慌慌张张？"胡雪岩上前去扶了他一把，老周年迈，腿脚已有些不利索了。

"大奶奶自尽了！挂在扑凉台那边的望柱上，你看……"

他们朝扑凉台方向望去，远远看见一个人影。纷披的长发把脸盖住，上穿鲜艳的宁绸大褂，盘金错锦的栏杆花边是那般耀眼。水红绫宽幅裙，裙脚镶着洁白的蕾丝花边。那一团浓艳挂在芝园的假山旁，映着斜阳，在风中僵直地晃动。

两人惊呆了，不敢看，不忍看，不相信这是事实。胡雪岩低声喃喃："商海，商海，真是一头发财，一头棺材……我身为药号老板，却没有药石可以救自己、救家人啊……"

那轮火红的落日，正从西墙高高的屋顶沉没下去。

又临杭州！

这一次，文煜可是志得意满，手捧墨迹斑斑的上谕，身随杀气腾腾的亲兵，名为钦差大臣，实系接收大员。一到杭城，他就领着知府吴世荣，督同仁和、钱塘两县县令，一路铜锣震响，朝着杭州近郊迤逦而来。

远远便见一垣农家小屋，半显半隐在山阴树影之中。此地叫茅家埠，流水绕户，鹅鸭向湖，三五农舍，几段野绿，一派田园风光。官道上，袍服、朝靴，每步都似呼呼生风，每一步都显出大臣的威严。待拐上小路，顿时人喊马嘶，杂沓的脚步，沿田塍布成散兵线，一道烟扑向农家小屋，将它团团围住。

"刑部尚书协办大学士文煜文大人到！"衙役高喊。

一脸威严的文煜手中捧着杏黄的圣旨，迈着方步，走进已卸掉门扇的小屋。破旧的瓦屋里，光线幽暗。四壁似乎挂着、依着挽联、吊幛、花圈，隐隐绰绰立着有一屋子来吊丧的人。文煜将手中的黄缎金龙圣旨展开，高声道："圣旨下！罪臣胡雪岩接旨！"

黑洞洞屋内没有一点声音，只有幢幢阴影，不见天光。

"罪臣胡雪岩接旨……"文煜提高声音。

老半天，黑沉沉的小屋里才传出一个幽幽的声音："罪臣胡雪岩已经死了……"

文煜不胜惊诧，那两个县令不禁哆嗦了一下，尽皆睁大眼睛向黑黝黝的屋内张望。光线强了些,有人把搁在地上的长明灯拨亮了。原来屋里除了挽幛、花圈,其余全是纸扎的"冥人"。被堆垒一处的桌椅板凳等家具无不粗笨,绝无细软贵重之物。答话的是罗四,一身孝服,跪在棺材旁,正给死者上香。

文煜失声问道:"什、什么时候死的?"

"三天之前,农历十一月初一。"

文煜蓦地便有些失落,动这么大的干戈,施威于一个死人有意思吗?借着暗淡的灯光,只见铜棺七尺,停放灵堂正中,白帷垂地,烛光摇曳,纸马金箔。棺材上,醒目地放着顶戴花翎,和折叠好的二品官服,以及黄马褂。烛光映照着红顶戴,文煜觉得刺眼,叫道:"来人!罪臣虽死,照样将他顶子摘下带走!"

两个挎刀的兵丁进来,取下棺材盖上的顶戴、补服、黄马褂。

文煜将圣旨覆盖在铜棺上,目光霍霍盯着女人心想——高明呐!居然连吊唁都预先扎了纸人!

罗四伏地叩头,模仿着昔日的胡雪岩道:"未亡人罗四,代罪臣胡雪岩接旨谢恩!愿吾皇万岁万万岁!"

文煜回转身,恶狠狠地说道:"回元宝街胡府,查封罪臣胡雪岩家产!"

"是!"众随从齐整威武地喊了一声。

罗四低头曼声道:"罪臣所有家产,前已变抵公私各款,现今人亡财尽,早就无产可封了。"

文煜将罗四押回元宝街,各处察看一回。风光依旧,只是人去楼空,分外萧瑟。

"文大人!现在元宝街的园宅、胡庆余堂药铺全归到您的名下,您是这儿的主人,有何吩咐,就请直说吧。"

"这样吧,念及我与你们家大先生的友情,我把胡庆余堂全部厂、店、房地产作价二十万,与你们胡家后代共同经营。分出十八股的'招牌股'红利,作为胡氏后人生活费。四太太,你看如何?"文煜拿出一副悲天悯人的样子。

罗四神情漠然道:"我们老爷人都走了……一切由大人做主吧。"

不经意间,文煜在罗四太太陪同下走进了棋厅。如今宾客绝迹,姬妾、丫鬟云散……文煜的脑海里,忽然闪现他和胡雪岩当年下美人棋的情景:

鹂啭莺鸣,笑语盈盈,窄衫云鬟,美女如云……
一声口令,荷衣纷纷,纤腰丰臀,杨柳舞新……

现在,空荡荡大厅里,人影渺然,但见萧萧冷风,拂动破帘、坏牖。他听到胡雪岩鬼魂般的声音:"文大人!你从我这儿得到的,价值何止二百万哟……

现在,你虽然胜了我这一局棋,但世事茫茫,下一局失败的难保不是你啊!文大人……吴山沉沉,安得我雪岩再生,鼓舞全浙,以大开商务学堂而兴实业也……"

文煜感到一阵惶悚、惊恐,不禁仓皇四顾。忽听高墙外有个疯子在唱:"一条金线秤君心,无灭无增无重轻。"

文煜当然不知道,那是疯了的秦少卿在唱。